BRIGITTE RIEBE

MARLENES GEHEIMNIS

Zum Buch

Als Eva kurz nach Kriegsende aus dem Sudetenland vertrieben wird, gelingt ihr die Flucht über Hunderte von Kilometern an den Bodensee. Dass die kleine Marlene an ihrer Seite überlebt, grenzt an ein Wunder. In dem Dorf Rickenbach bei Salem, umgeben von Streuwiesen und Obstplantagen, ist Eva in ihrem Element. Und so wird aus ihrer kleinen Schnapsbrennerei, die sie mit dem Kriegsheimkehrer Toni Auberlin gründet, ein florierendes Unternehmen.

Jahrzehnte später führt Marlene Auberlin die Geschäfte nach dem Tod von Eva erfolgreich weiter. Doch Marlene hält nicht viel von Familie. Ihre Halbschwester Vicky konnte sie nie leiden, und deren Tochter Nane, die mit Anfang dreißig in einer schweren Krise steckt, ist ihr ein Rätsel. Anlässlich Evas Beerdigung treffen die drei unterschiedlichen Frauen wieder aufeinander, und das Geflecht aus Lügen zieht sich immer enger zusammen ...

»Ein historischer Roman, mit Herz und Leidenschaft geschrieben.« *Braunschweiger Zeitung*

Zur Autorin

Brigitte Riebe ist promovierte Historikerin und arbeitete zunächst als Verlagslektorin. Sie hat mit großem Erfolg zahlreiche historische Romane veröffentlicht, in denen sie die Geschichte der vergangenen Jahrhunderte wieder lebendig werden lässt. Mit »Marlenes Geheimnis« widmet sie sich nun der Kriegs- und Nachkriegszeit um 1945. Auch Riebes Familie mütterlicherseits stammt aus Nordböhmen, wo sie wie viele Sudetendeutsche nach dem Ende des Dritten Reichs das Schicksal von Vertreibung und Flucht erlitt. Die Autorin lebt mit ihrem Mann in München.

BRIGITTE RIEBE

MARLENES GEHEIMNIS

ROMAN

DIANA

Das Gedicht von A. E. Housman in der Übersetzung von
Hans Wipperfürth auf S. 71 wurde entnommen aus
»Die Shropshire Lad-Gedichte«, Mattes Verlag, Heidelberg 2003.

Von Brigitte Riebe sind im Diana Verlag erschienen:
*Die Hüterin der Quelle – Die sieben Monde des Jakobus – Auge des Mondes –
Die Sünderin von Siena – Palast der blauen Delphine – Die Hexe und der Herzog –
Die Prophetin vom Rhein – Die Braut von Assisi – Die Pestmagd –
Die geheime Braut – Die Versuchung der Pestmagd – Marlenes Geheimnis*

Verlagsgruppe Random House FSC® N001967

2. Auflage
Taschenbucherstausgabe 04/2019
Copyright © 2017 by Diana Verlag, München,
in der Verlagsgruppe Random House GmbH,
Neumarkter Straße 28, 81673 München
Redaktion: Silvia Kuttny-Walser
Umschlaggestaltung: t.mutzenbach design, München
Umschlagmotive: © Collaboration JS/Arcangel; shutterstock_Elenamiv;
shutterstock_Klaus Ulrich Mueller; shutterstock_Jose Ramiro Laguna
Satz: Leingärtner, Nabburg
Druck und Bindung: GGP Media GmbH, Pößneck
Printed in Germany
Alle Rechte vorbehalten
ISBN 978-3-453-35949-9

www.diana-verlag.de
 Dieses Buch ist auch als E-Book lieferbar.

Für meine Mutter und ihre Schwestern

Gegen das Vergessen schützt nur die Liebe.

(Dietrich Bonhoeffer, 1906–1945)

1

Endlich war sie wieder am See. Nane war mitten in der Nacht aufgestanden, hatte in ihrer kleinen Frankfurter Wohnung ein paar Sachen zusammengepackt und war danach in Richtung Südwesten aufgebrochen. Sie fröstelte wegen des Schlafmangels, und nach den vielen vergossenen Tränen der letzten Tage fühlte sie sich innerlich ganz wund und leer. Und doch nahm sie dankbar wahr, dass die frische Herbstluft ihr Gesicht streichelte. Zu dieser frühen Stunde war das große Wasser eine glatte Fläche, von der sich langsam muschelgraue Nebelfetzen lösten. Ein Stück entfernt zogen ein paar Enten gemächlich ihre Runden. Bis auf ein einzelnes Licht in der dunklen Restaurantzeile hinter ihr schlief die sonst so belebte Uferpromenade noch.

Es war nun schon einige Jahre her, dass sie zuletzt am Lindauer Hafen gewesen war, mit seinen unverkennbaren Insignien, dem Leuchtturm am Ende der rechten Mole und dem steinernen Löwen am Ende der linken, und jetzt bedauerte sie ihr Versäumnis zutiefst. Wie hatte sie ihre Großmutter so lange Zeit mit halbherzigen Telefonaten und ein paar Weihnachtskarten abspeisen können? Ihr alter Groll gegen sie kam Nane auf einmal nur noch lächerlich vor. Jetzt war die Oma tot, und alle Tränen der Welt konnten nichts mehr wiedergutmachen.

Christiane Auberlin, Nane genannt, mit braunen Locken, dunklen Augen und einem aparten Leberfleck oberhalb des linken Mundwinkels, war vor Kurzem vierunddreißig geworden. Von Kindheit an die Fleißige, die Tüchtige, die Kompetente, die sich allen Anforderungen stets mutig gestellt hatte. Auf einmal jedoch schien sie nicht mehr zu funktionieren, so große Mühe sie sich auch gab. Sie schlief seit Wochen schlecht, litt unter Herzrasen und unerklärlichen Schweißausbrüchen, wenn sie in den Apotheken die phänomenale Wirkung der Schlankheitspräparate anpries, die sie seit einigen Jahren im Außendienst für eine internationale Pharmafirma vertrieb. Inzwischen hatte sie sich an ihren Job gewöhnt, und manchmal mochte sie ihn sogar. Wieso rang sie dann jetzt immer öfter vor den Kunden um die passenden Worte, sie, der bislang in Verkaufsgesprächen die Sätze doch stets glatt über die Lippen gegangen waren?

Allein daran zu denken machte Nane schwindlig. Alles um sie herum schien sich zurückzuziehen, und die Konturen der Umgebung wirkten wattig wie in einem defekten Weichzeichner. Langsam ging sie auf einen der angeketteten Caféstühle zu und setzte sich vorsichtig hin.

Ich bin einfach total überarbeitet, daran wird es liegen, dachte sie und wusste im selben Moment, dass es nicht die ganze Wahrheit war. Ausweichen und verstecken war ihr im Lauf der Zeit zur Gewohnheit geworden, doch ihr Körper zeigte nun unerbittlich, was das auf Dauer mit ihm anstellte. Plötzlich schwoll das brummende Rauschen im Gehörgang an – ihr mittlerweile leider schon so vertraut, dass sie es bis eben kaum wahrgenommen hatte.

Dann jedoch erwachte ihr alter Kampfgeist.

Sie war zu spät gekommen, um mit ihrer Großmutter endlich Frieden zu schließen. Aber immerhin konnten sie sie anständig beerdigen – und das würden sie tun, sobald der Zug eintraf, mit dem ihre Mutter anreiste.

Wieder wandte Nane sich dem See zu.

Er reicht immer weiter, als man schauen kann. Und er spiegelt den Himmel, die Veränderung des Lichts, der Farbe, der Stimmung. Alles spürt man auf einmal um vieles deutlicher …

Von wem stammten diese Sätze? Sie wusste es nicht mehr, und doch war es immer schon so gewesen.

Inzwischen war das Wasser bewegter. Kleine Wellen kräuselten sich und klatschten an die schlickigen Pfeiler des großen Stegs, wo schon bald im Stundentakt die Ausflugsschiffe anlegen würden. Es war der letzte Monat, bevor ein Großteil der Bodenseeschifffahrt bis zum nächsten Frühling eingestellt wurde, und trotz aller inneren Leere und Traurigkeit fühlte es sich für Nane beruhigend an, dass sie sich noch immer daran erinnerte.

»Se sind abr früh dahane glandet!« Eine muntere Stimme im schönsten Schwäbisch holte sie aus ihren Grübeleien. Die Frau war rundlich und nicht mehr ganz jung. Unter ihrer dunkelblauen Strickjacke spitzte eine helle Schürze hervor.

Wortlos sah Nane sie an. Diesen Dialekt hatte sie einst geliebt, später dann gehasst, weil er ihr so gar nicht über die Lippen gehen wollte, jetzt aber war es für sie tröstlich, ihn wieder zu hören.

Die Frau lächelte. »Sie sind wohl nicht von hier?«, fragte sie dann, ins Hochdeutsche wechselnd.

»Doch«, sagte Nane. »Irgendwie schon. Aber eigentlich kommen wir aus …« Sie verstummte. Die verschlungene Familiengeschichte der Menzels und Auberlins in ein paar verständlichen Sätzen für eine Fremde zusammenzufassen war ihr jetzt zu kompliziert. »Jedenfalls war ich viel zu lange nicht mehr da«, fuhr sie schließlich fort.

»Denn verschdehet Sie mi?« Das Lächeln wurde breiter.

Nane nickte. »Jedes Wort«, versicherte sie.

»Mir machet zwar erschd in zwoi Schdunda uf, abr wenn des so isch, noh hol i Ihna einen frischa Apfelkucha ond einen heißa Kaffee. Sie seha ja ganz erfrora aus.«

Die Frau ging zurück ins Lokal und kam binnen Kurzem mit einem Tablett wieder heraus. Vor Nane standen nun ein Teller mit einem großen Stück Apfelkuchen, gekrönt von einem Klecks Schlagsahne, sowie eine Tasse dampfender Kaffee.

»Lasset Sie's sich schmegga! Der Kucha isch no oi bissle warm.«

Genüsslich begann Nane zu essen. Als ihr die Augen nach den ersten Bissen feucht wurden, hätte sie nicht sagen können, ob es am Apfelgeschmack lag oder an der Sehnsucht nach dem verlorenen Paradies, die sie sich so lange verboten hatte.

Äpfel und Großmutter, das hatte seit jeher für sie zusammengehört. Evas weiche Haut, die dunklen Haare, die erst spät silbern geworden waren, sogar die Kleider – alles an ihr hatte sommers wie winters nach der Frucht gerochen, die in Rickenbach das Leben aller bestimmt hatte. Schon als kleines Mädchen hatte Nane davon geträumt, eines Tages genauso zu werden wie ihre Großmutter: souverän, gescheit, humorvoll und bodenständig, eine Frau, der auch im reiferen Alter die Männer noch gern hinterherschauten. Eva hatte ihre Heimat verloren, eine waghalsige Odyssee durch halb Europa überstanden, um in der Fremde neu sesshaft zu werden. Ganz unten hatte sie noch einmal anfangen müssen, ohne dabei jemals bitter zu werden.

»Die Vergangenheit verlierst du nie«, so lautete einer von Evas Lieblingssätzen. »Aber wenn du heute nicht lebst, dann wirst du auch die Zukunft verlieren.«

Selten nur war etwas von der verborgenen Traurigkeit zu spüren, die sie noch am ehesten im Beisein der Enkelin zuließ. Dann saß sie ganz still da, die Hände im Schoß verschränkt, tief in sich versunken. Schon die kleine Nane hatte gelernt, dass man sie in solchen Momenten nicht ansprechen durfte. Denn jetzt war sie wieder in jener anderen Welt, zu der niemand Zutritt hatte. Das Mädchen wagte kaum zu atmen, bis die Großmutter sich ihr mit einem Lächeln zuwandte und ihre warme Hand auf den Kopf des Kindes legte.

Nane löste sich aus ihren Erinnerungen, zog einen Schein aus dem Geldbeutel und ließ ihn auf dem Tisch zurück. Dann stand sie auf, blickte ein letztes Mal auf den See, der inzwischen schon im ersten Sonnenlicht lag, und ging über die Straße hinüber zum Bahnhof.

In der Halle war seit ihrem letzten Besuch das berühmte Jugendstildekor einer sorgfältigen Renovierung unterzogen worden. Durch die Glastür konnte Nane auf die Gleise sehen. Hier war Eva mit der kleinen Marlene vor siebzig Jahren angekommen, zusammen mit anderen Flüchtlingen in uralte Güterwaggons gepfercht, heimatlos, hungrig und verlaust. Welche Ängste sie ausgestanden haben mussten, als man sie auf Lastwagen verlud und anschließend weiter nach Konstanz transportierte, wo die Frauen in einer öffentlichen Auktion als günstige Arbeitskräfte in der Region vermittelt worden waren! Damals hatten die beiden vergeblich von einem Butterbrot geträumt, heute dagegen musste Nane nur an den nächstbesten Bäckereistand gehen, um sich dort als Proviant für die Weiterfahrt zwei Schinkensandwiches und eine Flasche Wasser zu kaufen.

Eigentlich sollte in den nächsten Minuten ihre Mutter eintreffen, aber als Nane die Anzeigetafeln studierte, fand sie nirgendwo einen Hinweis auf den Frühzug aus Genf, den diese im letzten Telefonat erwähnt hatte. Irritiert wandte sie sich an den kleinen DB-Verkaufsschalter, doch auch der Mitarbeiter dort wusste nichts von solch einer Verbindung. Wieder einmal typisch für Vicky, die sich noch nie an Absprachen gehalten hatte!

Nane versuchte, ihre Mutter anzurufen. Es sprang aber nur die Mailbox an, auf der sie eine gereizte Nachricht hinterließ.

Sollte sie jetzt allein zu Tante Marlene fahren? Aber wie würde ihre Mutter dann nach Rickenbach kommen, wohin nur dreimal am Tag eine Buslinie verkehrte?

Die Ohrgeräusche wurden lauter, und Nanes Anspannung wuchs. Mit dem berühmten »Freiheitssinn« ihrer Mutter, wie diese ihre Nachlässigkeiten gern blumig verklärte, war sie schon als kleines Mädchen schlecht zurechtgekommen. Wie sehr hatte sie damals andere Kinder beneidet, bei denen es Tag für Tag nach der Schule ein warmes Mittagessen gegeben hatte, während in ihrem Ranzen meistens nur ein paar Münzen klimperten, damit sie den Hunger in einer Bäckerei oder am Kiosk stillen konnte. Aber dass Vicky sich nicht einmal bei der Beerdigung ihrer eigenen Mutter zuverlässig zeigen konnte, erboste sie.

Nane verließ die Bahnhofshalle, suchte sich draußen einen Sonnenplatz zum Warten und trank ein paar Schlucke Wasser. Als sie die Flasche wieder zuschraubte, hielt am Vorplatz ein silberner Saab mit Schweizer Kennzeichen. Die hintere Autotür ging auf – und Viktoria Auberlin stieg aus, einen kleinen Koffer in der Hand. Sie winkte ihrer Tochter kurz zu, blieb aber, anstatt gleich zu ihr zu gehen, erst einmal neben der Fahrertür stehen und parlierte zunächst ausgiebig durch das offene Wagenfenster mit den Insassen. Schließlich warf sie ihnen eine Kusshand zu und spazierte zu Nane.

»Reizende Menschen«, sagte sie statt einer Begrüßung, während der Saab davonfuhr. »Stell dir vor, sie haben aus freien Stücken einen Riesenumweg auf sich genommen, nur um mich nach Lindau zu bringen. Dabei hätten sie mich ebenso gut an der Straße stehen lassen können.« Sie küsste Nane auf beide Wangen. »Ist das nicht formidabel?«

»Du bist doch nicht etwa getrampt?«, fragte die misstrauisch zurück. »Mitten in der Nacht?«

Vicky warf die schulterlangen Haare zurück, in denen das früher so leuchtende Kastanienbraun immer mehr den Kampf gegen silberne Fäden verlor, und lächelte. Sie schien nicht übermäßig um ihre tote Mutter geweint zu haben. Die blaugrünen Augen waren blank, die Miene wirkte gelassen, fast heiter.

»Einer alten Kuh wie mir tut doch keiner mehr was! Früher gab es für uns gar keine andere Art zu reisen …«

»Früher ist lange vorbei«, erwiderte Nane scharf. »Und hast du nicht immer gesagt, dass man die Toten nicht warten lassen darf?«

»So sehr fehlt sie dir?«, sagte Vicky leise und legte die Hand auf Nanes Arm. »Mir fehlt sie auch, Kleines! Wie der Kern des Universums, so ist sie mir stets erschienen, stark und beständig. Ich musste schon früh von ihr weg, um mich selbst zu finden, aber das konnte ich nur, weil ich ja wusste, dass sie immer da sein würde, wenn ich zurückkommen wollte.« Sie fuhr sich mit der Hand übers Gesicht. »Damit ist es nun vorbei. Für mich, für Marlene – für uns alle.«

Nanes Kehle wurde eng, aber sie wollte nicht schon wieder zu weinen anfangen, nicht jetzt, in dieser unübersichtlichen Aufbruchssituation.

»Also komm!«, sagte sie mit leicht schwankender Stimme. »Mein Wagen steht gleich dort drüben.« Ihr Blick glitt zu dem schäbigen kleinen Koffer. »Ist das alles, was du dabeihast?«

»Ich reise am liebsten mit leichtem Gepäck, das weißt du doch. Und für maximal zwei Übernachtungen ist das mehr als genug – falls Marlene mich überhaupt so lange erträgt.«

Nane verkniff sich eine Erwiderung.

Die Streitigkeiten der beiden ungleichen Schwestern waren legendär. Ein verkehrtes Wort, ein falscher Blick, und schon lagen sie sich wieder in den Haaren. Die eine gewissenhaft und stets auf Etikette bedacht, die andere lässig und wild. Selbst heute war Vicky in einem dunkelroten Maxirock und einer bestickten Samtjacke angereist, die beide ihre beste Zeit offensichtlich längst hinter sich hatten. Nane konnte sich Marlenes Kommentar dazu schon jetzt lebhaft vorstellen.

Sie schaute nach links und rechts, bevor sie die Fahrbahn überquerten, da man bei ihrer Mutter nie ganz sicher sein konnte, ob sie nicht wieder im Gehen träumte, und stutzte, als sie an ihrem Wagen anlangte. Neben der Fahrertür hatte sich etwas Schwarzes zusammengerollt, und sie hörte ein jämmerliches Fiepen, als sie nah genug herangekommen war.

Der Hund hob seinen schmalen Kopf mit den Schlappohren und sah sie aus großen braunen Augen ängstlich an.

»Wer bist denn du?« Nane bückte sich zu ihm hinunter.

»Fass ihn bloß nicht an!«, warnte Vicky. »Wer weiß, was er für Krankheiten hat.«

Er zuckte zurück, als Nane seinen Pfoten zu nahe kam, die bluteten.

»Vermissen wird dich wohl niemand, schätze ich.« Ihre leise Stimme schien ihn zu beruhigen.

Der Hund trug kein Halsband. Er war so mager und schmutzig, dass er ein Streuner sein musste, eine Promenadenmischung mit Anteilen von Labrador, Beagle und Cocker, wobei dieser sich optisch am stärksten durchgesetzt hatte.

»Du solltest zum Tierarzt«, fuhr Nane, an den Hund gewandt, fort.

»Und wir sollten jetzt los«, wandte Vicky ein. »Es kommt sicher gleich jemand, der sich seiner annimmt. Du bist nicht für das Elend der ganzen Welt verantwortlich, Nane.«

Das Winseln wurde lauter. Doch anstatt aggressiv zu reagieren, leckte der Hund Nanes Hand.

»Ach, du willst mich gleich adoptieren?«, fragte sie. »Ich kann aber leider kein Tier bei mir aufnehmen …«

»Wäre es nach dir gegangen, dann hätte sich unsere Wohnung schon früher in die reinste Arche Noah verwandelt«, sagte Vicky. »Alles mit vier Pfoten, das irgendein Zipperlein hatte, wolltest du mir anschleppen. Und daran hat sich offenbar bis heute wenig geändert. Du musst auch einmal lernen, Nein zu sagen. Und dein schönes Auto …«

Nane sah sie nicht einmal an.

»Ist meine Angelegenheit, oder?«, sagte sie nur.

Der Hund brauchte dringend Hilfe. Und ihre Tante, die stets Katzen und bisweilen auch Hühner, Gänse und sogar Ziegen gehalten hatte, kannte bestimmt einen Veterinär. Auf dem Land wurden Sprechzeiten nicht so penibel eingehalten. Vielleicht konnte ja heute noch jemand nach dem verletzten Tier sehen.

Der Hundeblick war herzzerreißend. Da wusste Nane, dass sie bereits verloren hatte.

Mit einem Seufzen öffnete sie die hintere Tür und breitete die alte Decke, die sie für Staufälle immer dabeihatte, über die Rückbank. Gut die Hälfte des Polsters ließ sich damit abdecken. Dann hob sie den Hund hoch, der sich alles gefallen ließ, als spüre er, dass sie es gut mit ihm meinte. In ihren Armen war er überraschend leicht, schien fast nur aus Knochen und Fell zu bestehen, und sehr warm. Nane war erleichtert, dass er sich so problemlos ins Auto bugsieren und auf der Rückbank absetzen ließ. Als er nach einer anderen Liegeposition suchte und dabei seinen Bauch zeigte, entdeckte sie die Zitzen.

»Dein Findelhund ist also eine Sie«, kommentierte Vicky, die die Aktion ungewohnt schweigsam beobachtet hatte.

Nane öffnete den Kofferraum, schraubte einen Becher mit dem Schlankheitspulver auf, von denen sie auf ihren Verkaufstouren immer einige als Gratisproben dabeihatte, und goss Wasser in den Plastikdeckel. Gierig begann die Hündin zu schlabbern. Innerhalb von Sekunden war der Deckel leer.

»Noch mehr?« Nane füllte den Deckel erneut.

Die Hündin trank ein zweites Mal.

»Na also«, sagte sie, als sie sich hinter das Steuer setzte und den Motor anließ. »Wir zwei verstehen uns. Wäre schön, wenn du jetzt auch einsteigen würdest«, forderte sie ihre Mutter auf, die sich daraufhin neben sie setzte und den kleinen Koffer zu ihren Füßen abstellte.

Sie waren noch auf der Brücke, die den Lindauer Inselteil mit dem Festland verband, als Nane lautes Würgen hörte. Im Rückspiegel konnte sie sehen, wie die schwarze Hündin sich im Schwall erbrach, natürlich exakt auf jenen Teil der Rückbank, den die Decke frei gelassen hatte.

»Na wunderbar«, kommentierte Vicky. »Das hat uns gerade noch gefehlt.«

Sollte Nane anhalten?

Der Gestank nach Erbrochenem war derart penetrant, dass sie das Fenster herunterlassen musste. Allerdings schien das Tier für den Moment so erschöpft, dass wohl kaum eine weitere Kotzattacke drohte.

Nane gab Gas. Doch die letzten Kilometer, die früher immer wie im Flug vergangen waren, zogen sich heute trotz spärlichen Verkehrsaufkommens in die Länge, vielleicht weil sie und Vicky so wenig Lust zum Reden verspürten. Endlich kam Friedrichshafen, dann Meersburg, bevor Überlingen ausgeschildert war und sie schließlich in Richtung Salem abbiegen konnte. Natürlich stand der Ortsname Rickenbach auf keinem der Schilder. Das Dorf war in den 1970er-Jahren eingemeindet worden und bei Evas und Marlenes Ankunft 1946 kaum mehr als ein größerer Weiler gewesen. Schnaps gebrannt hatten sie dort allerdings schon damals. Aber keine sollte das Zusammenspiel von Maische und Feuer so gut beherrschen wie Eva Menzel, das mittellose Flüchtlingsmädchen aus dem fernen Nordböhmen.

Nane fuhr im Schritttempo weiter, als sie die ersten Häuser von Rickenbach erreicht hatte. Die Kirche, der kleine Friedhof, das Wirtshaus, die alte Dorfschule, aus der längst eine Fremdenpension geworden war, das stattliche Anwesen der Benteles, das umfassend renoviert erstrahlte, Kathi Köberlins Hexenhäuschen – alles war ihr unendlich vertraut. Vicky, die ebenfalls in die Vergangenheit einzutauchen schien, murmelte Unverständliches.

Dann tauchte linker Hand das Auberlinhaus auf, so schief und verwinkelt, wie es seit jeher gewesen war. 1898, so lautete die Inschrift über der alten Holztür, und die prangte neuerdings in frischem Gelb. Der Rest schien Nane unverändert: die Fachwerkbalken, die Wind und Wetter im Lauf von über hundert Jahren von Braun nach Grau gefärbt hatten, die viel zu kleinen Fenster, die selbst im Sommer nur zögerlich das Sonnenlicht in die Zimmer ließen, der wurmstichige Balkon mit der niedrigen Balustrade, den zu betreten man ihr als Kind immer wieder streng verboten hatte. Sogar der Schuppen, in dem der alte Brennofen gestanden hatte, existierte noch, wenngleich er wesentlich größer war als in ihrer Erinnerung.

Gleich nebenan hatte allerdings die Neuzeit prunkvoll Einzug gehalten. Der moderne Laden bestand hauptsächlich aus Glas und Stahl und war in edlem Grau gehalten. *Auberlin.* Ein kühner Schriftzug in Zitronengelb zog sich über die gesamte linke Seite. Und kleiner darunter: *Obstbrände & mehr aus der Region.*

Während Nane noch immer gedankenverloren darauf starrte, begann die Hündin hinter ihr kläglich zu winseln, und das brachte sie in die Gegenwart zurück.

»Marlene wird Augen machen«, sagte Vicky. »Ein krankes Tier bringt ihre penible Planung für Mamas Begräbnis doch sicher total durcheinander.«

»Wenn du dich ein bisschen zusammenreißt, könnte es vielleicht ausnahmsweise gehen«, entgegnete Nane, bevor sie sich wieder der Hündin zuwandte. »Um dich kümmern wir uns gleich«, versprach sie. »Ich will nur erst schnell Tante Marlene begrüßen gehen.«

Sie stieg aus und war nur noch ein paar Schritte vom Haus entfernt, als die Tür aufging und eine Frau auf sie zukam. Groß war sie, knochig, noch immer sehr aufrecht. Das Gesicht mit seinen klaren Linien wirkte wie gemeißelt. Als Kind waren ihre Haare von so hellem Blond gewesen, dass sie fast weiß ausgesehen hatten, das wusste Nane von alten Fotos, und genauso waren sie jetzt auch im Alter wieder geworden: eine schimmernde Gloriole, die Marlenes Kopf umfloss. In all den Jahren hatte sie sich kaum verändert. Nur die Wangen waren noch schmaler geworden, und die adrette dunkle Bluse wie auch die Gabardinehose saßen so locker, als gehörten sie eigentlich einer wesentlich fülligeren Person. Schweigend starrte sie Nane an, dann trat ein erschrockener Ausdruck in ihre emailleblauen Augen.

Nanes Unsicherheit wuchs. Sie waren sich einmal sehr nahe gewesen, doch dieses enge familiäre Band war längst zerfasert und brüchig geworden, nicht zuletzt durch ihre eigene Schuld.

»Was ist passiert? Und wer zum Teufel hat dir das angetan?« Marlene klang zutiefst besorgt.

Verdutzt blickte Nane an sich herab. Erst jetzt bemerkte sie, dass ihre helle Daunenjacke und die Hose blutverschmiert waren.

»Niemand! Beruhige dich, ich bin ganz in Ordnung«, versicherte sie. »Allerdings liegt in meinem Auto eine kranke Hündin, von der stammt das ganze Blut. Mama und ich haben sie in Lindau aufgelesen. Ich dachte, du kennst bestimmt einen guten Tierarzt.«

Als sie nun lächelte, legte sich Marlenes hageres Gesicht in tausend Fältchen.

»Ja, da könnte ich dir in der Tat weiterhelfen«, sagte sie und erwähnte ihre Schwester auf dem Vordersitz des Wagens, die sie längst erspäht haben musste, mit keinem Wort.

Es tat Nane unendlich gut, diese spröde Stimme wieder zu hören. Sie machte einen Schritt nach vorn, dann hielt sie inne, um kurz darauf erneut auf ihre Tante zuzustolpern. Alles in ihr wurde weit und hell. So war es hier immer schon gewesen, früher, in jenen goldenen Zeiten, die sie so sehr vermisst hatte.

Marlene breitete für einen Moment die Arme aus. Dann ließ sie sie erneut sinken, als habe sie sich bei etwas Verbotenem ertappt. Kurz war ihr Mund jedoch ganz weich geworden, bevor sie die Lippen schon wieder leicht spöttisch schürzte und die Hände in die Seiten stemmte.

»Na, dann eben willkommen im alten Zuhause, Nanekind!«, sagte sie mit leiser Ironie. »Wie schön, dass du endlich den Weg zurück gefunden hast, selbst wenn der Anlass denkbar traurig ist. Unsere Mutter war die Beste. Ich weiß noch gar nicht, wie es ohne sie weitergehen soll.« Sie räusperte sich und schaute dann zum Wagen. »Willst du nicht endlich auch aussteigen, Vicky?«, fragte sie laut.

*

Bis zur Ankunft des Tierarztes hatten sie die Hündin im Flur auf alte Decken gebettet. Wieder hatte sie sich von Nane ohne Protest aus dem Auto heben und ins Haus tragen lassen. Nur die dunklen Augen folgten ihr seitdem unablässig, und den schmalen Kopf ließ sie erst wieder sinken, sobald Nane in der Nähe war. Ihr noch einmal Wasser zu geben wagten sie nicht, bevor sie nicht wussten, was ihr fehlte. Nane hatte ihr die Pfoten provisorisch verbunden, aber sie bluteten noch immer, wie rostige Flecken auf der weißen Gaze anzeigten, und die Hündin wirkte sehr schwach. An den beiden Katzen, die sich nacheinander neugierig dem Krankenlager näherten, schien sie sich nicht weiter zu stören. Die erste war ein kräftiger Kater namens Leo, der schnell das Interesse verlor; die andere war die graue Minka, die länger schnupperte, Leo aber schließlich mit hocherhobenem Schwanz in den Garten folgte.

»Auf unseren Dr. Rossi kannst du bauen«, sagte Marlene, die Nanes innere Anspannung zu spüren schien. »Fabio lässt niemanden im Stich.«

»Ihr duzt euch?«, fragte Nane erstaunt, weil die Tante früher immer so distanziert zu allen gewesen war.

»So ist das auf dem Land.« Es klang abschließend. »Man merkt, wie lange du nicht mehr hier warst.« Sie rang sich ein dünnes Lächeln ab. »In der Zwischenzeit bringe ich dich auf dein Zimmer – und dich auch, Vicky.« Das kam deutlich kühler. »Viel zum Auspacken hast du ja nicht.«

»Du weißt doch, wie ich zu reisen pflege«, erwiderte Vicky ruhig. »Unbelastet von unnötigem Gepäck, immer bereit für Spontanes.«

Marlenes genervter Blick sprach Bände. Spontane Ideen waren ihr ein Graus, weil ihre jüngere Schwester sie seit Kindertagen damit traktiert hatte. Schweigend ging sie voran, gewichtigen Schritts, trotz ihrer neuerdings so zarten Konstitution, wie um noch einmal zu verdeutlichen, dass dieses Haus nun ihres war.

Nane hatte gerade erst die untersten Stufen der knarzenden Treppe betreten, als auch schon ein Strom von Erinnerungen sie überflutete, so lebendig, dass sie unwillkürlich Halt am Treppenlauf suchen musste, den Generationen von Auberlins blank gescheuert hatten. Dunkel war es gewesen und bitterkalt, als die Großmutter sie als kleines Bündel, dick in Decken gepackt, nach oben getragen hatte. Fest hatte sie ihr Köpfchen gegen die weiche Brust geschmiegt und dabei an der Wange das verrutschte Silberkreuz mit den Granatsteinen gespürt, das zur Großmutter gehörte wie die dunklen Haare oder der Apfelduft. *Alles wird gut, Nanekind,* hatte sie damals gemurmelt. *Deine Mama mag ab und zu ein verrücktes Huhn sein, aber sie ist und bleibt ein Huhn mit Herz, so wie alle Frauen in unserer Familie. Sie kommt wieder zurück, um dich zu holen, ich weiß es. Du ruhst dich also jetzt erst einmal bei der* Babička *aus, und morgen sehen wir beide dann weiter …*

Es war das erste und einzige Mal gewesen, dass sie die Nacht in Evas Zimmer verbracht hatte. Sonst konnte man sich lediglich zu ihr hineinschleichen, wenn sie ihren kurzen Nachmittagsschlummer hielt, vorausgesetzt allerdings, man legte sich still dazu und machte keine Faxen, sonst flog man nämlich ganz schnell wieder hinaus. Nicht einmal der Opa durfte sich dauerhaft hier breitmachen, obwohl sie die beiden nachts manchmal lachen und scherzen hörte, wenn sie später die Ferien hier verbrachte. Ein Zimmer für sich allein – in Rickenbach ging das Gerücht, das sei nur eine von Evas eisernen Bedingungen gewesen, unter denen sie den Apfelbauern Toni Auberlin überhaupt geheiratet hatte. Ein Unding, wie die Leute raunten. So ein dahergelaufenes Flüchtlingsmädel aus dem Osten, und dann Ansprüche stellen wie eine Adelige! Doch Eva musste nur den Kopf heben und den Blick ihrer dunklen Augen wachsam schweifen lassen, und jedes Getuschel erstarb auf der Stelle.

Natürlich führte Marlene sie an der Tür vorbei, hinter der jenes damals heiß begehrte Zimmer lag. Alles hier hatte immer schon nach Äpfeln geduftet, die Bettwäsche, die Möbel, Evas

Kleider. Sogar der gewebte Teppich schien diesen Geruch angenommen zu haben. Nane hatte sich als Achtjährige davon überzeugen können, als eine ihrer Haarspangen heruntergefallen war.

»Da schlafe ich jetzt«, hörte sie die Tante sagen, als bedürfe es einer Erklärung. Jeder aus der Familie wusste, dass Marlene Äpfel allenfalls in gekochter oder geschmorter Form zu sich nahm. Sie konnte sie roh nicht essen und war sogar außerstande, das knirschende Geräusch zu ertragen, wenn jemand in ihrer Nähe in einen frischen Apfel biss. Nane wurde von ihr jedes Mal prompt fortgeschickt, sobald sie es einmal vergessen hatte. Und dennoch gehörte das einstige Reich der Apfelkönigin nun ihr. Sogar Marlenes kerzengerader Rücken verriet, dass sie jeden Zentimeter davon verbissen verteidigen würde. »Dich habe ich im Zimmer von unserem Vater untergebracht. Und Vicky, du schläfst im Mädchenzimmer.«

Sie nannte es tatsächlich noch immer so, obwohl sie diesen Sommer siebenundsiebzig geworden sein musste! Und auch Vicky, Nanes Mutter, mit der sie es viele Jahre hatte teilen müssen, war inzwischen über sechzig und gehörte definitiv nicht mehr in die Kategorie Mädchen.

»Meinetwegen«, murmelte sie achselzuckend. »Ist zum Glück ja nicht für lang.« Damit war sie im Zimmer verschwunden.

»Soll mir recht sein«, murmelte Nane. »Hauptsache, das Bett ist nicht ganz so schmal …«

Abrupt blieb Marlene stehen.

»Ihr immer mit euren breiten Betten«, sagte sie missbilligend. »Jeder halbwegs normale Mensch kommt beim Schlafen mit maximal einem Meter prima zurecht. Aber deine Mutter und du, ihr schwärmtet ja schon immer für diese komischen Liege-wie-sen.« Aus ihrem Mund hörte es sich an wie eine besonders scheußliche Perversion. »So etwas haben wir leider nicht zu bieten.« Sie stieß die Tür auf. »Meinst du, du wirst hiermit zurechtkommen?«, fragte sie.

Das würde sie. Nane wusste es, kaum dass sie das Zimmer betreten hatte. Es lag nach hinten, weil Opa Toni gern ruhig geschlafen und ihn der anwachsende Lärm der Durchgangsstraße immer mehr gestört hatte. Sie glaubte noch immer ganz schwach den Geruch seines heimlichen Zigarillokonsums wahrzunehmen, obwohl das eigentlich gar nicht sein konnte, da der Großvater schon so lange nicht mehr lebte. Doch es gab nach wie vor den massiven Mahagonischreibtisch, an dem er so oft an seinen Erfindungen getüftelt hatte, anstatt auf den Streuwiesen oder in den immer größer werdenden Obstplantagen anzupacken, wie es sich Eva eigentlich gewünscht hätte. Anderen gegenüber hatte sie ihn stets verteidigt, ihren ruhigen, meist in sich gekehrten Mann, der lange nicht hatte fassen können, dass ausgerechnet er die von allen begehrte Schönheit erobert hatte. Aber wenn sie allein waren, war es durchaus ab und an zu Streitigkeiten zwischen ihnen gekommen.

»Ich kann es mir auch nicht leisten zu träumen«, hatte sie ihn etwa ausgeschimpft. »Denn wenn ich es täte, könnte es möglicherweise zu deinen Ungunsten ausfallen. Also nimm dich gefälligst zusammen und komm mit mir ins Obst. Damit verdienen wir unser Geld, nicht mit deinen sinnlosen Fantastereien.«

Nane stellte die Reisetasche ab. Für ihre paar Sachen war sogar der schmale Schrank zu groß. Jetzt aber reizte sie erst einmal der Schreibtisch. Und vor allem das leicht vergilbte Foto, das in einem schmalen Silberrahmen darüber aufgehängt war.

Eva Menzel. Apfelkönigin 1946, 1947, 1948.

Breitbeinig stand ihre Großmutter da auf der Streuwiese vor einem großen Baum, an dem nur noch wenige Früchte hingen, lachend, die Augen zu schmalen Schlitzen zusammengekniffen, als ob sie in die Sonne blinzeln müsste. Sie trug ein Kleid mit bauschigem Rock und einem schmalen Taillengürtel, doch trotz des Fotos in Schwarz-Weiß wusste Nane, dass es rot gewesen sein musste. Jahre später hatte sie es nämlich ausgeblichen im Schrank gefunden und war zum Spielen hineingeschlüpft, bis Marlene sie dabei erwischt und erbost ausgeschimpft hatte.

Auch jetzt wartete die Tante wie ein weiblicher Zerberus an der Tür und beobachtete sie.

Und ganz wie früher fühlte Nane sich sofort ertappt.

»Ich zieh mir nur schnell was anderes an«, sagte sie und schlüpfte aus der schmutzigen Jacke. »Eine frische Hose und …«

»Da hör ich doch was.« Marlene lauschte nach unten. »Das wird schon Fabio sein. Am besten kommst du gleich runter, sobald du fertig bist. Außerdem gibt es ja vor der Beerdigung noch einiges zu erledigen.«

Der Mann, der sie unten in der Diele erwartete, war knochig und sehr groß. Seine hellbraunen Haare standen wie störrische Antennen vom Kopf ab, als lege er aufs Kämmen keinen allzu großen Wert. Dazu passte auch die zerschlissene braune Lederjacke, die etwas an einen Rockmusiker erinnerte. Zur Begrüßung schlang er seine langen Arme um Marlene, küsste sie auf die Wangen und hielt sie dabei einen Moment länger fest als unbedingt nötig, das fiel Nane sofort auf.

»Du rufst, Leni«, sagte er, »und schon bin ich da. Seit wann bist du Katzennärrin denn nun auch auf den Hund gekommen?«

»Die Hündin hat meine liebe Nichte angeschleppt«, erwiderte Marlene, als er sie wieder losgelassen hatte. »Nane Auberlin. Du wirst dich wahrscheinlich nicht mehr an sie erinnern. Sie hatte gerade erst ihr Abi gemacht, als unser Vater gestorben ist.«

Rossi nahm Nane genau in Augenschein.

»Aber doch nicht etwa jener schlecht gelaunte Teenager mit der noch übler aufgelegten Frau Mama, oder?«, fragte er mit charmantem Grinsen. »Nichts hat damals Gnade vor Ihren kritischen Augen gefunden. Nicht einmal Ritas phänomenale Spätzle, die sonst so ziemlich jeden begeistern.«

»Sie waren auch auf Opas Beerdigung?«, fragte Nane erstaunt. »Davon weiß ich gar nichts mehr. Tut mir leid. Das ist alles schon so lange her.«

Er nickte, ohne den Blick von ihr zu nehmen.

»Und jetzt ist Ihre Hündin krank«, sagte er schließlich und kniete sich neben das Deckenlager. »Wie ist das denn passiert?«

Nane zuckte die Schultern.

»Keine Ahnung«, antwortete sie. »Und meine Hündin ist sie, genau genommen, auch nicht. Ich habe sie in Lindau neben meinem Wagen entdeckt. Sie hatte kein Halsband, und ich könnte wetten, einen Chip werden Sie auch nicht finden. Aber sie hat stark geblutet und einen jämmerlichen Eindruck gemacht, deshalb habe ich sie kurzerhand mitgenommen. Im Auto hat sie sich dann erbrochen, nachdem ich ihr etwas Wasser gegeben hatte. Meine Rückbank ist eine einzige Sauerei.«

»War im Erbrochenen auch Blut?«, fragte Rossi.

Nane schüttelte den Kopf. »So genau habe ich gar nicht hingeschaut«, sagte sie. »Wäre das wichtig?«

»Unter Umständen, ja«, sagte Rossi und zog behutsam die Lefzen der Hündin hoch. »Blasse Schleimhäute«, stellte er fest. »Hatte ich mir fast schon gedacht. Könnte auf eine Vergiftung hindeuten.«

»Ich gehe im Auto nachsehen.« Marlene stand auf und ging hinaus. Nach ein paar Augenblicken war sie wieder zurück. »Ja, da war definitiv Blut«, sagte sie. »Nicht viel, aber unübersehbar.«

Die Hündin hielt still, während Rossi sie abhorchte. Dann beschäftigte er sich mit den verletzten Pfoten.

»Die sind das kleinere Problem«, sagte er schließlich. »Aber mir gefällt nicht, dass sie noch immer bluten. Dazu die blassen Schleimhäute und das erbrochene Blut – ich tippe auf Rattengift, in welcher Form auch immer. Der Wirkstoff, den die Hersteller dafür oft verwenden, ist ein Marcumarderivat und verhindert die Blutgerinnung. Das kann auf Dauer übel werden, auch wenn ein Hund natürlich schwerer ist als die Nager.«

»Muss sie sterben?«, fragte Nane erschrocken.

»Das wollen wir doch nicht hoffen.« Rossi richtete sich wieder zu voller Größe auf. »Aber ich werde sie mitnehmen müssen«, sagte er. »In meiner kleinen Akut-Tierklinik kann ich ihr Vitamin-K-Infusionen legen und beobachten, wie sie darauf reagiert. Vielleicht muss sie sogar über Nacht bleiben. Kommt ganz darauf an, wie sich ihr Zustand entwickelt.«

»Da wird Brian sich aber freuen«, sagte Marlene mit leicht süffisantem Lächeln. »Hunde hüten statt tanzen gehen.«

Er lächelte prompt zurück.

»Derzeit haben wir lediglich zwei Hasen, einen Papagei in der Mauser, einen lahmen Esel und drei frisch kastrierte Straßenkater auf Station«, sagte er. »Das schaffen wir mit links.« Wieder traf Nane sein warmer Blick. »Wie heißt die Kleine denn überhaupt?«, fragte er. »Ich muss ja schließlich wissen, wen ich da mitnehme.«

»Souki«, sagte Nane spontan und legte ihre Hand dabei bekräftigend auf den schmalen Hundekopf. »Wie hat es Sie eigentlich in diese Gegend verschlagen?«, fügte sie dann hinzu. »Fabio Rossi klingt ja nicht gerade nach Baden-Württemberg.«

Nun zuckte er die Achseln.

»Das Internat natürlich«, sagte er. »Salem. Wir haben es beide besucht, meine Schwester drei Jahre vor mir, und ich dann ebenfalls. Unser Vater war Diplomat, alle paar Jahre versetzte man ihn in ein anderes Land, da hatten unsere Eltern nur wenig Zeit, sich um unsere Erziehung zu kümmern. Laura hat es inzwischen längst wieder nach Italien verschlagen. Und bei mir haben sie nicht damit gerechnet, dass ich mich unsterblich in diesen Landstrich verlieben könnte und für immer hierbleiben will. Ein Rossi als Landtierarzt – das ist so ungefähr das Letzte, was mein Vater sich für seinen einzigen Sohn vorgestellt hat.«

Marlene nickte beiläufig, als sei ihr die Geschichte unendlich vertraut.

»Wir hören also von dir?«, fragte sie, als Souki sicher in seinem dunkelgrünen SUV verstaut war, in den hinten eine Spezialtransportbox für kranke Tiere eingebaut war. »Du kannst gern auch noch spät anrufen. Du weißt ja, ich bin immer lange auf. Und heute, am Abend vor Mamas Beerdigung, bekomme ich sicher ohnehin kein Auge zu.«

»Mach ich«, sagte er und schien plötzlich zu zögern.

»Um die Bezahlung mach dir mal keine Sorgen«, setzte sie noch hinzu. »Meine Nichte hat seit Jahren einen tollen Posten in der Pharmaindustrie. Und falls alle Stricke reißen, bin ich schließlich auch noch da.«

»Das war es nicht, was mir soeben durch den Kopf ging.« Er klang besorgt. »Du siehst müde aus, Leni. Richtig geschafft. Pass bitte auf dich auf. Ich weiß doch, wie sehr du an deiner Mutter gehangen hast – eine bemerkenswerte Frau, die uns allen fehlen wird. Versprichst du mir das?«

Marlene nickte knapp, während Rossi einstieg, geschickt den Wagen wendete und schließlich die Einfahrt wieder verließ.

»Und jetzt?«, fragte sie schließlich. »Ich könnte ein wenig Ablenkung gebrauchen, und ich denke, du auch. Soll ich dir den neuen Laden zeigen?«

»Gern«, antwortete Nane, obwohl das Rauschen im Ohr wieder lauter geworden war und anzeigte, dass sie sich lieber ausruhen sollte. Doch der unüberhörbare Stolz in Marlenes Stimme zwang sie förmlich zu dieser Antwort.

Gemeinsam gingen sie auf das Glasgebäude zu. Im Inneren war inzwischen eine raffinierte Beleuchtung in Betrieb, die manche Bereiche des Geschäfts besonders grell in Szene setzte. Als Marlene die Tür aufstoßen wollte, wurde sie von innen bereits geöffnet. Ein muskulöser Mann Mitte vierzig mit kurz geschnittenem dunklem Bart lächelte ihnen entgegen.

»Wir haben noch nicht ganz geöffnet«, sagte er verbindlich. »Aber wenn Sie schon mit der Chefin daherkommen …«

»Das ist Martin Raible, Obstbauer, Brenner und seit ein paar Jahren meine rechte Hand«, sagte Marlene. »Ihm habe ich so ziemlich alles zu verdanken, was du hier siehst.«

Er winkte bescheiden ab. »Ich habe nur ein bisschen mitgeholfen«, sagte er, »seit die Seniorchefin sich vollständig aus dem Geschäft zurückgezogen hat. Sehr viel mehr war es gar nicht.«

»Und das ist meine Nichte Christiane Auberlin«, fuhr sie fort.

»Mein herzliches Beileid«, sagte Raible. »Ihre Großmutter war eine Ausnahmeerscheinung. Das weiß ganz Rickenbach.«

»Danke«, sagte Nane und wunderte sich, warum ihr sein Handschlag trotz der freundlichen Anteilnahme so unangenehm war.

»Eigentlich ist meine Nichte ja auch fast vom Fach«, sagte Marlene. »Das stimmt doch, Nane?«

»Damit will sie sagen, dass ich vor geschätzten hundert Jahren mal Pharmazie studiert habe«, sagte Nane und spürte, wie ihr Mund ganz trocken wurde, wie jedes Mal, wenn dieses für sie heikle Thema angeschnitten wurde. »Da lernt man unter anderem natürlich auch das Destillieren. Aber inzwischen habe ich das meiste längst wieder vergessen. Lassen Sie mich bloß nicht an Ihre Teufelsmaschinen! Davon habe ich nicht die geringste Ahnung.«

»Sie sind Apothekerin?«, fragte er interessiert. »Das stelle ich mir sehr interessant vor.«

»Falsch geraten. Ich arbeite für eine große Pharmafirma.«

»In der Forschung?«, bohrte er weiter.

Nane zog die Schultern hoch.

»Nicht ganz«, sagte sie nach einem kleinen Räuspern. »Eher im Marketing.«

»Gefällt es Ihnen denn hier bei uns?« Er beobachtete sie genau. »Seit Neuestem haben wir auch selbst gebrannten Gin und Whisky im Angebot. Die Konkurrenz schläft nicht. Und wer heutzutage in dem Geschäft mitmischen will, der muss flexibel sein.«

Nane schaute sich nach allen Seiten um. »Da habt ihr wirklich viel geleistet«, sagte sie schließlich.

Was zumindest keine Lüge war. Der Laden war groß und umfassend bestückt. Das Lichtkonzept passte, und vielleicht war es ja wirklich nicht einfach, mit Whisky- und Schnapsflaschen so etwas wie Atmosphäre zu erzeugen. Denn alles hier wirkte in ihren Augen zu steril. Irgendetwas Wichtiges fehlte. *Der Laden hat keine Seele,* dachte sie plötzlich. *Vielleicht ist es das.*

»Magst du was probieren?« Marlene kam mit zwei kleinen Gläsern zurück, in denen eine bernsteingelbe Flüssigkeit schwappte.

»Um diese Zeit und dann auch noch heute?« Nane schüttelte den Kopf. »Besser nicht.«

»Nur einen winzigen Schluck«, drängte Marlene. »Es ist unser neuestes Husarenstück – und wir beide sind enorm stolz darauf.«

Um sie nicht zu brüskieren, ließ Nane sich darauf ein. Der Obstbrand explodierte auf ihrer Zunge. Aprikosen schmeckte sie, dazu eine Prise Zimt. Und Sommer. Heiße, schier endlose Tage. Weich rann er die Kehle hinab, um anschließend im Magen ein kleines Feuerwerk zu entzünden.

»Köstlich«, lobte sie. »Und sehr gefährlich. Denn man mag eigentlich gar nicht mehr damit aufhören.«

»Der stammt von der alten Streuwiese«, sagte Marlene fast andächtig. »Obst, das Zeit zum Wachsen und Reifen hat, schmeckt einfach anders als diese eilig hochgezogenen Früchte, so war es schon immer. Ich bin gerade dabei, ein paar unserer früheren Grundstücke zurückzukaufen. Obwohl sie alle sehr daran kleben, meine geschätzten Nachbarn! Eigentlich lohnt es sich ja gar nicht mehr, bei dem stattlichen Alter, das ich inzwischen erreicht habe, und kinderlos, wie ich nun einmal bin, das habe ich mir schon öfter von ihnen anhören müssen. Aber …« Sie schaute zu Martin. »Man kann ja schließlich nicht immer nur machen, was die Leute von einem erwarten, oder?«

Er begann zu strahlen. Dann sah er wieder Nane an.

»Entschuldigen Sie bitte«, sagte er. »Für einen Augenblick hatte ich Ihren großen Verlust fast vergessen. Sie bleiben bis über das Wochenende?«, erkundigte er sich.

Eine Spur zu beflissen, wie sie plötzlich fand. Und reichlich neugierig dazu.

»Na, ein bisschen länger wohl schon«, erwiderte sie. »Ich habe unterwegs einen kranken Hund aufgelesen, der muss erst wieder gesund werden. Und außerdem hatte ich ganz vergessen, wie schön es hier ist. Ich freue mich schon drauf, all das wieder neu zu entdecken.«

Sein Blick begann plötzlich zu flackern.

Weil er nicht damit gerechnet hatte, dass plötzlich eine jüngere Verwandte von Marlene auftauchte und sich hier auch noch breitmachte? Aber vielleicht bildete sie sich das auch nur ein, so müde und ausgelaugt, wie sie sich auf einmal fühlte.

»Ich glaube, ich lege mich doch erst ein bisschen hin«, sagte sie. »Ich bin schon seit heute Nacht auf den Beinen, und ich will fit sein für alles, was noch vor uns liegt. Vielleicht kann ich ja sogar Souki schon bald wieder vom Tierarzt abholen.«

»Die ist bei ihm und Brian in den allerbesten Händen«, entgegnete Marlene mit Nachdruck. »Zwei wie Pech und Schwefel. Immer schon.« Sie schnaubte kurz, was leicht unwillig klang. »Also, ich könnte am helllichten Vormittag ja kein Auge zutun! Aber du wirst schon wissen, was gut für dich ist. Dein Wagen allerdings …«

»Kann auch noch ein weiteres Stündchen warten«, sagte Nane, die schon fast an der Tür war. »Jetzt brauche ich erst einmal ein wenig Ruhe.«

Kaum hatte sie sich hingelegt, war sie auch schon weggedöst. Und ihr Schlaf musste so tief gewesen sein, dass sie nichts von dem mitbekam, was um sie herum geschah. Als Nane wieder wach wurde, schien ihr die helle Nachmittagssonne ins Gesicht.

Sie reckte sich und stand auf.

Wo waren die blutverschmierten Kleidungsstücke abgeblieben?

Sie fand sie weder im Zimmer noch im alten Badezimmer ein paar Türen weiter, das sie als Nächstes aufsuchte. Hier gab es noch immer das bauchige Boilerungetüm, das jedes Mal eigens angeheizt werden musste, wenn jemand ein Vollbad nehmen wollte. Gleich nebenan allerdings hatte Marlene eines der kleinen Zimmer zu einem modernen Bad mit Dusche und einer Sprudelwanne umgestalten lassen.

Von unten kam ein köstlicher Duft, der Nane unwiderstehlich anzog. Sie ging in die Küche, wo neben dem Herd eine große Auflaufform mit Milchreis, geschmorten Äpfeln und Zimt auskühlte. Hier gab es kaum noch Spuren von früher. Die alte

Kredenz hatte modernen Einbaumöbeln Platz gemacht, in die diverse Elektrogeräte integriert waren. Nur der vertraute dunkelgrüne Kachelofen nebst umlaufender Holzbank und der alte Küchentisch hatten die Renovierung überlebt.

»Dein Lieblingsessen, als du klein warst«, sagte Marlene mit einem halben Lächeln. »Hätten wir dich gelassen, hättest du jedes Mal alles ganz allein verputzt.«

»Du hast es extra für mich gekocht?«, fragte Nane gerührt. »Wie lieb von dir!«

»Deine Mutter mochte es auch«, sagte Marlene. »Zumindest früher.«

Als hätte sie Vickys Erscheinen mit dieser Feststellung heraufbeschworen, betrat diese nun die Küche.

»Ich hab mich herrlich ausgeruht«, sagte sie lächelnd, was ihr sofort einen strengen Blick von Marlene eintrug. »Wahrscheinlich schläft man eben doch nirgendwo besser als daheim.«

Wenigstens hatte sie ihre dunkelrote Späthippie-Kleidung gegen eine graue Hose und einen weiten Pullover in derselben Farbe eingetauscht, aber nicht einmal das schien Gnade vor Marlenes Augen zu finden.

»Falls du deine Hose und die Jacke suchst, die trocknen gerade auf dem Wäscheständer im Garten«, fuhr sie fort, ausschließlich an ihre Nichte gewandt, während sie eine großzügige Portion Reisauflauf auf einem Teller anrichtete. Als sie sich dabei vorbeugte, klaffte der Ausschnitt ihrer Bluse ein Stückchen auf, und jetzt sah Nane, dass sie Omas altes Granatkreuz an einer längeren silbernen Kette trug.

Vicky gab einen kleinen Ton von sich.

»Hat sie dir das vererbt?«, fragte sie spitz. »Oder hast du es einfach an dich genommen?«

»Red keinen Unsinn!« Marlene sah sie nicht an, während sie weiter das Essen verteilte. »Sie hat es mir schon vor Jahren geschenkt. Schließlich bin ich ihre Älteste. Außerdem war ich da, als sie mich gebraucht hat, während du dich selbst verwirklichen musstest. So einfach ist das.«

Für einen Moment wurde es sehr still in der Küche.

»Und dein Auto ist auch wieder sauber«, fuhr Marlene nach kurzem Räuspern fort. »Martin musste allerdings ordentlich schrubben.«

»Wieso denn das? Ich wollte doch niemals, dass er die Schweinerei wegmachen soll«, protestierte Nane, deren Appetit auf die geliebte Süßspeise plötzlich nicht mehr ganz so groß war.

»Ach, weißt du«, in Marlenes Augen trat ein leicht verträumter Ausdruck, »der Martin Raible würde auch noch ganz andere Dinge für mich tun, wenn ich ihn darum bäte.« Sie stand auf. »Ich setze mich noch für ein Weilchen ins Büro. Nach dem Begräbnis geht es ja gleich mit der Ernte weiter. Da kommt man dann zu gar nichts mehr.«

»Du gehst noch immer selbst ins Obst?« Erst nachdem Nane es ausgesprochen hatte, fiel ihr auf, dass sie unwillkürlich den alten Ausdruck ihrer Großmutter verwendet hatte.

»Was denkst du denn?« Marlenes Rücken wurde noch eine Spur steifer. »Als Chefin ist man immer verantwortlich. Für alles. Erst wenn das nicht mehr geht, ist es vorbei.« Sie räusperte sich. »Und jetzt greift endlich zu! Wozu hab ich mir sonst die ganze Mühe gemacht?«

Nach kurzem Zögern folgte Nane der Aufforderung. Ja, es schmeckte wie früher – süß und leicht säuerlich, mit einer winzigen Prise Bitterkeit, die vom Zimt herrührte. Eigentlich hätte sich nun so etwas wie die altbekannte Seligkeit in ihr ausbreiten müssen, stattdessen fühlte sie sich ziemlich fehl am Platz, denn ihre Mutter hatte ihren Teller bislang nicht angerührt.

»Du glaubst also, das geht noch immer so wie früher«, sagte Vicky langsam. »Du befiehlst – und wir anderen tun, was du verlangst. Aber das ist jetzt vorbei. Und es wird höchste Zeit, dass du das endlich kapierst.«

Marlene blieb neben dem Ofen stehen.

»Und du schneist herein und willst gleich Anweisungen geben? Mutter und ich waren dir doch total egal in all den Jahren. Das hast du uns unmissverständlich gezeigt. Dann führ dich jetzt auch nicht auf, als hättest du hier etwas zu sagen!«

Vicky stand auf.

»Ich wollte einmal im Leben friedlich mit dir reden«, sagte sie. »Denn so einiges zu besprechen gäbe es ja durchaus. Aber das ist offenbar nicht möglich.«

»*Friedlich?*« Marlenes Stimme kippte. »Dass ich nicht lache! Selbst für Mutters Beerdigung bist du dir zu schade, sonst wärst du ja früher gekommen. Den Ablauf hat sie übrigens eigenhändig schriftlich festgelegt. Dazu hat sie dich nicht gebraucht. Und um den Rest – Leichenschmaus, Trauergäste, Sterbebild, Grabschmuck und die tausend weiteren Kleinigkeiten, die anfallen – habe natürlich ich mich gekümmert. Weil man es eben so macht. Und weil die anderen es so erwarten. Glaubst du vielleicht, Rickenbach verlässt sich auf eine Vagabundin wie dich, die im letzten Moment anrückt – oder vielleicht auch nicht?«

»Du hättest mich doch ohnehin nichts machen lassen.« Vickys Stimme klang noch immer mühsam beherrscht. Aber hektische rote Flecken am Hals verrieten ihre wachsende Erregung. »Weil du dir immer schon alles unter den Nagel gerissen hast, als sei es dein gutes Recht. Aber ich bin auch Evas Tochter – nur für den Fall, dass du das vergessen haben solltest.«

»Mama und ich, das war eine Einheit!« Jetzt schrie Marlene. »Und das galt schon, als es dich noch gar nicht gab. Hast du auch nur die geringste Ahnung, was wir zusammen alles durchgestanden haben? Natürlich nicht. Weil es für dich ja immer nur um Viktoria ging! Aber weißt du, was? Wir hätten sehr gut auf das ganze Schlamassel verzichten können, das deinetwegen über unsere Familie gekommen ist!«

»Soll das heißen, ich wäre besser gar nicht geboren worden?«, fragte Vicky schneidend. »Denn dann hätte ich eure Idylle auch nicht stören können. Ist es das, was du mir gerade sagen willst, Schwester?«

Marlene zuckte die Achseln. »Wenn du so willst …«

Nane war aufgesprungen und legte ihre Hand auf Marlenes Arm.

»Jetzt hört doch auf, euch so anzugiften!«, verlangte sie. »Das ist ja nicht zum Aushalten. Oma ist noch nicht unter der Erde, und ihr …«

»Halt du dich da raus.« Ruppig schüttelte Marlene sie ab. »Das ist etwas zwischen uns Schwestern und geht dich nichts an.«

Vicky sah sie kopfschüttelnd an, dann drehte sie sich um und ging wortlos hinaus.

»Genauso hat sie es immer schon gemacht.« Marlene klang verbittert. »Sobald es schwierig wurde, ist sie einfach verschwunden.«

»Dieses Mal warst aber du es, die zu weit gegangen ist«, widersprach Nane. »Wie kannst du nur etwas derart Verletzendes zu deiner eigenen Schwester sagen? Mich gäbe es dann übrigens auch nicht – hast du daran schon mal gedacht?«

Marlene zupfte an ihrer Bluse.

»Sie bringt mich immer wieder aus der Fassung«, murmelte sie trotzig. »Das beherrscht sie so gut wie sonst kein anderer Mensch auf der Welt. Und dann sage ich Dinge, die ich später bereue.«

»Sag ihr das«, drängte Nane sie. »Sprich mit ihr! So zerstritten könnt ihr doch nicht eure Mutter zu Grabe tragen.«

»Später. Ich muss jetzt erst einmal eine Weile für mich sein.«
Marlene griff nach einem dicken braunen Umschlag, den sie
auf der Ofenbank abgelegt hatte. »Der ist übrigens für dich.
Mama hat gesagt, ich soll ihn dir nach ihrem Tod geben. Eigentlich wollte ich ja erst noch die Beisetzung abwarten und anschließend eine kleine Zeremonie daraus machen. Kannst dich
bei deiner Mutter bedanken, dass daraus nichts geworden ist!«

Damit ließ sie Nane allein.

Der starke Kaffee aus der Thermoskanne, die Marlene auf
den Tisch gestellt hatte, machte Nane noch zittriger. Nach diesem furiosen Auftakt war im Krieg der Schwestern noch einiges zu erwarten. Als sie den Tisch abgeräumt und alles Ge-
schirr ordentlich in die Spülmaschine sortiert hatte, wurde der
Impuls, sich ins Auto zu setzen und zurück nach Frankfurt zu
fahren, fast übermächtig.

Doch sie kämpfte dagegen an.

Du bleibst, befahl sie sich selbst. *Das bist du deiner Großmutter schuldig. Außerdem braucht Souki dich. Und du brauchst
diese Landschaft und den See.*

Vor allem aber hatte der geheimnisvolle Umschlag ihre Neugier geweckt. Sie öffnete ihn und zog ein dickes dunkelrotes
Notizbuch hervor. Als sie es aufschlug, fiel ihr ein zusammengefaltetes Blatt Papier entgegen, das sie öffnete und glatt strich.

Liebe Nane, stand da in der korrekten, ein wenig spitzen
Handschrift ihrer Großmutter, der man bei einigen Buchstaben noch immer ansah, dass sie sich vor langen Jahren
aus der alten Sütterlinschrift entwickelt hatte, *als ich endlich
zur Ruhe gekommen war, habe ich nach und nach meine Geschichte aufgeschrieben. Ganz fertig ist sie leider nicht geworden, obwohl ich mir das eigentlich fest vorgenommen hatte,
aber jetzt bin ich zu krank dafür. Und vielleicht ist es auch*

ganz gut, wenn gewisse Dinge in mir verschlossen bleiben. Aber du sollst wissen, wie alles gekommen ist, damit du nicht die gleichen Fehler begehst wie ich.

Ich weiß schon lange, wie sehr du dich quälst, weil du dein letztes Staatsexamen nicht bestanden hast, und ich wünschte, wir beide hätten in Ruhe darüber reden können. Doch das war nicht möglich, weil du mir mein Verbot, den Benteles nahe zu sein, so übel genommen hast und seitdem immer auf Abstand geblieben bist. Ja, es hat mir wehgetan, dass deine Besuche hier immer seltener geworden und schließlich ganz ausgeblieben sind, aber ich habe es dir nicht übel genommen. Die Frauen unserer Familie haben alle ihren Stolz. Wie sollte es bei dir anders sein? Den wahren Grund konnte ich dir damals noch nicht sagen, dafür warst du zu jung, doch wenn du diese Seiten gelesen hast, wirst du mich vielleicht besser verstehen.

Gefühle zu äußern ist mir zeitlebens nie ganz leichtgefallen, aber ich war durchaus in der Lage, tief zu empfinden. Als junges Mädchen bin ich der großen Liebe begegnet und durch alle Höhen und Tiefen gegangen – bis ein entsetzlicher doppelter Verlust alles in mir absterben ließ. Damals dachte ich, ich könne nie wieder lieben, aber ich hatte mich getäuscht. Denn ich habe meine Mädchen geliebt – und auch dich, mein schönes, kluges Nanekind. Stets habe ich größte Stücke auf dich gehalten. Deshalb bekommst nun auch du meine Lebensbeichte zu treuen Händen.

Ich habe sie so aufgeschrieben, als sei sie die Geschichte einer anderen, das hat es mir leichter gemacht, auch die schlimmsten Erlebnisse nicht auszulassen. Du sollst wissen, woher du kommst – woher wir alle kommen. Das wird deine Wurzeln festigen und dir helfen, deine Flügel für den Start ins Leben mutig auszubreiten. Ich weiß, du bist sehr viel stärker, als du selbst glaubst. Und ich weiß auch: Wenn es eine gibt, die

*dauerhaften Frieden zwischen Marlene und Viktoria stiften
kann, dann bist es du, meine große, kleine Enkelin.*

*Ich zähle auf dich, Christiane Julika Auberlin. Möge das
Glück der ganzen Welt mit dir sein!*

Deine Großmutter Eva

Jetzt konnte nichts mehr Nanes Tränen aufhalten. Sie weinte
so heftig, dass es in ihren Schläfen zu pochen begann, doch
irgendwann wurde sie dann wieder ruhiger.

Sie hat mir verziehen, dachte sie in einer seltsamen Gefühls-
mischung aus Ungläubigkeit und Glück. *Sie hat die ganze Zeit
über gewusst, was wirklich mit mir los war. Jetzt halte ich ihr
Vermächtnis in den Händen – ausgerechnet ich, die es doch am
allerwenigsten verdient hat.*

Nane zog ein Taschentuch aus der Hosentasche und schnäuzte
sich ausgiebig. Dann stand sie auf, das Notizbuch wie einen kostbaren Schatz fest an die Brust gedrückt. Sie würde die Großmutter nicht noch einmal enttäuschen, das nahm sie sich in
diesem Moment vor. Alles, *alles* würde sie versuchen, um sich
dieses Vertrauens würdig zu erweisen. Doch zuerst musste und
wollte sie lesen, was Eva ihr hinterlassen hatte.

Dafür gab es im ganzen Haus nur einen geeigneten Ort: Opa
Tonis Zimmer, in dem Marlene sie einquartiert hatte.

2

Reichenberg, 1938

Jeder Morgen, an dem Tonleitern und Kadenzen aus dem offenen Fenster nach draußen drangen, versprach ein guter Tag zu werden, so jedenfalls war es all die goldenen Jahre in Prag gewesen. Davor kamen die Atemübungen, Grundlage jeder guten Stimme, später dann schloss sich das Legato-Singen an, das ein Leben lang immer weiter perfektioniert werden musste. Schon als kleines Mädchen war Eva an dieses aufwendige morgendliche Einsingen ihrer Mutter gewöhnt. Julika Bagosy, *die* Bagosy, wie sie früher auch genannt worden war, besaß einen zarten, ungewöhnlich klaren Koloratursopran, der ein wenig an den Klang einer Querflöte erinnerte. Für dramatische Opernrollen wie Verdis Gilda oder seine Violetta hatte ihr Stimmvolumen nie ganz gereicht. Doch vor ihrer Heirat und auch noch in den ersten Jahren danach war Julika als Blonde in *Die Entführung aus dem Serail,* als Sophie in *Der Rosenkavalier* oder als Olympia in *Hoffmanns Erzählungen* bejubelt worden.

Nicht nur ihre Stimme kam beim Publikum gut an, auch die fragile, hochgewachsene Gestalt mit den rotblonden Locken und der hellen Haut wurde allgemein bewundert. Diese temperamentvolle Ungarin gehörte nicht zur Riege schwergewichtiger Sänger, die sich unbeholfen und stocksteif in ihren Rollen abplagen mussten. Wie eine Elfe wirkte sie neben den anderen

41

auf der Bühne, leichtfüßig, fast schwerelos. Ihre Taille blieb über Jahre hinweg schmal, Beine und Fesseln waren geradezu aufsehenerregend, und sie sorgte dafür, dass die meisten Kostüme ihr Dekolleté gekonnt in Szene setzten.

Allerdings war die Bagosy auch bekannt für ihre Launenhaftigkeit, aber solange ihr Stern hell erstrahlte, nahm ihr die niemand ernsthaft übel, weder die Dirigenten und Regisseure, mit denen sie arbeitete, noch die Zuschauer. Auf dem Zenit ihrer Karriere allerdings begann sie es mit ihren Allüren zu übertreiben, kam so gut wie immer zu spät zu den Proben, beanspruchte lauter Extras und bedachte vor allem die jüngeren weiblichen Mitglieder des Ensembles mit Eifersucht und kaum verbrämter Missgunst. Was sich schnell herumsprach. Bestimmte Rollen wurden ihr nun nicht mehr angeboten, und sie musste in eher zweitklassigen Häusern auftreten.

Dazu gehörte auch, dass Julika nach der späten Geburt ihrer Tochter mehr und mehr ins leichte Fach gewechselt hatte. Jetzt sang sie Partien in diversen Lehár-Operetten, brillierte als *Csárdásfürstin* und bekam im Prager Theater in den Weinbergen als *Gräfin Mariza* so viele Vorhänge, dass es in die Annalen des Hauses einging. Sie selbst allerdings sprach nicht gern darüber und tat in bedauerlicherweise seltener werdenden Interviews Operettenauftritte mit einem leicht frivolen Augenaufschlag als vorübergehende Liebhaberei ab, die sich jederzeit wieder ändern ließe. Die Familie allerdings bekam zu spüren, dass Julikas Verzweiflung wuchs.

Das betraf Fritz Menzel, Apotheker von Beruf, der die acht Jahre ältere Sängerin schon während seiner Studienzeit in Prag glühend verehrt hatte und vor Glück fast übergeschnappt wäre, als sie seinen Antrag endlich annahm. Und es betraf auch Eva, die gemeinsame Tochter, äußerlich dem dunkelhaarigen Vater so ähnlich, dass sie ihm nach ihrer Geburt im Krankenhaus ganz selbstverständlich das richtige Kind gebracht hatten, die schon früh lernte, alle Zeichen mütterlicher Aufregung zu deuten.

Als Menzels Onkel Baldur 1934 verstarb und ihm das dreistöckige Wohnhaus am Altstädter Platz in Reichenberg vererbte, in dessen Erdgeschoss die Rosenapotheke lag, fasste er nach langem Grübeln den Entschluss, mit der Familie in seine Heimat zurückzukehren. Julika glaubte zunächst an einen üblen Scherz und verlor schließlich die Fassung, als sie merkte, wie ernst es ihm damit war.

»Ich bin in Budapest geboren, habe Gesang in Wien studiert und bin in Prag bejubelt worden. Großstädte, das ist meine Welt! Was zum Teufel soll ich da in einem Kaff bei tumben Sudetendeutschen?«

»Reichenberg ist die Metropole Nordböhmens und eine lebendige Industriestadt dazu«, erwiderte Fritz mühsam beherrscht. »Mit einem durchaus beachtlichen Kulturangebot. Manche nennen es sogar das *Wien des Nordens*. Wenn dir Sudetendeutsche derart zuwider sind, hättest du vielleicht besser keinen heiraten sollen.«

»Und was ist mit eurer sogenannten Heimatfront, die jetzt überall ihre urdeutschen Ansprüche herumkrakeelt?«, setzte sie nach. »Ich dachte immer, du fühlst dich als Demokrat, Fritz Menzel, und hasst die Nazis ebenso sehr wie ich! Übrigens weiß ich von einem unserer Tänzer, dass dieser Henlein, der da den Vorreiter spielt, dem eigenen Geschlecht mehr als zugetan ist.«

»Soviel ich weiß, haben dich Homosexuelle doch noch nie gestört. Die Hälfte deiner hochgeschätzten Theaterkollegen gehört dazu.«

»Ja, weil sie dazu stehen, ganz im Gegensatz zu diesem verdrucksten Turnmeister, der sich die Rettung deutschen Kulturguts auf die Fahne geschrieben hat. Das waren für mich schon immer die Allerschlimmsten: öffentlich Zucht und Ordnung predigen und dabei heimlich verbotene Laster pflegen!«, fauchte sie ihren Mann an. »Hat er dich jetzt etwa auch schon mit seinem Germanenwahn infiziert – von wegen: *gleiches Blut gehört in ein gemeinsames Reich?*«

»Mit Konrad Henlein und seiner Bewegung habe ich nichts zu schaffen«, erwiderte Fritz scharf. »Das weißt du ganz genau. Und von Deutschland kann doch keine Rede sein. Wir werden weiterhin in der Tschechoslowakei leben, nur eben ein Stück weiter nördlich. Dort, wo ich zur Welt gekommen bin. Und wo auch schon meine Eltern und Großeltern geboren wurden und gestorben sind, auch wenn es damals noch Böhmen hieß und zur K.-u.-k.-Monarchie gehört hat.«

»Du bist ein Träumer. Und ein blinder Fantast, der einfach nicht begreifen will, wie rasant die Welt sich gerade ändert.« Zwischen Julikas fein gestrichelten Augenbrauen stand nun eine steile Zornesfalte. »Hier in Prag können wir frei sein – und nichts anderes will ich auch weiterhin.«

»Und ich will nach Reichenberg«, beharrte er. »Zurück nach Hause. Mit euch, meiner Familie. Der Umzug findet statt. Daran gibt es nichts mehr zu rütteln.«

»Dann geh doch zurück in dein Zuhause!«, schrie sie. »Ich wünschte, ich wäre dir niemals begegnet!«

Eva, wider Willen Zeugin dieser heftigen Auseinandersetzung, machte sich ganz klein. Das Gesicht ihres Vaters war zu einer weißen Maske erstarrt. So wütend und gleichzeitig verletzt hatte sie ihn noch nie zuvor erlebt. Julika schmiss Türen und verzog sich schmollend ins Gästezimmer. Prompt bekam sie Migräne und sprach tagelang kein Wort mehr. Wie konnte ihr Mann es wagen, ihre Träume von der Rückkehr auf die großen Bühnen so schnöde zu durchkreuzen? Dabei übersah sie großzügig, dass sie inzwischen Mitte vierzig war, ein Alter, in dem Soubretten kaum noch besetzt wurden.

Auch Eva fiel der Abschied von Prag nicht leicht. Hier hatte sie die ersten Schuljahre absolviert, hier wohnten all ihre Freundinnen, und sie kannte nahezu jede Ecke der verwinkelten Josefstadt, in der sie fast elf Jahre gelebt hatten. Doch sie liebte ihren Vater abgöttisch, und so hörte sie ihm mit leuchtenden Augen zu, wenn er ihr von der rauen Schönheit seiner alten Heimat erzählte, dem Hausberg Jeschken, auf dem man im Winter sogar Ski fahren konnte, den Wanderwegen im nahe gelegenen Isergebirge, der Wallfahrtskirche Haindorf, zu der Menschen in Not pilgerten. Am meisten aber gefiel ihr, dass zur Erbmasse des verstorbenen Großonkels auch ein ausgedehntes Gartengrundstück gehörte, am Stadtrand von Reichenberg gelegen, bestanden von vielen Obstbäumen, deren Früchte fast das ganze Jahr über ihren Speisezettel bereichern würden.

So weinte nur Julika, als die Familie schließlich Prag im nagelneuen Mercedes 130 verließ, als Vorhut des Möbelwagens, der ihr ganzes Hab und Gut geladen hatte. In Reichenberg angekommen, stöckelte sie tränenüberströmt zunächst in die altehrwürdige Apotheke und von dort aus später weiter in den ersten Stock, wo die geräumige Wohnung lag. Den Raum, den ihr Mann als gemeinsames Schlafzimmer geplant hatte, tat sie auf der Stelle mit einem Achselzucken ab. Zu eng, zu einfach, viel zu stickig. Stattdessen beanspruchte sie für sich nahezu den gesamten zweiten Stock, den Fritz Menzel eigentlich schon einem Angestellten versprochen hatte. So gab es nun de facto zwei Wohnungen, oben die nobel eingerichtete mütterliche mit Musikzimmer, Boudoir, Salon und Bad, unten die väterliche, die eher konventionell bestückt und aufgeteilt war und die auch Evas Mädchenzimmer umfasste.

All das lag inzwischen vier Jahre zurück. Statt das deutsch-sprachige Gymnasium in Prag zu besuchen, wie ihre Mutter es immer für sie erträumt hatte, ging Eva nun in Reichenberg auf das Realgymnasium. Mit mäßigem Erfolg allerdings, wie sie selbst einräumte – ohne die Hilfe ihrer neuen besten Freundin aus der Liebiegstadt, wie das hiesige Arbeiterviertel hieß, wäre sie garantiert längst sitzen geblieben. Denn alles Theoretische war ihr ein Graus. Wozu sich in aller Welt auch mit öden mathe-matischen Gleichungen, rätselhaften Chemieformeln oder un-regelmäßigen englischen Verben abplagen, wenn draußen die Sonne lachte und das Fahrrad vor der Schule auf sie wartete?

Die fliegende Eva, so nannte man sie, wenn sie mit wehen-den Haaren durch die Stadt sauste, immer in Eile und meist mit einem Lächeln auf den Lippen. Inzwischen fast sechzehn Jahre alt, war sie zum Backfisch erblüht, dem viele Blicke hin-terherflogen. Von der fragilen Schönheit ihrer Mutter hatte sie bis auf die Locken und die geschwungenen Lippen wenig ge-erbt. Eva war kleiner als Julika, gut proportioniert, aber kräftig gebaut. Haare und Augen waren so dunkel, dass sie bisweilen fast schwarz wirkten, und wenn sie nur kurz in der Sonne blieb, nahm ihre Haut schnell einen warmen Bronzeton an. Sie besaß die athletische Figur einer Schwimmerin mit breiten Schul-tern, festen Brüsten und einem schmalen Becken. Tatsächlich war Wasser das Element, in dem sie sich am wohlsten fühlte, und Leibeserziehung das einzige Fach, in dem sie eine gute Note erzielte.

Ganz anders ihre Freundin Maria Engelhardt, genannt Molly, deren Vater in der traditionsreichen Liebiegschen Tuchfabrik als Vorarbeiter angestellt war. Ihre Mutter war gestorben, als sie gerade laufen lernte, seitdem führte Großmutter Mathilde den Haushalt. Dass Molly überhaupt die höhere Schule be-suchen konnte, war für die kleine Familie, die in einem der einfachen Arbeiterhäuschen lebte, schon außergewöhnlich. Dass sie zudem Jahr für Jahr als Klassenbeste glänzte, ein Wunder. Das Mädchen machte selbst wenig Aufhebens davon, dass ihr zuflog, wofür andere sich plagen mussten. Seelenruhig ließ sie Eva bei Klassenarbeiten abschreiben und löste für sie im Schreckensfach Mathe ein paar Aufgaben, weil sie mit den eigenen schon längst vor der Zeit fertig war. Dünn, flachbrüstig und mit der runden Brille auch äußerlich ein Blaustrumpf, wie er im Buche stand, bildete sie den perfekten Gegensatz zu Eva. Dabei aß sie für ihr Leben gern, und so genoss sie den Mittagstisch bei den Menzels, den die Haushälterin Boba mit ihren slowakischen Köstlichkeiten ebenso einfallsreich wie üppig bestückte.

Die beiden Mädchen waren unzertrennlich. Wo Eva war, da fand sich binnen Kurzem auch Molly ein, und umgekehrt. Fritz Menzel mochte die schlaue Kleine von Herzen gern, die seiner Tochter in der Schule so selbstlos über die Runden half, während Julika weniger mit ihr anzufangen wusste. Immerhin konnte Molly all jene Kleider, Röcke und Mäntel auftragen, die Eva zu eng geworden waren, während die Tochter dringend eine neue Garderobe brauchte.

Daher nahm sie Eva mit zu Frau Černá in der Windgasse, der Schneiderin ihres Vertrauens. Seit der Ankunft in Reichenberg musste diese Jahr für Jahr die Taille von Julikas Kleidern diskret ein paar weitere Zentimeter auslassen. Anfangs hatte Eva die dunkle, stark nach Mottenkugeln riechende Wohnung nicht gemocht und nach Ausreden gesucht, um doch lieber nicht mitzumüssen. Das allerdings hatte sich schlagartig geändert, seitdem vor zwei Monaten Karolina Černás Neffe Jan zu ihr gezogen war. Während Eva gerade mit Ach und Krach die Obertertia erreicht hatte, war er ein guter Schüler, bereits Unterprimaner und damit nur kurz von seinem Ziel entfernt.

Groß, schlaksig und mit Augen, aus denen der Schalk blitzte, machte der blonde Achtzehnjährige nicht nur die Kundinnen seiner Tante nervös. Nahezu alle Mädchen des Realgymnasiums schwärmten für ihn. Sogar Molly, die sich sonst für Jungs nicht sonderlich interessierte, gab zu, dass sie ihn ziemlich süß fand. Eva begann schon zu stottern, wenn Jan nur in ihre Nähe kam. Dabei wünschte sie sich doch nichts mehr als das und fand jetzt immer neue Gründe für immer neue Anproben. Während sie bei der Schneiderin noch bis vor Kurzem alles nahezu teilnahmslos über sich hatte ergehen lassen, wurde sie jetzt auf einmal anspruchsvoll. Die Blusen waren zu weit, die Röcke zu lang, die Kleider, umgearbeitet aus den unerschöpflichen Beständen ihrer Mutter, schienen ihr viel zu altbacken. Modern wollte sie aussehen, schick und möglichst erwachsen – doch im Grunde wollte sie nur eines: Jan gefallen.

In einem wilden Gemisch aus Deutsch und Tschechisch debattierten Frau Černá und ihre beiden Kundinnen gerade über Evas plötzlich erwachte Forderungen und wurden dabei so laut, dass Jan auf einmal ins Zimmer gestürzt kam und sich dabei die Ohren zuhielt.

»Wer bei diesem Krach Geometrie pauken soll, der muss erst noch geboren werden«, sagte er in perfektem Deutsch, bei dem nur die weichen Vokale verrieten, dass er Tscheche war. »Könnt ihr nicht wenigstens ein bisschen leiser streiten?«

Eva wurde glutrot, Julika begann zu schnauben, und Frau Černá drängte ihn energisch aus dem Nähzimmer.

»Du hast hier nichts verloren, solange Kundschaft anwesend ist«, sagte sie in scharfem Ton und fasste sich an das Silberkreuz mit den funkelnden Granaten, das sie um den Hals trug und niemals ablegte. »Wie oft soll ich dir das noch sagen? Sonst kannst du auf der Stelle nach Kladno zurückkehren und dich dort wie dein Vater unter Tage zu Tode schuften.«

Jans anziehendes Gesicht verschloss sich, und er murmelte etwas, verschwand jedoch sofort.

»Der Junge ist gescheit, aber leider viel zu aufsässig«, sagte die Schneiderin mit einem tiefen Seufzer. »Was ihm noch jede Menge Ärger einbringen wird. Und mir vermutlich auch. Ich hätte meiner Schwägerin nicht nachgeben sollen, als sie mich gebeten hat, ihn bis zum Abitur aufzunehmen. Aber was sollte ich machen? Mein Bruder ist bei einem Grubenunglück ums Leben gekommen, und mit der lächerlichen Witwenrente, die sie ihr auszahlen, hätte sie Jan auf der Stelle von der Schule nehmen müssen.«

Eva hatte die Ohren gespitzt, um sich nur ja kein Wort entgehen zu lassen. Urplötzlich war sie mit der zuvor noch strikt abgelehnten Saumlänge doch einverstanden und behauptete, unverzüglich heimzumüssen, um wichtige Hausaufgaben zu erledigen. Während die Schneiderin und Julika sich zwei Abendroben vornahmen, die die Sängerin jahrelang nicht mehr getragen hatte, ging Eva auf Zehenspitzen in die Küche, wo Jan über seinen Büchern saß.

Ihr Herz klopfte zum Zerspringen. Aber wenn nicht jetzt – wann dann?

»Du hast *na to kašlu* gesagt«, eröffnete Eva nach einem Räuspern das Gespräch. »Das habe ich genau gehört.«

»Na und?« Er hob den Kopf und sah sie an.

»*Ich pfeife drauf.* Nicht gerade sehr höflich. Ich bin in Prag geboren. Ich kann Tschechisch.«

»Mischst du dich eigentlich immer in Dinge ein, die dich nichts angehen?«, sagte er langsam. »Außerdem habe ich mit meiner Tante geredet, nicht mit dir.«

»Warum eigentlich nicht?«, entgegnete sie in provokantem Tonfall und wünschte sich gleichzeitig inständig, Molly wäre hier, um ihr Rückendeckung zu geben.

»Weil ich mit Kindern nichts anfangen kann. Darum. Und jetzt lass mich bitte in Frieden. Ich habe noch jede Menge zu büffeln.« Er konzentrierte sich wieder auf seine Unterlagen.

»Das mit dem Kind kannst du vergessen.« Eva warf ihr Haar zurück, genauso wie es Zarah Leander in *Heimat* vorgemacht hatte. Stundenlang hatten Molly und sie diese laszive Geste gemeinsam vor dem Spiegel einstudiert. Sie konnte nur hoffen, dass sie jetzt die gewünschte Wirkung zeigte. »Ich bin nämlich schon sechzehn.« Die vier Monate, die sie davon noch trennten, unterschlug sie. »Und mit mir zu reden lohnt sich immer.«

»Soll heißen?« Er schaute sie wieder an. Eigentlich gar nicht mehr so unfreundlich. Ganz im Gegenteil.

Ihre Beine begannen leicht zu zittern. Man läuft Kerlen nicht hinterher, das hatte Julika ihr tausendmal eingeschärft. *Niemals!* Aber jetzt, wo sich eine Chance bot, um die alle Mädchen der Schule sie glühend beneiden würden, musste sie sie einfach nutzen.

Eva nahm allen Mut zusammen.

»Bei Gelegenheit könnte ich dir unseren Garten zeigen, jetzt, wo die Äpfel reif sind«, sagte sie. »Du hast doch sicherlich ein Fahrrad, oder?«

Jan nickte.

»Weshalb interessiert dich das?«, wollte er wissen.

»Weil er ein bisschen außerhalb liegt.« Sie wurde langsam sicherer. Der Garten war ihr kleines Paradies, der Ort, an dem sie sich am wohlsten fühlte. »Und hast du einen Sack? Oder wenigstens einen Korb? Irgendetwas, das sich auf dem Gepäckträger transportieren lässt.«

»So etwas in der Art lässt sich vermutlich auftreiben.«

»Dann vielleicht gleich morgen?«, redete sie weiter, aus Angst, der mühsam aufgebrachte Mut könne sie jeden Moment wieder verlassen. »Wir haben nach der Sechsten aus. Ihr auch?«

»Du willst mir Äpfel schenken?«, fragte er überrascht. »Weshalb? Du kennst mich doch gar nicht.«

»Wir haben jede Menge davon. So viel, dass wir gar nicht wissen, wohin damit.« Jetzt zitterten auch ihre Hände, die sie schnell ineinander verschränkte. Jan sollte nicht sehen, wie aufgeregt sie war.

»Also gut«, sagte er schließlich. »Morgen nach der Sechsten. Aber fang mich bloß nicht am Schultor ab. Muss ja nicht gleich die ganze Klasse erfahren. Wir treffen uns am Tuchplatz. Vor dem *Grand Café Generali*.«

*

Vor Aufregung schlief Eva keine Sekunde in dieser Nacht, jedenfalls kam es ihr so vor, als sie wie an jedem Schultag um kurz nach sechs aufstand. Leider zeigte ihr der Spiegel im Badezimmer ein müdes, zudem leicht verquollenes Gesicht, das sie so lange mit kaltem Wasser traktierte, bis die Haut klar war und sie die Augen einigermaßen aufbekam. Sie bürstete ihre Haare und kniff sich in die Wangen, um ihnen eine rosige Tönung zu geben. Wenn sie nur einen von Mamas Lippenstiften benutzen könnte! Doch die hütete ihre Kosmetika wie einen Kronschatz und ließ sich von der Tochter nicht so leicht austricksen. Vor dem Schrank zögerte sie lange und entschied sich schließlich für das rote Kleid, das Frau Černá zuletzt für sie geändert hatte.

Nachdem Eva sich von Kopf bis Fuß gewaschen hatte, war in der Regel auch ihr Vater schon wach, der es sich nicht nehmen ließ, ihr zum Frühstück Malzkaffee zu kochen und ein paar Brote zu streichen, damit das junge Gehirn so richtig in Schwung kam, wie er zu sagen pflegte. Heute jedoch saß auch die Mutter am Küchentisch, sogar angezogen, nicht wie sonst im Morgenmantel, wenn sie sich überhaupt einmal so früh zu ihnen herunter bequemte. Beide schienen Eva kaum wahrzunehmen, als sie mit einem lauten »Guten Morgen« die Küche betrat, sondern lauschten gebannt der Stimme aus dem Volksempfänger, der auf einem kleinen Regal stand und auf volle Laustärke gestellt war.

»Mach schon aus«, sagte Julika, nachdem sie ihre Tochter bemerkt hatte. »Ich kann dieses frenetische Gejohle nicht mehr ertragen. Wann, glaubst du, werden sie da sein?«

Fritz drehte den Knopf nach links.

»Ich fürchte, sehr bald«, antwortete er. »An der Grenze stehen sie ja schon – oder sie haben sie bereits überschritten. Dass die Engländer das zugelassen haben! Ich kann es einfach nicht verstehen.«

»Ich dagegen sehr wohl«, widersprach Julika. »Und ich habe es dir vorhergesagt, als sie tatenlos dabei zugeschaut haben, wie Hitler sich im Frühjahr Österreich einverleibt hat.«

»Bisher geht es ja lediglich um das Sudetenland. Und wenigstens haben wir keinen Krieg.« Er klang unendlich müde. »Die Tschechen hatten bereits schwer aufgerüstet. Das hätte alles auch ganz anders ausgehen können.«

»Noch nicht, mein Lieber – noch nicht.« Julika holte sich eine Zigarette aus ihrem silbernen Etui, zündete sie an und nahm einen tiefen Zug. Seitdem sie nicht mehr öffentlich auftrat, sondern nur noch ab und zu bei größeren Hochzeiten oder Trauerfeiern sang, sah sie auch nicht ein, weshalb sie ihre Stimme noch weiter schonen sollte. Zigaretten und Alkohol gehörten inzwischen zu ihren Grundnahrungsmitteln, und sie war immun gegen jede Art von Ratschlägen.

»Aber ich rechne damit«, fuhr sie fort. »Denn Hitler wird sich nicht mit diesem Happen begnügen. Er will alles, das ganze

Land – und er wird es sich nehmen. Und meinst du, deine Briten werden ihn daran hindern? Da kannst du lange darauf warten! Was geht sie schon ein kleines, tüchtiges Land im Herzen Europas an, meilenweit entfernt von ihrer Insel? Wahrscheinlich wissen die meisten Engländer nicht einmal, wie man das Wort Tschechoslowakei buchstabiert.«

»Wovon redet ihr?«, fragte Eva.

»Wir gehören jetzt zum Deutschen Reich«, sagte Julika, und ihre Stimme klang bitter. »Oder zu Hitlerdeutschland, wenn dir das besser gefällt. Konrad Henlein wird uns bis auf Weiteres verwalten. Aber ich bin sicher, die anderen Schergen des Führers lassen auch nicht lange auf sich warten. Ich habe deinen Vater schon vor Jahren gewarnt. Aber er wollte leider nicht auf mich hören.« Sie fasste ihre Tochter streng ins Auge. »Was bringen sie euch eigentlich bei im Geschichtsunterricht?«

Das Fach, das Eva neben Mathe am meisten hasste. Als unendlich öde empfand sie es, eine in ihren Augen sinnlose Aneinanderreihung toter Könige, nervtötender Kriege und komplizierter Friedensschlüsse, deren Errungenschaften eigentlich stets den Deutschen zugestanden hätten, wäre es, so der Lehrer, halbwegs nach Recht und Ordnung gegangen. Meistens verfiel sie augenblicklich in eine Art Dämmerschlaf, sobald seine sonore Stimme einsetzte. Oder sie starrte aus dem Fenster und sah dabei zu, wie rötliche Eichhörnchen auf der großen Kastanie im Schulhof Fangen spielten. Neuerdings träumte sie dabei meist mit offenen Augen von Jan.

»Das Sudetenland war seit Jahrhunderten deutsch, sagt Oberstudienrat Dr. Rath«, leierte sie herunter. »So ist es nur natürlich, dass die starken, gesunden Menschen dieser Region zu ihren Wurzeln zurückstreben und die unnatürliche Fremdherrschaft abwerfen …«

»Sei still!« Fritz und Julika hatten es wie aus einem Mund gerufen, und für einen kostbaren Augenblick war zwischen ihnen alles wieder so wie früher, als ihre Ehe noch keine Brüche, sondern allenfalls feine Sprünge gezeigt hatte.

»In dieser Wohnung will ich solchen Unsinn nie mehr hören«, setzte Julika hinzu. »Den kannst du dir für deine Klassenarbeiten aufsparen. Vielleicht kriegst du dann endlich bessere Noten.« Sie drückte die Zigarette aus und griff schon nach der nächsten. »Wer weiß, was diese Henlein-Jünger heute noch alles veranstalten werden, jetzt, wo sie sich endlich mit den Nationalsozialisten vereinen dürfen – Aufmärsche, Jubelfeiern, vermutlich auch die erste große Verhaftungswelle, wie es schon in Österreich passiert ist. Alles auf jeden Fall sehr gefährlich. Vor allem für ahnungslose junge Mädchen, die schnell in die Schusslinie geraten können.«

Ihre Stimme wurde sanfter.

»Am besten bleibst du heute bei mir zu Hause. Wir können Patiencen legen. Kakao trinken. Oder Schallplatten hören und uns gegenseitig die Haare machen. Dazu solltest du allerdings nicht das gute Kleid anbehalten. Wie eine kleine Madame siehst du übrigens darin aus. Ich muss direkt noch einmal überlegen, ob das wirklich schon für dich passend ist! Geh nach nebenan, Schätzchen, und zieh dir etwas Bequemes an. Ich möchte mein unschuldiges Kind wiederhaben.«

Eva wurde heiß bei diesen Vorschlägen. Jan versetzen – vollkommen unmöglich! Und das Kleid behielt sie selbstredend an.

»Aber das geht doch nicht. Ich muss in die Schule!«, protestierte sie. »Die anderen könnten ja sonst denken, ich sei gegen den Anschluss. Dann hätte ich in der Klasse keine ruhige Minute mehr.« Flehentlich wandte sie sich an ihren Vater. »Jetzt sag du doch auch mal etwas dazu, Papa!«

»Ich fürchte, das Kind hat recht«, räumte dieser stirnrunzelnd ein. »Dass ich kein Nazifreund bin, weiß ohnehin die halbe Stadt. Wenn unsere Tochter heute auch noch demonstrativ dem Unterricht fernbleibt, könnte das üble Auswirkungen haben. Für uns alle.«

Julika war so plötzlich aufgesprungen, dass der Stuhl hinter ihr krachend zu Boden fiel.

»Genau deswegen sollten wir auch unsere Zelte hier schleunigst abbrechen.« Ihre Stimme klang brüchig. »All dieses Ducken und Verstecken, dieses Heucheln und Lügen – es hat noch nicht einmal richtig angefangen und vergiftet uns trotzdem schon.« Sie griff nach der Hand ihres Mannes und drückte sie heftig. »Lass uns zurück nach Prag gehen, Fritz! Ein guter Apotheker wie du, zweisprachig und berufserfahren, der findet doch immer eine Anstellung. Ich könnte Gesangsunterricht geben, um etwas dazuzuverdienen, und Eva …«

»Ich *gehe* heute zur Schule!« Mit stählerner Stimme feuerte Eva die Worte in den Raum. Sie sah das Erschrecken im Gesicht der Mutter, die Resignation in den Zügen des Vaters, aber nichts von dem erreichte sie wirklich. Heute würde sie Jan den Garten zeigen.

Nichts anderes zählte für sie in diesem Augenblick.

Eva bückte sich nach der Aktentasche, die sie zu Beginn dieses Schuljahrs endlich gegen den lächerlichen Lederranzen, wie ihn nur Kinder trugen, ausgetauscht hatte, und lief schnell aus dem Zimmer.

*

Doch der reguläre Unterricht fiel überraschend aus, zum ersten Mal, seitdem Eva das Realgymnasium besuchte. Dafür wurden die Schüler aller Stufen mit dem gesamten Lehrkörper in der Aula zusammengetrommelt, wo sie sich unter den Bronzebüsten von Lessing, Goethe und Schiller nach und nach einfanden. Heute jedoch hatte keiner auch nur einen Blick für diese berühmten Köpfe aus Deutschlands ruhmreicher Vergangenheit. Zu dominant waren die über Nacht angebrachten roten Fahnen mit dem schwarzen Hakenkreuz. Als die Morgensonne hereinbrach, schien der Raum wie in Blut getaucht, und durch die Menge ging ein ehrfürchtiges Raunen.

Direktor Hasenbrod begann seine flammende Rede über die entscheidende Bedeutung des Sudetenlandes als Hüter des Deutschtums. Eva, neben Molly sitzend, die nervös an ihrem ausgeleierten Pulloverärmel herumzupfte, fiel es schwer, sich auf seine ekstatischen Sätze zu konzentrieren.

Wo steckte Jan?

Inmitten seiner Klassenkameraden aus der Unterprima konnte sie ihn nirgendwo entdecken. Und auch nahe der Tür, wo die wenigen Tschechen der Schule zusammengedrängt standen, als suchten sie Schutz, fand sie ihn nicht. Hatte sich bereits bewahrheitet, was seine Tante im Nähzimmer kürzlich als düstere Prophezeiung ausgestoßen hatte?

Der Junge ist gescheit, wird aber leider schnell aufsässig …
Was ihm noch jede Menge Ärger einbringen wird. Und mir auch …

Molly hatte ihr vorhin ins Ohr geflüstert, dass im Morgengrauen in der Liebiegschen Arbeitersiedlung Dutzende von Verhaftungen vorgenommen worden waren, alles Kommunisten oder Sozialdemokraten. Ihr Vater, früher Mitglied bei den Falken, der sozialistischen Jugendbewegung, und häufiger als Streikführer in der Fabrik fungierend, war zu diesem Zeitpunkt bereits in der Frühschicht gewesen. Was bedeutete, dass sie ihn möglicherweise nicht wiedersehen würde, wenn sie nach Hause kam. Ihr Gesicht war noch blasser als sonst, und ihr Atem ging stoßweise. Von der sonst so entspannten Einserschülerin war nichts mehr geblieben. Neben Eva zitterte ein angsterfülltes junges Mädchen, das kurz davor stand, in Tränen auszubrechen.

In diesem Zustand konnte sie der Freundin keineswegs anvertrauen, was sie eigentlich vorhatte. Eva beschloss schweren Herzens, die Verabredung mit Jan zu vergessen und sich stattdessen um Molly zu kümmern. Direktor Hasenbrod sprach gerade von der Bedeutung des sudetendeutschen Raumes als Zitadelle Europas für den germanischen Menschen, was sie zu Tode langweilte, als sich die Flügeltür einen Spalt öffnete.

Jan schob sich herein, erhitzt, als sei er viel zu schnell gelaufen, die blonden Haare frisch gestutzt, was ihn erwachsener wirken ließ. Er hielt die Augen gesenkt, als spiele sich zu seinen Füßen ein fesselnder Film ab, von dem er nichts versäumen wollte.

»In den Jahren deutscher Geschichte, die wir heute betrachten wollen, sind die Dolchstöße für den Niedergang des Reiches zumeist aus diesem Raum gekommen. Ob das nun ein Marbod aus Böhmen war, der gegen Armin den Cherusker vorging, ob es die Slawenapostel Cyrill und Method waren, die diesen Raum für die Ostkirche loslösten, oder der Ketzer Hus – stets handelte es sich um den Versuch, durch illegale Widerstandsbewegungen das Reich zu gefährden. Dieser grundlegende historische Fehler darf sich nicht nochmals wiederholen. Dafür werden wir bis zum letzten Blutstropfen kämpfen, mit unserem Geist, unserem Körper, unserem Leben …«

Jan sah plötzlich so elend aus, als leide er an einer Kolik. Die Hände zu Fäusten geballt, starrte er weiterhin zu Boden. Auf seiner Stirn standen Schweißtropfen.

Was konnte sie tun, damit er sie endlich bemerkte?

Eva begann zu hüsteln, schließlich musste sie richtig laut husten. Entnervte, ja entsetzte Blicke flogen in ihre Richtung, weil sie es gewagt hatte, die andachtsvolle Stille zu stören, und endlich sah auch Jan zu ihr hin. Ganz kurz trafen sich ihre Augen, Evas dunkle und seine hellen, deren Farbe je nach Lichteinfall zwischen Grau und Grün changierte, und hielten den Blickkontakt. Ein Moment, in dem die Welt stehen blieb, so jedenfalls erschien es ihr, und auch Jan wirkte plötzlich wie verwandelt. Der Zorn floh aus seinem Gesicht, die Züge wurden weicher.

Eva war bis über beide Ohren verliebt.

Sie, die behütete Apothekerstochter, empfand unendlich viel für diesen jungen Tschechen, dessen Vater unter Tage gestorben war. Die Erkenntnis kam so plötzlich, dass sie ihr schier den Atem raubte. Selbst Molly schien zu spüren, dass etwas ganz und gar Ungewöhnliches in ihr vorging, und stupste die Freundin fragend an.

Zum Glück hatte Hasenbrod seine Ansprache inzwischen beendet und stimmte das Deutschlandlied an, in das alle lautstark einfielen:

Deutschland, Deutschland über alles,
Über alles in der Welt.
Wenn es stets zu Schutz und Trutze
Brüderlich zusammenhält.
Von der Maas bis an die Memel,
Von der Etsch bis an den Belt –
Deutschland, Deutschland über alles,
Über alles in der Welt …

Eva sah, wie Jan sich plötzlich die Hand vor den Mund presste, als müsse er sich im nächsten Moment übergeben. Dann stieß er die Aulatür auf und verschwand nach draußen.

An Molly gelehnt, oder vielmehr diese an sie, überstand sie auch das anschließende Horst-Wessel-Lied, das von einigen besonders fanatischen Schülern mehr gegrölt als gesungen wurde. Offiziell waren sie danach entlassen, um den Tag der Befreiung vom tschechischen Joch im Kreis der Familien zu feiern, wobei die Übereifrigsten augenblicklich ins *Capitol* zogen. Dort wurde außerhalb des normalen Programms Leni Riefenstahls Olympiafilm *Fest der Völker* als Huldigung an den germanischen Menschen gezeigt. Eva und Molly gingen pro forma mit, suchten sich aber Plätze in der vorletzten Reihe aus, die nah am Notausgang lagen, und schlüpften schon nach den ersten Minuten durch diesen wieder hinaus.

Vor dem Kino standen ihre Räder. Das neue rote, das Eva zum letzten Geburtstag bekommen hatte, und das alte schwarze, das sie an Molly abgetreten hatte, die allmählich zu schwer geworden war, um immer nur auf dem Gepäckträger mitgenommen zu werden.

»Zur Fabrik?«, fragte Eva knapp, und Molly nickte erleichtert.

Sie traten so schnell in die Pedale, dass sie beide zu schwitzen begannen, und waren in gut zehn Minuten vor den Fabriktoren angelangt. Liebieg & Companie, die größte Tuchfabrik der ganzen Region und bereits seit der Mitte des letzten Jahrhunderts in Reichenberg ansässig, schien in diesen unruhigen Zeiten den Werkschutz verstärkt zu haben. Kaum waren die Mädchen an der Pforte angelangt, liefen von innen auch schon zwei kräftige Männer auf sie zu.

»Denk an Zarah Leander«, zischte Eva Molly zu. »Wie sie in *Zu neuen Ufern* aus der Strafkolonie entkommen will. Genau so machst du es jetzt auch.«

»Was wollt ihr hier?«, raunzte der Ältere unfreundlich.

»Ich muss zu meinem Vater«, sagte Molly leise. »Vorarbeiter Hans Engelhardt. Aus der Weberei. Es ist sehr wichtig.«

»Sie muss zu ihrem Vater«, wiederholte der Jüngere in künstlichem Falsett, als handle es sich um eine launige Parodie.

»Aber das geht jetzt leider nicht, Mädchen. Denn die Schicht ist in vollem Gang, und unsere Männer sind hier, um zu arbeiten. Also verschwindet, und zwar sofort! Euren Familienkram könnt ihr später daheim ausmachen.«

Molly sank in sich zusammen, ihr schmaler Rücken wurde ganz rund, und Eva schnappte plötzlich nach Luft.

So durfte niemand behandelt werden. Nicht an diesem Tag.

»Ganz zufällig ist sie aber schwanger«, rief sie und erschrak selbst ein wenig, wie metallisch ihre Stimme klang. »Keine sechzehn und bereits guter Hoffnung. Was Herr Engelhardt unverzüglich erfahren sollte, meinen Sie nicht auch? Also holen Sie ihn bitte her. Und zwar sofort.«

Molly sah sie an und tippte sich verstohlen an die Stirn, aber die List schien zu zünden.

Die Männer zogen sich zurück. Nach einer Weile kam der Ältere wieder, gefolgt von Mollys Vater. Mit einem Aufschrei stürzte sie sich in seine Arme, während er ihr scheu den Rücken rieb.

»Und du bist wirklich …?«, murmelte er beklommen.

»Unsinn!«, flüsterte Molly. »Das war doch nur Evas Idee, weil ich dich unbedingt sehen wollte. Sie haben dich nicht mitgenommen, Papa, wie viele andere Männer aus der Siedlung. Du lebst, und es geht dir gut! Davon musste ich mich überzeugen.«

Er schob sie ein Stück von sich weg.

»Es könnte morgen schon passieren«, sagte er ebenso leise. »Wir sollten nicht zu laut reden. Geht nach Hause, Mädchen. Bleibt in Deckung. Das ist das Beste, was ich euch heute raten kann.«

Eilig lief er wieder ins Werk zurück, während die Mädchen zu ihren Rädern gingen.

»Oma hat Eintopf gekocht«, sagte Molly, die unendlich erleichtert wirkte. »Den mit Reis und Rindfleisch, den du so gern magst. Wir könnten erst essen und dann zusammen Mathe machen …«

»Ein andermal«, sagte Eva schnell. »Ich muss auch dringend nach Hause. Das habe ich meinen Eltern versprochen.«

Das erste Mal, dass sie die Freundin absichtlich anlog. Hässlich fühlte es sich an, so als ob sie auf Glassplittern kaute. Aber jetzt, wo mit Mollys Vater alles in Ordnung war, konnte sie die Sehnsucht nach Jan nicht länger unterdrücken.

Sie hob kurz die Hand zum Abschied, dann stieg sie auf und radelte eilig los. Ihre Armbanduhr stand auf kurz vor eins. Wenn sie sich beeilte, konnte sie vielleicht noch rechtzeitig da sein.

Doch vor dem *Grand Café Generali,* weit über die Stadtgrenzen Reichenbergs berühmt für seine mehrstöckigen Sahnetorten, war kein Jan zu sehen. Aufgeregt wartete Eva zehn Minuten, schließlich waren es dreißig, dann war auf einmal fast eine ganze Stunde um.

Ihre Stimmung sank auf den Nullpunkt.

Jan würde nicht mehr kommen. Plötzlich war sie sich ganz sicher.

Weil auch sie eine der Deutschen war, die vorhin lauthals vor den Hakenkreuzfahnen gesungen hatten? Oder weil er sie von Anfang an für ein verwöhntes Kind gehalten und ohnehin niemals ernsthaft vorgehabt hatte, das Treffen mit ihr einzuhalten?

In Evas Hals begann es widerlich zu kratzen. Und ihre Augen tränten obendrein. Der weite Rock des roten Kleides war vom Sitzen ganz zerdrückt. Wie ein Lappen hing er an ihr herab, statt lässig ihre Beine zu umschmeicheln, wie sie es eigentlich geplant hatte. Und dazu diese kindischen Schuhe – Lack mit schwarzen Schleifchen!

Eigentlich konnte sie heilfroh sein, dass Jan sie so nicht sah.

Sie biss sich auf die Lippen, um halbwegs Haltung zu bewahren. Noch war Zeit genug, um sich rasch auf den Sattel zu schwingen und auf der Stelle den Heimweg anzutreten. Später könnte sie dann so tun, als hätte es die Verabredung niemals gegeben. Sie würde einfach die Haare nach hinten werfen wie Zarah, die Stimme lasziv senken und zu einem anderen Thema übergehen.

Ganz erwachsen. Sehr mondän. Vor allem jedoch unendlich gelangweilt …

Als sie aus ihren Selbstbespiegelungen wieder in die Wirklichkeit zurückkehrte, fiel Eva auf, dass die beiden Straßenseiten sich zwischenzeitlich mit Menschen gefüllt hatten. Alte und Junge, Männer und Frauen standen erwartungsfroh da, unter ihnen auch viele Kinder. Manche hielten Blumen in den Händen, andere schwenkten jubelnd Hakenkreuzfähnchen – und da kamen sie auch schon aufmarschiert, jene, denen ihr Warten galt. Die Vorhut bildeten zahlreiche Mitglieder der Sudetendeutschen Volkspartei. Gleich hinter ihnen aber marschierten Soldaten in Feldgrau mit Stahlhelm, die Waffe geschultert, das Gesicht unbewegt. Die meisten von ihnen waren jung, *verdammt* jung, wie Evas Mutter sicherlich gesagt hätte, der alle Militäraufmärsche ein einziger Graus waren, vor allem, wenn die Soldaten in deutschen Uniformen steckten.

Aber das war noch nicht alles.

Eva strich sich die Haare aus der Stirn. Ihr Herz schlug plötzlich so hart gegen die Rippen, dass sie Angst bekam, es könne ihr aus der Brust springen, denn von der anderen Seite des Platzes her näherte sich Jan, der sein Rad neben sich herschob.

»Du bist ja doch da«, sagte er statt einer Begrüßung, als er bei ihr angelangt war. Kein Wort über seine Verspätung, doch Eva war so glücklich, ihn zu sehen, dass ihr das in diesem

Moment egal war. »Wo liegt dieser ominöse Garten denn nun genau?«

»Ich dachte, du würdest nicht kommen ...«, stammelte sie.

»Wegen denen da?« Er hatte leise gesprochen, doch seine Geste drückte tiefste Verachtung aus. »Dazu müssen sie uns erst begraben. Und ganz so weit sind wir ja zum Glück noch nicht. Du fährst voraus? Ich würde heute ausnahmsweise für Nebenstraßen plädieren, wenn du meine Meinung hören willst.«

Sie nickte, stieg auf und fuhr los.

Schon binnen Kurzem hatte sie die Innenstadt mit ihren jubelnden Menschen und den marschierenden Soldaten hinter sich gelassen, und es atmete sich wieder freier. Sie waren auf der Straße angelangt, die in Richtung Jeschken führte. Rechter wie auch linker Hand wurden die Grundstücke größer, auf denen stattliche Villen standen, bis die Bebauung dann ganz aufhörte und nur noch Gärten und Wiesen zu sehen waren.

Als Eva sich zwischendurch umdrehte, war Jan noch immer hinter ihr, ein blonder Schatten mit grimmiger Miene, keine zehn Meter entfernt.

»Wir sind gleich da«, rief sie in den Fahrtwind hinter sich. »Nur noch ungefähr ein halber Kilometer.«

Als sie schließlich anhielt, vom Rad stieg und auf den stabilen Gartenzaun zuging, den ihr Vater vor drei Jahren neu hatte setzen lassen, war Jan wie selbstverständlich neben ihr.

Eva schloss auf, er folgte ihr.

Sie blieb stumm dabei, weil sie den Garten in all seiner Pracht ungestört auf ihn wirken lassen wollte, und als sie Jan nach einer Weile ansah, wusste Eva, dass ihr Plan aufgegangen war. »Einen Garten hat man nicht«, pflegte ihr Vater zu sagen, der die Beschäftigung mit den Pflanzen ebenso liebte wie sie. »Mit einem Garten lebt man. Dann sieht man, wann es ihm gut geht, aber man spürt auch, wenn etwas nicht stimmt.«

Diesem Garten ging es gut.

Die Kirsch- und Zwetschenbäume waren bereits abgeerntet, und mit den Birnen hatten sie wegen Wurmbefalls dieses Jahr einige Schwierigkeiten gehabt, aber die Apfelbäume standen in voller Pracht. Unzählige Früchte hingen noch an den Ästen, aber mindestens ebenso viele waren bereits heruntergefallen und lagen wie saftige rote Bälle auf der Wiese.

»Bedien dich«, sagte Eva und fühlte sich plötzlich frei und so reich wie nie zuvor. »Nimm so viele, wie du willst. Es gibt mehr als genug. Ich habe es dir ja gesagt.«

Jan ließ den Sack sinken, den er zuvor vom Gepäckträger gelöst hatte, und wandte sich ihr zu.

»Was bist du nur für ein seltsames Mädchen, Eva«, sagte er leise. »Lockst mich an diesem schrecklichen Tag in ein Paradies.«

Sie lächelte. »Dann gefällt es dir also hier?«, fragte sie.

Er nickte und begann, den Sack mit Äpfeln zu füllen, während sie ihm dabei zusah. Wie anmutig er sich dabei bewegte, geschmeidig und kraftvoll zugleich! Er nahm beileibe nicht alles, was ihm in den Weg kam, sondern wählte seine Äpfel sorgfältig aus, auch das mochte sie.

Nach einer Weile kam er wieder zu ihr.

»Ich verstehe immer noch nicht ganz, welch gütigem Geschick ich diese Gelegenheit zu verdanken habe«, sagte er. »Willst du mich nicht endlich darüber aufklären?«

»Ach nein?« Eva lachte. »Dann denk doch einmal ganz genau nach.«

»Weil ich dir gefalle?«, fragte er nach. »Könnte es vielleicht daran liegen?«

»Und wenn es so ist?«, gab sie keck zurück. »Was dann?«

»Du gefällst mir auch«, sagte er. »Obwohl du eigentlich viel zu jung für mich bist.«

Ihre Blicke berührten sich, aber es war anders als zuvor in der Aula, tiefer, ernsthafter. Fast erwachsen.

»Und wenn ich dich nun küssen würde?«, sagte er leise.

»Versuch es doch«, flüsterte sie zurück. »Dann wirst du schon sehen, was passiert.«

Seine Lippen waren warm und fest. Irgendwann spürte Eva auch seine Zunge, die sich vorwitzig in ihren Mund schob, um ihn zu erkunden, und sie liebte es. Alles um sie herum wurde sanft, wie in Milch getaucht. Inzwischen hielt er sie ganz fest, roch nach spätem Sommer und warmer Haut. Von ihr aus hätte die Welt stehen bleiben können, genau in diesem köstlichen Augenblick.

Doch Jan löste sich wieder von ihr.

»Das hätten wir nicht tun dürfen«, sagte er plötzlich steif. »Tante Karolina würde mich in der Luft zerreißen, wenn sie erführe, dass wir beide …«

»Ich werde es ihr bestimmt nicht verraten«, unterbrach ihn Eva. »Und wenn du auch den Mund hältst, kann uns doch gar nichts passieren.«

»Aber es geht nicht, kapierst du das denn nicht?« Jan war nun laut geworden. »Du und ich – daraus kann doch nichts werden. Erst recht nicht in diesen Zeiten!«

»Es ist mir vollkommen egal, welche Nationalität du hast, wenn du das meinst. Und womit dein Vater sein Geld verdient hat. Oder meiner es noch immer tut.« Eva sprach wie im Fieber. »Ich mag dich. Allein das zählt. Spürst du das denn nicht?«

»Doch«, sagte er mit seinem bezauberndsten Lächeln, das leider viel zu schnell wieder erlosch. »Ich mag dich auch, *Ewa*.« Noch nie zuvor hatte sie ihren Namen so gern gehört, der aus seinem Mund so weich klang, so geheimnisvoll. »Sehr sogar. Aber es ist trotzdem nicht richtig.«

Sie ließ ihn stehen und ging weiter in den hinteren Teil des Gartens. Schon zu Zeiten von Balduin Menzel hatte die

Apotheke ein Brennrecht innegehabt und der Schuppen einen alten Brennofen beherbergt. Evas Vater hatte ihn nach der Rückkehr in seine Heimat zu einem komfortablen Holzhäuschen ausgebaut und den Ofen mittlerweile durch ein modernes Modell ersetzt. Inzwischen war der Ausstoß an Obstbränden, den Fritz Menzel hier erzielte, beachtlich. Und er hätte sicherlich noch viel mehr in dieses Hobby investiert, hätte er die Augen davor verschließen können, dass Julika sich immer ungenierter an seinen Vorräten bediente. Die ehemalige Bühnendiva trank. Und nicht einmal besonders heimlich, denn halb Reichenberg zerriss sich darüber bereits das Maul.

Sogar Jan war offenbar bestens informiert.

»Er tut es für deine Mutter, nicht wahr?«, fragte er mitfühlend, nachdem Eva die Tür aufgeschlossen und ihm den Innenraum gezeigt hatte. »Damit sie keinen Schnaps im Laden kaufen muss. Und die Leute nicht mehr reden.«

»Wie blöd du bei all deiner Klugheit doch sein kannst, Jan Černy«, erwiderte sie scharf. Sie hasste es, wenn ihre Mutter verwaschen zu sprechen begann und ihre Augen glasig wurden, aber das gab ihm noch lange kein Recht, so über sie zu reden. »Mein Vater brennt, weil wir das viele Obst haben und es ihm Spaß macht, damit zu experimentieren. Mir übrigens auch. Ich kann es inzwischen fast so gut wie er. Nur damit du Bescheid weißt. Und selbstredend ist alles angemeldet. Jeder einzelne Deziliter wird ordentlich versteuert. Der tschechische Staat verdient ganz gut an uns.« Dann fiel ihr ein, dass sie ja seit heute zum Deutschen Reich gehörten. »Jedenfalls hat er das bis jetzt getan«, fügte sie rasch hinzu.

Schnell schlug sie die Tür wieder zu und vergaß auch nicht abzusperren, wie ihr Vater es ihr eingeschärft hatte. Nicht einmal jetzt.

»Aber wenn du dafür noch zu kindisch bist, dann …«

Er nahm sie in die Arme und verschloss ihren Mund mit einem neuen Kuss, dieses Mal länger und fordernder. Eva spürte, wie ihre Knie weich wurden. Hilflos fühlte sie sich, wie ausgeliefert, weil sie sich so sehr danach gesehnt hatte, und war gleichzeitig derart glücklich, dass sie hätte singen mögen. Ja, das war das Leben, das war die Liebe! Das waren die Abenteuer, um die es wirklich ging, nicht all der langweilige Bücherkram, mit dem man sie in der Schule Tag für Tag belästigte. So fühlte sich das Erwachsensein an …

»Jan?«

Er hatte sie so plötzlich freigegeben, dass sie taumelte, war losgelaufen und schon am Zaun angekommen, über den er mit einem geschmeidigen Sprung setzte. Dann hörte sie, wie er mit dem Fahrrad losfuhr, so rasant, dass die Steine auf der Straße gegen die Speichen flogen.

Langsam ging Eva zu dem prall gefüllten Sack, den er im Gras vergessen hatte, bückte sich und hob ihn auf. Sie drückte ihn fest an ihre Wange. Er roch nicht nach Jan, nicht einmal das. Nur die Äpfel aus dem Garten verströmten ihren reifen Duft.

Mehr war ihr in diesem Moment nicht geblieben.

3

Der steinerne Apfelbaum auf Toni Auberlins Grab schien geduldig darauf gewartet zu haben, dass die Apfelkönigin neben ihm zur letzten Ruhe gebettet wurde. Damals hatte ganz Rickenbach aufgebracht über dieses Symbol getuschelt, doch Eva hatte für das Gerede nur ein gleichgültiges Schulterzucken übriggehabt.

»Mein Toni war ein spezieller Gläubiger. Sein Himmel war eben ein fruchtbarer Apfelbaum, beladen mit vielen Früchten. Ein aufrechter Mann mit Grundsätzen und einem großen Herzen war er. So will ich ihn in Erinnerung behalten.«

Inzwischen hatte sich das Dorf an diesen Grabschmuck gewöhnt. Kaum einer achtete mehr darauf, als der Trauerzug nun darauf zusteuerte. Marlene ging als Erste hinter dem mit weißen Rosen geschmückten Sarg, gefolgt von Vicky und Nane. Neben ihnen schritt im schwarzen Talar Clara Rosendorf, Pfarrerin der evangelischen Heiliggeistkirche zu Salem.

Die Menschen hinter ihnen nahm Nane kaum wahr. Alles um sie herum verschwamm, und das Rauschen in ihren Ohren war überlaut. Plötzlich griff ihre Mutter beherzt nach Nanes Hand und ließ sie nicht mehr los.

»*Nicht das Übliche.*« So hatte Eva es ausdrücklich schriftlich festgelegt. »*Keine Glocken, keine Messe, keine Predigt. Das Einzige, an das ich bis heute glaube, ist die Liebe. Sie allein hält uns lebendig. Pastorin Rosendorf, die ich vor einigen Monaten kennenlernen durfte, scheint mir eine kluge Frau zu sein. Daher würde ich es begrüßen, wenn sie an meinem Grab ein paar Worte sprechen könnte.«*

Jan war es gewesen, dem ihre ersten tiefen Gefühle gegolten hatten. Jan – ein Name, den Nane zu Lebzeiten ihrer Großmutter niemals aus deren Mund gehört hatte, soweit sie sich erinnern konnte.

Aber was wusste sie eigentlich überhaupt über sie?

Die ersten Seiten der Aufzeichnungen über Evas Jugend, die Nane gestern noch atemlos verschlungen hatte, bis ihr die Augen brannten, hatten mehr Fragen aufgeworfen als Antworten gegeben. Ja, dass ihr Vater Fritz in der alten Heimat Apotheker gewesen war, hatte sie Nane gegenüber irgendwann erwähnt. Und sich maßlos gefreut, als die Enkelin nach dem Abitur ebenfalls dieses Studium angetreten hatte. Deshalb war es Nane ja so schwergefallen, ihr Scheitern auf der allerletzten Examensetappe einzugestehen. Weil sie nicht weiterführen konnte, was ihr Urgroßvater einst vorgelebt hatte …

Ein schlaksiges Mädchen in einem knöchellangen blauen Kleid stand neben dem offenen Grab und spielte Bachs *Aria* auf einer silbernen Querflöte. Es klang hell und klar, und es war makellos gespielt.

»Nina, meine Älteste«, sagte Clara Rosendorf leise. »Und das ist ihr Paradestück. Damit ist sie sogar schon öffentlich aufgetreten.«

»So hätte Mama es gewollt«, murmelte Marlene und klang ausnahmsweise zufrieden. »Klassische Musik hat sie immer an ihre Mutter erinnert, die sie so früh verlieren musste.«

Sie nickte der Pastorin zu, die gerade zum Reden ansetzen wollte, als Vicky sich plötzlich an das Mädchen wandte.

»Kannst du vielleicht auch *Morning Has Broken* spielen?«,

fragte sie. »Du weißt schon, diesen wunderbaren Song von Cat Stevens. Den würde ich jetzt gern hören!«

Nina schüttelte den Kopf. »Kenn ich leider nicht«, sagte sie bedauernd.

»Wir sind hier nicht beim Wunschkonzert, Vicky«, zischte Marlene erbost. »Du immer mit deinem modernen Zeug – das passt doch wirklich nicht zu diesem traurigen Anlass!«

»Und ob es das tut!«, widersprach Vicky. »Außerdem ist dieses ›moderne Zeug‹ gute vierzig Jahre alt – und Mama hat es geliebt.« Wieder sah sie Nina an. »Würdest du mir dein Instrument kurz ausleihen?«

»Das wirst du schön bleiben lassen!« Marlene klang fassungslos. »Dich vor allen am Grab unserer Mutter zum Narren zu machen …«

Doch Vicky hielt die Querflöte bereits in der Hand. Sie setzte sie an die gespitzten Lippen und schloss die Augen, als würde sie einer inneren Weise lauschen. Dann begann sie zu spielen. Vielleicht war ihre Interpretation eine Spur zu langsam, weil ihre Finger ab und an zögerten, bevor sie die richtige Stelle fanden, aber sie war fehlerfrei und mehr als bewegend. Einige der Trauergäste begannen mitzusummen, andere zogen Taschentücher hervor, weil Rührung sie übermannte. Der kleine Friedhof lag in der Oktobersonne, die alle wärmte, und die am Grab versammelten Menschen spürten angesichts dieser zeitlosen Melodie nicht nur Verlust und Schmerz, sondern auch die Hoffnung auf neues Leben.

»Mit leeren Händen kommen wir«, begann Clara Rosendorf schließlich. »Mit leeren Händen gehen wir. Alles, was bleibt, ist die Liebe, die wir in den Herzen derer gesät haben, die uns nahestanden. Eva Auberlin, geborene Menzel, hatte viel Liebe zu geben, das haben alle gespürt, die ihren Weg gekreuzt haben. Sie kam von weit her und ist doch eine von hier geworden – wenngleich sie ihre alte Heimat nie vergessen hat.«

Sie schlug ein schmales Buch auf und begann vorzulesen.

»In mein Herz weht nun ein frischer Wind
aus jenem weit entfernten Land.
Wo sind die blauen Hügel, geliebt als Kind,
wo Türme und Farmen, die ich gekannt?
Es ist das Land der verlorenen Zeit,
so strahlend rein wie zu Beginn.
Die frohen Wege lief ich weit und komme dort nie wieder hin.«

Sie ließ ihren Blick über die Trauergemeinde schweifen, bis er am Ende auf Marlene, Vicky und Nane ruhte.

»Diese Zeilen stammen von dem englischen Dichter Housman, der sicherlich eine andere Heimat gemeint hat. Und doch glaube ich, die liebe Verstorbene hätte genau verstanden, was er damit ausdrücken wollte.«

Der Sarg wurde in das Grab gesenkt.

»Von der Erde bist du genommen«, fuhr die Pastorin fort und warf dreimal nacheinander ein Schäufelchen Erde ins Grab. »Zu Erde wirst du wieder werden. Gott selbst wird dich auferwecken am Jüngsten Tag. Die Erde ist wie ein Mutterschoß, aus dem alles Leben entspringt. Du bist an deinem Ursprung angekommen, Eva, auf dem Weg zurück in die Heimat.«

Mit steifem Rücken ließ Marlene die Erde von der kleinen Schaufel auf den Sarg rieseln. Dann warf sie den Strauß aus weißen Rosen ins Grab. Vicky und Nane folgten ihr, verzichteten aber auf die braunen Erdkrumen aus dem kleinen Behälter, sondern griffen stattdessen großzügig in die Schale mit den Rosenblüten, die auf ihren Wunsch im letzten Augenblick aufgestellt worden war.

»Jetzt hat sie es wenigstens bunt«, sagte Vicky leise, als die Blätter langsam in Rot, Gelb und Weiß auf den Sarg hinunterschwebten. »So wie sie es im Herbst immer am meisten geliebt hat.«

Als sie anschließend Seite an Seite standen, um die Beileidsbekundungen entgegenzunehmen, und schon fast ganz Rickenbach an ihnen vorübergeflaniert war, fiel Nane plötzlich auf, dass einige Personen fehlten.

»Wo sind eigentlich die Benteles?«, fragte sie halblaut, während die Trauergemeinde bereits in Richtung Gasthaus strebte. »Ich habe bisher noch keinen Einzigen von ihnen gesehen.«

»Wirst du auch nicht«, knurrte Marlene zurück. »Nicht an diesem Tag.«

»Und weshalb?«, wollte Nane wissen.

»Der Alte ist seit knapp einem Monat unter der Erde. Von dem bleiben wir künftig also verschont. Und seinen Nachkommen habe ich untersagt, hier zu erscheinen. Und zwar ausnahmslos.«

»Du hast unsere Nachbarn ausgeladen?«, schaltete sich nun auch Vicky ein. »Meinst du nicht, dass der dumme alte Zwist endlich beigelegt sein sollte?«

»Das sagt gerade die Richtige«, brauste Marlene auf, ehe sie ihre Stimme sofort wieder senkte. »Ohne dich wäre es doch erst gar nicht so weit gekommen. Aber du hast ja schon immer deine Extrawürste braten müssen, selbst in frühester Jugend!«

»Was meinst du damit?«, erkundigte sich Nane, die Angst hatte, die vorsichtige Annäherung zwischen ihnen, die gestern bei einem bemühten, aber dennoch reichlich unterkühlten Abendessen entstanden war, könnte erneut zerstört werden.

»Das soll dir besser deine Mutter erklären«, lautete die knappe Antwort. »Falls sie den Mut dazu hat.« Damit stolzierte sie in ihrem neuen schwarzen Hosenanzug an ihnen vorbei.

»Ich habe mich jetzt um Wichtigeres zu kümmern. Die Leute aus dem Dorf rechnen mit einem anständigen Leichenschmaus. So ist das nun mal hier bei uns auf dem Land.«

»Sie ist ja ganz außer sich«, sagte Nane, die ihr nachblickte. »Was ist denn nun eigentlich los mit den Benteles? Willst du mich nicht endlich aufklären?«

Vicky schüttelte den Kopf.

»Irgendwann mal vielleicht«, sagte sie. »Aber sicher nicht heute. Bist du so weit okay?«

So vieles hätte Nane jetzt sagen können – über ihren Tinnitus, wie sehr ihr die Großmutter fehlte und dass sie deren Lebenserinnerungen ganz überraschend von Marlene als Vermächtnis erhalten hatte.

Doch stattdessen nickte sie nur.

»Dann geht es dir offenbar besser als mir.« Vicky streckte ihre Hände aus. »Siehst du, wie meine Finger zittern? Das schafft nur eine: Marlene. Jetzt hätte sie es doch um ein Haar fertiggebracht, das Begräbnis unserer Mutter in Spießigkeit ersticken zu lassen! Aber Mama war so ganz anders. Das hätte sie nicht verdient.«

»Du hast wunderbar gespielt«, sagte Nane. »Ich wusste gar nicht, wie gut du auf der Querflöte bist.«

»Früher einmal – vielleicht.« Vicky winkte ab. »Im Schulorchester haben sie damals große Stücke auf mich gehalten. Doch dann kam ja alles anders, wie du weißt, und ich war ständig unterwegs.« Sie begann zu schmunzeln. »Allerdings habe ich jüngst meine alte Liebe neu belebt – wenigstens eine – und ein paar Unterrichtsstunden zur Auffrischung genommen. Sonst hätte ich Nina niemals um ihr Instrument gebeten. Ich weiß doch, wie inbrünstig meine große Schwester öffentliche Blamagen hasst.«

»Ist es denn wirklich ausgeschlossen, dass ihr euch vertragt?«, fragte Nane. Inzwischen waren sie vor der *Sonne* angekommen, dem Wirtshaus von Rickenbach.

»Ist es«, antwortete Vicky mit Nachdruck. »Leider! Irgendwie scheinen wir beide von verschiedenen Planeten zu stammen, die seit Lichtjahren miteinander im Krieg liegen. Am besten geht es uns beiden, wenn wir möglichst weit voneinander entfernt sind – und genau dafür werde ich jetzt sorgen.«

»Du kommst nicht mit hinein?«, sagte Nane bestürzt. »Das wird Marlene dir niemals verzeihen!«

»Nein«, sagte Vicky. »Aber in ihren raren ehrlichen Momenten wird sie mich dafür lieben. Ich kann jetzt nicht dieses verkrampfte Eva-war-immer-die-Beste-und-erst-die-armen-Töchter ertragen. Ich reise ab. Sag ihr das bitte. Und sag ihr auch, dass ich sie lieb habe. Gerade weil sie so ist, wie sie ist.«

Sie zog Nane zu sich heran.

»Dafür überlasse ich ihr für eine Weile das Kostbarste, das ich besitze, und das Einzige, worauf ich in diesem Leben wirklich stolz bin«, sagte sie leise. »Dich, mein wunderbares Kind. Pass gut auf dich auf, Nane!« Damit wandte Vicky sich ab und ging zurück in Richtung Auberlinhaus.

Nane straffte die Schultern und atmete tief aus. Danach betrat sie den Gasthof.

Marlene saß als Familienoberhaupt am Kopf der weiß gedeckten Tafel. Der Platz neben ihr war leer, *ein* Platz, wie Nane sofort registrierte.

»Sie ist weg?«, sagte sie, eindeutig eher Feststellung als Frage.

Nane nickte. »Sie musste ganz plötzlich zurück nach …«

»Bemüh dich nicht.« Marlene klang fast zufrieden. »Setz dich lieber zu mir. Jetzt werden wir beide zusammen mit unseren Gästen Eva Auberlin ein würdiges Abschiedsessen bereiten!«

*

Nane ging zur Haustür und schlang sich, schon halb im Gehen, einen von Marlenes Schals um den Hals, die an der Garderobe hingen. Auch am Tag nach dem Begräbnis war es noch immer sonnig, obwohl frische Windböen den Herbst schon ahnen ließen. Sie lief die Dorfstraße entlang, schaute, schnupperte und ließ die Erinnerungen in sich einströmen. Es roch nach Ernte, nach zahllosen Äpfeln, die nun auf den Verkauf oder die Weiterverarbeitung warteten. Vieles war ihr im Vorübergehen zutiefst vertraut, die Häuser, die Vorgärten, sogar der mehrfach geflickte Straßenbelag, als ob seit ihrem letzten Besuch nur ein paar Monate und nicht Jahre vergangen wären.

Aber es gab auch Neues, das sie nicht ganz einzuordnen wusste, und dazu gehörte vor allem die erstaunliche Anzahl parkender Autos im Hof des Bentelegrundstücks. Den Saisonarbeitern, die eigens für die Ernte angeheuert hatten, konnten sie eher nicht gehören, dazu waren sie zu groß und zu protzig. Und so viel Besuch an einem normalen Samstagnachmittag?

Neugierig geworden, ging Nane einfach weiter.

Der gepflasterte Weg führte sie zu einem großen Holzbau. Das war doch die alte Scheune, in der sie als Kinder gespielt hatten! Damals hatten die Benteles neben dem Weinanbau auch noch Landwirtschaft betrieben, aber dieser Holzbau hatte offensichtlich schon lange kein Stroh oder Heu mehr gesehen. Von innen drangen halblaute Stimmen und gedämpftes Lachen zu ihr. Sie konnte sich zwischen zwei Zugängen entscheiden: Es gab eine bequeme Rampe, auf der sich auch kleinere Lasten transportieren ließen, und eine Art steile Hühnerleiter, die etwas Abenteuerliches hatte.

Natürlich entschied sie sich für die zweite Alternative. Auf halbem Weg nach oben spürte sie allerdings wachsende Unsicherheit, stolperte und drohte zu straucheln – hätten zwei starke Männerarme sie nicht aufgefangen.

»Das ist ja gerade noch einmal gut gegangen.« Die Stimme war tief und klang selbstbewusst. »Alles in Ordnung mit Ihnen? Ich hoffe doch sehr, dass ich rechtzeitig zur Stelle war.«

Sie drehte sich um. Vor ihr stand Simon Bentele, ihr Ferienfreund, mit dem sie viele Erinnerungen verbanden.

Auch er erkannte sie jetzt sofort wieder.

»Mensch, Nane!«, rief er. »Wie schön, dich endlich einmal wiederzusehen!«

Sie konnte nur nicken. Gefühlte tausend Sommer hatte sie mit ihm und seinem älteren Bruder Lukas verbracht, sie hatten zusammen im Heu geschlafen, waren im Schlossweiher geschwommen, hatten verbotene Lagerfeuer entzündet und die ersten feuchten Küsse getauscht, bevor es wirklich um etwas Ernstes gegangen war. Aus dem hoch aufgeschossenen, schlaksigen Jungen mit dem ansteckenden Lachen war ein athletischer Mann geworden, die Haare schon deutlich schütter, aber noch immer so blond wie damals und mit denselben tiefen Grübchen.

»Du bist zum Begräbnis deiner Großmutter gekommen, nicht wahr?«, fragte er weiter, da so gar nichts von ihr kam. »Und bleibst du länger?«

»Mal sehen.« Nane zögerte kurz. »Es war ganz schön heftig für uns alle. Euch habe ich allerdings bei der Trauerfeier vermisst.« Hätte sie es besser nicht ansprechen sollen? Aber sie wollte es aus seinem Mund bestätigt hören.

»Deine Tante hat uns ausdrücklich ausgeladen«, erwiderte er. »Und da wollten wir kein neues Öl ins Feuer gießen. Du weißt ja, wie sie manchmal sein kann. Sonst wären wir natürlich alle gekommen. Stattdessen waren wir fleißig – so wie jeden Tag.«

»Scheint sich zu lohnen«, meinte Nane. »Das sieht hier alles sehr nach Erfolg aus.«

»Vor allem nach sehr viel Arbeit.« Er lachte. »Mein Vater ist trotz kleinerer Gesundheitsprobleme noch immer ganz ordentlich mit dabei. Und Lukas und ich stehen bereit, um das Erbe weiterzuführen. Inzwischen sind wir die größten Weinbauern der Region, kannst du dir das vorstellen? Was wir in erster Linie unserem Großvater zu verdanken haben, so klug, wie der alles angefangen und später dann geschickt und systematisch weiter ausgebaut hat. Weinberg um Weinberg hat er aufgekauft, Grundstück um Grundstück. Hartnäckig, zäh und immer mit einem großen Ziel vor Augen. So wurde aus dem Stückwerk, über das alle erst noch gelacht hatten, im Lauf der Jahrzehnte ein stattliches Gut. Heute lacht keiner mehr, Nane. Dafür hat der alte Hermann Bentele gesorgt. Auch wenn er selbst jetzt nichts mehr davon hat.«

Sein frisches Gesicht verschloss sich plötzlich.

»Seltsam, dass du gerade jetzt wieder hier bist«, sagte er leiser. »Opa ist vor einem Monat gestorben. Wir sind noch immer dabei, seinen Nachlass zu sichten und zu ordnen. Und das könnte sich fast zu einer Lebensaufgabe entwickeln, wie es aussieht.«

»Aber dann muss er ja uralt geworden sein …«

»Sechsundneunzig«, sagte Simon voller Stolz. »So alt wie vor ihm noch keiner in Rickenbach.«

Sofort hatte Nane ein Bild vor Augen, wenngleich es ihr keine ganz angenehmen Gefühle bescherte. Sie hatte sich vor dem alten Bentele oft gefürchtet, vor seinem stechenden Blick, der finsteren Miene und dem gedrechselten Krummstock, auf den er sich stützen musste, seitdem er versehrt aus dem Krieg zurückgekommen war. Nur in der Nähe ihrer Großmutter war er anders gewesen, weicher, zuvorkommend, fast schon charmant. Natürlich kannte sie auch den Dorfklatsch: dass Hermann Bentele unsterblich in Eva Menzel verliebt gewesen sei, als sie damals nach Rickenbach gekommen war, sich aber des Geldes und der Weinberge wegen schließlich für die reiche Bauerntochter Geli Ottinger entschieden habe. Ihre Mitgift hatte den Grundstock seines Erfolgs gebildet, von dem sein Sohn und jetzt auch die Enkel profitierten.

»Komm«, sagte Simon ungeduldig. »Du bekommst natürlich eine kleine Privatführung.«

Als sie die ehemalige Scheune betraten, spürte Nane sofort, wie sehr hier alles richtig gemacht worden war. Das war kein seelenloser Verkaufsraum, wo die Kunden mit ihren Flaschen oder Kartons nach der Bezahlung eilig wieder abzogen. Der alte Holzbau besaß Flair und war bis in die letzte Ecke liebevoll gestaltet. An einer provisorischen Bar fanden die Verkostungen statt; gegenüber stand ein hohes Glasregal, in dem die ausgestellten Gläser wie kostbare Schmuckstücke wirkten. Ein paar Meter weiter gab es drei perfekt eingedeckte Tische, daneben verschieden hohe Bücherstapel zu den Themen Wein und Landschaft sowie mehrere Sätze exquisiter Kerzenständer. An den Wänden hingen mannshohe Gemälde in zarten und kräftigeren Blautönen, die alle den Bodensee als Motiv hatten.

»Ein Freund von mir hat die gemalt«, erklärte Simon, als Nane sich lobend äußerte. »Ruppert Inbrecht, ein Künstler aus Konstanz. Er ist jetzt schon ziemlich bekannt, weit über die Region hinaus, aber du wirst sehen, aus dem wird mal ein ganz Großer.«

Wohin man auch sah, das Auge entdeckte immer wieder Neues. Man bekam Lust zu stöbern, zu forschen, zu entdecken – und vor allem zu bleiben.

»Das ist perfekt«, sagte Nane tief beeindruckt und war froh, dass sie endlich auf andere Gedanken kam. »Ich wüsste kaum, wie man es besser machen könnte.«

Simon verneigte sich leicht.

»Und das aus deinem Mund«, sagte er. »Die stilsichere Frank-furterin, die schon überall herumgekommen ist – wow! Da muss ich mich ja richtig geschmeichelt fühlen.« Er zog sie ein Stück weiter. »Hast du das schon gesehen? Opas Bronzebüste. Stammt auch von Ruppert. Haben wir erst gestern enthüllt.«

Ja, das war er, der Charakterkopf, vor dem sie als Kind ge-zittert hatte! Die Ähnlichkeit mit Simon war unübersehbar, wenngleich nach zwei weiteren Generationen die Gesichtszüge weicher geworden waren. In seiner Jugend war der alte Bentele angeblich ebenso strohblond wie sein Enkel Simon gewesen. Sie aber hatte ihn nur mit weißen Haaren gekannt.

»Fehlt er dir?«, fragte Nane.

»Da fragst du mich was!« Simon zog die Schultern hoch. »Als ich klein war, hatte ich manchmal sogar Angst vor ihm, später dann habe ich ihn respektiert und bewundert, und ganz zum Schluss, da hat er mir leidgetan.«

»Weil er sterben musste?«, fragte Nane, die sofort wieder an ihre Großmutter dachte, die sie so sehr vermisste.

Simon schüttelte den Kopf.

»Eher weil er mit einer gewissen Periode seines Lebens of-fenbar noch nicht abgeschlossen hatte und deshalb nicht ster-ben *konnte*. Das war nicht sonderlich angenehm, weder für ihn noch für uns.« Er seufzte. »Ja, er fehlt mir, natürlich tut er das – aber in gewisser Hinsicht bin ich auch froh, so hart das für dich vielleicht klingen mag. Nun ist endlich Platz für die Gegen-wart. Was gehen uns Dinge an, die vor mehr als siebzig Jahren geschehen sind? Wir leben jetzt. Und jetzt müssen wir die rich-tigen Entscheidungen treffen.«

Bevor Nane darauf antworten konnte, kamen drei Kinder hereingerannt: ein Mädchen mit blonden Zöpfen und zwei dun-kelhaarige Jungs, ein Stück größer als ihre Schwester. Sie um-klammerten Simon und hielten ihn fest.

»Du bist jetzt unser Gefangener!«, schrien sie. »Ohne Lösegeld geht da gar nichts!«

»Deine?«, fragte Nane, nachdem er sich mit einer Handvoll Bonbons freigekauft hatte, und musste sich plötzlich gegen die Bitterkeit wehren, die in ihr aufstieg. So waren sie damals auch oft zu dritt unterwegs gewesen: Lukas, Simon und sie – die beiden blonden Ritter und das dunkle Schneewittchen. So einfach ließ sich ein Traum in der nächsten Generation weiterführen, wenn man nicht wie sie jede Beziehung über kurz oder lang in den Sand setzte …

Er schüttelte den Kopf.

»Alle drei von Lukas«, sagte er. »Du weißt doch, der hatte es immer schon ganz besonders eilig.«

Simon berührte ihre Schulter.

»Magst du heute Abend vielleicht mit mir essen gehen?«, fragte er. »Um in Ruhe miteinander zu quatschen und auf die alten Zeiten anzustoßen? In Salem gibt es einen neuen Franzosen, der kocht dir die Sterne vom Himmel. Und er hat Bentelewein auf der Karte.«

»Was für ein verlockender Vorschlag«, erwiderte sie höflich. »Aber ich bin mit einer kranken Hündin angereist, um die ich mich kümmern muss, und kann meine Tante so kurz nach dem Begräbnis unmöglich allein lassen.«

»Ist deine Mutter denn nicht auch da?« Eigentlich klang es ganz harmlos – oder gab es da einen Unterton, den nur sie herauszuhören vermochte?

»Die musste gleich wieder weg«, erwiderte sie knapp. »Vielleicht in den nächsten Tagen einmal? Ich würde mich freuen.«

Simon stand plötzlich ganz dicht neben ihr, was Nane mehr irritierte, als ihr lieb war.

»Du hast schon immer jämmerlich schlecht gelogen, Christiane Auberlin«, sagte er mit seinem frechsten Grinsen. »Wie schön, dass sich daran bis heute nichts geändert hat.« Bevor sie sichs versah, hielt sie eine Visitenkarte in der einen und eine Weinflasche in der anderen Hand. »Dann macht es euch zu zweit so richtig gemütlich«, fügte er hinzu. »Das ist übrigens unser berühmter Grauburgunder. Auch in diesem Jahr von einer überregionalen Jury wieder mit vier von fünf möglichen Gläsern prämiert. Aber bitte: immer schön kalt genießen!«

Nane nickte zerstreut.

Sie wollte ihm nicht sagen, was sie in Wahrheit so unwiderstehlich zurück ins Auberlinhaus zog: Evas Erinnerungen, die in Opa Tonis Zimmer auf sie warteten und in denen sie dringend weiterlesen wollte.

Marlene war nirgendwo zu sehen, als sie die Haustür aufschloss. Es hatte die Tante sichtlich Überwindung gekostet, aber sie hatte ihr schon gestern einen Schlüssel anvertraut.

»Du bist ja zum Glück nicht wie Vicky, die immer alles verliert«, hatte sie dabei gemurmelt. »Ich kann erst jetzt wieder richtig atmen, wo sie weg ist.«

Bis es Zeit zum Abendessen war, blieben ihr noch ein paar Stunden. Nane lief die Treppe hinauf, warf sich auf das schmale Bett und begann zu lesen.

4

Es gab sie noch, die silbrig weißen Tage in Julikas Leben, an denen sie heiter erwachte und beim Aufstehen kleine Melodien vor sich hin trällerte, aber im dritten Kriegsjahr waren sie rar geworden. Viel öfter drohte das dunkle Nichts sie schon morgens zu verschlingen. Dann blieb sie wie gelähmt im Bett und ersetzte bereits das Frühstück durch die Schnapsflasche. An solchen Tagen trank sie fast schon pedantisch und war bis spätestens zum Nachmittag in einem Zustand angelangt, in dem keiner sie mehr erreichte. Leider gab es im Haushalt schon seit zwei Jahren keine Boba mehr, die sie mit ein paar handfesten Scherzen aus dem Bett getrieben und dank ihrer unwiderstehlichen Käseomeletts oder Palatschinken womöglich doch zu ein paar Bissen fester Nahrung verführt hätte. Die tüchtige slowakische Köchin war in ihre Heimatstadt Bratislava zurückgegangen, wo sie einen Feuerwehrmann geheiratet hatte, und erwartete, so stand es in ihrem letzten Brief, ihr erstes Kind.

Außerdem war die Zeit üppiger Frühstücke ohnehin vorbei. Lebensmittel gab es nur noch auf Marken, rosa für Nährmittel, gelb für Fett und Käse, blau für Fleisch, grün für entrahmte Milch, rot für Brot und Backwaren. Man konnte nicht mehr einkaufen, wo man wollte, sondern musste sich als Stammkunde beim Händler seiner Wahl eintragen lassen.

Nie war der Garten eine größere Hilfe gewesen. Fritz Menzel hatte nicht nur zahlreiche Kräuter für den Verkauf in der Apotheke gepflanzt, sondern auch eine Vielzahl von Beeten angelegt, auf denen er Gemüse für den privaten Verzehr zog, je nach Jahreszeit Lauch, Rüben, Kartoffeln, Mangold und Rhabarber. Leider waren die Erträge schwankend, weil die Winter in Nordböhmen hart waren und die Sommer feucht ausfallen konnten. Vieles verdarb, da er sich erst nach und nach in die Materie einarbeiten musste oder weil die halbe Ernte von Schädlingen aufgefressen wurde. Die sicherste Währung blieben nach wie vor seine Obstbrände, die unter der Hand reißenden Absatz fanden und gegen so manches getauscht werden konnten, was es offiziell schon lange nicht mehr gab.

Denn Tag für Tag bildeten sich lange Menschenschlangen vor den Metzgerläden, Bäckereien und Lebensmittelgeschäften, da nicht vorauszusehen war, wie lange der rationierte Vorrat überhaupt reichen würde. Manche Familien waren so perfekt organisiert, dass das ohne Probleme klappte. Bei den Menzels mussten Eva und ihr Vater dafür sorgen, dass es etwas zu essen gab, denn Julika hatte schon mehrmals die wertvollen Marken unterwegs verloren oder einfach irgendwo liegen lassen. Sie konnte sich ebenso wenig an den Zahnputzstein gewöhnen wie an die Kernseife, die sie nun anstatt ihrer geliebten französischen Seifen benutzen musste. Angeekelt verzog sie das Gesicht, wenn es morgens Muckefuck gab, weil Bohnenkaffee kaum noch aufzutreiben war, und verweigerte ebenso strikt die »Streckbutter«, die man aus Margarine unter Zugabe von Mehl und Milch herstellen konnte. Weil sie fast nur noch trank, anstatt halbwegs anständig zu essen, war sie klapperdürr und faltig wie eine alte Frau geworden und merkte in ihren wenigen trockenen Momenten, dass sie ihrem Mann Schande machte.

Anfangs hatte Fritz Menzel sein Möglichstes getan, um ihren vielfältigen Wünschen nachzukommen, doch inzwischen war er mit seiner Geduld am Ende. Dass Julika trank und sich dabei mehr und mehr in ihre eigene Welt zurückzog, machte ihn abwechselnd traurig und wütend, und es war schon vorgekommen, dass er ihr die Flasche einfach aus der Hand geschlagen hatte.

Mit versteinertem Gesicht hatte Eva danach jedes Mal die Scherben zusammengefegt und sich dann die Hände penibel geschrubbt, damit nicht auch noch sie nach Schnaps roch. Seit dem letzten Herbst machte sie eine Lehre als Rechtsanwaltsgehilfin in der Kanzlei von Dr. Wauer, einem Jugendfreund ihres Vaters. Davor hatte sie nach dem Einjährigen zutiefst erleichtert das Realgymnasium verlassen und anschließend zwei Jahre lang die örtliche Handelsakademie besucht. Zur allgemeinen Überraschung war ihr dies auch ohne Mollys tatkräftige Unterstützung gut gelungen. Stenografie, Buchhaltung und Maschineschreiben gingen ihr leicht von der Hand, in letzterem war sie auf einer brandneuen Triumph Durabel mit dreihundert Anschlägen pro Minute in der Abschlussklasse sogar als Tastenkönigin ausgezeichnet worden.

Es war die optimale Vorbereitung auf ihren jetzigen Arbeitsplatz gewesen. Sie liebte die ordentliche, mit schweren Möbeln eingerichtete Kanzlei in der Färbergasse, wo jedes Stück seinen ganz speziellen Platz haben musste, ebenso wie den Geruch nach Aktenstaub und Farbbandtinte. In der Gegenwart des schnauzbärtigen Anwalts und Notars, der ebenso viel Berufserfahrung wie Menschenkenntnis hatte, fühlte sie sich nicht nur wohl, sondern auch aufgehoben. Auch mit den beiden anderen weiblichen Angestellten kam sie gut zurecht: der Büroleiterin Frau Kratzer, mit rötlichem Dutt und strenger Brille, und der quirligen, kunstblonden Friedl Austerlitz, die aus einer alteingesessenen Künstlerfamilie stammte und nichts als Unfug im Sinn hatte. Der bald schon enge Kontakt zwischen den beiden jungen Frauen machte es für Eva erträglicher, dass sie ihre Freundin Molly kaum noch sah.

Deren Ängste um den Vater hatten sich vor zwei Jahren auf schreckliche Weise bewahrheitet. Eines Abends war Hans Engelhardt nicht mehr von der Schicht heimgekehrt. Erst nach einigen Wochen kam schließlich heraus, dass man ihn wegen staatsfeindlicher Äußerungen ins Konzentrationslager Lety bei Písek gebracht hatte, wo auch viele Roma interniert waren, die als arbeitsscheu und asozial galten.

Großmutter Mathilde erlitt bei dieser Nachricht einen Schlaganfall und starb wenige Tage danach. Liebieg & Companie schickten alsbald die Kündigung für das Arbeiterhäuschen, was bedeutete, dass Molly nun obdachlos gewesen wäre, hätten die Menzels sie nicht bei sich aufgenommen. Der Apotheker bot ihr an, offiziell als Vormund zu fungieren, und kam zudem bis zum Abitur für Kost, Kleidung und Logis auf. Doch die Tage der Einserschülerin, die schon als Kind von einem Medizinstudium geträumt hatte, waren mit einem Mal vorbei.

Heimlich meldete Molly sich für die Schwesternausbildung im Reichenberger Zentralkrankenhaus an. Trotz eines freundlichen Empfehlungsschreibens von Direktor Hasenbrod, der sich für die frühere Musterschülerin einsetzte, wurde sie dort zweimal hintereinander als »politisch untragbar« abgelehnt. Fritz Menzel versprach zu helfen und verwendete sich persönlich beim Leitenden Krankenhausdirektor Dr. Fritsch für sie. Doch der Apotheker, der trotz mehrfacher Aufforderung noch immer kein Parteimitglied geworden war, konnte ebenfalls nichts ausrichten. Das Mädchen verstummte, aß so gut wie gar nichts mehr, bekam sogar hohes Fieber. Schließlich wurde sie ganz überraschend noch einmal in die Klinik einbestellt. Man bot ihr eine Stelle als Hilfsschwester an. Betten machen, Böden wischen, Bettpfannen ausleeren, Müll entsorgen – das waren die Tätigkeiten, die man ihr trotz der väterlichen »Verbrechen« zutraute. Molly akzeptierte und bezog dort ein winziges Kämmerchen im Schwesternwohnheim. Inzwischen arbeitete sie auf der Wöchnerinnenstation, »weil es guttut, neues Leben zu spüren«, so drückte sie es einmal Eva gegenüber aus. Sie war eingespannt in straffe Dienstpläne und leistete unzählige Überstunden, die kaum Freizeit zuließen.

Was hätten die beiden außer Kinobesuchen abends oder an den Wochenenden auch schon unternehmen sollen?

Die jungen Männer der Jahrgänge 1917 bis 1922 waren inzwischen fast komplett eingezogen; weitere würden ebenfalls bald ihren Marschbefehl erhalten, denn Hitlers Hunger nach immer neuen Eroberungen schien unersättlich. Tschechen allerdings wurden weder im Reichsgau Sudetenland, dessen Hauptstadt Reichenberg nun war, an die Waffen gerufen noch im Protektorat Böhmen und Mähren, wie die frühere Tschechoslowakei nach der Annexion durch Hitlerdeutschland im Jahr 1939 nun hieß. Sie alle wurden für die Rüstungsindustrie gebraucht. Hunderttausende waren bereits zwangsweise ins Altreich abkommandiert worden; andere wurden aus ihren ausgeübten Berufen gerissen und in örtlichen Fabriken eingesetzt.

Es gärte jedoch unter den einheimischen Arbeitern, die die deutsche Fremdherrschaft ablehnten und diese mit zahlreichen Sabotageakten listig und teilweise äußerst erfolgreich behinderten. Auch die Prager Studenten hatten 1939 ihren Unmut in blutig niedergeschlagenen Demonstrationen auf die Straße getragen. Seitdem waren die Universitäten des Landes auf unbestimmte Zeit geschlossen und jeder akademische Aufstieg für junge Tschechen damit unmöglich geworden. Widerstand in welcher Form auch immer wurde von den Deutschen brutal und gewaltsam unterdrückt und bestraft. Tausende Verhaftungen sollte es schon gegeben haben, Hunderte von Hinrichtungen und standrechtlichen Erschießungen – Schrecknisse, von denen man nur im Flüsterton sprach, aus Angst, selbst der Nächste zu sein.

Dass die Menzels ungewöhnlich gut informiert waren, lag an Pawel Král, Jan Černys Cousin, der als Polizist in Prag arbeitete. Er war zehn Jahre älter als Jan, hatte sich bereits 1928 für diese Berufslaufbahn entschieden und war seit der Annexion nun dem nationalsozialistischen Polizeiapparat unterstellt. Pawel war ein ruhiger, bedachtsamer Mann mit einem freundlichen Gesicht, der Verbrechen und Gewalt aus tiefstem Herzen verabscheute und sicherlich längst den Dienst quittiert hätte, wäre er nicht verheiratet gewesen und zudem Vater zweier kleiner Buben. Er besaß ein klappriges Motorrad, an dem es immer viel zu schrauben gab. Mit dem kam er an manchen Wochenenden nach Reichenberg, um »Dampf abzulassen«, wie er es in seinem melodischen Deutsch zu nennen pflegte.

Dann durfte Jan jedes Mal schon vor Geschäftsschluss die Rosenapotheke verlassen, in der er nun schon seit drei Jahren arbeitete. Eine wüste Schlägerei mit zwei sudetendeutschen Klassenkameraden in der Prima, die ihn als »Untermensch« beschimpft hatten, hatte ihm den Schulverweis eingebracht und damit das Abitur gekostet. Hals über Kopf war er danach weggelaufen, für ein paar Wochen untergetaucht und schließlich mit eingefallenem Gesicht, aber blitzsauber in Anzug und Krawatte vor der Rosenapotheke gestanden. Natürlich war der entscheidende Anstoß dazu von Tante Karolina gekommen, die ihren Neffen bekniet hatte, diesen Weg der Reue zu gehen. In einem langen Gespräch hatte sich Fritz Menzel die ganze Geschichte angehört und Jan schließlich als Apothekergehilfe eingestellt, was den Jungen vor dem Einzug für die Rüstungsindustrie bewahrt hatte.

Eigentlich hätte Eva nun am Ziel ihrer Träume sein können: Jan Tag für Tag so nah bei sich zu haben – doch leider verhielt es sich ganz anders. Seit jenem verwunschenen Nachmittag im Garten hatte er sie nie mehr berührt, geschweige denn noch einmal geküsst. Es war, als binde ihn ein heimliches Gelübde, etwas, über das er nicht reden konnte oder wollte. Er war freundlich zu ihr, höflich und äußerst zuvorkommend – aber unnahbar. Eva bot ihr ganzes Repertoire auf, war mal schmelzend und liebenswürdig, dann wieder kalt, zickig, ja sogar verletzend. Doch nichts zog, weder die weiblichen Tricks, die sie sich bei Julika abgeschaut hatte, und erst recht nicht die Verhaltensweisen der weiblichen Ufa-Filmsternchen, die, wie sie zunehmend feststellen musste, im Alltag wohl nichts taugten.

Irgendwann gab sie auf. Nicht für immer, wohlgemerkt, aber doch für den Moment. Es würde anders werden, wenn auch sie endlich kein Schulmädchen mehr war, zumindest redete sie sich das eine Zeit lang ein. Doch an Jans Verhalten ihr gegenüber änderte sich nicht das Geringste, als sie mit dem Abschlusszeugnis nach Hause kam und ihn, wie so oft in letzter Zeit, am Mittagstisch genau an dem Platz wiederfand, an dem Molly früher gesessen hatte.

»Ich gratuliere dir«, sagte er, als beglückwünsche er ein artiges Kind. »Was für ein schöner Erfolg für dich, Eva! Jetzt steht dir die Zukunft offen.«

So ein Unsinn!, hätte sie am liebsten geschrien. *Du* bist doch meine Zukunft, du allein. Mit dir will ich leben, glücklich sein und lauter schöne blonde Kinder haben – aber natürlich kam nichts davon über ihre Lippen. Ihr Vater und Jan waren mittlerweile enge Vertraute geworden, und wenn man die beiden zusammen sah, hätte man fast glauben können, der junge Mann sei der Sohn, den er sich immer vergebens gewünscht hatte. Die vielfältigen Arbeiten im Garten, die Eva stets so geliebt hatte, verrichteten nun die beiden Männer zusammen. Dazu gehörte auch das Brennen der Obstbestände – die Brände nahmen einen immer wichtigeren Stellenwert als »Nebenwährung« ein. Eva war inzwischen nur noch ganz selten mit dabei und hörte von ihrem Vater fadenscheinige Ausreden, wenn sie sich bei ihm darüber beklagte.

Schloss er sie aus, weil Fritz Menzel die heimliche Angst plagte, seine Tochter könne die mütterliche Labilität geerbt haben und über kurz oder lang auch zu trinken beginnen?

Dabei machte Eva sich nichts aus Alkohol, den sie bisher nur in winzigsten Mengen probiert hatte, um sich vom gelungenen Geschmack der Edelbrände zu überzeugen. Aber sie litt wegen der verlorenen Stunden der Gemeinsamkeit, auf die sie nun immer öfter verzichten musste.

Nur wenn es um Politisches ging, durfte sie mit dabei sein. Nachdem Pawel Král den Samstag öfter einmal bei seinem Cousin verbrachte, fand er sich auch häufiger am Sonntagmorgen in der Rosenapotheke ein, um über die aktuelle Lage in Prag zu berichten. Sie trafen sich in der »Werkstatt«, wie Fritz Menzel das kleine Kabuff nannte, in dem schon sein Onkel Salben gerührt und Kräuter zermörsert hatte: fensterlos und deshalb vor neugierigen Ohren geschützt, eingehüllt in ein unsichtbares Netz zahlloser Gerüche.

Inzwischen war Pawel unmittelbar am Hradschin stationiert, wo Konstantin von Neurath als Statthalter das Protektorat Böhmen und Mähren regierte. Allerdings betrieb der frühere Diplomat dies in den Augen des Führers zu lasch und wurde daher »aus Krankheitsgründen« nach Berlin abberufen. Sein Nachfolger war Reinhard Heydrich, SS-Obergruppenführer, Leiter des Reichssicherheitshauptamtes und General der Polizei. Kaum hatte dieser seinen neuen Amtssitz betreten, setzte

er sich im Prager Dom St. Veit im engsten Kreis die Wenzelskrone auf, mit der eine alte Weissagung verknüpft war.

Pawel, zur Wache abkommandiert und daher ganz nah am
Geschehen, war bleich geworden, als er davon erzählte.

»In ihrem juwelenbesetzten Kreuz ruht ein Stachel, der an-
geblich von der Dornenkrone Christi stammen soll. Wer diese
Krone unbefugt trägt, wird binnen Jahresfrist eines gewaltsamen
Todes sterben, und danach sein ältester Sohn.«

Alle in der Kräuterkammer starrten ihn an.

»Er ist der Teufel in Menschengestalt«, fügte Pawel hinzu.
»Noch nie zuvor habe ich solche Augen gesehen, so fischig, so
bar jeglichen Mitgefühls. Seine Stimme ist fistelig wie die eines
Eunuchen. Doch jeder Schritt, den er mit seinen blank polier-
ten Stiefeln macht, hört sich an, als wolle er alles unter sich zer-
treten.«

»Und du meinst, er schwebt jetzt selbst in Gefahr?«, flüsterte
Eva.

Pawel nickte.

»Der Fluch der Wenzelskrone hat sich bislang stets erfüllt.
Heydrich spielt mit dem Feuer. Doch bis es ihn erfasst, werden
schon zahllose andere vor ihm auf grausame Weise darin verbrannt sein.«

Seine Worte sollten sich bald bewahrheiten. Heydrich über-
zog das Protektorat mit einer gigantischen neuen Welle von
Verhaftungen und Hinrichtungen. Jeder Widerstand gegen das
Naziregime sei bereits im Keim zu ersticken, so lautete seine
Anordnung. Trotzdem war er überzeugt, die Mehrheit der tsche-
chischen Bevölkerung auf seiner Seite zu haben.

Pawel, der im Dienst viele dieser Maßnahmen aus nächster
Nähe miterlebte, atmete auf, als der Stellvertretende Reichsprotektor, wie Heydrichs offizieller Rang lautete, im April seinen Wohnsitz vom Hradschin in das Schloss Panenské Břežany

außerhalb von Prag verlegte. Vorbesitzer des stolzen Anwesens war ein vermögender Jude gewesen, den man enteignet und deportiert hatte. Nun waren andere für den unmittelbaren Schutz Heydrichs verantwortlich, was Jans Cousin zutiefst erleichterte. Zum ersten Mal seit dem letzten Winter war eine Spur von Heiterkeit in seine Augen zurückgekehrt.

»Tereza und ich denken endlich wieder einmal an Ferien«, gestand er. »Im Juni wollen wir für eine Woche ihre Eltern in Lidice besuchen, die dort einen kleinen Bauernhof haben. Tomasz und Karol, unsere beiden Jungen, sind richtige Stadtkinder und werden das ungezwungene Leben mit den Tieren genießen. Ich selbst kann, ehrlich gesagt, keine Uniformen mehr sehen, erst recht keine schwarzen mit Totenköpfen.« Er schnitt eine Grimasse.

»Vielleicht komme ich ja auch mit«, sagte Jan. »So ein bisschen Natur wäre auch für mich eine schöne Abwechslung. Vorausgesetzt natürlich, mein verehrter Chef gibt mir ein paar Tage frei.« Er schielte zu Menzel.

»Ich denke, das wird sich einrichten lassen.« Der Apotheker nickte. »Von deinen Urlaubstagen hast du ja ohnehin kaum welche verbraucht.«

Eva dagegen biss sich auf die Lippen.

Was für einen Unsinn Jan doch daherquasselte! In Reichenberg gab es an der Talsperre ein großes Freibad, in dem es sich nach Herzenslust schwimmen ließ. Mit Friedl wollte sie es aufsuchen, sobald es endlich warm genug war, davon redeten sie inzwischen beinahe jeden Tag. Und natürlich hatte sie gehofft, dort auch Jan zu begegnen. Wozu hatte sie erst jüngst zwei Flaschen Apfelbrand gegen einen aufregenden roten Badeanzug mit schwarzen Trägern getauscht, der noch so gut wie neu war?

Sie starrte ihn an, wie sie es oft tat.

Doch wieder mied er ihren Blick und brach schon bald darauf mit ihrem Vater zum Garten auf, um dort Rhabarber zu schneiden.

Der Mai begann sonnig warm, und die Temperatur stieg im Monatsverlauf zu fast sommerlicher Hitze. Jetzt fiel es Eva immer schwerer, bis zum späten Nachmittag in der stickigen Kanzlei auszuharren und sorgfältig Akten abzulegen oder Schriftsätze abzutippen. Sie konnte es kaum erwarten, bis ihr Arbeitstag zu Ende war und sie endlich losradeln konnte. Rechtsanwalt Dr. Wauer schien ihre Unruhe zu spüren und die von Friedl dazu, die noch unverhohlener seufzend immer wieder aus dem Fenster starrte und dabei mit den Knöcheln auf ihren Schreibtisch trommelte.

»Dann haut schon ab ins Freibad, ihr Sommerschwalben«, hatte er bereits mehrmals in den letzten Tagen gesagt. »Aber morgen früh seid ihr mir frisch und ausgeruht wieder bei der Arbeit.«

Auch heute, wo die Sonne so schön lachte, hofften die beiden jungen Frauen auf sein großzügiges Einsehen. Vorsorglich hatten sie die Badesachen bereits dabei, die Taschen allerdings unter der Garderobe versteckt. Der Anwalt war seit dem Morgen bei Gericht, ein langwieriges Verfahren wegen Einbruchs, das sich unter Umständen bis zum Nachmittag hinziehen konnte. Auf die Bitten Friedls hin hatte er vor Kurzem für die Kanzlei einen Volksempfänger angeschafft, den sie allerdings nur in der Mittagspause benutzen durften. Doch Frau Kratzer hatte einen Zahnarzttermin, und so schaltete Friedl, die alle Einschränkungen hasste, das Radio einfach schon früher ein.

Getragene Musik ertönte, was sie zu einem frechen Lachen veranlasste.

»Hallo«, rief sie und schürzte missbilligend ihre üppigen Lippen. »Das klingt ja wie ein richtiger Trauermarsch, Leute! Und das bei diesem Traumwetter. Ist vielleicht jemand gestorben hier?«

»Mach es wenigstens leiser«, sagte Eva gerade, »muss ja nicht gleich das ganze Haus mitbekommen«, als ihr bei der Durchsage des Radiosprechers das Wort im Hals stecken blieb.

»Achtung, Achtung! Auf den Reichsprotektor Reinhard Heydrich ist heute Morgen in Prag ein heimtückisches Attentat verübt worden. Er befindet sich schwer verletzt im Krankenhaus und wird gegenwärtig noch operiert. Mit sofortiger Wirkung herrscht Ausnahmezustand im gesamten Protektorat Böhmen und Mähren. Auf die Ergreifung der verbrecherischen Täter ist die Belohnung von einer Million Reichsmark ausgesetzt …«

Sie erstarrte. Der Fluch der Wenzelskrone!

Heydrich würde sterben. Das war ihr bereits in diesem Moment klar. Und die Rache der Nationalsozialisten würde grausam das ganze Land erfassen, Schuldige wie Unschuldige …

Jan! Das war der einzige Gedanke, den sie jetzt hatte. Sie musste auf der Stelle zu ihm.

»Eine Million Reichsmark«, wiederholte Friedl versonnen. »Was man damit alles anfangen könnte! Aber was ist denn los mit dir?«, fuhr sie besorgt fort. »Du bist ja auf einmal aschfahl im Gesicht, Eva! Hat dich die Nachricht so mitgenommen? Sie werden ihn schon wieder zusammenflicken, den feschen Herrn Heydrich. Und wenn nicht, dann kommt eben ein anderer, der an seiner Stelle weitermacht …«

»Sei still!«, flüsterte Eva, der es eiskalt über den Rücken lief, weil ihr nun auch noch Pawel eingefallen war. Befand er sich in Gefahr? Oder würde Jans Cousin nun Dinge tun müssen, die er niemals mit seinem Gewissen vereinbaren könnte?

Um sich nicht zu verraten, mied sie Friedls Blick.

»Ja, es geht mir gar nicht gut«, flunkerte sie. »Vielleicht

wieder der Blinddarm, der einfach keine Ruhe geben will. Ich muss auf jeden Fall zum Arzt …«

»Und unser Freibadbesuch?«, fragte Friedl leicht einge- schnappt. »Komm schon, reiß dich zusammen! Vielleicht wird es ja wieder besser, wenn du später ein bisschen im Schatten ausruhst.«

Eva schüttelte den Kopf und hatte schon ihre Tasche unter dem Arm.

»Entschuldige mich bei der Kratzer«, bat sie. »Und natürlich auch bei Dr. Wauer. Und drück mir die Daumen, dass ich um eine Operation noch einmal herumkomme!«

Im Treppenhaus angelangt, atmete sie tief aus, dann lief sie hinaus zu ihrem Fahrrad, schloss es auf und trat los, so schnell sie nur konnte. Eine fast gespenstische Ruhe lag über der Stadt, als würde ganz Reichenberg den Atem anhalten. Die Wärme der letzten Tage war in Schwüle übergegangen. Sogar die Vögel hörte sie nicht mehr.

Ein paar Straßen weiter hielt Eva plötzlich an. Hatte ihr Vater nicht heute früh gesagt, dass er mit Jan in den Garten wollte, um Kompost umzusetzen und vorgezogene Kräuter einzu- pflanzen? Dann würde sie jetzt in der Apotheke nur den alten Sievers vorfinden, der schon unter Balduin Menzel dort ge- arbeitet hatte und bis heute noch gelegentlich aushalf. Aber sie musste unbedingt auf der Stelle mit jemand Vertrautem reden – Molly!

Bis zum Krankenhaus waren es nur wenige Minuten, und trotzdem kam sie schweißgebadet und zittrig dort an. Ob man sie überhaupt zur Wöchnerinnenstation vorlassen würde? Egal, sie musste es einfach versuchen. Mit einem krampfhaften Lächeln ging sie am Pförtner vorbei und stieg hinauf in den zweiten Stock. Der Boden der langen Gänge war mit grünli- chem Linoleum ausgelegt, und es roch nach Bohnerwachs und scharfen Desinfektionsmitteln. Alle Türen waren geschlossen. Aus einiger Entfernung hörte man empörtes Säuglingsgeschrei.

Ihre Freundin entdeckte sie jedoch nirgendwo.

»Sie wünschen?«, fragte eine Frau in weißer Schwesterntracht, die ihr entgegenkam und ihre Unsicherheit zu spüren schien.

»Ich bin auf der Suche nach Frau Engelhardt«, antwortete Eva. »Ich meine natürlich Schwester Maria Engelhardt.«

Die dünnen Brauen zuckten nach oben.

»Frau Engelhardt arbeitet in der Wäscherei im Keller«, sagte die Frau. Die Stimme war nun deutlich kühler. »Es wird nicht gern gesehen, wenn das Hilfspersonal bei der Arbeit gestört wird. Also halten Sie Ihr Anliegen dementsprechend kurz.«

Eva nickte und lief die Treppen wieder hinunter. Schon am Treppenabsatz hatte sie starken Laugengeruch in der Nase. War Molly dazu verdammt, am Waschbrett zu schrubben? Auf gut Glück stieß sie eine der Türen auf. Ein paar junge Frauen in grauen Kitteln fuhren erschrocken auseinander. Sie trugen klobige Holzschuhe und eng um den Kopf geknotete Tücher.

Weil man ihnen die Haare geschoren hatte?

»*Vstup zakázan!*«, rief eine von ihnen, die ein rundes Gesicht und funkelnde schwarze Augen hatte.

Eva schlug die Tür sofort wieder zu. *Zutritt verboten!*, hatte die Frau gerufen. Aber warum durfte man keinen Blick in eine Krankenhauswäscherei werfen?

Noch nachdenklicher als zuvor ging sie weiter, unentschlossen, was sie als Nächstes tun sollte. Doch ihr Wunsch, Molly zu sehen, war zu stark. Sie probierte es ein paar Türen weiter noch einmal – und hatte Glück.

In diesem Raum war es ruhig, bis auf das Zischen einer großen elektrischen Wäschemangel, vor der eine junge Frau stand. An dem schmalen, leicht gebeugten Rücken erkannte Eva sie sofort, auch wenn Molly kein Schwesternweiß trug, wie sie es eigentlich erwartet hatte. Sie steckte in etwas unförmigem Dunkelblauen, das sie noch zierlicher wirken ließ. Mit beiden Händen ließ sie das Laken über die Walze gleiten und zog es dann behutsam zu sich heran. Riesige zerknitterte Wäschestapel auf dem Tisch links von ihr und ein sehr viel kleinerer, glatter auf dem rechten Tisch zeigten an, dass sie noch sehr lange mit dieser Arbeit beschäftigt sein würde.

»Molly?« Eva hatte es ganz leise gesagt, doch die Freundin fuhr sofort zu ihr herum.

»Was willst du denn hier?«, fragte sie heiser. »Geh wieder, Eva. Wir dürfen während der Arbeitszeit keinen Besuch haben.«

Eva starrte sie an, aber es war weniger das abgehärmte, blasse Gesicht, das ihr so unter die Haut ging, sondern vielmehr das kleine Parteiabzeichen mit dem Hakenkreuz, das neben dem akkurat gebügelten Krägelchen saß.

Molly schielte an sich herab.

»Ach, das?« Ihr kurzes Auflachen klang eher wie ein Knurren. »Glaubst du vielleicht, es wäre ohne Opfer abgegangen? Als Tochter eines KZlers – viele Möglichkeiten bleiben einem da nicht!«

»Aber du hättest doch weiterhin bei uns leben können …«

»Als mittellose Bittstellerin?« Sie rümpfte die Nase. »Wie lange? Zwei Jahre, drei oder sogar mehr? Betteln liegt mir nicht, das weißt du doch.«

»Und die Partei liegt dir mehr? Mein Vater hat sich bis heute erfolgreich geweigert einzutreten.«

»Dein Vater ist Apotheker«, erwiderte Molly scharf. »Solche Leute braucht man auch im Krieg. Sogar ohne Parteibuch. Aber was bin ich schon? Ein Nichts, nein, weniger als ein Nichts, das haben sie mir inzwischen gründlich beigebracht.« Sie senkte ihre Stimme. »Hast du die Mädchen gesehen, die auch hier unten arbeiten? Sie kommen alle aus dem KZ Lety und sind heilfroh, dass sie bei uns ein Mittagessen und abends eine dünne Suppe bekommen. *Günstige Arbeitskräfte,* du verstehst? Ein verkehrtes Wort, eine einzige falsche Bewegung – und ich lande ebenfalls dort. Ohne Sonderkonditionen. Man beobachtet mich. Das sagen sie mir immer wieder. Und deshalb ist es auch besser, wenn du jetzt ganz schnell wieder gehst, Eva.«

»Gleich«, murmelte Eva beklommen, weil sie spürte, wie ernst es Molly mit jedem Wort war. »Und dein Vater? Hast du etwas von ihm gehört?«

Molly sank in sich zusammen.

»Den haben sie nach Dachau abgeschoben.« Es klang wie ein Schluchzen. »Immerhin darf er mir schreiben. Fünfzehn Worte jeden Monat. Großzügig, nicht wahr? Mal sehen, wie lange noch.«

»Das tut mir so leid«, murmelte Eva, die plötzlich daran denken musste, wie gut Mollys Vater auf dem Akkordeon spielen konnte. Man hatte ihn jedes Mal regelrecht dazu zwingen müssen, weil er so bescheiden war, doch wenn er erst einmal mit seinen alten Liedern loslegte, hatten immer alle begeistert mitgesungen. »Ich wünschte so sehr, ich könnte …«

»Gar nichts kannst du«, fiel Molly ihr ins Wort. »Außer mir das Leben noch schwerer machen. Und jetzt lass mich bitte arbeiten. Ich muss es sonst büßen.« Ihre Stimme schwankte plötzlich. »Manchmal denke ich an früher. An Bobas sagenhafte Palatschinken. Als dein Papa mir das Schwimmen beigebracht hat. Oder wie wir beide zusammen mit dem Rad durch die Stadt gedüst sind. Das hilft.«

Eva nickte. Der Kloß in ihrem Hals war inzwischen so groß, dass sie kaum noch schlucken konnte.

»Ich denke auch an dich«, sagte sie leise. »Fast jeden Tag. Du fehlst mir so sehr.« Sie umarmte Molly und erschrak, wie zerbrechlich sie sich anfühlte. »Heydrich wird sterben«, flüsterte sie ihr ins Ohr. »Man hat heute in Prag ein Attentat auf ihn verübt. Um dir das zu erzählen, bin ich eigentlich gekommen.«

Molly machte sich frei, ihre hellen Augen waren angstvoll geweitet.

»Dann wird alles nur noch viel schlimmer werden«, wisperte sie. »Sie werden grausam Rache üben. All die armen, armen Menschen, die nun dafür büßen müssen …«

Eva sah Mollys entsetzten Blick noch immer vor sich, als sie das Krankenhaus längst wieder verlassen hatte. Die Schwüle war noch unerträglicher geworden, doch der Himmel war nicht länger blau, sondern grau. Binnen Kurzem würde es gewittern, und ihr Vater hatte sie immer davor gewarnt, dann auf dem Fahrrad unterwegs zu sein. Aber daran wollte sie jetzt nicht denken. Sie trat gegen den auffrischenden Wind an, gegen die Wolkenberge, die sich bedrohlich im Westen auftürmten. Und gegen die Tränen, die ihr über die Wangen liefen, weil Mollys Kummer und deren Angst auch sie quälten.

Trotz aller Anstrengung war Eva nicht ganz so schnell wie das Unwetter. Blitze zuckten vor ihr am Himmel, Donner krachte, und auf den letzten Metern begann es zu schütten. Als sie schließlich den Garten erreichte, war sie vollkommen durchnässt. Nach dem Mercedes ihres Vaters hielt sie vergeblich Ausschau. Wenn das zu bedeuten hatte, dass Jan und er wieder schon in die Stadt zurückgefahren waren, hatte sie die ganze strapaziöse Tour umsonst gemacht.

Doch das Tor war nur angelehnt, und als sie in den Garten lief, sah sie Jans Fahrrad neben einem der Bäume stehen. Er musste im Brennhaus sein, vermutlich, um sich unterzustellen.

Eva stieß die Tür auf.

»Du?«, sagte er überrascht, als er sie erblickte. »Aber du bist ja pitschnass!«

»Wie eine Verrückte bin ich gefahren«, sagte Eva. »Und war

trotzdem zu langsam. Es gab ein Attentat auf Heydrich. Heute Vormittag in Prag. Hast du schon davon gehört?«

»Nein. Wie denn? Ich war doch die ganze Zeit hier. Ist die Bestie tot?« Jans Stimme klang dumpf.

»Sie operieren ihn noch. Aber du weißt ja, was Pawel gesagt hat.«

»Der Fluch der Wenzelskrone. Jetzt scheint er ihn tatsächlich erwischt zu haben.« Er rieb sich das Gesicht. »Mein Gott, mein armer Cousin! Wer weiß, was jetzt aus ihm wird. Ein tschechischer Polizist im Dienst bei den Nazis ...« Er verstummte.

Eva versuchte, ein Frösteln zu unterdrücken, aber es gelang ihr nicht, weil es nicht allein von der Kälte kam.

Jan ging zu einer Kiste und holte eine Decke heraus.

»Hier. Gleich wird dir wärmer. Aber zuvor muss das nasse Zeug runter, sonst wirst du noch krank.«

»Vor dir?«, sagte sie. »Niemals!«

»Ich drehe mich natürlich um. Jetzt sei nicht so kindisch!«

Eva zerrte sich den klitschnassen Rock von den Hüften. Dann öffnete sie ihre Bluse. Auch der BH und das Höschen waren zum Auswringen. Blitzschnell schlang sie sich die Decke um. Danach versuchte sie, ihre Sachen irgendwie über dem einzigen Klappstuhl im Raum auszubreiten, aber es missglückte.

»Lass mich das mal machen.« Jan schob sie sanft zur Seite. »Als Neffe einer Schneiderin weiß ich natürlich, wie man mit Frauensachen richtig umgeht.«

Es fühlte sich gut an, dass er sich um sie sorgte. Und ebenso gut, mit ihm sicher und trocken in einem Holzhaus zu sein, während draußen prasselnder Regen an die Scheiben klatschte. Aufregend daran war, dass sie unter der groben Decke nackt war. Sie dachten beide daran, das spürte sie, auch wenn Jan so tat, als sei es ganz selbstverständlich.

»Ich muss nach Prag«, sagte er nach einer Weile. »Pawel könnte meinen Beistand gebrauchen. Und Tereza und die Kinder erst recht. Meinst du, dein Vater lässt mich gehen?«

»Bestimmt«, meinte Eva. »Aber wäre das denn auch klug? Was, wenn sie dich verhaften und internieren …« Sie brach ab, weil sie an die Szene im Krankenhaus denken musste. »Mollys Vater haben sie nach Dachau gebracht«, sagte sie. »Und ob er von dort jemals zurückkommen wird …« Sie verstummte erneut.

»Am liebsten würden sie uns alle umbringen, diese Deutschen«, sagte Jan gepresst. »Jeden Einzelnen von uns. Und vielleicht werden sie genau das ja auch tun, sobald sie die Arbeitskraft eines ganzen Volkes bis zum letzten Mann ausgequetscht haben. Dann wäre endlich genug Platz für sie, für diese Übergermanen, die sich allen anderen Völkern so überlegen fühlen!«

»Das würde ich nicht überleben«, flüsterte Eva. »Sie dürfen dir nichts tun, hörst du? Du musst vorsichtig sein. Um meinetwillen. Schwör mir das!« Nun endlich kamen ihr die Tränen.

Jan kam näher und zog sein Taschentuch heraus. Sorgsam tupfte er ihr die Wangen trocken.

»Dann war es also nicht nur eine kindliche Schwärmerei, wie ich bislang immer dachte«, sagte er leise. »Von Fräulein Eva Menzel, der einzigen Tochter meines Patrons, die alles bekommt, was sie sich in den hübschen Kopf setzt. Dir liegt ja wirklich etwas an mir.«

»Du gottverdammter Idiot«, flüsterte Eva und hob ihren Mund seinem ein Stück entgegen. »Natürlich tut es das. Du bist ja noch bornierter, als ich immer dachte!«

Der Kuss schmeckte nach Heimat, nach Freiheit, nach echtem Verlangen. Und sie waren keine Kinder mehr. Er hielt sie so fest, dass sie sich ganz geborgen fühlte. Zugleich spürte sie seine wachsende Erregung.

Irgendwann schob er sie von sich.

»Du hast wahrhaftig eine andere Liebesnacht verdient, *Ewa*«, sagte er, und ihr Name klang aus seinem Mund sogar noch eine Spur weicher als damals. »Nicht in alten Pferdedecken, und auch nicht neben einem erkalteten Brennofen. Dir gebührt ein starker, strahlender Liebster und ein weiches Himmelbett …«

Sie verschloss seinen Mund mit einem neuen langen Kuss.

»Vier endlose Jahre habe ich auf dich gewartet«, sagte sie, als sie beide dann Atem holen mussten. »Meinst du nicht, dass das mehr als genug ist? Ich will es. Jetzt. Und genau hier.«

Vor Aufregung begann Jan zu zwinkern.

»Und du bist dir wirklich ganz sicher, *Ewa*?«, fragte er.

Sie schlug die Decke auf und ließ sie dann langsam zu Boden sinken. Ein wenig Angst hatte sie schon, so nackt und schutzlos vor ihm zu stehen, aber plötzlich war sie verschwunden, und mit ihr auch jedes Gefühl von Verlegenheit oder Scham.

»Wie schön du bist!«, flüsterte er und verschlang sie dabei mit seinen Blicken.

Eva warf die nassen Haare zurück und lachte.

»Dann beweis es mir«, sagte sie. »Jetzt!«

Wieder umarmte er sie, und Eva fand es aufregend, seinen warmen Körper so intensiv zu spüren. Mit einer Hand riss Jan an seinen Hemdknöpfen, und es schien ihn nicht zu stören, dass einige davon gleich absprangen.

Endlich rieb sich Haut an Haut.

Jan ließ sich auf die Decke sinken und zog sie mit sich. Endlich konnte sie ihn frei berühren, er fühlte sich seidig an. Sie spürte straffe Muskeln unter der Haut, aber ebenso seine Knochen. Die Kriegsjahre hatten auch ihm zugesetzt, aber das war ihr in diesem Moment vollkommen gleichgültig. Für sie hätte er nicht schöner, nicht anziehender sein und sich nicht besser anfühlen können. Irgendwie war es ihm gelungen, sich seiner Hose zu entledigen, ohne dass sie es wirklich mitbekommen hatte, und nun war er so nackt wie sie. Voller Hingabe streichelte er ihren Schoß. Jetzt wollte sie nur noch, dass es endlich geschah, und hob ihm die Hüften entgegen.

»Nicht so stürmisch, *Ewa*!« Er lachte zärtlich. »Wir müssen vorsichtig sein.«

Was redete er da?

Sie wollte doch nur ihn, jetzt, endlich …

Auch Jan schien sich mit einem Mal nicht länger beherrschen zu können. Eva spürte einen scharfen Schmerz, als er sich in ihr bewegte, und war ernüchtert. War es das, worüber die Frauen manchmal redeten? Dass die körperliche Liebe nur den Männern wirklich Vergnügen bereitete?

Sie wollte ihn schon fortstoßen, als der Schmerz verebbte. Was würde als Nächstes kommen? Der Jubel und die Ekstase, die man sich lediglich vorstellen konnte, weil alle Bücher und Filme immer vorher endeten?

Plötzlich zog Jan sich zurück und sank bäuchlings neben ihr auf die Decke.

»Was ist los?«, fragte sie besorgt.

»Das war ziemlich knapp.« Er hob den Kopf und sah sie an. »Ich wollte deinen Vater, den Herrn Apotheker, nicht gleich zum Großvater machen.« Ein kurzes Lächeln. »Es gibt Mittel und Wege, damit das nicht passiert. Kondome, so werden die praktischen Überzieher genannt, die auch in der Rosenapotheke diskret verkauft werden. Dass ich sie heute allerdings brauchen würde, konnte ich leider nicht ahnen.«

In Evas Kopf ging alles bunt durcheinander. Natürlich hatte so ein gut aussehender Mann wie Jan Kontakt zu anderen Frauen. Aber dass er sich so gut in der körperlichen Liebe auskannte, störte sie nun doch.

»Wenn ich nur eine billige Bettgeschichte unter anderen für dich bin, können wir das hier gleich wieder vergessen.« Empört setzte sie sich auf.

»Das bist du natürlich nicht, und das weißt du ganz genau. Aus Respekt vor deiner Jugend und vor allem auch vor deinem Vater, der mir in einer Notlage geholfen hat, habe ich mich die ganze Zeit über von dir ferngehalten. Jetzt aber …« Er hielt inne.

»Jetzt aber?«, wiederholte Eva.

»Jetzt aber bist du mein Mädchen. Du bist in meinem Herzen, *Ewa*. Du allein.«

Sie bot ihm ihren Mund, und der innige Kuss, den sie nun tauschten, war wie ein Versprechen.

»Ich wünschte nur, es wären andere Zeiten«, sagte Jan, als sie sich wieder voneinander gelöst hatten. »Zeiten, in denen wir stolz und frei zueinander stehen könnten. Und in denen mein Volk nicht von deinem geknechtet und vernichtet wird.«

»Du willst also doch nach Prag?«, flüsterte Eva und begann schon wieder zu frösteln. »Es herrscht Ausnahmezustand im ganzen Protektorat, Jan! Sie könnten dich unterwegs festnehmen oder sogar erschießen – einfach so.«

»Darf ich es mir denn leisten, feige zu sein, wenn Pawel womöglich in Gefahr schwebt?«, entgegnete er. »Für mich war er immer wie der große Bruder, den ich nie hatte. Wir sind uns so nah, er und ich. Ich muss ihm beistehen!«

»Und wenn du ihm erst einmal schreibst?«, schlug sie vor.

»Ja, glaubst du denn, dass die Post nicht zensiert wird?«

»Dann ruf ihn an.«

»Pawel hat zu Hause kein Telefon, und in der Inspektion kann er doch nicht frei sprechen.«

»Dann eben Nachbarn.« Eva wurde immer verzweifelter, weil sie seine Entschlossenheit spürte. »Irgendwelche Nachbarn wird es doch geben, die ihn an ihren Apparat holen könnten …«

Jan schien zu überlegen.

»Ja«, sagte er schließlich. »Das ginge wahrscheinlich. Im selben Haus wie Pawel und seine Familie lebt auch die Witwe Láska. Ihr verstorbener Mann war ein hohes Tier bei der Eisenbahn. Sie bewohnt allein vier große Zimmer und hat ein Telefon. Pawels Buben dürfen manchmal bei ihr spielen.«

»Die Witwe Láska«, wiederholte Eva. »Auf Deutsch bedeutet Láska doch Liebe, nicht wahr?«

Jan nickte.

»Ein besseres Zeichen könnte es gar nicht geben«, sagte sie bewegt.

*

Doch alle Versuche Jans, mit Pawel Kontakt aufzunehmen, scheiterten. Bei der Witwe ging tagelang niemand ans Telefon. Später stellte sich heraus, dass sie mit einem Herzinfarkt im Bulowka-Krankenhaus lag, in derselben Klinik, in der auch Reinhard Heydrich mit dem Tode rang. Während die Witwe jedoch langsam wieder genas, verlor er nach einigen Tagen den Kampf gegen eine Sepsis und verstarb am 4. Juni in den frühen Morgenstunden. Bei dem Attentat waren Fasern von der zerfetzten Polsterung seines Automobils durch eine Wunde in seine Milz eingedrungen. Man entfernte sie zwar, aber die Blutvergiftung hatte bereits andere Organe befallen. Lediglich Antibiotika hätten ihn noch retten können, doch die befanden sich ausschließlich in britischer Hand.

Der deutsche Rundfunk im Protektorat spielte den ganzen Tag lang Trauermärsche, nachdem die Nachricht gesendet worden war, und Jan wurde so unruhig, dass Fritz Menzel ihn erstmals wegen einiger Nachlässigkeiten rügen musste.

»Du machst es nicht besser für Pawel, wenn du den Leuten falsche Arzneien verkaufst«, sagte er. »Dein Cousin wird sich sicher bei dir melden. Aber lass ihn doch den Zeitpunkt bestimmen, Jan!«

»Und wenn er das gar nicht mehr kann? Weil sie ihn längst liquidiert haben?« Jan war wachsbleich, und seine Hände zitterten.

»Pawel gehörte doch schon länger nicht mehr zur direkten Schutzstaffel Heydrichs«, versuchte der Apotheker, ihn zu besänftigen. »Das hat er uns selbst erzählt. Erinnerst du dich denn nicht mehr daran?«

»Warum taucht er dann einfach ab?«, fuhr Jan auf. »Das passt so gar nicht zu ihm. Pawel weiß doch, dass ich mir Sorgen um ihn mache!«

Nicht einmal Eva konnte ihn beruhigen, und ihre heimlichen Treffen im Brennhaus, zu denen sie nach der Arbeit in der Kanzlei fuhr, hatten jegliche Romantik verloren. Anstatt sie zu lieben oder zärtliche Worte mit ihr zu tauschen, marschierte Jan wie ein Getriebener auf und ab, stellte Thesen auf und verwarf sie wieder, machte sich Vorwürfe, ließ sich von Eva kurz besänftigen, um kurz danach abermals in rabenschwarze Grübeleien zu verfallen.

»Wenn sie Tereza oder den Kindern etwas angetan haben, massakriere ich den nächsten Deutschen, der mir vor die Augen kommt«, sagte er finster. »Danach sollen sie mich ruhig erschießen. Das macht dann auch keinen Unterschied mehr.«

»Wie kannst du so reden?«, fuhr sie ihn an. »Unsere Zukunft hat noch nicht einmal angefangen. Und du willst sie schon wieder wegwerfen?«

»Welche Zukunft denn, *Ewa?*« Mit wildem Blick sah er sie an. »Du hast dir leider den falschen Liebsten ausgesucht. Bring dich besser in Sicherheit. Noch ist Zeit dazu!«

Alle wussten, dass im gesamten Protektorat fieberhaft nach den Attentätern gefahndet wurde. Doch über Tage schien es trotz der hohen Belohnung, die man auf ihre Ergreifung ausgesetzt hatte, keinerlei greifbare Fortschritte zu geben. SS und Gestapo arbeiteten auf Hochtouren, das hörte man unter der Hand. Verhaftungen, Folterungen, Hinrichtungen, Deportationen von Juden landauf, landab – aber bislang trotz allem keine Geständnisse.

Dr. Wauer hatte den Volksempfänger schon mit nach Hause nehmen wollen, da seine beiden jungen Mitarbeiterinnen inzwischen geradezu süchtig danach waren. Doch Friedl zog ihren süßesten Kirschmund und konnte ihn davon abhalten. Sie schlug sogar heraus, dass der deutsche Funk während der Arbeitszeit ganz leise gehört werden durfte, »in Wisperlautstärke«, wie sie scherzhaft sagte. Eva hatte sich an das Hintergrundgeräusch inzwischen gewöhnt, als am 10. Juni morgens eine Meldung sie alle aufstörte:

»Achtung, Achtung! Amtlich wird bekannt gegeben: Im Zuge der Fahndungen nach den Mördern des SS-Obergruppenführers Reinhard Heydrich wurden einwandfreie Hinweise dafür gefunden, dass die Bevölkerung der Ortschaft Liditz bei Kladno dem infrage kommenden Täterkreis Unterstützung und Hilfe leistete. Die betreffenden Beweismittel wurden trotz Befragung ohne Mithilfe der Ortseinwohner erbracht …«

»Lidice«, murmelte Eva zutiefst erschrocken. »Das ist das Dorf, in dem Terezas Eltern leben!«

»Die damit bekundete Einstellung zum Attentat wird noch durch weitere reichsfeindliche Handlungen unterstrichen, wie Funde von staatsfeindlichen Druckschriften, Waffen- und Munitionslagern, eines illegalen Senders, bewirtschafteter Waren in größtem Ausmaß sowie durch die Tatsache, dass Ortseinwohner sich im aktiven Dienst des Feindes im Ausland befinden. Nachdem die Einwohner dieses Dorfes durch ihre Tätigkeit und durch die Unterstützung der Mörder von

SS-Obergruppenführer Heydrich gegen die erlassenen Gesetze schärfstens verstoßen haben, sind die männlichen Erwachsenen erschossen, die Frauen in ein Konzentrationslager überführt und die Kinder einer geeigneten Erziehung zugeführt worden ...«

Eva presste sich die Hand vor den Mund.

»Die Gebäude des Ortes sind dem Erdboden gleichgemacht und der Name der Gemeinde ist ausgelöscht worden. So weit diese Bekanntmachung ...«

Jan sagte kein Wort, als sie ihn abends in der Apotheke antraf, aber er sah aus, als sei alle Kraft aus ihm gewichen. Fritz Menzel stützte den jungen Mann wie einen Schwerkranken und ließ nicht zu, dass er gleich zu seiner Tante fuhr, sondern bestand darauf, dass er sich zuvor bei ihnen in der Wohnung ausruhte.

»Du stellst jetzt keinen Blödsinn an, Junge«, beschwor er ihn mehrfach. »Es ist entsetzlich, unmenschlich und ganz und gar unvorstellbar, was da geschehen ist. Aber nicht einmal die verrückteste Heldentat macht die armen Toten von Lidice wieder lebendig.«

Julika, die in den letzten Tagen fast abstinent geblieben war, umarmte ihn lange. Beinahe hätte Eva ihrer Mutter verraten, was sie wirklich mit Jan verband, aber im letzten Moment hielt sie sich doch zurück. Die silberhellen Tage konnten sehr schnell in dunkelstes Grau kippen, und was dann aus ihrem Geständnis werden würde, daran wollte sie lieber gar nicht denken. Stattdessen ging sie der Mutter zur Hand, die emsig in der Küche herumzuwerkeln begann und aus Trockenei, Magermilch und dunklem Mehl etwas Ähnliches wie einen Kaiserschmarrn anzurichten versuchte. Es schmeckte beinahe so schrecklich wie die »Mozartkugeln«, die sie zu Weihnachten aus Grieß, künstlichem Bittermandelaroma, Schweineschmalz und Süßstoff zusammengemengt hatte, aber alle am Tisch verzehrten tapfer ein paar Gabeln davon und behaupteten, es sei ganz ausgezeichnet.

Eva brachte Jan zur Tür und presste ihr heißes Gesicht gegen seines.

»Ich bin bei dir, und wenn die ganze Welt untergeht«, sagte sie leise. »Vergiss das bitte niemals.«

Er drückte ihre Hand so fest, dass sie fast aufgeschrien hätte, und ging.

Am nächsten Tag kam Karolina Černá in die Apotheke, um ihren Neffen krankzumelden.

»Jan hat sich die ganze Nacht über erbrochen«, sagte sie sorgenvoll, »und er fiebert stark. Wenn Sie dagegen vielleicht ein Mittel wüssten, verehrter Herr Apotheker …«

Fritz Menzel stellte einige Medikamente zusammen, die er ihr unentgeltlich geradezu aufdrängte, und beschwor sie, einen Arzt hinzuzuziehen, falls es nicht bald besser würde. Die Schneiderin nickte, aber er wusste genau, dass sie seinen Rat nur im äußersten Notfall befolgen würde.

Und so verging fast eine Woche, bis Jan an einem Samstag an seinen Arbeitsplatz zurückkehrte, hohlwangig, blass, noch immer nicht ganz sicher auf den Beinen. Er war nicht allein. Neben ihm ging Pawel, der seit seinem letzten Besuch in Reichenberg um gut zehn Jahre gealtert schien. Zusammen mit Menzel zogen sich die beiden Tschechen in die Werkstatt zurück, und wäre Eva nicht zufällig mit der Mittagssuppe im Henkelmann für den Vater aufgetaucht, dann hätten sie sie dieses Mal sicherlich ausgeschlossen.

So aber bestand sie mit fester Stimme darauf, dabei zu sein.

Es dauerte mehrere Minuten, bis der Polizist überhaupt in der Lage war, zu sprechen, und als er es schließlich tat, war sein Gesicht voller Qual.

»Wie sie auf Lidice gekommen sind?«, flüsterte er. »Ich weiß es nicht. Es heißt, ein missverständlicher Brief eines untreuen Ehemannes sei in die falschen Hände geraten. Außerdem hätten sich zwei junge Männer aus dem Dorf der tschechischen Brigade in London angeschlossen, und die beim Attentat benutzte Maschinenpistole war angeblich britischer Herkunft.«

Er stützte den Kopf in beide Hände, als sei er ihm auf einmal zu schwer geworden.

»Mich haben sie ausgesucht, weil meine Schwiegereltern in Lidice leben«, fuhr er tonlos fort. »Ich hatte keine Möglichkeit, die beiden zu warnen, ebenso wenig wie all die anderen, weil wir so schnell einrücken mussten. Das Dorf wurde umstellt, die Menschen aus den Häusern geholt, die Tiere aus den Ställen getrieben, alle Wertsachen eingesammelt und registriert. Das beherrschen die Deutschen perfekt: penible Listen anzufertigen, inmitten von Terror und menschlichem Leid.« Er hustete, trank einen Schluck Wasser, dann sprach er weiter. »Dass die Männer sterben würden, habe ich erst kurz davor erfahren. Alle ab fünfzehn Jahren mussten die Nacht im Keller des größten Bauernhofs verbringen. Im Morgengrauen wurden sie dann vor der Scheune erschossen, ausnahmslos. Einhundertdreiundsiebzig Leichen hat man gezählt.«

»Und du selbst musstest dabei Hand anlegen?«, flüsterte Eva zutiefst verstört. »Bei deinen eigenen Leuten?«

Pawel schüttelte den Kopf.

»Das haben Polizisten aus Sachsen erledigt, die eilig herbeigeschafft wurden, außerdem einige Soldaten der Wehrmacht. Ein großer blonder Feldwebel mit stechenden Augen war ganz besonders eifrig bei der Sache. Einen Halbwüchsigen, der sich im letzten Moment über die Felder davonmachen wollte, hat er mit einem gezielten Rückenschuss erledigt.

Danach wurde ein Kreis aus Benzin um das Dorf gezogen und alles niedergebrannt. Sprengungen würden den Rest besorgen, habe ich sie sagen hören. Kein Stein darf mehr auf dem anderen bleiben. Lidice muss vollkommen ausgelöscht werden.«

»Wie hast du das nur ausgehalten?«, fragte Jan. »Hast du nicht versucht, irgendetwas zu tun?«

»Was denn?«, begehrte Pawel auf. »Alles wäre doch direkt auf meine Familie in Prag zurückgefallen! Mein Schwiegervater war bereits tot, nur meine Schwiegermutter lebte noch. Ich habe Anna heimlich ein Stück Brot zugesteckt, aber sie hat es einfach fallen lassen.« Seine Stimme stockte. »Mit einigen meiner Kollegen war ich für den Transport der Kinder und Frauen zuständig. Ins Gymnasium nach Kladno haben wir sie bringen müssen. In die Turnhalle ...«

»Meine frühere Schule ...« Jan klang wie ein alter Mann.

»Und dann kam für mich das Allerschlimmste«, fuhr Pawel schließlich fort. »SS-Offiziere trennten die Mütter von ihren Kindern und nahmen eine Selektion vor. Das Schreien, das Weinen, dieses ganze Elend ... Ich musste an meine Jungen denken und hatte Angst, das Herz würde mir brechen! Und mittendrin ein junger Arzt, der ungerührt blonde Haarsträhnen und blaue Augenmodelle an die Gesichter der verstörten Kleinen gehalten hat. Die meisten hielten dieser Prüfung nicht stand und wurden zu ihren Müttern zurückgebracht. Am nächsten Morgen wurden sie alle dann ins KZ Sachsenhausen deportiert.«

»Und die anderen?« Fritz Menzel räusperte sich mehrmals. »Was wurde aus den restlichen Kleinen?«

»Acht Kinder wurden als ›germanisierbar‹ eingestuft«, sagte Pawel. »Ihre Mütter werden sie niemals wiedersehen, denn jetzt warten echt arische Eltern auf sie.« Er zog einen zerknitterten

Papierstreifen aus seiner Hosentasche. »Ich habe mir ihre Namen aufgeschrieben, obwohl es mich den Kopf kosten kann und ich eigentlich gar nicht weiß, was ich weiter damit anfangen soll. Aber ich musste es einfach tun.«

Er reichte das Stück Papier an Jan weiter.

»Lies du vor«, bat er. »Ich kann es nicht.«

»Anna Vesela, Emily Hermanova, Frantiska Hronikowa, Milena Brejcha, Ludmila Ziholva, Helena Kosinova, Igor Plesko, Jadlicka Vaclav.« Jan ließ den Zettel sinken.

»Um sie zu beruhigen, hat man ihnen kleine Stofftiere gegeben«, sagte Pawel. »Kätzchen, Hunde, Hasen, Igel, billiges Spielzeug, das Kinder glücklich macht, und für einen Moment haben ihre Gesichter aufgeleuchtet, weil sie wohl dachten, mit diesen Geschenken würde vielleicht doch noch alles gut. Aber als man sie hinausgeführt und in einen Wagen gehoben hat, haben alle nur noch geweint.«

»Bis auf einen einzigen Jungen lauter kleine Mädchen«, sagte Eva leise.

»Sehr kleine Mädchen«, bekräftigte Pawel. »Der Junge war höchstens sechs. Die anderen noch jünger. Das macht es leichter, ihre Erinnerung auszuschalten. Irgendwann werden sie vermutlich denken, all das Schreckliche war nur ein böser Traum und sie wären immer schon Deutsche gewesen.« Er hob den Kopf und sah in die Runde. »Wie soll ich jetzt noch schlafen und arbeiten?«, fragte er verzweifelt. »Und wie meinen Söhnen jemals wieder in die Augen schauen? Ihr Großvater ist tot, ihre Großmutter hat man vor meinen Augen ins KZ gebracht. Tereza weint den ganzen Tag und kann meine Nähe kaum ertragen, obwohl ich ihr nur einen Bruchteil von all dem erzählen konnte, was wirklich passiert ist. Tomasz und Karol schleichen auf Zehenspitzen um uns herum, weil sie genau spüren, dass etwas Entsetzliches passiert sein muss. Seitdem gehen wir alle langsam zugrunde. Jeden Tag ein bisschen mehr.«

Jan streckte die Hand aus und berührte seine Schulter.

»Du hast genug hinter dir«, sagte er. »Mehr, als ein Mensch ertragen sollte. Jetzt bin ich an der Reihe.«

Eva hielt den Atem an.

»Das darfst du nicht!« Ihre Lippen formten die Worte, er aber sah sie gar nicht an.

»Man muss gegen diese Schweine kämpfen.« Jan hatte die Fäuste geballt. »Egal, was es kostet. Und genau das werde ich tun.«

*

Eine Woche später erschien er nicht mehr zur Arbeit. Fritz Menzel wartete bis zum Abend, aber Tante Karolina tauchte nicht auf, um ihren Neffen krankzumelden. Er las noch einmal den Brief, den er am Morgen erhalten und nach kurzer Lektüre sofort in die Hosentasche gestopft hatte. Dann ging er in die Windgasse, um nachzusehen.

Zu seiner Überraschung fand er dort Eva vor, die in der Küche saß und haltlos weinte.

»Jan ist fort.« Tränenüberströmt sah sie ihren Vater an. »Er wird sterben, Papa! Und ich liebe ihn doch so sehr …«

Er hatte von ihnen gewusst, das merkte sie an der Art, wie er sie anschaute.

»Ein bisschen mehr Vertrauen zu deinem alten Vater hättest du schon haben können, Tochter«, sagte er liebevoll. »Denn der ist weder taub noch blind. Und die Bestände an Kondompackungen in seiner Apotheke hat er auch noch ganz gut im Blick.«

Jetzt senkte sie die Augen, weil sie sich wegen seiner Offenheit plötzlich schämte.

»Aber ich bin sehr froh über eure Umsicht«, fuhr er fort, »so jung, wie ihr beide noch seid. Und ich hätte mir keinen Besseren für dich vorstellen können. Jan ist schlau, der passt schon auf sich auf. Irgendwann wird auch dieser schreckliche Krieg zu Ende sein. Dann kommt eure Zeit.«

Die Schneiderin starrte ihn mit großen Augen an.

»Soll das etwa heißen, Herr Menzel, dass mein Neffe und Ihre Tochter …«, stammelte sie. »Aber ich hatte ja nicht die geringste Ahnung! Und dass Sie auch noch einverstanden damit sind!« Sie griff nach dem Taschentuch. »So gut hätte er es bei Ihnen haben können! Und nun rennt er direkt in sein Unglück, dieser dumme, dumme Hitzkopf!«

»Ich glaube, er ist in Prag«, sagte Eva, die dank der unerwarteten väterlichen Unterstützung allmählich wieder Zuversicht fasste. »Dort wird er wahrscheinlich nach Leuten suchen, die ähnlich denken wie er und denen er sich anschließen kann …«

»Also noch mehr Attentate und noch mehr Tote?«, heulte Karolina. »Heydrichs Täter, denen sie am Ende auf die Spur gekommen sind, haben sich im letzten Moment selbst gerichtet. Ich kann sie gut verstehen, denn weitaus Schlimmeres hätte sie erwartet. Aber was soll nun aus all den anderen werden? Die Deutschen werden unser ganzes Volk dafür bluten lassen. Es wird nicht bei dem einen Lidice bleiben, das befürchte ich. Es wird weitere geben, viele, viele …«

Sie griff nach ihrer Kette mit dem granatbesetzten Kreuz und löste den Verschluss, dann drückte sie sie Eva in die Hand.

»Ich habe den größten Teil meines Lebens schon hinter mir«, sagte sie bewegt. »Aber deines liegt noch vor dir. Dieses Kreuz soll dich auf deinem Weg beschützen. Es stammt aus der Wallfahrtskirche von Olmütz und ist der Heiligen Jungfrau geweiht.« Ihre Stimme brach. »Und mach meinen Neffen glücklich, versprich mir das. Vorausgesetzt, wir sehen ihn lebend wieder …«

Eva spürte das leichte Gewicht des Kreuzes, das sie angelegt hatte, als sie Seite an Seite mit ihrem Vater nach Hause ging, das Fahrrad neben sich herschiebend.

»Vielleicht wird er mir ja schreiben«, sagte sie. »Oder er ruft eines Tages bei dir in der Apotheke an. Jan muss doch wissen, dass ich Tag und Nacht an ihn denke. Oder meinst du, er entscheidet sich eher für einen Boten, der mir Nachrichten von ihm bringt?«

»Mhm«, machte ihr Vater, und sie wusste genau, dass seine Gedanken in diesem Moment anderswo waren.

»Wenn du dich wegen Mama sorgst«, sagte Eva, »dann müssen wir ihr noch nichts sagen. Aber ich denke, sie mag Jan auch gern. Hätte sie ihn sonst neulich erst so liebevoll umarmt? Und dass ich inzwischen erwachsen geworden bin, weiß sie doch auch. Hast du nicht gesehen, wie viel Mühe sie sich gibt? In letzter Zeit war sie beinahe abstinent.«

Er war plötzlich stehen geblieben.

»Du wirst dich um deine Mutter kümmern, Eva«, sagte er plötzlich eindringlich. »Was auch geschieht. Versprich es mir – bitte!«

»Natürlich, aber das tue ich doch ohnehin schon die ganze Zeit«, sagte sie.

»Und auch um den Garten, jetzt, wo Jan nicht mehr da ist. Dazu noch die Brennerei, ach, ich weiß nicht, ob das nicht viel zu viel für dich sein wird …« Er brach ab. »Wie kann ich dir alles überhaupt zumuten? Sorgenfrei solltest du sein, jung und unbeschwert!«

»Das schaffen wir schon, Papa!«, sagte Eva. »Du und ich, wir beide zusammen …«

Er schüttelte den Kopf, dann zog er das Schreiben vom Morgen aus der Tasche.

»Du wirst künftig leider ohne mich zurechtkommen müssen, Tochter.« Seine Stimme klang dumpf. »Das hier ist nämlich mein Einberufungsbefehl. Meine bisherige Zurückstellung ist ab sofort aufgehoben. Eine Bestrafung, weil ich den Parteieintritt verweigert habe? Oder gehen Hitler langsam die Männer im wehrfähigen Alter aus? Wie auch immer, Eva: Nächste Woche bin ich als Soldat auf der Krim.«

5

Für die *Pasta alla puttanesca* – so ziemlich das einzige Gericht, das Nane wirklich beherrschte – fehlten leider fast alle Zutaten. So gründlich sie Marlenes Vorräte auch durchsucht hatte, nirgendwo in den Vorratsschränken hatte sie schwarze Oliven oder Kapern finden können, geschweige denn Sardellenfilets, deren salzige Note das Ganze erst richtig abrundete. Nachdenklich stand sie nun in der Küche mit einer Dose geschälter Tomaten in der einen und ein paar getrockneten Chilischoten in der anderen Hand. Die Katzen Leo und Minka umrundeten sie zunächst neugierig, begriffen dann aber schnell, dass nichts für sie abfallen würde. Beleidigt zogen sie ab und ließen Nane ratlos zurück.

Evas Lektüre hatte Nanes Herzschlag beschleunigt und ihr mehrmals Tränen in die Augen steigen lassen. Was für eine irrwitzige, schreckliche Geschichte, die sich ganz in der Nähe ihrer Großmutter abgespielt hatte! Sie musste noch immer daran denken, und es fiel ihr unendlich schwer, sich wieder auf die alltäglichen Kleinigkeiten zu konzentrieren.

Aber sie wollte Marlene nicht enttäuschen. Was ihr für das italienische Essen fehlte, ließ sich in einem Dorf nach Ladenschluss leider nicht herbeizaubern, und so musste sie sich eben mit der kleinen Lösung zufriedengeben. Nicht einmal richtige Spaghetti gab es, nur eine bereits angebrochene Packung Penne, die sie eigentlich nicht besonders mochte. Aber versprochen war versprochen, und so rührte Nane aus den Tomaten, etwas Salz, ein paar Knoblauchzehen, Olivenöl und Chili einen Sugo zusammen, der hoffentlich halbwegs genießbar war.

Parmesan zum Darüberhobeln?

Ebenfalls Fehlanzeige. Vielleicht konnte der Hartkäse im Kühlschrank als passabler Ersatz dienen. Vielleicht aber würde die Tante auch alles einfach nur grauenhaft finden.

Doch als Marlene hereinkam, einen Hauch frischen Wäscheduft verströmend, und das Essen auf dem Herd sowie den gedeckten Tisch sah, lächelte sie erfreut.

»Das ist ja fast wie Weihnachten«, sagte sie. »Da hat der Martin nämlich in den letzten Jahren immer für uns gekocht.« Sie schnupperte. »Würzig riecht es. Da bekommt man sofort Appetit.«

»Ich hoffe, es ist nicht zu scharf geworden.« Nane füllte Marlenes Teller und dann den eigenen. »Ich bin leider keine große Köchin, aber ab und zu Pasta mit Soße ist sogar bei mir drin.«

Sie machte eine kurze Pause, dann wollte sie die Sprache eigentlich auf Evas Aufzeichnungen bringen. Marlene probierte und nickte anerkennend. Schließlich fiel ihr Blick auf die bereits entkorkte Weinflasche, und ihre Miene verfinsterte sich.

»Ach, bei denen warst du auch schon?«, fragte sie spitz. »Musste das wirklich sein?«

»Das war eher Zufall«, sagte Nane. »Ich bin durchs Dorf geschlendert, da sind mir die vielen Autos vor dem Benteleanwesen aufgefallen. Und schon war ich drin in der alten Scheune – und sozusagen in Simons Händen. Er hat mich nämlich vor einem Sturz von der Hühnerleiter bewahrt. So sind wir ins Reden gekommen.«

»Mit diesen Leuten will ich nichts mehr zu tun haben.« Marlene schob die Flasche weg. »Nichts als Unglück haben sie über unsere Familie gebracht.«

»Simon und Lukas waren immer meine Freunde«, verteidigte sich Nane. »Ich kann nichts Schlechtes über sie sagen. Außerdem haben wir uns jahrelang nicht mehr gesehen …«

»Ja, weil du dir schon immer gern Sand in die Augen hast streuen lassen«, fuhr Marlene auf. »Genau wie deine Mutter, die einmal sogar davon geträumt hat, eine von ihnen zu werden. Aber die Bentelemänner haben noch nie aus Liebe geheiratet. Vicky ist daran fast zerbrochen. Und ich verspüre, wie du dir sicherlich vorstellen kannst, keinerlei Lust, solch ein Drama noch einmal mitzuerleben. Also Hände weg von allem, was Bentele heißt!«

Verblüfft starrte Nane sie an.

Ihre flippige Mutter und Simons biederer Vater?

Seine stille Ehefrau Regina, die ihnen früher immer die Brote für ihre ausgedehnten Sommerausflüge gerichtet hatte, passte doch viel besser zu ihm.

»Mama und Robert Bentele?«, sagte sie schließlich. »Das glaub ich jetzt nicht!«

»Kannst du aber.« Marlene kaute die Nudeln inzwischen so heftig, als müsste sie Nüsse mahlen. »Umbringen wollte sie sich, meine kleine Schwester, weil sie so am Boden zerstört war, nachdem er sie herzlos abserviert hatte. Im letzten Moment haben wir, dein Großvater und ich, sie schließlich in Überlingen aus dem eiskalten Bodensee gefischt. Geweint hat sie, weil sie doch unbedingt hatte sterben wollen, gezittert, geschrien, wie wild um sich geschlagen – aber immerhin hat sie noch gelebt. Nur das zählte. Mama hat sogar für ein paar Wochen ihre Apfelbäume allein gelassen und ist mit ihr zur Erholung ins Allgäu gefahren, damit sie wieder auf die Beine kommt. Sie waren gerade erst zurück, da hat Robert sich offiziell mit Regina verlobt, die als Mitgift viel Grund und Boden in die Ehe einbringen konnte. So waren sie, diese Benteles, und so sind sie bis heute geblieben!«

Nane rückte ihren Teller ein Stück beiseite. Ihr ohnehin launischer Appetit war mittlerweile ganz verflogen.

»Meinst du nicht, das alles sollte endlich begraben werden?«, fragte sie leise. »Robert muss doch inzwischen weit über sechzig sein, oder?«

Marlene nickte knapp.

»Und sein Vater ist erst vor Kurzem hochbetagt gestorben ...«

»Der alte Bentele?«, fiel die Tante ihr ins Wort. »Das war der Schlimmste von allen!«

»Großmutter hat ihn gemocht«, sagte Nane. »Das habe ich als Kind gespürt, wenn er sie besucht hat, sobald alle anderen im Obst waren. Da war etwas Besonderes zwischen den beiden, etwas Flirrendes, seltsam Zartes, das so gar nicht zu der bärbeißigen Art passte, die er sonst an den Tag gelegt hat. Wenn er mir unterwegs im Dorf begegnet ist, habe ich mich oft vor ihm gefürchtet. Aber niemals, solange er bei ihr hier in der Küche saß.«

»Bärbeißig?« Marlene nickte grimmig. »Das ist eher noch untertrieben. Schikaniert hat er die Leute, wo er nur konnte, hat meinen Eltern das Leben schwer gemacht und den restlichen Dorfbewohnern ebenso. Selbstherrlich wie ein Großgrundbesitzer hat er sich aufgeführt, auch als er noch kaum etwas hatte. Wer nicht für ihn war, der war eben gegen ihn. So ist er aus dem Krieg zurückgekehrt, körperlich versehrt, aber im Charakter unbeirrbar. Vor allem dein Großvater hatte viel unter ihm zu leiden.«

»Mag sein«, räumte Nane ein. »Aber zu Oma Eva war er anders. Er ist immer auf der Ofenbank gesessen und hat sie nicht aus den Augen gelassen. Und sie hat so getan, als sei er nicht da, und weiterhin ihre Arbeit erledigt. Dabei war sie sich mit allen Sinnen seiner Anwesenheit bewusst, hat alle seine Bewegungen registriert, jeden Blick, den er ihr zugeworfen hat. Es war ein Spiel, dessen Regeln nur sie und er beherrschten. Damals hatte ich noch nicht die richtigen Worte dafür, heute aber würde ich sagen, er hat nach wie vor um sie geworben. Und sie hat ihn werben lassen. Irgendwann, als ich gerade in die Schule gekommen war, ist sie dann eines Tages sehr wütend geworden und hat ihn aus dem Haus geworfen. Daran erinnere ich mich noch genau. Danach habe ich ihn nie mehr hier gesehen.«

»Was du dir nicht alles zusammenreimst! Wie alt warst du damals? Sechs? Da versteht man noch längst nicht alles. Und das ist vielleicht auch gut so.« Marlene starrte auf Nanes kaum berührten Teller. »Du hast ja fast nichts gegessen.«

»Dein Auflauf gestern hat mir wesentlich besser geschmeckt als meine langweiligen Nudeln«, sagte sie.

Marlenes Blick wurde weicher, dann aber kehrte die Skepsis zurück. Sie beugte sich nach vorn.

»Willst du auch gleich wieder weg, Nane?«, fragte sie. »So wie deine Mutter, die es nicht länger als eine Nacht mit mir unter einem Dach aushält? Abhauen und mir den kranken Hund aufhalsen – ist es das, was du vorhast? Dann nur heraus damit! Ich kann die Wahrheit vertragen.«

Jetzt kam es auf die richtigen Worte an. Nane spürte, wie ihre Handflächen feucht wurden. Um Zeit zu gewinnen, griff sie nach der Weinflasche, füllte ihr Glas und trank einen Schluck. Der Wein schmeckte nach Sommer und reifen Birnen, aber Simon hatte recht gehabt: Er hätte ruhig eine Spur kühler sein können.

»Nein, das will ich nicht«, sagte sie schließlich bestimmt. »Ich habe noch eine ganze Woche Urlaub, so lange will ich auf jeden Fall bleiben. Und um Souki kümmere ich mich auch, das ist doch klar.« Sie sah Marlene an. »Was hat Mama eigentlich getan, dass du sie so hasst?«, fragte sie. »Sie ist doch deine kleine Schwester. Hast du denn niemals liebevolle Gefühle für sie gehabt?«

»Ich hasse Viktoria doch nicht«, widersprach Marlene, die plötzlich sehr angestrengt wirkte. »Ich mag nur nicht, wie wenig sie aus ihrem Leben gemacht hat. Ausgerechnet sie, das heiß ersehnte Nachkriegskind, dem doch alle Türen offen gestanden hätten – Studium, Beziehungen, die ganze Welt! Und was tut sie? Verweigert sich, verplempert ihre Zeit mit nutzlosen Liebschaften und bekommt bis heute nichts Vernünftiges zustande!«

»Bis auf mich«, sagte Nane leise. »Ihre Tochter. Tut mir leid, wenn du damit nicht zufrieden bist!«

»Aber so habe ich es doch nicht gemeint …«

Marlene begann, den Kater zu kraulen, der es sich inzwischen auf ihrem Schoß gemütlich gemacht hatte. Zu allen Tieren war sie immer schon liebevoll gewesen, nur bei den Menschen fiel es ihr schwer.

»Ach nein?«, fragte Nane nach. »Und dass ich nicht einmal einen anständigen Vater vorzuweisen habe, stört dich also auch nicht?«

Unwillkürlich berührte sie dabei den Leberfleck neben ihrer Lippe, den sie angeblich ihrem abwesenden Erzeuger zu verdanken hatte. Ihre Mutter behauptete, Rui sei Portugiese gewesen, ein talentierter Fado-Musiker, der sie vor fünfunddreißig Jahren in Lissabon ein paar Wochen lang nicht nur mit seiner *Viola baixo* bezaubert habe. Manchmal glaubte Nane diese Version, weil auch ihr eine gewisse Melancholie im Blut lag, selbst wenn sie nicht, wie jetzt, geschwächt und mutlos war. Der bittersüße Sehnsuchtsgesang vom westlichen Ende Europas ging ihr beim Hören jedes Mal unter die Haut. Dann aber überwog wieder ihre gewohnte Vorsicht. Denn Vickys Erfindungsreichtum schien unerschöpflich, und viele ihrer Geschichten klangen bei jedem Erzählen immer wieder ein wenig anders.

»Den habe ich zunächst ja auch nicht gehabt«, sagte Marlene. »Daher weiß ich genau, wie es sich anfühlt, wenn alle im Dorf dich anglotzen und hinter deinem Rücken tuscheln.« Sie war plötzlich aufgestanden, und der Kater sprang mit einem Satz davon. Mit großen Schritten begann sie, in der Küche auf und ab zu gehen. Nicht anders hatte Eva es gemacht, wenn sie besonders aufgeregt oder durcheinander gewesen war. »Meine Schwester und ich, das hat einfach noch nie besonders gut harmoniert. Um dich ging es dabei zunächst doch noch gar nicht.«

Jetzt geht es aber ausnahmsweise einmal nur um mich!, hätte Nane am liebsten geschrien, doch dazu fehlte ihr der Mut. *Ich weiß nämlich nicht mehr weiter mit meinem Leben* – da durchschnitt ein melodischer Handyton die angestrengte Stille.

Marlene schien ungemein erleichtert.

»Fabio?«, sagte sie, nachdem sie den Anruf angenommen hatte. »Nein, natürlich störst du nie. Mit dem Essen sind wir schon fertig. Nane hat fa-bel-haft für uns gekocht.« Sie zog die Nase kraus. »Das freut mich. Willst du sie selbst sprechen?« Sie reichte das Handy weiter. »Unser Tierarzt. Und die Nachrichten klingen nicht schlecht.«

»Wie geht es Souki?«, fragte Nane. »Wird sie durchkommen?«

»Ihre Souki ist eine Kämpferin«, antwortete Rossi. »Ja, sie hatte offenbar Rattengift erwischt, aber das meiste ist inzwischen ausgeschieden. Die Blutungen sind gestillt, die Pfoten frisch verbunden. Mittlerweile hat sie jede Menge Vitamin K intus und trägt einen schicken Kragen, damit sie sich nicht den Verband von den Pfoten beißt und sich leckt. Ich würde sie gern noch hierbehalten, um ihr weitere Infusionen zu verabreichen. Aber ich denke, morgen können Sie sie dann abholen. Sie wollen sie doch nicht wieder abgeben, oder?«

»Natürlich nicht«, antwortete Nane prompt und realisierte erst dann, was sie da gesagt hatte. »Vorausgesetzt, ich bekomme das hin …«

»Da sehe ich keine Probleme!«, erwiderte er. »Die Kleine ist freundlich und unkompliziert. Der ideale Hund – auch für Anfänger.«

Nane dachte an ihr vollgestelltes Appartement im fünften Stock mit dem Minibalkon nach Süden, auf dem es im Sommer so heiß war, dass man ihn kaum benutzen konnte. Außerdem war sie jeden Tag viele Stunden mit dem Auto unterwegs und musste häufig auswärts übernachten. Offenbar war sie gerade dabei, vollständig den Verstand zu verlieren. Worauf ließ sie sich da nur ein?

»Dann sehen wir mal …« Es klang fast wie ein Hilferuf.

»Ja, das werden wir«, bekräftigte er mit sonorer Stimme. »Und grüßen Sie mir bitte meine Freundin Leni. Vielleicht unternehmen Sie morgen ja zusammen einen schönen Ausflug.«

Sie legte das Handy beiseite.

»Und? Alles in Ordnung?«, wollte Marlene wissen, die inzwischen wieder am Tisch saß.

»Dr. Rossi meint, ich kann sie morgen abholen. Heute Nacht will er sie lieber noch unter Beobachtung behalten.« Sie lächelte. »Er hat vorgeschlagen, wir beide sollten einen Ausflug machen. Aber ich weiß gar nicht, ob du Lust und Zeit dazu hättest.«

»Ich hab dir ja gesagt, dass man sich auf Fabio verlassen kann. In so ziemlich allem.« Marlene legte ihre schmale, blau geäderte Hand auf Nanes breitere, bräunliche. »Tut mir leid, dass ich gerade so kratzbürstig war, aber das alles hat eben eine Vorgeschichte. Deine Mutter konnte nie einfach mit der Wahrheit herausrücken. Immer Ausflüchte, stets Beschönigungen, ständig nur vages Herumlavieren, bis eines Tages dann doch alles ans Licht kam. Dabei ist es doch gar nicht so schwer, geradeheraus zu sagen, was los ist.«

»Manchmal schon.« Nane zog ihre Hand zurück. »Wenn man sich schämt, zum Beispiel. Oder man einen anderen nicht verletzen möchte. Weil man sich selbst nicht eingestehen möchte, wie schlimm es wirklich steht.«

Die emailleblauen Augen musterten sie so prüfend, dass sie es kaum aushalten konnte. Jetzt wäre genau der richtige Zeitpunkt gewesen, um auszusprechen, was hinter ihr lag: die Wochen mit seltsamen Schwächezuständen, mit Schwindelanfällen und zunehmender Schlaflosigkeit. Der Tinnitus, der gerade jetzt wieder stärker wurde, als sie nur daran dachte. Vor allem aber die bohrenden Selbstzweifel, die sie schon seit einiger Zeit quälten. Doch Nane brachte es nicht über sich.

Nicht gleich heute, dachte sie. Lieber mal irgendwann dieser Tage, wenn es besser passt. Bis dahin weiß ich noch mehr über Evas weiteres Schicksal und finde vielleicht eher einen Anknüpfungspunkt.

»Lass uns schlafen gehen«, schlug Marlene unvermittelt vor. »Und das mit dem Ausflug ist eigentlich gar keine so schlechte Idee. Was hältst du von Konstanz? Wir fahren mit dem Schiff hinüber, essen dort und machen dann auf der Rückfahrt einen kleinen Schlenker über die Reichenau. Dort ist es niemals schöner als jetzt im Herbst.«

»Wunderbar«, stimmte Nane zu und war heilfroh, dem inquisitorischen Blick wenigstens für den Moment entronnen zu sein. »Das klingt gut.«

»Wann willst du aufstehen?«

»Ich bin sicher schon ziemlich früh wach«, sagte Nane. Wenigstens in diesem Punkt konnte sie offen sein. »Das mit dem

Schlaf und mir, das ist leider schon seit einiger Zeit eine verzwickte Beziehung.«

»Dann bis morgen. Wer zuerst auf ist, macht Frühstück.« Marlene lächelte kurz. »Dir ist sicher aufgefallen, dass es jetzt immer heißes Wasser im Bad gibt. Nicht mehr so wie früher, wo man erst stundenlang den Boiler anheizen musste und die Kleinsten erst ganz zum Schluss in die bestenfalls noch lauwarme Wanne durften.«

Nane lächelte zurück.

»Da bin ich aber froh«, erwiderte sie und stand auf, um Teller und Gläser in die Spülmaschine zu räumen.

»Überlass das ruhig mir«, sagte Marlene. »Wenn ich schon mal Besuch habe.«

*

Ein gellender Schrei riss sie aus dem Schlaf.

Nane fuhr hoch. Kam das von draußen? Von einem Tier in höchster Not? Aber von welchem?

Eine ganze Weile blieb alles still. Dann hörte sie jämmerliches Wimmern. Das war kein Tier, das war ein Mensch!

Sie verließ ihr Bett und ging hinaus in den Flur. Zu ihrem Erstaunen stand die Tür zu Evas altem Zimmer ein kleines Stück offen. Eine Kinderlampe brannte, die gelbliches Licht spendete, kleine Igel, die hinter Glas eine bunte Reihe bildeten.

Marlene lag auf dem Rücken, die Haare zerwühlt, Schweißperlen auf der Stirn. Ihr Atem ging stoßweise, als sei sie zu schnell gerannt. Die Augen waren geschlossen.

»Marlene?«, sagte Nane leise. »Geht es dir nicht gut? Kann ich irgendwie helfen?«

Sie erhielt keine Antwort. Die Tante schien tief zu schlafen. Gerade wollte Nane wieder in ihr Zimmer zurück, als das

Wimmern erneut einsetzte. Flehentlich klang es und spitz wie das Wehklagen eines Kindes.

Offenbar ein heftiger Albtraum, der sie quälte. Sollte sie Marlene in Ruhe lassen oder sie lieber aufwecken?

Unschlüssig machte Nane eine Bewegung, und die alten Dielen knarzten unter ihren bloßen Füßen. Marlene schlug die Augen auf. Einen Moment lang schien sie gar nicht zu begreifen, wo sie war, so ratlos sah sie drein, dann aber bekam ihr Gesicht sofort einen abweisenden Ausdruck.

»Was machst du denn hier?«, fragte sie. »Schleichst du nachts immer herum und beobachtest heimlich Schlafende?«

»Nur wenn sie schreien und angsterfüllt wimmern. Genau das hast du nämlich gerade getan.«

»Unsinn! Das hast du dir nur eingebildet. Bis eben habe ich ganz friedlich geschlafen. So wie ich es immer tue.« Marlene setzte sich auf, angelte nach der Wasserflasche neben ihrem Bett und nahm einen tiefen Schluck. »Wahrscheinlich hast *du* schlecht geträumt. Ich schreie nämlich niemals nachts. Und wenn, dann wüsste ich es.« Ihr Blick wurde angriffslustig.

Nane starrte zunächst verblüfft zurück, dann senkte sie die Augen.

Die Tante würde weiterhin darauf beharren, das wurde ihr in diesem Moment klar. Albträume hatten im Leben einer Marlene Auberlin nichts verloren. Unter so etwas litten nur Verlierer, Leute, die nichts zustande brachten, so wie ihre jüngere Schwester Vicky – und deren Tochter.

»Es geht dir also wirklich gut?«, vergewisserte Nane sich trotzdem noch einmal, während ihr Blick durch das Zimmer glitt, das noch immer so aussah wie zu Evas Lebzeiten: der schmale bemalte Schrank, das kleine Regal, auf dem neben zerlesenen Taschenbüchern ein paar alte Kinderspielsachen standen, der Webteppich in verschiedenen Blautönen, den die

126

Sonne in vielen Sommern ausgeblichen hatte. Nur der intensive Apfelduft, den sie als Kind so geliebt hatte, war verflogen. Und die Tante hatte das alte knarrende Bett durch ein modernes Boxspringmodell ersetzt, neben dem ein kleiner bräunlicher Gegenstand auf dem Boden lag.

Nane bückte sich, um ihn aufzuheben.

»Lass es einfach liegen«, sagte Marlene scharf. »Ich mag es nicht, wenn man in meinen Sachen herumkruscht, das solltest du doch eigentlich wissen.«

Nane fuhr zurück.

»Dann schlaf schön weiter«, sagte sie ein wenig steif und ging zur Tür. »Und Entschuldigung für die Störung.«

»Schon gut.« Marlene klang wieder gnädiger. »Du auch!«

Danach dauerte es schier endlos, bis Nane wieder einschlief, aber weitere Schreie gab es in dieser Nacht nicht mehr. Als sie morgens wach geworden war und nach nebenan ins Bad ging, hörte sie von unten schon Geschirrklappern, und es duftete im ganzen Haus nach Kaffee. Sie ließ das kalte Wasser laufen und schluckte rasch ihre Tablettenration, um möglichen Fragen auszuweichen, zog sich an und ging dann hinunter. Die Tante schien bester Laune, war in dunkelblauem Twinset, Perlenkette und Flanellhose bereits ausgehfein und gerade dabei, in einer altertümlichen Pfanne Spiegeleier zu braten.

»Da bist du ja endlich«, rief sie aufgeräumt. »Und ja, ich trage kein Schwarz, das hat Mama nämlich niemals gemocht. Du ja übrigens auch nicht, was ich gut finde. Die Sonne scheint extra für uns, hast du schon gesehen? Es ist doch einfach herrlich, wenn man so richtig ausgeruht ist!«

Nane nickte.

Die unruhige Nacht sollte also nicht mehr erwähnt werden, so lautete die stumme Botschaft. Sie war einverstanden, sich daran zu halten – zumindest bis auf Weiteres. Das Brummen im Ohr war heute erträglich, und den ersten aufkommenden Schwindel hatte sie bekämpft, indem sie sich am Schrank festgehalten hatte und so lange abwechselnd auf einem Bein gestanden war, bis er wieder verschwand. Sie schaffte sogar zwei Tassen Kaffee und zwei Spiegeleier, was Marlene mit einem zufriedenen Knurren kommentierte.

»Dann wollen wir mal«, sagte sie. »Wir fahren bei Fabio vorbei und sehen nach deinem Hund. Von dort aus geht es dann weiter nach Konstanz.«

»Du meinst, Souki ist schon fit genug für einen Ausflug?«, fragte Nane, als sie zum Auto gingen. Für einen Moment kehrte die Panik wieder zurück. Die Strecke von Frankfurt bis hierher hatte sie mit einigen Pausen gemeistert, aber vernünftig war es trotzdem nicht gewesen, sich in ihrem fragilen Zustand ans Steuer zu setzen. Was, wenn sie unterwegs eingeschlafen wäre?

Ein Gedanke, den sie schnell wieder von sich schob.

Marlene hatte die Türen des Skoda entriegelt und setzte sich wie selbstverständlich ans Steuer. Erleichtert nahm Nane auf dem Beifahrersitz Platz.

»Lass das am besten Fabio entscheiden«, sagte sie. »Es ist dir doch recht, wenn ich fahre?« Es hörte sich an, als erwarte sie nicht wirklich eine Antwort. »So kannst du in aller Ruhe die Landschaft betrachten. Außerdem ist sonntags bei gutem Wetter manchmal ganz schön viel Verkehr.«

Nane nickte dankbar und schämte sich gleichzeitig für ihre Unaufrichtigkeit. Sie würde der Tante sagen, was mit ihr los war, nahm sie sich vor. Ganz, ganz bald. Vielleicht sogar schon heute.

»Wieso fahren wir eigentlich nicht los?«, fragte sie, als Marlene keinerlei Anstalten machte, den Motor zu starten.

»Einen Moment noch«, verlangte die Tante. »Sag: Was riechst du?«

Nane schnupperte und schüttelte dann den Kopf.

»Nichts«, sagte sie. »Gar nichts!«

»Genau das wollte ich hören.« Marlene klang befriedigt und ließ den Wagen an. »So ist er eben, mein Martin. Was immer er anpackt, das macht er gründlich!«

Auf dem Weg nach Salem mussten sie beim Anwesen der Benteles vorbei. Unwillkürlich reckte Nane den Hals, aber Simon entdeckte sie nirgendwo. Wahrscheinlich schlief er noch. Oder er hatte nach dem Korb von gestern mit einer anderen Frau den Abend verbracht und war gar nicht zu Hause. Es war lediglich ein winziges lästiges Kratzen im Hals, das Nane angesichts dieser Vorstellung verspürte, aber es überraschte sie trotzdem.

Er ist nur dein Jugendfreund, sagte sie sich streng. *Und du weißt nichts über ihn. Nach allem, was Marlene dir gestern über die Benteles erzählt hat, tust du gut daran, es auch dabei zu belassen.*

»Fabios Praxis hat einen Riesenzulauf«, sagte Marlene. »Aus der ganzen Bodenseeregion, ja teilweise sogar bis aus dem Allgäu kommen die Leute zu ihm mit ihren kranken Viechern. Manche sind fest überzeugt, er hätte magische Hände und könne sogar kleine Wunder bewirken. Von solchem Aberglauben halte ich natürlich nichts. Er hat eben ein Herz für alle hilfsbedürftigen Kreaturen, und das spüren sie.«

»Und wer ist dieser Brian, den du gestern erwähnt hast?«, fragte Nane. »Auch ein Tierarzt?«

Marlene lachte rostig. »Brian war Tänzer und ist Fabios engster Vertrauter, seine bessere Hälfte, wenn du so willst. Die beiden kennen sich schon seit Internatszeiten. Fabio hat ihn nach einer Krise vor einigen Jahren bei sich aufgenommen. Seitdem sind die beiden wieder ein Team, und ein außergewöhnliches noch dazu.«

»Dann ist Dr. Rossi also schwul?« Es war Nane einfach so herausgerutscht.

Marlene lachte wieder.

»Manche in Salem sind fest davon überzeugt«, sagte sie. »Aber weiß man es immer so ganz genau? Menschen stecken doch voller Rätsel.«

Sie hielten vor einem modernen Haus mit schlichter, grau getünchter Fassade, das unter den benachbarten Fachwerkbauten wie ein Solitär heraustach. Davor erstreckte sich ein kleiner Vorgarten, dem man die liebevolle Pflege ansah.

»Das ursprüngliche Gebäude ist abgebrannt«, kommentierte Marlene Nanes verdutzten Blick. »Ein wunderbares altes Haus – sehr schade darum! Es gab da offenbar Gesindel im Ort, dem der ausländische Tierarzt mit seinen ungewöhnlichen Behandlungsmethoden nicht so ganz ins Weltbild gepasst hat. Aber Fabio hat sich nicht einschüchtern lassen und neu gebaut. Seitdem herrscht Ruhe. Ich kann nur hoffen, für immer.«

Sie stiegen aus und klingelten.

Ein muskulös gebauter Mann mit rasiertem Schädel öffnete ihnen. Seine Haut hatte einen satten Karamellton, den das mintgrüne Hemd noch unterstrich. Er sah umwerfend gut aus.

»Leni!« Er umarmte sie herzlich, danach beäugte er neugierig Nane.

»Meine Nichte Christiane Auberlin«, stellte Marlene sie vor. »Und das ist Mr. Brian Reeves. Wir sind wegen Souki hier.«

»Kommt herein!« Er führte sie in die Praxis, am Wartezimmer vorbei in einen großen, leicht abgedunkelten Raum mit verschieden großen Käfigen. »Souki ist eine richtige kleine Lady«, sagte er. »Selten habe ich einen Hund derart manierlich trinken sehen. Aber dicke weiße Krägen kann sie definitiv nicht ausstehen.« Er seufzte. »Erst beim dritten Versuch hat sie sich damit abgefunden. Sie wird ihn leider noch ein bisschen länger anbehalten müssen. Das sagt zumindest der Doc.«

»Ganz genau!« Fabio Rossi war hereingekommen und öffnete den Käfig. Souki schoss heraus, als habe sie nur darauf gewartet, und lief sofort schwanzwedelnd zu Nane, die sie behutsam streichelte. Der Raum schien mit einem Mal wärmer und heller geworden zu sein.

»Sie mag mich«, rief sie glücklich. »Sie hat mich sofort wiedererkannt.«

»Immerhin haben Sie ihr das Leben gerettet«, sagte Fabio Rossi. »Da ist ein wenig Dankbarkeit schon angebracht, meinen Sie nicht? Die Kleine erholt sich. Aber zu große Strapazen würde ich ihr heute lieber nicht zumuten.«

Jetzt fasste er Marlene scharf ins Auge.

»Alles halbwegs überstanden?«, fragte er liebevoll. »Brian und ich wären auch gern zur Beerdigung gekommen, das weißt du. Aber es gab drei Notfälle am Stück. Da waren wir leider unabkömmlich.«

»Der Kopf ist noch dran, wie du siehst«, erwiderte Marlene knapp. »Und der Rest wird sich weisen. Muss ja schließlich weitergehen, oder nicht?«

»Und Sie?« Das klang ebenso freundlich und galt Nane.

Die zog die Achseln hoch.

»Bin froh, dass es vorbei ist«, sagte sie. »Doch so ganz habe ich es noch immer nicht kapiert, dass ich meine Großmutter nie mehr sehen werde.« Sie streichelte Souki. »Meinen Sie wirklich, sie ist schon fit genug für einen Ausflug?«

»Dann lassen wir sie doch einfach noch hier«, schlug Marlene vor. »Und wir holen sie dann erst nach unserer Rückkehr ab. Ist das für euch beide so in Ordnung?«

Fabio und Brian nickten einträchtig, und Nane verstand auf einmal, was Marlene mit dem Begriff »Team« gemeint hatte.

Waren die beiden wirklich nur Freunde? Der Blick, den Brian Fabio hinterhersandte, als dieser als Erster hinausging, sagte etwas anderes.

Sie blieb eine Weile still, als sie weiterfuhren, vorbei an zahlreichen eng bestandenen Apfelplantagen.

»Meins«, sagte Marlene halblaut. »Das Gelände oben auch. Und das dort unten ebenfalls. Dort drüben bis zum Waldrand. Und dann ein Stück nach Süden, so weit dein Blick reicht. Nach Westen geht es sogar noch weiter. Dort haben wir schon geerntet.«

»Das alles gehört dir?« Nane war tief beeindruckt. »Dann musst du ja inzwischen schwerreich sein!«

»Ich komme ganz gut zurecht«, sagte Marlene. »Und ich mag es, dem Obst beim Blühen und Reifen zuzusehen, es dann zu ernten und weiterzuverarbeiten. Vieles wandert inzwischen in den Brennofen, weil der reine Obstverkauf sich längst nicht mehr lohnt. Da kann ich froh sein, dass Martin mich mit seinem Fachwissen unterstützt. Äpfel sind ja schon lange nicht mehr jahreszeitgebunden, geschweige denn regional. Was natürlich ebenso für anderes Obst gilt.« Sie zog eine Grimasse. »Viele Leute entscheiden sich heutzutage im Supermarkt lieber für einen künstlich aufgemotzten Pink Lady von irgendwoher als für einen schmackhaften Bodenseeapfel, so sieht es doch aus!«

»Kannst du bitte mal anhalten?«, fragte Nane.

»Wozu?«

»Nur ganz kurz. Ich möchte gern einmal zu den Bäumchen gehen.«

Sie verließ das Auto und machte ein paar Schritte hinein in die Plantage. In Reih und Glied standen sie da, alle nahezu gleich groß, fast alle ähnlich üppig mit roten Äpfeln bestückt. Wie brave kleine Soldaten, dachte Nane. Die jeden Herbst abliefern, was man ihnen befohlen hat. Erinnerungen an früher stiegen in ihr auf, als sie zusammen mit der Großmutter die Äpfel auf der großen Streuwiese eingesammelt hatte, die für sie immer etwas Königliches gehabt hatte.

»Die hat der Baum uns geschenkt.« Sie konnte noch immer Evas Stimme hören, die oft ein wenig heiser geklungen hatte. »Und nächstes Jahr darf er sich dann ausruhen. Damit wir im übernächsten wieder schöne saftige Früchte von ihm bekommen.«

Nachdenklich kehrte sie zum Auto zurück.

Marlene gab Gas. Offensichtlich war für sie die Besichtigung im Vorbeifahren abgeschlossen.

»Das meiste habe ich natürlich von meiner Mutter gelernt«, sagte sie nach einer Weile. »Eva Menzel, wie sie hieß, bevor sie Toni Auberlin geheiratet hat, hatte das mit dem Obst im Blut. Sie wusste, wann ein Sturm aufkommen würde. Sie konnte das Aufbrechen der ersten Knospen ebenso voraussagen wie einen zu frühen Frosteinbruch. Manchmal hatte ich das Gefühl, die Äpfel redeten heimlich mit ihr. Aber sie hat immer nur gelacht, wenn ich das zu ihr gesagt habe.«

»Oma war einfach wunderbar«, sagte Nane inbrünstig. »So voller Wärme und Zuversicht!«

»Ja, das war sie«, bekräftigte Marlene. »Und was wir alles gemeinsam erlebt haben! Lager, Flucht, jene schreckliche Zeit in der sowjetischen Zone, und dann wieder Lager, bis wir endlich hier in Frieden leben durften. Und immer war meine Maminka für mich da. Alles hat sie für mich getan. Ohne sie gäbe es mich schon lange nicht mehr.«

»So hast du sie genannt?«, fragte Nane überrascht. »Wie schön! Aus Mamas Mund habe ich diesen Kosenamen nie gehört.«

»Erst als sie schon tot war.« Marlenes Stimme wurde weich. »Ich dachte zuerst, ich würde es nicht überstehen, meine Mutter da liegen zu sehen, so still und starr und gelblich im Gesicht.

Aber dann stieg plötzlich dieses Wort in mir auf, und ich konnte gar nicht mehr aufhören, es zu flüstern: Maminka, Maminka, Maminka …«

Sie räusperte sich.

»Siehst du, jetzt brauche ich doch wieder ein Taschentuch. Vorn im Handschuhfach findest du welche.«

Nane reichte ihr die Packung.

»Maminka – ist das ein Wort aus eurer alten Heimat?«, fragte sie weiter.

»So nennen tschechische Kinder ihre Mutter. Ich muss es irgendwann aufgeschnappt haben. Wir haben ja immer mit ihnen zusammen gespielt, auch noch als schon Krieg war. Ich kannte viele tschechische Wörter, aber inzwischen habe ich fast alle vergessen.«

Mittlerweile hatten sie Meersburg erreicht und fuhren zum Hafen.

»Darum hat Mama dich immer beneidet«, sagte Nane, während sie in einer langen Autoreihe auf die Fähre nach Konstanz warteten.

»Worum? Dass ich Verfolgung, Todesangst und Hunger erleben durfte? Ihr Nachkriegskinder wisst doch gar nicht, wie gut ihr es eigentlich habt!«, schnaubte Marlene.

»Nein, weil du die Oma so lange für dich allein gehabt hast. Und sie mit niemandem teilen musstest. Als Mama geboren wurde, gab es schon andere, die auch ihre Liebe wollten: dich natürlich, den Opa, später dann auch noch mich …«

Den Namen Hermann Bentele, der ihr ebenfalls auf der Zunge gelegen hatte, sprach sie nicht aus. Der Himmel war blau, ein laues Lüftchen wehte. Vor ihnen glitzerte der See. Wozu also sich mit etwas unbedacht Geäußertem den Tag verderben?

Marlene wartete mit ihrer Antwort, bis sie im Bauch der Fähre geparkt, das Ticket gelöst und die steile Treppe zum Oberdeck erklommen hatten. Hier draußen am Wasser spürte man den Herbst schon deutlicher. Der Fahrtwind war frisch, und viele Gäste strömten eilig zurück in die schützende Kabine.

»Da täuschst du dich gewaltig, Nane«, sagte sie. »Die Liebe meiner Mutter gehörte mir nie ganz allein. Denn tief in ihrem Herzen wohnte bis zum letzten Atemzug ein Mann: Jan Černy. Das hat sie mir auf dem Totenbett anvertraut. Sie wollte noch mehr sagen, aber dann …« Marlene wandte sich ab. Ihre Hände umklammerten die Reling.

»Dann ist er – dein Vater?«, fragte Nane behutsam, ohne auszusprechen, was sie bereits über ihn wusste.

Marlene nickte.

»So wird es wohl sein. Es gibt ein altes Foto, das ihn zeigt, groß, schlank, aber athletisch gebaut, mit hellem Haar. Ein sehr attraktiver Mann.« Sie tippte auf ihren Kopf. »Meine Mutter war in ihrer Jugend noch dunkler als du. Von irgendjemandem muss ich meinen weißblonden Schopf ja schließlich geerbt haben!« Sie lächelte, aber es wirkte wehmütig.

Nane blieb für ein paar Augenblicke still. Über ihnen keckerte eine Möwenschar, unter ihnen durchschnitt der Schiffskiel das Wasser. Der Bodensee war glatt und so blau wie im Sommer. Sie musste an den Großvater denken, auf dessen Knien sie als Kleine so gern gesessen hatte. Hatte es für ihn einen Unterschied gegeben zwischen der leiblichen und der adoptierten Tochter?

»Toni war mir immer ein guter Vater«, sagte Marlene, als hätte sie Nanes Gedanken gelesen. »Aufmerksam, liebevoll, meistens gerecht. Ich hatte ja miterleben müssen, wie man im Dorf mit Fingern auf Eva gezeigt hatte und auf mich, ihren blonden Bastard. Das Flüchtlingsluder, so haben sie sie genannt. Doch sobald wir unter seinem Schutz standen, war es mit dem Spießrutenlauf vorbei.«

»So schlimm?«, fragte Nane.

»Ich glaube, wir müssen zurück zum Wagen.« Marlenes Mund war schmal geworden. »Noch schlimmer, wenn du schon so fragst. Alleinerziehende Mütter kamen erst Jahrzehnte später in Mode. Damals war man in einem Dorf als Flittchen verschrien, wenn man schon ein Kind hatte, aber noch keinen Ring am Finger.«

Sie fuhren vom Anlegeplatz, der etwas außerhalb lag, in die Konstanzer Innenstadt und ergatterten einen Parkplatz in der Nähe des Münsters. Von dort liefen sie gemächlich in die Altstadt. Viele junge Leute kamen ihnen entgegen oder überholten sie.

»Man merkt, dass das Semester bald wieder anfängt«, sagte Marlene. »Eine Stadt, wie für Studenten gemacht! Eigentlich hatten wir alle ja damals gehofft, du würdest auch in Konstanz studieren, aber …« Sie ließ den Satz unvollendet.

»Frankfurt hat eben besser gepasst«, sagte Nane rasch und spürte sofort wieder einen Druck auf ihren Schlüsselbeinen. Nach einer winzigen Überwindung hängte sie sich bei Marlene ein. »Lass uns nicht immer nur von gestern reden«, sagte sie so beiläufig, wie sie konnte. »Sondern lieber den schönen Tag genießen!«

Der Tante schien die Nähe zu gefallen. Und sie machte beim Gehen erstaunlich große, entschlossene Schritte. Nane, die ein Stück kleiner war als sie, musste sich anstrengen, um mitzuhalten.

»Sollen wir uns für einen Kaffee in die Sonne setzen?«, schlug sie schließlich vor, weil sie bei dem Tempo zu schwitzen begann. Seitdem sie Betablocker nehmen musste, geriet sie viel schneller außer Atem.

»Lieber erst zum Hafen«, sagte Marlene mit einem kleinen Grinsen. »Bevor ich mich nicht wieder über diese scheußliche Statue aufgeregt habe, ist es für mich gar kein richtiger Konstanzbesuch!«

Die imposante Imperia drehte sich langsam in der Sonne, den Kaiser wie eine winzige Puppe in der einen Hand, den Papst in der anderen, doch auf dem Weg zu ihr blieb Nane plötzlich vor einem Plakat stehen.

Inbrecht, las sie. *Bilder. Statuen. Papier.*

Das war der Name, den Simon erwähnt hatte, jener Künstler, der die Büste des alten Bentele gestaltet hatte.

»Da würde ich gern mal reinschauen«, sagte sie. »Du auch?«

Marlene schüttelte den Kopf.

»Von dem modernen Zeug versteh ich nichts«, sagte sie. »Und einiges von dem, was sie Kunst nennen, macht mich sogar wütend. Geh du nur, ich besuche die Statue und hole dich dann hier wieder ab.«

Nane stieß die Tür auf und betrat einen hohen Raum, der früher einmal ein Salzlager gewesen sein mochte, bevor man ihn zur Galerie umgestaltet hatte. Es gab eine raffinierte Beleuchtung, die indirekt angebracht war und die Ausstellungsstücke bestens in Szene setzte: fragile weiße und gelbe Flugobjekte aus gecrashtem Papier, die träge von der Decke baumelten, einige Bronzebüsten, außerdem großformatige Bodenseebilder, die hier viel zahlreicher vertreten waren als in der ehemaligen Scheune der Benteles.

Langsam ging sie von einem zum anderen.

»Schön, nicht wahr?«, hörte sie plötzlich eine vertraute Stimme in ihrem Rücken. »Und noch sehr viel schöner, dass es dich hierhergezogen hat!« Lächelnd stand Simon neben einem etwa gleichaltrigen Mann mit dunklen, raspelkurz geschorenen Haaren, die seinen Kopf wie eine altmodische Kappe bedeckten. »Ruppert Inbrecht, der Künstler. Nane Auberlin, meine Jugendfreundin und erste heiße Flamme«, stellte er sie gegenseitig vor.

»Simon hatte immer schon einen gewissen Hang zu Übertreibungen«, sagte Nane. »Aber Ihre Arbeiten gefallen mir ausnehmend gut. Besonders die Bilder. Wäre ich reich und hätte verschwenderisch viel Platz – ich würde sofort zugreifen.«

Seine Augen lächelten. Sein Gesicht blieb dabei ernst.

»Über das Geld ließe sich unter Umständen verhandeln«, erwiderte er. Seine Stimme war ruhig und tief. »Und was den Platz betrifft ...« Er ging zu einem kleinen Schrank im Hintergrund und kam mit einer schwarzen Mappe zurück. »Manche der Bilder gibt es auch in klein«, sagte er. »Sozusagen eine Art Polaroid, bevor ich mich an die große Aufnahme gewagt habe. Wenn Sie mal schauen möchten ...«

»Natürlich will sie das!«, behauptete Simon. »Nane, dort drüben gibt es einen Tisch.«

Leicht unwillig, weil sie es seit jeher hasste, gegängelt zu werden, folgte sie seiner Aufforderung. Allerdings lohnte sich, was sie zu sehen bekam. Zwar fehlte die eindrückliche Opulenz der großen Gemälde, die einen sofort in ihren Bann zog, aber auch im kleinen Format zeichneten sie Tiefe und Leichtigkeit zugleich aus. Und erst die Farben! Ja, das war der Bodensee in all seinen unterschiedlichen Stimmungen: lichtblau, fast azur, von bedrohlichem Graugrün oder wie stumpfer Granit, wenn die Winterstürme darüberbrausten.

»Sie scheinen den See geradezu im Blut zu haben«, sagte Nane.

»Ich bin von hier«, erwiderte Ruppert. »Vielleicht deswegen. Welches Bild mögen Sie am liebsten?«

Nane musste nicht lange überlegen.

»Dieses«, sagte sie.

Unten dominierte schillerndes, fast gefährliches Petrol mit ein paar helleren Strichen. Darüber aber war der Himmel luftig und licht.

»Die Hoffnung kehrt zurück«, sagte der Maler.

Erstaunt sah Nane ihn an. Genau das hatte sie eben beim Ansehen empfunden.

»So lautet mein Arbeitstitel«, fuhr er fort. »Offiziell heißt es jetzt Herbst III. Man muss nicht immer alles preisgeben, was in einem so vorgeht, finden Sie nicht auch?«

»Magst du es haben?«, fragte Simon, der bislang schweigend zugehört hatte. »Dann kauf ich es dir. Um der guten alten Zeiten willen.«

»Bist du verrückt geworden?«, protestierte sie. »Das würde ich doch niemals …«

»Nane!« Marlenes Stimme hinter ihr war hoch und spitz. »Kommst du jetzt bitte?«

Nane hatte sie nicht hereinkommen sehen. Marlenes angespannte Körperhaltung war ein einziger Protest.

»Hallo, Frau Auberlin! Wie schön, Sie auch hier zu sehen«, begrüßte Simon sie freundlich. »Ich habe Ihrer Nichte gerade die famosen Bilder meines Freundes gezeigt. Vielleicht mögen Sie sie sich ja auch ansehen?«

Sie tat, als hätte sie ihn gar nicht gehört. Seine ausgestreckte Hand übersah sie ebenfalls geflissentlich.

Ihr Mund war fadendünn geworden.

»Ich geh dann mal besser«, sagte Nane. »Wir sehen uns sicherlich noch, Simon. War mir eine Freude, Herr Inbrecht.«

Zusammen mit Marlene verließ sie die Galerie. Draußen verschärfte die Tante ihr Tempo. Nane hielt eine Zeit lang mit, dann blieb sie stehen.

»Und was ist jetzt schon wieder falsch?«, fragte sie.

»Das fragst du noch?« Die kleine blaue Ader an Marlenes Schläfe pochte aufgeregt. »Da warne ich dich noch ausdrücklich vor diesen Benteles – und was tust du? Rennst prompt hinter meinem Rücken wieder zu ihnen! Hattet ihr euch verabredet?«

»Aber nein, das war reiner Zufall«, verteidigte sich Nane. »Ein paar solcher Bilder hängen in der umgebauten Scheune.

Simon hat mir gesagt, wie der Künstler heißt. Und als wir vorhin hier vorbeigegangen sind …«

»Ein bisschen viel Zufall für meinen Geschmack!« Marlene war nicht zu besänftigen.

»Er ist ein alter Freund, Marlene …«

»Deiner vielleicht, meiner ganz gewiss nicht. Ich hatte uns eigentlich einen schönen Tisch am Wasser reservieren lassen. Aber jetzt würde ich lieber gleich wieder nach Hause, wo ohnehin jede Menge unerledigter Bürokram auf mich wartet. Dann hast du ausreichend Zeit, dich deinen *alten Freunden* zu widmen.« Die letzten Worte spie sie geradezu aus.

»Wenn du meinst«, sagte Nane, die sich nun auch zu ärgern begann. Ihren Umgang suchte sie sich noch immer selbst aus, auch wenn der Groll ihrer Tante auf die Benteles riesengroß schien. Ein paar Augenblicke lang erwog sie, in Konstanz zu bleiben und sich von Simon nach Rickenbach zurückbringen zu lassen. Doch das hätte gewiss nur noch mehr böses Blut gegeben. »Dann lass uns eben fahren.«

*

Den ganzen Nachmittag sah und hörte Nane nichts mehr von Marlene, die sich in ihrem Büro vergraben hatte. Ob sie sie heute überhaupt noch einmal zu sehen bekäme? Von früher wusste sie, wie nachtragend die Tante manchmal sein konnte.

Sollte sie gleich weiterlesen?

Nein, sie brauchte noch, um das Bisherige zu verdauen, das wurde ihr plötzlich klar.

Sie nahm ihre Jacke und ging hinaus. Plötzlich hätte sie viel darum gegeben, die schwarze Hündin an ihrer Seite zu haben. Aber da war ja die Autofahrt nach Salem, die sie zuvor zurücklegen musste …

Sie atmete tief aus, dann entriegelte sie den Skoda, setzte sich ans Steuer und fuhr los. Die ersten Meter waren schrecklich, dann aber setzte langsam die Routine ein. Nur mäßig durchgeschwitzt kam sie schließlich vor Rossis Praxis an.

Brian stand im Vorgarten, schnitt gerade ein paar Dahlien ab und nickte ihr freundlich zu.

»Sehnsucht gehabt?«, fragte er.

Nane nickte.

»Kann ich gut verstehen. Dann kommen Sie mal mit!«

Sie gingen den Weg vom Vormittag, den sie schon kannte. Souki war nicht mehr im Käfig, sondern schlief auf einer Decke. Als sie die Schritte hörte, wachte sie auf und begann bei Nanes Anblick freudig zu wedeln.

»Ich denke, ich darf sie Ihnen schon mitgeben«, sagte Brian. »Die offizielle Entlassung kann allerdings nur Fabio machen.«

»Dr. Rossi ist gar nicht da?«, fragte Nane gedehnt.

Er schüttelte den Kopf.

»Er joggt durch die Wälder«, sagte er. »Braucht er angeblich von Zeit zu Zeit. Er hat Sie wohl erst später erwartet. Oh, jetzt ist sie aber enttäuscht!«

Nane wurde verlegen, weil er ins Schwarze getroffen hatte.

»Aber ich muss doch noch bezahlen«, stotterte sie.

»Das hat bis morgen Zeit. Sie kommen einfach wieder bei uns vorbei. Am besten *mit* der kleinen Patientin, dann kann er einen abschließenden Blick auf sie werfen. Und wenn zuvor etwas sein sollte, rufen Sie an. *Jederzeit,* okay? Leni hat unsere Privatnummer. Ihre Familie ist auch unsere Familie.«

Souki schüttelte den Kopf, um den verhassten Kragen endlich loszuwerden.

»He, der bleibt gefälligst noch dran, kleine Lady!«, sagte Brian. »Zumindest bis morgen.« Er drückte Nane einen Plastikbeutel in die Hand. »Proben von Hundefutter«, sagte er. »Oder hatten Sie sich schon eingedeckt?«

»Nein«, sagte sie noch verlegener, weil sie daran nicht gedacht hatte. »Leider kenne ich mich mit Hunden noch nicht besonders gut aus.«

»Das wird schon«, sagte er lächelnd. »Jetzt brauchen Sie nur noch ein Halsband und eine Leine. Und ein klein wenig Geduld. Zwei, drei Wochen, spätestens dann hat sie Ihnen alles beigebracht, was Sie wissen müssen.«

Nane und die Hündin gingen zum Auto. Doch anstatt brav hinten einzusteigen, führte Souki vor dem Wagen plötzlich einen regelrechten Veitstanz auf. Das Resultat war ein lädierter Kragen, der nun schief über ihrem rechten Ohr hing und das halbe Auge verdeckte. Mit dem anderen Auge sah Souki sie Hilfe suchend an.

Trotz aller Sorgen musste Nane laut lachen.

»Du siehst so schräg aus, wie ich mich fühle«, sagte sie. »Wir zwei sind offenbar doch füreinander bestimmt. Jetzt komm schon her, damit ich dich endlich von dem lästigen Monstrum befreien kann. Und dann müssen wir beide nur noch gut Wetter bei Tante Marlene machen.«

Sie nahm Souki den Kragen ab. Die Hündin schaute sie an, als verstünde sie jedes Wort.

»Nicht gerade die einfachste Übung, das weiß ich sehr wohl«, fuhr Nane fort. »Aber mit diesem gegenseitigen beleidigten Herumbocken kommen wir schließlich auch nicht weiter. Ich setze also auf dich!«

Souki folgte ihr ins Haus, tapste hinter ihr die Treppe hinauf und legte sich brav wie ein Bettvorleger ab, während Nane doch wieder nach Evas Aufzeichnungen griff. Sie verstörten sie, machten sie atemlos und manchmal sehr traurig – und doch konnte sie sich kaum noch von ihnen lösen.

Bäuchlings legte sie sich auf das Bett, schlug das rote Buch auf und tauchte wieder zurück ins Gestern.

6

Reichenberg, 1945

Frau Bieneck aus dem zweiten Stock hustete schon seit Wochen und machte damit Eva und den restlichen Bewohnern das Leben noch schwerer. Auch wenn nachts keine Bomber über die Stadt flogen, war an ruhigen Schlaf kaum noch zu denken, so deutlich hörte man ihr rostiges Bellen und beklemmendes Röcheln im ganzen Haus. Im Februar war sie aus Breslau hierhergeflohen, einen kleinen Jungen an der Hand, ein noch kleineres Mädchen vor sich im Kinderwagen, in diesem eiskalten Winter, der sich auch in Reichenberg über Wochen von seiner frostigsten Seite gezeigt hatte. Mit den Schwestern Fabisch, die ebenfalls aus Schlesien stammten, teilten sie sich Julikas ehemaliges Reich.

Eva und ihre Mutter wohnten nun zusammen in der ersten Etage, in der ihnen nur zwei Zimmer geblieben waren, denn in den restlichen waren inzwischen die Familien Zima und Holub einquartiert. Seit dem Aufstand im August 1944 hielten deutsche Truppen die ganze Slowakei besetzt. Jeder, der auch nur in den Verdacht geriet, daran beteiligt gewesen zu sein, musste um sein Leben bangen. Boba, die frühere Köchin der Menzels, hatte in flehentlichen Bittbriefen Julika ihre verzweifelten Cousinen samt halbwüchsigen Kindern ans Herz gelegt. Seitdem waren die Wohnräume über der Rosenapotheke, die der alte

Apotheker Sievers seit Fritz Menzels Einberufung kommissarisch führte, bis zum letzten Quadratmeter belegt.

Es war eng, und es blieb kalt bis Ende März. Nachts hatten die Fenster verdunkelt zu sein, tagsüber musste man sich stundenlang um Kohlen anstellen, falls es überhaupt welche gab. Die Essensrationen waren mehrfach abgesenkt worden; jetzt litten alle ständig Hunger. Selbst wenn sich irgendetwas auf Marken ergattern ließ, wem stand dann als Erstes die Zubereitung in der Küche zu? Und wer durfte wann ins Bad und für wie lange? Durch die beengten Verhältnisse kam es immer wieder zu Streitigkeiten unter den unfreiwillig zusammengewürfelten Hausbewohnern, die dann zumeist Eva zu schlichten hatte, da ihre Mutter nicht mehr dazu in der Lage war.

Dabei hatten sie es trotz allem noch relativ gut, verglich man ihr Leben mit dem Schicksal der Flüchtlinge, die in endlosen Trecks aus Schlesien herbeiströmten. Viele waren nach Dresden geflohen und dort im Februar bei der britischen Bombardierung ums Leben gekommen. Die Zerstörung der Stadt lastete wie ein Bleigewicht auf allen. Schon lange war der Tod nicht mehr etwas, das nur Soldaten anging oder den unzähligen Deportierten bevorstand. Er konnte einfach vom Himmel fallen, jeden Tag, jede Nacht, jede Stunde – und alle vernichten.

Mit Molly sprach Eva oft darüber, eigentlich so gut wie immer, wenn sie sich sahen. Nachdem im vergangenen Sommer eine einzeilige Meldung aus Dachau den Tod von Hans Engelhardt »durch Herzversagen« amtlich bekundet hatte, war die Freundin noch ernster geworden. Die anstrengende Arbeit im Krankenhaus bewältigte sie ungeachtet ihrer zierlichen Statur erstaunlich gut. Seitdem ihr Vater nicht mehr lebte, ließ man die Hilfsschwester sogar ab und zu in die Wöchnerinnenstation, wovon sie schon seit Jahren geträumt hatte. Doch Molly war viel zu klug, um sich Sand in die Augen streuen zu lassen.

»Das machen sie nur, weil das Personal immer knapper wird«, sagte sie. »In den letzten Monaten haben sich etliche aus der Klinik nach Westen abgesetzt, Ärzte und Schwestern, und vielleicht sollten wir das auch tun, Eva. Wenn der Krieg aus ist, wird es hier sehr ungemütlich für uns, dafür werden die Tschechen sorgen. Wir beide sind jung, wir haben einen Neuanfang verdient!«

»Und meine Mutter? Ohne mich ist sie doch vollkommen hilflos. Ich kann sie nicht verlassen. Außerdem ist dein Vater schließlich wegen seiner Überzeugung im KZ gestorben«, widersprach Eva. »Und auch mein Vater hat niemals etwas von den Nazis gehalten. Das müssten sie uns doch zugutehalten!«

»Trotzdem haben unsere Väter dasselbe entscheidende Manko, der ermordete Fabrikarbeiter ebenso wie der studierte Apotheker: Beide sind Deutsche. So wie du und ich auch. Ich fürchte, allein darauf wird es ankommen!«

Niemals hatte Eva den Frühling mehr herbeigesehnt – und das Ende des Krieges, der sie alle so beutelte. Von Fritz Menzel hatten sie nichts mehr gehört, seitdem man ihn Anfang des Jahres an die Westfront abkommandiert hatte. Auf der Krim war dem Apotheker, der mit einem kleinen Stab von Ärzten und Sanitätern nicht nur für die Versorgung der Verwundeten, sondern auch für die Betreuung der stationierten Besatzungstruppe verantwortlich gewesen war, körperlich nichts zugestoßen. Doch sein erster, vor allem aber dann der zweite Kurzurlaub, die er beide bei seiner Familie verbringen durfte, hatten deutlich gezeigt, wie sehr ihn das dort Erlebte mitnahm.

Mitten im Satz brach er plötzlich ab und bekam jenen hilflos suchenden Blick, der Eva durch und durch ging. Sogar seine Augenfarbe erschien ihr verändert. Das ehemals so strahlende Blau wirkte auf einmal, als habe sich ein grauer Schleier über die Linse gelegt.

»Was ist los?«, hatte sie ihn schließlich gefragt. »Was hast du denn auf einmal? Mir kannst du es doch sagen.«

»Der Tod sitzt mir unter der Haut, mein Mädchen«, hatte seine Antwort gelautet. »Dein Vater hat Dinge mit ansehen müssen, die man niemals wieder vergisst.«

»Welche Dinge denn, Papa? Erzähl mir davon! Vielleicht wird es dann ja leichter.«

Ein müdes Abwinken. Seine Augen wurden noch trüber.

»Das willst du gar nicht wissen, Eva. Und ich wäre ein verdammt schlechter Vater, würde ich dich mit meinen Albträumen belasten.« Er zögerte. »Und Jan? Hast du ihn gesehen? Ist er …?«

»Jan ist in Prag«, antwortete sie rasch, obwohl es nichts als eine Vermutung war. »Es geht ihm gut.«

Was sie lediglich hoffen konnte.

Die wenigen Male, an denen Eva ihn in den vergangenen Jahren zu Gesicht bekommen hatte, ließen sich an zwei Händen abzählen. Selbst wenn Jan bei ihr auftauchte, blieb er unbestimmt, sagte weder, woher er kam, geschweige denn, worauf seine nächsten Aktionen abzielen würden. Immer wieder veränderte er sein Aussehen, kam einmal mit dunkel gefärbten Haaren, die ihn ganz fremd erscheinen ließen, dann wieder kurz geschoren, fast glatzköpfig. Die Anzahl seiner Narben vermehrte sich, das konnte sie feststellen, wenn sie ihn endlich wieder einmal in den Armen hielt. Was ebenso für frische Verletzungen galt, die Eva immer wieder aufs Neue klarmachten, wie gefährlich er leben musste.

Jan arbeitete im Untergrund, so viel wusste sie, zusammen mit einer ganzen Reihe anderer Männer und Frauen, die sich nicht damit abfinden wollten, dass Heydrichs Nachfolger Kurt Daluege nicht nur das Massaker in Lidice zu verantworten hatte. Der Polizeigeneral brüstete sich zudem öffentlich, die

Tschechen mit Zuckerbrot und Peitsche gefügig gemacht und auf diese Weise das ganze Land in die Knie gezwungen zu haben. Eva wusste, wie sehr Jan solche Äußerungen verabscheute. Und sie konnte nur erahnen, wie seine ihr bislang unbekannten Gefährten sie aufnahmen. Hoffen, bangen, nichts als vage Ahnungen – sehr viel mehr blieb ihr nicht. Manchmal erhielt sie über Monate kein einziges Lebenszeichen von ihm. Und dennoch schien ein untrügliches Gespür ihren Liebsten immer genau dann wieder nach Reichenberg zu führen, wenn sie gar nicht mehr weiterwusste.

Als Fritz Menzel zurück an die Front musste, weinte er bitterlich, und Julika versank in einen Rausch, der sich über Tage erstreckte. Im allerletzten Moment hatte er seinen Mercedes an den Ortsgruppenleiter verkaufen können, einen gewissen Thiel, der nun freudig mit dem gebrauchten, aber immer noch sehr gepflegten Auto durch Reichenberg fuhr. Das Geld, bei Licht besehen viel zu wenig, da Thiel ihn bei den Verhandlungen unbarmherzig gedrückt hatte, hatte Fritz flach gebügelt und anschließend in helles Leinen eingenäht.

»Es sind tausend Reichsmark«, flüsterte er Eva bei der Abschiedsumarmung zu und schob ihr den flachen Umschlag unter die Bluse. »Pass mir gut auf diesen Notgroschen auf! Deine Mutter kann es ja leider nicht mehr. Wo Julikas Schmuck versteckt ist, weißt du.«

Eva nickte.

»In der Werkstatt. Unter der Pfefferminze«, sagte sie rau.

»Richtig. Und falls ich zurückkomme …« Seine Stimme brach.

Sie biss sich auf die Lippen, um weiterhin tapfer zu bleiben.

»Das wirst du, Papa«, krächzte sie schließlich, weil Rührung ihr das Sprechen fast unmöglich machte. »Sie dürfen dich nicht umbringen. Niemand darf das! Ich glaube ganz fest daran, dass du überleben wirst. Und dann machen wir uns ein schönes Leben, alle drei!«

Doch seitdem er weg war, fraß die Sorge um Julika sie fast auf. Evas Mutter war gelb im Gesicht, weil die Leber schon nicht mehr richtig arbeitete, oftmals verwirrt und vom Selbstgebrannten abhängiger denn je. Jeden Vormittag schlich sie mit ihrem Flachmann hinauf zu Frau Bieneck, die selbst gern das eine oder andere Gläschen leerte, um ihre Krankheit zu vergessen, vor allem aber den Kummer um ihren Mann, der in Breslau zurückgehalten worden war. Gemeinsam sangen sie dann alte Volkslieder, in die die hellen Kinderstimmen manchmal einfielen, obwohl die Kleinen nie so ganz verstanden, warum ihre Mutter und die alte Tante auf einmal so lustig wurden.

Eva machte es krank und wütend zugleich, ihre Mutter, die ehemals berühmte Sopranistin, in diesem Zustand zu sehen. Sie wusste schon lange, dass Julika dringend Hilfe brauchte, um sich von ihrer Sucht zu befreien. Doch wo hätte sie in diesen Kriegszeiten eine Klinik auftreiben sollen, um einen anständigen Entzug durchzuführen? Kurz bevor das Haus ganz voll gewesen war, hatte sie es sogar einmal auf eigene Faust versucht: hatte sich freigenommen, die Mutter in ein Zimmer eingesperrt, ihr Essen gebracht und unablässig Spucknapf wie Nachttopf geleert, ihr aber jeden Tropfen Schnaps verweigert. Ein paar Tage war es gut gegangen, jedenfalls hatte sie das geglaubt und schon neue Hoffnung geschöpft. Dann jedoch versuchte Julika, sich im Bad mit dem Frisierumhang zu strangulieren, und brüllte danach so lange, bis die Tochter ihr doch wieder eine Flasche gebracht hatte.

Manchmal weinte Eva, während sie im Gartenhaus die Maische anrührte oder das Rauwasser sammelte, um später damit die Feinbrände zu optimieren. Und sie wurde sogar noch trauriger, wenn sie den Selbstgebrannten schließlich für den Weiterverkauf oder zum Tauschen in Flaschen abfüllte. Äpfel spielten dabei noch immer die wichtigste Rolle. Doch sie hatte auch mit Aprikosen und Walnüssen zu experimentieren begonnen, und das flüssige Endergebnis fand regen Absatz. Ihre Freude darüber war jedoch nur von kurzer Dauer: Ausgerechnet ihre Hände stellten das Gift her, ohne das die Mutter nicht mehr leben konnte – welch grausame Schicksalsironie! Doch sie konnten es sich nicht leisten, mit dem Brennen ganz aufzuhören, wiewohl Eva den Ausstoß bereits drastisch gedrosselt hatte, jetzt, wo die ganze Arbeit allein auf ihren Schultern lag.

Dr. Wauer hatte sich die ganze Lehrzeit über erstaunlich verständnisvoll für Ausreden und Fehlzeiten gezeigt und Eva dann sogar im Anschluss in seiner Kanzlei angestellt. Irgendwann fiel ihr auf, dass er immer kurzatmiger wurde und für die paar Stufen bis hinauf zum Büro erstaunlich lange brauchte. Einen Arztbesuch lehnte er kategorisch als vollkommen überflüssig ab – und lag eines Morgens dann tot auf dem Parkett im Flur, als Frau Kratzer wie üblich als Erste aufgeschlossen hatte. Die Kanzlei wurde versiegelt; jetzt standen alle seine ehemaligen Mitarbeiterinnen auf der Straße.

Um nicht für die Rüstungsindustrie eingezogen zu werden, die trotz oder gerade wegen der zahlreichen militärischen Rückschläge nach wie vor auf Hochtouren lief, meldete Eva sich nach wenigen Tagen als Fabrikarbeiterin bei Liebieg & Companie. Sie hatte Glück und wurde eingestellt. Anfangs hatte sie der Maschinenlärm in der großen Halle halb verrückt gemacht, ebenso wie die Eintönigkeit der Handreichungen, bei denen sie sich zudem nicht sonderlich geschickt anstellte. Sie wurde vom Vorarbeiter angebrüllt, bekam den Lohn gekürzt; ja man drohte ihr sogar den Hinauswurf an. Als letzte Bewährungsprobe erhielt sie schließlich die Aufgabe, die Garnrollen auszuwechseln und die fertigen Militärunterhosen zum Versand zu karren, wo sie verpackt und dann weitergeschickt wurden. Die ersten Nächte hatte sie nur geweint. Inzwischen jedoch war sie daran fast ebenso gewöhnt wie an die drei Schichten, zu denen alle Frauen in der Fabrik abwechselnd eingeteilt wurden. Auf diese Weise gelang es ihr zumindest, die nötigsten Arbeiten im Garten und am Brennofen noch einzuschieben.

Alle paar Monate erhielt sie einen Brief von Pawel, der aus gesundheitlichen Gründen aus dem Polizeidienst entlassen worden war und jetzt in Prag in einer Bäckerei arbeitete, soweit das unkontrollierte Zittern es zuließ, das seinen Körper jederzeit überfallen konnte. Er schrieb immer nur ganz wenige Sätze: dass es den Jungen gut gehe und sie groß geworden seien, dass Tereza zwei Zähne gezogen werden müssten. Dass sie sich in der Wohnung wohlfühlten, in der Frau Láska sie großzügig aufgenommen hatte, nachdem sie ihre Miete nicht mehr bezahlen konnten. Wie es ihnen wirklich ging, darüber erfuhr sie nichts. Die kleine Familie hatte überlebt, das war das Wichtigste, wenngleich Eva aus jeder Zeile herauslesen konnte, wie enorm hoch der Preis dafür war. Ob auch Pawel so wie ihr Liebster zu den Widerstandskämpfern gehörte?

Jan hatte nur unwillig den Kopf geschüttelt, als sie ihn einmal darauf ansprach.

»Je weniger du weißt, desto besser«, hatte seine Antwort gelautet. »Ich sage dir nichts. Und am besten fragst du mich auch nichts, dann muss ich dir keine Lügen erzählen.«

So lange hatte sie tapfer durchgehalten, doch in diesem Frühjahr spürte Eva, wie die Kraft sie nach und nach verließ. Es war das sechste Kriegsjahr, sie litt an den Folgen der Mangelernährung und an Schlafentzug, dazu belasteten sie die ständigen Sorgen wegen Julika, die Angst um ihren Vater und um Jan – all das zehrte an ihr, machte sie dünnhäutig und immer mutloser. Außerdem waren ihre Lippen zu lange ungeküsst, ihr

Schoß blieb hungrig. Sie vermisste Jan mehr als je zuvor, seelisch wie körperlich, und bisweilen so sehr, dass sie hätte schreien mögen. Am liebsten hätte Eva sich zu einem Knäuel zusammengerollt und Augen und Ohren verschlossen, um bloß nichts mehr zu hören, nichts mehr zu sehen, nichts mehr zu spüren.

In ebendieser desolaten Gemütslage befand sie sich, als abends ein Stein an ihr Fenster flog. Zunächst wollte sie nicht darauf reagieren, weil sie es für einen dummen Jungenstreich hielt. Die Hitlerjugend musste nach der Schule Schanzen rund um Reichenberg graben und nachts mit Nebelpistolen das Gaswerk verhüllen, was zum Ausgleich manchmal zu allerhand albernem Schabernack führte. Doch als ein zweiter Stein folgte und ein dritter gleich hinterher, ging sie doch nach unten, um nachzusehen.

»Jan!«, flüsterte sie, als er vor ihr stand, mager wie noch nie zuvor und mit einem wilden Funkeln in den Augen, das sie erschreckte. »Ist etwas passiert? Aber du bist ja eiskalt! Herein mit dir, aber schnell!«

Sie schlichen die Stufen hoch, und sie zog ihn in ihr Zimmer.

»Vor Sehnsucht habe ich es nicht mehr ausgehalten«, sagte er, nahm ihren Kopf zwischen seine Hände und bedeckte Evas Gesicht mit schnellen Küssen. »Das ist passiert. Dabei dürfte ich eigentlich gar nicht hier sein. Aber ich musste einfach kommen!«

»Frag mich mal«, sagte sie und zog ihm den Pullover über den Kopf. Dann öffnete sie sein Hemd und riss ihre Bluse aus dem Rockbund, um endlich wieder seine Haut an ihrer zu spüren. »Lange schaffe ich das nicht mehr ohne dich!«

Er hielt ihre Hände fest und sah sie ernst an.

»Es wird bald vorbei sein, Eva. Im Westen werden Hitlers Truppen immer weiter zurückgedrängt, den Osten haben sie bereits verloren. Die Panzer der Roten Armee sind nicht mehr aufzuhalten. In ein paar Wochen werden sie bei uns sein …«

»Und dann?«

»Dann müssen die Deutschen für das bezahlen, was sie in ganz Europa angerichtet haben – und hier bei uns. *Das Ende dieses Kriegs wird bei uns geschrieben werden mit Blut.* Das hat Edvard Beneš bereits vor zwei Jahren in seinem Londoner Exil gesagt.« Ganz ruhig hatte er gesprochen, das traf sie fast noch mehr. »Dann wird es kein Protektorat Böhmen und Mähren mehr geben mit willkürlichen Hinrichtungen, Massenverfolgungen und tausendfachen Denunziationen. Sondern wieder eine Republik mit ordentlichen Gesetzen. Mein Land, in dem ich leben und glücklich sein möchte.«

»Alle Deutschen, Jan?« Evas Stimme zitterte leicht.

»Viele Genossen denken so. Deutsche und Nazis sind für sie eins. Ich kann es ihnen, nach allem, was seit 1939 geschehen ist, nicht einmal verübeln.«

»Aber du?«, bohrte sie nach, wie es ihre Art war. »Was denkst du?«

»Ich weiß genau, wer mein Feind war und wer mein Freund ist. Vor allem aber weiß ich, wer die Frau ist, die ich liebe.«

Der zweite Satz gefiel ihr. Der davor beunruhigte sie sehr.

»Genossen?«, wiederholte sie. »Dann gehörst du jetzt neuerdings zu den Kommunisten?«

»Ich? Nein.« Er lachte kurz, dann wurde sein Gesicht sofort wieder ernst. »Um Parteien werde ich auch weiterhin einen großen Bogen machen, sei da ganz unbesorgt. Aber ein Antifaschist war ich ja seit jeher. Du weißt, wie sehr ich die Nazis hasse und alles, was sie uns angetan haben. Und damit, Eva, stehe ich beileibe nicht allein da. Im ganzen Land gärt es, wie ein hochexplosives Gemisch, das von der Exilregierung in London noch weiter angeheizt wird. Die Lunte schwelt. Sobald sie brennt, wird es zu unzähligen Explosionen kommen.«

»Dann sind wir also in Gefahr?«, flüsterte sie. »Nur weil wir Deutsche sind? Auch meine Mutter und ich, die niemals für

Hitler waren? Immerhin bin ich in Prag geboren, vergiss das nicht!«

»Ich fürchte, das wird dir nicht allzu viel nützen«, erwiderte er. »Deine Mutter ist Ungarin. Und Ungarn war jahrelang Verbündeter von Nazideutschland. Dein Vater ist Sudetendeutscher. Damit gehört er für die Tschechen zu jenen Menschen, die unbedingt heim ins Reich wollten. Du hast also leider ziemlich schlechte Karten.«

»Aber doch niemals er!«, widersprach sie heftig. »Du kennst meinen Vater und hast mit ihm gearbeitet. Er hat Molly aufgenommen, als ihr Vater ins KZ musste. Und er hat auch dir damals eine Chance gegeben, nachdem du vom Gymnasium geflogen bist …«

Jan legte seinen Finger sanft auf ihre Lippen.

»Das weiß ich doch, *Ewa*«, sagte er. »Meinst du, das könnte ich jemals vergessen? Auch aus diesem Grund bin ich heute hier, nicht nur wegen deiner dunklen Locken und deiner heißen Küsse. Ich will, dass euch beiden nichts zustößt, Julika und dir, bis Fritz wieder zurück ist von der Front.«

Eva atmete tief aus. Vor zwei Tagen erst hatte sie geträumt, ihr Vater sei gefallen. Seitdem schlief sie so gut wie gar nicht mehr.

»Dafür weiß ich allerdings nur eine einzige Lösung.« Er kniete vor ihr nieder. »Heirate mich! Wir Partisanen werden es nach Kriegsende in der neuen Tschechoslowakei gut haben, weil wir als Einzige beizeiten gegen das Naziregime aufgestanden sind. Das gilt auch für unsere Angehörigen, selbst wenn es sich wie bei uns beiden um eine Mischehe handeln würde.«

Das Strahlen in ihren Augen, das auf seine ersten Worte gefolgt war, verflog augenblicklich.

»Weißt du, wie das für mich klingt?«, schnappte sie. »Wie die Kreuzung einer höher stehenden Tierrasse mit einer minderen – vielen Dank auch dafür! Ich bin aber kein Dackel, der es mittels Kopulation zum Schäferhund bringen möchte. Ich bin Eva, wenn du dich freundlicherweise erinnern willst. *Deine Ewa*, die dich liebt, seit sie fünfzehn ist. Und jetzt steh gefälligst wieder auf! Das ist ja so nicht auszuhalten.«

Für eine Weile wurde es still im Raum, während seine Kiefer mahlten. Schwerfällig wie ein alter Mann folgte Jan schließlich ihrer Aufforderung.

»Ich glaube, du verkennst den Ernst der Lage«, sagte er, sobald er wieder stand. »Sie werden euch nicht hierbleiben lassen, wenn der Krieg vorbei ist. Nichts Deutsches soll an diese Jahre der Scham erinnern. In diesem Zusammenhang ist auch das Wort *odsun* gefallen, und du weißt doch, was es bedeutet, oder?«

»Aussiedlung!«, rief Eva erschrocken. »Aber das können sie nicht machen! Meine Vorfahren haben über Generationen hier gelebt …«

»Mir ist zu Ohren gekommen, dass Beneš und seine zukünftige Regierungsmannschaft genau das vorhaben: die Vertreibung aller Deutschen aus dem Land. Es sei denn, ihr könntet überzeugend tschechische Vorfahren nachweisen – oder eben die Heirat mit einem Tschechen.«

Er zögerte. Dann versuchte er ein halbes Lächeln.

»Deshalb mein Antrag hier und jetzt. Ich hätte mir auch gewünscht, er wäre romantischer ausgefallen, aber was kann schon romantischer sein als das Leben, *Ewa*.«

*

In jener Nacht hatten sie sich später noch geliebt, zunächst heftig und verzweifelt, weil der Zwist zwischen ihnen noch nicht ganz beigelegt war, und später dann noch einmal in den frühen Morgenstunden, kurz bevor er wieder aufbrechen musste, zärtlich, innig, voll gegenseitiger Hingabe, ohne an Verhütung auch nur zu denken. Jan wollte sie gar nicht mehr loslassen, als er wieder in seinen Kleidern steckte, und jetzt war Eva es, die ihn zum Gehen drängte, bevor es dämmerte.

»Bald bin ich wieder bei dir«, flüsterte er an ihrem Hals. »Ich werde auf euch aufpassen. Deiner Mutter und dir soll nichts passieren, wenn die Russen kommen! Das verspreche ich.«

»Versprich nichts, was du nicht auch halten kannst«, flüsterte sie zurück. »Gebrochene Versprechen sind für mich fast ebenso schlimm wie ein gebrochenes Herz.«

Er presste sie noch enger an sich.

»Du bist doch längst meine Frau«, sagte er. »Was also hindert dich daran, deine Unterschrift unter ein offizielles Stück Papier zu setzen, das alles so viel leichter für dich und uns machen würde?«

»Und du bist mein Mann«, erwiderte sie mit fester Stimme. »Aber ich wollte meine Hochzeit schon immer aus Liebe feiern und nicht aus einem Gebot der Not. Wir holen alles nach. Sobald dieser Wahnsinn endlich vorüber ist.«

»Versprochen?«, fragte Jan.

»Versprochen!«, versicherte Eva.

Seitdem waren fast vier Wochen vergangen, und Hitler lebte nicht mehr. Die spätabendliche Ansprache im Radio, die seinen Tod verkündet hatte, begleitet von Wagner-Musik und Bruckners *Neunter,* hatten Julika und sie allerdings verpasst. Das lag daran, weil Eva jetzt immer so müde war, dass sie früh schlafen gehen musste, und ihre Mutter gegen Abend längst ihr tägliches Quantum Alkohol intus hatte. Doch die Zeitung hatte am nächsten Tag ein großes, schwarz umrandetes Hitlerporträt als Aufmacher gebracht: *Vudce padl* – der Führer ist gefallen.

»Wieso ist der Krieg dann immer noch nicht zu Ende, jetzt, wo dieser Verbrecher nicht mehr lebt?«, hatte Julika sie mit

verwaschener Stimme gefragt. »Ich will, dass dein Vater endlich nach Hause kommt. Hitler hat ihn mir schon viel zu lange
gestohlen! Jetzt bin endlich ich wieder an der Reihe.«

»Es wird nicht mehr lange dauern, Mama«, hatte Eva ihr versichert. »Das sagen alle. Höchstens noch ein paar Tage. Dann ist
dieser Spuk vorüber.«

Anderswo schien alles schneller zu gehen. Breslau war gefallen; mitten in Berlin wehte bereits die Flagge mit Hammer und
Sichel am Reichstag. Das zerbombte Hamburg hatte sich ohne
Blutvergießen den Briten ergeben. In München marschierten
die Amerikaner von Süden her in die Stadt. Die Westfront war
von den Franzosen erobert worden. Die Nachrichten über den
Zerfall des einstmals so siegreichen Dritten Reichs kamen
inzwischen in immer kürzeren Abständen über den Äther.

Doch dem Sudetengau stand nicht der Einmarsch der westlichen Alliierten bevor, sondern der der russischen Armee. Nahezu alle erwarteten Stalins siegreiche Soldaten mit äußerst ge-
mischten Gefühlen. Schreckliche Gerüchte über Plünderungen,
Racheakte und Massenvergewaltigungen aus den anderen Ost-
gebieten machten die Runde. Zwei betagte Schwestern, die Eva
vom Sehen kannte, hatten sich aus Angst bereits in ihrer Wohnung erhängt.

Würde der Terror der Rotgardisten nun auch in Reichenberg seinen Lauf nehmen?

Wie viele andere Nachbarn hatte auch Eva die Wertgegen-
stände der Familie in Sicherheit gebracht: Julikas Schmuck,
eine kleine Münzsammlung, die noch von Onkel Balduin
stammte, vor allem aber das Geld aus dem Autoverkauf. Vor
Jahren hatte Fritz Menzel bei einem Ausflug aufs Land eine alte
Vogelscheuche mitgehen lassen, die seitdem nutzlos im Keller
gelegen hatte. In die Lumpen dieser Strohpuppe war der Schatz
nun eingenäht. Selbst nach dieser kleinen Anstrengung fühlte

Eva sich wie zerschlagen. Sie schwitzte und hatte schrecklichen Durst. Außerdem litt sie an Heißhungerattacken, die schwieriger denn je zu stillen waren. Ratlos und nicht im Geringsten satt geworden, sank sie schließlich ins Bett, dachte an Jan und haderte mit dem Schicksal, das sie beide so unbarmherzig entzweite.

Als Molly sie wenige Tage später besuchte und aus der Krankenhausküche zwei blässliche Portionen Pudding mit Süßstoff mitbrachte, riss sie ihr diese regelrecht aus den Händen und verschlang sie auf der Stelle. Die Freundin musterte sie besorgt. Jetzt, da es endlich warm geworden war, trug Eva ein älteres Sommerkleid, dessen Knöpfe über ihren Brüsten spannten.

»Wird dir übel vom Geruch von Alkohol oder Zigaretten?«, fragte sie. »Ist dein Busen größer geworden, und musst du ständig aufs Klo rennen?«

Eva nickte.

»Gestern musste ich beim Abfüllen von Marillenbrand plötzlich aufhören«, sagte sie. »Sonst hätte ich mich im Keller übergeben. Du sollst mal sehen, was sich dort inzwischen an flüssigem Vorrat angesammelt hat! Jedes unbedacht weggeworfene Streichholz könnte ein schreckliches Chaos anrichten.« Sie zwang sich zu einem Lächeln. »Na ja, saufen wollen die Leute doch eigentlich immer! Wenigstens werden wir dann im Frieden genügend zum Tauschen haben.«

»Wann genau hat Jan dich zum letzten Mal besucht?«, bohrte Molly unerbittlich weiter. »Ich nehme doch an, ihr habt miteinander geschlafen, oder?«

»Vor exakt sechsundzwanzig Tagen«, antwortete Eva. »Und natürlich haben wir das. Selten genug, dass wir überhaupt Gelegenheit dazu bekommen.«

»Hast du seitdem geblutet?«

»Nein, aber weshalb fragst du?« Eva sank auf den Küchenschemel. »Hör zu, meine Regel hat sich schon manches Mal verspätet, wenn du darauf hinauswillst.« Sie legte den Kopf leicht schief. »Du glaubst doch nicht etwa, ich könnte …«

»Du etwa nicht?«

Eva saß plötzlich ganz still, die Arme um den Körper geschlungen.

»Aber doch nicht ausgerechnet jetzt!«, sagte sie nach einer Weile. »Wo alles in Scherben fällt. Hast du heute die Morgensendung im tschechischen Radio gehört?«

Molly schüttelte den Kopf. »Zu dieser Zeit habe ich noch Bettpfannen geleert und Binden gerollt«, sagte sie. »Du glaubst ja gar nicht, was bei uns gerade los ist. In der Klinik kommen zurzeit so viele Kinder auf die Welt, als gäbe es kein Morgen mehr!«

»*Je šest hodin,* so haben sie angefangen und damit ganz offen die strikte Anweisung nach zweisprachigen Sendungen unterlaufen. Die Tschechen erheben sich, Molly. Das bedeutet es. Der Kampf um Prag hat begonnen. Und ich fürchte, mein Jan steckt mittendrin!«

»Dann bist du jetzt also höchstwahrscheinlich schwanger von einem tschechischen Partisanen«, erwiderte sie, die Einzige, der Eva Jans Geheimnis anvertraut hatte. »Meine wilde Freundin Eva! Was wirst du nun tun? Weiß deine Mutter schon Bescheid? Oder Jan?«

»Natürlich nicht!«, sagte Eva scharf. »Ich glaub es ja selbst noch kaum!«

»Du könntest zu Dr. Lammel gehen«, schlug Molly weiter vor. »Der hat damals schon meine Mutter entbunden. Oder den alten Sievers um einen seiner Froschtests bitten, die er in der Apotheke ansetzt. Dann hättest du jedenfalls Sicherheit.«

»Sonst noch was? Dr. Lammel hat jetzt sicher anderes zu

tun. Und Apotheker Sievers? Damit er es dann in ganz Reichenberg herumposaunt? Das muss vorerst unser Geheimnis bleiben, deins und meins, versprich mir das!«

»Von mir erfährt niemand ein Wort«, versicherte Molly. »Aber das mit dem Kinderkriegen ist so eine Sache. Auf Dauer wirst du es nicht verbergen können, so mager, wie du inzwischen geworden bist. Da fällt auch das kleinste Bäuchlein rasch auf.«

»Was du nicht sagst!«, blaffte Eva zurück, die sich noch nicht von der Enthüllung dessen erholt hatte, was sie selbst heimlich schon seit Tagen befürchtet hatte.

Und gehofft.

Denn das war die andere Seite in ihr, der sie jetzt zögernd Raum gab. Ein Kind mit Jan, ein kleines Mädchen mit seinen hellen Haaren und seinen sprechenden Augen oder ein kleiner Junge, der sich so geschmeidig wie er bewegte – wie oft hatte sie sich in den vergangenen Jahren danach gesehnt! Sie stand auf, ging zur Küchenkredenz und kramte unter uraltem getrocknetem Fenchel, den außer ihr niemand mehr anrührte, Karolinas Granatkreuz an der Silberkette hervor, das sie lange nicht mehr getragen hatte.

»Eine tschechische Großtante, die verdammt gut nähen kann, hätte das Kleine zumindest schon einmal«, sagte sie, während sie es sich umlegte. Das leichte Gewicht wieder auf dem Brustbein zu spüren machte ihr Mut. »Dazu eine ungarische Großmutter, die wunderbar singt, aber leider an der Flasche hängt. Vor allem aber eine verrückte Mama, die von allem ein bisschen hat und nicht einmal genau weiß, ob sie lachen oder weinen soll, weil sie jetzt schwanger ist. Fantastische Ausgangslage, würde ich sagen!«

»Du hast die schlaue sudetendeutsche Patentante vergessen, die einspringen kann, falls das Kleine später in Mathe so schwer von Begriff sein sollte wie du«, ergänzte Molly. »Ich finde, speziell die macht das Ganze erst richtig rund!«

Sie umarmten sich, Molly lachte, Eva weinte, und schließlich lachten und weinten sie beide durcheinander.

»Wenn ich nicht gleich etwas zu essen bekomme, sterbe ich auf der Stelle«, sagte Eva schließlich.

»Und der ganze Pudding?«, fragte Molly.

»Welcher Pudding?« Eva zog eine Grimasse. »Kann mich an nichts mehr erinnern. Aber es gibt noch mindestens fünf Kartoffeln. Die könnten wir raspeln und anschließend auf der Herdplatte als Reibekuchen braten. Und ich meine, dass ich irgendwo im Keller ein paar letzte Gläser Apfelmus gesehen habe …«

»Dann nichts wie runter«, befahl Molly. »Bevor eure Untermieter hier auftauchen und gierig auf jeden Bissen starren!«

Eva ging nach unten, während Molly sich eifrig ans Kartoffelschälen machte. Ja, es gab tatsächlich noch Reste von dem Eingeweckten, das früher wie selbstverständlich zu ihren Mahlzeiten gehört hatte. Eva hatte in den letzten Jahren die Zeit dazu gefehlt, und Julikas zitternde Hände konnten solche Arbeiten schon lange nicht mehr bewerkstelligen. Als sie zwei Gläser Apfelmus vom obersten Regal geholt hatte, fiel ihr Blick auf die riesige Batterie von Schnapsflaschen, die inzwischen fast die Hälfte des Vorratskellers einnahm. Seit vergangenem Herbst hatte sie immer wieder kleinere Tranchen mit dem Fahrrad vom Garten hierhertransportiert, aus Angst vor Plünderern, die in das wenig gesicherte Holzhäuschen eindringen könnten. Was aber, wenn dieses flüssige Teufelszeug nun den Russen in die Hände fiele? Mit der Menge hier konnte sich spielend eine halbe Kompanie ins Koma saufen – und dann?

Für einen Moment wurde Eva schwarz vor Augen und so übel, dass sie sich in einer Kellerecke erbrach. Es dauerte, bis sie wieder einigermaßen sicher stehen konnte. Und noch länger, bis alles mit einem alten Lappen halbwegs wieder aufgewischt war. Sie *war* tatsächlich schwanger, das wurde ihr in diesem Moment klar. Und natürlich wollte sie ihr Kind behalten.

Aber in welche Welt würde es geboren werden?

Steifbeinig wie eine alte Frau stieg sie die Treppen hinauf. Im Parterre verstellte Sievers ihr den Weg.

»Fräulein Eva!«, sagte er. »Ich habe da jemanden am Telefon, der Sie dringend sprechen möchte.«

Vor Aufregung zitterte sie so stark, dass sie kaum den Hörer halten konnte.

»Eva?«, hörte sie Jan schreien. »Hörst du mich? Ich bin in Prag. Und hier geschehen gerade schrecklichste Dinge!«

»Bist du verletzt?«, fragte sie zutiefst erschrocken. »Hat man dir etwas angetan? Oder dich inhaftiert?«

»Ich bin frei, und mit mir ist so weit alles in Ordnung, Aber ein Aufstand tobt hier, schon seit Stunden, und sie wollen alle Deutschen liquidieren. *Schlagt sie, tötet sie, lasst keinen am Leben* – das wurde sogar im Rundfunk gesendet! Sie jagen sie durch die Straßen, hängen sie auf, zünden sie an oder schneiden ihnen die Eingeweide heraus. Nicht einmal vor Kindern machen sie halt! Einige haben sie aus Mietshäusern einfach auf das Pflaster geworfen, wehrlose Kleinkinder, ja sogar Säuglinge. Ich erkenne sie nicht mehr, Eva. Sie sind alle wie von Sinnen!«

»Die Russen?«, fragte sie verstört. »Sind sie denn schon da?«

»Nein, die Tschechen, meine Landsleute! Es ist ein Morden und Wüten, wie ich es mir nicht einmal in meinen schlimmsten Albträumen ausgemalt hätte. Dazu dieser Hass, *Ewa*, dieser entsetzliche Hass! Wenn ich mir vorstelle, du wärst jetzt hier …« Er brach ab.

»Was sollen wir nur tun?«, fragte sie angstvoll. »Abwarten, bis es uns ebenso ergeht?«

»Meine Leute und ich müssen erst versuchen, die schlimmsten Ausschreitungen hier in Prag einzudämmen. Man muss verhandeln. Das ist die einzige Lösung. So schwer es auch fallen mag.« Sie konnte hören, wie mühsam beherrscht seine Stimme klang. »Danach komme ich wie versprochen zu dir. Ich denke, die Russen werden in zwei Tagen in Reichenberg einmarschieren, vielleicht sogar erst in drei. Bis dahin bin ich an deiner Seite. Und hab nicht zu viel Angst. Vieles, was man sich über sie erzählt, ist trotz allem nur Nazipropaganda.«

Jetzt klang er noch drängender.

»Bleibt bitte trotzdem vorsichtig. Geht nicht zur Arbeit und verlasst das Haus nur, wenn es unbedingt notwendig ist. Zieht eure ältesten Kleider an. Haltet euch vor allem so ruhig wie möglich. Kannst du mir das versprechen?«

»Alles«, sagte Eva. »Wenn du nur ganz bald wiederkommst.«

Dann werde ich dir auch sagen, dass ich dein Kind erwarte, dachte sie. Ein Licht der Hoffnung in dieser schrecklich dunklen Zeit.

»Das ist gut.« Er hörte sich ein klein wenig erleichtert an. »Ich soll dir übrigens schöne Grüße von Pawel ausrichten. Er kämpft an unserer Seite. In der Front der Vernünftigen, derer, die an die Zukunft glauben. Ich muss jetzt Schluss machen, Ewa. Ich liebe dich. Wir sehen uns – sehr bald.«

Sie legte den Hörer zurück auf die Gabel, danach stolperte sie mit den Apfelmusgläsern hinauf in den ersten Stock. Schon im Flur stank es verbrannt. Man musste die Technik, geriebene Kartoffeln fettlos auf einer Herdplatte zu braten, durchaus beherrschen, und Molly beherrschte sie offenbar nicht.

»Was ist los?«, fragte sie, als sie Evas aufgelöstes Gesicht sah. »Doch nicht etwas mit Jan? Ist er …«

Eva schüttelte den Kopf, dann spürte sie, wie ihr Körper immer schwerer wurde. Unaufhaltsam schien das Parkett auf sie zuzurasen. Für einen Moment gelang es ihr noch, die Einmach-gläser zu umklammern, dann entglitten sie ihren Händen und zerbrachen in tausend Scherben. Und schon knickten Evas Beine ein.

Mit einem dumpfen Laut sank sie zu Boden und blieb reglos liegen.

*

Sie kamen ...

Der Lärm der Stiefel auf der Treppe schien mit jedem Tritt lauter zu werden, bis er in ihren Ohren regelrecht dröhnte.

»Und wenn sie uns nun alle töten?« Molly presste sich enger an Eva. In den Morgenstunden war sie aus dem Krankenhaus zu ihnen geflohen, noch immer in Schwesternuniform, die in-zwischen jedoch längst nicht mehr wie sonst gebügelt war, son-dern zerknittert und voller Flecke.

»Dann sterben wir wenigstens gemeinsam«, flüsterte Eva zurück. In derselben Nacht hatte sie die Vogelscheuche noch einmal aufgeschlitzt, erneut zugenäht und sich danach das Lei-nensäckchen mit dem Geld unter ihr Kleid geschoben. Büsten-halter gab es schon lange keine mehr. Aber Karolina hatte ihr ein enges Unterhemd aus rosa Miederstoff geschneidert, das sie seitdem immer trug. »Doch das werden wir nicht. Aus allen Fenstern hängen weiße Laken. Es gibt kein einziges Hitlerbild im ganzen Haus, und mein Vater war niemals Parteimitglied. Jan hat gesagt, dass die Russen längst nicht so schlecht sind wie ihr Ruf. Außerdem hat er mir fest versprochen, uns beizuste-hen, wenn sie kommen. Und für alle Fälle hab ich hier noch et-was, das ihnen gefallen wird.« Sie klopfte sich auf die Brust.

»Und was sollte das sein?«, fragte Molly stirnrunzelnd. »Doch nicht etwa ...«

Die Eisentür flog auf.

Sie hatten sich im ehemaligen Kartoffelkeller verkrochen, aus dem die Vorräte allerdings schon lange verschwunden waren: Rose und Gerda Fabisch, die Gesichter mit Ruß beschmiert, lehnten an den leeren Regalen und bewegten die Lippen unablässig in stummem Gebet. Eva, Molly und Julika hockten an der gegenüberliegenden Wand, Letztere von ihrem Schnapsquantum vom Vorabend noch immer derart mitgenommen, dass sie die Augen nur einen Spalt weit aufbekam und nicht ganz zu verstehen schien, warum sie überhaupt hier war. Die Slowaken hatten sich ebenso wie Hilde Bieneck mit ihren Kindern im ersten Stock eingeschlossen, und obwohl Frantiček gerade einmal zehn Jahre alt war, wünschte Eva sich plötzlich, er wäre hier unten bei ihnen.

Fünf Männer in grauen Uniformen kamen heruntergepoltert, die Maschinengewehre im Anschlag. Einer von ihnen, offenbar der Anführer, sprach gebrochenes Deutsch.

»Rauf!«, befahl er. »*Dawai* – alle!«

Die Schwestern Fabisch klammerten sich aneinander und rührten sich nicht. Eva dagegen und Molly standen auf und zerrten Julika mit sich, die zwischen ihnen so stark schwankte, dass sie kaum stehen konnte.

»Meine Mutter ist krank«, sagte Eva flehend. »Sehr krank, wie Sie sehen. Sie kann nicht …«

Auf ein Nicken des Anführers schoss der jüngste Soldat in die Decke, und alle Frauen kreischten auf.

»Aber ich kann doch nicht«, murmelte Julika, als Eva sie in Richtung Treppe zerrte.

»Doch, Mama, du kannst, und du wirst«, beschwor Eva sie, die fürchtete, das Herz würde ihr im nächsten Moment aus der Brust springen, weil es so heftig schlug. Sie vorn, Molly hinten, irgendwie gelang es ihnen schließlich, Julika hinaufzubugsieren. Hinter sich hörten sie zwei weitere Schüsse. Sie zuckten zusammen und befürchteten das Schlimmste, denn von Rose und Gerda war von da an nichts mehr zu hören.

In der Apotheke trafen sie auf weitere Russen. Eva sah, wie sehr sie hier schon gewütet hatten. Überall waren Schubladen herausgerissen und ausgeleert worden. Der Boden war mit Scherben, zerdrückten Tablettenpackungen und zertrampelten Kräutern bedeckt. Der allerschlimmste Anblick aber war der Leichnam des alten Sievers, der mit eingeschlagenem Schädel in einer Ecke lag.

»Wem gehört?«, fragte der Anführer.

»Meinem Vater«, stieß Eva mühsam hervor. »Fritz Menzel.«

»Wo?«

»An der Front. Herr Sievers«, sie deutete auf den Toten, »hat für ihn nur als Vertretung gearbeitet.«

»Soldat?«, fragte der Russe weiter. Auf seiner Schulterklappe entdeckte sie drei Sterne, die anderen Männer hatten keine.

»Ja, aber nur, weil er musste. Er war niemals für Hitler, niemals. Er hat die Nazis immer gehasst.«

»Das sagen alle«, erwiderte er scharf akzentuiert. »Land der Mörder!«

Er rief seinen Männern ein paar Anweisungen zu, und sie setzten die Durchsuchung fort.

In diesem Augenblick kam ein junger Soldat von unten heraufgepoltert. In der einen Hand hielt er Julikas Schmuckkästchen, in der anderen eine Flasche vom Selbstgebrannten.

Seine Augen leuchteten.

»*Vodka*«, verstand Eva und wusste auf der Stelle, was er meinte. Der anschließende Schwall russischer Worte dagegen blieb für sie rätselhaft.

»Ihr habt Schnaps.« Die Stimme des Anführers klang gefährlich ruhig. »Viel Schnaps!« Plötzlich schien er nur noch Julika anzusehen. »Kein Apotheker?«

»Doch«, versicherte Eva, die sich unwillkürlich vor ihre Mutter stellte. »Natürlich! Aber wir haben diesen Garten mit den vielen Apfelbäumen …« Sie brach ab, unfähig, ihm in Kürze das komplizierte Geflecht zu erklären, das seit Jahren funktioniert hatte. Tatsache war, dass die Soldaten die andere Kellertür aufgebrochen haben mussten. Und die Vogelscheuche hatten sie offenbar auch massakriert. Wie hatte sie nur so dumm sein können anzunehmen, ihr lächerliches Versteck sei halbwegs sicher?

Der Leinenumschlag schien plötzlich auf ihrer Haut zu brennen. Außerdem fröstelte sie trotz des warmen Tages vor Angst. Ihre Brustspitzen wurden hart. Besorgt schaute sie an sich herab. Hoffentlich war der Miederstoff dick genug, um sie unter dem dünnen Sommerfähnchen zu verbergen.

Der Anführer wandte sich wieder an den Soldaten, der nickte und erneut nach unten verschwand. Dann machte er einen Schritt auf Eva zu.

Er starrte genau auf ihre Brust und kam immer näher!

Panisch wich Eva zur Seite aus, streifte dabei mit dem Arm den Ständer mit den abgepackten Tees, der bislang offenbar noch niemanden interessiert hatte, und riss ihn um. Als sie sich instinktiv bückte, um ihn wieder aufzustellen, spürte sie, wie etwas aus ihrem Mieder glitt und unaufhaltsam nach unten rutschte.

Es war zu spät, es zu verbergen.

Zwischen Splittern und Papierfetzen lag der flache helle Leinenumschlag auf dem Boden, den ihr Vater ihr anvertraut hatte.

Der Anführer hob ihn auf. Woher das Messer auf einmal kam, mit dem er ihn aufschlitzte, hätte sie nicht sagen können. Dann wog er die zwanzig grünlichen Geldscheine in der Hand und schien zu überlegen.

»Ausziehen!«, befahl er schließlich.

Eva starrte ihn ungläubig an.

»Ausziehen!«, wiederholte er und deutete nun auch auf Molly und Julika, die bislang angsterfüllt zugesehen hatten. »Alle!«

»Das werde ich bestimmt nicht tun«, wehrte sich Julika, die endlich zu begreifen schien, was sich hier abspielte.

Der Anführer setzte sein Messer an und riss mit einer einzigen Bewegung ihren Rock in Fetzen.

Julika schrie erschrocken auf. Molly hatte auf einmal ganz alte Augen.

»Macht, was er sagt«, bat Eva tonlos. »Sonst bringt er uns noch um. Das ist alles meine Schuld. Jetzt denkt er, ihr habt auch Geld in der Kleidung versteckt.«

Sie war die Erste, die nackt war, während ihre Mutter und Molly sich noch langsam aus der Unterwäsche schälten. Sich Jan ohne Kleider zu zeigen hatte sie immer geliebt. Doch die gierigen Blicke der Soldaten, die sich nun auf sie hefteten, empfand sie wie Schläge.

»Da kann noch mehr sein.« Hatte der Anführer das wirklich gesagt? »Wir müssen weiter nachsehen – Oleg, du!«

Eva erhielt einen harten Stoß und taumelte auf einen Soldaten zu, der sie grinsend an sich riss.

»Nicht meine Eva!«, hörte sie ihre Mutter noch wimmern, dann ging alles ganz schnell.

Die Tür flog auf, Jan stürmte herein, eine Pistole in der Hand.

»Gib mein Mädchen frei!«, schrie er und schoss sofort. Seine Kugel traf den Soldaten in den Schenkel.

Brüllend vor Schmerz ließ er Eva los.

Der Anführer verzog keine Miene, sondern drehte sich um, legte die Waffe an und zielte ruhig. Jans Augen weiteten sich, als die Kugel seine Brust durchschlug. Und eine zweite gleich danach. Die Waffe rutschte aus seiner Hand. Sein Mund öffnete sich, als ob er noch etwas sagen wollte.

Dann brachen seine Augen, und er fiel zu Boden.

*

Verstört fuhr Nane hoch.

Wo war sie? Sie brauchte einige Augenblicke, um sich zu orientieren. Irgendwann hatte sie offenbar wie in Trance das Licht angemacht, und sie hatte Souki ein Schälchen mit Wasser hingestellt, doch zu mehr war sie nicht in der Lage gewesen.

Sie selbst verspürte weder Durst noch Hunger. Die Welt draußen vor dem Fenster schien gar nicht mehr zu existieren. Sie war gefangen in einer anderen Zeit, gefesselt an einen anderen Ort.

Es gab nur eines, was sie jetzt tun wollte: weiterlesen …

7

Jetzt gab es für Eva nur noch Jans Kind, das in ihr wuchs und seinen Vater niemals kennenlernen würde. Obwohl sie den Liebsten mit eigenen Augen hatte sterben sehen, konnte sie noch immer nicht glauben, dass Jan wirklich tot war – so voller Leben war er in ihrer Erinnerung. Sie hatten nicht an seiner Beerdigung teilnehmen dürfen, und die Vorstellung, dass seine Tante Karolina mit ein paar wenigen Kundinnen an seinem Grab hatte trauern müssen, brachte sie immer wieder aufs Neue zum Weinen. Wie sehr sie sie jetzt hassen musste, die verwöhnte Deutsche, die sich in ihr Leben gedrängt und ihrem Neffen den Tod gebracht hatte!

Unmittelbar nach dem Einmarsch der Russen hatte Eva derart unter Schock gestanden, dass sie zunächst nur verschwommen mitbekam, was mit ihr und um sie herum passierte: die Kartoffelsäcke, die der Leutnant ihnen zugeworfen hatte, damit sie sich bedecken konnten, bevor sie abgeführt wurden. Das Reichenberger Gefängnis, in das man sie gesperrt hatte. Später in der Zelle bekamen sie dann ihre Kleider zurück, und Julika brach in haltloses Schluchzen aus, als sie in ihren zerfetzten Rock steigen musste. In Mollys Schwesterntracht hatte man in der Brusttasche das Parteiabzeichen gefunden, das sie im letzten Moment abgezogen und leider nicht weggeworfen, sondern nur eingesteckt hatte, was die Situation noch weiter verschlimmerte. Eine Diebin, eine Nazibraut, eine Säuferin, so standen sie nun vor den Russen, und genauso wurden sie auch behandelt.

Endlose, qualvolle Einzelverhöre folgten, auf Russisch geführt und von einem griesgrämigen Sachsen ins Deutsche übersetzt, der Eva dabei so finster anstarrte, dass sie nicht sicher war, ob er ihre Antworten nicht doch insgeheim abänderte. Inzwischen hatte der Schmerz über Jans Tod eingesetzt, der sie unbarmherzig peinigte, bis sie glaubte, ihn nicht länger ertragen zu können. Aber sie musste ja weiter atmen, weiter trinken, weiter essen, auch wenn es sich nur um Wassersuppe, steinhartes Brot, einen Klecks Margarine und hellbraune Zichorienbrühe handelte, um seinem Kind in wenigen Monaten das Leben zu schenken. Ein paarmal war auch ein tschechischer Kommissar mit dabei, der seine Fragen wie ein Maschinengewehr abfeuerte und mit keiner Aussage zufrieden schien. Eva blieb bei der Wahrheit, so gut sie konnte, doch die schien allen am wenigsten zu gefallen: eine Sudetendeutsche und ein tschechischer Partisan als Liebespaar? Das konnte, das durfte nicht sein! Sie wussten nicht genau, was sie mit ihnen anstellen sollten, hielten sie alle drei irgendwie für schuldig an Jans Tod und an der schweren Verletzung des Russen. Doch sie fanden keine richtigen Beweise dafür, so viel drang selbst durch Evas Trauer. Und deshalb behielten sie die Frauen erst einmal hier.

Nach einigen Tagen Haft ließ Leutnant Sorokin Eva am Abend zu sich bringen. Inzwischen kannte sie nicht nur seinen Rang, sondern auch seinen Namen.

»Alles fertig«, sagte er und deutete auf einen der spartanischen Stühle. Sie setzte sich zögernd. »Wir ziehen weiter. Rest übernehmen tschechische Behörden.«

»Und was wird aus uns? Kommen wir endlich frei?«

Allein mit ihm in einem engen Raum mit einem Tisch, einer Lampe und zwei Holzstühlen, fühlte Eva sich äußerst unbehaglich. Außerdem saß sie, und er stand, das gefiel ihr noch weniger. Selbst wenn er seinen Blick heute im Zaum hielt, spürte sie seine Augen doch überall. Er hatte sie splitternackt gesehen und zur Demütigung brutal an einen seiner Männer weitergereicht. Weder er noch sie konnten sich begegnen, ohne daran zu denken. Zudem sah sie ihn heute zum ersten Mal ohne Uniformjacke. Sein graues Hemd war vermutlich neu oder zumindest frisch gebügelt. Energisch und wie voller Lebenskraft wirkte er, zum Handeln entschlossen. Wie elend sie dagegen sich fühlte, von Übelkeit geplagt, seit Tagen ungewaschen und in einem schmutzigen Kleid, das ihr am Körper klebte.

»*Odsun*«, sagte er unbewegt. »Schicksal der Deutschen.«

»Sie wollen uns wirklich fortjagen?«, fragte Eva erschrocken. »Aber unsere Vorfahren haben doch seit Jahrzehnten hier gelebt!«

»Dreißig Kilo Gepäck pro Person. Maximum. So lautet Vorschrift.«

Nicht einmal die Hälfte davon würde Julika tragen können. Sie trank nicht mehr, weil es nichts mehr zu trinken gab, doch der Entzug machte ihr körperlich wie seelisch schwer zu schaffen. Zudem hatte sie schlimm zu husten begonnen und wirkte so schwach wie nie zuvor. Eva überrollte eine Welle der Mutlosigkeit. Wahrscheinlich war es vollkommen sinnlos, an Sorokins Mitgefühl zu appellieren, aber was hatte jetzt überhaupt noch Sinn, wo Jan nicht mehr lebte?

»Meine Mutter ist krank«, sagte sie. »Sehr krank sogar. Sie hat doch nichts getan. Gibt es nicht wenigstens für sie einen Aufschub?«

Er sah sie lange an, dann schüttelte er den Kopf.

»Nicht meine Sache«, sagte er. »Tschechen wollen keine Deutschen mehr im Land. Und auch keine Ungarn. Ihr müsst fort. Alle!«

»Aber erst, wenn es ihr wieder ein wenig besser geht«, wandte Eva flehend ein. »Nur ein wenig Menschlichkeit, um mehr bitte ich doch gar nicht …«

Er stand auf, ging um den Tisch herum und baute sich vor ihr auf.

»Ohne dich Jan Černy noch am Leben«, sagte er mit schmalen Augen und betonte dabei jedes Wort. »*Krasivaja shenschtschina – opasnaja shenschtschina!*«

Es klang wie ein Fluch, und Eva verkrampfte die Hände ineinander, weil die Angst wieder in ihr aufstieg.

»Ich kann, wie Sie wissen, leider kein Russisch«, sagte sie mit einem letzten Rest von Mut. »Wenn ich Sie verstehen soll, müssen Sie bitte Deutsch mit mir sprechen.«

Er starrte sie zornig an.

»Schöne Frau – gefährliche Frau«, sagte er schließlich langsam. »Du bist Eva?«

Sie nickte. Auch das war ihm längst bekannt. Wieso fragte er sie ausgerechnet jetzt noch einmal danach?

»Eva – *zmeja!*« Er war laut geworden.

Fragend sah sie ihn an.

»Eva – die Sünde«, sagte er. »Du verstehst? So alles hat begonnen, im Paradies.« Dann wandte er sich brüsk ab, als könne er ihren Anblick nicht länger ertragen. »Morgen ihr könnt gehen«, sagte er. »Erst einmal keine Strafe, aber …«

»Keine Strafe?« Eva war aufgesprungen. »Wissen Sie eigentlich, was Sie da sagen? Die schlimmste Strafe lastet doch schon auf mir. Und zwar lebenslang! Ich habe das Liebste verloren, das ich hatte – meinen Jan. Wie soll ich ohne ihn jemals wieder lachen, jemals wieder Liebe fühlen, jemals wieder die Sonne sehen?«

Ihr unerwarteter Ausbruch schien ihn zu verblüffen, vielleicht sogar wider Willen zu berühren, denn für einen Moment wurde sein Mund weicher. Dann aber verschloss sich sein Gesicht erneut.

Er schüttelte den Kopf, ging zur Tür und ließ Eva allein.

Nach einiger Zeit wurde sie von einem Soldaten zurück zu den anderen in die Zelle gebracht.

»Hat er dir etwas angetan?«, fragte Julika besorgt, als Eva wachsbleich und still zurückgekehrt war, und Molly wollte die Freundin tröstend umarmen.

Doch Eva schob sie zurück.

»Mein Leben hat er mir gestohlen«, flüsterte sie. »Und jetzt lasst mich bitte für heute in Ruhe, alle beide!«

*

Das Haus am Altstädter Platz erkannten sie kaum wieder, so unerbittlich hatten Plünderer bereits darin gewütet. Alles, was halbwegs von Wert oder noch irgendwie brauchbar gewesen war, war daraus verschwunden: Tafelsilber, Töpfe, Teppiche, Gardinen. Sogar die zentnerschwere Nähmaschine mit dem schwarzen Eisenfuß hatten sie weggeschleppt, ebenso wie Fritz Menzels Fotoausrüstung, seine Münzsammlung und die alten Familienalben, auf die er besonders stolz gewesen war. Die Schränke waren nahezu leer bis auf ein paar Kleider aus der Vorkriegszeit, die selbst jetzt in der Not kaum jemand noch tragen wollte.

Wie benommen ging Eva an der Seite ihrer Mutter von Stockwerk zu Stockwerk und starrte auf die Spuren der Zerstörung. Von den Schwestern Fabisch gab es keine Spur mehr bis auf einen zerbrochenen alten Spiegel. Bienecks schienen sich davongemacht zu haben. Nur ihr ramponierter Kinderwagen war zurückgeblieben, den Eva schweigend an sich nahm, ohne auf Julikas fragenden Blick zu reagieren. Auch Bobas Cousinen und ihre Kinder wohnten nicht mehr hier. Im ganzen Haus gab es nichts Essbares mehr. Nicht eine einzige Flasche vom Selbstgebrannten stand noch im Keller. Dort fanden sie nur ein Scherbenmeer vor und mussten den stechenden Alkoholdunst von Verschüttetem ertragen, der anzeigte, wie haltlos hier offensichtlich gezecht worden war.

Julikas Unterlippe begann zu zittern.

»Immerhin haben wir ja noch den Garten«, sagte sie leise. »Es sei denn, sie hätten dort alle Bäume gefällt …«

»Ich gehe so bald wie möglich nachsehen, Mama«, versicherte Eva, die allerdings noch nicht wusste, wie sie das anstellen sollte, denn natürlich war auch ihr Fahrrad gestohlen worden.

Zum Glück blieb Molly an ihrer Seite, die nicht mehr in die Klinik zurückkonnte, da deutschem Pflegepersonal das Betreten strengstens verboten war, selbst wenn es wie sie nicht in der Partei gewesen war.

Nur die Apotheke wirkte erstaunlich aufgeräumt, und der junge tschechische Apotheker mit dem schmalen Gesicht und dem bereits schütteren Haupthaar, der sie nun offenbar führte, wusste vor Verlegenheit kaum, wohin er schauen sollte, als Eva, Julika und Molly auf einmal vor ihm standen.

»Man hat mich aus Prag hierherberufen«, erklärte er in seinem weichen, melodischen Deutsch, das Eva so sehr an Jan erinnerte, dass ihre Augen sofort wieder feucht wurden. »Ich bin nur provisorisch angestellt, müssen Sie wissen. Keiner hat mich gefragt, ob ich hierher will. Aber natürlich bin ich gegangen. Denn die kranken Leute in Liberec, die brauchen schließlich ihre Medikamente …«

Liberec. So lautete der neue tschechische Name von Reichenberg, und auch die Ortschaften ringsum waren in einer

Nacht- und Nebelaktion umbenannt worden. Im Rathaus saß ein tschechischer Bürgermeister, es gab nur noch tschechische Polizisten, und selbstverständlich war die Amtssprache, wie schon nach 1918, wieder Tschechisch. Viele der besiegten Sudetendeutschen verstanden sie und sprachen sie sogar fließend. Doch selbst wenn sie es nicht taten, bekamen sie nun Tag für Tag überdeutlich zu spüren, dass sie nicht nur den Krieg verloren hatten, sondern hier mehr als unerwünscht waren. Die zugeteilten Lebensmittelrationen, die sie auf Karten erhielten, waren deutlich gekürzt. Neue Dekrete des Präsidenten der Republik, kurz Beneš-Dekrete genannt, sollten die Sudetendeutschen für ihre Illoyalität während des Krieges bestrafen und griffen mit drastischen Sanktionen tief in alle Lebensbereiche ein. So wurde allen Bürgern deutscher Nationalität nicht nur der gesamte Besitz entzogen, sondern auch die tschechische Staatsbürgerschaft aberkannt. Außerdem wurden sie verpflichtet, am Wiederaufbau des tschechischen Staates mitzuarbeiten. Für sie galt ab neunzehn Uhr eine strikte Ausgangssperre, was besonders die jungen Menschen an den warmen Frühsommerabenden hart traf. Außerdem hatten ausnahmslos alle weiße Armbinden mit einem »N« zu tragen – *Nemec* für Deutsch.

Gleichzeitig begann die tschechische Revolutionsgarde ihr Treiben. Mitten auf der Straße, auf dem Weg von und zur Arbeit wurden Deutsche aufgehalten, ihrer Uhren oder Schmuckstücke beraubt und schließlich eingesperrt oder verschleppt. Wer auch nur in den Verdacht geriet, Nazi gewesen zu sein, konnte aus der Straßenbahn gezerrt, verprügelt und gedemütigt werden; manche wurden sogar ermordet. Das Gerücht von gefährlichen Werwolfbanden machte die Runde, die sich in die Wälder zurückgezogen hätten, um von dort aus den jungen tschechischen Staat und seine Bürger anzugreifen. Und obwohl in Liberec schließlich nur ein versprengtes Trüppchen verwahrloster deutscher Halbwüchsiger festgenommen wurde, die eine einzige kaputte Schrotflinte mit sich führten, hielt dieses Gerücht sich lange.

Ungefähr zur selben Zeit setzten die wilden Vertreibungen ein: Trupps von Tschechen fielen nachts in sudetendeutsche Häuser oder Wohnungen ein, zerrten die Menschen aus ihren Betten und trieben sie auf die Straße. Gerade das Allernötigste durften sie mitnehmen, bis man sie zu einem Tross sammelte und in ebenjenen Lagern einsperrte, in denen zu Zeiten des Protektorats die Feinde des Deutschen Reichs interniert gewesen waren. Es war, als hätte sich die Büchse der Pandora abermals über alle ergossen: Nichts schien mehr zu gelten, weder gewachsene Nachbarschaft noch jahrzehntelanges friedliches Nebeneinander. Jetzt gab es nur noch Tschechen und Deutsche, Sieger und Besiegte.

Ab und an dachte Eva in jenen Tagen an Tante Karolina und nahm sich vor, zu ihr zu gehen und ihr alles zu erklären. Vielleicht würde es ihre Trauer ein wenig lindern, wenn sie von Evas Schwangerschaft erfuhr. Doch jedes Mal, wenn sie fast dazu entschlossen war, brachte sie es schließlich doch nicht über sich. Ihr graute vor den grauen Augen, die sie immer ein wenig an altes Silber erinnert hatten und die so gütig, aber auch streng dreinschauen konnten – denn was hätte sie ihr schon erzählen sollen? Ohne sie wäre Jan noch am Leben und wahrscheinlich ein angesehenes Mitglied der jungen tschechischen Republik. Man hätte ihm einen ordentlichen Posten angeboten, den er mit seinem Mut und seiner Intelligenz sicher auch erfolgreich bekleidet hätte. Stattdessen lag er nun in einem Grab, durch ihre Schuld brutal und viel zu früh aus dem Leben gerissen. Sorokin hatte durchaus recht gehabt, als er sie als »Sünde« bezeichnet hatte. Seine Worte brannten noch immer in Eva wie mit Feuer geschrieben.

Aber sie musste doch leben, um selbst Leben schenken zu können, und so schob Eva mit enormer Kraftanstrengung solche Gedanken immer wieder beiseite, sobald sie sie zu überwältigen drohten. Stattdessen richtete sie sich mit ihrer Mutter und Molly im Nichts ein, so gut es eben ging. Es gab kaum noch Bettwäsche, die Matratzen waren aufgeschlitzt worden, die Daunen und Federn aus den Kissen und Decken verschwunden. Aber Eva und Molly suchten mit einer alten Schubkarre mehrfach ein paar Bauern am Stadtrand auf, die ihre Medikamente in der Rosenapotheke früher manchmal in Raten hatten abstottern dürfen, und kehrten jedes Mal mit frischem Stroh wieder zurück, auf dem sie nun schliefen. Eva gelang das Kunststück, aus Suppenwürfeln, Unkraut und Backerbsen eine halbwegs genießbare Suppe zu zaubern. Und wenn ihnen auch der Garten mit all seinen frühsommerlichen Köstlichkeiten fehlte, den sie wegen der Beneš-Dekrete nicht mehr betreten durften, und sie ständig hungrig waren, so konnten sie doch immerhin überleben.

Dabei schwebte ständig die düstere Drohung des Abgeschobenwerdens über ihnen, die sie niemals vergaßen, nicht einmal an jenen Tagen, an denen die Übelkeit Eva nicht ganz so fürchterlich plagte. Sie hatte im Chaos des ebenfalls geplünderten Nachbarhauses drei schiefe Pappkoffer sichergestellt, in die sie das Nötigste eingepackt hatten. Zu ihrer Verblüffung fand sie kurz danach in der eigenen Küche unter dem rechten Fuß der Kredenz das Granatkreuz an der Silberkette wieder, das Karolina ihr nach Jans Verschwinden geschenkt hatte. Evas erster Impuls war, es sich umzulegen, um seinen vertrauten Schutz zu spüren, doch sie entschied sich anders. Sie suchte nach einem Stück gebrauchter Kernseife und drückte den Schmuck so tief hinein, bis nichts mehr von dem dunkelroten Funkeln zu sehen war. Dann kam das Seifenstück in ihre Blechbüchse, die bereits ganz unten im Koffer lag.

Wenn sie gar nicht mehr weiterwusste, sprach sie nachts mit dem kleinen Wesen in ihrem Bauch, dem sie im Kerzenlicht auch schon das einzige Foto gezeigt hatte, das sie von Jan noch besaß. Jung sah er darauf aus, frech und kühn, mit ebenjenem unwiderstehlichen Lachen, das sie von Anfang an bezaubert hatte.

»Du hast großes Glück, denn du hast den besten aller Väter«, flüsterte sie. »Er würde dich lieb haben bis zum Ende der Welt und wieder zurück, das weiß ich genau. Doch nun schaut er von oben auf uns herunter und beschützt uns eben von dort. Ich gelobe feierlich, dir beides zu sein, Vater und Mutter – aber könntest du im Gegenzug vielleicht dafür sorgen, dass mir nicht ständig übel wird?«

Eva, Molly und Julika waren zur Arbeit in den Liebiegwerken eingeteilt, die nun keine Wehrmachtsunterhosen mehr fertigten, sondern wieder Strickwaren für Zivilisten, soweit überhaupt Material vorhanden war. Aber sie kamen nicht mehr dazu, ihren Dienst anzutreten.

An einem frühen Morgen im Juni polterte es an der Wohnungstür.

Eva fuhr hoch, Molly bekam wieder ihr starres Gesicht, und Julika begann, leise zu wimmern.

»Sie kommen uns holen … Jetzt geht es uns an den Kragen …«

Zwei Tschechen in dunklen Mänteln drangen in die Wohnung ein, nachdem sie ihnen geöffnet hatten, und forderten sie in barschem Ton auf, sich binnen einer Stunde abmarschbereit zu halten.

Julika war im Begriff, hysterisch zu werden, aber Eva legte ihr den Arm um die Schultern und beruhigte sie.

»Jetzt brauchen wir nur noch unsere Dokumente, Mama«, sagte sie. »Alles andere haben wir doch längst vorbereitet. Wo genau hast du sie gestern hingelegt?«

»Hier.« Julika zog etwas unter einem lädierten Kochbuch hervor. »In unserem Familienstammbuch ist alles beisammen. Das Einzige, was fehlt, ist deine Heiratsurkunde. Dein Kind muss also unehelich zur Welt kommen. Und glaub mir, Tochter, das wird nicht leicht werden in diesen schweren Zeiten!«

Sie wusste es also. Sie hatte es die ganze Zeit gewusst!

Eva hauchte ihr einen Kuss auf die Stirn. Sie liebte ihre labile, unberechenbare, launische Mutter von ganzem Herzen.

»Schau nicht hin«, bat sie, als einer der Männer ihr später befahl, ihm die gesamten Hausschlüssel auszuhändigen, und Julika einen spitzen Schrei ausstieß. »Es geht doch nur um Ziegel und Mörtel. Aber wir, wir sind aus Fleisch und Blut. Allein darauf kommt es an.«

Draußen reihten sie sich mit ihren Habseligkeiten in den Tross ein, der sich am Straßenrand gesammelt hatte. Frauen weinten, Kinder quengelten, alte Männer schimpften halblaut vor sich hin. Molly hatte ihren Koffer in den schäbigen Kinderwagen gepackt, den sie mit stoischer Miene gegen alle Ansprüche verteidigte.

»Sie sind doch gar nicht schwanger«, zeterte eine junge Frau, deren immenser Bauch die Strickjacke fast zu sprengen schien. »So dürr, wie Sie sind. Schauen Sie mich doch an, ich könnte die alte Karre viel dringender gebrauchen!«

»Und woher wollen Sie das wissen?« Wenn Molly es darauf anlegte, brachte sie noch immer den blasierten Tonfall der ehemaligen Einserschülerin zustande. »Bei manchen Frauen sieht man es eben erst viel später.«

Eva, die alles mitgehört hatte, biss sich auf die Lippen. Noch sah man so gut wie nichts, vor allem wenn sie angezogen war, weil alle Kleider ihr ohnehin viel zu weit geworden waren. Doch ihr Bauch war hart, tat manchmal plötzlich weh, und sie bekam sehr wohl zu spüren, dass er ihr nicht mehr allein gehörte.

Sie wechselte von einem Bein aufs andere, um das Stehen länger auszuhalten, während ihre Mutter sich zu anderen in den Straßengraben setzte. Und beide taten sie gut daran, denn bis es endlich losging, stand die Sonne schon hoch. Inzwischen machten geflüsterte Gerüchte die Runde, wohin es wohl gehen mochte. Einige raunten etwas von Prag, andere von Pilsen, wieder andere gaben schreckerfüllt sogar das Wort Theresienstadt weiter, wo, wie man sich inzwischen erzählte, unzählige deutsche wie auch tschechische Juden den Tod gefunden hatten.

»Ein ehemaliges KZ wird es auf jeden Fall«, stieß die wohl ehemals füllige Frau aus, die neben Eva lief. Die Kriegsjahre hatten das Fett auf ihren Rippen geschmolzen. Jetzt baumelten unter dem verschlissenen Kleid leere Hautsäcke, die, weil sie offenbar keine Unterwäsche trug, bei jedem Schritt hin- und herwogten. »Ich habe aus sicherer Quelle erfahren, dass die Tschechen uns in fünf Monaten vergelten wollen, was wir ihnen in fünf Jahren angetan haben.«

Sie richtete sich auf und begann loszuschreien.

»Und wisst ihr folgsamen Schafe auch, was das bedeutet? Keiner von uns hier wird im Spätherbst mehr am Leben sein – kein Einziger!«

Eva versuchte, sie zu beschwichtigen, aber es gelang ihr nicht. Schließlich zerrten die Männer in den dunklen Mänteln die Frau trotz Gegenwehr aus dem Treck und führten sie ab.

»Sie bringen uns nach Kratzau«, flüsterte Molly irgendwann Eva zu, deren Kehle nach dem erst zweistündigen Marsch bereits staubtrocken war. Molly hatte sich absichtlich ein wenig zurückfallen lassen, um die Gespräche der hinteren Wachleute zu belauschen. »Oder Chrastava, wie man jetzt sagen muss. Präg dir das bloß genau ein und bring auch Julika dazu, auf keinen Fall den deutschen Ortsnamen zu verwenden. Sie hätten mich eben fast geschlagen, als es mir versehentlich herausgerutscht ist.«

»Was machst du denn nur für halsbrecherische Sachen?«, flüsterte Eva zurück. »Legst du es etwa darauf an, dass mir trotz der Hitze aus Angst um dich das Blut in den Adern gefriert?«

»Keine Sorge, kleines Mütterchen!« Molly strich kurz über Evas Arm. »Ich pass schon auf mich auf. Und auf euch zweieinhalb ebenso. Aber ich habe mich viel zu lange geduckt. Jetzt will ich immer ganz genau wissen, wo es langgeht!«

Ihre Vermutung erwies sich tatsächlich als richtig. Nach mehr als vier Stunden Fußmarsch, weil manche der Kinder und Alten so schwach waren, dass zwischendurch immer wieder Pausen eingelegt werden mussten, erreichte der Treck die ehemalige Bergbaustadt. Seit dem 19. Jahrhundert hatte sich auch hier die Textilindustrie der Region ausgebreitet. Es gab zahlreiche Fabriken, die seit 1939 allerdings umgerüstet worden waren und Munition hatten herstellen müssen.

Die Menschen wurden dann weitergetrieben bis Weißkirchen, das wenige Kilometer weiter östlich lag und nun Bílý Kostel hieß. Offenbar hatte man ein ehemaliges Fabrikgelände zum Lager umgewidmet, das von hohem Stacheldraht umgeben war. Die alten Hallen wirkten schmutzig und verkommen.

Eva stieß Molly in die Rippen.

»*Pravda vitězi*«, las sie halblaut die Inschrift über dem Torbogen vor. »Was das für uns wohl zu bedeuten hat?«

»Die Wahrheit siegt«, übersetzte Molly fließend. »Der alte Wappenspruch der Tschechen. Und wenn du mich schon fragst: Ich fürchte, leider nicht viel Gutes.«

Sie wurden getrennt, in Gruppen eingeteilt und peinlich genau gefilzt, nachdem sie namentlich erfasst worden waren. Julika streckte noch flehend die Hände nach ihrer Tochter aus, bevor sie in einem Pulk älterer Frauen verschwand, aber Eva konnte ihr jetzt leider nicht helfen. Sie hatte genug mit sich selbst zu tun, denn vor Aufregung würgte die Übelkeit sie schlimmer als je zuvor. Wie hart es sie ankam, sich vor einer Ärztin mit grauem Gesicht nackt ausziehen zu müssen! Die hörte sie nur oberflächlich ab und musterte desinteressiert die hervorstehenden Rippen, um sie schließlich gelangweilt weiterzuschicken.

»*Zdravá*«, lautete ihr einziger Kommentar.

Was »gesund« hieß und bedeutete, dass Eva zur Arbeit eingeteilt werden konnte. Im Nebenraum fand sie auch ihren durchwühlten Koffer wieder vor, aus dem ein Schultertuch und die beiden Messer entfernt worden waren, wie sie rasch feststellte, ebenso wie die letzte halbwegs ansehnliche Unterwäsche, die ihr noch geblieben war. Ganz unten sah sie die Blechbüchse silbrig schimmern. Am liebsten hätte sie sofort nachgeschaut, ob Karolinas Granatkreuz noch darin war, aber sie hielt sich gerade noch zurück. Eine Tschechin betatschte Jans Foto, was Bitterkeit in Eva aufsteigen ließ.

»*Mrtvý*«, sagte sie laut. »Toter Partisan. Sehr tapfer.«

Die Frau ließ das Foto sinken, als habe sie sich verbrannt.

»*Kamérad?*«, fragte sie.

Eva schüttelte den Kopf. Wie schwer es ihr auf einmal fiel, Tschechisch zu sprechen, jetzt, wo es wirklich darauf ankam!

»*Snoubenec*«, sagte sie. »Mein Verlobter.« Sie griff nach dem Foto und schob es sich unters Kleid.

Uhren, sofern überhaupt noch vorhanden, Ausweise und Schlüssel wurden offiziell konfisziert. Aber dabei war es offenbar nicht geblieben. Als Eva ihren Koffer wieder aufnahm, war er sehr viel leichter geworden.

Nach Stunden fanden sie sich in einer aufgelassenen Fabrikhalle ohne jegliche Unterteilung vor zweistöckigen Holzpritschen wieder, auf denen je eine schmutzige Decke lag. Aber immerhin waren Eva, Molly und Julika wieder zusammen.

»Du schläfst unten, Mama«, sagte Eva, der der bellende Husten ihrer Mutter unter die Haut fuhr. Außerdem war Julikas Stirn viel zu warm. Dass man sie als »gesund« klassifiziert hatte, machte deutlich, welche Farce die flüchtige Untersuchung gewesen war. Eigentlich hätte sie auf der Stelle in die Krankenstation gehört, aber wie die wohl aussehen mochte, daran wollte sie lieber erst gar nicht denken. »Ich bin über dir, und Molly …«

»… liegt gleich gegenüber.« Den Kinderwagen hatte Molly bereits mit Stricken an dem rohen Holzgestell festgezurrt. Wo sie die so schnell aufgetrieben hatte, blieb ihr Geheimnis. »Die Pritsche über mir bleibt zumindest heute frei. Die Frau ist letzte Nacht verstorben.«

»Und woher weißt du das alles schon wieder?«, fragte Eva, während sie die Koffer unter den Pritschen verstaute.

»Wissen ist Macht«, antwortete Molly. »Erinnerst du dich nicht? Hab ich dir schon damals auf dem Gymnasium gepredigt, aber du wolltest ja lieber poussieren und Schnaps brennen …«

Evas liebevollem Schubs wich sie geschickt aus.

»Ich halte meine Augen und Ohren eben offen. Und so weiß ich zum Beispiel auch, dass hier Leute für so ziemlich alles fehlen. Diese Chance werden wir nützen!«

Eva und ihre Mutter sahen Molly verständnislos an.

»Deshalb bewirbst du dich für den Küchendienst, Eva«, fuhr sie fort. »Da fällt immer etwas ab, egal, wie wenig es auch geben mag. Und ich werde mich im Kindertrakt als Krankenschwester unentbehrlich machen. Zu irgendetwas muss meine Leidenszeit in der Klinik ja schließlich gut gewesen sein.«

»Wir sollen für unsere Peiniger auch noch arbeiten?«, fuhr Julika auf. »Alles haben sie uns weggenommen, alles …«

Molly schob sie behutsam zurück auf die Pritsche.

»Für uns«, korrigierte sie. »Und arbeiten müssen wir auf jeden Fall, da kommen wir nicht darum herum. Sag selbst: Ist Wassersuppe kochen und die Kleinen trösten nicht die viel bessere Wahl als Straßenbau oder Steine schleppen?«

Julika nickte schließlich, schien allerdings noch immer wenig überzeugt.

»Aber was soll ich dann tun?«, fragte sie leise. »Kochen kann ich nicht, und mit Kindern verliere ich immer so schnell die Geduld. Außer singen hab ich doch niemals etwas Anständiges gelernt, und selbst das will schon lange niemand mehr von mir hören.« Ihre Augen füllten sich mit Tränen. »Ich bin zu gar nichts mehr nütze …«

»Du wirst jetzt erst einmal wieder richtig gesund«, sagte Eva. »Das ist das Allerwichtigste. Mein Kleines hier«, sie fasste verstohlen an ihren Bauch, »braucht später nämlich unbedingt jemanden zum Vorsingen! Und wer könnte das besser als seine wunderbare Großmutter?«

*

Die Kleine, die nicht essen wollte, entdeckte sie erst zwei Wochen später. Da hatte Eva sich in der spartanisch bestückten Lagerküche schon halbwegs eingewöhnt. Zehn Kochstellen, ein Holzofen, vier Spülbecken. Die Wasserversorgung fiel dauernd aus, dann musste man zum Brunnen gehen und wie im letzten Jahrhundert schwere Eimer zurückschleppen. Aber wenigstens war man dann an der Luft, konnte den Sommer und das frisch gemähte Heu riechen und die Vögel zwitschern hören. Eva riss sich regelrecht ums Wasserholen, um zwischendurch wieder frei atmen zu können. Sobald sie draußen im Freien war, konnte sie für einen Moment alles vergessen – ihren Hunger, die Sorgen und sogar die harten Holzpantinen, die alle tragen mussten, die in der Lagerküche arbeiteten. Nur wenn sie sie abends dann auszog, waren ihre Füße geschwollen und steif, als gehörten sie zu einer viel älteren Frau.

Viel zu kochen gab es ohnehin nicht, weil die angelieferten Lebensmittel so karg waren, dass sich daraus kaum etwas Vernünftiges zubereiten ließ. So waren sie vor allem mit der Verteilung des »täglichen Nichts« beschäftigt, wie Molly es spöttisch nannte: 200 Gramm Brot pro Kopf, eine winzige Portion Margarine, Kaffeeersatz, 450 Gramm Pellkartoffeln, die immer auf Vorrat gekocht werden mussten und daher niemals warm waren. Dazu kamen die unvermeidlichen Suppen, ihre Hauptnahrung, fast immer fleischlos, in denen ebenfalls Kartoffelstücke und ein wenig Gemüse schwammen. Alle hier Internierten magerten rapide ab, und als plötzlich aus unerfindlichen Gründen einmalig eine Ladung Schweineschmalz ausgegeben wurde, die reißenden Absatz fand, liefen anderntags die Latrinen über, weil keiner mehr das ungewohnte Fett verkraftete.

Nur für die Kleinsten gab es Ausnahmen: Jedes Kind bekam 400 Gramm Brot, 50 Gramm Grieß, dazu einen Viertelliter Milch und etwas Kunsthonig. Ihre Suppen wurden mit Mehlschwitze angedickt, was sie freilich nicht sonderlich geschmackvoller machte. Dazu kam ab und an etwas Obst, von den umliegenden Bauernhöfen zögerlich und in sparsamen Mengen angeliefert, das Eva strengstens horten musste, weil es sonst schon am nächsten Morgen aus der Vorratskammer wieder verschwunden war. Die dreißig Kinder, die hier zusammengeführt worden waren, aßen, was immer sie bekommen konnten. Fast alle leckten ihre Näpfchen bis zum letzten Krümel aus und saßen schon immer eine Stunde vor den Mahlzeiten erwartungsvoll mit ihren Löffeln an den kleinen Tischen.

Mit Ausnahme von Leni.

Ihren Namen wusste man, sonst war so gut wie nichts über sie bekannt. Sie war ein ausgesprochen hübsches Mädchen mit klaren Zügen und großen, emailleblauen Augen, die wach und aufmerksam alles verfolgten, was um sie herum geschah. Angeblich war sie in einem verlassenen Haus aufgefunden worden, in dem ihre Eltern – deutsche Nazis, wie man munkelte – sie auf der Flucht vor den Russen zurückgelassen hatten. Leni weinte nicht wie die anderen Kinder, aber sie fürchtete sich ganz offensichtlich vor der Dunkelheit und noch mehr vor offenem Feuer. Warum, war aus ihr nicht herauszubekommen, denn außer ihrem Namen hatte die etwa Fünfjährige noch kein einziges Wort gesprochen. Und sie wollte auch nicht essen, sondern schob, was man ihr auftischte, mit dem Löffel unentschlossen in ihrer Schüssel hin und her. Wenn sie doch einmal etwas in den Mund steckte, kaute sie unentwegt darauf herum.

»Ich weiß einfach nicht mehr weiter«, gestand Molly, die sonst mit der Pflege der hier gestrandeten Kinder gut zurechtkam. »Wenn sie nicht endlich anständig isst, wird sie nicht mehr lange leben. Willst du nicht einmal nach ihr sehen, Eva? Vielleicht fehlt mir einfach der Mutterinstinkt.«

»Bring sie mir doch in die Küche«, schlug Eva vor.

»Du weißt genau, dass das strengstens verboten ist …«

»Strengstens verboten müsste sein, Menschen so zu behandeln, wie sie es mit uns hier tun«, widersprach sie. »Schlepp sie einfach her. Und überlass den Rest dann mir!«

Von Julika kam als Einverständnis ein kleines Knurren.

»Kinder brauchen Liebe«, murmelte sie. »Vor allem das. Alles andere lässt sich problemlos ersetzen …«

Sie war krank, aber geistig so klar wie schon lange nicht mehr. Eva zwackte von dem Nichts in der Lagerküche so viel für ihre Mutter ab, wie sie nur konnte, ohne dabei erwischt zu werden, doch die Sorge um sie wuchs mit jedem Tag. Der Husten hielt an, die Wangen waren eingefallen, und sie wurde viel zu schnell müde. Julika hätte dringend in seriöse ärztliche

Behandlung gehört, aber das war erst wieder möglich, wenn sie hier herauskamen. Im Lager kursierten vage Gerüchte von baldigen Transporten in Richtung Brandenburg, doch bislang hatte sich noch nichts davon bewahrheitet. Fast dreihundert Sudetendeutsche saßen inzwischen hier fest, und jeden Tag kamen immer noch weitere hinzu.

Beim ersten Mal hielt Leni es nur ein paar Augenblicke in der Lagerküche aus, dann war sie sofort wieder verschwunden. Eva schaute ihr nachdenklich hinterher, diesem mageren Geschöpf mit seinen weißblonden Locken und den blitzenden Augen, das nahezu alles verweigerte, was man ihm vorsetzte, und berührte dabei unwillkürlich ihren Bauch, der sich langsam rundete.

Zwei Tage später schob Molly die Kleine erneut zu ihr herein. Dieses Mal war Eva besser vorbereitet. Eine der Köchinnen hieß Láska wie jene Witwe in Prag, die Pawel und seine Familie aufgenommen hatte. Was aus ihnen wohl geworden sein mochte?

Seit Jans Tod hatte sie nichts mehr von ihnen gehört.

Frau Láska Nummer zwei schien sich nicht allzu sehr um Regeln und Bestimmungen zu kümmern. Und besonders ängstlich war sie offenbar auch nicht. Sonst hätte sie vermutlich niemals zugelassen, dass eine Katze ihre Jungen in dem alten Zwiebelkorb geworfen hatte. Inzwischen hatten die Kätzchen ihre Augen geöffnet und schickten sich an, ihre Geburtsstätte zu verlassen. Das niedlichste der vier war fuchsrot und rotzfrech. Quiekend tappte es auf Leni zu, der vor Erstaunen und Entzücken plötzlich der Mund offen stand.

»Wie heißt sie denn?«, flüsterte sie und vergaß, dass sie nicht sprechen wollte.

»Ich glaube eher, sie ist ein Er«, sagte Eva. »Das ist Leo. Und er mag es bestimmt, wenn du ihn streichelst.«

Zitternd streckte sich der dünne Kinderarm aus, und das Kätzchen hielt tatsächlich still.

»Ich denke, du könntest ihn sogar hochnehmen«, tastete Eva sich weiter vor.

»Wirklich?« Eine ganze Welt schwang in diesem einen Wort.

Eva nickte. »Aber nur, wenn du mir versprichst, heute Mittag deine Suppe aufzuessen«, fuhr sie fort. »Und dazu mindestens eine Scheibe Brot. Einverstanden?«

Nicht nur Lenis Kopf nickte – das ganze Kind war plötzlich ein einziges freudiges Ja. Das Katzenbaby ruhte an der Kinderbrust und begann sogar zu schnurren. Für einen Moment vergaßen alle Frauen in der Küche, in ihren Töpfen zu rühren, so sehr ging ihnen dieser Anblick ans Herz.

»Ich bin übrigens Eva«, fuhr sie nach ein paar Augenblicken fort. »Und wie heißt du?«

In die blauen Augen trat ein nachdenklicher Ausdruck.

»Leni«, sagte sie nach einigem Zögern. »So hat man mich gerufen.«

»Man?«, wiederholte Eva. »Meinst du damit deine Eltern?«

Das Nicken kam nach einer Weile, so als ob sie erst darüber nachdenken müsste.

»Aber mein richtiger Name ist …«

Sie verstummte und setzte den kleinen Kater, der sie im Spiel seine winzigen Krallen hatte spüren lassen, mit einem Schmerzenslaut zurück auf den Boden.

»Dann heißt du wahrscheinlich Marlene«, baute Eva ihr eine Brücke. »So wie Marlene Dietrich, der berühmte Filmstar. Kleine Katzen kratzen übrigens immer, weil sie die Krallen noch nicht einziehen können. Daran solltest du dich gewöhnen. Und wie heißt du weiter? Ich meine, mit Nachnamen?«

Die Kleine sah sie an.

»Weiß ich nicht mehr«, antwortete sie leise.

Es klang so abschließend, dass Eva verblüfft war. Mit fünf hätte sie jedem sagen können, dass sie Eva Menzel war, wo sie wohnte und wie die Namen ihrer Eltern lauteten. Aber vielleicht beeinträchtigten die Schrecken von Krieg und Lager ja das kindliche Erinnerungsvermögen.

»Muss ich jetzt jeden Tag aufessen, wenn ich wieder herkommen will?«, fragte Leni weiter, während der kleine Kater eine heruntergefallene Kartoffelschale jagte.

»Und ob du das musst!«, versicherte Eva. »Und schummeln gilt nicht. Schlag dir das mal ganz schnell aus dem Kopf. Leo und ich behalten dich nämlich genau im Auge!«

8

Als hätte die Hündin Nanes kleine Ansprache genau verstanden, übernahm Souki nach der Rückkehr in Rickenbach sofort die Regie. Befreit von der lästigen Halskrause, rannte sie in den Flur und sprang übermütig an der dort wartenden Marlene hoch.

»Na, da ist aber jemand glücklich«, sagte sie lächelnd und streichelte den schlanken Tierkörper, während Souki mit dem Wedeln kaum hinterherkam. »Und ist sie wieder ganz gesund?«

»Brian meinte, ich könne sie schon mitnehmen«, erwiderte Nane, die aus den Augenwinkeln beobachtete, wie die beiden Katzen sich neugierig anpirschten, und gleichzeitig hoffte, dass Souki ihr gutes Entree nicht gleich wieder verspielte. Die Hündin zeigte sich jedoch souverän, ließ sich in aller Ruhe beschnuppern und machte keinerlei Anstalten, sich auf die beiden zu stürzen. »Jetzt müssen wir es nur noch schaffen, dass sie wieder frisst.« Sie deutete auf den Plastikbeutel. »Er hat mir eine Auswahl diverser Futterproben mitgegeben. Damit müssten wir es eigentlich hinbekommen.«

Sie konnte ihren Blick nicht von der Tante lösen. *Bist du Leni?*, dachte sie. *Das kleine Mädchen aus dem Lager, das nicht essen wollte? Aber dann hätte Eva dich ja nicht geboren …*

»Was stierst du denn plötzlich so?«, fragte Marlene irritiert.

»Stimmt etwas nicht an mir? Tut mir übrigens leid, dass ich vorhin so ruppig war. Aber wenn es um die Benteles geht, verstehe ich eben keinen Spaß.«

»Schon gut«, sagte Nane. »Ich war nur eben in Gedanken.«

»Typisch für Brian«, fuhr Marlene fort. »Dieser famose Kerl glaubt immer nur an das Gute. Egal, wie dick es auch kommen mag.« Sie zögerte. »Und Fabio, was hat der …«

»Dr. Rossi war noch beim Joggen«, antwortete Nane. »Souki und ich sollen uns morgen noch einmal in der Praxis sehen lassen. Zur Nachkontrolle und natürlich auch zum Bezahlen.« Jetzt zögerte sie, gab sich dann aber einen Ruck und sprach schnell weiter. »Können wir miteinander reden?«, fragte sie.

Der Moment der Wahrheit.

Nane hatte sich davor gefürchtet, doch jetzt, wo es kein Zurück mehr gab, fühlte sie sich plötzlich erleichtert.

Marlene öffnete die Tür zum Wohnzimmer. Hund und Katzen liefen voraus, warteten dann aber, was ihre Menschen anstellen würden.

»Lieber in der Küche«, bat Nane. »Da fühle ich mich mehr zu Hause.«

»Ganz wie du willst.«

In Nanes Abwesenheit hatte Marlene den alten Kachelofen eingeheizt, der gemütliche Wärme verströmte, was an diesem Herbstabend mehr als willkommen war. Dennoch verspürte Nane einen Hauch von Wehmut: Jedes Mal, wenn ihre Großmutter den Ofen in Gang gesetzt hatte, wusste sie, dass die Ferien am Bodensee bald vorbei sein würden.

»Die Vertreibung aus dem Paradies«, sagte sie halblaut, als sie am Tisch Platz nahm. Die Katzen beanspruchten sofort die Ofenbank, während Souki sich zu ihren Füßen niederlegte. »So hat es sich für mich immer angefühlt, wenn Oma am Ferienende zum ersten Mal den Ofen angeworfen hat. Dann waren die ersten Äpfel bereits geerntet. Und mir wurde klar, dass meine Tage bei euch gezählt sind.«

»Magst du einen guten Rotwein?«, schlug Marlene vor. »Oder hast du eher Lust auf weitere Spezialitäten aus unserer neuesten Kollektion?«

»Am liebsten Tee«, antwortete Nane. »Irgendeinen, der keine Umstände macht. Ich glaube, das würde mir jetzt am wohlsten tun.«

Sie bekam eine Kanne voll frisch aufgebrühter Melisse, die mit Honig leicht gesüßt war, und trank den ersten Becher schweigend. Marlene hatte eine schlanke Flasche ohne Etikett mit einer durchsichtigen Flüssigkeit geöffnet, sich davon einen Fingerbreit in ein Glas gegossen und kostete nun versonnen.

»Den solltest du mal versuchen«, sagte sie. »Zibartenbrand. War nur eine Art Testlauf, trinkt sich aber überraschend gut.«

Nane sah sie fragend an, und Marlene schmunzelte.

»Das kennen die meisten nicht«, sagte sie. »Sogar viele aus der Region wissen nichts mehr damit anzufangen. Zibarten sind bläuliche bis gelbe Wildpflaumen, die ein wenig an Mirabellen erinnern. Geerntet werden sie spät, je nach Wetter manchmal sogar erst Anfang November, und zwar von Hand. Dabei muss man höllisch aufpassen, denn die Äste, an denen sie hängen, haben lange, spitze Dornen. Die Bäume sind eigentlich nicht schwierig zu pflegen, vorausgesetzt, man lässt sich auf sie ein. Aber es lohnt sich. Mit dem richtigen Brand wird es ein Genuss. Ist natürlich nur etwas für Liebhaber. Ein Massenmarkt lässt sich damit nicht bedienen, nicht einmal in guten Jahren. Zibartenplantagen? Vergiss es! Da müssten schon die guten alten Streuwiesen wieder her.«

Sie goss etwas davon in ein zweites Glas ein und schob es zu Nane.

»Nur wegen des Geschmacks«, sagte sie. »Sonst kannst du gern bei deinem Tee bleiben.«

Nane probierte vorsichtig und war überrascht, wie gut es schmeckte.

»Fruchtig«, sagte sie. »Und wirklich sehr fein, du hast ganz recht. Mit einer zarten Marzipannote und dahinter einem Hauch von Minze. Das ist nichts für den Alltag, sondern eher etwas für ganz besondere Augenblicke.«

Marlene nickte zufrieden.

»Es gefällt mir, wie du das sagst. Mit deiner Zunge könntest du es übrigens weit bringen«, sagte sie. »Schade eigentlich, dass du sie beruflich nicht einsetzt.« Ihr Blick wurde prüfend. »Und jetzt endlich raus damit: Was ist los, Nane?«

»Durchgefallen bin ich damals«, sagte sie nach einem tiefen Atemzug. »Ausgerechnet im Dritten Staatsexamen. Damit war mein Traum von einer Hochschulkarriere jäh beendet. Nicht einmal Professor Hahn, der mich immer gefördert hatte, konnte da noch etwas machen.«

Ungläubig schüttelte Marlene den Kopf.

»Davon hat Vicky niemals etwas gesagt. Aber wir haben ja seit der unglückseligen Beerdigung unseres Vaters kaum noch miteinander telefoniert. Und von dir kam auch kein Wort darüber …«

»Wundert dich das?«, sagte Nane. »Scheitern ist nicht gerade etwas, mit dem man hausieren geht. Vor allem nicht in unserer Familie.«

»Lässt sich solch ein Examen denn nicht wiederholen?«

»Doch, natürlich«, antwortete Nane grimmig. »Und zwar exakt ein Mal, so schreibt es die Prüfungsordnung vor. Natürlich habe ich das getan. Habe mich über Monate regelrecht an den Schreibtisch gekettet, wie wild gebüffelt, meinen Job aufgegeben, keine Freunde mehr getroffen – um beim zweiten

Mal erneut durchzurasseln. Plötzlich war mein Kopf in der schriftlichen Klausur ganz leer. Nur noch Panik habe ich gespürt, bodenlose Hilflosigkeit und lautes, weißes Rauschen. Dann war die Zeit plötzlich um – und alles war vorbei.«

Marlene goss sich noch mehr von dem Zibartenbrand ein.

»Also arbeitest du gar nicht für eine große Pharmafirma?«, fragte sie.

»Doch«, sagte Nane. »Aber weder in der Forschung noch im Marketing, sondern lediglich als Vertreterin. Mehr ist ohne Uniabschluss leider nicht möglich. Ich vertreibe Schlankheitsdrinks und Diätpillen bei Apotheken – jedenfalls habe ich das bis vor einigen Monaten ganz erfolgreich getan.«

»Was ist dann passiert?«

Die Wände der Küche schienen plötzlich wieder näher zu kommen, und Nanes Hände wurden feucht, aber sie war entschlossen, nicht zu kneifen.

»Wenn ich das doch wüsste!«, stöhnte sie. »Es geht schon wieder los, sobald ich nur davon erzähle. Schwindel, Schweißausbrüche, Atemnot, trockener Mund. Nachts liege ich wach und grüble, und am Morgen bin ich dann vollkommen zerschlagen. Am Tag fühle ich mich wie bleiern und bin zu nichts zu gebrauchen. Und dann gibt es auch noch diesen widerlichen Dauerton in meinem Ohr …«

»Tinnitus?«, unterbrach sie Marlene.

Nane nickte.

»Den habe ich auch.« Es klang, als wolle die Tante nichts weiter hinzufügen. »Irgendwann gewöhnt man sich daran. Aber man braucht Geduld.«

»Meinst du wirklich?«, fragte Nane zweifelnd. »Mich macht dieses Brummen ganz verrückt, und ich hoffe noch immer, dass ich es wieder loswerde. Nur wie? Ich soll versuchen, zur Ruhe zu kommen, das hat meine Ärztin mir empfohlen. Das will ich jetzt hier probieren. Weil Rickenbach früher das Paradies für mich war.«

Marlene stand auf, holte ein paar Probetütchen Trockenfutter aus dem Beutel und leerte zwei davon in ein Schälchen. Souki machte sich gerade mal die Mühe, ein Auge zu öffnen und vage in die Richtung zu schnüffeln. Von echtem Interesse jedoch keine Spur.

»Ich dachte es mir schon. Ist wohl eine Feinschmeckerin, deine kleine Lady.« Marlene kam wieder an den Tisch zurück. »Wenn du einmal so gehungert hättest wie wir …«

Sie brach ab.

»Das war eigentlich immer Mamas Spruch«, sagte sie. »Aber ich kann mich trotzdem noch verdammt genau daran erinnern. Dünne Kartoffelschalen haben wir damals in der SBZ fettlos auf dem Herd gebacken. Die ganze Küche hat bestialisch danach gestunken. Aber wir hatten wenigstens etwas im Magen.«

»Bist du jetzt schockiert?«, fragte Nane.

»Weshalb denn?«, fragte Marlene zurück. »Dass du in Pharmazie nicht den Nobelpreis gewinnen wirst, habe ich mir fast schon gedacht. Und Pharmavertreterin ist doch eigentlich kein schlechter Beruf …«

»Vorausgesetzt, man kann ihn ausüben. Und das kann ich leider schon seit Wochen nicht mehr richtig. Das Wort, um das alle herumlavieren, heißt Burn-out.«

»Burn-out!«, wiederholte Marlene. »Ein ziemlich neumodischer Begriff, findest du nicht auch? In einer Fernsehsendung hat neulich jemand gesagt, das sei eher die Bezeichnung bei Siegertypen. Bei den Verlierern heiße es Depression. Und das klingt, wie ich finde, um einiges ehrlicher.«

Nane starrte sie an. Es hörte sich hart an, was ihre Tante da sagte, aber es traf den Nagel auf den Kopf. Denn genauso fühlte sie sich: ausgelaugt, grau und vollkommen nutzlos. Nur noch ein Schatten ihrer selbst.

»Vielleicht ist aber das, was du gerade erlebst«, fuhr Marlene fort, »auch nur etwas, das vielen Menschen irgendwann in der Lebensmitte zustößt: Man hält inne, freiwillig oder gezwungenermaßen, zieht Bilanz und merkt plötzlich, dass man irgendwo falsch abgebogen sein muss. Plötzlich wird alles sehr endlich, und man muss sich eingestehen, dass vieles eben nicht mehr machbar ist.«

»Du hast das auch erlebt?«, fragte Nane. »Es klingt für mich, als würdest du dich damit auskennen.«

Marlene trank ihr Glas leer.

»Ich war sogar schon über sechzig«, sagte sie, »als es bei mir passierte. Unser Vater war gestorben, und Mama hatte sich ganz in ihre eigene Welt zurückgezogen, als seien ihre Aufgaben hier in Rickenbach beendet. Mit einem Mal wusste ich nicht einmal mehr, wer ich eigentlich war. Wie auf hauchdünnem Eis habe ich mich gefühlt, vollkommen schutzlos, als ob ich jeden Augenblick einbrechen und für immer in eisiger Tiefe versinken könnte. Und sehr allein. Das vor allem. Ich hatte auf meine kleine Schwester gebaut, um wenigstens wieder einen Anflug von Familie zu spüren. Aber du weißt ja selbst, was damals bei der Beerdigung passiert ist.«

Nane schüttelte den Kopf.

»Genau genommen weiß ich gar nichts«, sagte sie. »Nur dass ihr gleich nach unserem Eintreffen in Omas Zimmer verschwunden und nach kurzer Zeit stinkwütend wieder herausgekommen seid. So ist es dann auch den restlichen Tag über geblieben.« Jetzt wurde ihr Blick kritisch. »Weswegen habt ihr euch damals eigentlich so erbittert gezankt?«

»Frag deine Mutter!«, sagte Marlene brüsk. »Die hat doch immer auf alles eine Antwort.«

»Das kann ich gern tun«, entgegnete Nane. »Aber jetzt gerade frage ich dich. Also?«

»Weiß Vicky eigentlich, dass du hiergeblieben bist?« Marlene war abermals aufgestanden und kramte ein paar Schinkenreste aus dem Kühlschrank, die klein geschnitten in ein neues Schälchen wanderten. Jetzt geruhte Souki zumindest, sich zu erheben, aber schon ihr Schnüffeln am Napf fiel gelangweilt bis irritiert aus, und sie kehrte, ohne etwas gefressen zu haben, wieder zu Nane zurück.

»Ich habe sie nicht gesprochen, seitdem sie abgefahren ist.«

»Sie weiß es also nicht.« Inzwischen war Marlene auf Mineralwasser umgestiegen. »Vielleicht besser so. Viktoria konnte es noch nie ertragen, wenn es einmal nicht ausschließlich um sie ging. Recht wäre es ihr sicherlich trotzdem nicht. Wenngleich ich keinerlei Ansprüche auf dich erhebe. Bin ja schließlich nur die Tante – eine Tante, die gerade mitten in der Ernte steckt und am besten sechs Hände haben sollte.«

»Wenn es dir lieber ist, dass ich abreise, dann sag es mir klar und deutlich.« Nane schob ihren Stuhl zurück. »Ich will dir keineswegs zur Last fallen. Das wäre so ziemlich das Letzte, was ich vorhatte.«

Marlene beugte sich weit über die alte Holztischplatte. Hände, Messer, Teller, Löffel, alles hatte darauf in Jahrzehnten seine Spuren hinterlassen.

»Du fällst mir nicht zur Last«, sagte sie. »Das hast du noch nie getan, seitdem du auf der Welt bist. Glaubst du vielleicht, ich hätte mir nicht auch ein kleines Mädchen wie dich gewünscht, so klug, so lieb, so lebendig? Aber es sollte wohl nicht sein.«

Sie atmete hörbar durch die Nase ein. Für Nane klang es fast wie ein Schluchzen.

»Von mir aus kannst du bleiben, solange du willst. Erhol dich. Werd wieder gesund. Schöpf neuen Mut – tu alles, was dir guttut.« Sie ließ sich wieder zurück auf ihren Stuhl sinken. »Allerdings wird auch deine Anwesenheit mich nicht dazu bringen, Süßholz zu raspeln, erst recht nicht, wenn es deine Mutter betrifft. Ich bin, wie ich bin, und ich sage, was ich denke. So hat man mich zu nehmen. Und wem das nicht passt …«, Marlene schnippte mit den Fingern, »dem kann ich leider auch nicht helfen.«

Sie stand auf.

»Ich muss jetzt ins Bett. In der Erntezeit beginnt der Tag schon früh und endet erst spät. Leider geht es noch immer nicht ganz ohne mich, sonst passieren in den Plantagen Sachen, die ich dann später wieder mühsam auszubügeln habe.« Sie strich sich eine weißblonde Strähne aus der Stirn. »Komm doch einfach mit ins Obst, nachdem ihr morgen beim Tierarzt wart. Das wird dich ablenken. Außerdem siehst du dann, wovon ich rede.«

»Und Souki? Die kann doch nicht mit …«

Marlene lachte rostig.

»Um dort meine Äpfelchen zu jagen? Wohl kaum. Kathi Köberlin sieht bei mir nach dem Rechten. Bei der kannst du sie guten Gewissens lassen.«

»Die alte Kathi?«, fragte Nane erstaunt.

Jetzt fiel das Lachen noch eine Spur spröder aus.

»Dann müsste sie wohl die Gnade des ewigen Lebens haben! Nein, die liegt längst auf dem Friedhof«, sagte Marlene. »Gleich im Nachbargrab neben den Eltern. Wusste gar nicht mehr, dass du sie noch gekannt hast. Ich rede natürlich von ihrer Enkelin. Die hatte in letzter Zeit ein paar Probleme. Da habe ich ihr ein wenig unter die Arme gegriffen.«

»Du meinst doch nicht etwa die kleine Kathi?«

»Man merkt, dass du lange nicht mehr hier warst! Katharina ist zu einer tüchtigen jungen Frau herangewachsen, auf die man sich verlassen kann.«

*

Dr. Fabio Rossi schien es nichts auszumachen, dass Frauchen und Hund ziemlich nass waren, und das nur von den wenigen Schritten vom Auto bis zur Haustür. Souki schüttelte sich ausgiebig, wirkte aber in der Praxis so entspannt, als sei sie hier zu Hause, während Nane eher zurückhaltend blieb. Es irritierte sie, wie stark sie auf diesen Mann reagierte, den sie doch kaum kannte. Seine Nähe zog sie an und machte sie gleichzeitig so schüchtern und unbeholfen wie in Teenagertagen.

»Also keine Halskrause mehr«, kommentierte er in gespielter Strenge. »Hatte ich mir eigentlich schon fast gedacht.«

»Brian meinte …« Nane verstummte.

»So, so, Brian ist also der Übeltäter!« Sein Freund, der kurz den Empfangstresen verlassen hatte, fing sich einen weiteren strengen Blick ein, der ihn allerdings in fröhliches Gelächter ausbrechen ließ.

»Einen *twister* kann man eben nicht einsperren.« Brian zog die Schultern hoch. »Sonst geht er nämlich durch die Decke!«

»Da hat er recht«, bestätigte Nane. »Souki ist wirklich ein echtes Temperamentsbündel. Sie trinkt gut. Aber mit dem Fressen haut es noch gar nicht hin.«

»Sie könnten es mit Rinderbouillon versuchen«, schlug Rossi vor. »Erst die Brühe geben und danach in kleinen Stückchen das darin gekochte Fleisch. So klappt es meistens ganz gut.«

»Und diesen Aufwand soll ich dann Tag für Tag betreiben?« Nane wirkte alles andere als glücklich. »Wie soll ich das hinbekommen? So viel Mühe gebe ich mir ja nicht einmal mit meinem eigenen Essen!«

»Sollten Sie aber«, schaltete sich Brian ein. »Gutes Essen ist auch gut für die Seele. Das wussten schon die alten Philosophen.«

»Wenn Ihre Hündin erst einmal wieder richtig frisst, können Sie natürlich wieder auf fertiges Hundefutter umsteigen«, lenkte Rossi ein. »Aber eine sensible kleine Persönlichkeit haben Sie sich da schon zugelegt, das sollten Sie wissen. Mit Ihrer Souki können Sie es ganz leicht haben, aber auch ziemlich schwierig, das liegt ganz allein bei Ihnen.«

Seine Worte klangen in Nane nach, als sie bei Brian schließlich die Behandlungskosten bezahlte – erstaunlich geringe, wie sie offen äußerte.

Er winkte ab.

»Lenis Familie ist auch unsere Familie, schon vergessen? Und das mit dem guten Essen sollten Sie wirklich ernster nehmen, finde ich.«

»Ich kenne Sie beide doch kaum! Und leider habe ich schon seit einer Weile gar keinen richtigen Appetit mehr …«

»Das Erste ließe sich sehr leicht ändern«, unterbrach er sie. »Und das Zweite steht Ihnen nicht besonders, wenn Sie meine Ehrlichkeit verzeihen. Anstatt zu strahlen, haben Sie sich für eine triste magere Tarnung entschieden. Wen wollen Sie eigentlich damit beeindrucken? Mich auf jeden Fall nicht!« Erschrocken schlug er sich auf den Mund. »Sorry, jetzt sage ich wieder einmal zu viel!«

Nane schüttelte den Kopf.

»Das weiß ich doch selbst«, sagte sie. »Vor allem heute, wo ich meine alten Sachen trage, weil ich noch bei der Ernte helfen will. Früher hätte ich mich darüber gefreut, weil ich immer dünner sein wollte, heute aber nervt es mich. Doch wie ändert man das?«

»Nichts einfacher als das. Sie kommen zu uns zum Abendessen und lassen sich fürstlich bekochen.« Er blätterte in einem

Kalender. »Sagen wir, gleich diesen Donnerstag? Würde Ihnen das passen?«

»Aber das geht doch nicht …«, stotterte Nane.

»Ich wüsste nicht, weshalb.« Seine dunklen Brauen hoben sich spöttisch. »Es ruckelt immer ein wenig, wenn das Leben in den nächsten Gang schaltet, Nane. Ist Ihnen das wirklich ganz neu? Ich glaube eher nicht. Ich darf doch übrigens Nane sagen?«

Sie nickte.

»Also, dann am Donnerstag gegen zwanzig Uhr. Und mit gutem Hunger, darauf muss ich leider bestehen. Fabio und ich freuen uns!«

Noch immer leicht benommen von der Überraschung, fuhr Nane zurück nach Rickenbach. Der Regen war schwächer geworden; zwischendurch setzte er sogar ganz aus, aber von einem strahlenden Erntetag war das Wetter heute weit entfernt. Marlenes Auto stand nicht in der Einfahrt. Wie gestern angekündigt, war sie offenbar schon seit dem frühen Morgen bei ihren Pflückern »im Obst«, wie Eva es immer genannt hatte. Ein Begriff, der wohl aus ihrer alten Heimat stammen musste, von der sie der Enkelin nur selten erzählt hatte. Hier, am Bodensee, war der Ausdruck sonst ungebräuchlich.

Als sie die Hündin ins Haus brachte, kam ihr eine Frau entgegen, und beinahe hätte Nane aufgeschrien, so unglaublich war die Ähnlichkeit. Katharina Köberlin hatte die grauen Augen ihrer Großmutter, den Mund, die Figur. Sogar die Bewegungen waren nahezu identisch, obwohl die alte Kathi sich zuletzt wegen eines Hüftleidens auf einen Stock hatte stützen müssen. Eva und sie waren zeitlebens Freundinnen gewesen, denn sie war die Erste und zunächst Einzige im Dorf gewesen, die sie und Marlene bei sich aufgenommen hatte.

»Katharina?«

»Nane!«

Sie gingen aufeinander zu und umarmten sich. Bei Opa Tonis Beerdigung war Katharina erst zehn gewesen, ein mageres, ein wenig nerviges Geschöpf mit roten Locken, Sommersprossen und dünnen Beinen, doch inzwischen war daraus eine anmutige junge Frau geworden. Sie roch nach Zimt, nach einem frischen grünen Duft – und ein wenig säuerlich nach vergorener Milch. Unwillkürlich schnupperte Nane noch einmal nach, was Katharina zu einem Grinsen veranlasste.

»Das, was du da riechst, ist mein Ben, den ich noch immer stille«, sagte sie. »Sieben Monate, siebeneinhalb Kilo, übt gerade Sitzen, bekommt den ersten Zahn, und wenn ich ihm mein Handy nicht gleich geben will, sobald er wach ist und danach greift, kann er ziemlich sauer werden.«

»Du hast ein Baby?«, fragte Nane überrascht. »Ich hatte dich selbst noch als Kind in Erinnerung.«

»Ja, einen Sohn. War für alle ein Schock«, erwiderte Katharina. »Vor allem für seinen Vater. Der hat sich bis heute noch nicht davon erholt. Aber der Kleine und ich kommen gut zurecht. Ich habe in Überlingen als Grafikerin gearbeitet, aber jetzt bin ich in Elternzeit. Und dass ich hier nebenbei bei deiner Tante beschäftigt sein kann, hilft uns beiden sehr.« Sie deutete auf die Küchentür. »Er schläft mit den beiden Katzen auf der Ofenbank. Willst du ihn sehen?«

Ben war hellblond, rosig und hatte süße kleine Speckbäckchen. Völlig entspannt lag er in einem alten Wäschekorb, der auf beiden Seiten lederne Trageriemen bekommen hatte, die fleischigen Händchen zu Fäusten geballt.

»Von dir hat er ja nicht gerade viel mitgekriegt«, kommentierte Nane lächelnd, die sich beim Anblick des schlafenden Kindes gegen ein wehmütiges Ziehen in der Magengrube wehren musste.

»Da sagst du etwas Wahres! Nein, er kommt offenbar ganz

nach seinem Vater. Obwohl das der Einzige weit und breit ist, der das nicht einsehen will.«

»Es gibt also Stress?«

»Stress?« Katharina warf die Locken zurück. »Ich würde das eher Krieg nennen. Bens Vater bildet sich nämlich ein, ich hätte ihn betrogen. Dabei war ich schon in ihn verliebt, als mir gerade erst die Milchzähne ausgefallen sind. Seit Monaten will er mich zu einem DNA-Test verpflichten. Aber haben wir das nötig, mein kleiner Prinz und ich? Niemals! Wir wissen nämlich genau, was gewesen ist und was nicht – und er sollte es eigentlich auch wissen.«

Sie beobachtete Souki, die gerade hingebungsvoll das Baby beschnüffelte.

»Auf sie soll ich also aufpassen? Offenbar mag sie Ben, das macht es für uns alle einfacher. Wann willst du wieder zurück sein? Für gewöhnlich gehe ich gegen fünfzehn Uhr nach Hause.«

»Das passt«, sagte Nane. »Bis dahin bin ich längst wieder da. Du wohnst wieder im Köberlinhaus? Mir ist es früher immer wie das Hexenhäuschen in *Hänsel und Gretel* vorgekommen.«

»Das haben schon viele gesagt. Und daraus zu stammen war nicht immer ganz einfach.« Katharina hatte Souki zu streicheln begonnen. Die sanfte Berührung schien der Hündin zu gefallen. »Was frisst sie eigentlich?«

»Heikles Thema. Sie hat gerade erst eine Vergiftung mit Rattengift überstanden. Es gibt hier in der Küche diverse Hundefutterproben, doch die hat sie bislang nicht angerührt. Dr. Rossi hat selbst gemachte Rinderbrühe empfohlen. Die Zutaten dafür muss ich allerdings erst noch besorgen.«

»Kein Problem«, sagte Katharina. »Wenn ich nachher einkaufen gehe, kann ich das mit erledigen. Marlene und du, esst ihr auch davon?«

»Ich denke schon. Ja, warum eigentlich nicht?«

»Dann kaufe ich gleich eine ordentliche Portion Fleisch.« Souki hatte es sich inzwischen vor der Ofenbank bequem gemacht. »Ich glaube, du kannst jetzt los«, fuhr Katharina fort. »Wir kommen einstweilen hier auch ohne dich ganz gut klar.«

Erst beim Hinausgehen fiel Nane ein, dass sie ja gar nicht wusste, wo sie ihre Tante finden würde. Ihr Blick schwenkte zum Laden. Martin Raible würde ihr sicher weiterhelfen können.

Doch nicht er stand zwischen den Regalen, sondern eine zierliche blonde Frau, die ihr gewinnend entgegenlächelte.

»Kann i Ihna weiderhelfa?«, fragte sie freundlich.

»Ich bin die Nichte von Frau Auberlin und suche Herrn Raible. Der kann mir doch sicher sagen, wo ich meine Tante finde.«

»Der Martin isch im Schubba, ich meine, im Schuppen«, verbesserte sie sich rasch. »Beim Saubermachen. Ich bin seine Cousine Beate und helfe hier manchmal aus. Freut mich sehr, Sie kennenzulernen!«

Ihr Händedruck war kurz und überraschend energisch.

»Ihre Tante isch im Obst«, sagte sie. »Soviel mir bekannt ist, sind heute die Hanglagen am Waldrand dran. Aber der Martin weiß es bestimmt noch genauer.«

»Danke.« Nane wandte sich zur Tür. »Ist Herr Raible eigentlich verheiratet?«, fragte sie plötzlich.

»Der Martin?« Beate war leicht errötet. »Noi. Der wartet noch immer auf die Richtige.«

Damit wären wir also schon zu dritt, dachte Nane, während sie zum Schuppen ging. Simon, Martin und ich. Und an Beates schlanken Fingern habe ich auch keinen Ring gesehen. Ebenso wenig bei Katharina, obwohl sie schon einen kleinen Jungen hat. Also eigentlich fünf, alle mehr oder weniger in der gleichen Altersgruppe. Scheint sich langsam in Rickenbach so einzubürgern …

Erst von Nahem erkannte sie, dass sich auch hier alles verändert hatte. Wo früher Holz gestapelt worden war, war nun der rechte, kleinere Teil des Gebäudes zu einem Hofladen umgestaltet worden. Innen war alles weiß getüncht, mit schwarz-weißen Fliesen ausgelegt und mit einfachen Regalen ausgestattet, auf denen Marmeladen, Honig, Apfelessig, Most, Apfelsaft, getrocknete Apfelringe in Zellophan und andere kulinarische Köstlichkeiten der Region standen. Vorne gab es eine kleine Theke mit selbst gebackenem Kuchen. Den meisten Platz aber nahmen weiß gestrichene Holzkisten, gefüllt mit Äpfeln, ein, von denen auch einige draußen auf der überdachten Terrasse standen.

Was jedoch den Blick am stärksten anzog, war Eva als Apfelkönigin. Das alte Schwarz-Weiß-Foto aus Opas Zimmer war auf Plakatgröße hochgezogen, was die Körnung gröber gemacht hatte und ihm eine ganz besondere Ausstrahlung verlieh. Eva sah darauf aus wie die Schauspielerinnen des italienischen Neorealismus, schön, stolz, selbstbewusst, erotisch vom Scheitel bis zur Sohle. Jeder, der den Laden betrat, musste sie anschauen. Mir gehört die Welt, schien sie mit jeder Pore auszudrücken. Und wenn du dich mit mir anlegen willst – dann trau dich nur her!

Wir können ihr alle nicht das Wasser reichen, dachte Nane sehnsüchtig. Weder Marlene noch Mama, und ich schon gar nicht. Wann und wo hat sich diese Kraft unserer mütterlichen Linie nur verloren?

Eine Tür führte zum Nebenraum, den sie schließlich betrat. Hier stand die Brennanlage, so rötlich glänzend wie in Nanes Erinnerung, aber um einiges größer.

»Wir sind erst vor Kurzem wieder beim Kupfer gelandet«, sagte Raible, der ihren fragenden Blick offenbar richtig interpretiert hatte. »Denn alle Edelstahlmodalitäten, egal in welcher

Zusammensetzung auch immer, haben es letztlich leider doch nicht gebracht. Guten Morgen übrigens, auch wenn es für mich schon ein ziemlich später ist. Weil eben nur Kupfer geruchlich und geschmacklich die besten Ergebnisse beim Brennen liefert.«

Es klang nicht unfreundlich, was er sagte, aber etwas in Nane verschloss sich dennoch. Sie hätte ihm entgegnen können, dass sie schon lange auf und mit der Hündin bereits beim Tierarzt gewesen war, aber ging ihn das etwas an? Sie war Raible keinerlei Rechenschaft schuldig, und was er von ihr dachte, konnte ihr eigentlich egal sein. Vielleicht aber war es auch dieses »wir«, das sie so störte, obwohl die Tante betont hatte, wie viel sie ihm verdankte. Doch noch war es die Brennerei, die Marlene von ihrer Mutter übernommen hatte und seit vielen Jahren nun selbst betrieb.

»Guten Morgen«, erwiderte sie daher mit gewisser Zurückhaltung. »Ich möchte gern zu meiner Tante ins Obst. Das hatten wir so ausgemacht. Können Sie mir vielleicht sagen, wo ich sie finde?«

»Ich kann Sie fahren.« Er streifte sich die Handschuhe ab. »Bin gerade hier mit Putzen fertig geworden. Jetzt, wo es bald mit der neuen Maische wieder losgeht, muss alles tipptopp sein. Sonst wird es nämlich nichts mit den Edelbränden.«

Auch das wusste Nane von ihrer Großmutter.

»Sauberkeit ist die höchste Tugend des Brenners«, hatte Eva ihr oft gepredigt. »Egal, mit welchem Obst man arbeitet. Und natürlich Geduld. Die vor allem, sonst kann man selbst am Schluss noch alles verderben.«

»Nur wer langsam brennt, der brennt auch gut.«

Den letzten Satz hatte sie halblaut vor sich hingesagt.

»Sie haben selbst Erfahrung mit dem Brennen?«, erkundigte sich Raible sichtlich erstaunt. »Das wusste ich ja gar nicht.«

»Als Kind war ich manchmal dabei, wenn meine Großmutter am Brennofen gearbeitet hat. Und später habe ich dann meiner Tante zugesehen. Es hat mich immer fasziniert, wie aus einer dicken farbigen Brühe so etwas Reines, Durchsichtiges entstehen kann. Vielleicht hatte ich deshalb auch immer eine Eins in Physik und Chemie, während die meisten meiner Mitschülerinnen diese Fächer wahlweise gehasst oder gefürchtet haben.«

Nane behielt für sich, dass sie es jahrelang für eine Art Zauberei gehalten hatte, die nur Eva beherrschte, und fast ein wenig enttäuscht war, als sie alt genug gewesen war, um zu begreifen, was sich wirklich hier vollzog.

Er beobachtete sie noch immer genau, und plötzlich fröstelte sie. Er tat ihr nichts, aber sie mochte ihn nicht. Allein die Art, wie er neben dem Brennofen stand – so breitbeinig und großspurig, als sei das hier alles seins.

»Ich will Sie nicht weiter beanspruchen«, wich sie aus. »Sie haben sicherlich anderes vor ...«

»Tun Sie doch gar nicht!«, widersprach er. »Ich muss ohnehin in die Richtung. Und Beate schafft es spielend, Hofladen und Geschäft für eine Weile allein zu betreuen, also keine Sorge. Außerdem kommen montags in der Regel ohnehin nicht viele Kunden. Erst ab der Wochenmitte geht es richtig bei uns los.« Er nahm seine Jacke und ging zur Tür. »Absperren muss ich hier allerdings immer besonders gründlich. Sonst stehlen sie uns noch die schöne neue Anlage.«

»Uns.« Das gefiel Nane ebenso wenig wie das »wir« von vorhin.

Sie ließ sich nichts anmerken, als sie zu ihm ins Auto stieg, ein großer, kompakter Audi mit Vierradantrieb, der offenbar so neu war, dass er noch streng nach Autohaus roch.

»Marlene meinte, wir brauchen etwas Anständiges.« Raibles

Stimme klang hochzufrieden. »Den haben wir erst seit ein paar Wochen. Schöner Wagen, finden Sie nicht?«

Beim nächsten »Wir« schreie ich laut, dachte Nane und nickte knapp. »Wie lange arbeiten Sie eigentlich schon für meine Tante?«

Raibles Gesicht wirkte plötzlich angespannt.

»Da muss ich direkt einmal scharf nachdenken«, sagte er. »Ja, das müssten inzwischen so an die acht Jahre sein. Marlene« – er korrigierte sich rasch –, »ich meine, Ihrer Tante ging es ja nach dem Tod des Vaters gar nicht gut. Die Seniorchefin bekam immer mehr gesundheitliche Probleme, sie hatte Schwierigkeiten mit einigen Angestellten und eine Reihe von Fehlinvestitionen hinter sich. Ja, sie war sogar kurz davor, alles zu verkaufen – bis sie eher aus Zufall auf mich gestoßen ist. Ich konnte sie schließlich davon überzeugen, dass das noch lange nicht das Ende sein kann. Und in welch erfolgreiche Zukunft sind wir ab da zusammen gestartet!«

Das nächste »Wir«. Jetzt war das Maß für Nane endgültig voll.

Inzwischen waren sie auf der geschlängelten Landstraße angelangt, auf der sie auch mit Marlene gefahren war, aber welch ein Unterschied zu diesem lauten, aufgeblähten Kerl, der nun neben ihr saß! Vielleicht war es nur kindisch, vielleicht sogar unklug, aber sie konnte nicht anders, als ihm einen Dämpfer zu versetzen.

»Dann sind Sie wahrscheinlich auch ein alteingesessener Obstbauer«, startete sie ihren Versuchsballon und merkte an seinem Atem, der plötzlich schneller ging, dass sie offenbar sofort ins Schwarze getroffen hatte. »Von wo genau stammen Sie?«

Er fuhr sich mit der Hand übers Gesicht. »Aus Ulm. Und ursprünglich komme ich aus einer ganz anderen Branche.«

»Aus welcher denn?«, bohrte sie weiter.

»Spielt doch keine Rolle. Jetzt ist die Brennerei mein Leben – zusammen mit der Sorge um Marlene. Wir sind so etwas wie eine Familie.« Er lächelte dünn.

Das hatten Fabio Rossi und sein Freund Brian auch gesagt. Aber aus ihrem Mund hatte es anders geklungen, freundlich, voller Wärme und echter Anteilnahme – nicht so kühl und berechnend wie eben.

Er schien selbst zu spüren, dass das Gespräch in eine ungute Richtung driftete, und kniff die Lippen zusammen. Nane hoffte, dass sie bald da wären. Viel länger mochte sie seine Nähe nicht mehr ertragen.

»Da drüben ist die Plantage.« Raible deutete hinüber zum Wald. »Die Elstar sind bereits abgeerntet, jetzt kommen die Gala und Boskop an die Reihe.«

»Alles für die Maische?«, fragte Nane überrascht, denn allein diese Plantage erschien ihr riesengroß.

»Wo denken Sie hin!« Raible wendete den Wagen. »Die Äpfel werden schon beim Pflücken vorsortiert. Das meiste erhält der Großhändler. Einen kleinen Teil verkaufen wir im Hofladen – der Rest wandert dann in den Brennofen.« Er deutete mit dem Finger auf eine Frau in einer grasgrünen Regenjacke. »Sehen Sie? Dort drüben, das ist Marlene.«

Nane dankte ihm kurz und stapfte dann auf die Plantage zu. Ein Dutzend Erntehelfer, manche ebenfalls in Regenjacken, andere im Arbeitsoverall, pflückten die Äpfel von den Zweigen.

»Schön, dass du da bist!«, empfing sie Marlene. »Hat Martin dich hergebracht? Wie lieb von ihm!«

»Hat er«, sagte Nane knapp. Ihren zwiespältigen Eindruck von Raible würde sie vorerst noch für sich behalten. »Wo kann ich anfangen?«

»Das soll Filip dir sagen.« Sie winkte einen großen stämmigen Mann heran. »Der ist mein Vorarbeiter. Und kommt mit seinen polnischen Kolleginnen und Kollegen nun schon seit Jahren zur Apfelernte an den Bodensee.«

Marlene stellte ihm ihre Nichte vor. Filip nickte und teilte Nane dann in der vierten Reihe ein.

»Lass dich nicht davon einschüchtern, wie schnell die anderen sind«, rief Marlene ihr noch zu. »Ungeübte Finger müssen sich an dieses Tempo erst gewöhnen. Und pflück den Apfel nur, wenn er sich auch leicht vom Zweig löst. Die anderen dürfen noch für ein paar Tage nachreifen, das bekommt dem Aroma.«

Es hatte beim Zuschauen so leicht ausgesehen, doch schon nach wenigen Minuten war Nane schweißgebadet. Dabei fiel sie bereits jetzt weit hinter den jungen Frauen in den Reihen vor und hinter ihr zurück, bei denen jeder Griff zu sitzen schien, während sie unsicher nach den Äpfeln tastete. Mutlos fühlte sie sich und viel zu rasch abgeschlagen. Dass sie bei ihren Apothekerkunden versagte, war eine Sache. Aber war sie jetzt nicht einmal mehr für einfache Arbeiten zu gebrauchen?

Sie hielt inne, zog ein Papiertaschentuch aus der Jackentasche und wischte sich die Stirn trocken.

»So ist es uns allen am Anfang gegangen.« Die junge Frau, die auf einmal neben ihr stand, hatte große braune Augen und lustige Sommersprossen. »Ich bin Agnes und wollte damals gleich Flinte in den Mais werfen. Aber es wird besser. Vertrau mir.«

Die sanfte Stimme und der sympathische Versprecher brachten Nane zum Lächeln.

»Meine Hände sind so dumm«, sagte sie. »Ich glaube, die müssen noch einmal zurück in den Kindergarten.«

»Nix Kindergarten!«, widersprach Agnes. »Du musst nur weiter oben greifen. Schau!«

Nane versuchte, es nachzumachen, und es ging tatsächlich leichter.

»Ich singe oft leise dabei«, sagte Agnes. »Oder ich summe.

Das ist gut für Rhythmus. Und wenn du dich genierst, dann singst du eben ohne Ton. Das geht auch. Und jetzt probieren!« Sie kehrte wieder in ihre Reihe zurück.

Immer noch skeptisch, versuchte Nane, die Anregungen umzusetzen. Töne brachte sie keine über die Lippen, weil sie Musik zwar liebte, aber im Singen stets eine Niete gewesen war, aber das mit dem inneren Rhythmus klappte. Das Pflücken ging ihr leichter von der Hand, sie kam ein wenig schneller voran, und endlich konnte sie es auch genießen, die reifen, prallen Früchte in der Hand zu spüren.

Trotzdem war sie froh, als die Mittagspause begann und alle sich um einen provisorisch aufgestellten Tapeziertisch versammelten. Der Himmel hatte aufgeklart. Es gab Suppe aus Thermobehältern, belegte Brote, Wasser und Saft – und natürlich Äpfel, so viele man wollte. Marlene, die einige Thermoskannen mit heißem Kaffee verteilte, der die Mahlzeit beenden sollte, verzog angeekelt das Gesicht, als Agnes ihr scherzhaft einen Apfel zum Hineinbeißen hinhielt.

»Damit kannst du mich jagen«, sagte sie. »Ja, ich baue sie an, ich ernte, verkaufe und brenne sie. Und das alles mit Leidenschaft und echter Hingabe. Aber roh kann ich sie nicht essen, sondern nur gebraten, eingekocht oder gebrannt. Sonst geht bei mir gar nichts!«

Alle lachten wie über einen guten Witz, nur Nane blieb ernst. Von ihrer Mutter wusste sie, dass der sonst so gutmütige Toni seine Adoptivtochter immer wieder dazu hatte zwingen wollen. Einen Tick hatte er ihre Abneigung genannt, einen regelrechten Spleen, den er ihr unbedingt austreiben wollte – um bei Marlene auf Granit zu beißen. Einmal war sie sogar weggelaufen, weil sie partout keine Äpfel essen wollte, und hatte sich die Nacht über bei den Köberlins versteckt, bis sie erst am Morgen wieder nach Hause zurückgekehrt war.

»Genug für heute, Nane?« Marlenes Blick ruhte nachdenklich auf ihr. »Geht ganz schön in die Knochen.«

Nane nickte.

»Ehrlich gesagt bin ich ziemlich erledigt. Aber gleichzeitig komme ich mir schäbig vor, jetzt schon aufzugeben, wenn die anderen gleich weiterarbeiten müssen.«

»Papperlapapp!« Marlenes energische Geste wischte den Einwand beiseite. »Sie sind schließlich da, um zu ernten, und du sollst wieder gesund werden. Zum Schnuppern ist es für heute genug. Ich muss jetzt ohnehin nach Salem. Dann lass ich dich zu Hause raus, und du kannst nach Souki sehen.«

»Katharina wird vermutlich nicht unglücklich darüber sein«, sagte Nane, während sie zum Auto gingen. »Was für einen süßen Kleinen sie hat!«

»Ja, und was für einen nichtsnutzigen Erzeuger sie sich dafür ausgesucht hat!«, erwiderte Marlene grimmig. »Vergnügen ja, aber von Verantwortung will er nichts wissen. Zum Glück kommt sie auch ohne ihn über die Runden. Und irgendwann wird es ihm noch einmal sehr leidtun.« Sie gab Gas.

»Lass mich doch gleich hier aussteigen«, bat Nane, als sie das Ortsschild von Rickenbach erreichten. »Die paar Meter zu Fuß werden mir guttun.«

»Dann bis später.« Marlene fuhr weiter.

Nane machte einer Gruppe Radfahrer Platz, die ihr entgegenstrampelten. Plötzlich wollte sie nur noch so schnell wie möglich bei Souki sein. Doch ihre Schritte wurden zögernder, als sie das Benteleanwesen erreicht hatte. Bei denen schien der magere Montag, von dem Raible gesprochen hatte, keine Rolle zu spielen. Der große Kundenparkplatz war auch heute gut gefüllt.

»Nane!« Simon kam mit einer großen Karre direkt auf sie zu. »Dich schickt der Himmel. Ich wollte gerade zu euch.«

»Weshalb?«, fragte sie.

Er wirkte erhitzt, was ihn jünger aussehen ließ. Fast wie damals in Kindertagen, wenn er wieder etwas angestellt hatte. Simon war immer spontaner gewesen als sein älterer Bruder Lukas, ein waghalsiger Draufgänger, was ihm viele Strafen und sogar diverse Knochenbrüche eingebracht hatte.

»Du warst immer die Ordentlichste von uns dreien«, sagte er. »Ich werde nie vergessen, wie perplex ich war, als ich einmal in deinen Schrank geschaut habe: alles penibel gefaltet, Kante auf Kante, nicht das Chaos, das bei Lukas und mir geherrscht hat. Da warst du gerade mal zehn. Das Bild habe ich noch heute vor mir.«

»Jetzt übertreibst du aber«, wehrte sie verlegen ab. »Mama und ich mussten nur immer zusehen, wie wir mit dem Geld hinkommen, deshalb habe ich meine Sachen eben pfleglich behandelt.«

»Unser Großvater war das genaue Gegenteil von dir«, sagte er. »Zumindest, was seinen Nachlass betrifft. Ich habe dir doch erzählt, dass wir darin stöbern. Aber es scheint kein Ende zu nehmen!«

»Er hatte eben ein langes Leben. Nehmt euch doch einfach die Zeit, die ihr dafür braucht …«

»Aber die haben wir leider nicht. Jetzt fängt bald die Weinernte an, danach kommt das Keltern, und bis wir wieder einigermaßen durchatmen können, ist das Weihnachtsgeschäft vorbei.« Er sah sie bittend an. »Du würdest mir nicht ein wenig dabei zur Hand gehen, Nane?«

»Ich? Wieso denn ausgerechnet ich?«

»Weil du ordentlich und eine alte Freundin bist.« Sein Ton wurde drängender. »Und ich keine Fremden an Großvaters Unterlagen lassen möchte. Allein aber ersticke ich darin. Bitte hilf mir, Nane!«

Ihre Hände wurden feucht. Es fiel ihr schwer, Bitten abzuschlagen, so war sie schon immer gewesen. Aber es ging ihr nicht gut. Daran musste sie jetzt denken. Und auch, dass Marlene sie vor den Benteles eindringlich gewarnt hatte.

»Simon, ich kann wirklich nicht …«

Er ließ sie nicht ausreden.

»Doch, du kannst«, unterbrach er sie. »Es wird sogar sehr interessant für dich werden. Weißt du auch, weshalb? Weil ich im Nachlass unseres Großvaters auch etwas über deine Großmutter gefunden habe.«

»Du bluffst«, sagte sie abwehrend. »Das hast du jetzt nur erfunden, damit ich zusage.«

»Keineswegs!«, versicherte er. »Du kannst dich gern mit eigenen Augen davon überzeugen. Sagen wir heute Abend, gegen sieben? Ich zähle auf dich!«

*

Kaum wieder im Haus angelangt, begrüßte Nane zuerst ausgiebig Souki, bevor sie sich erneut in Opas altes Zimmer zurückzog.

Ob er gewusst oder zumindest geahnt hatte, was seine Frau ihrer Enkelin mit ihrer Lebensbeichte anvertraut hatte? Evas große Liebe zu Jan, ihr gemeinsames Kind und die kleine Leni, derer sie sich im Lager angenommen hatte?

Es gab nur einen Weg, um das herauszufinden: weiterlesen.

9

Chrastava/Storkow, 1945

Schon nach wenigen Tagen schienen Leni und Leo auf geheimnisvolle Weise miteinander verschmolzen, als hätten sie seit jeher zueinandergehört. Das Mädchen nutzte jede Gelegenheit, um sich in die Lagerküche zu schleichen, wo der kleine Kater dann augenblicklich aus seinem Korb sprang und sich auf sie stürzte. Ganz versunken ins Streicheln, Spielen und Fangen, vergaßen sie alles um sich herum, von den hier arbeitenden Frauen geduldet und sogar liebevoll belächelt. Jetzt aß Leni, ja manchmal schlang sie geradezu in sich hinein, was man ihr vorsetzte, als wolle sie das Versäumte in kürzester Zeit nachholen. Rare Leckerbissen jedoch, wie zum Beispiel hart gekochte Eier, sparte sie für ihren pelzigen Freund auf, der alles bis zum letzten Krümel vertilgte, um sich anschließend hingebungsvoll zu putzen.

Es wärmte Evas Herz, die beiden so zusammen zu sehen – Leni, die wieder essen und lachen gelernt hatte, und den Katzenwelpen, dem ihre ganze Liebe und Fürsorge galt. Dabei vergaß sie allerdings keinen Moment, wie zerbrechlich dieses junge Glück war. Denn plötzlich war die Katzenmutter spurlos verschwunden. Und als Eva an zwei Morgen nacheinander je einen kleinen Tierkadaver in der Nähe der Regentonne fand, mochte sie nicht mehr an ein Unglück glauben. Leni ahnte zum Glück von alledem nichts. Sie hatte nur ein einziges Mal nach den anderen Katzenjungen gefragt, sich aber sehr schnell mit einer Ausrede zufriedengegeben.

Inzwischen hatten sich die Gerüchte um eine baldige Abschiebung über die Grenze verdichtet. Jemand wollte erfahren haben, dass auf einem Nebengleis des Bahnhofs bereits alte Güterwaggons zusammengestellt wurden, um sie alle fortzubringen, hinaus aus der Tschechoslowakei, die sie von da an als »Unerwünschte« nicht mehr betreten durften.

»Staatsfeinde sind wir für sie«, klagte Julika. »Dabei bin ich nicht einmal deutsch, und mein geliebtes Prag, in dem ich so viele Erfolge feiern durfte, war immer meine zweite Heimat. Und jetzt das! Wie Verbrecher wollen sie uns abschieben ...«

»Versuch doch einmal, das Positive darin zu sehen«, beschwor Eva sie. »In diesem Dreckloch kannst du nicht gesund werden. Du brauchst einen vernünftigen Arzt, Mama. Denn dein Dauerhusten muss endlich behandelt werden. Außerdem macht mir Sorgen, wie dünn du geworden bist.«

»Du bist doch selbst nur noch Haut und Knochen«, konterte Julika. »Wie eine gesunde Schwangere siehst du wahrlich nicht aus.« Sie streichelte Evas Arm. »Dein lieber Vater hat mich so verwöhnt, als du damals unterwegs warst. Jeden Wunsch hat er mir von den Augen abgelesen – und welche verrückten Gelüste ich in jenen Monaten hatte! Sahnetorte, saurer Hering, Konfekt und dann wieder Gurkensalat, alles nacheinander. Aber nichts wurde meinem Fritz jemals zu viel. Wie sehr hätte ich mir solch eine liebevolle Fürsorge auch für mein einziges Kind gewünscht!«

Die Tränen begannen zu fließen.

»Warum hören wir denn die ganze Zeit nichts von ihm? Er muss tot sein! Denn wäre dein kluger Vater in Kriegsgefangenschaft geraten, dann hätten wir doch längst eine Nachricht von ihm erhalten, so wie Frau Berger, Frau Lusser und gestern sogar Frau Hebisch. Die wissen, dass ihre Männer noch am Leben sind, aber wir, wir wissen gar nichts ...

Eva verschwand mit einer gemurmelten Ausrede.

Natürlich befürchtete sie insgeheim genau das, aber sie versuchte, es nicht zu nah an sich herankommen zu lassen. Die Vorstellung, nach dem Verlust von Jan auch noch ihren Vater nie mehr wiederzusehen, konnte sie kaum ertragen. Ohnehin ging es ihr nicht besonders gut. Die Übelkeit der letzten Wochen hatte sich zwar gebessert, aber dafür fühlte sie sich nun fast immer müde und schlapp. Ab und zu stach es in ihrem Bauch, dann horchte sie jedes Mal erschrocken in sich hinein. Das Kind wachse, so jedenfalls lautete Mollys fachkundiger Kommentar, der sie ihre Ängste gestanden hatte. Es dehne sich aus und brauche eben mehr Platz.

Aber war es dazu nicht noch viel zu früh?

So gern Eva auch daran geglaubt hätte, sie wurde einfach die Ahnung nicht los, dass irgendetwas mit dem Ungeborenen nicht ganz in Ordnung war.

Du musst bei mir bleiben, betete sie stumm, als sie im Dunkeln auf der harten Pritsche lag. Bitte verlass du mich nicht auch noch, mein Kleines! Du bist doch das Einzige, was mir von Jan geblieben ist.

Als sie nach einer nahezu schlaflosen Nacht morgens wieder ihren Dienst antrat, versuchte sie, sich nichts von ihren Sorgen anmerken zu lassen. Das ganze Lager und damit auch die Küche standen heute ohnehin unter Strom. Seit gestern hatten sich die Gerüchte verdichtet, dass binnen Kurzem der Abtransport vieler Insassen bevorstehe. Jetzt fragte sich jeder, ob er auch dazu gehören würde. Keinem gefiel es hier. Wie denn auch? Es war stickig und überlaufen, der Zustand der Sanitäranlagen wurde immer verheerender. Niemals gab es genug zu essen, und die Schikanen der Bewacher steigerten sich von Tag zu Tag. Doch was erwartete sie, nachdem sie die tschechische Grenze passiert hatten und im russischen Sektor angekommen waren?

»Die schönsten Mädchen und Frauen erreichen gerade noch die Grenze«, flüsterte Gerlinde Hebisch, die ebenfalls zum Kartoffelschälen abkommandiert worden war. Sie stammte aus Warnsdorf, wo sie mit ihrem Mann ein Bekleidungsgeschäft betrieben hatte, war schon früh Parteimitglied geworden und ließ keinen Zweifel daran, wie sehr diese Zwangsarbeit unter ihrer Würde war. »Doch kurz danach ist auch schon Schluss. Die Russen lassen diese Züge nämlich absichtlich tagelang auf toten Gleisen stehen. Bis alle, die darin stecken, vor lauter Durst und Hunger halb bewusstlos sind. Dann steigen sie nachts in die Waggons und nehmen sich, wonach ihnen der Sinn steht. Die Leichen werfen sie anschließend einfach hinaus …«

»Hören Sie sofort auf!«, sagte Eva scharf, weil Leni sich heimlich angeschlichen hatte, wie sie es in letzter Zeit gern tat, natürlich wie immer mit dem geliebten roten Kätzchen auf dem Arm. »Die Kleine bekommt doch alles mit. Müssen Sie sie denn unbedingt verstören?«

Gerlinde lachte schrill auf.

»Besser, sie gewöhnt sich rechtzeitig daran«, sagte sie. »So blond und hübsch und vor allem so deutsch, wie sie ist. Manche dieser russischen Bestien wollen nämlich genau das …«

»Welche Bestien, Eva?«, fragte Leni prompt.

Sie gab ihr einen raschen Kuss auf den Scheitel.

»Die einzigen Bestien, die ich hier sehe, sind Leo und du«, erwiderte sie lächelnd. »Mit einem großen Unterschied allerdings: Er hat sich gerade gründlich geputzt, dein Mund dagegen kommt mir ziemlich verschmiert vor. Also ab zu Frau Láska, lass dich von ihr sauber machen!«

Leni gehorchte, und Frau Láska, die die Kleine inzwischen ins Herz geschlossen hatte, hob sie dem Wasserhahn entgegen, aus dem ein dünner Strahl rann. Leni hielt ihr Gesicht darunter. Was Leo überhaupt nicht passte, der aus Versehen ein paar Tropfen abbekam.

Er strampelte und kratzte, bis sie ihn auf dem Boden absetzte, dann sauste er zur Tür, die ausnahmsweise offen stand. Und schon war der rote Kater draußen.

Niemandem in der Küche fiel es zunächst auf, bis Leni plötzlich zu rufen begann.

»Leo, mein Leoli, wo bist du denn nur?« In ihre Augen trat ein ängstlicher Ausdruck. »Er ist nicht mehr da, Eva«, sagte sie erschrocken. »Jetzt ist er vielleicht rausgerannt – und das darf er doch nicht …«

»Ich gehe nachsehen.« Eva legte das Schälmesser aus der Hand und verließ die Küche. Sie war noch nicht sehr weit gekommen, als sich zwei Wachleute näherten. In der Hand des Älteren baumelte kopfunter etwas Lebloses Rötliches mit blutverschmiertem Fell. Der andere war jünger und trug eine große Schaufel. Seitdem sie hier war, hatte Eva vermieden, ihre Bewacher direkt anzusehen, und hielt meistens den Blick gesenkt, um niemanden zu provozieren.

Heute aber schaute sie ihnen direkt in die Augen.

»Ein unschuldiges kleines Tier«, sagte sie. »War das denn wirklich nötig?«

»Tier? Ja, Ratte!«, sagte der Jüngere. »Wir müssen sie begraben. Verdammte Deutsche – nichts als Ärger!«

Evas Kehle wurde eng. Es wäre klüger gewesen, kein Wort mehr zu sagen, aber sie konnte nicht anders.

»Wie kann man nur so grausam sein? Jetzt weint ein Kind!«

»Grausam?«, wiederholte der Ältere, der offenbar fließend Deutsch konnte. »Für das, was ihr uns angetan habt, hättet ihr alle den Tod verdient, jeder einzelne von euch, und nicht nur eure Ratten!«

In diesem Moment kam Leni aus der Küche gefegt. Eva fing sie auf halber Strecke ab, packte sie und presste dann ihr Gesicht an sich.

»Das ist unser neues Spiel«, sagte sie hastig. »Die Augen bleiben fest zu. Du darfst sie erst aufmachen, wenn wir wieder drinnen sind.«

»Aber mein Leo …«, quengelte das Mädchen. »Ich muss ihn doch suchen …«

»Leo ist hier nirgendwo. Vielleicht hat er sich drin bei den Eiern versteckt. Ich kümmere mich darum, aber die Augen bleiben zu!« Eva zerrte Leni zurück in die Küche.

»*Ta malá kočka je pryč*«, sagte sie halblaut zu Frau Láska. »*Ta se už nevrátí.*«

Die begriff sofort, was passiert sein musste, und streckte Leni, die plötzlich mit weit aufgerissenen Augen wie versteinert dastand, zur Ablenkung einen schrumpeligen Apfel entgegen.

»Iss!«, sagte sie. »Das wird dir schmecken!«

»Die kleine Katze ist weg, das hast du gerade gesagt, Eva«, flüsterte Leni. »Die kommt nicht wieder …«

Eva bekam Gänsehaut am ganzen Körper. Ihr Tschechisch mochte mittlerweile glanzlos und fehlerhaft geworden sein, aber Leni hatte offenbar trotzdem jedes Wort verstanden.

»Ich gehe noch einmal nachsehen«, versprach sie, weil ihr in der Eile nichts anderes einfiel. »Vielleicht habe ich ja nur nicht gründlich genug gesucht.«

Frau Láska nickte ihr zu.

Ich lenke sie weiter ab, sagte ihr Blick. *Sie wird sich schon wieder beruhigen.*

Steifbeinig ging Eva zur Regentonne, wo sie zuvor schon Leos tote Geschwister entdeckt hatte. Und tatsächlich hatten die Wachleute nur ein Stück weiter eine kleine Mulde gegraben, in die sie den Katzenkadaver gerade warfen.

»Sie hat offenbar noch nicht genug.« Der Ältere spuckte in Evas Richtung. »Wahrscheinlich war sie es, die diese Ratte in der Küche ausgesetzt hat. Das müssen wir eigentlich der Lagerleitung melden. Und dafür gibt es eine saftige Strafe.«

Eva drehte sich um und schaute zur Küchentür. Noch war niemand zu sehen, aber Leni konnte jeden Augenblick wieder herausrennen.

»Beeilt euch wenigstens«, sagte sie. »*Prosím* – bitte! Die Kleine soll es nicht mitbekommen …«

»Dein Kind?«, fragte der Jüngere.

»Nein.« Unwillkürlich legte sie die Hände kurz auf den Bauch, um sie jedoch sofort wieder sinken zu lassen. Sie durfte sich nicht verraten. Die sollten nicht wissen, dass sie schwanger war.

Niemand hier sollte das.

»Was kümmert dich das also? Und jetzt aus dem Weg …«

Er holte mit der Schaufel aus, um sie zur Seite zu scheuchen, doch Eva hatte bereits einen unüberlegten Schritt auf ihn zu gemacht.

Der harte Stoß traf sie mitten in den Leib.

Etwas schien in ihr zu zerreißen, sie stieß ein hohes Wimmern aus. Nur einen Lidschlag später setzte der Schmerz ein, scharf und spitz. Eva krümmte sich zusammen, aber es wurde nur noch schlimmer.

Plötzlich lief etwas feucht und warm an ihrer Wade hinab.

»Die Schlampe blutet«, sagte der Ältere verächtlich. »Nicht einmal sauber halten können die sich. Und das wollten Herrenmenschen sein, die unser ganzes Volk geknechtet haben!«

Eva wankte zurück zur Küchentür, die von innen geöffnet wurde.

Vor dem Spülstein standen noch immer Leni und Frau Láska, das Kind mit verkniffenem Mund und wachsbleichem Gesicht.

»*Konkej sníst to jabko!*«, schrie die Frau verzweifelt. »Hör endlich auf, so laut zu weinen, sonst werden wir alle noch bestraft. Beruhige dich doch! Und iss den Apfel. Ich hab dich schon so sehr darum gebeten. Ein Apfel ist etwas sehr Gutes, besonders für kleine Kinder. Du musst jetzt den Apfel essen. Bitte iss ihn sofort! *Musíš ho sníst ...*«

Die Frau hatte Leni zwischen ihre Knie genommen und zwang ihr den Schnitz in den Mund. Eva sah noch, wie die Kleine verzweifelt den Kopf schüttelte, als könne sie gar nicht mehr damit aufhören. Danach erbrach sie sich würgend über Láskas Schürze.

Im selben Augenblick spürte sie, wie ein Schwall von Blut aus ihrem Schoß schoss.

»Hilfe!«, flüsterte sie und fiel nach vorn auf die Knie, weil ihr zum Stehen auf einmal die Kraft fehlte. »Hilft mir denn keiner?«

*

Endlich fuhren sie wieder. An der Grenze zu Sachsen mussten sie aus den offenen Waggons aussteigen, die nur ein paar Bretter provisorisch verschlossen, und ihr weniges Hab und Gut darin zurücklassen. Alle atmeten dennoch auf, denn es roch noch immer streng nach dem Vieh, das zuvor darin transportiert worden war. Wie die meisten hatten auch Julika und Molly die Gelegenheit genutzt, um sich im Freien zu erleichtern; die beiden Eimer, die dafür im Güterwagen zur Verfügung standen, stanken bereits unerträglich. Für Eva war es ungleich schwieriger gewesen, und ohne Mollys tatkräftige Hilfe hätte sie es vielleicht gar nicht geschafft. Sie blutete noch immer, wenngleich weniger stark. Doch inzwischen gingen die Mullbinden, die die Freundin für sie im letzten Moment aus der Krankenstation hatte mitgehen lassen, allmählich zur Neige.

Evas Beine zitterten vor Schwäche, als sie sich endlich wieder auf die dünne Strohschicht legen konnte. Bei jeder Bewegung hatte sie nach wie vor das Gefühl, das Leben fließe unaufhaltsam aus ihr heraus, dabei lag die Fehlgeburt bereits ein paar Tage zurück. Molly war dabei an ihrer Seite gewesen, hatte sie beruhigt und angeleitet und mit diplomatischem Geschick überhaupt erst dafür gesorgt, dass die Lagerärztin ihrer Freundin ein Wehenmittel spritzte, um die Prozedur zu erleichtern.

»Sieh nicht hin«, hatte sie gesagt, als sie dann zum Schluss alles in einer Schale wegbrachte. »Sonst wirst du es nie wieder vergessen.«

Seitdem war Eva erschöpft und unendlich traurig. Molly hatte den alten Kinderwagen nicht von den Pritschen losschneiden müssen, denn es gab kein Kleines mehr, das ihn bald brauchen würde.

Was kümmerte es sie da, in welches Lager sie nun gebracht wurden?

Die meiste Zeit befand sie sich in einem seltsamen Zustand zwischen Schlafen und Wachen, in dem sie zwar ansprechbar war, ihre Gedanken jedoch ungestört ganz weit fortschicken konnte. Zu Jan flogen sie dann, zu dem Kind, das sie nicht hatte austragen dürfen, und auch oft zu ihrem Vater, den sie in ihrer Not schmerzlicher denn je vermisste. Julika strich ihr ab und zu über den Kopf, während Molly sich um Praktisches wie Wasser und Essen kümmerte, wovon Eva jedoch nur kleinste Mengen zu sich nahm.

Als die Waggons abermals anhielten, schob eine der Frauen die Bretter beiseite, sodass warme Sommerluft hereinfluten konnte, zusammen mit dem Duft nach Wiesen und Blumen, der Eva wie aus einer anderen Welt zu kommen schien. Auf einmal hatte sie wieder den geliebten Garten vor Augen, in dem nun langsam die Früchte reif wurden. Fast meinte sie, die Süße von Kirschen und Aprikosen sowie die säuerliche Frische der Äpfel auf der Zunge zu schmecken.

Wer sich im Herbst wohl um die Ernte kümmerte? Ob jemand die Brennerei wieder in Betrieb nehmen würde? Wahrscheinlich war der Brennofen längst konfisziert und weggeschleppt worden.

Erneut dämmerte sie weg, als der Zug sich in Bewegung setzte, und als sie wieder wach wurde, spürte sie eine ungewohnte Wärme an ihrer linken Seite. Leni lag da, ganz nah an sie gekuschelt, ein schmutziges Stofftier fest an die schmale Brust gepresst.

»Sie muss heimlich aus dem Kinderwaggon getürmt sein«, sagte Molly leise. »Keine Ahnung, wie sie uns gefunden hat! Natürlich werden sie sie wieder dorthin zurückbringen, jetzt aber soll sie sich erst einmal ausruhen. Ich habe gehört, die Kinder kommen ins Waisenhaus. Das wird unserem kleinen Wildfang gar nicht gefallen.«

Leni bewegte sich im Schlaf und wurde dabei immer unruhiger. Plötzlich verzog sich ihr Gesicht, und sie stieß einen schrillen Schrei aus.

»Scht!«, beruhigte Eva sie mit sanftem Streicheln. »Alles ist gut. Ich bin ja bei dir, meine Kleine!«

Das Mädchen schlug die Augen auf und sah Eva an, erst ängstlich noch, dann aber sichtlich erleichtert.

»Maminka?« Es klang fragend. »Maminka!«

Dann schlief sie wieder ein.

Kein einziges Mal hatte sie bislang nach Leo gefragt. Doch seit jenem schrecklichen Morgen in der Küche ließ sie ihr altes

Stofftier nicht los, das sie vorher gar nicht mehr interessiert hatte. Überall musste es mit, sogar auf die Latrine. Sobald jemand auch nur versuchte, es ihr aus den Händen zu nehmen, wurde Lenis Gesicht starr, und sie begann, markerschütternd loszubrüllen.

»Sie liebt dich.« Molly strich dem schlafenden Mädchen eine helle Haarsträhne aus dem Gesicht. »Und du, Eva, bräuchtest auch dringend jemanden zum Liebhaben …«

Eva drehte das Gesicht zur Wand und schwieg.

Wie sollte ausgerechnet sie für ein fremdes Kind sorgen, selbst wenn sie es noch so gernhatte? Sie hatte es ja nicht einmal geschafft, ihr eigenes zu beschützen. Unbewusst rückte sie ein Stück von Leni ab, doch der magere Kinderkörper drängte sich sofort wieder an sie, als ob er keine Trennung ertrüge. Sie versuchte es ein zweites Mal, und wieder rückte Leni augenblicklich nach.

Schließlich gab Eva auf.

Wer wusste schon, was dieses kleine Wesen alles hatte ertragen müssen, bevor es ins Lager gekommen war?

Es ging also nach Brandenburg, so viel war inzwischen durchgesickert.

Aber wohin dort genau?

»Storkow, so lautet das Ziel«, brachte Molly beim nächsten Halt in Erfahrung, bei dem auch das gesamte Wachpersonal ausgewechselt wurde. »Dort gibt es ein großes Quarantänelager.«

Die Russen, die nun den Transport begleiteten, filzten abermals das Gepäck, während die Gefangenen draußen warteten. Eva überzeugte sich anschließend rasch, dass ihre Blechbüchse noch da war, und öffnete sie. Das Kernseifenversteck mit dem Kreuz war inzwischen so grau und unansehnlich geworden, dass niemand es anfassen mochte.

»Wenn sie das noch ein paar Mal tun, werden wir mit leeren Koffern ankommen«, sagte Julika. Ihre Augen glänzten fiebrig, und sie hatte seit der Abfahrt kaum etwas gegessen. Zwischendurch hustete sie so heftig, dass einige Frauen im Waggon zu schimpfen begonnen hatten. »Aber wenn man nichts mehr besitzt, dann kann man eben auch nichts mehr verlieren. Das ist das einzig Gute daran.«

Die anderen Frauen beäugten sie nur noch misstrauischer.

»Die steckt uns alle an mit ihrem Röcheln und Bellen«, schimpfte eine jüngere Blondine aus Gablonz, die ihren Pappkoffer fest an sich presste, als hätte sie Angst, die anderen würden ihn ihr hier und jetzt aus der Hand reißen. »Wer weiß, was die hat! Vielleicht ist sie ja sogar allein aus diesem Grund hier eingeschleust worden: damit wir anderen auch krank werden! Und uns die Russen nicht mehr weiter füttern müssen …«

»Stimmt genau«, fauchte Molly. »Natürlich ist sie eine raffinierte russische Spionin, was denn sonst? Und ich bin übrigens die uneheliche Tochter von Mata Hari mit mindestens zwei Dolchen im Gewand, die ich natürlich jederzeit skrupellos einsetzen würde. Also halten Sie endlich den Schnabel und kümmern sich gefälligst um Ihre eigenen Angelegenheiten!«

Sie erntete viele böse Blicke, aber wenigstens ließen sie Julika von da an in Ruhe.

Leni war indes nicht mehr von Evas Seite wegzubekommen.

»Ich bleibe bei dir«, beharrte sie. »Und wenn jemand mich fangen will, dann halte ich einfach so lange die Luft an, bis ich tot bin.«

»Solchen Unsinn will ich nie wieder von dir hören«, wies Eva sie zurecht. »Natürlich atmest du ein und aus, und zwar regelmäßig. Die Luft einfach anhalten – das wäre ja noch schöner!«

»Nur wenn du mich bei dir behältst! Das wirst du doch?«

Ratlos zog Eva die Schultern hoch und suchte Blickkontakt zu Molly.

Du kannst es versuchen, sagten die klugen hellen Augen hinter der randlosen Brille. *Einfach wird es sicher nicht werden. Ich steh dir natürlich bei. Wie immer. Aber diese Entscheidung triffst du ganz allein …*

Julika, die kurz eingeschlafen war, schoss plötzlich in die Höhe und starrte auf Lenis rosigen Scheitel.

»Da bewegt sich etwas«, sagte sie tonlos. »Es wimmelt geradezu. Das werden Läuse sein! Dann haben wir anderen sie wahrscheinlich auch.«

Jetzt sprach keiner mehr, bis die Waggons den Bahnhof erreicht hatten. Russische Soldaten trieben sie mit ein paar Befehlen heraus. Molly, Julika und Eva versuchten, auf dem kurzen Marsch zum Lager möglichst nah zusammenzubleiben, Letztere immer noch mit Leni an der Hand, die immer wieder fragend zu ihr aufsah.

Fünfzehn Holzbaracken und noch einmal fast ebenso viele aus Stein erwarteten sie auf einem großen, nahezu kahlen Gelände, das mit Stacheldraht eingezäunt war. Alle mussten sich auf dem Platz vor dem Krankenrevier aufstellen. Eine korpulente Frau im weißen Kittel mit kurzem, eisengrauem Haar übernahm die Begrüßung. Neben ihr stand ein schlanker Mann, ebenfalls in Weiß, der eine Augenklappe trug.

»Ich bin Dr. Irina Lasarew«, sagte sie in hartem, aber fließendem Deutsch. »Die Lagerärztin. Alle weiblichen Neuzugänge und die Kinder werde ich entlausen – und zwar getrennt voneinander. Die Männer übernimmt mein Kollege Dr. Schubert. Wir beginnen mit den über Fünfzigjährigen, damit diese schneller in die Unterkünfte eingewiesen werden können. Das Gepäck wird mit Duolit behandelt und Ihnen anschließend wieder ausgehändigt. Die vollständige, ich betone: vollständige Entkleidung erfolgt in Baracke 2a.«

Ihr kräftiger Arm wies auf einen länglichen Holzbau.

»Entfernen Sie Streichhölzer, Feuerzeuge, Lederzeug jeder Art und auch Rauchwaren aus den Taschen. Für jedes abgegebene Kleidungsstück erhalten Sie eine Marke. Die gesamte Prozedur wird circa eine Stunde dauern.«

»Ich ziehe mich nicht aus«, flüsterte Eva. »In meinem Zustand? Ich denke gar nicht daran!«

»Dir wird wohl nichts anderes übrig bleiben«, flüsterte Molly zurück. »Zu schämen brauchst du dich nicht. Diese Ärztin hat sicher schon jede Menge Blut gesehen …«

»Durch einen Gang gelangen Sie anschließend zu einer Duschanlage, unter der Sie sich einige Minuten säubern können. Zur weiteren Behandlung gegen Kopf- und Filzläuse stellt die Lagerleitung eine Desinfektionslösung zur Verfügung. In hartnäckigen Fällen muss allerdings der gesamte Kopf geschoren werden. Nach der Körperreinigung werden Decken an Sie ausgegeben, und ich werde eine kurze Untersuchung vornehmen. Kranke müssen von Gesunden getrennt werden, darum geht es hier. Sobald Sie das Gepäck zurückbekommen haben, erfolgt die Registrierung. Also halten Sie Ihre Papiere bereit …«

Leni schrie wie am Spieß, als sie weggetragen wurde. Zusammen mit ihrer Mutter und Molly betrat Eva dann die Baracke. Die beiden anderen zogen sich aus. Um sie herum waren die meisten Frauen schon nackt, nur Eva trug noch immer ihren Schlüpfer.

»Wird es bald?« Eine dünne Aufseherin in lehmfarbener Uniform stupste sie unfreundlich an, keine Russin, sondern eine Deutsche. »Hier gibt es keine Extraeinladungen!«

»Ich kann nicht«, flüsterte Eva.

»Und warum nicht?«

»Meine Tochter hat erst vor Kurzem ihr Ungeborenes verloren.« Julika streckte sich und wirkte in ihrer mageren Nacktheit auf einmal wieder so majestätisch wie früher auf der Bühne. »Und was das bedeutet, können Sie sich als Frau wohl denken. Sie kann sich in diesem Zustand nicht öffentlich entblößen. Diesen Rest an Menschlichkeit werden Sie ja wohl noch aufbringen …« Ein bellender Hustenanfall, der nicht mehr enden wollte, zwang sie zum Innehalten.

»Haben Sie das schon länger?«, wollte die Aufseherin wissen.

Julika schüttelte den Kopf, nur um sofort wieder loszuhusten, länger und qualvoller als zuvor.

»Sie kommen gleich einmal mit!« Die Wärterin packte Julika am Arm und zerrte sie zu einer Nebentür, die sie mit dem Fuß aufstieß.

»Wohin wollen Sie mit meiner Mutter?«, schrie Eva empört.

»Kranke müssen sofort gemeldet werden. Ich bringe sie direkt zu Dr. Lasarew.«

Die Tür fiel zu. Man hörte, wie von außen abgeschlossen wurde.

Eva sank auf die harte Holzbank, während die nackten Frauen um sie herum immer unruhiger wurden. Jetzt brannte ihr Unterleib wieder wie eine offene Wunde.

»Vielleicht schicken Sie uns ja direkt in den Tod.« Ein junges Mädchen hatte das gesagt, das mit seinen winzigen Brüsten und dem flachen Bauch noch fast wie ein Kind wirkte. »So wie sie es mit den Juden gemacht haben. Die dachten auch bis zuletzt, es ginge zum Duschen. Doch anstatt Wasser strömte dann Gas aus den Leitungen.«

Evas und Mollys Hände verschränkten sich.

»Woher willst du das denn wissen?«, schimpfte eine ältere Frau. »Das ist doch nichts als übelste Russenpropaganda!«

Doch die Aufregung im Raum stieg merklich.

»Weil ich es gesehen habe«, verteidigte sich das Mädchen. »Wir mussten einen Film ansehen, dazu haben sie uns gezwungen. Da wurde gezeigt, wie die Rote Armee das KZ Auschwitz befreit hat ... Die Duschen, die Leichenberge, all diese Schuhe, die Kleider und das ganze Zahngold – es war so entsetzlich!« Sie schlug die Hände vors Gesicht und brach in lautes Schluchzen aus.

Jetzt packte alle die Angst. Manche Frauen begannen zu weinen, andere wurden wütend.

»Das lassen wir nicht mit uns machen!« Zwei rannten zur Tür. »Abgesperrt!«

»Hier auch!« Das betraf die Nebentür, durch die die Aufseherin mit Julika verschwunden war.

»Wir sind eingeschlossen!« Die Panik griff rasch um sich. »Vielleicht strömt das Gas ja bereits durch die Ritzen ...«

Einige schrien noch lauter oder wimmerten. Andere pressten sich ängstlich aneinander, ohne noch an ihre Nacktheit zu denken. Wieder andere standen da wie benommen – bis die Tür aufging und der Arzt mit der Augenklappe hereinkam.

»Beruhigen Sie sich – bitte!« Seine sonore Stimme brachte die Frauen zum Verstummen. Ein paar versuchten, Brüste und Scham mit den Händen notdürftig zu bedecken, die meisten aber starrten ihn nur schweigend an. »Keiner von Ihnen wird etwas zustoßen. Darauf gebe ich Ihnen mein Wort.« Aus der Nähe sah er jünger aus, wenngleich sein schmales Gesicht mit den dichten, dunklen Brauen ernst und verschlossen wirkte.

»Und wenn das nur eine dreiste Lüge ist, um uns ruhigzustellen?« Eine ältere Frau fand als Erste den Mut zu sprechen. »Und uns auch statt Wasser tödliches Gas erwartet?«

Wieder ertönten spitze Schreie.

»Mein rechtes Auge habe ich im KZ Dachau verloren. Seitdem trage ich diese Klappe.« Dr. Schubert rollte seinen linken

Ärmel auf und entblößte wulstiges, rötliches Narbengewebe. »Diese lebenslangen Erinnerungen verdanke ich ebenfalls meinem dortigen Aufenthalt. Man hat mit mir experimentiert, um herauszufinden, wie lange ein Mensch seine Haut dem Feuer aussetzen kann, bevor er stirbt – und es wäre fast schiefgegangen.« Jetzt klang seine Stimme noch tiefer. »Die Nazis waren Teufel in Menschengestalt und haben die schrecklichsten Verbrechen begangen. Aber die entsetzliche Zeit des Hitlerregimes ist ein für alle Mal vorbei, auch wenn manche von Ihnen sich an diesen Gedanken wohl erst noch gewöhnen müssen.«

Er setzte eine bedeutungsvolle Pause.

»Jetzt hat ein neues Zeitalter begonnen. Die sowjetische Besatzungsmacht wird Sie nicht umbringen, sondern ist lediglich bestrebt, durch gezielte Hygienemaßnahmen Krankheiten und Seuchen im Lager zu vermeiden. Also beruhigen Sie sich und helfen Sie dabei mit!« Er trat zur Seite und deutete nach links.

Zögernd betraten die ersten Frauen die Schleuse. Andere folgten ihnen.

»Dann will ich auch mal.« Molly löste ihre Hand aus Evas. »Du kommst erst einmal ohne mich zurecht, oder?«

Eva nickte.

»Willst du nicht doch mitgehen?«, bohrte Molly nach.

Kopfschütteln.

Schließlich war sie als Einzige in der Baracke zurückgeblieben. Noch immer roch es durchdringend nach Schweiß und Angst. Der Arzt war längst fortgegangen. Alle Kleider waren abgeholt worden. Aus einiger Entfernung hörte man das Wasser rauschen. Dann setzte es aus.

Auf einmal war es so still, dass sie ihren eigenen Atem hören konnte. Aber kurz darauf kamen schon energische Schritte näher.

Dr. Lasarew blieb direkt vor Eva stehen.

»Erst so kurz bei uns, und schon so viele Probleme«, sagte sie grimmig. »Sie können sich jetzt alleine säubern. Ausnahmsweise.« Ein Zögern. »Brauchen Sie gynäkologische Hilfe?«

»Nein«, sagte Eva. »Nur etwas für meine Blutungen. Es geht schon wieder.«

»Julika Menzel ist Ihre Mutter«, fuhr die Ärztin fort, eine Feststellung, keine Frage. »Ich habe sie gerade untersucht. Sieht nicht gut aus. Es besteht der Verdacht auf Tuberkulose, vielleicht sogar auf eine offene. Hat sie rasch an Gewicht verloren oder Blut gehustet?«

»Sie meinen – Schwindsucht?«, stammelte Eva. »Aber die ist doch längst ausgestorben …«

»So hat man es früher genannt, ja.« Die Ärztin zog die Brauen hoch. »Und von ausgestorben kann leider keine Rede sein. Die Krankheit war in den Dreißigerjahren aufgrund einer allgemeinen Verbesserung der Volksgesundheit deutlich zurückgegangen, aber seit dem Krieg gibt es wieder zahlreiche neue Fälle. Hat sie nun Blut gehustet oder nicht?«

»Nein. Vielleicht. Dünn ist sie schon geworden, aber das andere weiß ich nicht genau …«

»Wie auch immer: Ihre Mutter ist bereits isoliert und muss so bald wie möglich in ein Krankenhaus, wo man ihr Blut untersuchen und sie röntgen wird. Sie hatten engen körperlichen Kontakt?«

»Natürlich«, antwortete Eva, die auf einmal kaum noch schlucken konnte. »Sie ist doch meine Mutter …«

»Dann werde ich Sie nach der Säuberung ebenfalls gründlich untersuchen müssen. Gibt es noch jemanden, der dafür infrage kommt?«

»Meine Freundin Maria Engelhardt.« Evas Stimme schwankte. »Und unsere kleine Leni. Aber ein Kind? Kann das denn so krank werden?«

»Also diese beiden auch. Die Krankheit kann jeden mit mangelnden Abwehrkräften treffen. Das Alter spielt dabei keine Rolle. Gerade kleine Kinder infizieren sich besonders leicht.«

»Wird meine Mutter sterben?«, flüsterte Eva kraftlos.

Die Ärztin zuckte die Schultern.

»Ist die Lunge stark mitgenommen und haben sich bereits sogenannte Kavernen entwickelt – darunter versteht man den Zerfall des Lungengewebes mit Höhlenbildung –, dann sollten Sie sich keine zu großen Hoffnungen machen. Striktes Liegen und gutes Essen können manchmal hilfreich sein, aber leider nicht immer.«

»Und Medikamente?«, fragte Eva. »Haben Sie denn kein Mittel dagegen? Immerhin leben wir im zwanzigsten Jahrhundert!«

»Es gäbe da einen Impfstoff, wenngleich mit erheblichen Nebenwirkungen und möglichen Folgeschäden, aber der ist derzeit ohnehin nicht verfügbar.« Dr. Lasarew räusperte sich. »Jedenfalls nicht hier. Auf jeden Fall sollte man nicht unnötig Zeit vergeuden, wenn man etwas erreichen will.« An ihrem Hals hatten sich rote Flecken gebildet. »Es ist eilig, mit anderen Worten«, fuhr sie fort. »Falls Sie die Wahrheit ertragen: sehr, sehr eilig.«

Wie in Trance wusch Eva sich anschließend unter der Dusche, säuberte ihre Haare mit dem stechend riechenden Läusemittel, wechselte die Einlagen, bekam danach die Decke ausgehändigt und nahm die desinfizierten Kleider wieder in Empfang. Ihre Gedanken jedoch waren die ganze Zeit über bei Julika. Ihre Mutter hatte stets davon geträumt, einmal im Leben die Violetta in *La Traviata* zu singen – und litt nun selbst an der lebensgefährlichen Krankheit dieser Opernfigur, ohne jemals für die Rolle besetzt worden zu sein.

Noch immer leicht benommen von der Eröffnung der Ärztin, trat Eva danach aus der Baracke, vor der Molly und Leni sie bereits erwarteten. Auf den ersten Blick hätte sie das Mädchen fast nicht wiedererkannt, denn die weißblonden Locken waren verschwunden. Die hellen Stoppeln, die sie nun stattdessen auf dem Kopf trug, unterstrichen Lenis zarte Kopfform und den schlanken Hals.

»Wie ein Junge sehe ich jetzt aus, hat der Mann gesagt«, murmelte sie unglücklich. »Dabei bin ich doch ein Mädchen!«

»Und ob du das bist«, tröstete Eva. »Außerdem wachsen die Haare ja wieder. Und jetzt im Sommer ist eine kurze Frisur ohnehin nicht verkehrt.« Molly wurde im Flüsterton über Julikas schwere Erkrankung informiert.

Die Augen der Kleinen waren vom Weinen geschwollen, jetzt aber lächelte sie und griff nach Evas Hand. Gemeinsam gingen sie zum Krankentrakt, wo sie vor der Lagerärztin die Oberkörper frei machen mussten. Dr. Lasarew horchte und klopfte erst Eva ab, dann Molly und schließlich auch Leni.

»Keinerlei auffällige Geräusche, was die Lunge betrifft«, sagte sie. »Sie können sich wieder anziehen. Scheint, als hätten Sie alle drei noch einmal großes Glück gehabt.«

Lenis heiße Finger hatten sich schon wieder in Evas Hand geschmuggelt. Mit der anderen Hand umklammerte sie ihren Stoffigel, den sie nach der Entlausung zurückbekommen hatte.

»Gehen Sie nun zur Lagerverwaltung«, fuhr die Ärztin fort. »Dort werden Sie registriert. Im Gepäck Ihrer Mutter befanden sich übrigens keinerlei Ausweisdokumente. Sie schien zutiefst erschrocken darüber, meinte dann aber, Sie hätten wohl alles verwahrt.«

Plötzlich schien sich der Boden unter Eva zu bewegen. Eigenhändig hatte sie das Stammbuch mit den Kennkarten unter Julikas Kleidern vergraben und es seither nicht mehr angefasst.

Es musste ihnen unterwegs gestohlen worden sein – aber was nun?

»Kann ich noch einmal nachsehen?«, fragte sie matt, um Zeit zu gewinnen.

Ein knappes Nicken.

Doch sie fand nichts, als sie später auf Knien alles erst einmal hastig durchwühlte und anschließend ein zweites Mal äußerst sorgfältig durchsuchte, weder in Julikas noch in ihren eigenen Habseligkeiten.

»Nichts mehr da«, sagte sie fassungslos, während Molly ihre eigenen Dokumente bereits ordentlich in der Hand hielt. »Als hätte es uns niemals gegeben! Wie sollen wir denn nun beweisen, wer wir sind?«

»Lass mich mal machen«, beruhigte Molly ihre Freundin. »Ich habe da so eine Idee.«

Sie schob sich vor, als sie endlich an die Reihe kamen, zeigte ihre zerknitterte Geburtsurkunde und die wertlos gewordene Kennkarte des Deutschen Reiches vor, die abgestempelt und damit verlängert wurde. Damit galt Molly als offiziell registriert.

»Nächste!« Die nasale Stimme des Mannes in der lehmfarbenen Uniform klang kalt. Neben ihm am zerschrammten Holztisch saß eine dicke Frau, die sich ungeheuer zu langweilen schien, weil sie nur Kreuze in endlosen Listen zu machen hatte, während er die Eintragungen erledigte.

»Eva Menzel«, sagte Eva. »Geboren 1924 in Prag. Vater: Fritz Menzel, geboren 1896 in Reichenberg. Mutter: Julika Bagosy, geboren 1888 in Budapest.«

»Dokumente?«

»Keine.« Evas Stimme zitterte leicht. »Leider. Alles, was wir hatten, wurde uns auf dem Transport in dieses Lager gestohlen.«

Jetzt besaß sie seine ganze Aufmerksamkeit.

»Und das Kind?«, fragte er drohend. »Haben Sie dafür auch keine Papiere?« Er kniff die Augen zusammen.

Schweigend zuckte Eva die Schultern.

»Was ist mit dem Vater? Oder gibt es keinen?«

Sie hätte dein Kind sein können, Jan, dachte sie verzweifelt. *Wenn wir beide mutiger gewesen wären und nicht so lange auf ein Morgen gehofft hätten, das uns schließlich verwehrt blieb. Du hast sie nicht gekannt, aber du würdest Leni mögen, das weiß ich. Ich muss es versuchen, ich kann nicht anders …*

»Tot«, sagte sie. »Wir waren nicht verheiratet. Er war tschechischer Partisan.«

Der Mann lachte dünn.

»Ja, das wollen sie jetzt auf einmal alle gewesen sein«, höhnte er. »Partisan oder besser noch Widerstandskämpfer. Und dann gleich ein Tscheche, das ist ganz besonders praktisch. Wie mich diese frechen Lügen anwidern! Dabei trugen die meisten bis vor Kurzem noch voller Stolz das Hakenkreuz an der Brust, während wir in Russland unter menschenunwürdigen Bedingungen Seite an Seite mit den Genossen gekämpft haben. Hören Sie, junge Frau, ich brauche Beweise, die Ihre Angaben belegen. Behauptungen reichen mir da nicht. Wenn Ihnen also nichts Besseres einfällt …«

Bevor Eva etwas erwidern konnte, machte Leni einen Schritt auf den Mann zu.

»Marlene Menzel«, sagte sie mit glockenheller Stimme. »Genannt Leni. Ich bin fünf Jahre alt. Mein Igel heißt Hansi. Und das ist Eva, meine Maminka.«

Die Dicke verzog den Mund zu einem schiefen Lächeln. Der Mann neben ihr zeigte keine Regung.

»Wir werden Sie und das Kind in Haft nehmen müssen, bis Ihre Angaben belegt sind.« Er blätterte in seinen Unterlagen.

»Das würde allerdings bedeuten, dass die vorgebliche Julika Menzel, geborene Bagosy, bis zum Abschluss dieser Ermittlungen nicht den erforderlichen medizinischen Behandlungen zugeführt werden kann …«

Eva rang nach Luft.

Es ist eilig, mit anderen Worten, dröhnte es in ihren Ohren. *Falls Sie die Wahrheit ertragen: sehr, sehr eilig …*

»Warten Sie bitte!«, rief Molly. »Und hören Sie mir zu. Mir sind diese Personen seit Jahren bestens bekannt. Ich stamme aus derselben Stadt, ich war mit Eva Menzel auf der Schule, ich habe sogar längere Zeit in ihrer Familie gelebt – und ich bürge für sie.«

»Auf welcher Grundlage?« Die steile Falte auf seiner Stirn vertiefte sich.

»Auf dieser Grundlage hier.« Molly trat vor und reichte ihm ein zusammengefaltetes Schreiben. »Mein Vater Hans Engelhardt war Arbeiter, in seiner Jugend Mitglied bei den sozialistischen Falken, später bekennender Antifaschist. Wegen seiner politischen Überzeugung wurde er 1944 im KZ Dachau brutal ermordet. Diesen Schrieb hier haben seine Mörder mir geschickt. Ich dachte damals, ich müsste ebenfalls auf der Stelle sterben, aber wie Sie sehen, habe ich es überlebt und stehe nun hier vor Ihnen.«

»Sie sind …«

»Seine Tochter. Maria Engelhardt, die nach der Inhaftierung des Vaters keinen einzigen frohen Tag mehr hatte. Sie haben mich ja gerade registriert. Ich denke doch, das müsste für den Moment reichen, oder?«

*

Anstatt sich nach dem Duschen einzucremen und über ein anständiges Outfit nachzudenken, hatte Nane sich im Bademantel wieder unter die Bettdecke gekuschelt. Ihre Augen brannten, so gebannt hatte sie auf die gleichmäßigen Buchstaben gestarrt, aber sie konnte jetzt nicht zu lesen aufhören. Sie musste einfach erfahren, wie es mit Eva, Leni, Julika und Molly im Lager und danach weitergegangen war ...

10

Storkow, 1945

Sie werden sie mir wegnehmen«, sagte Eva leise. »Jeden Tag denke ich von früh bis spät daran. Mit dieser Lüge kommen wir nicht durch. Inzwischen wünschte ich, ich hätte sie niemals ausgesprochen!«

Sie lagen auf den schmalen Pritschen, eigentlich Kopf- an Fußende, aber Eva hatte sich einfach umgedreht, um der Freundin näher zu sein. Die vier anderen Frauen, die hier ebenfalls untergebracht waren, hatten die Krätze und waren in den entsprechenden Isolationsblock überführt worden, um dort auszuheilen. So hätten Eva und Molly eigentlich ausnahmsweise unbefangen reden können, doch die ständige Vorsicht war ihnen inzwischen zur Gewohnheit geworden. Außerdem war Leni wie ein kleiner Schwamm und saugte alles auf, was sie hörte, vor allem die Dinge, die nicht für ihre Ohren bestimmt waren.

»Auf welcher Grundlage denn?«, flüsterte Molly zurück. »Niemand wird dir Leni wegnehmen. Und jeder Tag, der verstreicht, arbeitet für dich. Bald bekommst du die neuen Papiere, du wirst schon sehen. Und dann ist sie ganz offiziell dein Kind!«

»Und wenn jemand aus dem Lager mich verpfeift?«

»Wer sollte das tun?« Molly klang gelassen. »Die meisten aus Reichenberg sind doch längst nach Fürstenwalde weitertransportiert worden. Und die wenigen, die noch hier sind, kennen wir kaum. Die wissen nichts über dich. Schwer vorstellbar, dass von denen eine Gefahr ausgehen soll.«

»Darf ich sie denn überhaupt ihren echten Eltern entziehen?«

»Welchen echten Eltern?« Molly lachte bitter auf. »Meinst du damit etwa jene Unmenschen, die sie hilflos und unversorgt zurückließen, während sie sich aus dem Staub machten? Wer weiß, ob sie ihre Flucht überhaupt überlebt haben! In Chrastava wurde sie offiziell als Waisenkind geführt. Dafür muss es gute Gründe geben.«

»Leni ist ungefähr fünf. Dann müsste ich sie schon mit sechzehn bekommen haben …«

»Etwas früh, da gebe ich dir recht, aber durchaus möglich. Erinnerst du dich noch, wie du uns den Zugang zur Liebieg'schen Fabrik verschafft hast? Damals hast du rotzfrech behauptet, ich sei schwanger. Dabei waren wir noch nicht einmal sechzehn. Der Werkschutz hat es uns sofort abgenommen und meinen Vater benachrichtigt.«

Trotz ihrer Anspannung musste Eva nun lächeln. Dann aber wurde sie sofort wieder ernst.

»Sie könnten bei den Behörden in Prag nachfragen und in Budapest und in Reichenberg …«

»Budapest ist total zerstört. In Prag haben sie derzeit ganz andere Probleme zu lösen, das darfst du mir glauben! Und in unserem schönen Reichenberg, das nun Liberec heißt, ebenso. Niemand kümmert sich dort darum, ob eine gewisse Eva Menzel vor circa fünf Jahren ein uneheliches Kind zur Welt gebracht hat. Die Tschechen wollen nichts mehr von der Zeit der deutschen Besatzung wissen. Die stellen nämlich gerade ihren neuen Staat auf die Beine. Das ist das Einzige, was sie gerade interessiert.«

»Aber später …«

»Später sind aus deinen provisorischen Papieren dann ganz normale geworden. Und das war's. Wer weiß, wohin es dich überhaupt verschlagen wird? Ist doch gar nicht gesagt, dass du auf Dauer in der sowjetischen Zone bleibst.«

Eva schwieg eine Weile.

Inzwischen fühlte sie sich wieder halbwegs gesund, obwohl ihre Brüste empfindlich geblieben waren und sie nicht mehr so wie früher auf dem Bauch schlafen konnte. Der Schmerz über den Verlust ihres Kindes war nicht vergangen, und das würde er auch nie mehr, solange sie lebte. In ihr war eine tiefe Trauer, eine Melancholie, die sie jederzeit ohne Vorwarnung überfallen und auch den strahlendsten Tag im Nu grau färben konnte. Sie trauerte nicht mehr nur um Jan, sondern auch um ihr gemeinsames Kind. Und trotzdem war der Verlust schon eine Winzigkeit erträglicher geworden, was vor allem an Lenis quirliger Gegenwart lag. Tagsüber suchte sie immer wieder Evas Nähe; Nacht für Nacht schlief sie am Fußende ihrer Pritsche, quer zusammengerollt, als wolle sie jeden Zentimeter Platz ausnutzen. Inzwischen waren fast vier Wochen vergangen, und sie trug keine Stoppeln mehr auf dem Kopf, sondern wieder weißblondes Haar, das nachgewachsen war und ihn wie eine kostbare kleine Fellkappe bedeckte.

»Denn irgendwann wird dein Vater sich melden …« Molly ließ den letzten Teil des Satzes ungesagt im Raum stehen.

»Ich glaube inzwischen, er ist tot«, fuhr Eva auf, um gleich danach wieder ihre Stimme zu dämpfen. »Oder sie haben ihn nach Sibirien verschleppt, wie so viele andere. Was ungefähr auf das Gleiche hinausläuft.«

»Von der Westfront direkt hinter den Ural?«, sagte Molly mit leisem Spott. »Komm schon, Eva, so schlecht in Geografie warst nicht einmal du! Nein, er hat überlebt, da bin ich mir ganz sicher. Und es ist nur eine Frage der Zeit, bis du etwas von ihm hören wirst. Er muss dich ja erst einmal ausfindig machen. Und das wird er, denn dein Vater ist schlau und mutig. Schließlich hat er Jan damals nicht hängen lassen und auch einiges riskiert, um mir zu der Schwesternausbildung zu verhelfen. Er wird nicht ruhen, bis er seine Familie wiedergefunden hat. Alles andere würde gar nicht zu ihm passen.«

Und was soll ich ihm dann sagen?, dachte Eva ratlos. *Deine Bitte beim Abschied konnte ich leider nicht erfüllen, liebster Papa. Ich habe sogar so schlecht auf Mama geachtet, dass sie schwer krank geworden ist. Gleich nach der Ankunft im Quarantänelager haben sie sie isoliert. Seitdem liegt sie dort in der Krankenstation, wo sie nicht auf Dauer bleiben kann, und ich durfte sie bisher erst ein einziges Mal sehen, durch eine dicke Glasscheibe von ihr getrennt und ohne ein Wort mit ihr sprechen zu können. Eigentlich müsste sie dringend in die Berge oder an die See, um wieder gesund zu werden, aber wie sollte sie in ihrem Zustand dort hinkommen – durch ein besiegtes, zerbombtes Land, in dem die Züge erst allmählich wieder fahren? Und vor allem: Wer soll das bezahlen? Den Notgroschen, den du mir anvertraut hast, haben die Russen konfisziert. Seitdem besitzen wir nichts mehr – außer unserem Leben. Mamas allerdings ist gerade in großer Gefahr. Und ich fürchte, sie weiß sehr genau, wie es um sie steht, auch wenn sie ihr tapferstes Lächeln aufsetzt. Zwei herzzerreißende Briefe hat sie mir schon geschrieben, aber ich konnte noch keinen von beiden zu Ende lesen, denn bereits bei den ersten Zeilen musste ich jedes Mal fürchterlich weinen …*

»Wir müssen hier raus«, murmelte sie. »Je früher, desto besser. Alles andere ertrage ich nicht.«

Das Lager hatte sich bereits deutlich geleert. Als Erstes waren die Waisenkinder nach Berlin abtransportiert worden, wo sie auf verschiedene soziale Einrichtungen verteilt werden sollten, soweit diese in der zerstörten und jüngst in Sektoren aufgeteilten Stadt überhaupt noch bestanden. Leni hatte sich den ganzen Morgen tief unter zwei Decken vergraben, bis die anderen fort waren, aus Angst, man würde auch sie holen und wegbringen. Jetzt gab es im Lager nur noch eine Handvoll Kinder, die zusammen mit ihren Müttern in den Baracken lebten.

Alle hier hatten sehnsüchtig auf Arbeitsangebote gewartet, denn ohne Arbeit gab es auch keinen Zuzug. Doch welche Möglichkeiten bot Brandenburg mit seiner nur schwach industrialisierten Struktur? So hatte man einen Großteil derer, die als schwer vermittelbar galten, ins Zentrallager nach Fürstenwalde gebracht. Es hieß, von dort würden sie dann nach und nach weiter in der Region verteilt, doch wohin und mit welchen Aussichten wusste keiner.

Ein paar wenige würden bei Bauern unterkommen, die bereits durch das Lager spaziert waren, die Insassen in Augenschein genommen und danach ihre Auswahl getroffen hatten. Alles, worauf sie eigentlich erpicht waren – kräftige junge Männer und stattliche Frauen, die die schwere Feldarbeit gut bewältigen konnten, selbst wenn es ihnen an Erfahrung mangeln sollte –, war hier allerdings so gut wie gar nicht vertreten. Die müden, unterernährten Gestalten, die hier versammelt waren, konnten froh sein, wenn sie überhaupt von jemandem genommen wurden. Wer von den Landwirten in der Partei gewesen war, und das waren nicht wenige, musste jedoch Zwangseinquartierungen in Kauf nehmen. Die gefallenen, vermissten oder gefangen genommenen Söhne jedenfalls, die fast jede Familie zu beklagen hatte, würden diese ausgemergelten Flüchtlinge keinesfalls ersetzen können, darüber herrschte allgemein Einigkeit.

Flüchtling – wie wertlos und geringschätzig sich dieses Wort schon anhörte!

Viele Male am Tag bekamen sie es im Lager zu spüren. Einige hatten längst resigniert, andere stellten sich stur. Eva jedoch regte sich immer wieder darüber auf.

»Als ob wir auf einmal Menschen zweiter Klasse wären, nur weil man uns aus unserem Zuhause vertrieben hat! Ich mag das Wort gar nicht in den Mund nehmen. Und diese unbequeme Pritsche habe ich auch satt!« Sie warf sich auf die Seite, um eine bequemere Position zu finden.

»Carl sagt, es sei alles nur eine Frage der Einstellung. Schon immer habe es Menschen gegeben, die unfreiwillig ihre Heimat verlassen mussten. Und andere wiederum, die sie bei sich aufgenommen haben. Sozusagen seit Anbeginn der Menschheit. Was wir hier durchmachen, ist also nichts Besonderes. Vor uns ist es schon Millionen anderer so ergangen, und nach uns wird es auch nicht anders sein.«

»Aber mir tut *jetzt* der Rücken weh, und ich vermisse *jetzt* meine Mutter! Dieser Dr. Carl Schubert mit seiner Augenklappe kann dir offenbar alles weismachen«, grummelte Eva. »Kommst du vielleicht deshalb jeden Abend später aus dem Krankentrakt?«

»Ich bleibe nur so lange, bis alle versorgt sind. Carl meint, das seien wir den Patienten schuldig.«

»Carl, Carl, Carl – ich höre nur noch Carl! Der scheint ja die Weisheit geradezu mit Löffeln gefressen zu haben! Seit wann duzt du ihn eigentlich?«

»Ist doch egal. Er meinte, das sei unter Genossen so üblich.«

»Genossen? Hab ich da etwas verpasst? Ihr seid nicht gleichrangig, Molly, auch wenn du dir das vielleicht einbildest. Er ist der Arzt – und du bist lediglich das Mädchen, das die Spritzen aufzieht und die Instrumente säubert. Oder gibt es da vielleicht noch etwas anderes, das ich wissen sollte?«

»Hör auf!« Selbst im Dunkeln glaubte Eva zu sehen, dass

Molly rot wurde. »Ich mag ihn eben, weil er über so vieles nachdenkt. Und weil er wie mein Vater für seine Überzeugung eingestanden ist. Stell dir nur einmal vor, sie wären sich im KZ begegnet!«

»Und? Sind sie?«

»Wahrscheinlich nicht. Carl kann sich jedenfalls nicht an ihn erinnern. Aber es gab dort so viele Menschen, die gequält wurden. Außerdem weiß ich ja nicht einmal, wann genau sie meinen Vater umgebracht haben ...«

Es klang, als wollte sie gleich zu weinen beginnen. Dann aber wurde ihre Stimme wieder fester und hörte sich plötzlich fast schwärmerisch an.

»Dachau hat Carl nicht verbittert oder zynisch gemacht, sondern in einen Visionär verwandelt. Er glaubt an eine Zukunft, die nicht wie bisher auf dem Reichtum der einen und der Armut der anderen aufgebaut ist, sondern die Bildung und Wohlstand für alle bietet. Das gefällt mir. Und was er nicht schon alles gelesen hat! Der Anblick seiner Bibliothek würde sogar dich in Staunen versetzen.«

»Du warst in seiner Baracke?« Eva setzte sich abrupt auf. Leni bewegte sich ebenfalls, als würde sie im nächsten Moment aufwachen, schlief dann aber weiter.

»Ja. Ist doch nichts dabei. Er hat mir zwei Romane von Dostojewski geliehen und einige Schriften von Friedrich Engels. Wie du weißt, habe ich schon immer gern gelesen.«

»Aber garantiert keine ollen Russen und auch keine politischen Pamphlete!«

»Dostojewski und Engels sind Klassiker. So etwas kann niemals schaden«, verteidigte sich Molly.

»Und weiter?«, bohrte Eva. »Carl Wunderbar hat dir also die Bücher gegeben, und dann? Hat er versucht ...?«

»Nichts hat er versucht. Gar nichts! So ein Typ von Mann ist er nicht. Carl würde niemals eine Situation ausnutzen. Ich habe mich bei ihm bedankt und bin wieder gegangen.«

»Du klingst ja richtig enttäuscht …«

»Unsinn! Und jetzt lass uns endlich schlafen. Morgen warten wieder viele Patienten auf mich.«

Doch im Gegensatz zu Molly, die bald schon leise Schlafgeräusche von sich gab, blieb Eva fast die ganze Nacht wach. Ihre Freundin war bis über beide Ohren verliebt, das stand für sie fest. Zum ersten Mal in all den Jahren. Und sie hatte sich für keinen Gleichaltrigen entschieden, sondern für einen gestandenen Mann, der Schlimmes überlebt hatte und von festen Prinzipien durchdrungen war.

Ob Carl ähnlich wie Molly empfand?

Er wirkte nicht wie jemand, der an Spielchen interessiert war. Aber das fehlende Auge, die Narben auf seinem Körper und die Hölle, durch die er gegangen sein musste – war das nicht zu viel für eine junge Frau von Anfang zwanzig?

Molly ist niemals wirklich jung gewesen. Ein älterer Mann ist eigentlich genau richtig für sie. Diese Sätze schossen Eva durch den Kopf. Danach streifte sie die wehe Ahnung eines großen Verlustes, die sie gleich wieder von sich schob.

Wir werden immer zusammenbleiben, dachte sie beinahe trotzig. Niemand kann uns jemals trennen.

Doch als sie in der ersten Dämmerung endlich kurz einnickte und schließlich erwachte, als es hell war, war Mollys Pritsche leer. Und die Decke, auf die sie kurz die Hand legte, um vollständige Gewissheit zu erhalten, war kalt.

*

Sie sahen sich wieder bei der mittäglichen Essensausgabe. Jetzt, wo der Sommer seinen Zenit erreicht hatte, mochte niemand mehr innen sitzen, sondern alle versammelten sich um die rohen Holztische, die provisorisch vor der Lagerküche aufgestellt worden waren. Sogar Leni kam vorsichtig angeschlichen, die um die Küche sonst einen großen Bogen machte, weil der Ort für sie noch immer mit Leo verbunden war. Wie meist gab es Suppe, heute ein wenig dicker als sonst, angereichert mit ein paar Kartoffeln und einer Spur von Gemüse, dazu Quark mit einem Löffel Leinöl sowie Brot. Aus großen Behältern wurde dünner Pfefferminztee ausgeschenkt.

Molly rührte ihr Essen kaum an, obwohl sie sonst für ihren guten Appetit bekannt war, und lächelte die ganze Zeit selig in sich hinein. Als Eva sie ansprach, zuckte sie wie ertappt zusammen.

»Wo kommst du denn gerade her?«

»Woher wohl?« Mollys Augen glänzten. »Von der Arbeit natürlich.«

»Das meine ich nicht.« Eva tippte ihr leicht gegen die Brust. »Ich spreche hiervon. Da ist wohl wieder ein gewisser Carl im Spiel?« Den letzten Satz hatte sie nur gewispert.

Zu ihrer Überraschung stritt Molly nichts ab, sondern nickte strahlend.

»Weißt du, was er gesagt hat, Eva? Ob ich nicht …«

»Achtung, Achtung!«, unterbrach eine Lautsprecheransage ihre Unterhaltung. »Fabrikanten aus Sachsen sind soeben eingetroffen. Sie suchen Arbeitskräfte für Spinnereien und Strumpffabriken. Alle, die bereits in diesem Sektor gearbeitet haben, sollen sich auf dem Platz vor der Krankenstation einfinden.«

Eva griff nach Mollys Hand.

»Hast du das gehört? Das ist unsere Chance! Jetzt hat das Lager uns bald für immer gesehen. Und Mama holen wir natürlich nach. Sobald sie wieder gesund oder zumindest reisefähig ist.«

»Was redest du da? Ich bin Hilfsschwester und habe von Spinnen oder Weben nicht die geringste Ahnung!«

»Aber ich«, sagte Eva. »Ich war doch ein paar Monate bei den Liebiegwerken!« Natürlich fiel ihr im selben Moment ein, wie wenig rühmlich ihre Zeit dort verlaufen war, doch sie schob die Erinnerung schnell wieder beiseite. »Und dein Vater hat jahrelang den Buckel für sie krumm gemacht. Die Arbeit an den Maschinen ist eigentlich kinderleicht, Molly. Jemand, der so schlau ist wie du, lernt das im Handumdrehen.«

»Ich weiß nicht so recht …«

»Aber ich weiß es!«, bekräftigte Eva. »Du hast dich vor mich gestellt, als ich deine Hilfe gebraucht habe, und nun bin ich bei dir an der Reihe, also komm! Leni?«

Die Kleine war sofort an ihrer Seite.

»Du bist jetzt ganz lieb und sagst kein falsches Wort, ja? Höchstens deinen Namen, nichts anderes, hast du mich verstanden? Ich fädle nämlich gerade unsere Zukunft ein!«

Leni nickte andächtig.

Rund sechzig Frauen hatten sich inzwischen auf dem Platz versammelt, und die Aufregung war groß.

»Sachsen muss schön sein«, sagte die eine. »Das habe ich schon von vielen gehört. Aber jetzt ist Dresden total zerstört. Und Leipzig soll bereits von Flüchtlingen überfüllt sein …«

»Die Textilindustrie hat dort eine lange Tradition«, pflichtete eine andere bei. »Schon seit Jahrhunderten. Aber in die großen Städte werden wir wohl ohnehin nicht kommen …«

»Nicht weit entfernt liegt das Vogtland, das für seine Spitzen berühmt ist. Aber Klöppeln kann ich nicht. Das muss man nämlich lernen, wenn man noch klein ist, sonst wird da nichts Rechtes mehr daraus. Nur für den Fall, dass sie uns nach Plauen schicken wollen …«

Dr. Schubert stand zwischen zwei Männern, groß und hager der eine, korpulent und auffallend gut gekleidet der andere.

»Ich überlasse nun den Herren das Wort«, sagte er. »Antworten Sie frank und frei auf alle Fragen – aber antworten Sie bitte auch ehrlich, meine Damen! Mit Lügen ist hier niemandem geholfen.«

Damen – so hatte niemand sie mehr genannt, seitdem sie aus ihren Wohnungen und Häusern vertrieben worden waren.

Mollys Liebster offenbart unerwartete Züge, dachte Eva verblüfft. Da scheint es neben dem Genossen noch anderes in ihm zu geben, das es zu entdecken gilt.

»Horst Pfotenhauer«, begann der Lange mit ernster Miene. »In meiner Fabrik in Glauchau werden Strümpfe gefertigt. Zwanzig Frauen könnte ich maximal einstellen. Am liebsten jung, arbeitsam und ledig.«

»Gustav Vogel.« Der Dicke links von Schubert lächelte breit. »Ich betreibe in Werdau eine Vigognespinnerei und suche dafür dreißig geschickte Arbeiterinnen, möglichst mit Branchenerfahrung. Vigogne, das ist ein Streichgarn aus ungekämmter Wolle und Wollmischungen, falls der französische Begriff Ihnen fremd erscheinen sollte. Daraus kann man Flanell, Velours, Jersey oder Pullover machen, aber auch Decken, Teppiche und Möbelbezugstoffe – eben so gut wie alles!« Es war ihm anzuhören, dass er mit dem Hochdeutschen kämpfte, aber er schien entschlossen, sich trotz seiner weich ausgesprochenen Konsonanten und der gutturalen Vokale nicht unterkriegen zu lassen.

»Wir gehen auf jeden Fall zum Ersten«, flüsterte Eva Molly zu. »Der andere ist ein Aufschneider und vielleicht sogar ein Wüstling. So etwas erkenne ich auf Anhieb.«

»Als ob wir uns das aussuchen könnten …«

Molly sollte recht behalten, denn die beiden Männer schritten beherzt durch die Reihen und sahen sich jede einzelne Be-

werberin von Nahem an. Pfotenhauer war dabei offenbar besonders schnell entschlossen. Bevor er bei Eva und Molly anlangte,
war seine neue Belegschaft bereits komplett.

»Jetzt ist nur noch der Wüstling übrig«, flüsterte Eva enttäuscht. »Aber immerhin sind wir ja zu zweit. Und zusammen
können wir beide mit allem fertigwerden!«

Vogel baute sich vor ihnen auf und musterte sie von Kopf bis
Fuß. Hätten sie gewusst, worum es heute gehen würde, sie hätten sich mit dem wenigen, das sie noch besaßen, sorgfältiger
angezogen. So aber trug Eva ein altes blaues Kleid mit verblass-
ter Zackenlitze, das formlos an ihrem Körper hing, und Molly
verschwand fast in ihrem weißen Kittel.

»Sie haben schon in einer Spinnerei gearbeitet?«, fragte er.

Eva nickte eifrig, und als sie Molly mit dem Ellenbogen un-
auffällig in die Rippen stieß, tat die es ihr nach.

»Ein wenig dünn sind Sie beide ja schon für meinen Geschmack. Aber ich bin sicher, Sie können trotzdem zupacken.
Wo war Ihr letzter Arbeitsplatz?«

»In den Liebiegwerken«, antwortete Eva. »In Reich… – ich
meine, natürlich in Liberec. Und wenn es länger nichts Anständiges zu essen gibt, dann wird man eben dünn. So einfach
ist das.«

»Sie sind Schwestern?« Sein Blick gewann an Intensität.
»Von mir aus können Sie ruhig bei den deutschen Namen bleiben. Wir haben zwar den Krieg verloren, aber damit noch
lange nicht unsere Geschichte.«

»Freundinnen«, stellte Eva richtig, während Molly immer
noch stumm blieb. »Die allerbesten.«

»Und zu wem von Ihnen gehört dieser niedliche kleine Bub?«

»Ich bin doch kein Bub!«, protestierte Leni, die in alten, viel
zu kurzen Hosen steckte. »Bist du etwa blind?«

Er beugte sich tiefer zu ihr.

»Jetzt, wo du es sagst, erkenne ich es natürlich. Du bist ein hübsches kleines Mädchen, wie konnte ich das nicht sehen! Entschuldige bitte.«

Leni nickte mit großem Ernst.

»Marlene Menzel, fünf Jahre alt«, sagte sie und griff nach Evas schützender Hand. »Ich hatte Läuse. Aber die sind jetzt weg. Und meine Haare wachsen wieder.«

Er legte seine Finger kurz auf ihren Kopf. Leni ließ es zu, ohne sich zu wehren, was ungewöhnlich für sie war.

»Dann ist es also Ihre schlagfertige Tochter.« Eva erhielt einen warmen Blick. »Ach, Kinder sind so ungeheuer wichtig für uns, denn ihnen gehört die Zukunft. Wir müssen doch wieder erfolgreich werden nach dem Zusammenbruch, den wir erlitten haben! Viele Menschen haben alles verloren, was sie früher gewärmt und erfreut hat, und brauchen jetzt Stoffe, Stoffe, immer mehr Stoffe! Und dafür liefere ich mit Ihrer Hilfe die Garne. Allerdings müsste die Kleine während der wechselnden Schichten untergebracht werden, denn meine Maschinen stehen niemals still«, fuhr er fort. »Könnten Sie das hinbekommen? Zur Schule geht sie ja wohl noch nicht …«

»Aber ganz bald«, sagte Eva rasch, obwohl es ihr selbst etwas überstürzt erschien. Woher sollte sie wissen, wann Leni wirklich Geburtstag hatte? Mehr als eine grobe Schätzung blieb ihr ja nicht. Doch das Kind war zwar klein und dünn, aber aufgeweckt, das würde es schon schaffen! »Meine Freundin und ich könnten uns abwechseln, wenn Sie damit einverstanden wären.« Sie schluckte ihren Stolz hinunter und sah ihn flehentlich an. »Bitte nehmen Sie uns drei, Herr Vogel! Hier im Lager gehen wir sonst noch vor die Hunde.«

Nachdenklich wiegte er seinen Kopf, ging dann weiter zu den nächsten Frauen und sprach mit denen.

»Wie auf dem Viehmarkt«, flüsterte Molly. »Siehst du, wie

sie den Busen herausstrecken, um ihn zu ködern? Und wie an-
biedernd sie lachen? Ich finde das alles einfach nur widerlich.
Was bildet sich dieser Kerl eigentlich ein? Als Nächstes wird er
uns ins Maul greifen, um unsere Zähne zu prüfen, oder er wird
sehen wollen, ob wir wie die Kühe mit dem Schwanz die Flie-
gen wegwedeln können …«

»Schau nicht gar so unfreundlich drein«, zischte Eva zurück.
»Ich glaube, er hat Blut geleckt … Ja, er kommt tatsächlich
zurück. Nimm dich zusammen, Molly, denn jetzt geht es um
alles!«

»Sie gefallen mir«, sagte Gustav Vogel. »Zwei Freundinnen
und dann auch noch ein so bezauberndes Kind. Wissen Sie,
was? Sie können bei mir anfangen. In Werdau werden Sie sich
wohlfühlen!«

»Und wo sollen wir dort wohnen?«, fragte Molly. »Neben
den Maschinen können wir ja wohl kaum schlafen.«

»Natürlich nicht«, erwiderte er. »Obwohl – für die ersten Tage
stelle ich meinen neuen Arbeiterinnen eine leere Fabrikhalle
zur Verfügung. Ich weiß, das ist lediglich ein Anfang, aber immerhin! Niemand, der für Gustav Vogel arbeitet, muss draußen kampieren. Und danach werden Sie bei rechtschaffenen
Werdauer Familien untergebracht. Nicht jeder wird darüber
begeistert sein, damit müssen Sie rechnen, so sind die Menschen. Aber in Zeiten der Not müssen wir eben alle ein bisschen zusammenrücken.«

Eva nahm ihren ganzen Mut zusammen.

»Es gibt da vielleicht noch ein kleines Problem«, sagte sie.

»Mit dem stolzen Reichenberg kann es unser bescheidenes
Städtchen natürlich nicht aufnehmen«, sagte Vogel. »Falls Sie
darauf hinauswollen. Doch die Menschen in Werdau sind
strebsam und meist auch freundlich. Wenn Sie sich ein wenig
Mühe geben, gehören Sie schon bald dazu.«

»Das ist es nicht«, sagte Eva mit belegter Stimme. »Auf dem Hertrans… – ich meine, auf der Anreise wurden uns die gesamten Ausweisdokumente gestohlen. Natürlich habe ich sofort Ersatzpapiere beantragt, aber das kann in der jetzigen Zeit leider dauern.« Sie zwinkerte ihm zu. »Vielleicht sogar länger?«

»Na und?«, entgegnete er freundlich. »Dann reichen Sie die eben später nach. Hauptsache, Sie arbeiten fleißig und verhalten sich anständig. Der Rest wird sich dann schon finden.«

*

Lenis kleiner Rucksack war längst gepackt. Evas Koffer dagegen stand noch immer offen.

»Alles in mir sträubt sich dagegen, das ganze ungewaschene Zeug aufeinanderzuschichten«, sagte sie. »Aber wir haben ja nur diese schreckliche Pottasche als Waschmittel, und trocken bekämen wir die Sachen jetzt ohnehin nicht mehr.« Draußen ging gerade ein Gewitter hernieder. Grelle Blitze zuckten über den Himmel, und der Donner war ohrenbetäubend. Dann setzte auch schon prasselnder Regen ein. Die Schönwetterperiode der vergangenen Tage schien jäh beendet. »Willst du nicht auch deine Sachen endlich fertig machen?«

»Schon erledigt«, sagte Molly und deutete auf den kleinen Koffer unter ihrer Pritsche. »Das bisschen, was ich noch besitze, war schnell gepackt.«

»Es hört sich nicht gerade an, als würdest du das bedauern«, sagte Eva und versuchte dabei, ein Leintuch so klein wie möglich zusammenzufalten.

»Wenn ich eines gelernt habe, dann, mich niemals an irdischen Besitz zu klammern. Alles, was ich brauche, ist hier.« Molly tippte sich an die Stirn. »Und hier.« Sie deutete auf ihr

Herz. »Mehr ist eigentlich gar nicht nötig. Und niemand kann es mir jemals nehmen.«

»Ach, da spricht wieder unsere bedürfnislose kleine Philosophin!« Eva ließ sich mit einem Seufzer auf die Pritsche sinken. »Ich dagegen, die ich nicht über so viel Edelmut verfüge, träume sehr wohl von sündiger Unterwäsche, einem neuen schönen Kleid und vor allem von einer reich gedeckten Tafel, von der ich mich nach Herzenslust bedienen könnte.«

Langsam erhob sie sich wieder.

»Aber wenn ich wirklich wie im Märchen drei Wünsche frei hätte, dann wären es diese hier: dass mein Vater noch lebt und uns ausfindig macht. Dass die Ersatzpapiere für Mama, Leni und mich endlich ausgestellt sind. Und dass meine Mutter wieder ganz gesund wird – der letzte Wunsch gilt übrigens doppelt!«

Molly gab einen seltsamen kleinen Laut von sich. »Dann hat Carl noch nicht mit dir gesprochen?«, fragte sie.

»Dr. Schubert? Nein. Sollte er denn?«

»Das lässt du dir am besten von ihm selbst erklären.« Molly wollte das Thema unüberhörbar nicht vertiefen. »Wenn du gleich zu ihm gehst, ist er sicherlich noch wach. Er liest oft bis weit in die Nacht hinein.«

»Jetzt?«, fragte Eva verblüfft.

»Jetzt!«, drängte Molly.

So viel weiß sie also schon über ihn, dachte Eva, als sie den Platz vor der Krankenbaracke überquerte. Noch immer regnete es leicht, aber die schlimmsten Güsse waren vorüber. *Es ist alles andere als eine Schwärmerei, sondern Molly meint es richtig ernst. Wie wird sie dann die Trennung ertragen? Das sächsische Werdau liegt ja nicht gerade um die Ecke von Brandenburg …*

Durch das kleine Fenster seiner Baracke fiel Licht. Sie holte ihn also nicht aus dem Schlaf. Trotzdem zögerte sie, bevor sie anklopfte.

»Maria!« Mit einem warmen Lächeln riss er die Tür auf, das jedoch jäh erstarb, als er Eva erkannte. »Entschuldigung«, murmelte er. »Ich dachte einen Moment lang …«

»Molly, ich meine, Maria schickt mich«, sagte Eva, der der Taufname der Freundin nicht so leicht über die Lippen ging. »Sie wollten mich sprechen?«

»Ja. Das wollte ich.« Er schien noch immer leicht verwirrt. »Ich hatte dabei nur eher an morgen gedacht, aber wir können es ebenso gut auch schon heute erledigen.«

Er griff nach einer Packung Zigaretten, zog eine heraus und zündete sie an. Gierig inhalierte er.

Erst dann schien er an Eva zu denken.

»Sie auch?«, bot er ihr an. »Entschuldigung, dass ich so unhöflich bin. Manieren muss man beim Versuch, nach dem KZ wieder ein Mensch zu werden, auch erst neu lernen.«

»Danke, ich rauche nicht«, sagte Eva. »Aber als Geschenk nehme ich gern eine an.« Sie steckte die Zigarette in die Brusttasche ihrer Bluse. »Ist ja heutzutage mehr wert als Geld.«

»Ja, natürlich … Bitte nehmen Sie doch Platz!«

Schubert wies auf seinen Stuhl und setzte sich selbst auf die schmale Liege, die ihm offenbar auch als Bettstatt diente. Wenn Molly hier übernachtet hatte, mussten sie sich in der Tat sehr nahe gekommen sein. Überall standen und lagen Bücher, alte, neue, viele, die zerlesen wirkten.

»Mein größtes Laster«, sagte er mit einem kleinen Grinsen. »Eigentlich nicht verwunderlich beim Sohn eines Bibliothekars, aber bei mir ist es noch ausgeprägter, und das schon seit Kindertagen. Ich bin geradezu süchtig nach Büchern – und sie finden mich überall. Die Zeit der Inhaftierung ohne sie zu überstehen war die reinste Tortur. Seitdem ich wieder in Freiheit bin, gibt es für mich nahezu kein Halten mehr. Ich würde lieber hungern, als nicht mehr zu lesen.«

Eva fiel auf, dass neben ihm ein großer bräunlicher Umschlag lag, der amtlich wirkte.

Erwartungsvoll sah sie ihn an.

»Aber kommen wir zum Wesentlichen: Drei Dinge sind es, die ich mit Ihnen zu besprechen habe«, begann er. »Es ist mir geglückt, für Ihre Mutter ein freies Bett in einer Lungenheilanstalt zu bekommen, und zwar auf dem Ochsenberg im Harz. Die Johanniter-Heilstätte Sorge nimmt wieder einige wenige Patienten neu auf. Dort wird man sich um Ihre Mutter kümmern. Es kann allerdings bis zu einem Jahr dauern, bis akute Tuberkulose ganz ausgeheilt ist, manchmal sogar länger. Es ist ein Versuch, beileibe keine Garantie, darüber müssen Sie sich von vornherein klar sein. Aber wenn es irgendwo gelingen kann, dann sicherlich dort.«

»Ist sie schon …?«

Er nickte. »Der Transport erfolgte bereits heute Nachmittag. Die Klinik hat uns auch erst spät informiert. Ja, Sie hätten sich sicherlich gern noch persönlich von ihr verabschiedet, aber die Straßen sind schlecht, viele Brücken sind gesprengt, so dauern alle Wege viel länger. Außerdem müssen wir die wenigen Krankentransportplätze ausnützen, die uns zur Verfügung stehen.«

»Im Harz«, flüsterte Eva. »Liegt der denn auch hoch genug für die Lunge? Ich hatte eher an die Alpen oder die See gedacht …«

»Deutschland hat gerade schuldhaft den Krieg verloren.« Jetzt klang er streng. »Und ganz Europa ist eine einzige Wunde, alles ist voll von Kranken und Versehrten. Ich spreche beileibe nicht nur vom Körperlichen. All die verletzten Seelen, die es wieder zu heilen gilt – eigentlich ein uferloses Unterfangen! Ein freier Platz in Sorge muss da als großer Glücksfall bewertet werden.«

»Das weiß ich. Es ist nur, weil wir doch schon morgen zum Arbeiten nach Sachsen gebracht werden. Und das ist meines

Wissens ein ganzes Stück vom Harz entfernt. Das bedeutet, ich werde sie kaum besuchen können.«

»Es gibt Feiertage und auch Urlaub. Sie können sich schreiben. Das ist schon sehr viel.«

»Ja, das ist es!« Evas Augen wurden trotzdem feucht. »Und ich bin Ihnen auch unendlich dankbar, denn hinter dieser schrecklichen Glasscheibe wäre sie sicher bald zugrunde gegangen! Aber Sie kennen meine Mutter nicht. Mama ist wie ein großes Kind oder genauer noch: wie ein Vögelchen, das am liebsten trällert und alle Sorgen hasst. Sie braucht immer jemanden, der auf sie aufpasst. Das habe ich meinem Vater versprochen …« Sie verstummte.

Angesichts dieses ernsten dunkelblauen Auges, das ihm noch geblieben war, empfand sie plötzlich tiefe Scham. Wie gut aussehend er doch wäre, hätte er sein zweites Auge nicht verloren! Auf der anderen Seite war er Arzt und hatte selbst so vieles durchlitten.

Sie konnte und musste ihm die Wahrheit sagen!

»Sie hat schwer getrunken«, sagte sie. »Auch wenn ich es lange nicht wahrhaben wollte. Früher war sie eine berühmte Operndiva, und dann war mit dem Umzug nach Reichenberg plötzlich alles aus. Das hat sie niemals verkraftet. Seit Kriegsende ist es mit dem Schnaps zwar vorbei, aber nur, weil sie an keinen mehr herangekommen ist. Wenn sie könnte, würde sie sofort wieder zu trinken beginnen, da mache ich mir keinerlei Illusionen. Nicht nur ihr Körper ist geschwächt, ihr Wille ist es erst recht. Wäre mein Vater bei ihr, dann wäre es vielleicht anders, aber so fehlt ihr jeder Halt.«

Sein Gesicht wirkte plötzlich weicher.

»Ich weiß Ihre Offenheit sehr zu schätzen, Fräulein Menzel«, sagte er. »Und werde für die Kollegen in Sorge eine entsprechende Notiz verfassen mit der Bitte, sie diskret zu behandeln, aber Ihre Mutter im Auge zu behalten. Was ist mit Ihrem Vater? Ist er gefallen? Oder in Kriegsgefangenschaft?«

Eva zuckte die Schultern.

»Zuletzt war er an der Westfront stationiert, aber wir haben keine Ahnung, was seither passiert ist. Manchmal glaube ich, erst diese Ungewissheit hat Mama richtig krank gemacht. Meine Eltern konnten sich so furchtbar streiten, dass ich oft am liebsten weit fortgelaufen wäre, aber sie haben sich immer wieder versöhnt. Sie lieben sich, und außerdem ist mein Vater ein ganz besonderer Mann. Er hat die Nazis gehasst und einigen Menschen geholfen, die unter ihnen leiden mussten, egal welche Nationalität sie hatten. Ich vermisse ihn. Ich vermisse ihn so sehr!«

Jetzt weinte sie doch, aus Kummer, aber auch aus Erleichterung über den unerwarteten Platz für Julika in der Lungenheilanstalt.

»Da schultern Sie ja trotz Ihrer Jugend ein ordentliches Päckchen. Sie mussten alle schneller erwachsen werden, dazu hat diese erbarmungslose Zeit Sie gezwungen. Aber Ihre Kleine hilft Ihnen sicherlich, es zu ertragen.« Er griff in den Umschlag und zog eine graue Dünnpappe hervor. »Eigentlich sollten Sie es erst morgen unmittelbar vor der Abreise ausgehändigt bekommen. Aber wo Sie nun schon einmal hier sind …«

Eva starrte auf das Dokument.

Dann erst erkannte sie, worum es sich handelte. Links war das Lichtbild eingeklebt, das der Fotograf gleich nach ihrer Ankunft im Lager geschossen hatte. Mürrisch und verhungert sah sie darauf aus, um Jahre älter. Rechts stand: *Ausweis* – darunter eine Wortreihe in kyrillischer Schrift, die sie nicht entziffern konnte.

Eva Menzel, geboren 7.3.1924 in Liberec.

Mit eingetragen: Kind Marlene Menzel, geboren 1.2.1940 in Liberec.

»Ihre Mutter hat ihren neuen Ausweis bereits mit in den Harz genommen. Sonst hätte die Aufnahme in die Lungenheilanstalt unter Umständen gar nicht erfolgen können.«

»Unsere Papiere!« Sie konnte es nur flüstern. »Der Stein, der mir jetzt gerade vom Herzen poltert, ist mindestens so groß wie der Brocken im Harz!«

Eva sprang auf und umarmte ihn. Zuerst machte er sich stocksteif, dann aber spürte sie, wie seine Anspannung nachließ.

»Ist ja schon gut.« Carl Schubert lächelte, als sie ihn wieder freigegeben hatte. »Seien Sie ihr eine gute Mutter. Nichts anderes hat die Kleine verdient!«

Klang da etwa eine Andeutung durch? Hatte er sie durchschaut?

Plötzlich wollte Eva nur noch weg.

»Ich will Sie nicht länger aufhalten.« Sie ging zur Tür. »Ach, richtig, da war ja noch eine dritte Sache, die Sie mir mitteilen wollten …«

Auch er hatte sich nun erhoben.

»Ja«, sagte er, »und diese auszusprechen fällt mir ungleich schwerer. Aber es muss wohl sein: Maria wird Sie nicht nach Werdau begleiten, Fräulein Menzel. Sie wird stattdessen mit mir nach Berlin gehen, wo wir nach dem Ende meiner Tätigkeit hier im Lager gemeinsam eine Praxis aufbauen wollen …«

»Das glaube ich jetzt nicht!«, unterbrach ihn Eva. »Sie lügen! Niemals würde meine Molly mich derart hintergehen …«

»Maria hintergeht Sie nicht. Sie hat bislang nur noch nicht den Mut gefunden, es Ihnen zu sagen.« Er blieb gelassen. Nur seine Hände hatten sich zu Fäusten geballt. »Und so habe ich es eben jetzt getan …«

»Das will ich aus Mollys Mund hören!«

Sie riss die Tür auf und stürmte hinaus, den Ausweis fest umklammernd. Mit eiligen Schritten setzte Eva über den Hof, riss die Tür zur Baracke auf und kam erst vor den Pritschen wieder zum Stehen.

»Sag sofort, dass das nicht wahr ist!«, schrie sie. »Oder ich rede nie wieder ein Wort mit dir, Molly Engelhardt! Das kannst du doch nicht machen: mit diesem Augenklappenträger hinter meinem Rücken still und heimlich ein Nestchen bauen!«

Mollys Augen waren im Schein der Kerze riesengroß.

»Ich liebe ihn«, sagte sie schlicht. »Carl ist eine Waise wie ich, und er ist klug und einfühlsam. Ich will bei ihm bleiben, Eva. Für den Rest meines Lebens.«

»Aber du kennst ihn doch kaum …«

»Und wie war das damals mit Jan und dir?«, erwiderte Molly. »Ich kann mich sehr genau daran erinnern, wie plötzlich du in Flammen standest.«

»Weiß er eigentlich, dass du Parteimitglied warst?« Eva bereute den Satz zutiefst, kaum dass sie ihn ausgesprochen hatte.

Mollys Gesicht war wie versteinert.

»Ja, das weiß er. Und er weiß auch, warum mir damals keine andere Wahl blieb. Aber dass du eines Tages so mit mir reden würdest …« Jetzt hatte auch sie die Stimme erhoben.

Inzwischen war Leni wach geworden und stand verschlafen im Bett.

»Streitet ihr?«, fragte sie ängstlich, den Stoffigel fest gegen die Brust gedrückt. »Ihr sollt nicht streiten!«

»Manchmal muss man eben leider streiten, mein kleiner Schatz.« Eva umarmte sie kurz, dann legte sie sie wieder ins Bett. »Mach die Augen fest zu und versuch zu schlafen. Morgen steht uns eine lange Reise bevor!«

Sie wandte sich erneut ihrer Freundin zu.

»Und jetzt wieder zu dir, Molly. Mit mir und Jan, das war doch etwas ganz anderes.«

»Und weshalb? Weil dir alles im Leben zusteht, während ich mich mit Brosamen zufriedengeben soll? Ist es das, was du mir damit sagen willst? Aber damit ist jetzt Schluss! Jetzt bin ich an der Reihe, Eva. Ich liebe – und ich werde geliebt! Beides fühlt sich verdammt gut an.«

Mutlos sank Eva auf die Pritsche.

»Dann liebe ihn von mir aus, wenn es unbedingt sein muss, aber doch nicht ausgerechnet jetzt! Was soll ich denn mit Leni anstellen, wenn ich Wechselschichten in der Fabrik arbeite? Selbst wenn ich in Werdau eine Art Kindergarten finden sollte – nachts hat der garantiert nicht geöffnet.« Ihr Tonfall wurde flehend. »Wozu hab ich denn dem sächsischen Wüstling so erfolgreich schöne Augen gemacht? Doch nicht für mich allein, sondern ebenso für Leni und für dich. Ich brauche dich, Molly. Lass uns jetzt bitte nicht im Stich!«

»Das bin ich also für dich, dein Kindermädchen und deine Notlösung. Schön, das endlich zu wissen!«

»Du blöde Kuh!« Eva sprang wieder auf. »Was für ein granatendummes Zeug du gerade daherfaselst. Du bist meine allerbeste Freundin, meine Schwester, mein Ein und Alles, und das weißt du ganz genau. Meinen rechten Arm würde ich für dich geben oder mein linkes Bein, wenn es nötig wäre. Aber du, du willst ja auf einmal nur diesen Carl!«

»Ja«, sagte Molly kämpferisch. »Ich hätte es selbst nicht besser formulieren können. Genau den. Carl und sonst keinen.« Sie nahm ihren Koffer und ging zur Tür.

»Du gehst jetzt nicht zu ihm! Nicht, bevor wir uns fertig ausgesprochen haben.« Eva lief ihr hinterher und versuchte sie, am Hinausgehen zu hindern, doch Molly schüttelte sie ab.

»Und ob ich das tue! Und weder du noch sonst jemand wird mich an meinem Glück hindern.«

Die Tür fiel hart hinter ihr ins Schloss.

*

Es war kein Güterwaggon, der sie nach Sachsen bringen sollte, und auch kein Viehwaggon, aber ein uralter Personenwagen der sogenannten »Holzklasse«, die man eigentlich schon in den Zwanzigerjahren aus dem Schienenverkehr ausgemustert hatte. Doch jetzt, wo Mangel an fast allem herrschte und jeder mit zusammengestückelten Provisorien leben musste, hatte man sich offenbar wieder auf diese Museumsstücke besonnen und sie erneut auf die Schienen gebracht. Die harten hölzernen Bänke waren an die Seitenwände montiert, quer zur Fahrtrichtung; später waren zusätzlich auch noch einfache Lattenbänke in Fahrtrichtung installiert worden. Eva war es mit Flinkheit und Frechheit gelungen, zwei dieser begehrten Plätze für sich und Leni zu ergattern. Aber anstatt sich darüber zu freuen, hatte die Kleine das ohnehin karge Frühstück verweigert, das sie für die Reise eingepackt hatte, und fragte jetzt alle paar Minuten mit immer dünnerer Stimme nach Molly.

»Kommt sie noch? Molly *muss* doch kommen!«

»Das wird sie schon«, versicherte Eva matt, obwohl sie selbst längst vom Gegenteil überzeugt war. Die Freundin hatte sich den ganzen Morgen nicht blicken lassen, weder in der Baracke noch beim Essen und auch nicht beim Transport zum Bahnhof, den ein halbes Dutzend Ochsenkarren bewerkstelligt hatten.

»Habt ihr wieder gestritten?«, fragte Leni weinerlich. »Ihr sollt doch nicht streiten!«

»Nein«, sagte Eva. »Nicht mehr seit gestern. Ich denke, sie ist noch bei ihren Kranken.«

Es gab keine Gepäckablage, was bedeutete, dass alles kreuz und quer am Boden lagerte, was das ohnehin unbequeme Sitzen nicht einfacher machte. Für einen kurzen Weg mochte es wohl gehen, aber mit all den Einschränkungen auf der Strecke und den drohenden Kontrollen, die sie womöglich über sich ergehen lassen mussten, war mit einer stundenlangen Fahrt zu rechnen. Schon jetzt spürte sie ihren Steiß. Wie mochte sich der dann erst bei der Ankunft in Werdau anfühlen?

Leni war kaum auf dem mühsam erkämpften Sitz zu halten, quengelte und jammerte und ging damit allen auf die Nerven.

»Jetzt hör endlich auf, so wild herumzuhampeln«, tadelte Eva ungewohnt barsch. »Davon kommt unsere Molly auch nicht schneller!«

Das verkehrte Argument.

Das kleine Gesicht verzog sich schmerzlich, und Leni begann, bitterlich zu weinen. Jetzt tat es Eva leid, dass sie so ungeduldig gewesen war. Sie streichelte sie und redete leise auf sie ein, doch das Schluchzen wurde immer lauter und verzweifelter.

Inzwischen starrte der halbe Waggon auf sie, und die anderen Frauen fingen an, ihr ungefragt Ratschläge zu erteilen, wie sie mit dem Kind umzugehen habe.

»Sie müssen strenger zu ihr sein, sonst tanzt sie Ihnen schon bald auf der Nase herum …«

»Das kommt davon, wenn die Mütter so jung sind. Dann haben die Kleinen keinen Respekt …«

»Meine Kinder habe ich immer zur Ruhe gebracht, wenn ich ihnen was Schönes vorgesungen habe …«

Plötzlich hielt die heulende Leni inne und starrte durch das offene Fenster, als habe sie draußen auf einmal einen Geist entdeckt. Ihre Wangen waren noch tränenfeucht, doch der Mund verzog sich zu einem vorsichtigen Lächeln.

»Da!« Ihr Zeigefinger wies nach draußen. »Da, da, da …«

Wenige Augenblicke später stand Molly mit ihrem Koffer im Abteil. Die aschblonden Haare standen ihr zu Berge, als sei sie gerannt. Die Brille war beschlagen und die Miene grimmig.

»Einzig und allein Carl hast du es zu verdanken, dass ich doch noch gekommen bin«, polterte sie los und schubste Eva unwillig ein Stück zur Seite. »Ist das der ganze Platz, den ihr mir übrig gelassen habt? Na großartig! Da hocken wir ja wie die Sardinen in der Büchse, bis wir in Sachsen ankommen. Carl meinte, das sei ich dir schuldig, weil du es mit der Kleinen sonst wahrscheinlich nicht schaffen würdest. Ich bin übrigens stocksauer, nur damit du Bescheid weißt, doch seine Argumente waren einfach nicht zu widerlegen. Aber ich komme nur als Leihgabe. Und höchstens bis Weihnachten, verstanden? Danach geht endlich mein eigenes Leben an!«

Zutiefst erleichtert machte Eva sich so schmal wie nur irgend möglich. Als Molly dann endlich saß, zog sie sie noch enger an sich.

»Dann komm mal her, du wunderbare, stocksauere Leihgabe! Ich muss dich jetzt erst einmal gründlich küssen.« Sie drückte ihr einen dicken Schmatz auf die Wange.

Molly begann zu zwinkern, wie immer, wenn ihr etwas ziemlich peinlich war, aber sie wehrte sich nicht.

»Merkt ihr das denn nicht?«, rief Leni, die auf Evas Schoß saß und inzwischen wieder entspannt grinsen konnte. »Das müsst ihr doch auch merken!«

»Was denn?«, fragten die beiden Freundinnen wie aus einem Mund.

»Wir fahren!«, trällerte Leni. »Wir fahren …«

11

Als Kind hatte Nane die Scheune der Benteles vom ersten Tag an geliebt, das Wohnhaus dagegen niemals betreten können, ohne eine gewisse Beklemmung zu verspüren. In der geräumigen Küche, in der Regine Bentele ihr freundlich-scheues Regiment geführt hatte, war es noch halbwegs erträglich gewesen. Aber kaum ging es weiter in die anderen Räume – in das längliche Wohnzimmer mit den wuchtigen braunen Ledermöbeln, das steife Esszimmer mit den schmiedeeisernen Wandleuchten, die spartanisch eingerichteten Jungenzimmer unter der Dachschräge oder, noch schlimmer, in jenen angebauten Trakt, in dem Hermann Bentele seit dem frühen Tod seiner Frau allein hauste –, legte sich etwas Dunkles, Schweres auf sie, das sie kaum ertragen konnte. Freiwillig hätte sie ohnehin keinen Fuß ins Haus gesetzt, aber Simon war es immer wieder gelungen, sie doch dazu zu überreden. Ein einziges Mal hatte sie sich dazu hinreißen lassen, ihm von ihrer Wahrnehmung zu erzählen. Darauf hatte er so empört reagiert, dass sie sich in der letzten Woche ihres Rickenbacher Aufenthalts nicht mehr gesehen hatten.

Das musste um die Zeit herum gewesen sein, in der ihre Freundschaft ohnehin zu bröckeln begann. Die Pubertät hatte Lukas und Simon bereits fest im Griff, und auch bei der nur wenig jüngeren Nane zeigten sich erste körperliche Veränderungen.

Während ihr knospender Busen und die sanfte Rundung der Hüften keinerlei Auswirkungen auf ihr schulisches Abschneiden hatten, sanken die Noten der Jungen bedenklich ab. Schließlich erschien den besorgten Eltern ein Internat als einzig probate Lösung. Anstatt sich für Salem zu entscheiden, wo die Brüder bislang mit einer Sonderregelung als Externe das Gymnasium besucht hatten, wählten sie stattdessen eine Einrichtung in St. Peter Ording, so weit vom Bodensee entfernt liegend, dass ein Nach-Hause-Fahren nur in längeren Ferien möglich war. Doch selbst diese Aufenthalte würden rar werden, denn schon jetzt waren diverse Sprachreisen und Kulturausflüge avisiert, um die Bildung der Jungen zu vervollständigen.

Seltsamerweise hatte die Großmutter Nane nicht getröstet, als sie sich bei ihr darüber beklagt hatte.

»Ihr werdet jetzt eben groß«, hatte sie einfach nur gesagt und fast erleichtert dabei geklungen. »Da wird es langsam Zeit, dass ihr alle eure eigenen Wege geht. Das Spielen im Heu ist nur etwas für Kinder und nichts mehr für heranreifende Mädchen wie dich, denen die Männer schon nachpfeifen. Du gehst mir mit den beiden Jungen nicht mehr dort hinauf, versprochen?«

»Nein. Ist mir ohnehin zu langweilig und viel zu kindisch«, hatte sie, nicht ganz wahrheitsgemäß, versichert, denn das heimliche Küssen in der Scheune und am See hatte sich ganz und gar nicht langweilig und erst recht nicht kindisch angefühlt. »Aber ich dachte immer, du magst Lukas und Simon.«

»Die beiden Buben sind in Ordnung. Die können ja nichts für ihre Familie …«

Wieso fiel ihr das ausgerechnet heute wieder ein? Wahrscheinlich, weil sie zum ersten Mal seit Langem das Bentelehaus wieder betreten würde. Souki, die brav neben ihr ging, schien ihre Anspannung zu spüren und drückte sich enger an Nanes

Wade. Morgen würde sie endlich eine anständige Leine und ein Halsband für sie besorgen, um dann in Ruhe mit ihr spazieren gehen zu können. Um die Anmeldung der Hündin, was dann unweigerlich die Zahlung der Hundesteuer nach sich zog, musste sie sich auch kümmern.

Zwei unerledigte Aufgaben, das genügte bereits, um das Summen im Ohr einen Tick anzuheben. Nane atmete ein paar Mal bewusst ein und aus, dann ließ es wieder nach.

Ob Marlene sie beide heute Abend vermissen würde?

Ausweichend, um nicht zu sagen ein wenig feige, hatte Nane für die Tante lediglich eine nichtssagende Notiz auf dem Küchentisch hinterlassen.

Bin alte Kontakte auffrischen gegangen. Kann später werden. Gruß, Nane.

Kein Wort über die Benteles. Ihr war nicht danach gewesen, erneut Giftfässer aufzumachen. Marlene, die noch einmal zu ihren Pflückern gefahren war, um die nächsten Arbeitsschritte abzusprechen, würde sich ihren Teil wohl denken. Aber schließlich war sie ja ihre Nichte, nicht ihre Gefangene. Und wie man Männer in die Flucht schlug, die einem ungefragt zu nahe kommen wollten, wusste Nane leider viel zu genau.

Sie musste nicht klingeln, denn als sie vor dem Haus angelangt war, lief sie Lukas direkt in die Arme.

»Da ist sie ja, unsere Ausreißerin!«, rief er und küsste sie auf beide Wangen. Er war größer, breiter gebaut als sein Bruder Simon und schon ein wenig kahl. Aber auch er hatte die aufregenden Bentelefarben geerbt: die frische Haut, die hellen Haare, die blitzenden blauen Augen unter starken dunklen Brauen. *Gesetzt* war das Wort, das ihr einfiel, als sie ihn länger betrachtete. Ein Mann, der seinen Platz in der Welt gefunden hatte und ihn auch behaupten würde. »Simon hat mir schon erzählt, dass du wieder bei uns aufgeschlagen bist.«

Er klopfte auf den Packen Unterlagen, den er unter dem Arm trug.

»Lieb von dir, dass du meinem leicht chaotischen Bruder dabei helfen willst, die Hinterlassenschaft unseres Großvaters zu ordnen! Ich will auch gern meinen Teil dazu beitragen, obwohl du sicher weißt, dass das Schriftliche noch nie so mein Ding war, trotz der feinen Schulen, auf die die Eltern uns gezwungen haben. Wenn ich dagegen eine Schaufel, Schere oder Hacke in der Hand halte, geht es mir sofort besser. Sehr viel werde ich also wohl nicht schaffen – bei unserer anstrengenden Arbeit im Weinberg und im Laden, vor allem aber wegen meiner nimmermüden Kinder. Das Wort schlafen kennen die nämlich nur vom Hörensagen.«

»Ich habe deine Rasselbande bereits kurz erleben dürfen«, sagte Nane. »Spannendes Trio, muss ich schon sagen. Sie wollten gleich Beute machen, und irgendwie haben sie mich an uns früher erinnert.«

»Ja, da ist wirklich was dran! Greta, meine Kleine, ist übrigens meistens die Anführerin. So wie du damals.«

»Jetzt übertreibst du aber«, protestierte Nane, während Souki ihn neugierig beschnüffelte und offenbar für gut befand, denn ihre Rute regte sich freudig. »Du warst der Älteste und daher in der Regel auch der Boss. Ich habe mich euch bloß angeschlossen.«

»Davon habe ich aber wenig gemerkt«, erwiderte Lukas. »Außer wenn ich die Äpfel klauen sollte, die zu hoch für euch hingen. Oder wenn mein Großvater jemanden gesucht hat, dem er die Strafe für unsere Streiche aufbrummen konnte – dann allerdings sehr wohl.« Er schmunzelte. »Das sollten wir alles bei Gelegenheit vertiefen, aber jetzt muss ich wirklich los. Mascha wartet mit dem Essen, und sie mag es gar nicht, wenn alles kalt wird.«

»Mascha, ist das deine Frau?«, fragte Nane.

Er nickte.

»Eine Russlanddeutsche«, sagte er. »Ihre Familie ist an den Bodensee gekommen, da war sie gerade mal acht und konnte ungefähr drei deutsche Wörter. Jetzt solltest du sie mal im reinsten Schwäbisch losschimpfen hören – noch einheimischer geht es kaum!«

Nane machte ihm Platz, damit er vorbeikonnte.

»Wundert mich eigentlich, dass ihr nicht auch hier wohnt«, rief sie ihm noch hinterher. »Platz genug gäbe es ja.«

Lukas blieb stehen und sah sie an. War es die hereinbrechende Abenddämmerung, oder lag plötzlich ein Schatten auf seinem Gesicht?

»Jung und alt unter einem Dach, das geht doch nie gut«, sagte er. »Bei meinem Großvater und meinen Eltern war das auch nichts anderes als ein Krieg auf Raten, bei dem es keinen Sieger, dafür aber jede Menge Verlierer gab. Diese bittere Erfahrung wollte ich meiner Familie unbedingt ersparen. Außerdem – Hand aufs Herz, Nane: Würdest du hier wohnen wollen?«

Er drehte sich um, ohne ihre Antwort abzuwarten, und ging weiter zu seinem Auto.

Lukas hat sich verändert, dachte Nane, während sie mit Souki die große Diele betrat. *Mehr als Simon, der mir noch immer so übermütig und sprunghaft wie früher vorkommt. Weil er immer der kleine Bruder bleiben wird, vielleicht? Einer, der sich Dinge herausnehmen kann, für die der andere längst zu vernünftig ist?*

»Wir sind da!«, rief sie ihm laut entgegen. »Ich habe Souki mitgebracht, meine Hündin. Ich hoffe, das ist in Ordnung.«

»Aber ja.« In zerschlissenen Jeans und einem weichen grauen Pullover, was ihn jünger wirken ließ, stand Simon im Türrahmen.

»Ich habe den Kamin angeworfen. Ein bisschen Wärme kann uns nicht schaden.«

Souki beschnüffelte auch ihn, zog sich dann aber rasch wieder zurück. Lukas schien ihr mehr zu liegen, was Nane ein wenig verblüffte.

»Sie fremdelt noch«, sagte sie entschuldigend. »Ich habe sie ja erst seit ein paar Tagen, und sehr krank war sie auch noch. Bin schon froh, dass sie endlich wieder frisst. Was gar nicht so einfach war. Erst hausgemachte Fleischbrühe und Tafelspitz konnten sie schließlich überzeugen.«

»Sie hat eben Charakter! Ist doch besser, als wenn Hunde sich gleich bei jedem anbiedern.« Er nahm ihr die Jacke ab. »Ich hab uns Tee gekocht. Damit wir einen klaren Kopf behalten. Zum Wein können wir ja später immer noch übergehen, falls uns danach ist.«

Mit einem kleinen inneren Zögern betrat sie das Wohnzimmer. Da waren sie noch, die schweren Ledermöbel, vor denen sie sich damals so klein gefühlt hatte, aber sonst erinnerte so gut wie nichts mehr an den bedrückenden Raum von einst. Die Wände waren zartgrau gestrichen, den dunklen Boden bedeckte ein großer weißer Berberteppich, die indirekte Beleuchtung spendete warmes Licht. Vor dem Fenster stand ein langer Tisch mit sechs hochlehnigen Stühlen, dessen Holzart auf Anhieb nicht zu erkennen war, denn die Tischplatte war mit Kartons, Schachteln, Aktenordnern, Schnellheftern und diversen Mappen vollständig bedeckt. An den Wänden hingen große Gemälde, deren Handschrift sie sofort wiedererkannte.

»Wow«, sagte Nane beeindruckt. »Ein wirklich wohnliches Zimmer hast du daraus gemacht. Und dazu diese vier riesigen Inbrechts – wie sehr ich dich darum beneide!«

»Ich habe sie mir nach und nach geleistet«, meinte Simon. »Immer dann, wenn die Ernte besonders gut ausgefallen war.

Außerdem ist mir Ruppert beim Preis freundschaftlich entgegengekommen. Er mag es, wenn seine Werke bei Menschen hängen, die sie wirklich lieben.«

Langsam ging Nane von einem Bild zum anderen.

»Stundenlang könnte man sie ansehen«, sagte sie. »Denn immer wieder gibt es Neues zu entdecken. Und gefallen tun sie mir alle vier. Die Jahreszeiten, oder?«

Simon nickte.

»Mit dem Herbst habe ich damals begonnen«, sagte er. »Danach kamen Winter und Frühling, nach einem Ernte-Traumjahr, deshalb hängen sie hier auch zusammen. Der Sommer ist übrigens ganz neu. Den habe ich erst seit ein paar Wochen.«

»Den Sommer finde ich am stärksten«, sagte Nane. »Offenbar wird dein Freund immer besser.«

»Du sagst das so sehnsuchtsvoll.« Simon grinste. »Aber ich muss dich warnen. An Rupp haben sich nämlich schon reihenweise Frauen die Zähne ausgebissen!«

»Ich rede von diesem Bild«, stellte sie klar. »*Nur* von dem Bild. Unten Wasser, oben Himmel und dazwischen nur schwankendes Schilf, das ist wie im Traum …« Nane stieß einen tiefen Seufzer aus. »Platz müsste man haben. Und Geld. Ja, das war schon immer eine ideale Kombination.« Dann räusperte sie sich. »Aber nun genug von dem Gejammer! Wir wollten arbeiten, richtig?«

»Richtig!«, bekräftigte Simon. »Ich habe schon versucht, etwas Ordnung in das Chaos zu bringen, aber irgendwie kommt es mir endlos vor …«

Nane starrte auf die Tischplatte und versuchte, so etwas wie ein System zu erkennen. Nach einer Weile gab sie auf. Ein System existierte nicht, was auch immer Simon bisher mit dem Krempel angestellt haben mochte. Sie mussten offenbar ganz von vorn beginnen.

»Wir könnten die Hinterlassenschaft als Erstes in drei Abteilungen aufgliedern«, schlug sie vor. »Was sofort wegkann – das ist ein Nein. Erinnerungen, die ihr unbedingt aufheben wollt – das ist ein Ja. Und die Dinge, über die ihr noch nachdenken wollt – also ein Vielleicht.«

»Das gefällt mir.« Simon brachte ihr eine Tasse Tee und stellte sie auf einem der freien Stühle ab. Souki kam neugierig an, trabte dann aber wieder weg und rollte sich auf dem Teppich vor dem Kamin zu einer anmutigen Hundebrezel zusammen. »Womit willst du anfangen?«

»Hiermit!« Nane deutete auf die drei großen Kartons. »Das nimmt am meisten Platz weg. Allerdings muss ich dich noch warnen, bevor wir loslegen: Im Wegwerfen bin ich gnadenlos. Meine Mutter lässt mich zum Beispiel an keinen ihrer Schränke mehr, nachdem ich einmal bei ihr ausgemistet habe. Wenn dir das zu gefährlich erscheint, suchst du dir lieber jemand anderen.«

»Umso besser«, sagte er lachend. »Ich beuge mich gern deiner Autorität. Hat mir übrigens immer schon Spaß gemacht.«

Da war etwas in seinem Tonfall, das Nane aufhorchen ließ.

Und ja, früher war es tatsächlich oft so gewesen, dass sie bei den gemeinsamen Unternehmungen den Ton angegeben hatte, da hatte Lukas, der es vorhin auch erwähnt hatte, schon recht gehabt. Sie war die Jüngste des Trios gewesen, aber diejenige, der immer am meisten eingefallen war: die längsten Geschichten, die ausgefallensten Spiele, die verrücktesten Verstecke, die gefährlichsten Mutproben und manch anderes. Nach Rickenbach zu kommen hatte nicht nur für sie die Türen zum Paradies geöffnet. Auch die Brüder Lukas und Simon, die Tag für Tag hier lebten, blühten in ihrer Gegenwart erst richtig auf. Wenn sie wieder bei ihnen war, schienen sie zu begreifen, welch ungeahnte Möglichkeiten das Leben hier bot – um es den Winter über jedes Mal gründlich zu vergessen, bis es erneut Sommer wurde und Nane zurück war.

Sie zwang sich in die Gegenwart zurück. Wenn sie ständig Erinnerungen und alten Gefühlen nachhing, würde hier vermutlich gar nichts vorangehen.

Beherzt öffnete Nane den ersten Karton und schaute hinein.

»Zinnfiguren«, sagte sie verblüfft und holte ein paar davon heraus. »Das sind Soldaten der Wehrmacht, oder?«

»Ganz genau«, sagte Simon. »Weiter unten findest du noch Panzer, Artillerie, Lastwagen, sogar ein paar U-Boote. In den anderen beiden Kartons lagern Soldaten der Roten Armee sowie amerikanische, englische und französische Truppen. Alles aus Zinn.«

»Was wollte euer Großvater damit?«, fragte Nane. »Hat er sie euch zum Spielen geschenkt, um euer Geschichtsbewusstsein zu trainieren?«

Simon gab eine Art Knurren von sich.

»Den Kopf hätte er uns fast abgerissen, als wir einmal drangegangen sind. Nein, das hier war absolut tabu. Nicht einmal Robert durfte sie berühren, obwohl der Großvater mit dem Sammeln schon angefangen hatte, als er noch klein war.«

»Du sagst Robert zu deinem Vater?« Dieser Abend brachte wirklich lauter Überraschungen mit sich.

»Manchmal. Und er scheint es zu mögen, auch wenn er es niemals zugeben würde.«

»Und deine Mutter? Ist die auch so fortschrittlich?«

»Die wollte immer nur Mama heißen, niemals Regine«, sagte er.

»Wo sind deine Eltern überhaupt?«, fragte Nane, die immer lieber Mama als Vicky zu ihrer Mutter gesagt hatte, auch wenn diese den Vornamen bevorzugt hätte, um sich möglichst lange möglichst jung zu fühlen. »Ebenfalls ausgezogen?«

»Nein.« Er deutete zur Decke. »Sie haben sich oben eine hübsche Wohnung eingerichtet. Wir arbeiten ja zusammen, aber bewahren jeder unsere Privatsphäre, und das klappt in der Regel auch, selbst wenn Lukas behauptet, es sei eine Illusion.«

»Nun gut«, sagte Nane. »Nur noch einmal kurz zusammengefasst, damit ich es auch richtig verstehe: Euer Großvater hat zeitlebens Zinnfiguren zum Thema Zweiter Weltkrieg gesammelt, aber weder sein Sohn noch seine Enkel durften ihnen jemals nahe kommen. Richtig?«

Simon nickte.

»Was hat er denn damit gemacht? In alten Erinnerungen geschwelgt? Er war doch im Krieg, oder?«

»Und ob er das war«, sagte Simon. »Hat ihm ein kaputtes Bein und vermutlich jede Menge Narben auf der Seele eingebracht. Weißt du nicht mehr, wie er gehinkt hat?«

Hermann Bentele, schwer auf seinen Stock gestützt, mit einem Gesichtsausdruck, als wolle er die ganze Welt fressen – wie schnell war sie damals gerannt, sobald er in Sichtweite kam, um sich vor ihm in Sicherheit zu bringen!

»Weiß ich noch ziemlich gut«, sagte Nane. »Aber meine Frage hast du damit noch nicht beantwortet.«

»Ich kann es dir ehrlich nicht sagen«, räumte Simon ein. »Denn keiner von uns durfte da jemals dabei sein. Aber mein Großvater hat tagelang ganze Frontaufstellungen aufgebaut und wieder verworfen, das habe ich sehr wohl gesehen, wenn ich ab und zu durchs Schlüsselloch gespitzt habe. Ich musste es einfach tun, auch wenn Strafe drohte! Verbotenes hat mich, wie du dich vielleicht erinnerst, immer schon gereizt.«

Er leerte seine Tasse in einem Zug und schenkte dann auch Nane nach, die bislang nur ein paarmal an ihrem Tee genippt hatte.

»Ich glaube, er hat damit seinen ganz persönlichen Krieg geführt«, fuhr Simon fort. »Zu welchem Zweck auch immer. Um endlich zu vergessen? Um bloß nichts zu vergessen? Um die Geschichte umzuschreiben? Oder um sie für alle Zeiten zu zementieren? Nicht die geringste Ahnung, Nane! Ich fürchte, das hat er alles mit ins Grab genommen.«

»Also weg damit?«, fragte Nane. »Ihr könntet das Zeug natürlich auf Auktionen anbieten. Oder im Internet. Es gibt bestimmt Sammler, die einiges dafür hinlegen würden.«

»Keine Zeit«, sagte Simon. »Und erst recht keine Lust. Ich will, dass es so schnell wie möglich aus dem Haus kommt. Dieser kranke Militärgeist hat für meinen Geschmack schon viel zu lange hier zwischen den Mauern geschwebt.« Er packte die beiden Kisten und hievte sie schwungvoll auf den Boden. »Dort, wo sie stehen, ist *Nein*. Damit wir das ja im Auge behalten.«

»Einverstanden.« Nane zog die dritte Kiste heran. »Und was ist hier drin? Noch mehr Militaria in Miniaturgröße?«

»Ich hatte Gänsehaut, als ich es zum ersten Mal ausgepackt habe«, sagte Simon. »Jetzt bin ich mal gespannt, wie du darauf reagierst.«

Sie griff hinein und hatte plötzlich Häuser in der Hand, Ställe, Gärten, Tiere. Menschen in bäuerlicher Kleidung, Männer, Frauen, Kinder. All das legte sie vor sich auf den Tisch.

»Das ist ja ein ganzes Dorf«, sagte sie erstaunt. »Gibt es so etwas denn auch als Zinnfiguren?«

»Nur wenn man es sich extra anfertigen lässt«, sagte Simon. »Und bereit ist, ordentlich dafür zu blechen.« Er nahm den obersten Schnellhefter und schlug ihn auf. »Eine Braunschweiger Firma hat das erledigt«, sagte er. »Für einen hohen vierstelligen Betrag.«

»Dein Großvater hat stolze neuntausend Mark in diese Spielerei investiert?«, fragte Nane nach dem Überfliegen der

Rechnung ungläubig. »Und mir ist er immer so sparsam vorgekommen!«

»Sparsam? Du machst wohl Witze. Stockgeizig war er! Vor
allem, was uns Kinder betraf. Nur eine Kleinigkeit zum Geburtstag, so lautete seine Devise. Weihnachten als Geschenk-
anlass hat für ihn gar nicht existiert. Das Christkind wird geboren? Reicht doch! Wozu dann noch ein Fußball oder ein
Paar Ski? Kinder müssen frühzeitig abgehärtet werden – in
allem. Außerdem gab es für ihn Wichtigeres im Leben. Seitdem ich denken kann, ging es immer nur um Weinstöcke
und Grundstücke. Und eben um diese Welt aus Zinn, die
ihm allein gehörte. Warte, du hast noch lange nicht alles
gesehen!«

Erneut griff er in die Kiste. Jetzt kamen Uniformierte ans Ta-
geslicht, Polizisten, Soldaten, ein Pulk von Männern mit ver-
bundenen Augen, als Gruppe dargestellt. Und stilisierte Flammen, leuchtend gelb und rot und sogar in lackiertem Zinn
gefährlich aussehend.

»Die gehören wohl um die Häuser und um die Ställe«, sagte
er, während er alles an den richtigen Platz brachte. »Er hat versucht, eine bestimmte Szene nachzustellen. Nur so kann ich es
mir erklären …«

»Ein brennendes Dorf«, sagte Nane. »Die Männer sind zu-
sammengetrieben worden. Will man sie erschießen? Oder wozu
sonst hat man ihnen die Augen verbunden? Aber die Frauen
und die Kinder? Was passiert mit denen? Abtransport? Da unten liegen ein paar Lastwagen.«

Simon zuckte die Achseln. »Ich weiß nicht, Nane. Ich weiß
es einfach nicht!«

»Wo genau war euer Großvater eigentlich im Krieg stationiert? Vielleicht lässt das ja Rückschlüsse zu, was er gemeint
haben könnte.«

»Zuerst irgendwo im Osten. Später dann in Russland, da kam er mit einer kleineren Verletzung gerade noch aus Stalingrad heraus, bevor alles verloren war.«

»Und wo hat er sich die Beinverletzung zugezogen?«

»Das muss ganz zuletzt in Frankreich geschehen sein, wo er schließlich auch in Gefangenschaft geraten ist. Nach Kriegsende hat man die deutschen Soldaten aus den Lagern geholt und sie zum Minensuchen gezwungen. Dabei ist es dann offenbar passiert.« Jetzt hielt er einen Zettel in der Hand. Das Papier war vergilbt, also offenbar alt, und mit einigen wenigen Zeilen bedeckt. »Lies mal«, forderte er sie auf.

Nane starrte darauf, dann schüttelte sie den Kopf.

»Kann ich leider nicht«, sagte sie. »Was soll das sein? Eine Art Geheimschrift?«

»Wenn du so willst – ja. Und genau da liegt auch mein Problem: Nahezu alle Aufzeichnungen unseres Großvaters sind so geschrieben. Scheint, als hätte er über die wichtigen Ereignisse seines Lebens ein provisorisches Tagebuch verfasst, in ebendieser Schrift. Irgendwann aber hat er die Blätter herausgerissen und sie dann wild durcheinandergeworfen – Jahre, Orte, einfach alles. So jedenfalls haben wir es vorgefunden.«

»Moment mal!« Nane hielt noch immer den vergilbten Zettel in der Hand. »Das ist Sütterlin, diese altdeutsche Schrift, die inzwischen fast in Vergessenheit geraten ist. Ich habe während meines Studiums längere Zeit über frühere Diabetes-II-Medikamente gearbeitet. Eigentlich wollte ich sogar meine Promotion darüber schreiben …« Sie brach ab. »Jedenfalls hatte ich dazu jede Menge Sekundärliteratur in Frakturschrift in der Hand. Und meine Großmutter muss früher auch so geschrieben haben, bevor sie zum Lateinischen übergegangen ist.«

Sie behielt für sich, woher sie das so genau wusste.

»Dann kannst du es also entziffern?« Simon klang hoffnungsvoll.

»Das Gedruckte – halbwegs. Obwohl ich nach all den Jahren natürlich aus der Übung bin. Aber diese sehr individuelle Handschrift, die noch dazu von Zeile zu Zeile variiert, da muss ich spontan leider passen.«

Außerdem habe ich bereits einen dicken Packen Erinnerungen, an dem ich zu knabbern habe, dachte sie. *Und das ist mehr, als ich auf einmal verkraften kann…*

»Schade! Die kluge Nane kennt immer einen Weg, so hatte ich mir das eigentlich in meinem jugendlichen Leichtsinn vorgestellt. Unsere Retterin in der Not, wie so oft damals …«

Er fuhr sich durch die etwas schütter gewordenen Haare, ging dann zum Kamin und kam mit einer Flasche Rotwein zurück, die er dort abgestellt hatte.

»Ich weiß nicht, wie es dir geht, aber ich brauche jetzt doch dringend einen guten Schluck. Und unser Spätburgunder Jahrgang 2008 verdient dieses Lob.« Simon entkorkte den Wein geschickt, roch am Korken und goss sich etwas in ein bauchiges Glas. »Du auch?«

»Danke«, wehrte Nane ab, weil sie Angst vor dem Schwindel hatte, den der Alkohol zurzeit bei ihr auslösen konnte. »Ich bin mit meinem Tee noch immer zufrieden.« Sie musterte ihn nachdenklich. »Was hat das alles eigentlich mit meiner Großmutter zu tun? Oder hast du ihren Namen lediglich als Köder benutzt, damit ich auch ja komme?«

»Unsinn.« Simon schüttelte den Kopf und grub in einer weiteren Schachtel. »Da, schau!«

Und wirklich, inmitten eines in Sütterlin geschriebenen Textfeldes stand in lateinischen Versalien: EVA MENZEL – APFELKÖNIGIN …

»Es könnte etwas Offizielles gewesen sein«, rätselte Nane,

die plötzlich Gänsehaut bekommen hatte. »Irgendetwas, das ganz zufällig unter diese Aufzeichnungen geraten ist.«

»Ja, ganz genau«, spottete Simon. »Nur dass es *copy & paste* damals leider noch nicht gegeben hat. Nein, er hat es eigenhändig in sein Tagebuch geschrieben – und es muss ihn ungeheuer aufgeregt haben. Siehst du denn nicht, wie wackelig die Schrift auf einmal wird …«

Das Läuten der Türglocke ließ sie beide zusammenfahren.

»Ach«, sagte Simon, als er zum Öffnen in die Diele ging. »Das wird Rupp sein. Ich hatte schon befürchtet, dass er es ganz vergessen hat …«

Der Maler, der eine sackleinerne Tasche in der Hand trug, ließ den Raum plötzlich kleiner wirken, so stark war seine Präsenz. Er war nicht allein gekommen: Ein hellgrauer Husky mit schwarzer Maske und eisblauen Augen begleitete ihn und beschnüffelte Souki neugierig. Die sprang sofort auf und begann zu knurren.

Nane rief ihre Hündin zurück, Inbrecht zog an der Leine seines Huskys.

Die beiden Hunde gehorchten, ließen sich aber nicht aus den Augen.

»Ich störe«, sagte er und ließ seine tief liegenden Augen von Nane zu Simon und wieder zurück gleiten. »Außerdem bin ich viel zu spät. Beides mag ich eigentlich nicht und muss mich dafür entschuldigen. Aber Sky« – er deutete auf den Rüden – »hat schon seit einigen Tagen Probleme. Und heute Abend wollte er nicht einmal mehr fressen.«

»Was fehlt ihm denn?«, erkundigte sich Nane.

»Irgendetwas an der Schnauze. Und, was mich am meisten irritiert, er lässt es nicht einmal von mir richtig anschauen.«

»Dann brauchst du einen guten Tierarzt.« Simon spähte ungeduldig nach der Tasche. »Ist es da drin?«

Der Maler nickte.

»Sonst wäre ich wohl kaum noch gekommen. Obwohl …« Er begann zu schnuppern. »Wenn ich diesen Wein rieche … Drei Lilien, oder?«

»Ganz genau«, sagte Simon. »Unser Spätburgunder. Nur etwas für besondere Anlässe. Du kommst genau richtig, Rupp. Ich darf doch?«

Er nahm ihm endlich die Tasche aus der Hand und holte daraus ein Bild hervor. Der schmale Rahmen wirkte wie flüssiges Silber. Es zeigte eine Seelandschaft, unten tiefblau mit Sprengseln von frechem Grün, die in feinen Nuancen in den helleren Himmel übergingen.

»Für dich, Nane«, sagte er. »Und nein, ich möchte jetzt keine Gegenargumente hören. Ich habe es bei Ruppert für dich bestellt. Du kannst es einfach nur lieb haben, und dazu brauchst du weder Platz noch Geld. Dieses Bild ist so handlich. Das würde sogar in eine Klosterzelle passen.«

»Du bist ja vollkommen verrückt«, flüsterte sie, unfähig, ihre Überraschung und vor allem ihr Entzücken zu verbergen. »Du hast doch eine ausgewachsene Meise, Simon Bentele!«

»Mag sein. Du bist vermutlich nicht die Einzige in der Region, die das behauptet«, erwiderte er gelassen, doch seine Augen funkelten dabei. »Nimmst du es also an?«

»Ja!«, sagte Nane. »Ja, ja, ja – und ich danke dir!«

Wie von Zauberhand waren plötzlich zwei weitere Gläser gefüllt, die er seinen beiden Gästen reichte.

»Lasst uns anstoßen – auf Nane und den See, der sie endlich zurückhat! Und auf meinen Freund Rupp, der ihn so schön wie kein anderer malen kann.«

»Er schmeckt wie die Sünde«, lobte Ruppert. »Tief und rot und ganz hinten nach reifen dunklen Schlehen. Man könnte sich geradezu hineinlegen …«

»Das machen der Seehang, die gute Luft und vor allem siebzig Jahre gesammelte Rebenerfahrung.« Simon lächelte geschmeichelt. »Von mir aus können es gern noch hundert weitere werden!«

»Dazu braucht es eben Winzer mit Traditionsbewusstsein«, sagte Ruppert. »Vor allem solche, die Söhne zeugen und die Tradition an diese weitergeben …«

Warum wirkte Simons Gesicht auf einmal so starr?

Er sah plötzlich so elend aus wie früher, wenn jemand seine dummen Streiche entdeckt hatte.

»Ich wüsste da übrigens einen guten Tierarzt«, sprang Nane in die Bresche, um die Situation aufzulockern. »Dr. Rossi in Salem. Der hat gerade erst meine Hündin gerettet. Schauen Sie doch mit Ihrem Sky auch bei ihm vorbei!«

»Das werde ich.« Der Maler lächelte. »Danke für die Empfehlung. Und jetzt trinke ich meinen Wein aus – und sage dann Gute Nacht!«

Er war schon an der Tür, als er sich noch einmal zu Nane umdrehte.

»Hat Simon Ihnen eigentlich verraten, dass ich aus einer traditionsreichen Überlinger Fischerfamilie stamme? Den Beruf übt jetzt mein Neffe Vincent aus, aber ich habe es auch noch nicht ganz verlernt und fahre manchmal mit ihm morgens hinaus. Das sind die allerschönsten Stunden am See: das Wasser, der Himmel, die Vögel, alles einzigartig – und immer wieder anders! Also, falls Ihnen mal nach solch einem Ausflug zumute sein sollte, bevor der Winter kommt, lassen Sie es mich bitte wissen.«

Er gab ihr seine Karte.

Der Raum schien kühler, nachdem er fort war. Simon legte Holz nach, aber obwohl das Feuer noch einmal aufflackerte, wollte sich die Behaglichkeit von zuvor nicht wieder einstellen.

»Wollen wir noch weitermachen?«, fragte er, doch in seinem

Zögern und dem anschließenden Gähnen lag bereits die Antwort, und auch Nane fühlte sich müde.

»Ich könnte den Zettel mitnehmen«, bot sie an. »Natürlich nicht das Original, sondern nur eine Kopie. Vielleicht komme ich ja doch etwas weiter damit. Hast du hier einen Kopierer?«

»Gute Idee! Ja, das geht mit Scanner und Drucker ganz schnell.« Er schien erleichtert. Weil sie ihm Hilfe angeboten hatte? Oder weil er auf einmal froh war, sie für heute loszuwerden?

Sie war sich noch immer unschlüssig, während er nach nebenan ging, wo offenbar ein zweites provisorisches Büro lag. Als er wieder zurückkam, hielt er ein kleines, schwarzes Samtetui in der Hand.

»Schau mal«, sagte er und klappte es auf.

Ein Paar Ohrhänger mit funkelnden roten Granaten, in geschwärztem Silber gefasst.

»Meiner Großmutter haben sie nicht gehört«, sagte Simon. »Das weiß ich von Robert. Oben im Futter steht eine Jahreszahl: *1953*. Und darunter eine Widmung. Sie ist zwar ziemlich verblasst, aber noch immer leserlich …«

»*Für meine Eva*«, flüsterte Nane. »*In Liebe, Hermann* …« Sie schaute Simon zweifelnd an. »Woher hast du das?«

»Habe ich ganz unten in seinem Schrank gefunden. Als ob mein Großvater den Ohrschmuck für immer aus den Augen haben wollte.«

»Dann hätte er ihn ja auch wegwerfen können«, sagte Nane. »Oder aus dem Etui nehmen und jemand anderem schenken.«

»Der und etwas wegwerfen – niemals! Und mit dem Schenken hatte er es, wie ich dir schon erzählt habe, für gewöhnlich auch nicht. Ich glaube, er hat sie anfertigen lassen. Passend zu dem Granatkreuz, das deine Großmutter immer getragen hat. Hermann und Eva – was sagst du nun?«

Es war nichts, was Nane wirklich überraschte. Die Besuche

in der Küche, wenn die anderen im Obst waren, Hermann Benteles Blicke, die Art, wie sein Gesicht sich entspannte, sobald er in ihrer Nähe war. Da war immer etwas Besonderes zwischen den beiden gewesen. Ein Geheimnis, das nur sie kannten …

Plötzlich hatte sie das Bedürfnis, es zu beschützen, sogar und gerade vor Simon.

»Sie hat Toni Auberlin geheiratet, nicht ihn«, erwiderte sie. »Sie waren Nachbarn und Freunde.«

»Mein Großvater hatte keine Freunde«, sagte Simon. »Erst recht keine weiblichen. Und da steht *Liebe*, das hast du doch gelesen.«

»Aber er hat ihr das Geschenk ja offenbar nicht gegeben, sonst wäre es ja bei Evas Sachen und nicht hier«, wandte Nane ein.

»Weil sie es ihm wieder zurückgegeben hat? Vielleicht nach einem Streit? Er konnte so aufbrausend sein …«

Ja, das konnte er! Bei dem Streit, den sie damals als kleines Mädchen in Evas Küche miterleben musste, hatte sie das Gefühl gehabt, die Wände würden gleich einbrechen. Aber das war 1987 gewesen, nicht 1953 …

»Lass es gut sein!«, unterbrach ihn Nane. »Wir können sie beide nicht mehr fragen. Und manches aus der Vergangenheit lässt man vielleicht besser ruhen.«

»Ich denke gar nicht daran!« Wenn Simon sich aufregte, sah er seinem Großvater ähnlicher denn je. »Ich will endlich wissen, was los war, im Krieg und auch all die Jahre danach. Immer dieses Schweigen und Ausweichen, mit dem wir alle groß werden mussten – ich habe es ein für alle Mal satt! Und du doch auch, wenn du ehrlich bist.« Er griff in eine der Kisten und holte eine Handvoll beschriebener Blätter heraus. »Hier steht vermutlich die Wahrheit, Nane! Wir müssen sie nur noch entziffern. Bitte hilf mir dabei!«

Es war ihm ernst, das spürte sie. Aber sie spürte auch das Herannahen des Schwindels, der ihr deutlich machte, dass sie auf sich aufpassen musste.

»Lass mich mal darüber schlafen«, sagte sie. »Ich nehme die Kopie mit und grüble ein bisschen darüber. Und wenn es dir gar so wichtig ist: Es gibt natürlich Bibliothekare, die übersetzen dir diese Seiten im Nu! Vermutlich sogar in Konstanz.«

Er schüttelte den Kopf.

»Nein, das soll nicht in fremde Hände gelangen«, sagte er. »Dir vertraue ich, Nane. Dir allein. Nimm dein Bild mit und ruh dich aus. Und sag mir bitte ganz bald, dass du mit an Bord bist.«

Souki stand auf und streckte sich, als wisse sie ganz genau, dass es nun nach Hause ging. Nane nahm die Rupfentasche, in der nun wieder das Bild von Ruppert steckte, und ging zur Tür.

Simon folgte ihnen.

»Was hättest du eigentlich getan, wenn ich jetzt nicht zufällig nach Rickenbach gekommen wäre?«, fragte sie.

»Ich wusste immer, dass du zurückkehren würdest«, antwortete er schlicht. »Niemals habe ich die Hoffnung aufgegeben. All die Jahre nicht.«

*

In der frischen Herbstluft wurde ihr Kopf wieder klarer. Souki rannte übermütig hin und her, als sei sie heilfroh, sich endlich wieder bewegen zu dürfen. Doch wenn Nane sie rief, war sie sofort wieder bei ihr. Den Namen, den sie für sie ausgesucht hatte, schien sie jedenfalls zu mögen.

Was für ein Abend!

Nane ließ ihn innerlich noch einmal Revue passieren. Die Zinnfiguren, der Maler, das geschenkte Bild, der ausgezeichnete Wein, die Ohrringe – und dazwischen immer wieder Simon, mal übermütig, dann verlegen, schließlich bittend …

Sie würde versuchen, die Schrift zu entziffern. Inzwischen war sie fest dazu entschlossen. Was dann geschah, würde sich zeigen.

Inzwischen war sie beim Auberlinhaus angelangt. In keinem der Fenster entdeckte sie noch Licht, also schlief Marlene wahrscheinlich schon, was ihr ganz lieb war. In der Einfahrt stand ein kleiner dunkler Wagen, den sie nicht kannte. Als sie unwillkürlich hineinschaute, entdeckte sie Raible – und seine Cousine Beate, wild knutschend auf dem Vordersitz.

Wie ertappt fuhr Nane zurück und machte, dass sie so schnell wie möglich ins Haus kam. Auch wenn es rechtlich nicht verboten war, so wirkte diese leidenschaftliche Szene zwischen engeren Verwandten doch äußerst merkwürdig auf Nane. Noch dazu im Auto, als seien sie zwei Teenager, die noch keine eigene Wohnung hatten, um dort ungestört Zärtlichkeiten auszutauschen.

Nanes Abneigung gegen Marlenes Adlatus wuchs. Ob ihre Tante wusste, was die beiden verband?

Jedenfalls würde sie Martin Raible künftig ganz genau im Auge behalten …

Das Mondlicht, das durch das Küchenfenster schien, sorgte dafür, dass auch die Garderobe im Flur nicht ganz im Dunkeln lag. Jedenfalls war es dort hell genug, um das zartblaue Halsband erkennen zu können und die ebenfalls blaue Leine, die danebenhing.

Für Souki, stand auf einem kleinen Zettel, der daran baumelte. *Schlaft gut, ihr beiden. Marlene.*

Doch genau das konnte Nane jetzt noch nicht – erst recht nicht nach diesem Abend, den sie bei Simon verbracht hatte.

Sie schlug Evas rotes Buch auf, kaum dass sie in Opa Tonis Zimmer angelangt war, und begann zu lesen.

12

Werdau, 1945

Am dritten Morgen in der aufgelassenen Fabrikhalle hatte Leni hohes Fieber. Schon die ganze Nacht war sie unruhig gewesen, hatte sich schwitzend auf ihrer Pritsche herumgeworfen und war immer wieder wach geworden, hatte gejammert und über heftigen Durst geklagt. Jetzt war ihre Stirn glutheiß und der kleine Körper mit rötlichen Pusteln übersät. Drei große Becher Wasser hatte sie bereits hinuntergestürzt, doch nichts schien das Feuer in ihr löschen zu können.

»Na Prost, Lotte«, kommentierte Molly trocken, nachdem sie die Kleine gründlich inspiziert hatte. »Ausgerechnet heute, wo die nächste Selektion ansteht! Wenn du mich fragst, sind das waschechte Windpocken. Hoch ansteckend, aber ich bin ausnahmsweise mal fein raus: Die bekommt man nämlich nur einmal im Leben – und ich hatte sie schon, als ich sieben war.« Ihr Blick wurde forschend. »Und du, Eva? Was ist mit dir?«

»Keine Ahnung«, musste Eva zugeben. »Masern, Windpocken, Scharlach – ich glaube, ich hatte als Kind von allem etwas, aber ganz genau weiß ich es leider nicht mehr. Wir könnten meine Mutter fragen, doch bis ein Brief von uns im Harz ist und ihre Antwort dann wieder bei uns ankommt, dauert es leider viel zu lange.« Plötzlich wurde ihr Tonfall schärfer. »Und pass bitte auf, was du sagst: Das Wort Selektion ist doch in unserem Fall vollkommen unangemessen!«

»Dann wirst du dich vermutlich bei der Kleinen anstecken oder hast es längst getan«, sagte Molly. »Ebenso wie ein Großteil der Frauen und Kinder hier – es sei denn, die wären bereits früher daran erkrankt gewesen und somit immun. – Ach, du magst meinen bösen Begriff nicht?« Ihr kurzes Lachen klang bitter. »Den habe ich von Carl. Und warte mal ab, was hier in ein paar Stunden los sein wird!«

Irgendwo hatte sie ein rotes Mützchen aufgetrieben, das sie Leni nun überstülpte, obwohl die ganz und gar nicht glücklich darüber war und heulend behauptete, jetzt jucke es sie am Kopf auf einmal doppelt so stark.

Molly blieb ausnahmsweise hart.

»Wir drei brauchen dringend ein neues Zuhause, Rotkäppchen«, murmelte sie. »Und das bekommen wir leichter, wenn wir nicht gleich mit einer Seuche daherkommen. Also, nimm dich bitte zusammen! Denk an was Schönes. An deinen lieben Hansi-Igel zum Beispiel. Der muss doch auch seine Stachelchen aushalten, und das Tag für Tag. Dann ist das Jucken doch gar nicht mehr so schlimm.«

»Was ist eine Seuche?« Die porzellanblauen Augen wurden noch größer. »So etwas wie Läuse?«

»Molly übertreibt manchmal ein wenig«, mischte sich nun Eva ein, die der verzweifelte Ausdruck auf dem schmalen Kindergesicht zutiefst rührte. »Das weißt du doch inzwischen. Sie meint damit nur diese doofen Pusteln, die du gerade hast. Ja, sie ärgern dich, weil sie so jucken, das verstehe ich. Wir werden dir Zinksalbe aus der Apotheke besorgen, dann hört das Jucken auf, und irgendwann fallen die Dinger einfach ab. Aber nur, wenn du dich nicht dauernd kratzt! Sonst kriegst du nämlich lauter Narben.«

»Morgen ist also alles wieder vorbei?«, fragte Leni hoffnungsvoll.

»Na ja, morgen vielleicht noch nicht«, sagte Molly, die das Kind ebenfalls beruhigen, aber nicht anlügen wollte. »Aber sicher ganz, ganz bald. Deine Mama hat recht: Die Salbe wird dir schnell helfen.«

Leni gab sich damit fürs Erste zufrieden, obwohl man ihr ansah, wie schwer es ihr fiel. Eine der Flüchtlingsfrauen hatte an der provisorischen Kochstelle unter der großen Fensterreihe so etwas Ähnliches wie Pfannkuchen aus schwarzem Mehl und Melasse gebacken, und als sie dem Mädchen einen davon abgab, vertilgte Leni ihn genüsslich und wurde ruhiger.

Und dann strömten sie auch schon durch das Tor, die freundlichen Bewohner Werdaus, die Direktor Vogel im Lager Storkow zuletzt über den grünen Klee gelobt hatte. Bis auf einen einzelnen hinkenden Mann waren es ausschließlich Frauen mittleren Alters, vorwiegend einfach gekleidet, einige jedoch auch sehr sorgfältig zurechtgemacht. Wie eine aufgeregte Hennenschar stolzierten sie durch die schmalen Gänge zwischen den provisorischen Pritschen und nahmen die Flüchtlinge dabei genau in Augenschein. Eva hatte ein eisernes Lächeln aufgesetzt, das nicht von ihrem Gesicht wich, während Molly eher verdrossen dreinschaute und sich trotz mehrfacher Stupser in die Seite, die ihr Eva mit dem Ellbogen versetzte, auch nicht davon abbringen ließ.

Ein Großteil der Anwärterinnen für den Werdauer Wohnraum war schließlich ausgewählt. Die Frauen nahmen ihr spärliches Gepäck auf und folgten den neuen Vermieterinnen. Schon hatte sich die Halle merklich geleert, doch Eva, Molly und Leni schienen noch keine Interessentin angezogen zu haben, die sich für sie erwärmen konnte. Schließlich griff Direktor Vogel persönlich ein und winkte eine stattliche Dame in einem hellen Kostüm heran.

»Frau Hellwich?«, sagte er. »Dies hier sind Eva Menzel, ihre kleine Tochter Leni und ihre Cousine Maria Engelhardt. Sie kommen aus Reichenberg im schönen Sudetenland und suchen dringend ein neues Zuhause.« Seine dichten Brauen schnellten theatralisch nach oben und unterbanden Mollys Widerspruch. »Das wäre doch genau das passende Trio für die Zimmer, die Sie abzugeben haben!«

»Ein Kind?«, sagte Frau Hellwich leicht angeekelt. »Und dann noch so ein kleines. Also, ich weiß nicht so recht …« Sie sah aus, als hätte sie Essig im Mund. »Die machen doch nichts als Lärm und Scherereien!«

»Und ich weiß ganz zufällig, dass Sie einer Einquartierung schnellstens nachzukommen haben, bei dem hohen Posten, den Ihr Gatte noch bis vor Kurzem in der Partei bekleidet hat … Tätige Reue ist jetzt angesagt, sonst können die Sowjets sehr unangenehm werden – und glauben Sie mir, ich weiß, wovon ich rede.«

Frau Hellwich öffnete die üppigen Lippen und schloss sie wieder, ohne etwas zu entgegnen. Dabei glitt ihr Blick über die zwei jungen Frauen und das Kind.

»Verheiratet?«, fragte sie gelangweilt in Evas Richtung.

»Witwe«, antwortete diese prompt. »Mein Mann ist leider gefallen.«

»Mein Beileid«, kam es ebenso schnell wie kalt zurück. Jetzt wurde Molly gemustert. »Und Sie? Auch eine Kriegerwitwe?«

»Nein, aber verlobt«, sagte Molly. »Mein Zukünftiger ist Arzt. Nächstes Jahr soll Hochzeit sein.«

Beide Antworten schienen ihr zumindest nicht direkt zu missfallen. Aber noch war sie mit ihren Fragen nicht am Ende angelangt.

»Und du?«, fragte sie das kleine Mädchen. »Wer bist du denn?«

»Leni Menzel«, antwortete diese wie aus der Pistole geschossen. »Ich bin fünf Jahre alt und hatte Läuse. Deshalb sind meine Haare so kurz. Jetzt darf ich aber keine Seuche haben, sonst nimmt uns nämlich niemand hier auf.«

Frau Hellwich beugte sich tiefer zu ihr hinunter.

»Hast du denn eine Seuche, kleine Leni?«, fragte sie in verschwörerischem Tonfall.

»Nein.« Leni schob ihren Pulloverärmel ein Stück nach oben. »Nur das hier. Schau doch mal. Alles ist ganz rot. Und wie es juckt!«

Eva und Molly starrten die Hellwich erschrocken an. Und auch Gustav Vogel, der alles stumm beobachtet hatte, schien bestürzt.

Frau Hellwich aber warf den Kopf in den Nacken und begann schallend zu lachen.

»Die Kleine ist ja köstlich«, sagte sie. »Und so erfrischend ehrlich, das habe ich immer schon gemocht. Das sind die Windpocken, oder?«

Eva nickte. »Es ging erst heute Nacht so richtig los«, sagte sie entschuldigend. »Wir sind alle noch ein bisschen überwältigt.«

»Das müssen Sie nicht. So etwas geht schnell vorbei. Ich hatte die Windpocken schon im Kindergartenalter, mein Mann ist derzeit gar nicht zu Hause, und meine beiden großen Jungs …« Sie verstummte plötzlich. »Von mir aus können Sie bei mir einziehen. Anderthalb Zimmer, inklusive Kochnische, Klo im Hausflur, und zum Duschen im Brause- und Wannenbad drei Straßen weiter bringen Sie einfach ein Brikett mit. Einverstanden?«

Sie streckte ihnen eine fleischige Hand entgegen, an der ein goldener Ring mit einem funkelnden grünen Stein prangte.

Eva und danach Molly schlugen ein.

Direktor Vogel, der noch immer in der Nähe stand, lächelte erleichtert.

»Den Rest der Woche gebe ich Ihnen frei, Frau Menzel«, sagte er und vergaß dabei nicht, das »Frau« extra zu betonen. »Pflegen Sie Ihr Kind in Ruhe gesund. Man will ja schließlich kein Unmensch sein! Aber am Montag erwarte ich Sie dann um Punkt sechs zur Morgenschicht. Einstweilen werden Sie hier Ihre Frau stehen, Fräulein Engelhardt – so wie das unter Verwandten eben üblich ist. Alles Weitere wird sich dann finden!«

*

Das »Weitere« fand sich in einem knapp fünfzehn Quadratmeter großen Zimmer, das Eva, Molly und Leni nun bewohnten. Die »Kochnische« befand sich auf dem Flur und bestand aus zwei ramponierten Elektroplatten, von denen die größere meist defekt war. Hier gab es auch ein kleines Becken mit fließendem kaltem Wasser, das freilich, wie die Hausfrau sie ständig anwies, unbedingt sparsam zu verwenden sei.

Zwei Betten, ein Tisch, eine Leine, die quer durchs Zimmer gespannt war und auf der sie ihre Kleidung aufhängen konnten, die trockene ebenso wie die nasse. Die Koffer schoben sie unter die Betten, auf denen sie zu den Mahlzeiten auch sitzen mussten. Unter dem Fenster stand ein durchgesessenes Sofa, das eigentlich für Leni gedacht war, doch die hatte schon am ersten Abend entschieden, dass sie lieber bei Eva im Bett schlafen wollte. Am meisten ekelte sie sich vor der Toilette, die auch die anderen Bewohner auf der Etage benutzten, und sie weigerte sich, diese ohne Begleitung aufzusuchen. Solange sie die Windpocken hatte, gestattete Eva ihr, einen uralten Nachttopf zu benutzen, den sie irgendwo im Schutt gefunden hatte. Nach

Abklingen der Krankheit jedoch bestand sie darauf, dass Leni groß genug sei, um selbstständig zur Toilette zu gehen.

Eva hatte die Windpocken offenbar doch schon gehabt, jedenfalls wurde sie nicht krank. An die Wechselschichten in der Fabrik gewöhnte sie sich, wenngleich mit Mühe, doch sie verspürte eine andauernde Müdigkeit, die ihr die Lider schwer machte. Manchmal hatte sie das Gefühl, selbst im Stehen jederzeit einschlafen zu können. Aber selbstverständlich tat sie es nicht, denn bei der Arbeit an den großen Maschinen wäre es lebensgefährlich gewesen, und zu Hause wurde sie ja von Leni gebraucht, ihrem kleinen Mädchen. Leni genas eher langsam, war nach der Krankheit zwar ein Stück gewachsen, aber ständig hungrig.

Die Essensbeschaffung war so ziemlich das Schwierigste. Jedem Bewohner der SBZ stand je nach Tätigkeitsgrad eine bestimmte Kalorienzahl zu, und obwohl Evas und Mollys Arbeit in der Spinnerei alles andere als leicht war, erreichten sie zusammen nur knapp sechzehnhundert Kilokalorien pro Tag. Dazu kam die Kinderzuteilung für Leni, die aber ebenfalls viel zu knapp war. Selbst der Viertelliter entrahmte Milch, der ihr eigentlich täglich zugestanden hätte, war an mindestens drei Tagen der Woche nicht verfügbar. Der permanente Hunger machte sie alle nicht nur müde, sondern auch langsam. Besonders Molly hatte damit zu kämpfen, die mit den stramm getakteten Arbeitseinheiten in der Fabrik ohnehin schlechter zurechtkam als Eva.

»Ich kriege regelrechte Albträume, wenn diese Maschinen auf mich zuschießen«, beklagte sie sich immer wieder. »Manchmal komme ich mir vor wie im Krieg und habe Angst, sie töten mich im nächsten Augenblick.«

»Das ist nur, weil du zu viel denkst«, versuchte Eva, sie zu beschwichtigen. »Du musst den Kopf völlig ausschalten und die Hände ganz mechanisch bewegen, dann wird es leichter.«

»Wie denn?«, fragte Molly bedrückt. »Mein Magen ist hohl, meine Beine sind bleischwer, und würden wir nicht ab und zu ein kleines Paket von Carl bekommen, wären wir vermutlich längst verhungert.«

Mit jedem Wort hatte sie recht.

Carl schickte, was immer er entbehren konnte: Mehl, Graupen, Nudeln, Salz, Zucker, Kaffeeersatzpulver, einmal sogar eine Kabanossiwurst, die ihm eine dankbare Ungarin geschenkt hatte. Viel besaß er ja selbst nicht, und es war beileibe nicht gesagt, dass seine Pakete heil oder überhaupt ankamen. Wer Verwandte auf dem Land hatte und ab und zu Speck, Schinken oder Kartoffeln außerhalb der mageren offiziellen Lebensmittelkartenzuteilung erhielt, der war fein heraus. Alle anderen mussten zusehen, wie sie über die Runden kamen. Scharenweise strömten junge Frauen zu den Bauern in der Region und boten ihnen Tafelsilber, gestickte Tischdecken, Lederwaren oder sogar Stücke aus dem Familienschmuck zum Tausch an, um endlich einmal wieder richtig satt zu werden. Doch Eva und Molly besaßen nichts mehr, was sich veräußern oder tauschen ließ – außer Evas Granatkreuz, das sie schon mehr als ein Mal zweifelnd in den Händen gehalten hatte.

»Bist du verrückt? Das gibst du doch nicht her!«, schimpfte Molly jedes Mal, wenn Eva fast schon so weit war, sich davon zu trennen. Am schlimmsten waren die Sonntage, wenn Frau Hellwichs Bruder Kurt sich nebenan ausgiebig in der Badewanne rekelte, dabei Operettenarien schmetterte und anschließend köstlicher Kaffeeduft durch alle Türritzen der Wohnung zog. Ja, die Hellwichs waren allesamt in der Partei gewesen, aber sie hatten eben auch ein Schuhgeschäft geführt, von dem noch immer einige Warenbestände übrig waren, mit denen es sich problemlos tauschen ließ.

»Das bist du deinem Jan schuldig. Ich wusste ja früher nicht, wie Liebe sich anfühlt, aber nun …«

Sie verstummte und drehte sich schnell zur Wand.

Denn das war das Nächste, was Molly neben dem Hunger und der ungeliebten Arbeit quälte: die Sehnsucht nach Carl, die mit jeder Woche wuchs, die sie von ihm getrennt war. Sie schrieben sich, manchmal sogar alle paar Tage, er schickte an Essbarem, was immer er auftreiben konnte, und zweimal hatte Direktor Vogel sie sogar während der Schicht mit deutlicher Missbilligung ans Telefon geholt – aber was war das schon für junge Liebende, die sich doch nach Nähe und Erfüllung sehnten?

Eva drückte das schlechte Gewissen immer stärker, weil sie sich maßgeblich schuld daran fühlte. Ja, sie war es, die Molly ihr heiß ersehntes neues Leben verwehrte, aber wie hätten sie ohne ihre Hilfe hier existieren sollen?

Dabei machte Leni es ihnen einfach, sie war brav, umgänglich, freundlich, meist schon mit wenigem zufrieden. Das Kind beklagte sich nur selten über das karge Essen, obwohl sie ihre Portionen immer so sorgfältig aufaß, dass man sich das anschließende Spülen des Tellers eigentlich hätte sparen können. Sie freute sich über die Kartoffelschalen, die Eva auf der Kochplatte röstete, geriet fast in Verzückung, als Molly einmal den Kartoffelsalat nach dem Rezept ihrer Oma zubereitete, und strahlte über das ganze Gesicht, wenn man ihr im Lebensmittelladen ein Bonbon schenkte. Sogar Frau Hellwich, die sich zunächst so vehement gegen Kinder ausgesprochen hatte, schien die Kleine ins Herz zu schließen. Zu Evas Verblüffung bot sie sogar an, dass Leni bei ihr im Wohnzimmer auf dem Sofa schlafen könne, wenn sie und Molly ausnahmsweise gleichzeitig zur Schicht müssten.

Schon bald darauf musste Eva auf dieses Angebot zurückkommen, denn die anfängliche Freundlichkeit von Direktor

Vogel hatte sich im Lauf der Wochen gewandelt. Das hatte nichts gemein mit der plumpen Aufdringlichkeit des Vorarbeiters Berling, der den Frauen grundsätzlich zu nahe kam, wenn sie an der Maschine standen und sich nicht gegen ihn wehren konnten. Nein, Vogel stellte Eva regelrecht nach, anfangs noch leicht verbrämt, was es ihr möglich gemacht hatte, mit einem Scherz darauf zu reagieren und die Situation zu entschärfen.

Als er seine Avancen jedoch verstärkte und Eva weiter auf Distanz blieb, änderte er seine Taktik. Plötzlich waren sie und Molly für dieselben Schichten eingeteilt, und sie mussten zusehen, wie sie nachts mit Leni zurechtkamen. Zwei Nächte lang ging es gut, und Frau Hellwich brachte ihnen ein munteres, gut gelauntes Kind, als sie morgens todmüde nach Hause kamen. Doch beim dritten Mal musste irgendetwas schiefgelaufen sein, denn die Vermieterin wirkte bei der Übergabe des Kindes verärgert.

»Sie schreit und weint im Schlaf«, sagte sie anklagend. »Und zwar so durchdringend, als sei der Leibhaftige hinter ihr her. Zweimal hat sie mich geweckt und wollte sich kaum wieder beruhigen lassen. Und selbst als ich dann endlich wieder in meinem Bett lag, war es mit dem Schlafen vorbei. Tut mir leid, Frau Menzel, aber so geht das leider nicht. Ich brauche meine Nachtruhe. Wie soll ich sonst den Tag überstehen?«

Frag mich mal, dachte Eva, die sich kaum noch auf den Beinen halten konnte, aber dennoch versuchte, halbwegs freundlich zu bleiben. *Jetzt bleibt mir nichts anderes übrig, als bei Vogel zu Kreuze zu kriechen.*

Der Direktor hörte sich an, was sie zu sagen hatte, wiegte dabei bedenklich den Kopf und teilte ihr schließlich mit, er werde ihr Anliegen ausnahmsweise berücksichtigen, vorausgesetzt, die Produktion erlaube dies. Ab jetzt wurden Molly und sie wieder in wechselnde Schichten eingeteilt, was die Betreuung von Leni einfacher machte.

Dass sie dafür würde bezahlen müssen, war Eva bald schon klar. Dabei plagten sie noch ganz andere Sorgen. Die Briefe ihrer Mutter aus der Lungenheilanstalt im Harz klangen bedrückt und wurden von Woche zu Woche kürzer.

»Was soll ich dir schreiben, mein Herz? Ich bin hier unter lauter Kranken, die alle blass und müde sind. Wir müssten eigentlich viel mehr zu essen bekommen, doch die Zuteilungen für die Klinik reichen niemals aus. Manchmal träume ich von Bobas Palatschinken und ihren Käseomeletts, dann wache ich morgens auf und weine.

Du fragst mich, ob ich denn gesunde.

Aber wie soll ich hier wieder gesund werden, wo mich doch die Sehnsucht nach euch schier auffrisst?

Du fehlst mir sehr, meine Eva, Molly fehlt mir und auch die Kleine. Am meisten aber fehlt mir mein lieber, lieber Fritz, den ich in diesem Leben wohl nie mehr in die Arme schließen werde …«

Nach solcher Lektüre fiel Eva die Arbeit in der Fabrik noch schwerer als sonst. Doch sie musste ihre Schicht antreten, Tag für Tag, und sie musste auch Vogel ertragen, der inzwischen ganz offensichtlich der Ansicht war, er habe etwas bei ihr gut. Die Zeit seiner unverfänglichen Avancen war zu Ende. Jetzt, wo der Herbst mit bunten Blättern und kühleren Temperaturen in Werdau Einzug hielt, rief er sie ständig zu sich ins Direktionszimmer, bald sogar ohne jeden Vorwand, was Eva besonders erboste.

»Die ganze Fabrik tuschelt bereits«, sagte sie gereizt, als sie zum dritten Mal in zwei Tagen bei ihm antreten musste. »Wie stehe ich denn vor den Kolleginnen da? Bitte lassen Sie mir doch meinen Frieden, Herr Direktor! Mein Leben ist schon kompliziert genug.«

»Was einzig und allein an Ihnen liegt! Sie könnten es sehr viel einfacher haben, und das wissen Sie genau. Ich habe Ihnen doch schon so viel geholfen. Meinen Sie nicht, dass nun einmal die Reihe an Ihnen wäre?«

Eva blieb stumm, weil sie keine Antwort darauf wusste, was ihn erst recht zu animieren schien.

»Seit dem ersten Tag, an dem ich Sie auf diesem Platz gesehen habe, bekomme ich Sie nicht mehr aus dem Kopf. Ich bin verrückt nach Ihnen, Eva. Und wenn Sie mir nicht endlich wenigstens einen kleinen Schritt entgegenkommen, kann ich bald für gar nichts mehr garantieren.«

Er erhob sich aus seinem Ledersessel und wieselte trotz seiner Leibesfülle erstaunlich behände um den Schreibtisch herum. Eva roch Zigarrenrauch, als er näher kam, ein schweres Eau de Toilette und das Aroma von Cognac, den ihr Vater nur an Weihnachten und zum Jahreswechsel getrunken hatte. Die Sehnsucht nach ihm ließ sie in diesem Augenblick fast taumeln. Kaum jemals zuvor hatte sie seine kluge Überlegenheit und seine männliche Selbstverständlichkeit dringender gebraucht. Warum konnte er jetzt nicht bei ihr sein, um sein Mädchen vor diesem aufdringlichen Kerl zu beschützen? Denn die letzte Nuance, die ihr jetzt in die Nase stieg, roch nach Alter und Geilheit – einfach nur widerlich.

»Bin ich denn gar so schrecklich?«, fragte er kokett und griff nach ihrer Hand.

»Keineswegs!« Eva entzog sie ihm rasch. »Ihre Gattin findet Sie sicherlich hinreißend. Wie viele Jahre sind Sie eigentlich schon verheiratet, Herr Vogel?«

Sein Gesicht verfiel.

»Zu lange, schönes Kind«, sagte er. »Viel zu lange! Da ist die Leidenschaft längst erloschen, die Glut, jegliches Verlangen ...« Er schnaubte theatralisch. »Aber in deiner Gegenwart, da fühle ich mich wieder jung und animalisch. All meine Triebe sind neu erwacht, wenn du verstehst, was ich meine. Ich kann nicht mehr schlafen, mag nicht mehr ordentlich essen. Meine Anzüge werden mir bereits zu weit. Nicht einmal meine Geschäftspapiere interessieren mich noch. Ja, das alles löst du in mir aus!«

Er berührte ihre Schulter. Sein linkes Lid begann zu zucken, und er legte den Kopf leicht schief, was ihn unendlich dämlich aussehen ließ.

Schöne Frau – gefährliche Frau …

Plötzlich hatte Eva wieder die gutturale Stimme des Russen im Ohr.

Aber sie konnte doch nichts dafür! Sie war eben so, wie sie war …

Mit dir kam die Sünde in die Welt …

Vogels Griff wurde fester. Seine Hand wanderte zielstrebig nach unten. Jetzt war sie nicht mehr weit von ihrem Busen entfernt.

Bereitete er einen Angriff vor?

Eva taxierte die Entfernung zur Tür. Wenn sie ihn jetzt wegstieß, konnte sie den Ausgang mit ein paar schnellen Schritten erreichen. Dann den Gang entlang, die Treppe hinunter und zurück in die Fabrikhalle …

Und danach?

Wenn Vogel ihnen kündigte – und sie war sich sicher, seine Rache würde dann auch Molly treffen –, hätten sie nicht nur die Anstellung verloren, sondern auch sehr bald ihre Unterkunft. Die Freundin konnte zu ihrem Carl, der Storkow bald schon verlassen und nach Berlin ziehen wollte – aber Leni und sie?

Sie brauchten diese Arbeit, und sie brauchten das Zimmer.

»Das geht doch nicht, lieber Herr Direktor Vogel«, sagte sie also, und es hörte sich an, als redete sie zu einem kranken Gaul.

»Sie und ich, das passt einfach nicht zusammen. Ich bin eine einfache Frau und Mutter, die ihr Kleines durchkriegen muss – und Sie sind ein hoch angesehener Fabrikant. Sie haben wahrhaft etwas Besseres als mich verdient. Ich bin sicher, Ihre Frau ist ein ganz wunderbarer Mensch …«

»Kalt ist meine Hilde – frigide, berechnend und hochnäsig! Alles in mir hat sie über die Jahre erfrieren lassen, meine Sehnsucht, meine Lust, meine Männlichkeit, einfach alles, bis ich mich alt, wie erstarrt und nutzlos gefühlt habe. Aber du, Eva, du bist für mich wie der sonnige Frühling, der nach einem frostigen Winter das Eis taut und die Bäche wieder zum Sprudeln bringt …«

Wie viel unsäglichen Kitsch würde er noch absondern?

Zumindest trat er einen Schritt zurück, was Eva die Gelegenheit zum Durchatmen gab. Vogel sah sie so flehentlich an, dass sie plötzlich um ein Haar in prustendes Gelächter ausgebrochen wäre. Neben der ganzen Dramatik besaß die Situation auch etwas Komisches, und sie wünschte, Molly könnte jetzt hier sein, um sich mit ihr darüber wie früher vor Lachen auszuschütten.

»Wir brauchen eine Stärkung!«, verkündete er plötzlich, ging wieder zu seinem Schreibtisch und öffnete das rechte Fach. Vogel holte eine Flasche hervor, die zu einem Drittel mit einer gelblichen, leicht trüben Flüssigkeit gefüllt war, dazu zwei Schnapsgläschen, die er ganz füllte. »Mein Apfelkorn«, sagte er schelmisch grinsend. »Selbst gebrannt! Der kann sogar Tote wieder lebendig machen … Trink, Eva, das wird dir guttun!« Er hob sein Glas.

Sie prostete ihm ebenfalls zu und nippte nur vorsichtig, während Vogel seinen Korn in einem Zug kippte.

Er schmeckte seifig und flach und kratzte im Hals.

»Mittellauf«, sagte Eva, weil er sie gar so erwartungsvoll anstarrte, als hätte er ihr soeben eine Delikatesse kredenzt. »Der leider fast wie ein Raubrand schmeckt. Und so trüb ist er! Wurde denn nicht sorgfältig gefiltert? Der Alkoholgehalt erscheint mir auch viel zu hoch. Das ist ja eher etwas zum Blindwerden denn zum Genießen. Wer auch immer das fabriziert hat, der versteht nicht allzu viel vom Brennen.«

Vogel starrte sie verblüfft an. »Und woher willst du das alles wissen?«, fragte er.

»Das schmeckt man doch«, erwiderte sie und verspürte plötzlich ein Quäntchen Hoffnung, dass sie dem Dilemma vielleicht doch noch entkommen könnte. »Außerdem hat mein Vater mir alles beigebracht. Er ist Apotheker, wie auch schon sein Onkel vor ihm. Von dem hatten wir einen wunderschönen großen Garten in Reichenberg geerbt, bestanden mit Obst- und Nussbäumen. Viel zu viele, um die ganze Ernte aufzuessen, aber mit einem alten Brennrecht ausgestattet. Und so haben mein Vater und ich eben Jahr für Jahr unsere Äpfel, Birnen und Kirschen in feine Brände verwandelt. Die ganze Stadt wollte sie haben, so gut waren sie, aber wir haben dafür gesorgt, dass sie immer ein Geheimtipp geblieben sind.«

»Das schöne Mädchen kann Schnaps brennen!«, flüsterte er. »Immer noch?«

»Natürlich«, antwortete Eva. »Das ist so ähnlich wie beim Schwimmen oder Radfahren. So etwas verlernt man doch nicht.«

»Und würdest du es … ich meine, könntest du dir tatsächlich vorstellen …« Er fuhr sich mit der Zunge über die Lippen.

»Sie möchten wissen, ob ich Ihr Obst in Schnaps verwandeln kann?«, fragte Eva.

»Ja, ganz genau!« Vogel begann stark zu schwitzen.

»Dann lautet meine Antwort ja. Vorausgesetzt, es stehen mir eine Anlage und geeignetes Material zur Verfügung.«

»Da ist in der Tat noch ein alter Brennofen, der mir durchaus funktionstüchtig erscheint. Man müsste ihn natürlich überprüfen. Aber Willem, den Mann, der das bis vor Kurzem für mich erledigt hat, gibt es leider nicht mehr.«

»Gefallen?«, fragte Eva voller Anteilnahme. »Oder vermisst?« Wieder musste sie an ihren Vater denken.

»Zu den Amerikanern rübergemacht«, erwiderte er. »Kurz vor Kriegsende hatten die Amis auch unser Werdau eingenommen, und ich dachte schon, wir seien nach all dem Schlamassel endlich fein raus. Dann aber haben sie uns den Russen überlassen. Von einem Tag auf den anderen, so war das nämlich.« Er hüstelte. »Natürlich wäre ich auch gern in der amerikanischen Zone geblieben. Aber so eine Fabrik ist eben ein Unternehmen, das sich nicht so einfach in die Hosentasche stecken und mitnehmen lässt …«

»Ich kann den Brennofen gern einmal inspizieren«, sagte Eva, bevor er sich in weiteren Ausführungen verlieren konnte. »Danach wissen wir mehr.«

»Es gibt da allerdings noch ein Problem«, wandte Vogel ein. »Willem hatte die Maische bereits angesetzt, bevor er in den Westen verschwunden ist …«

»Und wie lange ist das her?«, wollte Eva wissen.

»Drei Wochen, vielleicht auch vier. Ganz genau weiß ich es nicht. Er hat immer sehr geheimnisvoll getan und wollte sich nie so ganz in die Karten schauen lassen.«

»Eine alte Brennerkrankheit!« Eva lachte. Ihr gefiel der Verlauf, den das Gespräch genommen hatte. »Es handelt sich um Äpfel?«

»Ganz genau. Jonagold, glaube ich …«

»Dann könnte es passen. Aber zu lange warten sollte man lieber nicht mehr, sonst kann die Maische auch kippen.« Sie machte eine kleine Pause. »Werden Sie die Behörde informieren?«

»Welche Behörde denn?« Vogels Lid begann erneut zu zucken. »Ich dachte, das könnte doch zunächst unter uns beiden bleiben …«

»Beim Schnapsbrennen geht es immer auch um die Steuer«, sagte Eva. »So war es bei den Tschechen, und auch später bei den Deutschen. Und ich kann mir nicht vorstellen, dass ausgerechnet die Russen …«

»Ja, ja«, unterbrach er sie rasch. »*Davon* sprichst du – natürlich! Ich werde mich selbstredend um alles kümmern.«

Sie war überzeugt, dass er log. Aber sogar das war ihr in diesem Moment egal. Sie wollte nur nicht, dass er ihr je wieder zu nahe kam, nicht mit diesem Kalbsblick und auch nicht mit dem brünstigen Männergeruch, den sie kaum ertragen konnte.

»Es lässt sich allerdings nicht nebenbei erledigen«, sagte sie. »*Gut Brand will Weile haben*. Diesen alten Spruch kennen Sie doch sicherlich.«

Er nickte und log damit erneut, denn Eva hatte den Satz gerade erst erfunden.

»Wie lange meinst du …?«, fragte er.

»Einen halben Tag für den ersten Durchgang«, sagte sie. »Und noch einmal so lange für die Fertigstellung – vorausgesetzt natürlich, die Maische ist noch verwendbar, und der Brennofen funktioniert. Außerdem muss ich Leni mitbringen. So viele Stunden kann ich meine Kleine nicht allein lassen.«

Er schmollte enttäuscht. Offenbar hatte er sich das ganz anders vorgestellt.

»Ist das denn überhaupt etwas für ein Kind?«, hakte er noch einmal nach.

»Diese Frage gibt es nicht für eine Mutter«, sagte Eva. »Entweder mit Leni – oder gar nicht.«

»Also gut.« Seine Gier nach dem Obstbrand, der so wertvoll auf dem Schwarzmarkt war, schien offenbar größer als die nach der jungen Frau. Oder vielleicht hoffte er noch immer, beides verbinden zu können. »Du bekommst dafür natürlich frei. Aber es muss am Samstag über die Bühne gehen. Brauchen ja nicht alle gleich mitzukriegen.«

»In Ordnung«, sagte Eva. »Wo denn eigentlich?«

»Im alten Brunnenhaus.« Vogels Augen begannen schon wieder verdächtig zu glänzen. »Hinter der neuen Fabrikhalle. Dort steht der Ofen. Und dort lagern auch meine Äpfel.«

*

Schließlich standen sie im Brunnenhaus und begutachteten den Brennofen, der schon länger nicht mehr in Betrieb gewesen war.

»Soweit ich es beurteilen kann, ist wohl alles in Ordnung damit«, sagte Eva schließlich, was Vogel sehr zu erleichtern schien. »Und er wirkt sogar sehr sauber auf mich. Was entscheidend für den Erfolg sein kann. Dennoch werde ich ihn nochmals mit warmem Wasser und einer Bürste reinigen. Das kann niemals schaden.«

»Und die Maische?«, fragte er ängstlich. »Du meintest doch …«

Eva hatte den Deckel des Behälters abgenommen und schnupperte hinein.

»Auch nichts Auffälliges«, sagte sie. »Allerdings finde ich einige Stücke ein wenig zu grob. Was Sie auf die Dauer bräuchten, wäre eine ordentliche Ratzmühle, die alles gleichmäßig zerkleinert, aber nicht vermust. Sie werden staunen, welchen Unterschied das in der Qualität macht!«

Sie trug alte Hosen, ein verwaschenes Hemd, hatte die Haare zu Zöpfen geflochten und sie dann unter ein kariertes Tuch gesteckt. Und trotzdem erkannte sie an seinem stieren Blick, was selbst dieser burschikose Anblick in ihm auslöste. Am liebsten hätte er sich wohl sofort auf sie gestürzt. Aber er wollte seinen Schnaps, und den würde er nur bekommen, wenn er sie in Ruhe ließ, so lautete ihr Abkommen.

Direktor Vogel schluckte und entschied sich offenbar, es zu akzeptieren, denn er strebte zur Tür, was Eva ungemein erleichterte.

»Und die Kleine …«, sagte er, bereits an der Schwelle.

»Wird gleich mit der neuen Puppe spielen, die Sie ihr liebenswürdigerweise geschenkt haben«, sagte Eva, bevor sie sich abermals über die Maische beugte. Diese befand sich in bestem Zustand, ohne Kahmhaut, jenen weißlichen Belag, den es unbedingt zu entfernen galt. »Sag Danke, Leni, denn so gehört es sich.«

Leni murmelte Unverständliches.

Die Puppe ließ sie nach wie vor links liegen, denn dieser komische dicke Mann hatte zuvor versucht, sich ihr mit einem halben Apfel zu nähern, was ihm jedoch misslungen war. Schreiend war sie aufgesprungen und hatte sich an Eva geklammert, die sie gestreichelt hatte, damit sie sich wieder beruhigte.

Dann war er endlich fort, und Eva konnte aufatmen.

Als Erstes zerlegte sie den Ofen in seine Einzelteile und reinigte ihn gründlich, wobei sie sich besonders auf das Steigrohr und den Kühler konzentrierte. Dabei wurde die Erinnerung an ihren Vater, dem sie früher dabei stets zur Hand gegangen war, so stark, dass sie ein paar Tränen vergoss. Später dann hatte ja Jan ihren Platz an der Seite des Vaters eingenommen.

Jetzt weinte sie nur noch mehr.

»Aber nun bekommen wir es alleine hin, Marlene«, sagte sie schließlich mit festerer Stimme. »Du und ich, das ist nämlich die starke neue Mannschaft, die alles schafft!«

»Und Molly?«, fragte die Kleine.

»Wie dumm von mir! Molly gehört natürlich auch dazu, ebenso wie Julika, deine Großmutter, und dein Opa Fritz, den du leider noch nicht kennst.« Eva trocknete alles mit einem Tuch ab und setzte die Teile geschickt wieder zusammen.

»Er hat weiße Haare …«, sagte Leni plötzlich.

»Dein Opa Fritz? Das wollen wir doch nicht hoffen! Als ich ihn zum letzten Mal gesehen habe, da waren sie noch ganz dunkel.«

»Er hat weiße Haare«, wiederholte Leni bestimmt. »Und er spielt.« Sie bewegte die Hände, als bedienten sie ein imaginäres Akkordeon.

Eva überlief eine Gänsehaut.

Von welchem Opa redete die Kleine gerade? Gab es etwa doch noch Blutsverwandte, die ein Anrecht auf sie gehabt hätten?

»Hast du das vielleicht geträumt?«, fragte sie vorsichtig. »Manchmal quälen uns nachts Dinge, an die wir uns am Morgen gar nicht mehr erinnern.«

Leni schüttelte den Kopf.

»Es ist hier«, sagte sie und berührte ihre Stirn. »Hier drin. Ich rieche das Feuer, und dann muss ich immer weinen …«

Eva ging zu ihr, hob sie hoch und drückte sie ganz fest an sich.

»Das hört jetzt auf«, sagte sie zärtlich. »Du brauchst keine Angst mehr zu haben. Und falls das böse Feuer doch noch einmal nachts zu dir kommt, dann rufst du einfach ganz laut nach mir, und zusammen treten wir es dann aus. Einverstanden?«

Leni nickte, den Kopf an ihrer Brust.

»Ich will bei dir bleiben«, sagte sie leise. »Immer!«

»Das wirst du.« Eva setzte sie behutsam wieder auf dem Boden ab. »Aber jetzt muss ich mich erst einmal konzentrieren. Denn die Arbeit am Brennofen duldet kein Abschweifen der Gedanken. Nicht einmal zu kleinen blonden Mädchen, die Leni heißen. Du spielst jetzt ein bisschen dort drüben auf den alten Decken mit Hansi. Später essen wir dann unsere Jause.«

»Aber keine Äpfel!«, verlangte Leni.

»Keine Äpfel!«, versicherte Eva. »Die müssen nämlich ohnehin alle in den Schnaps.«

Sie füllte die Maische in den Kessel ein und schloss ihn mit dem Helm, der gleichzeitig als Vorkühler diente. Als Brennmaterial verwendete sie Holz, das hier im Brunnenhaus in so verschwenderischer Menge herumlag, dass sie fast versucht war, etwas davon für den heimischen Kanonenofen einzupacken. Es würde bald kalt werden, und dann wäre das kleine Öfchen ihre einzige Wärmequelle.

Eva war wieder ganz bei der vertrauten Arbeit.

Das Anfeuern musste behutsam erfolgen, damit die dickflüssige Maische nicht anbrannte, was den Geschmack verderben konnte. Aber alles schien zu funktionieren. Der Dampf strömte von der Blase in Richtung Helm, zum Steigrohr und schließlich weiter zum Kühler. Eine gute Stunde mochte vergangen sein, als das Destillat am Kühler zu tropfen begann und sie den Vorlauf auffangen konnte.

Eva füllte einige Gläser der Reihe nach und nummerierte sie.

Noch war der Geruch stechend, erinnerte ein wenig an Klebstoff, und die Flüssigkeit schmeckte sehr scharf. Aber sie wusste, das war nur ein Übergangsstadium. Sie gab etwas von dem Vorlauf in ein Gläschen und verdünnte ihn mit Wasser, das sie auf der kleinen Kochplatte erwärmt hatte. Ruhig hantierte sie, zwischendurch fast wie in Trance, so tief war sie in die Arbeit versunken.

Der Mittellauf, den sie verkostete, schmeckte vielversprechend. Jetzt musste sie nur noch den Nachlauf abwarten und dann ...

Die Tür flog auf. Direktor Vogel kam hereingestürmt, die schütteren Haare zerzaust, die Weste verrutscht.

»Ein Unfall!«, rief er aufgeregt. »Etwas Schreckliches ist passiert. Fräulein Engelhardt ...«

Molly, dachte Eva, und etwas Eisiges griff nach ihrem Herzen. *Sie hat es immer gehasst, hier zu sein, vom allerersten Tag an. Aber ich wollte ja unbedingt, dass sie uns beisteht. Gütige Kräfte, die über uns walten, gebt bitte alle, dass sie noch lebt …*

Leni zuckte von ihren Decken hoch, auf denen sie es sich gemütlich gemacht hatte, und begann erschrocken zu weinen.

»Ist sie tot?«, brachte Eva schließlich hervor.

»Nein, nein«, beschwichtigte er. »Es ist nur die rechte Hand. Sie ist damit in die Maschine geraten …«

*

Drei Wochen später holte Dr. Carl Schubert seine Verlobte mit einem alten Kübelwagen in Werdau ab. Es war nicht die ganze Hand, mit der Molly in die Maschine geraten war, sondern nur der rechte Zeigefinger – und doch war die Verletzung so schwer gewesen, dass sie ihn beinahe verloren hätte.

Der Arzt, zu dem Vogel sie gebracht hatte, reagierte so gleichgültig, als handle es sich um eine Bagatelle.

»Der muss wohl ab«, sagte er mitleidlos. »Auf jeden Fall das Endglied. Da ist nichts mehr zu machen.«

Molly, die unter starken Schmerzmitteln stand, schrie leise auf.

»Ich brauche meinen Finger aber noch«, sagte sie. »Mein Verlobter und ich wollen doch eine Praxis eröffnen …«

»Der Ringfinger bleibt ja dran«, erwiderte er sarkastisch. »Heiraten können Sie also noch.«

Als er sich zur Seite wandte, roch Eva, die auf einem Hocker saß und vor Zorn kaum noch sprechen konnte, seinen Alkoholatem.

Er soff also. Damit kannte sie sich aus.

»Was müssten wir denn beibringen, dass Sie Ihre Meinung doch noch ändern?«, fragte sie.

»Ich verstehe nicht ganz …«

»Sie verstehen mich sehr gut.« Ihre Stimme war frostig. »Bohnenkaffee? Schnaps? Zigaretten?«

»Ich rauche nicht. Aber Kaffee wäre nicht übel. Und Schnaps …« Er hielt inne. »Aber woher wollen Sie den denn nehmen?«

»Das lassen Sie mal meine Sorge sein.« Eva sprang auf. »Sie flicken jetzt sofort den Finger meiner Freundin fachgerecht zusammen, sodass *alles* dranbleibt, verstanden? Und ich bezahle Sie anschließend mit dem Gewünschten!«

Natürlich hätte der frische Apfelbrand eigentlich noch länger ruhen müssen. Jedem Obstbrand tat diese Ruhephase gut, die ihn weicher machte und das Aroma verstärkte, aber dazu war in diesem Fall einfach keine Zeit. Gustav Vogel zog zwar ein langes Gesicht, als sie von ihm fünf seiner kostbaren Flaschen forderte, von denen sie dann eine bei Kurt Hellwich gegen Bohnenkaffee eintauschte, aber er wagte keinen Widerspruch.

So blieb Mollys Finger erhalten, musste aber in Wasser und Jod gebadet und jeden zweiten Tag aufwendig verbunden werden. Sie war krankgeschrieben und blieb bei Leni, die ihrerseits Hansi in dicke Mullbinden wickelte und ebenfalls hingebungsvoll pflegte. Weil sie mit dem kranken Finger nicht richtig schreiben konnte, hatte Eva in ihrem Namen ein Telegramm an Carl geschickt.

Prompt erfolgte sein Anruf in der Fabrik, und sie erzählte ihm, was geschehen war.

»Jetzt kann ich sie euch nicht länger lassen, das musst du einsehen«, sagte er, nachdem der erste Schreck vergangen war. »Ich komme sie holen. Ich brauche meine Maria – heil und gesund.«

Und so saßen sie nun im Kübelwagen, Carl am Steuer und neben ihm Molly, in viele Decken gewickelt, denn durch die Stoffplanen, die als Dach und Türen dienten, pfiff der Wind.

Dennoch lächelte sie wie eine russische Großfürstin, die zu einer Schlittenpartie aufbricht, während ihr gleichzeitig Abschiedstränen in den Augen standen.

»Ich schreibe dir«, versicherte sie Eva mindestens ein Dutzend Mal. »Ganz oft! Und im Frühjahr kommt ihr uns dann in Berlin besuchen …«

Leni klammerte sich an Evas Beine und weigerte sich, Molly anzusehen.

»Ich will nicht, dass sie weggeht«, schluchzte sie. »Sie soll nicht weggehen …«

»Molly will bei Carl sein«, erklärte Eva sanft, obwohl ihr selbst vor lauter Trauer der Hals wehtat. »Sie hat ihn lieb, und sie wird ihn heiraten. Daran darf man niemanden hindern, Leni.«

»Und uns hat sie jetzt nicht mehr lieb?«

»Doch«, sagte Eva. »Sogar sehr. Aber Molly wünscht sich auch so ein kleines Mädchen wie dich. Und dazu braucht sie einen Mann – eben ihren Carl.«

Leni blinzelte tränennass zu ihr hinauf.

»Und wo ist unser Mann?«, fragte sie dann leise.

Statt einer Antwort nahm Eva sie auf den Arm. Jetzt war Leni doch in der Lage, Molly und Carl nachzuwinken, die sich im Kübelwagen auf die Reise machten.

Das Zimmer schien viel kälter ohne Molly, obwohl der kleine Ofen bullerte. Heute hatte Eva frei, weil Direktor Vogel sie am Wochenende noch einmal im Brunnenhaus brauchen würde, wo sie mit den Spätäpfeln eine neue Maische ansetzen sollte. Molly hatte ihr ein paar ihrer Bücher dagelassen, weil sie ab jetzt ja Carls schier unerschöpflichen Vorrat zur Verfügung hatte, aber Eva war nicht nach Lesen zumute. Sie hatte ohnehin nie ganz verstanden, was die Freundin so unermüdlich zwischen den Pappdeckeln gesucht hatte.

Andere Welten?

Ihr wäre es schon recht gewesen, in dieser einen Welt ein wenig besser zurechtzukommen.

Aber was stattdessen tun?

Es gab einiges an Flickarbeiten zu erledigen, auch nicht gerade Evas größte Stärke, aber notwendig in diesen Zeiten, wo man alles mindestens dreimal wenden musste, weil es nichts Neues zu kaufen gab.

»Mir ist langweilig«, quengelte Leni. »Kannst du mir nicht etwas vorlesen?«

Das war ihr nächstes Problem. Vogel würde ihr möglicherweise die Nachtschichten erlassen, weil er sie ja am Brennofen einsetzen wollte. Aber dann war sie immer noch den ganzen Tag in der Fabrik – und Leni allein.

Das Gefühl der Verlassenheit überwältigte sie fast. Der Liebste tot, das gemeinsame Kind gestorben, die Mutter schwer krank, der Vater verschollen und jetzt auch noch die beste Freundin fort.

Wie sollte sie das alles nur durchstehen?

»Komm her«, sagte sie und nahm die Kleine auf den Schoß. Ihre Nähe und der warme Kinderduft machten den Kummer ein wenig leichter. »Ich fürchte, Mollys Bücher sind noch nicht ganz das Richtige für dich. Ich werde dir lieber eine Geschichte erzählen: Also, es war einmal ein kleines Mädchen, und das hatte einen süßen Igel namens …«

»Hansi!«, rief Leni begeistert. »Alle Igel heißen nämlich Hansi.«

»… Hansi«, fuhr Eva fort. »Aber Hansi war leider auch ziemlich frech und wollte nicht immer das machen, was seine Freundin …«

»Leni. Die Freundin heißt Leni.«

»… was seine Freundin Leni von ihm verlangte. Eines schönen Tages trieb er es auf die Spitze und …«

Es klopfte.

»Frau Menzel?« Die Hellwich streckte ihren frisch ondulierten Kopf durch die Tür. Jeder Friseurbesuch kostete mindestens ein Brikett. Und die sparte sich Eva lieber für das wöchentliche Wannenbad oder den Ofen auf. »Post für Sie.« Sie zögerte, dann aber siegte die Neugier. »Wer ist eigentlich diese Julika Menzel?«, fragte sie.

»Meine Mutter«, antwortete Eva wahrheitsgemäß. »Sie liegt derzeit in einer Klinik.«

»Ach, und sie trägt denselben Nachnamen wie Ihr toter Mann?«

»Eine Kriegstrauung«, stotterte Eva. »Zu wenig Zeit, um das alles mit der Namensänderung zu regeln. Und dann war er schon tot … Aber meine Mutter ist sicher bald wieder auf dem Damm.«

»Dann kann sie ja das Bett von Fräulein Engelhardt nehmen. Denn mit der Miete kann ich leider nicht heruntergehen.«

Eva nickte zerstreut, bis die Vermieterin sich endlich wieder zurückzog.

Der Briefumschlag war dünn und sehr zerknittert. Und er hatte offenbar einen weiten Weg hinter sich. ~~Reichenberg~~ war durchgestrichen und durch ~~Liberec~~ ersetzt worden, was dann ebenfalls durchgestrichen worden war. Irgendwo stand auch ~~Lager Storkow,~~ aber da waren sie ja auch schon lange nicht mehr. Und schließlich ganz unten: *Julika & Eva Menzel, Werdau, Bahnhofsgasse 5.*

Eva drehte den Umschlag um.

Fritz Menzel stand da, geschrieben in seiner gestochenen Apothekerhandschrift, Überlingen/Bodensee.

Ihre Hände zitterten so stark, dass sie ihn zunächst nicht öffnen konnte.

»Was hast du denn?«, fragte Leni erschrocken. »Du weinst ja schon wieder!«

»Vor lauter Freude«, sagte Eva mit bebender Stimme. »Der Brief ist von meinem Vater.«

Meine Lieben, ich weiß nicht, wann dieses Schreiben euch erreicht, aber ich hoffe, es trifft euch beide bei guter Gesundheit an. Mir geht es inzwischen auch wieder leidlich. Ich war in französischer Kriegsgefangenschaft (lausiges Essen, fragwürdige Gesellschaft, über Wochen kein Dach über dem Kopf, das war richtig schlimm). Aber sie haben offenbar relativ schnell erkannt, dass sie in mir keinen gefährlichen Militaristen vor sich hatten, und mich schließlich in Überlingen entlassen. In diesem hübschen Städtchen am Bodensee friste ich derzeit mein Dasein als Nachtwächter (Apotheker werden dort gerade nämlich nicht ganz so dringend gebraucht) und werde versuchen, ganz bald eine besser bezahlte Arbeit als Erntehelfer zu bekommen.

Ich sterbe vor Sehnsucht nach euch!!!

Schreibt mir doch bitte sofort, wenn dieser Brief euch erreicht hat. Ich bemühe mich schon jetzt um einen Zuzug für euch in die französische Zone – nicht das Gelbe vom Ei, ich weiß, aber immer noch um einiges besser als bei den Russen, wo ihr jetzt vermutlich gelandet seid!

Ich küsse dich, meine geliebte Julika, und ich drücke dich ganz fest, meine tapfere Tochter Eva!

Dein Fritz (und Papa)

Eva ließ den Brief sinken.

»Weißt du was, meine Kleine?«, sagte sie bewegt. »Den bringen wir ihr höchstpersönlich!«

*

Die nächsten Tage vergingen wie im Flug. Eva wusste kaum, was sie zuerst tun sollte, doch das glückliche Lächeln blieb bei all der Arbeit auf ihrem Gesicht. Sie hatte die neue Maische angesetzt, von Direktor Vogel geschickt drei Urlaubstage erbettelt, ohne dass er ihr dabei zu nahe gekommen wäre, Fahrkarten nach Sorge im Harz gekauft und sich am Bahnhof durch alle Wirrnisse des Umsteigens gefragt – stolze vier Mal, um in den Harz und wieder zurück zu gelangen!

Aber auch das würden sie bewältigen.

Leni, die sie zu ihrer kleinen Verbündeten gemacht hatte, fieberte der Reise inzwischen fast ebenso entgegen wie sie selbst.

»Es könnte unterwegs kalt werden«, gab Eva zu bedenken. »Deshalb müssen wir unter den Mänteln mehrere Schichten übereinander anziehen.«

»Hansi auch?«, fragte Leni besorgt. »Meinst du, er wird sich erkälten?«

»Dein Hansi hat's gut«, erwiderte Eva ernst. »Der hat nämlich seine Stacheln. Und wer die hat, der braucht niemals zu frieren.«

Mindestens hundertmal hatte sie ihr Gepäck inspiziert: die blaue Strickjacke, die ihr eine Kollegin für die kranke Mutter geschenkt hatte. Zwei Gläser Erdbeermarmelade, die von einer anderen Frau aus der Fabrik stammten. Eine Schachtel Konfekt, die ihr Direktor Vogel schließlich unter heftigem Räuspern in die Hand gedrückt hatte – alles nur Nougat- oder Krokantpralinen, und so konnten sie getrost mit auf die Reise, obwohl sich Julika sicherlich über andere Füllungen mehr gefreut hätte.

Ob sie den Alkohol noch immer vermisste? Oder hatte sie ihre Abhängigkeit inzwischen überwunden?

Eva wollte sich endlich mit eigenen Augen davon überzeugen.

Den Brief ihres Vaters, den sie prompt beantwortet hatte, vertraute sie nicht dem Koffer an, sondern trug ihn direkt auf der Haut, in den brandneuen Büstenhalter geschoben, den ihr eine Kollegin zugesteckt hatte.

»Vom Hunger bin ich ganz flach geworden. Aber du wirst ihn brauchen können, so saftig, wie du aussiehst.«

Und sie schien recht zu haben, denn wo immer Eva auftauchte, folgten ihr die Blicke der Männer. An der alten Kleidung konnte es nicht liegen, die gab schon lange nichts mehr her. Es mussten wohl die tanzenden schwarzen Locken sein, die blitzenden Augen und vor allem der Gang, bei dem ihre Hüfte mit jedem Schritt einen lockenden Schwung machte.

Am letzten Abend vor der Abreise fanden weder sie noch Leni in den Schlaf, so aufgeregt waren sie beide. Die Kleine wollte erst etwas zu trinken haben, dann kuscheln, später noch eine neue Geschichte, und Eva gab ihr in allem nach, weil sie sich an der kindlichen Vorfreude selbst erfreute.

Irgendwann waren sie beide dann doch eingeschlafen.

Und es war noch lange nicht hell, als die Vermieterin ungeduldig an die Zimmertür klopfte.

»Telegramm, Frau Menzel!«, rief die Hellwich grimmig. »Nächstes Mal suchen Sie sich aber gefälligst einen christlicheren Zeitpunkt dafür aus!«

Schlaftrunken tapste Eva aus dem Bett, murmelte ein kurzes »Entschuldigung« und tastete nach dem Lichtschalter.

Julika Menzel gestern nach Embolie leider überraschend verstorben – stopp – Herzliches Beileid – stopp – Begräbnis muss sofort erfolgen: Seuchengesetz – stopp – gezeichnet: Direktor Blumenthal, Lungenheilanstalt Sorge.

13

Einige Tage strömender Regen hatten die Apfelernte beschwerlich gemacht, aber gepflückt werden mussten die reifen Früchte dennoch, und so unterstützte Marlene ihre Helfer beim Durchhalten mit warmen Suppen, belegten Broten, Kaffee, Tee und Kuchen. Nane war meistens an ihrer Seite, erleichtert, dass dabei Lächeln und gerechtes Austeilen genügten, was ihrem Gesundheitszustand eindeutig besser bekam als nutzloses Herumgrübeln. Die Dritte im Bunde war Katharina, die bei der Herstellung der Imbisse half und Souki beaufsichtigte, wenn Tante und Nichte im Obst waren. Zwischen den drei so unterschiedlichen Frauen herrschte dabei eine stillschweigende Harmonie, untermalt von Bens fröhlichem Glucksen, der in seinem Laufställchen hockte und auf die bunten Spielsachen patschte. Während Souki sich respektvoll fernhielt und Minka den Kleinen hinter dem Holzgitter stets nur neugierig umrundete, war Leo frecher und sprang ab und zu mit einem kühnen Satz in den Laufstall hinein, floh aber schnell wieder, sobald Ben begeistert die dicken Ärmchen nach ihm ausstreckte.

Nane fiel auf, wie weich Marlenes Gesicht jedes Mal dabei wurde. An dem Kleinen schien sie einen regelrechten Narren gefressen zu haben, kitzelte ihn, warf ihn in die Luft und scheute sich nicht einmal, seine Windeln zu wechseln, wenn Katharina gerade mit etwas anderem beschäftigt war.

Warum hatte sie eigentlich nicht selbst eine Familie gegründet?

Früher hatte sie nie darüber nachgedacht, sondern es einfach hingenommen, wie es eben war. Jetzt mochte Nane nicht nachfragen, um die gute Stimmung zwischen ihnen nicht zu verderben.

Nicht einmal der Besuch bei Simon hatte das vermocht.

Als Nane sich bei Marlene für Leine und Halsband bedanken wollte, hatte die Tante nur kurz genickt, als ob alles schon in Ordnung wäre, und dann gefragt: »Du warst bei den Benteles?«

»Ja, Simon hat mich gebeten …«

»Hatte ich mir bereits gedacht.« Damit schien das Thema für sie erledigt.

Nane dagegen kaute noch immer an dem Erlebten. Ihr Seebild hatte sie bislang im Schrank verstaut, weil sie nicht wusste, wie sie der Tante das Geschenk erklären sollte. Eigentlich verstand sie ja selbst noch immer nicht, wie sie dazu gekommen war, aber sie liebte es bereits so sehr, dass sie es nicht mehr missen wollte.

Die Frage nach den Ohrringen für Eva vom alten Bentele würde sie Marlene stellen, dazu war sie fest entschlossen, doch hierfür musste sie erst den richtigen Moment abwarten.

Und dann gab es immer noch die Kopie.

Ein paarmal hatte Nane sie schon hervorgeholt und auf die fremdartigen Buchstaben gestarrt. Einige glaubte sie entziffern zu können, das E, das I und auch das T, aber was war mit den anderen? Für sie sah es aus wie eine Aufzählung, weil Kommata die einzigen Satzzeichen waren, die sie zwischen den Worten entdecken konnte.

Aber eine Aufzählung wovon?

Nane legte die Kopie zurück in ihre Tasche. In weniger als einer Stunde war sie bei Fabio Rossi und seinem Freund zum Essen eingeladen – und was sollte sie anziehen?

Der magere Inhalt des Kleiderschranks bot keine großen Möglichkeiten. Schließlich war sie ja zu einer Beerdigung hergekommen und nicht, um sich für zwei Männer fein zu machen, die außerdem womöglich mehr als nur Freundschaft verband. Anderseits hatte sie noch immer Brians freche Bemerkungen über ihren zu unspektakulären Look im Ohr.

Dann sollte er jetzt mal zu sehen bekommen, was sie draufhatte!

Nach zwanzig Minuten Cremen, Pinseln und Frisieren war Nane mit ihrem Spiegelbild dann einigermaßen zufrieden. Die Haut sah seidig aus, die Augen leuchteten, und der zarte Lipgloss machte ihren Mund ausdrucksvoll. Die Haare hatte sie schon am Morgen gewaschen, und die burgunderrote Seidenbluse wirkte elegant, aber nicht zu aufgedonnert. Da spielte es schon fast keine Rolle mehr, dass die schwarze Hose aus dem letzten Jahr stammte und inzwischen viel zu weit geworden war.

»Schön siehst du aus«, kommentierte Marlene, als Nane schließlich Souki holen kam, ohne die sie nicht losfahren wollte. »Fast wie Mama früher! Und so beneidenswert jung. Ach, Nanekind …« Es klang plötzlich sehnsüchtig. »Warum sagt einem denn keiner beizeiten, wie schnell so ein Leben verstreicht?«

»Wärst du lieber mitgekommen?«, fragte Nane. »Wir könnten anrufen …«

»Nein, nein, genieß du heute mal in Ruhe das nette Essen. Ich habe hier einstweilen die allerbeste Gesellschaft!« Sie kraulte die beiden Katzen, die schnurrend neben ihr auf der Ofenbank lagen. »Aber grüß die beiden Männer herzlich von mir! Draußen hängt übrigens noch ein rotgoldener Schal, der würde dir prima stehen – aber nur, wenn du magst.«

Nane angelte im Vorbeigehen nach ihm und schlang ihn sich um den Hals. Als kleines Gastgeschenk hatte sie aus Marlenes

Hofladen zwei Gläser Apfelgelee mit Zimt und Kardamom mitgenommen, was die beiden vermutlich schon kannten und hoffentlich auch mochten. Souki stieg folgsam hinten ein, dann fuhren sie los. Der Regen hatte aufgehört, aber die Luft war noch immer sehr feucht, und überall roch es nach Herbst.

Hier spürt man die Jahreszeiten so unmittelbar, dachte sie, als sie nach Salem fuhr. Das ist der Segen des großen Wassers: das Drängen des Frühlings, die Schönheit des Sommers, die Fülle des Herbstes, die Stille des Winters – genauso, wie Inbrecht sie in seinen beeindruckenden Gemälden festhält. Er hatte ihr angeboten, bei einem seiner morgendlichen Ausflüge auf den Bodensee dabei zu sein – und ja, gerade entschloss sie sich dazu, seine Einladung anzunehmen, solange sie noch hier war.

Wie lange würde das wohl sein?

Am Nachmittag hatte Renate Dörsch sie angerufen, die Chefsekretärin, die neben der blonden Mähne und dem beeindruckenden Busen auch ein treues Herz zu bieten hatte.

»Hier braut sich etwas gegen dich zusammen, Schätzchen«, hatte sie gesagt. »Etwas, das mir gar nicht gefällt. Wenn ich du wäre, würde ich mich so bald wie möglich wieder mal in der Firma blicken lassen.«

»Ich habe doch noch Urlaub …«

»Und wenn schon! Du kennst doch Redling, das Ekelpaket aus der Marketingabteilung?«

»Fred Redling, den Schönling mit dem brünftigen Blick?«

»Genau der ist heute bei der Direktion vorstellig geworden. Du weißt, dass er schon länger auf deine Tour scharf ist, weil ihm der Schreibtischjob zum Hals heraushängt?«

»Ja. Jeder weiß das. Aber Laura Münzer vertritt mich doch. Und sie macht es sicher gut.«

»Das ist richtig. Aber jetzt ist die kleine Laura auf einmal mit ihrer Schwangerschaft herausgerückt: Launen, Brechattacken,

Schwindel, der ganze Umstand eben. Auf die kannst du ab sofort nicht mehr bauen – und die Direktion tut es offenbar auch nicht …«

Sie hatte Renates raue Stimme noch immer im Ohr, als sie bei Rossi läutete. Zu ihrer Überraschung war es nicht Brian, der öffnete, sondern der Tierarzt selbst. Er trug ein eng anliegendes schwarzes Hemd zu ausgeblichenen Jeans, was ihm ausgezeichnet stand. Die Haare waren zerzaust wie immer, vermutlich sein Markenzeichen, denn ordentlich gekämmt hatte sie ihn bislang noch nie erlebt.

»Da ist sie ja endlich«, sagte er lächelnd. »Wir alle haben uns schon auf Sie gefreut!«

»Ich freue mich auch«, sagte Nane, plötzlich leicht verlegen, und streckte ihm die Geleegläser entgegen, während Souki begeistert zu wedeln begann. »Und die hier erst recht!«

Er streichelte den schlanken Hundekörper, was Souki zu genießen schien, dann sah er wieder Nane an.

»Unsere Runde ist ein wenig größer geworden als anfangs geplant«, sagte er. »Aber es sind lauter nette Menschen und Tiere. Also, treten Sie bitte näher!«

Dieses Mal ging es nicht im Erdgeschoss zu den Praxisräumen, sondern er betrat die Treppe, die nach oben führte. Nane und die Hündin folgten ihm. Der gleiche Flur wie unten, aber in tiefem Rot gestrichen und mit einigen offenbar alten Gouachen dekoriert.

»Schön«, sagte Nane beeindruckt, die stehen blieb und sie ansah. »Und bei aller Schlichtheit sehr ausdrucksvoll.«

»Fand ich bisher eigentlich auch«, sagte er. »Und von mir aus hätten sie hier hängen bleiben können bis zum Jüngsten Gericht. Ich bin nämlich froh, wenn ich mich nicht um Dekoration kümmern muss. Aber Brian meint, das müsse jetzt alles dringend anders werden …«

Er stieß die Tür zu einem großen Raum auf. An einem ovalen Tisch, der aufwendig gedeckt und mit brennenden Kerzen geschmückt war, saßen eine ausnehmend hübsche Frau mit schulterlangem lohfarbenem Haar – und Ruppert Inbrecht.

Sky schoss auf Souki zu und begrüßte sie wedelnd, was ihr zu gefallen schien.

»Meine Schwester Alice Loredan«, stellte Rossi die Frau vor. »Heute aus Florenz angereist, ganz spontan, wie das eben so ihre Art ist. Ruppert Inbrecht und seinen Husky kennen Sie ja bereits.«

»Und hier bin ich, der fleißige Koch!« Brian schoss aus der angrenzenden Küche. »Hallo, Nane, ich bin gleich bei Ihnen.«

Rossi goss ihr einen Aperitif aus Holundersaft und Champagner ein, von dem Nane nur nippte, obwohl er verführerisch süffig schmeckte. Die anderen schienen mindestens schon beim zweiten Glas zu sein, so entspannt wirkten ihre Gesichter.

»Als Vorspeise gibt es *melanzane,* danach Zander in Safransoße mit selbst gemachten Tagliatelle und zum Nachtisch *panna cotta* auf Apfelschaum.« Alice hielt Nane ihre glatte, zart duftende Wange entgegen. »Und glauben Sie bloß nicht, diese beiden Räuber hätten in all den Jahren jemals für mich so gut gekocht – *mai!*«

Sie trug zu einem schwarz-beigen Wollkleid dezenten Goldschmuck und wirkte in beidem so elegant, wie es nur Italienerinnen zustande bringen.

»Dann haben wir alle heute ja ziemlich viel Glück gehabt«, sagte Ruppert. »Vielen Dank, dass ich auch dabei sein darf!«

»Und ich erst«, schloss Nane sich an. »Ich soll Sie übrigens alle von Marlene herzlich grüßen!«

Ihr Platz war zwischen Alice und deren Bruder Fabio, was ihr gefiel, ohne dass sie es sich anmerken ließ.

Oder vielleicht doch?

Als Brian die Vorspeisenteller hereintrug, streifte Fabios Bein unter dem Tisch zum ersten Mal wie zufällig ihre Wade. Es fühlte sich an wie ein winziger elektrischer Schlag, aber eindeutig wie einer von der angenehmen Art. Überrascht sah Nane ihn an, zog die Wade aber nicht weg. Sein smartes Gesicht schien unbewegt, nur die linke Braue war amüsiert nach oben gezuckt.

War das also nichts als übler Kleinstadtklatsch, was man über seine Beziehung zu Brian redete? Sie versuchte, sich daran zu erinnern, was Marlene genau über die beiden gesagt hatte, aber brachte es nicht mehr ganz zusammen, sondern konzentrierte sich lieber auf die Vorspeise.

Die schmeckte köstlich, verführerisch mediterran, vollmundig.

In Nanes Magen breitete sich eine Zufriedenheit aus, wie sie sie lange nicht mehr gekannt hatte. Die beiden Hunde lagen ein Stück entfernt neben der Sitzgruppe, nicht ganz eng nebeneinander, aber doch in ungetrübter Zweisamkeit.

»Erzählen Sie ein wenig über sich«, bat Nanes Nachbarin. »Und lasst uns doch bitte als Erstes dieses blöde Gesieze vergessen. Das gilt übrigens für alle hier am Tisch.«

Ruppert nickte, Nane tat es ihm nach.

»Dann will ich mal anfangen: Ich bin Alice, lebe in Florenz und bin Kunsthistorikerin. Fabio ist mein Bruder; mein Mann heißt Massimo und ist Zahnarzt. Mit ihm habe ich zwei süße, allerdings leider total verzogene Töchter, die uns noch den letzten Nerv kosten werden – deshalb muss ich mir ab und zu eine kleine Auszeit gönnen. *Allora,* und nun wüsste ich zu gern, neben wem ich hier eigentlich sitze.« Ihr Deutsch war nahezu perfekt wie Fabios, die italienische Färbung allerdings unüberhörbar.

»Ich bin Nane, Marlene Auberlins Nichte, die eine Brennerei betreibt, und ich komme aus Frankfurt. In meiner Kindheit und Jugend habe ich nahezu jeden Sommer hier am Bodensee verbracht. Dann ist mein Großvater gestorben, und es gab eine lange, lange Pause. Und vor Kurzem ist meine Großmutter ihm gefolgt, und ich bin endlich wieder hier.«

Sie trank einen Schluck. Der Wein war rot und schwer. Drei Lilien auf silbernem Grund – Simons Premiumklasse.

»Eva Auberlin, Nanes *nonna*, war eine außergewöhnliche Frau«, sagte Fabio. »Die Apfelkönigin, so wurde sie in Rickenbach und Umgebung genannt. Ich wüsste keinen, der nicht voller Respekt von ihr gesprochen hätte.«

»Du hast sie näher gekannt?«, fragte Nane. Das Du fühlte sich noch ein wenig ungewohnt, aber gut an.

»Ja und nein«, sagte er. »Sie war sehr freundlich zu allen, aber sie schaffte es trotzdem, die Menschen auf Abstand zu halten. Ich habe in München studiert. Für die Tiermedizin gibt es in Deutschland nur fünf Fakultäten, daher war ich örtlich gebunden. Aber ich wusste bereits, dass ich unbedingt zurück an den Bodensee wollte. Deshalb habe ich auch bei dem alten Dr. Borchert in Salem hospitiert, dessen Praxis ich schließlich übernommen habe. Dort habe ich Leni kennengelernt, die mit einer kranken Katze zu uns kam. Und später dann bei einem Hausbesuch auch ihre Mutter, deine verstorbene Großmutter Eva.« Er lächelte. »Dunkel und blond, weich und streng, zwei Frauen, die so verschieden waren wie Tag und Nacht, aber ich habe sie auf Anhieb gemocht, alle beide.«

»Ja, der See lässt so manchen nicht mehr los«, sagte Rupp. »Er schleicht sich in deine Seele, dorthin, wo die Sehnsucht wohnt. Du merkst es vielleicht nicht gleich, manchmal sogar erst nach Jahren. Aber auf einmal *musst* du wieder an den Bodensee zurück, ob du nun willst oder nicht. Erst wenn du wieder am oder besser noch *auf* dem Wasser bist, ist alles gut.«

»Es sei denn, man besitzt eines deiner wunderbaren Bilder«,

sagte Nane, die sich noch immer darüber wunderte, dass auch er heute mit am Tisch saß. »Oder besser gleich mehrere. Dann lässt es sich vielleicht eher aushalten.«

»Eben!« Brian hatte die Teller abgeräumt und schenkte Wein nach. »Genau das habe ich auch zu Fabio gesagt. Selbst wenn man hier in Salem lebt, ist man ja nicht unbedingt jeden Tag am Wasser. Unsere Wände schreien geradezu nach deinen Bildern, Rupp! Deshalb wollen wir am Wochenende ja auch groß bei dir einkaufen gehen.«

Er tauschte mit dem Maler einen langen Blick. Für einen Moment wurde es ganz still im Raum.

»Täusch dich da nicht«, sagte Rupp lächelnd. »Meine Bilder sind lediglich Anker der Sehnsucht. Dem See entrinnst du auch mit ihnen nicht. Hat er dich erst einmal in seinen Fängen, kommst du so schnell nicht mehr von ihm los.«

Sky bellte, als sei er ebenfalls damit einverstanden. Es schien ihm besser zu gehen, jedenfalls hatte bisher noch niemand sein krankes Maul erwähnt.

»Dann bist du also wieder hierher zurückgekehrt«, nahm Alice den Faden erneut auf. »Ich persönlich mag ja den Herbst am See ganz besonders gern.«

»Und offenbar nicht nur zu Omas Beerdigung. Lass es mich so ausdrücken: Bei mir ist einiges aus der Balance geraten, und ich bin gerade dabei, mich wieder zu sortieren«, erwiderte Nane, die dabei einen Anflug des gefürchteten Schwindels spürte. »Ich bin sozusagen auf der Suche nach einer neuen Ordnung, wenn du so willst.«

Auch das Rauschen im Ohr kam ihr nun lauter vor. Hatte sie heute überhaupt ihre Medikamente genommen? Oder jetzt nur ihr Glas zu schnell ausgetrunken?

Verdammt, sie hatte sich doch fest vorgenommen aufzupassen!

Die Wärme im Raum, die angenehme Gesellschaft, vor allem aber Fabios verwirrende Nähe hatten sie offenbar leichtsinnig gemacht. Sein Bein unter dem Tisch versuchte gar nicht mehr, noch wegzurücken, sondern blieb die ganze Zeit an ihres geschmiegt.

»Das klingt faszinierend«, sagte Fabio, während Brian das Hauptgericht servierte. Im Kerzenlicht wirkte der Fisch in seiner Safransoße mit den schmalen Nudeln und den grünen Bohnen wie ein Stillleben.

Der Koch lachte geschmeichelt, als Nane es ihm sagte.

»Für unsere Gäste immer nur das Allerbeste.« Brian deutete eine Verbeugung an, die so anmutig ausfiel, dass man den einstigen Tänzer sofort erkannte. »In der Liebe und beim Essen gibt es für mich keinerlei Kompromisse!«

»Schön gesagt! Das anschließende Aufräumen und Saubermachen ist dann übrigens immer meine Aufgabe«, ergänzte Fabio. »Nur damit hier kein falscher Eindruck entsteht! Der eine steht glänzend im Licht, der andere bescheiden im Schatten. Aber ich denke, wir können beide prima damit leben.«

Brian und er prosteten sich grinsend zu. Die anderen taten es ihnen nach. Dann wandte Fabio sich wieder Nane zu.

»Hast du deine neue Ordnung denn inzwischen schon gefunden?«, fragte er.

Der Blick seiner tief liegenden graugrünen Augen tauchte dabei tief in ihren, und ihr wurde auf einmal sehr warm.

»Ich fürchte, noch nicht ganz«, sagte sie. »Aber zumindest bekomme ich immer stärker eine Ahnung von dem, was ich *nicht* mehr möchte. Wohin es jedoch konkret gehen soll, liegt leider noch in weiter Ferne.«

Kaum hatte sie die Worte ausgesprochen, hätte sie sie am liebsten sofort wieder zurückgenommen. Was sollte dieses Geschwafel? In dieser Runde, wo niemand ihr Böses wollte, hätte sie doch klar und deutlich sagen können, wie es wirklich um sie stand: dass sie krank war, sich jetzt schon etwas besser fühlte, aber noch immer nicht wusste, wie sie wieder ganz gesund werden sollte – aber dazu fehlte ihr der Mut.

Ganz schön feig, Nane Auberlin, dachte sie resigniert. *So weit ist es mit dir gekommen! Weil du nämlich Angst hast, dass dieser attraktive Kerl neben dir dann womöglich nichts mehr von dir wissen will. Aber vielleicht wollte er das ja ohnehin noch nie, weil er doch seinen Brian hat. Warum flirtet dann allerdings sein Bein derart penetrant mit deinem?*

Fährt Fabio Rossi etwa zweigleisig?

Der Schreck über diesen Gedanken musste ihr anzusehen sein, denn Fabio beugte sich sofort zu ihr herüber.

»Alles in Ordnung, Nane?«, fragte er leise. »Du bist auf einmal so blass. Brauchst du vielleicht ein bisschen frische Luft? Dann komm doch mit! Ich muss jetzt nämlich dringend eine Zigarette rauchen gehen.«

Nein, hätte sie beinahe automatisch geantwortet, aber sie verschluckte es gerade noch.

»Warum nicht?«, sagte sie stattdessen zu ihrer eigenen Überraschung.

Unter dem Tisch entknoteten sich sanft ihre Beine, sonst hätte sie gar nicht aufstehen können. Rupp und Alice schien es nicht aufzufallen, so intensiv waren sie plötzlich in ein Gespräch über den Schatten bei Caravaggio vertieft, während Brian sich in der Küche um den Apfelschaum kümmerte.

»Für mich ist und bleibt er der Größte«, hörte sie den Maler gerade sehnsuchtsvoll sagen, als sie den Raum verließen. »Neben ihm verblassen sie alle …«

Da waren sie schon auf der Treppe angelangt, Fabio, der voranging, und Nane hinterdrein, gefolgt von Souki, die offenbar auch dringend hinausmusste und sofort irgendwo in der Dunkelheit verschwand.

»Du rauchst?«, fragte Nane, während er eine Zigarette herauszog und sie umständlich anzündete.

»Nein«, antwortete Fabio. Er hustete nach dem ersten Zug und trat die Zigarette sofort wieder aus. »Schon seit Jahren nicht mehr. Aber wie sonst hätte ich dich hinauslotsen sollen? Das Misstrauen steht ja wie ein gut geschärftes Schwert in deinen Augen.«

»Das siehst du?«, fragte sie leise. Er war so groß, dass sie zu ihm aufschauen musste, aber es machte ihr nichts aus, ausnahmsweise. »Und was weiter?«

Fabio nickte.

»Dazu Angst, aber noch mehr Neugierde. Das ist mir sofort aufgefallen, dieser Wunsch, ja nichts zu versäumen. Und danach gleich die Furcht, es könnte tatsächlich eintreten.«

»Gar nicht so übel.« Nane fuhr sich aufgeregt mit der Zunge über die Lippen. »Für jemanden, der mich heute zum fünften Mal sieht …«

»Zum sechsten Mal«, verbesserte er sanft. »Ich bin gestern eine ganze Weile im Auto vor eurem Haus gestanden und konnte dich durch das Fenster in der Küche werkeln sehen.«

»Du hast mich heimlich beobachtet? Aber dein Wagen … ich habe ihn gar nicht bemerkt …«

»Konntest du auch nicht. Brian hatte mir nämlich seinen geliehen. Das macht er manchmal, wenn ich ihn besonders lieb darum bitte. Kam mir so unendlich lang vor bis heute Abend.« Er zögerte, sprach dann aber weiter. »Weißt du eigentlich, dass ich dich schon bei der Beerdigung deines *nonno* hinreißend fand? Trotz deiner üblen Laune. Oder vielleicht sogar genau deswegen. Zweimal habe ich versucht, mit dir ins Gespräch zu kommen, aber du hast mich jedes Mal derart schroff abgefertigt, dass ich dich schließlich lieber in Ruhe gelassen habe.«

»Ich war so unendlich traurig«, sagte Nane. »Und dann ging es ja auch schon los mit dem Streit zwischen Marlene und meiner Mutter, und ich wollte nur noch weg …« Sie schüttelte den Kopf. »Ich habe dich gar nicht wahrgenommen, das tut mir leid. Ich glaube, an jenem schwarzen Tag habe ich so gut wie nichts mitbekommen!«

»Und heute?«, fragte er leise. »Wie sieht es heute aus?«

Ihre Augen begannen zu lächeln. »Heute ist es anders«, sagte Nane. »Aber ich traue mich noch nicht, daran zu glauben.«

Wieder befeuchtete sie ihre Lippen mit der Zunge.

Er lächelte zurück.

»Meinst du nicht, dass ich das lieber erledigen sollte?«, sagte er.

Fabio zog sie in die Arme und hielt sie ganz fest. Sein Mund berührte erst sanft ihre Schläfe, dann wanderte er mit kleinen zarten Küssen weiter nach unten, bis er schließlich auf ihren Mund traf. Seine Lippen waren warm und fest, bis seine vorwitzige Zunge schließlich auf Erkundungsreise ging. Nane schmeckte Safran und Rotwein sowie eine winzige Spur Tabak.

»Findest du das wirklich eine gute Idee?«, fragte sie, als sie sich wieder voneinander gelöst hatten.

»Dich zu küssen? Die beste, die ich seit Langem hatte!«, versicherte er, während Souki, die ihr Geschäft offenbar erledigt hatte, sie wedelnd umkreiste. »Hat es dir denn nicht gefallen?«

»Doch«, sagte Nane. »Sehr sogar. Aber Brian …«

»Dann ist dieser Unsinn also auch schon bis zu dir vorgedrungen?« Er lachte. »Ich werde den Teufel tun und für Klarheit sorgen! Denn solange die Leute glauben, er sei mein Partner, tuscheln sie zwar, aber ich habe wenigstens meine Ruhe. Und als Freund und Mitbewohner ist Brian einfach perfekt.«

Nane hörte, was er sagte, aber es fiel ihr schwer, alles aufzunehmen. Inzwischen war ihr richtig schwindelig, und sie war sich fast sicher: Sie hatte ihre Medikamente *nicht* eingenommen.

»Selbst dann«, sagte sie. »Wohin sollte das mit uns schon führen? Ich bin doch gewissermaßen nur auf der Durchreise …«

»Warum eigentlich?«, unterbrach er sie. »Hättest du denn keine Lust zu bleiben? Hier ist doch dein Zuhause!«

»Nein«, widersprach Nane. »Hier war immer nur das Zuhause von Oma, Opa und von Tante Marlene. Meine Mutter hat es nicht lange bei ihnen ausgehalten und ist schon früh aus Rickenbach geflohen. Sie konnte nicht so sein wie die anderen, so sesshaft, bodenständig und solide. Immer hatte sie die Sehnsucht nach Freiheit und Abenteuern im Herzen, die sie unbedingt ausleben wollte. Das haben sie ihr niemals verziehen. Und mir übrigens auch nicht. Ich war zwar das Nanekind, wie alle mich liebevoll genannt haben, aber eben immer nur zu Besuch.«

Sie fröstelte plötzlich. In ihren Ohren brummte es, ihr Herz begann unregelmäßig zu schlagen. Die Lichter der Straßenbeleuchtung verschwammen vor ihren Augen. Jetzt wurde ihr richtig übel.

»Ich glaube, ich habe zu viel Wein erwischt«, murmelte sie noch, als ihre Beine schon einknickten. Dann begann sich alles um sie herum rasend schnell zu drehen wie auf einem verrückten Karussell, und sie fiel auf das feuchte Pflaster.

*

»Wo bin ich?« Nane blinzelte in das abgeblendete Licht.

»Im Gästezimmer«, sagte eine weiche Frauenstimme. »*Porca miseria* – was hast du uns nur für einen Schrecken eingejagt! Mein armer Bruder ist immer noch ganz grün um die Nase. Wie geht es dir? Wieder besser?«

Nane versuchte, sich aufzurichten, doch Alice drückte sie mit sanfter Gewalt wieder nach unten.

»Liegen bleiben«, befahl sie. »Jetzt heißt es erst einmal ausruhen – verstanden?!«

»Aber ich muss doch nach Hause«, protestierte Nane und erschrak darüber, wie klein ihre Stimme war. Sie griff unter die Decke. Hose und Strümpfe hatte jemand ihr ausgezogen. Aber sie trug noch immer ihre Unterwäsche und hatte die Bluse an.

»Nichts da.« Fabio war hereingekommen und setzte sich an ihr Bett. »Du bleibst heute Nacht natürlich bei uns. Alice schläft im Nachbarbett und steht dir bei, wenn du etwas brauchst. Natürlich kann sie mich jederzeit wecken. Und das wird sie auch sofort, falls es nötig sein sollte.« Er strich ihr das Haar aus der Stirn. »Das ist eine ernste ärztliche Anweisung, Nane, auch wenn sie nur von einem Viehdoktor kommt!«

»Aber Souki – und Marlene …« Das Sprechen strengte sie ungeheuer an.

»Souki ist bei Brian in den allerbesten Händen, das weißt du doch. Und Leni haben wir bereits informiert und beruhigt. Natürlich wollte sie sofort ins Auto springen und ihr Küken nach Hause holen, aber ich konnte sie schließlich doch davon überzeugen, dass du hier gut aufgehoben bist.« Er beugte sich noch ein wenig tiefer zu ihr herab. »In ihrem Alter nach mindestens zwei Gläsern Wein aufgeregt mit dem Auto zu fahren – keine so gute Idee!« Sein Blick wurde noch wärmer. »Wie geht es dir, Nane? Und ich möchte eine ehrliche Antwort, bitte!«

»Wieder ganz gut, ich bin nur so unendlich müde …«, flüsterte sie.

»Dann schlaf jetzt«, sagte Fabio und beugte sich vor, als wollte er sie auf die Stirn küssen, hielt aber dann inne. »Morgen ist ein neuer Tag – und dann unterhalten wir zwei uns ausführlich.«

Warum hatte er gezögert, sie zu küssen? Wegen Alice? Oder weil sie ihn zuvor zurückgewiesen hatte?

Nane fühlte sich zu erschöpft, um weiter darüber nachzudenken.

»Tut mir so leid, dass ich eure schöne Essenseinladung ruiniert habe«, murmelte sie, während sie sich auf die Seite drehte.

»Hast du nicht«, widersprach Alice. »Zwei Portionen *Panna cotta* auf Apfelschaum zusätzlich waren schlichtweg wunderbar. *Buona notte,* Nane. Ich bin eine sturmerprobte *mamma* und passe gern auf dich auf.«

Und tatsächlich konnte sie schnell einschlafen, ohne sich wie sonst lange herumzuwerfen, bis der Schlaf sie endlich übermannte.

Als Nane wieder erwachte, brannte auf dem Tisch eine kleine Lampe, und Alice war schon auf. Die Dämmerung kroch gerade erst durch die Fenster, doch im Gästezimmer war es gemütlich und warm.

»Ich habe uns Tee gekocht«, sagte Alice. »So ein *Earl Grey* mit Honig und Milch lässt den Morgen schon mal einfacher beginnen.« Sie reichte ihr eine große, dampfende Tasse.

»Und ich dachte immer, ihr Italiener trinkt ständig nur Kaffee.« Nane begann in die Tasse zu pusten, denn der Tee war noch viel zu heiß.

»Tun wir eigentlich auch.« Alice lachte. »Aber ich war ja viele Jahre hier im Internat, das hat mich ziemlich eingedeutscht. Und beruflich habe ich seit einiger Zeit auch wieder mit eurem schönen Land zu tun.«

Nane sah sie fragend an.

»Raubkunst aus der Nazizeit«, erklärte Alice. »Immer wieder tauchen irgendwo in Europa verblüffende Funde auf, die deklariert und zugeordnet werden müssen. Nicht alle sind natürlich so spektakulär wie der in München vor einigen Jahren, aber zwischen Zweitklassigem gibt es doch immer auch interessante Schätze zu bergen. In Neapel zum Beispiel haben sie vor ein paar Monaten in einem Abrisshaus vierzig Expressionisten sichergestellt – hinter einer doppelten Wand, die sie mehr als siebzig Jahre verborgen hatte. Wir sind noch immer dabei, die rechtmäßigen Besitzer ausfindig zu machen.« Sie seufzte. »Unmengen von Schreibkram, kann ich dir sagen! Uralte Bestandslisten, die kaum einer mehr entziffern kann …« Sie hielt inne.

»Was ist?«, fragte Nane. »Erzähl doch weiter! Ich würde gern noch mehr darüber hören.«

»Später«, sagte Alice und legte ihr ein zusammengefaltetes Blatt Papier auf die Bettdecke. »Das ist gestern aus deiner Tasche gefallen, als wir sie dir ins Gästezimmer gebracht haben. Ich wollte nicht darin kramen, deshalb gebe ich es dir jetzt.«

Die Kopie!

»Danke«, sagte Nane. »Aber ich kann das ohnehin nicht lesen.«

»Echt?« Alice klang überrascht. »Das ist eure altdeutsche Sütterlinschrift. Damit muss ich mich so gut wie jeden Tag herumschlagen. Anfangs fand ich es auch problematisch, und jedes kleine Schriftstück hat mich eine halbe Ewigkeit gekostet. Aber wenn man sich erst einmal eingelesen hat, geht es eigentlich ganz schnell.«

»Und was steht da?«, fragte Nane. »Lies es mir doch bitte vor!«

»Gern.« Alice holte ihre Lesebrille vom anderen Tischchen. »Anna Vesela, Emily Hermanova, Frantiska Hronikowa, Milena Brejcha, Ludmila Ziholva, Helena Kosinova, Igor Plesko, Jadlicka Vaclav.« Sie setzte die Brille wieder ab. »Das sind lauter Namen«, sagte sie. »Tschechische, wie ich glaube. Oder vielleicht auch polnische? Was haben sie zu bedeuten?«

»Keine Ahnung.« Nane zog die Schultern hoch. »Aber dort, wo diese Liste herkommt, gibt es noch jede Menge anderes, das ebenfalls in Sütterlin verfasst ist. Ich muss mich da wohl einfach durchkämpfen.« Sie sah Alice bittend an. »Oder vielleicht könntest du mir ein wenig dabei helfen?«

»Warum nicht?«, sagte Alice. »Fabio ist ohnehin fast den ganzen Tag in der Praxis beschäftigt. Ich bleibe bis Montag. Das wäre schon mal ein Anfang.«

»Es ist allerdings ziemlich heikel. Familiengeheimnisse, wenn du verstehst. Ich darf es eigentlich nicht aus der Hand geben …«

»Dann durchforsten wir es eben bei dir. Du wohnst bei deiner Tante in Rickenbach, oder? Ich könnte am späteren Nachmittag zu euch kommen.«

»Ja«, sagte Nane. »Aber Marlene braucht zunächst auch nichts davon zu erfahren. Ich möchte abwarten, bis ich Genaueres weiß.«

»So geheim?« Alices grüne Augen funkelten.

»Ich fürchte, ja.« Sie überlegte fieberhaft. »Meinst du, es ginge vielleicht auch hier? Bei euch?«

»*Ma certo!* Mein Bruder hat sicherlich nichts dagegen – ganz im Gegenteil. Siehst du denn nicht, wie er zu strahlen beginnt, wenn du nur in seine Nähe kommst?« Sie machte eine kurze Pause. »Aber tu ihm nicht weh, *d'accordo?*«, fügte sie hinzu. »Das hat Fabio nämlich nicht verdient. Er erholt sich so schlecht, wenn jemand gemein zu ihm ist.«

»Ich muss noch einmal überlegen«, sagte Nane, ohne darauf einzugehen. »Ich melde mich bei dir. Aber jetzt werde ich erst einmal dringend verschwinden.«

Sie schlüpfte in ihre Hose und lief barfuß hinaus in den Flur, um nach der Toilette zu suchen. Die Haustür stand ein Stück offen, und sie sah, wie Brian und Rupp auf der Schwelle einen leidenschaftlichen Kuss tauschten.

Dann pfiff der Maler nach Sky und verschwand.

Kaum war sie wieder zurück im Gästezimmer, klopfte es an der Tür, und Fabio kam herein, einen Teller mit Honigbroten in der Hand und gefolgt von Souki, die sofort zu ihr lief und an ihre Hand stupste.

»Zweimal geballte Sehnsucht«, sagte er mit einem verschmitzten Lächeln. »Und Zeit fürs Frühstück. Deshalb verziehst du dich jetzt auch freundlicherweise, *carissima sorella* ...«

Alice stand auf und ging zur Tür.

»So ist das mit den großen Schwestern und den kleinen Brüdern«, sagte sie augenzwinkernd. »Die Kastanien für sie aus dem Feuer holen – ja. Immer! Aber wenn es dann richtig spannend wird, hat man in der Regel ausgedient.« Sie grinste. »Die Nummer von meinem *telefonino* liegt auf deiner Tasche, Nane. Ruf an, wenn du mich brauchst. Ach ja, und ein kleines gedrucktes Alphabet habe ich auch noch dazugelegt. Mir hat es damals sehr geholfen.«

»Und jetzt zu uns beiden«, sagte Fabio, stellte den Teller auf den kleinen Tisch und nahm im Sessel Platz. »Was fehlt dir, Nane? Wieso bist du gestern Abend umgekippt? Ich möchte alles ganz genau wissen!«

*

Sie fühlte sich gestärkt und wie von einer Last befreit, nachdem sie zwei Brote gegessen, den Tee getrunken und ihm alles erzählt hatte: vom Unwohlsein, dem Schwindel, dem Brummen im Ohr. Von den Schweißausbrüchen, dem Herzrasen, den Nächten ohne Schlaf und ihrer plötzlichen Befangenheit in Gegenwart von Kunden, weil ihr die vertrauten Verkaufsargumente mit einem Mal nicht mehr über die Lippen gehen wollten.

Fabio hatte zugehört, das Gesicht ihr zugewandt, ebenso wohlwollend wie schweigend.

»Das klingt für mich, als solltest du dein Leben ändern«, sagte er schließlich. »Und zwar substanziell. Nicht nur Flickwerk betreiben, damit du wieder halbwegs funktionierst, sondern etwas Grundsätzliches in Gang setzen.«

»Das sagt sich so leicht …«

»Sagt sich gar nicht leicht.« Er schüttelte den Kopf. »Das weiß ich ziemlich genau. Ich war dabei, als Brian etwas Ähnliches auf die Beine gestellt hat. Und ja, es gab durchaus einige Rückschläge, aber schau ihn dir heute an: Ich finde, es hat sich für ihn gelohnt.«

Er nahm ihre Hand.

»Ich weiß sogar jemanden, der dir vielleicht dabei helfen kann. Sie heißt Margo Rauer und hat ihre Praxis in Überlingen. Brian jedenfalls hat sie wunderbar durch seine Metamorphose geleitet. Heute sind die beiden die besten Freunde.«

»Eine Psychologin?«, fragte Nane wenig begeistert.

»Auch. Aber nicht nur. Eine Hexe, eine Schamanin, eine Philosophin, eine kluge Frau – Margo ist von allem etwas. Geh zu ihr und mach dir selbst ein Bild. Wenn du ihr sagst, dass du von uns kommst, kriegst du sicher bald einen Termin.«

*

Souki bellte, als sie Rickenbach erreichten und Nane im Hof der Benteles anhielt. Simon war gerade dabei, Kisten umzuräumen.

Er begann zu strahlen, als er sie sah.

»He, noch so früh am Tag und schon so netter Besuch!«, sagte er. »Bist du …«

»… gekommen, um die Aufzeichnungen deines Großvaters mitzunehmen, wenn es dir recht ist«, sagte sie.

Sein munteres Gesicht verschloss sich abrupt.

»Ich hatte dir doch gesagt, dass ich sie nicht in fremde Hände geben möchte«, sagte er. »Eigentlich wollten wir doch gemeinsam …«

Simon verstummte. Es war ihm alles andere als behaglich zumute, das war ihm anzusehen.

»Es handelt sich um meine Hände«, erwiderte Nane. »So fremd sind sie also nicht. Ich brauche Zeit und Ruhe zum Tüfteln. Dann kann ich sie dir vielleicht entschlüsseln. Also?«

Simon zögerte, doch schließlich ging er zum Wohnhaus und kam nach einer Weile mit einer Kiste zurück.

»Müsste ziemlich vollständig sein«, murmelte er. »Es sei denn, ein Teil liegt noch bei Lukas. Ich werde ihn fragen. Und ich kann mich wirklich auf dich verlassen, Nane?«

»Immer«, versicherte sie. »Weißt du doch.«

Sie räumte alles in den Kofferraum.

»Wie geht es jetzt eigentlich mit uns beiden weiter?« Seine Frage hatte einen Unterton, den Nane geflissentlich ignorierte.

»So wie eh und je«, erwiderte sie freundlich, als sie einstieg und den Motor anließ. Evas Aufzeichnungen, in denen sie schon sehr weit gekommen war, hatten natürlich Vorrang. Aber das ging ihn nichts an. Das betraf ganz allein sie – und Marlene. Aber dazu musste sie erst noch Mut fassen. »Du hörst von mir, Simon.«

14

Hof/Bodensee, 1945

Leni schluchzte bitterlich, als sie auf den Lastwagen klettern sollte, der sie ins Auffanglager Hof bringen würde. Minutenlang klammerte sie sich an Eva, machte sich stocksteif und war nicht zum Einsteigen zu bewegen, egal was diese auch versuchte. Nichts konnte die Kleine beruhigen, weder geduldiges Zureden noch Streicheln, nicht einmal die in Aussicht gestellten Gutenachtsgeschichten bis zum Weihnachtsfest und darüber hinaus vermochten ihren Kummer zu lindern.

Nachdem der Fahrer schon mehrmals ungeduldig gehupt hatte, blieb Eva nichts anderes übrig, als Leni hochzuheben und sie wie ein sperriges Paket auf die Ladefläche zu schieben. Sie heulte weiter, während Eva hinterherkletterte und sich dann neben sie auf die Holzbank setzte, auf der sie die letzten Plätze ergattert hatte. Nur Frauen waren hier versammelt, kein einziges Kind außer Leni, deren wildes Schluchzen sogar das Brummen des Motors übertönte.

»Jetzt unternehmen Sie doch endlich etwas!«, herrschte eine der Frauen Eva ungeduldig an. »Dieses Geplärre raubt einem ja noch den letzten Nerv.«

»Soll ich ihr vielleicht die Luft abdrücken, bis sie still ist?«, raunzte Eva zurück. »Sie weint, und ich weiß leider nicht genau, was sie gerade so quält. Mindestens zehn Mal habe ich sie schon danach gefragt, doch sie kann es mir nicht sagen. Aber haben Kinder nicht das gleiche Recht auf Kummer wie wir Erwachsenen?«

Ab da blieb es still. Es schaukelte unangenehm auf der Ladefläche, die eigentlich gar nicht für den Transport von Personen geeignet war, doch nach dem letzten Brief ihres Vaters hatte Eva nur noch so schnell wie möglich von Werdau weggewollt.

Mein Mädchen!

Ich bin bei einem Weinbauern namens Bentele in Rickenbach untergekommen. Das Haus ist groß, der Grund soll es noch werden, denn Bentele ist jung und äußerst ehrgeizig, wenngleich kriegsversehrt, und deshalb hat er mich wahrscheinlich überhaupt nur eingestellt. Ich kann besser Auto fahren als er mit seinem kaputten Bein, und dass ich nicht auf den Kopf gefallen bin, hat er schnell begriffen. Na ja, Winzer war ich ja eigentlich noch nie, aber wie du weißt, liegt mir das Alkoholische, und das scheint auch er rasch gemerkt zu haben. In seinen Vorräten gibt es noch einige Flaschen, und eine davon musste ich ganz allein leeren, als ich deine Nachricht vom Tod meiner Julika las.

Mein armer, armer geliebter Schatz!

Ich habe niemals eine andere Frau geliebt, immer nur meine temperamentvolle, undiplomatische, ganz und gar wunderbare Julika. Sie, die Gesellschaft, Wärme und Luxus so sehr liebte, musste nun in einer kalten, anonymen Klinik im Harz sterben, weitab von uns, ihrer Familie – was haben dieses schreckliche Dritte Reich und dieser verdammte Krieg nur aus uns gemacht!

Meine Trauer sitzt tief, und ich fürchte, sie wird mich nie mehr verlassen. Jetzt tut mir jeder dumme Streit leid, jede sinnlose Auseinandersetzung, die wir geführt haben. Ich hätte sie noch viel mehr lieben sollen, für sie da sein, sie hüten und beschützen – wie unendlich bedauere ich all meine Versäumnisse!

Und du, meine große Kleine, die das alles mutterseelenallein durchstehen musste, wie weh ums Herz wird mir bei diesem Gedanken! Viel zu schnell seid ihr alle erwachsen geworden, viel zu schnell. Ich freue mich über Mollys Liebesglück, von dem du kurz geschrieben hast, denn sie musste schon so vieles tapfer ertragen. Und ihr Zukünftiger scheint ja auch kein übler Kerl zu sein, Kommunist hin oder her, obwohl ich persönlich von allen Ideologien die Schnauze gründlich voll habe. Aber natürlich hätte ich mir trotzdem gewünscht, dass sie wie eine Schwester weiterhin an deiner Seite bleibt.

Jetzt aber hast du auf einmal selbst ein kleines Mädchen. Mir schwirrt der Kopf, wenn ich nur daran denke, so jung, wie du doch bist. Ich habe noch nicht ganz verstanden, wie es dazu gekommen ist, aber du wirst es mir ja sicherlich erklären, sobald wir uns endlich wieder in die Arme schließen. Und ja, natürlich habe ich sie jetzt schon lieb, deine blonde Leni mit ihrem Hansi-Igel, was denkst du denn?

So viel Kinderleid habe ich in diesem sinnlosen Gemetzel mit ansehen müssen. Was haben wir euch, unserer Zukunft, nur zugemutet? Generationen werden ihren Beitrag dazu leisten müssen, um diese Wunden wieder zu schließen und einigermaßen zu heilen.

Aber wir müssen endlich zum Wichtigen in der Gegenwart kommen, denn Hermann Bentele wartet auch schon ungeduldig auf mich: Deine Ausweispapiere hast du ja vermutlich immer fest im Blick. Verlier bloß den Zuzugsschein nicht, Evakind, der ist nämlich mit das Wichtigste, was du für den Transfer in die französische Zone brauchst! Die Franzosen sind mit Papieren um einiges spezieller als die Amis, weil sie nicht gleich zu den Siegermächten zählen durften, das hat sie *zutiefst gekränkt (und das lassen sie nun an uns Deutschen aus). Jeder offizielle Wisch wird bei ihnen dreimal umgedreht, jede Lebensmittelkarte mindestens viermal kontrolliert, bevor sie einen Stempel erhält, und wenn sie jemanden auf dem Schwarzmarkt erwischen, dann hat der leider ganz schlechte Karten (als ob es ohne ginge!).*

Aber auch dazu Weiteres lieber mündlich …

Im Sammellager bekommt ihr dann zudem einen Gesundheitsschein, ohne den gibt es kein Weiterkommen, also bitte ebenfalls besonders gut darauf aufpassen! Denn sonst verweigern sie dir und Leni am Zielort die Lebensmittelmarken, und ihr habt dann nichts als Scherereien, weil sie euch wieder zu den Russen abschieben wollen. Ich hoffe und bete, dass ihr nur zwei Tage im Lager bleiben müsst. In manchen Fällen dauert es leider, wie ich schon gehört habe, um einiges länger, und danach steht euch ja noch die Bahnfahrt von Hof nach Lindau bevor.

Manchmal kommen jeden Tag mehrere Flüchtlingszüge am Bodensee an, manchmal nur ein einziger, dann wieder tagelang gar keiner. Alle reden schlau daher, aber Genaues sagen kann einem niemand.

Doch was quatsche ich da?

Du lebst, bist halbwegs gesund, und wir werden uns bald wiedersehen, allein das zählt. Ich werde da sein, wenn ihr ankommt. Mein einziges Kind lasse ich so schnell nicht mehr los, jetzt wo wir endlich, endlich wieder Frieden haben …

Sei ganz lieb gegrüßt und fest gedrückt, meine Eva, von deinem Vater – und gib auch deiner kleinen Leni ein Küsschen von mir!

Eva spürte, wie ihr Magen sich wegen der vielen Schlaglöcher verkrampfte, und auch Leni war plötzlich kalkweiß im Gesicht. Hätten sie die Dauerwurst lieber doch nicht essen sollen, die Vogel ihr zum Abschied aufgedrängt hatte, nachdem er Eva zuvor wegen ihrer Kündigung tagelang geschnitten hatte?

»Du lässt mich im Stich, Eva, ja genau, das machst du.« Vorwurfsvoll hatte er sie angesehen. »Und das nach allem, was ich für dich getan habe! Mein übervolles Herz habe ich dir zu Füßen gelegt, und nun das. Ich muss sagen, ich bin enttäuscht, bitter enttäuscht!«

»An der Maschine kriegen Sie doch leicht zwanzig andere Arbeiterinnen als Ersatz«, sagte sie. »Jede Woche kommen neue Sudetendeutsche an, die die Tschechen ausgewiesen haben. Bald wird das ganze Land ›deutschfrei‹ sein, so wie man sich das in Prag gewünscht hat. Und Herr Seidl, Ihr neuer Vorarbeiter, kennt sich mit dem Brennen doch ganz gut aus ...«

»Ich will aber keinen besoffenen Herrn Seidl, der selbst sein bester Kunde ist, sondern ich will dich! Was hätten wir beide zusammen noch alles auf die Beine stellen können – du mit deinem Gespür für edle Brände und ich mit meinem Kapital ...«

Oft hatte Eva seitdem über diese Worte nachgedacht, und wäre ihr nicht gerade so speiübel geworden, hätte sie es sicherlich schon wieder getan. Da spürte sie Lenis heiße Hand, die nach ihrer griff.

»Du weinst gar nicht mehr?«, fragte sie erstaunt.

Leni schüttelte den Kopf.

»Du bist ja noch da«, meinte sie schniefend. »Und ich auch. Ich hatte Angst, sie bringen mich weg.«

Eva schlang ihre Arme um sie.

»Niemand bringt dich weg, du kleine Heulsuse! Du bist mein Mädchen, meine Leni. Das weißt du doch!«

Die Kleine blieb mit geschlossenen Augen an sie gelehnt,

aber sie behielt ihren Mageninhalt bei sich, und Eva gelang dies zum Glück dann auch.

Das Lager in Hof, das sie nach fast drei Stunden Fahrt erreichten, einst ein Außenlager des KZ Flossenbürg, bestand aus Baracken, in denen auch Zwangsarbeiter für die örtliche Porzellanfabrik untergebracht worden waren – und war riesig. Einige der Bauten waren morsch und verdreckt, andere hatte man zumindest gereinigt und einer oberflächlichen Renovierung unterzogen. Doch von der Krankenstation einmal abgesehen, fehlte überall die Heizung, und die späten Herbstnächte in Nordbayern waren bereits kalt.

Eva musste sich sehr zusammennehmen, um nicht loszuheulen, als sie mit Leni an der Hand durch das Eingangstor schritt, und versuchte, nicht auf den Zaun zu sehen, der mit seinen stachelbewehrten Drahtballen mehr als nur furchterregend wirkte. Ihr Werdauer Zimmerchen bei der Hellwich war alles andere als komfortabel gewesen, hatte aber zumindest die Illusion eines neuen Zuhauses vermittelt. Hier waren sie wieder auf dem Nullpunkt angelangt, mussten erneut die Registrierung mitmachen, die Entlausung, ob nun nötig oder nicht, und die ärztliche Kontrolle, um ihre Papiere für den Weitertransport zu erhalten. Als sie endlich nach anstrengenden Stunden alles überstanden hatten, bekamen sie zwei uralte, muffelnde Wolldecken und wurden in zwei schmale Pritschen eingewiesen, in denen schon so viele verzweifelte Menschen vor ihnen gelegen hatten.

Sie waren längst nicht mehr da, gestorben, entlassen, verschleppt, einige wenige vielleicht sogar geflohen – wer konnte das schon sagen? Aber ihr Geist schien immer noch in diesen Baracken zu verharren und legte sich wie eine dunkle Wolke auf die Neuankömmlinge. Allen schien es ähnlich zu ergehen, obwohl der ältere Lagerarzt freundlich war und noch mehr die junge Apothekerin an seiner Seite. Dementsprechend gedrückt und gereizt war die allgemeine Stimmung. Die Menschen hier hatten alles verloren – Heimat, Besitz und viele auch, so wie Eva, geliebte Angehörige.

Vor allem aber ihre Identität.

Sie waren nicht länger Herr Schulz und Frau Maier, sie waren nur noch Flüchtlinge – ein Stempel, der ihnen wie ein Brandmal anhaftete und den sie so schnell nicht mehr loswürden. Das wurde jedem hier klar.

Beim Abendessen – es gab Kohlsuppe, Schwarzbrot mit Griebenfett, dazu dünnen Hagebuttentee – versuchte eine freundliche Frau, Leni einen Apfel zuzustecken. Lenis Gesicht verzog sich bereits voller Abscheu, und Eva konnte sie gerade noch packen und schnell aus der Baracke führen, damit sie nicht in lautes Geschrei ausbrach.

Sie selbst schlief so gut wie gar nicht in dieser Nacht. Stattdessen wachte sie über Lenis regelmäßige Atemzüge. Zum Glück war die Kleine ruhig; die schrecklichen Albträume, die sie immer wieder heimsuchten, blieben heute Gott sei Dank aus. Trotzdem fühlte Eva sich verzagt, denn bisher hatten sie den gemeinsamen Kampf gegen das Feuer nachts im Traum noch nicht gewonnen. Manchmal verstrichen Wochen, in denen Leni verschont blieb, doch dann kamen die bösen Träume gleich an ein paar Tagen hintereinander. Eva hatte fast geglaubt, eine Art Muster ausmachen zu können: Die Träume kehrten immer dann zurück, wenn eine Umstellung drohte, wenn etwas ins Haus stand, das neu war und Leni ängstigte. Aber warum schlief sie dann gerade heute so entspannt?

Was auch immer es war, es musste sich tief in die Seele der Kleinen eingebrannt haben, das stand für Eva fest. Ob Lenis übergroße Furcht vor Lastwägen auch damit zusammenhing?

Jedenfalls war sie zutiefst erleichtert gewesen, als Eva ihr erklärt hatte, dass es an den Bodensee mit dem Zug weitergehen würde.

Und dort? Was würde sie wohl erwarten?

Zuerst einmal ihr Vater. Eva fieberte dem Moment des Wiedersehens nun schon seit Wochen entgegen, wenngleich auch gemischte Gefühle damit verbunden waren. Zu Hause in Reichenberg war er ein angesehener Apotheker gewesen, den jeder respektiert hatte. Jetzt musste er sich in der Fremde als Hilfsarbeiter verdingen, um zu überleben, und auch noch dankbar sein, dass ihn überhaupt jemand beschäftigte.

»Ich bin bei einem Weinbauern namens Bentele in Rickenbach untergekommen ...«

Würde sie auch bei diesem Bentele wohnen und arbeiten können, obwohl sie vom Weinanbau ebenso wenig verstand wie ihr Vater? Und wenn ja, wo sollte sie Leni dann unterbringen? Für die Schule war sie wohl noch zu klein. Und selbst wenn nicht: Mittags war die vorbei – und was dann? Wäre Molly jetzt bei ihr gewesen, mit ihrem Sarkasmus und ihren trockenen, stets etwas lakonischen Antworten, hätte sich alles sofort viel leichter angefühlt. So aber legte sich die Angst vor der Zukunft wieder einmal wie ein schwerer nasser Sack auf Evas Schultern.

Sie war bedrückt, als es langsam hell wurde, versuchte aber, sich vor Leni nichts anmerken zu lassen, die ausgeschlafen und fröhlich erwacht war. Vor der Kochbaracke entdeckte die Kleine wenig später ein paar andere Kinder, mit denen sie gleich Fangen und Verstecken spielte – das harte Brot und die ranzig riechende Margarine waren für den Moment ebenso vergessen wie Eva.

Immer noch sehr nachdenklich, schaute sie dem ausgelassenen kindlichen Spiel zu. Hatte sie sich mit der Verantwortung vielleicht doch zu viel aufgeladen? Dass sie noch sehr jung war, sah man ihr an, auch wenn die Sorgen und Strapazen der letzten Zeit ihre Spuren hinterlassen hatten. Die Geschichte mit der Kriegerwitwe konnte man ihr abnehmen oder auch nicht – aber jeder, der zehn Finger hatte, war in der Lage, sich auszurechnen, dass sie bei Lenis »Geburt« selbst noch ein Kind gewesen sein musste. In einer Stadt wie Reichenberg und unter der Obhut eines renommierten, allseits geachteten Vaters wäre das vielleicht kein so großes Problem gewesen.

Wie aber würde eine Dorfgemeinschaft auf ein Flüchtlingsmädchen reagieren, das bereits ein fünfjähriges Kind hatte?

Jetzt, wo sie halbwegs in Sicherheit waren und der Wechsel in die französische Zone unmittelbar bevorstand, konnte Eva solche Überlegungen erstmals überhaupt zulassen. Aber es war zu spät, um etwas daran zu ändern, und um keinen Preis der Welt hätte sie die Kleine wieder hergegeben. Auf dem Papier war Leni nun ihre Tochter. Und je selbstverständlicher sie damit umging, desto einfacher würde vermutlich auch ihr Neuanfang am Bodensee werden.

Eva stand langsam auf.

»Komm, Leni«, rief sie. »Es wird langsam Zeit. Wir wollen unsere Sachen zusammenpacken!«

»Warum?«, bekam sie als atemlose Antwort zurück. »Ich spiel doch gerade so schön!«

»Weil deine Mama es dir sagt«, erwiderte Eva ernst – und es fühlte sich gut an.

*

Die Zugfahrt, die schon mitten in der Nacht begann, stellte sich als erneute Strapaze heraus. Für den ersten Teil der Strecke standen ihnen noch die bereits bekannten umgebauten Güterwaggons mit Holzbänken zur Verfügung. Dann mussten sie in

Nürnberg umsteigen und wurden dort wie eine Viehherde zu einem anderen Gleis getrieben. Zum allgemeinen Entsetzen der Flüchtlinge boten diese Waggons keinerlei Sitzmöglichkeiten, sondern die Menschen mussten ihre wenigen Habseligkeiten abermals auf einer dünnen Strohschicht ausbreiten, die den Boden bedeckte, und darauf lagern. Trotzdem war der Metalluntergrund empfindlich kalt.

Einige der Mitreisenden begannen bald schon zu niesen und zu husten – ein Geräusch, das Eva unweigerlich an ihre tote Mutter denken ließ. Sie zog Leni enger an sich, die zum Glück nicht quengelte wie viele andere Kinder, ihr aber ins Ohr flüsterte, dass sie sehr hungrig sei und ihr Kopf wieder ganz doll jucke. Eva gab ihr das letzte Stück Brot und zog das rote Mützchen herunter, um schon binnen Kurzem festzustellen, dass diese Nacht im Lager wieder einen Läusebefall eingebracht hatte.

Es zog, es war eisig, und die Fahrt dehnte sich unendlich. Nach einem längeren Aufenthalt in Ulm, wo außer nervtötendem Herumstehen nichts geschah, wurden in Ravensburg die Waggons geöffnet, und einige Frauen in Schwesterntracht versorgten die Flüchtlinge mit Tee und Schwarzbrot. Außerdem konnten sie wenigstens aussteigen, um die Bahnhofstoilette aufzusuchen.

Als sie schließlich Lindau erreichten, war es bereits Nachmittag. Das Aussteigen ging schnell vonstatten, weil alle so unendlich erleichtert waren, angekommen zu sein. Auch Eva und Leni liefen am Gleis entlang zügig auf die Halle zu.

»Jetzt siehst du gleich den Großvater«, raunte sie ihr zu. »Der wartet nämlich schon auf uns – und dann wird alles gut!«

Leni blieb stumm, ihren Igel fest an sich gepresst. Eigentlich war der Rucksack viel zu schwer, der an ihrem schmalen Rücken hing, aber sie hatte darauf bestanden, ihn selbst zu tragen.

Für die Jugendstilausstattung der Bahnhofshalle hatte Eva nur einen flüchtigen Blick übrig. Drei der eingelassenen Scheiben in der Tür waren zerbrochen, das fiel ihr auf, aber sonst nicht viel mehr, so sehr war sie damit beschäftigt, den Hals zu recken und nach Fritz Ausschau zu halten.

Wo war ihr Vater nur?

In der Halle schon einmal nicht, das hatte sie rasch festgestellt, aber auch als sie nach draußen gingen, konnte sie ihn nirgendwo entdecken.

Waren sie zu früh angekommen? Oder zu spät?

Hatte er nicht freibekommen?

Oder was sonst konnte mit ihm passiert sein?

Mit jeder Minute, die sie wartend hier herumstanden, zerrann die Vorfreude, und Enttäuschung machte sich in ihr breit.

Ein Stück entfernt wartete ein großer Lastwagen, in den die anderen Frauen und Kinder zügig einstiegen.

»Wohin fahren die denn?«, fragte Leni, der allmählich langweilig wurde.

»Nach Konstanz«, sagte eine heisere Stimme.

Der Mann, zu dem sie gehörte, war jung, groß, blond und trug einen langen braunen Ledermantel. Für den Bruchteil eines Augenblicks schien bei seinem Anblick Jans Bild in Eva auf, der auch stattlich und blond gewesen war, doch es löste sich ebenso schnell wieder auf. Diese blauen Augen waren hell und hart, und das vorgereckte Kinn drückte Entschlossenheit aus. Die kantige Stirn und die festen, schmalen Lippen verstärkten den Eindruck noch. Herrisch wirkte er, sehr von oben herab, obwohl der Krummstock nicht ganz dazu passte, auf den er sich mit der linken Hand stützte. »Von dort aus werden sie dann weiter in die Region verteilt. Beileibe nicht jeder hier ist scharf auf Flüchtlinge. Aber was bleibt uns denn anderes übrig …« Es klang geringschätzig.

Einer, mit dem man sich besser nicht anlegt, dachte Eva. *Aber er soll auch gleich zu spüren bekommen, dass wir uns nicht so einfach herumschubsen lassen.*

Sie mochte ihn nicht, aber etwas an ihm, das sie nicht genau benennen konnte, zog sie dennoch an, und sie ärgerte sich darüber.

»*Verteilt?*«, wiederholte sie spitz. »Immerhin sind es Menschen und keine Obstkisten. Frauen und Kinder, um präzise zu sein, die ihre Heimat verloren und jede Menge Angst und Leid hinter sich haben.«

Sein Blick richtete sich jetzt mit Interesse auf sie.

»Eva Menzel?«, fragte er. »Die Tochter von Fritz Menzel?«

»Ja«, antwortete sie verblüfft. »Das ist richtig. Aber woher wissen Sie denn …?«

»Weil ich sein Arbeitgeber war«, sagte er. »Und er Sie mir beschrieben hat: schwarze Locken, schwarze Augen, rote Lippen, ein blondes Kind an der Hand. Hab Sie gleich erkannt. Außer Ihnen sieht sonst keine hier so aus. Sie sollten sich übrigens beeilen, wenn Sie auch mit nach Konstanz wollen. Der Fahrer wartet sicher nicht mehr lange.«

Das also war Hermann Bentele, dieser Weinbauer, von dem der Vater geschrieben hatte? Den hatte sie sich vollkommen anders vorgestellt: älter, gesetzter, weit weniger attraktiv …

»Ich muss nicht mit«, entgegnete Eva kühl. »Mein Vater wird mich nämlich gleich abholen.«

»Wird er nicht.« Sein Mund verzog sich unmerklich.

»Wie können Sie das behaupten?«, brauste Eva auf.

»Weil Menzel seit letzter Woche in Untersuchungshaft sitzt. Verdacht auf Schmuggel und Schwarzhandel. Das mögen die amerikanischen Besatzungsbehörden nicht. Und die französischen noch weniger.«

Eva starrte ihn fassungslos an.

»Das glaube ich jetzt nicht!«, stieß sie schließlich hervor. »Mein Vater würde doch niemals …«

»Glauben Sie es ruhig«, fiel er ihr ins Wort. »Denn genauso verhält es sich. Der Zeitpunkt allerdings könnte ungünstiger kaum sein, ausgerechnet jetzt, wo der Eiswein gelesen gehört. Die Verhandlung steht noch bevor, aber es sieht nicht gut für Ihren Vater aus. Auf frischer Tat ertappt, wenn Sie wissen, was ich meine.«

Leni hatte dem Gespräch mit großen Augen gelauscht.

»Großvater?«, sagte sie mit dünnem Stimmchen.

»Und wo?«, fragte Eva, kaum weniger zittrig. »Ich meine, wo haben sie ihn eingesperrt?«

»Meines Wissens in Konstanz. Und was nach der Verhandlung sein wird …« Bentele zuckte die Schultern, die breit waren und ausgesprochen männlich wirkten.

»Sie könnten uns nicht vielleicht dorthin mitnehmen?« Es kostete Eva riesige Überwindung, aber sie hatte es immerhin über die Lippen gebracht. »Oder uns sogar einstweilen bei sich daheim unterbringen? Ich muss wenigstens versuchen, eine Besuchserlaubnis zu bekommen …«

Ungeniert musterte er sie von oben bis unten.

»So etwas kann dauern, vorausgesetzt, sie wird überhaupt bewilligt. Die Franzosen mögen uns nämlich nicht. Darauf sollten Sie sich einstellen. Ich muss wieder zurück nach Rickenbach. Durch den Krieg hat vieles brachgelegen. Höchste Zeit, dass wir endlich wieder ordentlichen Wein keltern, der sich auch verkaufen lässt. Daran hat jemand wie ich in erster Linie zu denken. Alles andere ist jetzt Nebensache.« Er hielt kurz inne. »Oder haben Sie schon einmal bei der Weinlese geholfen?«

»Nein.« Eva schüttelte den Kopf. »Leider nicht. Aber mit Kernobst, mit Äpfeln und Birnen, da kenne ich mich aus. Wir

hatten zu Hause einen großen Garten, da gab es vieles zu ernten. Und ich kann übrigens auch einen ganz ordentlichen
Schnaps brennen. Mein Vater, der hat mir alles beigebracht …«

Wozu redete sie überhaupt weiter? Dieser eingebildete Kerl
hörte ihr doch längst nicht mehr zu!

Bentele hatte sich umgedreht und winkte einen anderen
Mann herbei, der sich bislang im Hintergrund gehalten hatte.
Er mochte Anfang dreißig sein, hatte ein schmales Gesicht, das
von einer großen dunklen Brille dominiert wurde, und braune
Haare, in denen schon die ersten Silberfäden blitzten.

»Dann wäre sie ja eigentlich etwas für dich, Toni«, sagte
Bentele großspurig. »Und dein alter Brennofen könnte endlich
wieder singen! Na, was ist, greifst du zu?«

Der Mann schüttelte den Kopf.

»Wir haben schon sechs Flüchtlinge aufgenommen«, sagte
er bedauernd. »Eng wie die Ölsardinen in der Büchse hausen
wir inzwischen im Auberlinhaus. Aber wenn Sie gar nichts anderes finden …« Er schaute zu Leni. »So eine Kleine, die braucht
doch eine anständige Unterkunft!«

»Und die werden wir auch kriegen, verlassen Sie sich darauf! Komm, Leni!« Eva packte das Mädchen bei der Hand und
zog es in Richtung Lastwagen.

Tränen brannten ihr in der Kehle. Ihr Vater, auf dessen Nähe
und Schutz sie so sehr gesetzt hatte – im Gefängnis! Und dann
wagte dieser arrogante Großkotz es auch noch, derart abschät-
zig mit ihr zu reden …

Leni schaffte es nicht ganz, bei dem straffen Tempo mitzuhalten. Sie stolperte über ihre Füße und wäre beinahe hingefal-
len. Schließlich rutschte ihr auch noch der Stoffigel aus dem
Arm. Jetzt machte sie sich stocksteif, wollte keinen Schritt weitergehen und zwang damit auch Eva zum Stehenbleiben.

»Hansi!«, schrie sie gellend. »Mein Hansi …«

Bevor Eva sich nach dem Stofftier bücken konnte, hatte Bentele es schon getan, der ihnen trotz seiner Behinderung überraschend schnell gefolgt war. Was wollte er noch von ihnen?

Wütend funkelte Eva ihn an.

Und wozu behielt er den Igel in der Hand und starrte ihn so seltsam an, statt ihn endlich dem Kind zu geben?

»Das ist meiner!« In Lenis blauen Augen standen dicke Tränen. »Mein Hansi, meiner, meiner!«

»So, so, das ist also deiner …« Benteles Stimme klang plötzlich brüchig. »Wo genau kommt ihr noch einmal her?«

Die Frage war an Eva gerichtet.

»Das wissen Sie doch längst alles von meinem Vater! Aus Reichenberg, das jetzt Liberec heißt.« Ihr Tonfall war patzig, und zwar mit voller Absicht. Je schneller sie von ihm wegkamen, desto besser.

Sie riss ihm das Stofftier aus der Hand und gab es an Leni weiter.

»Jetzt müssen wir uns aber beeilen, Schätzchen. Und halt deinen Hansi ja gut fest!«

Die beiden eilten zum Lastwagen. Von innen streckten sich ihnen Hände entgegen und halfen ihnen hinein.

»Haben Sie es sich doch noch anders überlegt?«, fragte eine ältere Frau, während Leni sich schutzsuchend an Eva schmiegte.

Eva nickte.

»Im Augenblick haben wir ja nur wenige Alternativen«, sagte sie. »So ist es doch, oder? Aber es kommen auch wieder andere Zeiten …«

Durchgerüttelt, auf ein großes Fährschiff geladen, über den See transportiert und danach wieder entladen – so erreichten sie schließlich Konstanz. Vor dem Münster spuckte der Lastwagen sie aus, ein trauriges Häuflein Menschen, das bereits von einer Männergruppe erwartet wurde. Der Nachmittag war weit vorangeschritten, es war schon dämmrig. Alle hatten seit Stunden nichts mehr getrunken oder gegessen. Alle waren müde und durchgefroren. Die Kleinsten weinten, und auch Leni, die bisher sehr tapfer gewesen war, zog eine jämmerliche Schnute.

Ein dünner Mann in dunkler Kleidung kam dazu.

»Ich bin Kaplan Welter«, sagte er. »Und soll aufpassen, dass hier alles mit rechten Dingen zugeht. Die Herren dort«, er nickte zu der Männergruppe hinüber, »sind Vertreter des hiesigen Bauernstandes und bieten Ihnen Wohnraum und Arbeit. Halten Sie bitte Ihre Papiere bereit. Ich bin sicher, dass Sie dann alle ein neues Zuhause finden werden.«

Wie auf dem Viehmarkt, dachte Eva, als die ersten Männer mit prüfenden Blicken auf sie zukamen. *Jedenfalls hätte Molly es so genannt.*

Ihr fiel auf, dass die meisten einen Bogen um sie machten. Weil sie Leni an der Hand hatte, die nicht mehr stehen mochte, sich lautstark darüber beschwerte und ungeduldig von einem Bein auf das andere hüpfte?

Andere schienen sich schneller gefunden zu haben, jedenfalls gingen ein paar der Bauern schon mit ihren neuen Arbeitskräften fort. Der Platz vor dem Münster leerte sich zusehends.

Eva wurde immer beklommener zumute.

Wo sollten sie heute Nacht schlafen, wenn keiner sie haben wollte? Notfalls in der Kirche? Aber ob das überhaupt möglich war …

Lautes Hupen tönte in ihre Überlegungen.

»Fräulein Menzel?«, rief eine raue Männerstimme. »Steigen Sie ein! Wir nehmen Sie mit nach Rickenbach.«

Mit Leni an der Hand ging sie zum Wagen, einem verdreckten schlammgrünen Vorkriegsmodell, das seine besten Jahre längst hinter sich hatte.

»Wie darf ich diesen Sinneswandel verstehen?«, fragte sie, um einiges forscher, als ihr eigentlich zumute war.

»Haben Sie ganz allein meinem gutmütigen Begleiter zu verdanken.« Bentele, der auf dem Beifahrersitz hockte und die Tür geöffnet hatte, klopfte dem Fahrer auf die Schulter. »Toni Auberlin kann nicht mal eine Fliege leiden sehen. Und jetzt nichts wie herein mit euch beiden – ich habe nämlich Hunger und will endlich nach Hause!«

Sie redeten zunächst kaum während der Fahrt, was Eva nur recht war. Da die Schiffe über den See erst unregelmäßig verkehrten, mussten sie den weiteren Weg über Land nehmen, was, wie Auberlin sich entschuldigte, leider länger dauerte. Bentele hatte seinen schweren blonden Kopf im Polster zurückgelehnt und schien halb zu dösen, während der Fahrer den Wagen sicher und geschickt lenkte. Ab und zu überzeugte er sich mit einem Blick in den Rückspiegel, ob hinten auf der Bank alles in Ordnung war. Leni war erschöpft auf Evas Schoß eingeschlafen, während sie der Hunger und vor allem die quälende Ungewissheit wach hielten.

»Was haben Sie denn beruflich vor der Flucht gemacht?«, fragte er schließlich.

»Ursprünglich habe ich Rechtsanwaltsgehilfin gelernt«, erwiderte Eva. »Und später dann in einer Textilfabrik gearbeitet, sowohl daheim in Reichenberg als auch zuletzt in Werdau.«

»Fabriken haben wir hier allerdings nicht sehr viele …« Er verstummte.

»Hören Sie, Herr Auberlin«, sagte Eva. »Ich weiß, dass wir keine großen Ansprüche stellen können, aber ich bin jung, fleißig und kapiere in der Regel schnell, was man von mir will. Mit anderen Worten: Mir ist alles recht, was meine Kleine und mich einigermaßen ernährt. Ich hatte so sehr auf meinen Vater gesetzt. Deswegen sind wir ja eigentlich hier. Und jetzt …«

Sie biss sich auf die Lippen.

Nein, sie würde nicht losheulen, nicht vor diesem Bentele, der so tat, als schliefe er, obwohl sie sicher war, dass er jedes Wort mitbekam, das im Wagen gesprochen wurde.

»Das mit dem Unterkommen ist womöglich zunächst das Schwierigste«, fuhr Auberlin fort. »Denn die Menschen am Bodensee sind heimatverbunden und bleiben am liebsten unter sich. Einige heiraten sogar ihre Vettern und Basen, obwohl die Kirche das nicht gern sieht, aber so lässt sich das Geld am besten in der Familie halten – und das schon seit Jahrzehnten. Und jetzt kommen auf einmal lauter Fremde, *Dahergelaufene,* wie man hier sagt, und wollen teilhaben. Warum sind die nicht da geblieben, wo sie hingehören? Wohnen müssen sie, essen, arbeiten – das bringt alles durcheinander. Zumindest denken hier viele so.«

»Wir haben uns das nicht ausgesucht«, sagte Eva. »Das dürfen Sie uns glauben! Mein Vater und ich haben gern in Reichenberg gelebt – und was uns betrifft, friedlich zusammen mit den Tschechen. Sehr friedlich sogar.« Sie dachte an Jan und redete schnell weiter. »Doch dann wurde das Sudetenland von Deutschland annektiert und aus der Tschechoslowakei das Protektorat Böhmen und Mähren gemacht, mit so vielen Toten, so vielen Opfern. Kein Wunder, dass die Tschechen uns gehasst haben und uns nach Kriegsende loswerden wollten – und zwar *alle* Deutschen, nicht nur die, die sich schuldig gemacht hatten.«

»Den Tschechen ging es doch gut im Protektorat.« Benteles Stimme klang schläfrig. »Sie hatten genug zu essen, und sie konnten arbeiten. Es war nicht wie in Polen. Wer das behauptet, der lügt.«

»Ja, das hatten sie.« Evas Stimme wurde lauter. »Zu essen gab es, weil sie für die deutsche Rüstungsindustrie buckeln sollten.

Aber was sie unter Heydrich insbesondere verloren hatten, waren ihre Freiheit und ihre Ehre. Von ihrem ausgeprägten Nationalstolz einmal ganz abgesehen. Dafür haben sie sich dann gerächt.«

»Nationalstolz? Feige aus dem Hinterhalt eine Bombe zu werfen, statt offen Mann gegen Mann zu kämpfen – das ist in meinen Augen Heimtücke, und die gehört angemessen bestraft …«

Redete er von Lidice?

Eva wurde es eiskalt, weil sie an Pawels tote Augen denken musste und an Jan, ihren Jan. Mühsam drängte sie die Tränen zurück. Leni bewegte sich unruhig im Schlaf. Sie legte ihr die Hand auf die Stirn, die ihr viel zu heiß vorkam.

Die Kleine würde doch nicht ausgerechnet jetzt krank werden?

Sie zog ihr das Mützchen vom Kopf, damit ihr kühler wurde.

»Sie waren dort, im Protektorat?« Sie musste es einfach fragen, auch wenn ihr Herz dabei hart an die Rippen schlug.

»Ja«, sagte Bentele. »Aber nicht lange. Danach kam Russland.« Er stöhnte leise und versuchte vergeblich, sein Bein zu strecken. »Das hier habe ich übrigens den Herren Franzosen zu verdanken. Ist doch eine grandiose Idee, deutsche Kriegsgefangene als lebende Minendetektoren zu benutzen.«

»Jetzt hör doch einmal auf mit deinen ewigen Kriegsgeschichten«, schimpfte Toni Auberlin.

»Da redet genau der Richtige!«, raunzte Bentele. »Nicht einen Tag in Uniform, aber schlau daherreden, das kann er, unser roter Toni! Nicht einmal bei der Heimatfront wollten sie ihn haben, weil er nämlich so blind ist wie ein Maulwurf. Wahrscheinlich hatten sie Angst, er könnte die Granaten in die verkehrte Richtung abschießen.« Sein Lachen klang hohl.

»Euren Naziwahn habe ich niemals geteilt«, erwiderte Auberlin ruhig. »Ebenso wenig wie mein verstorbener Vater. Das
weiß jeder hier in der Region. Auch wenn es uns teuer zu stehen gekommen ist, während andere sich ungeniert im nationalsozialistischen Bauernverband gesuhlt haben. Unsere Streuwiesen wurden konfisziert, und sogar als mein Vater so krank
wurde, dass er selbst nicht mehr zupacken konnte, wurden
uns Arbeitskräfte verweigert. Sogar das Brennrecht haben
sie uns weggenommen, weil wir angeblich ›politisch bedenklich‹ waren – als ob das beim Schnapsherstellen etwas zu bedeuten hätte! Jeden Pfennig Steuer haben wir bezahlt, doch
das hat keine Rolle gespielt. Manchmal wussten wir kaum
noch, wie wir durchkommen sollten, aber brechen haben wir
uns trotzdem nicht lassen – von keinem. Und darauf bin ich
stolz.«

»Du bist halt immer schon ein begnadeter Visionär gewesen, während wir anderen noch mit Blindheit geschlagen
waren«, spottete Bentele weiter. »Ein Held, nein, warte, jetzt
weiß ich es: ein Ritter, so ähnlich wie der zerzauste Kerl, der
mit seinem Diener gegen Windmühlen gekämpft hat! Wie
war gleich noch mal sein Name? Don Quischocke, glaube
ich. Er hätte fast dein großer Bruder sein können, so unermüdlich war er im Verlieren. Aber was hat es ihm schon eingebracht? Nachträglichen Ruhm, das ja, doch zu Lebzeiten eher
wenig.«

Er spähte aus dem Fenster.

»Außerdem sind wir jetzt da. Lass mich raus, Toni, und fahr
dann den Wagen in den Unterstand. Die Nacht wird feucht,
und die alte Karre muss ja noch eine Weile halten.«

Während er die Tür öffnete, um auszusteigen, war Leni aus
dem Schlaf aufgeschreckt.

»Ich hasse Läuse«, sagte sie weinerlich und kratzte sich dabei heftig. »Und ich will nicht wieder geschoren werden wie ein Bub!«

»Das auch noch?« Bentele klang fast amüsiert. »Aber unser guter Mann von Rickenbach weiß bestimmt auch dafür eine Lösung.« Er verließ den Wagen und hinkte schnell davon.

»Was wird jetzt aus uns?«, fragte Eva, als sie fröstelnd im Freien stand. »Draußen schlafen ist ausgeschlossen, Geld haben wir kaum, und wenn wir hier kein Quartier finden ...«

»Mir ist kalt, Mama«, jammerte Leni. »Ich hab solchen Hunger, und ich will nicht mehr laufen!«

»Ich hab da so eine Idee.« Auberlin legte seine Hand auf Lenis Mützchen, das Eva ihr schnell wieder übergestreift hatte. Vor Läusen schien er sich nicht zu fürchten, oder er wusste, dass sie normalerweise unter den Kopfbedeckungen blieben. »Und weit ist es nicht, Kleine. Nichts hier in Rickenbach ist weit, aber das wirst du selbst schon bald feststellen.«

»Wir gehen nicht zu Ihnen?«, hakte Eva noch einmal nach, und es war ihr anzuhören, wie sehr sie sich das gewünscht hätte.

»Nein«, sagte er. »Leider. Bei mir ist derzeit alles voll. Es sei denn, Sie wollten im Waschzuber schlafen.« Er spürte selbst, dass sein Scherz misslang. »Aber es ist jemand aus dem Dorf, den ich sehr schätze, und ich glaube, Sie werden das auch tun.«

Er hatte die Wahrheit gesagt. Schon nach wenigen Minuten erreichten sie ein verwinkeltes Häuschen, an das ein Garten grenzte, der trotz seiner Größe sogar im Dunkeln gepflegt wirkte. Aus zwei Fenstern strahlte warmes Licht. Es war also jemand zu Hause.

»Der Garten gehört Kathi Köberlin«, sagte er. »Die wohnt hier mit ihrer Tochter. Ich weiß nicht genau, weshalb, aber den Köberlinfrauen kommen gern mal die Männer abhanden. Töchter kriegen sie dann trotzdem, und die machen es dann später ganz genauso. Erschrecken Sie also bitte nicht, wenn sie uns jetzt gleich aufmacht. Das Leben ist nicht gerade zimperlich mit ihr umgesprungen und hat sie ein wenig krumm werden lassen. Aber sie weiß damit umzugehen, auch wenn freche Rotzlöffel ihr manchmal ›Hexe‹ hinterherschreien. Kathi hat Platz im Haus, und sie hat vor allem ein gutes Herz, auch wenn sie vielleicht ein wenig speziell ist.«

Er klopfte an die Tür.

Als sie geöffnet wurde, stand eine winzige Frau auf der Schwelle, ziemlich bucklig, wie Eva sofort sah, obwohl sie noch nicht alt war, und sie schielte unwillkürlich zu Leni. Die aber sagte keinen Ton, sondern starrte die Fremde nur wie gebannt an.

»Ich bring dir eine Mutter und ihr Kind, die dringend ein Zuhause brauchen, Kathi«, sagte Toni Auberlin, und Eva war ihm von Herzen dankbar, dass er das Wort Flüchtlinge nicht verwendete. »Dein Dachstübchen ist doch noch frei?«

»Ischt es, Toni, ischt es«, antwortete sie nickend und musterte Eva und das Kind eingehend. »Woher kommt ihr?«

»Aus Sachsen, aber ursprünglich aus Reichenberg im Sudetenland«, sagte Eva, der die freundlichen Augen der Frau sofort gefielen. »Ich bin Eva, und die Kleine ist …«

»… Marlene Menzel, fünf Jahre alt«, schmetterte Leni. »Leider habe ich wieder Läuse, aber meine Mama sagt, dieses Mal müssen die Haare nicht ganz ab!«

Alle lachten, weil es so spontan aus ihr herausgesprudelt war.

»Dann nichts wie rein mit dir, Marlene Menzel«, sagte Kathi. »Ich habe auch eine Tochter, aber die ist schon ein bisschen größer als du. Und Hunger habt ihr sicherlich auch?«

Leni nickte.

»In meinem Bauch, da ist ein großes Loch. Und Hansi«, sie hielt anklagend ihren Igel hoch, »der kann gar nicht mehr laufen, so schwach ist er schon.«

»Mein Vater wurde aus französischer Kriegsgefangenschaft entlassen«, versuchte Eva zu erklären. »So kam er an den Bodensee, aber leider …«

»Hunger, Hunger, Hunger!«, unterbrach sie Leni.

»So schlimm? Dann müssen wir das schleunigst ändern!« Kathi winkte Eva weiter. »Auf dem Herd steht eine Kürbissuppe. Vom Brot ist auch noch was da. Und alles Weitere besprechen wir dann beim Essen. Kathrinchen wird sich freuen. Es kommt nicht sehr oft Besuch zu uns.«

»Einen Moment noch!« Auberlin hielt Eva am Ärmel fest. »Haben Sie das vorhin ernst gemeint, das mit dem Brennen?«

»Natürlich!«, versicherte Eva. »Ach, Sie dachten, ich hätte das nur behauptet, um unterzukommen?«

Sie warf die Haare zurück. In einem anderen Leben hatten Molly und sie das hingebungsvoll vor dem Spiegel geübt. Eva musste lächeln, als sie daran dachte, wie naiv sie beide damals noch gewesen waren.

»Gut.« Er sah sie ernst durch seine große Brille an. »Dann kommen Sie morgen Nachmittag doch bitte ins Auberlinhaus. Kathi wird Ihnen den Weg beschreiben. Ist ja nicht …«

»… weit. Hier ist nämlich gar nichts weit«, ergänzte Eva. »Hab ich mir gleich gemerkt. Weshalb soll ich kommen?«

»Letzte Woche habe ich mein altes Brennrecht zurückbekommen. Es gibt bei Weitem nicht mehr so viel Kernobst wie früher, aber lohnen tut es sich allemal. Vor allem Äpfel haben wir in größerer Menge geerntet, und die Leute wollen endlich wieder guten Selbstgebrannten trinken. Dabei könnte ich kundige Hilfe sehr gut gebrauchen.«

»Ich werde da sein.« Eva strahlte ihn an. »Sie können mit mir rechnen. Und danke noch einmal, Herr Auberlin, vielen, vielen Dank!«

»Wofür?« Er schien verlegen. »Das macht man doch …«

*

Ein gellender Schrei, der Nane jäh vom Gestern ins Heute schleuderte. Und dieses Mal verlor sie keine Zeit …

15

Sie sprang aus dem Bett und lief barfuß über den Gang, gefolgt von Souki, die aufgeregt bellte. Wieder stand die Tür einen Spalt offen, wieder brannte die Kinderlampe mit den kleinen Igeln, doch Marlene schlief nicht, sondern saß im Bett, den Rücken an die Wand gelehnt.

»Ich habe schlecht geträumt«, sagte sie mit zittriger Stimme. »Von einem riesigen Feuer, das alles verschlungen hat. Solche Flammen, Nane! Hoch wie ein Haus …« Sie fuhr sich mit der rechten Hand übers Gesicht, als wollte sie etwas fortwischen. »Da gab es kein Leben mehr, gar kein Leben.«

Nane setzte sich zu ihr auf die Bettkante. Souki legte sich auf den blauen Teppich davor.

»Zum ersten Mal?«, fragte sie sanft. »Oder kennst du das Feuer schon, das dich im Traum so geängstigt hat?«

»Ich kenne es«, antwortete Marlene. »Und ob ich es kenne! Aber jetzt hatte es mich so lange verschont, da habe ich gehofft, es wäre für immer vorüber.«

»Und neulich?«, fragte Nane weiter. »Als ich schon einmal nachts bei dir war? Was war das?«

»Keine Ahnung!« Marlene zuckte die Schultern. »Meistens erinnere ich mich an nichts mehr, sobald ich wach bin. Aber das mit dem Feuer, das weiß ich. Ich habe schon davon geträumt, als ich noch ganz klein war. Damals, als Hansi mein bester Freund war.«

Sie zeigte Nane, was sie in der linken Hand hielt.

Mit einiger Fantasie ließ sich noch erkennen, was das uralte Stofftier einmal dargestellt haben mochte: einen Igel, der inzwischen freilich fast alle seine Stacheln eingebüßt hatte.

»Er musste immer bei mir sein, Tag und Nacht. Und wenn ich ihn einmal nicht gleich finden konnte, dann habe ich sofort zu schreien angefangen, das hat Mama mir oft erzählt«, fuhr sie fort. »Ich habe wirklich geglaubt, nicht nur sie, sondern auch Hansi könnte mich vor allem beschützen. Aber gegen meine Feuerträume waren sie beide machtlos.«

Sie legte den Igel auf die Bettdecke und griff nach dem Wasserglas auf ihrem Nachttisch. Minka und Leo, die eine auf der Fensterbank, der andere bislang zusammengerollt auf einem Sessel, wurde die nächtliche Störung nun endgültig zu bunt.

Beide verließen das Schlafzimmer.

»Vielleicht sind die bösen Träume ja wiedergekommen, weil ich mich heute ziemlich geärgert habe. Deshalb hatte ich dich auch gebeten, allein die Jause ins Obst zu bringen und mit den Pflückern die Pläne für morgen durchzugehen. Bei der harten Arbeit, die sie täglich leisten müssen, wollte ich ihnen nicht auch noch eine übellaunige Chefin zumuten.«

Und ich musste Alice absagen, dachte Nane, *und war nach den ganzen Aufgaben so müde, dass ich allein keinen Nerv mehr hatte, mich an Benteles Aufzeichnungen zu setzen, um sie zu entschlüsseln.*

»Was ist denn passiert?«, fragte sie.

Schon seltsam, den ganzen Tag lang gingen Marlene und sie sich aus dem Weg, und jetzt, mitten in der Nacht, besprachen sie sich auf einmal ganz vertraut! Aber war es früher nicht auch schon oft so gewesen, allerdings in umgekehrter Konstellation? Damals hatte die kleine Nane im Bett gelegen, und die Tante war bei ihr gesessen, um Dinge zu klären, die dem Mädchen auf der Seele lagen und sie daran hinderten, friedlich in den Schlaf zu finden …

»Du weißt, wie viel ich von Martin halte. All die Jahre ist er mir treu zur Seite gestanden, obwohl ich mir eigentlich gewünscht hätte, dass Vicky und du …« Sie brach ab. »Aber in letzter Zeit wird er mir manchmal zu eigenmächtig. Immerhin heißt die Firma Auberlin und nicht Raible, auch wenn er sich das vielleicht wünscht. Mein Kopf funktioniert noch immer ganz gut, selbst mit über siebzig.«

Nane bückte sich nach der Flasche und füllte Marlenes Wasserglas. Die trank und schien nun immer munterer zu werden.

»Ständig neue Produkte, erst der Gin, dann der Whisky – und jetzt will er auch noch diverse Liköre aus eigener Produktion mit ins Sortiment aufnehmen. Sein Argument: Das machen alle anderen auch. Mein Gegenargument: Wir sind wir – ein Haus für feine Obstbrände und kein billiger Gemischtwarenladen, das habe ich ihm schließlich an den Kopf geworfen. Und wer soll überhaupt die ganze zusätzliche Arbeit erledigen? Das schaffe ich in meinem Alter nun wirklich nicht mehr!«

»Beate vielleicht?«, warf Nane ein.

Marlene stutzte. »Wie kommst du darauf?«

»Nur so eine Ahnung …«

»Genau das hat Martin mir vorgeschlagen! Seine Cousine sei bereits gut mit der Firma vertraut und jederzeit bereit, neue Bereiche zu übernehmen, sobald ich nur endlich den Startschuss dazu gebe.«

»Gehört da Knutschen etwa auch mit dazu?« Es war ihr einfach so entschlüpft.

»Was meinst du damit?«

»Ich habe die beiden vor ein paar Tagen abends im Auto gesehen«, sagte Nane. »Und Knutschen ist fast noch untertrieben für das, was da abging. Mit der eigenen Cousine?« Sie zuckte die Achseln. »Also, mein Fall wäre es nicht. So ein Vetter ist doch ein ganz schön naher Verwandter.«

»Du bist dir ganz sicher?«, wollte Marlene wissen.

»Bin ich. Mich haben sie übrigens nicht gesehen. Dazu waren sie nämlich zu sehr ineinander vertieft. Wieso schaust du jetzt auf einmal so komisch?«

»Weil du nicht die Erste bist, die so etwas sagt. Katharina hat vor einiger Zeit eine ganz ähnliche Bemerkung gemacht. Als ich Martin danach gefragt habe, hat er alles geleugnet. Beate und er – niemals! Beste Freunde, das ja. Aber mehr nicht.«

»Dann lügt er«, sagte Nane. »Das war Leidenschaft pur. So viel war selbst durch das leicht beschlagene Autofenster zu erkennen. Aber warum lügt er?«

Marlene schaute angelegentlich auf die Bettdecke, und plötzlich spielten ihre Hände wieder mit Hansi, als ob sie Schutz suchte.

»Als ich ihn getroffen habe, war ich erst einiges über sechzig und sehr allein. Zunächst starb mein Adoptivvater, dann wollte meine Mutter plötzlich nichts mehr vom Geschäft wissen, das hat mir beides schwer zugesetzt. Dazu der Streit mit Vicky … Und die Leute behaupteten damals, ich sähe noch immer gut aus.«

»Das tust du auch heute noch«, sagte Nane. »Älter zu werden steht dir und hat dich eher attraktiver gemacht.«

Marlene lächelte kurz.

»Aber leider nicht immer klüger, denn damals dachte ich, es könnte vielleicht etwas aus Martin und mir werden, trotz des enormen Altersunterschieds. Ich war also keineswegs abgeneigt, und er hat alles getan, damit es eine ganze Weile auch so blieb. Einmal haben wir sogar …« Eine knappe Geste, die viel verriet. »Keine besonders gute Idee. Irgendwann hebt auch der stürmischste Kerl die Bettdecke hoch, und dann …«

Und Fabio?, hätte Nane beinahe gefragt, weil sie sich an die Vertrautheit der beiden bei Fabios Besuch im Auberlinhaus erinnerte. *Gehört der auch zu deinen Versuchen mit wesentlich jüngeren Männern?* Aber sie ließ es lieber bleiben. Wenn sie falschlag, würde sie Marlene womöglich kränken. Und lag sie richtig, dann wollte sie es lieber gar nicht so genau wissen …

Marlene räusperte sich.

»Wir haben auf Freundschaft umgesattelt und waren gut damit beraten. So jedenfalls habe ich es angenommen. Aber vielleicht denkt Martin, ich begehre ihn noch immer – und lügt deshalb.«

»Ich mag ihn nicht«, sagte Nane nach einer kurzen Pause. »Nimm es mir bitte nicht übel, dass ich das so geradeheraus sage, denn ich weiß ja nicht einmal genau, weshalb. Aber da ist so etwas Schillerndes um ihn, etwas Unklares, das mich jedes Mal ganz durcheinanderbringt. Er mag mich übrigens ebenso wenig, das verhehlt er kaum. Ist es Eifersucht? Oder Angst? Keine Ahnung! Jedenfalls scheint es ihn gewaltig zu stören, dass ich mit dir verwandt bin, bei dir wohne und zusammen mit dir zu den Arbeitern ins Obst gehe.«

Marlenes Hände spielten weiter mit dem Stofftier.

»Dann sollten wir dem Ganzen vielleicht noch eins draufsetzen, was meinst du?«, sagte sie.

Nane sah sie fragend an.

»Nun, den Brennofen betrachtet Martin inzwischen als seine Domäne. Dabei vergisst er allerdings, dass meine Mutter mir alles beigebracht hat, was zum Brennen gehört, und ich das dann über Jahrzehnte weitergeführt und verfeinert habe – lange bevor es einen Raible in Rickenbach gab.«

»Ich weiß«, sagte Nane, die plötzlich von einem regelrechten Bilderstrom überflutet wurde. »Ich erinnere mich noch genau:

ihr beide am Brennofen, und es roch so seltsam ... wie nach Klebstoff. Ich habe lange geglaubt, ihr rührt heimlich einen Zaubertrank zusammen!«

»Haben wir ja auch in gewisser Weise, und der strenge Geruch gehört zum ersten Durchlauf. Richtig gut wird es beim Mittellauf, da kommt die Qualität, aber selbst dann gibt es noch so einiges zu beachten.« Sie legte den Kopf ein wenig schief. »Genau das werden wir tun. Und zwar zusammen, wenn du magst. Gleich morgen, sobald wir aus dem Obst zurück sind. Einverstanden?«

»Einverstanden!« Nane stand auf. Souki streckte sich ausgiebig. »Können wir dich jetzt allein lassen?«

»Allein?« Marlene versuchte zu schmunzeln. »Ich hab doch meinen Hansi! Und die Katzen kommen sicherlich auch, sobald die Luft wieder rein ist.«

Nachdenklich kehrte Nane in ihr Zimmer zurück. So warm, umgänglich und vor allem so erstaunlich offen wie gerade eben war Marlene schon lang nicht mehr zu ihr gewesen. Als ob sie einen Panzer abgelegt hätte, den sie auf einmal nicht mehr brauchte.

Wann genau hatte sie begonnen, ihn sich anzulegen?

Sie kramte in ihren Erinnerungen. Der Großvater war seit fünfzehn Jahren tot, da war Marlene schon ziemlich bissig gewesen.

Inzwischen war sie hellwach. Während Souki es sich auf dem Holzboden gemütlich machte, setzte Nane sich an Tonis alten Schreibtisch und schaltete die schilfgrüne Glasleuchte ein, um die sie ihn als Kind stets beneidet hatte. Die Schachtel mit Benteles Aufzeichnungen stand griffbereit. Nane hatte nur einen Schal darüber drapiert, falls die Neugier ihrer Tante zu groß werden sollte. Doch nach Marlenes offenherzigen Enthüllungen schämte sie sich fast dafür.

Ich muss lernen, anderen wieder mehr zu vertrauen, dachte sie, während sie die Blätter auf der Tischplatte verteilte. Das ist vermutlich ein wichtiger Teil meines Heilungsprozesses. Und ein wenig mehr Mut zur Offenheit könnte ebenfalls nicht schaden – keinem von uns.

Für einen Augenblick sah sie Fabios schmales Gesicht vor sich, während er konzentriert ihren Ausführungen gelauscht hatte, ohne Wertungen oder überflüssige Kommentare abzugeben. Und sie glaubte, wieder den sanften Druck seiner Lippen auf ihrem Mund zu spüren. Wärme stieg in ihr auf, aufregend und anheimelnd zugleich. Zweimal hatte er heute angerufen, immer nur für ein paar Minuten, aber doch lang genug, damit sie sich aufgehoben gefühlt hatte. Alles, was er sagte, war ihr bisher immer einladend erschienen, niemals bedrängend, nur die Aufforderung, sie solle Margo Rauer konsultieren, um sich helfen zu lassen, hatte er nochmals wiederholt. Seine Enttäuschung, als sie Alice kurzfristig absagen musste, war fast mit Händen zu greifen gewesen.

Fabio wollte etwas von ihr, das lag auf der Hand. Und er gefiel ihr auch, sogar ausnehmend gut, keine Frage.

Aber war sie schon stabil genug, sich darauf einzulassen?

»Immer schön eins nach dem anderen«, sagte sie halblaut zu sich selbst. Das war Opa Tonis Lieblingsspruch gewesen, den sie schon früh adaptiert hatte. »So bist du stets am besten vorangekommen, Christiane Auberlin!«

Souki hob den schmalen schwarzen Kopf, als habe sie alles verstanden, und legte ihn dann wieder ab. Aber ihre Läufe waren so weit ausgestreckt, dass sie fast Nanes Fersen berührten.

Dich gebe ich keinesfalls mehr her, dachte Nane bewegt. *Was im Klartext bedeutet, dass ich meinen alten Job nicht mehr ausüben kann.*

»Ich werde kündigen.« Das hatte sie ziemlich laut gesagt, und dieses Mal reagierte die Hündin nicht – so, als würde es sie nicht im Geringsten überraschen. »Schon vor Monaten hätte ich das tun sollen!«

Die Vorstellung, nicht mehr ständig unterwegs sein zu müssen und aus dem Koffer zu leben, erleichterte Nane zutiefst. Ja, sie hatte schon lange insgeheim verabscheut, was sie einst aus einer Notlage heraus begonnen hatte, nachdem sie im Examen durchgefallen war. Vor allem, als es nicht länger um Naturheilkunde ging, weil die Firma diese Produktlinie plötzlich eingestellt hatte, sondern um überteuerte Diätdrinks, die außer einem Jo-Jo-Effekt auf Dauer ohnehin nichts bewirkten. Die Apotheker, denen sie diese anpreisen musste, wussten das ebenso gut wie sie selbst. Aber mit der Hoffnung übergewichtiger Menschen ließ sich eben leicht Geld verdienen, und so taten beide Seiten, als sei alles in bester Ordnung. Sobald es hell war, würde sie die Warenproben aus ihrem Kofferraum räumen und die Kündigung schreiben. Damit verlor sie allerdings auch den Dienstwagen, ebenso wie das sichere Einkommen, an das sie inzwischen gewohnt war. Bei diesen Gedanken wurde ihr wieder leicht schwindelig. Nane beruhigte sich mit bewusstem Ein- und Ausatmen, was nach einer Weile auch half.

Ein gebrauchtes Auto ließ sich überall auftreiben, und für eine gar nicht so kurze Übergangzeit würden ihre Ersparnisse durchaus ausreichen. Gut, dass sie so sparsam gewirtschaftet hatte, auch wenn ihre Mutter manchmal darüber gespottet hatte.

Und danach?

Sie hatte nicht die geringste Ahnung, und genau das fühlte sich überraschend gut an.

Jetzt endlich war ihr Kopf so frei, dass sie sich auf die losen Blätter konzentrieren konnte. Sie hatte schon gegrübelt, wie sie am besten in eine Ordnung zu bringen wären. Doch als sie einige von ihnen umgedreht hatte, entdeckte sie, dass es sehr einfach war: Alle Rückseiten waren unbeschrieben und in der Mitte mit einer blassen, bläulichen Zahl versehen, die sie auf den ersten Blick mit einer Art Wasserzeichen verwechselt hatte. Nane begann mit dem Sortieren und hatte schließlich die fortlaufenden Seiten zusammengestellt.

Doch wo waren die ersten fünf davon abgeblieben?

Hatte Simon sie aus Versehen in eine andere Kiste geräumt?

Oder hatte der alte Bentele sie vor seinem Tod vernichtet – und wenn ja, weshalb?

Vielleicht waren sie aber auch ganz einfach im Lauf dieses langen Lebens verloren gegangen, aus Versehen oder aus Nachlässigkeit, ohne einen besonderen Grund.

Doch warum waren die Seiten dann herausgerissen worden und befanden sich nicht mehr in dem Notizbuch, in das er seine Aufzeichnungen einst geschrieben hatte?

Jetzt musste sie das Ganze nur noch entziffern. Vielleicht ergab das ja die Antwort auf all diese Fragen.

Sie holte Alices Sütterlin-ABC aus ihrer Tasche und starrte darauf. Auf Anhieb überkam sie dabei leider keine grandiose Eingebung. Ganz ähnlich war es ihr auch ergangen, als sie in der ersten Klasse das Lesebuch ausgehändigt bekommen hatte und zutiefst enttäuscht gewesen war, nicht sofort mit den spannenden Geschichten loslegen zu können, auf die sie sich schon so gefreut hatte.

Wir mussten erst Schreiben üben, Buchstabe für Buchstabe …

Der Gedanke war ebenso simpel wie bezwingend. Vicky war ihr dabei erstaunlich geduldig zur Seite gestanden und hatte jeden auch noch so kleinen Erfolg mit bunten Schokoladentäfelchen belohnt. Den Durchbruch aber hatte Nane erst erzielt, als ihre Mutter ihre eigene alte Schiefertafel aus dem Keller geholt hatte und sie gemeinsam mit Kreide die Buchstaben gemalt hatten …

Plötzlich fühlte sie sich ihr ganz nah: Vicky, der Unsteten, dem wilden Huhn, der Abenteuerin, die schon früh den schützenden häuslichen Kokon gesprengt hatte und seitdem überall in der Welt mehr zu Hause zu sein schien als in ihrer alten Bodenseeheimat.

Bevor sie noch völlig ins Sentimentale abdriftete, nahm Nane einen Bleistift und begann das Sütterlin-Alphabet sorgfältig abzuschreiben, Buchstabe für Buchstabe …

Als sie die Hoffnung schon aufgeben wollte, platzte der Knoten: Mit einem Mal gelang ihr der Einstieg in den Text. Aber er begann unvermittelt, ohne Datum, ohne Ortsangabe.

… steht sie auf einmal vor mir und schaut mich an mit ihren frechen schwarzen Augen, ein blondes kleines Ding an der Hand, für das sie doch eigentlich noch viel zu jung ist. Für mich war es wie ein Stich ins Herz, und ich wusste sofort: die oder keine …

Menzel hätte mich besser vorbereiten sollen. Stattdessen lässt dieser Idiot sich auf dem Schwarzmarkt schnappen. Den Mund hat er zwar gehalten und mich nicht verpfiffen, so schlau war er wenigstens. Verhaftet und eingebuchtet haben sie ihn trotzdem, da war nichts zu machen, nicht einmal mit einer ganzen Stange Zigaretten, für die man in Frankreich derzeit wahrscheinlich ein mittelgroßes Châlet bekommen würde.

Und dann fällt der Kleinen dieses verdammte Stofftier runter!

Natürlich hab ich es sofort wiedererkannt, mir aber nichts anmerken lassen, das hab ich schließlich gelernt in diesen Jahren voller Scheiße und Blut. Zu Tieren haben sie uns gemacht, aus denen nun gefälligst wieder Menschen werden sollen, aber wie das genau gehen soll, das weiß keiner so genau.

Toni hat das Maul gar nicht mehr richtig zubekommen, so tief hat die Frau ihn beeindruckt, das habe ich für meine Zwecke zu nutzen gewusst. Auf jeden Mitleidszug, der vor seiner Nase vorbeifährt, springt er ja ohnehin auf.

Wir also dem Laster hinterher, auf das Schiff nach Konstanz und drüben wieder runter. Dass die Flüchtlinge vor dem Münster verschachert werden, weiß bei uns inzwischen jedes Kind. Ich dachte mir schon, dass sie schlecht weggehen wird, eben weil sie so gefährlich schön ist – wer holt sich denn schon freiwillig die Sünde ins Haus, wenn da noch eine eifersüchtige Alte herumwerkelt, die sofort misstrauisch wird? Blieben also nur noch die Ledigen, und von denen sind ja viele noch gar nicht wieder zu Hause.

Mein Plan war aufgegangen: Ganz jämmerlich standen die beiden da, wie verloren, und waren heilfroh, als sie in mein Auto steigen konnten. In der engen Karre habe ich es noch stärker als zuvor draußen gespürt, dieses gewisse Etwas, das sie ausstrahlt, von dem ich schon als Bub geträumt habe. Dabei roch sie nicht einmal besonders gut, nach Lager und Zugfahrt, aber ich konnte mir schon vorstellen, wie sie nackt in einer warmen Sommernacht duften würde. Die Kleine hatte sich auch noch Läuse eingefangen – geh mir bloß weg mit diesem Ungeziefer! Wer die selbst einmal hatte, der braucht sie wirklich kein zweites Mal.

Doch dem guten Mann von Rickenbach hat das alles natürlich nichts ausgemacht. Toni schien überglücklich, dass ich keine Ansprüche angemeldet habe. Dabei war alles doch genauso gelaufen, wie ich es eingefädelt hatte: Eva war nun in unserem Dorf …

Nane hob den Kopf und schaute nachdenklich auf die Fotografie, die gerahmt über ihr hing. Strahlend lachte ihr Eva als Apfelkönigin entgegen, jung und verführerisch schön. Den Hermann Bentele hatte sie »wie ein Stich« ins Herz getroffen, den

Toni Auberlin aber später geheiratet und mit ihm Viktoria bekommen, ihre Mutter.

Am liebsten hätte sie sofort weitergelesen, *alles* gelesen, doch ihre Augen brannten vom Starren auf die ungewohnte altertümliche Schrift, und wenn sie jetzt nicht noch wenigstens ein paar Stunden schlief, konnte sie morgen wieder mit verstärkten Krankheitssymptomen rechnen.

Also räumte sie die Blätter zusammen, knipste die Lampe aus und ging zurück ins Bett.

*

Marlene schien am Morgen wie verwandelt, fröhlich, dynamisch, um Jahre jünger wirkend. Früh am Morgen hatte sie schon zwei Bleche KlecKselkuchen gebacken, ein Hefeteig, auf den jeweils kleine Häufchen Quark, Mohn und Marmelade gegeben und dann mit Streusel bedeckt werden.

»Das Rezept hab ich von Mama«, sagte sie lächelnd. »Der schmeckt immer und macht vor allem so schön satt. Das können meine Leute bei der anstrengenden Arbeit gut gebrauchen.«

Sofort musste Nane, die gerade noch rechtzeitig von ihrem geheimen kleinen Ausflug nach Salem zurückgekehrt war, an Hermann Benteles Aufzeichnungen denken, die oben auf sie warteten. Ob die Tante wusste, wie sehr er Eva begehrt hatte? Vielleicht hatte er sich ja zunächst vor dem Kind zusammengenommen. Aber Marlene war größer geworden, und als sehr aufmerksam konnte man sie noch heute bezeichnen. Datierte ihre Abneigung gegen alles, was Bentele hieß, womöglich schon aus jener Zeit und hatte gar nicht so viel mit dem Liebesleid der kleinen Schwester zu tun, wie Nane bislang geglaubt hatte?

Sie würde mit der Tante sprechen, sobald sie selbst die Lektüre beendet hatte. Und natürlich auch mit Simon, der vermutlich staunen würde, was er da noch alles über seinen Großvater erfuhr …

Katharinas und Bens Eintreffen holte sie aus ihren Gedanken. Der Kleine war leicht erkältet und zunächst nicht ganz so gut aufgelegt wie sonst, aber als Marlene ihn auf den Arm nahm und behutsam hin- und herschaukelte, begann er zu glucksen und zeigte dabei seine hinreißenden beiden Zähnchen im Unterkiefer.

»Mein Sonnenschein!« Marlene vergrub ihre Nase an seinem Hals, was ihn zum Quietschen brachte. »Und das bei diesem Vater! Man glaubt es kaum …«

»Wer ist er eigentlich?«, fragte Nane, während Katharina bereits geschickt an der Kaffeemaschine hantierte. »Oder soll das ein Geheimnis bleiben?«

»Simon natürlich«, antwortete sie gelassen. »Ist das neu für dich? Das ganze Dorf weiß es. Und er natürlich auch, obwohl er sich noch immer stur stellt.« Sie warf Nane einen seltsamen Blick zu. »Seitdem du hier bist, übrigens noch sturer. Oder bilde ich mir das nur ein?«

»Ich denke, das tust du. Denn mit mir kann das nichts zu tun haben«, versicherte Nane, obwohl sie die Nachricht erst einmal verdauen musste. Kein Wort hatte Simon zu ihr über seinen kleinen Sohn und dessen Mutter gesagt! Weil er sich noch immer Chancen bei ihr ausrechnete, die er nicht gefährden wollte? »Wir sind Freunde. Immer schon gewesen. Mehr war nie zwischen uns.«

»Dann ist es ja gut.« Katharina klang nur halbwegs überzeugt. »Es macht nämlich verdammt wenig Spaß, öffentlich als Alimentenjägerin hingestellt zu werden, und das ausgerechnet von einem Mann, der noch vor Kurzem behauptet hat, einen zu lieben.«

»Benteles können gar nicht lieben«, trompetete Marlene. »Keiner von ihnen, das habe ich dir mindestens schon hundert Mal gesagt. Du bist jung, hübsch, klug, gut ausgebildet dazu, und du hast ein bezauberndes Kind. Du wirst einen anderen Mann finden, Katharina. Jederzeit!«

»Ich will aber keinen anderen«, widersprach sie trotzig. »Sondern Simon, Bens Vater. Ich weiß, wie er wirklich ist: Nach außen cool und lässig, aber innen drin, da ist er einsam und verletzlich. Was er in dieser Machofamilie natürlich niemals zeigen durfte. Solange der alte Bentele noch lebte, mussten sein Sohn und seine Enkel wie Soldaten sein, die seinen Befehlen gehorcht haben. Doch jetzt ist er tot, und sie können ihre Waffen endlich beiseitelegen – und zwar für immer. Das muss Simon nur noch begreifen. Dann wird alles gut.«

Nane musterte sie erstaunt. Wie reif sie für ihr Alter war! Und sie wusste so genau, was sie wollte, im Gegensatz zu ihr, die erst jetzt allmählich imstande war, die richtigen Entscheidungen für ihr Leben zu treffen.

Katharina sah Marlene bittend an, die noch immer Ben herzte.

»Ich weiß, du meinst es gut mit mir – mit uns beiden«, sagte sie. »Und dafür bin ich dir auch sehr dankbar. Aber jetzt wird es allmählich Zeit, dass wir die alten Muster aufbrechen: die ach so liebesunfähigen Bentelemänner, die keine Gefühle zeigen. Und wir, die ach so verschrobenen Köberlinfrauen, denen immer die Kerle abhandenkommen. Schluss damit! Ich will eine echte Familie, mit Mann *und* Kind – mit Simon *und* meinem süßen Beni.«

Ihr leidenschaftliches Plädoyer schwang weiter in Marlene und Nane nach, während sie schweigend zu den Apfelplantagen fuhren.

»Sie wird es hinkriegen«, sagte Nane beim Aussteigen. »Wenn eine es schafft, dann Katharina. Simon kann froh sein über diese Frau. Vielleicht muss ich ihm das gelegentlich sagen, wenn er nicht selbst darauf kommt.«

Marlene schnaubte leise.

»Es wird nichts nützen«, erwiderte sie. »Sie machen ihren Stiefel weiter und immer weiter …«

»Und Lukas?«, warf Nane ein, während sie zu den Arbeitern gingen, die sich schon um den Tisch versammelt hatten. »Der hat doch eine wunderbare Familie!«

»Lukas hat sich immer mehr herausgehalten«, räumte Marlene ein. »Außerdem ist seine Frau eine Russlanddeutsche.«

»Ja und?«, sagte Nane. »Sie heißt Mascha. Er hat sehr nett und respektvoll von ihr gesprochen.«

»Respektvoll? Ich weiß nicht. Die sind doch alle eher ans Gehorchen gewohnt, da, wo die herstammt …«

»Geht's noch?« Empört war Nane stehen geblieben. »Und das von dir, die selbst als kleines Flüchtlingsmädchen nach Rickenbach gekommen ist! Wie hättest du denn reagiert, wenn die Leute damals so über dich geredet hätten?«

»Haben sie doch.« Marlenes Gesicht war plötzlich verzerrt. »Und sie haben noch ganz andere Dinge gesagt, über mich, den Bastard, und meine Mutter, die schwarze Hure, die jeden ranlässt …«

Sie räusperte sich.

»Jetzt schau nicht gar so schockiert, Nane! Denkst du vielleicht, damals sei es ein Zuckerschlecken gewesen, Flüchtling zu sein, und die Einheimischen hätten bereitwillig ihre Türen und Herzen geöffnet, um uns willkommen zu heißen? Keineswegs! In Lager haben sie uns gesperrt, in Viehwaggons transportiert, in ein kleines Zimmer gepfercht, das kaum zu heizen war. Und dann geriet Mamas beste Freundin Molly auch noch in eine Maschine und hätte beinahe einen Finger verloren. Sie hat uns dann nicht weiter begleitet, was ich kaum fassen konnte, denn für mich war sie immer wie eine Tante gewesen. Als wir schließlich hier ankamen, wollte niemand uns haben. Der Krieg war kaum zu Ende, jeder musste darben, also war keiner scharf auf hungrige Mäuler von nirgendwoher, die anders redeten und ganz andere Gerichte kochten. Ohne die Köberlinfrauen wäre es noch schwerer gewesen, ja vielleicht sogar unmöglich. Dieses ganze Gerede von gelungener Integration – nichts als Geschichtsklitterung war das, die den Politikern ins Konzept gepasst hat! In Wirklichkeit waren es harte Jahre, die wir durchstehen mussten, bis wir um die Jahreswende 1947/48 endlich bei Toni einziehen und wenig später alle Auberlin heißen durften – nichts davon habe ich vergessen, gar nichts! Deshalb kümmere ich mich heute auch so gern um meine polnischen Pflücker, damit sie niemals das Gefühl haben, hier nicht willkommen zu sein.«

Davon hatte keiner in der Familie je geredet, niemals, aber es war eigentlich nur logisch. Die Ankunft am Bodensee war ein harter Aufprall für Eva und ihre Kleine gewesen – und keine weiche Landung. Sie hatten sich nicht davon brechen lassen, weder die Mutter noch die Tochter, aber es hatte sie natürlich geprägt.

»Ich möchte gern mehr von dir darüber erfahren.« Nane stellte ihre Körbe ab. »Vielleicht würde ich vieles dann besser verstehen.« Sie fühlte sich nicht ganz ehrlich dabei, aber vielleicht würde so ihr Bild noch vollkommener werden. »Wer war diese Molly?«

»In Ordnung.« Marlene reichte die Kuchenbleche weiter. »Von früher, da gäbe es so einiges zu erzählen. Ist vielleicht auch richtig, es zu tun, bevor man alles vergisst. Molly ist leider schon 1946 gestorben, kurz nach der Geburt ihres Sohnes. Und das, obwohl ihr Mann ein Arzt war, mit dem sie damals in Ostberlin gelebt hat! Mama hat tagelang bitterlich geweint, als sie es erfahren hatte, und danach nie wieder über sie geredet. Die beiden waren wie Schwestern, so jedenfalls habe ich es als Kind stets empfunden. Ich glaube, es war einfach zu schmerzhaft für sie…«

Sie hielt kurz inne und berührte dann wie um Verzeihung bittend Nanes Arm.

»Manchmal bin ich furchtbar – ich weiß! Was ich über Mascha gesagt habe, tut mir leid. Sie war ja damals noch gar nicht auf der Welt. Manchmal geht mein Groll auf die Benteles einfach mit mir durch.«

Sie lächelten sich an.

»Fahren wir dann?«, fragte Nane.

»Wir fahren!«, bekräftigte Marlene.

*

Martin Raible erblasste, als die beiden Frauen Seite an Seite den ehemaligen Schuppen betraten. Beide trugen blaue Overalls, was Marlene für die Arbeit am Brennofen dringend empfohlen hatte.

»Ist etwas nicht in Ordnung?«, fragte er beklommen. »Ich meine, weil ihr gleich beide zusammen kommt – und dann auch noch in Arbeitskleidung?«

»Das will ich doch nicht hoffen.« Marlenes Lächeln war nur eine Andeutung und erstarb schnell wieder. »Nein, alles bestens«, setzte sie beschwichtigend hinzu. »Ich möchte meiner Nichte nur zeigen, was wir hier tun. Am besten klappt das immer praktisch, ohne langes Herumgerede.«

»Aber ich habe doch gerade den Ofen für den nächsten Brand eingeheizt. Beate wollte mir dabei zur Hand gehen. Im Hofladen war heute so wenig los. Da dachte ich, sie ist hier besser aufgehoben. Und sollte doch jemand klingeln, dann kann sie ja noch immer …« Er verstummte.

»Ausgezeichnet!« Jetzt lächelte Marlene breit. »Dann soll sie für heute nach Hause gehen. Genügend Überstunden dürften ja zusammengekommen sein, so oft, wie sie bei uns in letzter Zeit ausgeholfen hat.«

»Ich hoffe doch, das war dir recht?« Raible knetete verunsichert seine Hände.

»War es«, erwiderte Marlene. »Ich werde nur gern immer vorher gefragt.« Sie wandte sich an Nane. »Ich zeige dir jetzt erst einmal die Waschanlage, den Muser zum Zerkleinern und die Maischefässer – ohne die geht nämlich gar nichts!«

Nane folgte ihr nach draußen, wo Marlene vor einem großen Bottich stehen blieb.

»Grundgesetz Nummer eins«, sagte sie, »sind die Reife des Obstes und die Sauberkeit. Du kannst beim Brennen Schlechtes nicht vertuschen, sondern lediglich Gutes optimieren. Deshalb müssen alle Früchte sorgfältig gesäubert werden, bevor sie in den Muser kommen – früher hand- oder kurbelbetrieben, heute natürlich elektrisch. Das Ergebnis ist dann die sogenannte Maische, die mit Hefe versetzt wird und zu gären beginnt. Wir füllen sie in diese Kunststofffässer, die luftdicht verschlossen werden und auf die ein Gärspund aufgebracht wird, damit die entstehende Kohlensäure entweichen kann.«

»Wie lange muss die Maische gären?«, fragte Nane, die interessiert zugehört hatte.

»Gute Frage!«, lobte Marlene. »Viele Brenner würden dir jetzt antworten, ganz nach Gefühl, weil unsere Zunft immer gern ein Geheimnis um alles macht, aber natürlich gibt es Richtwerte. Je nach Apfelsorte zwei bis vier Wochen, die Frühsorten kürzer, die Spätsorten gern auch mal etwas länger. Bei Birnen und Beeren ist es dann wieder anders, aber lass uns heute bei den Äpfeln bleiben.«

Sie warf Nane einen prüfenden Blick zu.

»Den Karren samt Fass in den Raum hineinzuziehen, traust du dir das zu?«

»Natürlich!«, versicherte Nane. »Ich habe nur einen Tinnitus – keine Armverletzung.«

Doch der Karren war schwer, und sie schwitzte, als sie es bewerkstelligt hatte.

»Hundertsiebzig Liter«, sagte die Tante anerkennend. »An guten Tagen schaffe ich es auch, aber wer weiß, wie lange noch.«

Raible hatte sich die ganze Zeit nicht von der Stelle gerührt.

»Ich kann auch helfen«, sagte er anklagend. »Immer! Aber ich dachte, heute …«

»… ist Damentag, ganz genau, lieber Martin. Warum nimmst du nicht auch frei und lädst deine Cousine ins Café ein? In Überlingen an der Promenade soll ein neues eröffnet haben. Du kannst mir dann morgen berichten, ob es wirklich so gut ist, wie die Leute behaupten.«

Seine Züge hatte er halbwegs unter Kontrolle, die Hände weniger. Inzwischen waren sie vom Kneten dunkelrot geworden.

»Und du brauchst mich nicht vielleicht doch?« Es klang beinahe flehend.

»Heute ausnahmsweise nicht«, versicherte Marlene. »Ich kann mich noch gut an alles erinnern. Wird Zeit, dass ich mal wieder selbst Hand anlege. Sonst roste ich womöglich noch ein.«

Immer noch zögernd, ging er hinaus, und Nane atmete auf.

»Jeder Brennvorgang muss übrigens zuvor bei der Steuer angemeldet werden, sonst gibt es großen Ärger«, sagte Marlene. »Da kann ich froh sein, dass Martin so penibel ist. Uns haben sie bislang in Ruhe gelassen.«

»Aber es wird doch jede Menge schwarzgebrannt«, warf Nane ein.

»Wird und wurde«, bestätigte Marlene. »Im und nach dem Krieg muss es ganz besonders schlimm gewesen sein. Aber man durfte sich eben nicht erwischen lassen. Sonst drohten empfindliche Strafen …«

Sie brach ab.

»Siehst du, es dampft schon aus dem Kessel!«, rief sie mit leuchtenden Augen. »Das bedeutet, das Wasser hat die richtige Temperatur. Wir pumpen nun die Maische hinein. Heute hilft uns eine Maschine, früher ging alles nur von Hand. Aber den Schlauch musst du bitte gut festhalten, sonst fließt womöglich alles auf den Boden – und das gibt eine riesige Sauerei!«

Nane folgte ihren präzisen Anweisungen, und schließlich war die gesamte Maische sicher im Kessel gelandet.

»Bei achtzig Grad beginnt der Verdampfungsprozess«, erklärte Marlene weiter. »Der Dampf wird durch den Kühler gedrückt, und aus der Maische wird der Geist. Da sind natürlich noch ein paar wichtige Stufen dazwischen, aber die lassen wir heute aus, sonst wird es zu viel für die erste Lektion.«

Nach einer Weile rann eine durchsichtige Flüssigkeit heraus, die sie in mehreren Gläsern auffing.

»Der Vorlauf«, sagte Marlene. »Wird er nicht sorgfältig abgetrennt, können Vergiftungen oder Blindheit die Folge sein. Jetzt beginnt erst die eigentliche Brennerkunst.« Mit einer gläsernen Spindel bestimmte sie den Alkoholwert und schüttelte dann den Kopf. »Noch immer zu hoch. Mehr als maximal vierzig Prozent Alkohol dürfen es nicht sein.«

Wieder begann die Flüssigkeit zu laufen, Marlene fing sie auf und roch daran, bevor sie vorsichtig probierte.

»Wir nähern uns dem Herzstück, dem Mittellauf«, sagte sie. »Er bestimmt die Qualität des Brandes. Lagerungsart und -dauer können später nur noch feine Nuancen setzen. Die Musik spielt hier und jetzt. Magst du mal?«

Nane kostete.

»Sommer schmecke ich, grünes Laub und Fülle«, sagte sie.

»Ausgezeichnet!« Marlene nickte zufrieden. »Die Äpfel wachsen übrigens auf einer der Streuwiesen, die ich im letzten Jahr zurückgekauft habe. Ich wusste schon damals, es würde sich lohnen.« Sie ging wieder zum Ofen. »Ich kümmere mich jetzt um den Nachlauf, dann sind wir für heute so weit durch. Sobald alles abgekühlt ist, muss natürlich wieder gründlich sauber gemacht werden – und dann folgt der nächste Brenngang.«

»Du kannst ja doch zaubern«, sagte Nane lächelnd. »Und Oma Eva konnte es auch. Ich habe euch immer glühend darum beneidet. Aber ich wusste nicht, dass es mir auch so viel Spaß machen würde.«

»Brennen interessiert dich also?« Marlene warf ihr einen schnellen Blick von der Seite zu. »Wirklich oder nur als Urlaubszeitvertreib?«

»Mein Urlaub ist seit heute zu Ende«, sagte Nane ernst.

»Soll heißen?«, fragte Marlene verblüfft.

»Dass ich heute Morgen gekündigt habe. Während du deinen nahrhaften Kleckselkuchen gebacken hast, war ich schon auf dem Salemer Postamt und habe den Einschreibebrief an die Firma losgeschickt. Danach bin ich bei Fabio und Brian vorbeigefahren, um nachzufragen, ob ich die Dosen mit Diätpulver aus meinem Kofferraum vielleicht in ihrem Praxiscontainer entsorgen dürfte.«

»Und? Durftest du?«

Nane nickte.

»Brian hat mir sogar dabei geholfen. Und zwar feixend. Die Idee schien ihm ausnehmend gut gefallen zu haben.«

Sie sagte nichts über Rupp und seinen Hund Sky, die dort offenbar wieder die Nacht verbracht hatten. Und erzählte auch nicht, dass der Maler sie für morgen zu einem frühen Ausflug auf den See eingeladen hatte.

»Und Fabio?« Marlenes Blick wurde plötzlich zwingend.

»Ein Hausbesuch«, erwiderte Nane betont unschuldig. »Aber dann war er plötzlich zurück.« Warum sollte sie erwähnen, dass er sie freudestrahlend in die Arme geschlossen und innig geküsst hatte, bevor sie wieder losgefahren war? Das zwischen Fabio und ihr gehörte vorerst nur ihnen beiden. Später konnten dann auch die anderen daran teilhaben, aber eben erst später. »Du hattest übrigens vollkommen recht.«

»Womit?«

»Auf unseren Dr. Rossi kannst du bauen. Fabio lässt niemanden im Stich. Ich soll dich herzlich von ihm grüßen.« Sie lächelte in sich hinein.

»Danke«, murmelte Marlene. »Muss ihn mal wieder anrufen. Aber er könnte sich schließlich auch bei mir melden …«

»Brauchst du mich noch?«, fragte Nane, die jetzt unbedingt endlich weiterlesen wollte.

»Nein«, sagte Marlene. »Geh dich ausruhen. Hast viel für heute geschafft. Das gefällt mir.«

»Gut. Dann nehme ich mir ein Brot mit aufs Zimmer. Es gibt da noch so einiges, über das ich gern in Ruhe nachdenken möchte.«

»Gute Idee.« Jetzt sah Marlene sie fast zärtlich an, und wieder überkam Nane ein Anflug von Scham, weil sie so vieles für sich behielt. »Ich meine das In-Ruhe-Nachdenken. Ich glaube, so etwas Ähnliches mache ich heute Abend auch.«

Nane ging in die Küche und machte sich einen kleinen Teller zurecht. Souki, von Katharina und Ben ausgiebig spazieren geführt, kam unter dem Tisch hervor und stupste sie mit der Schnauze behutsam an. Gefressen hatte sie offenbar auch. Napf wie Wasserschüssel waren leer.

»Hast ja recht, meine Schöne!« Nane streichelte sie zärtlich. »Wird höchste Zeit, dass ich mich mehr um dich kümmere –

bald, ganz bald. Versprochen! Aber heute musst du noch einmal brav sein, damit ich mich konzentrieren kann.«

Wer könnte diesen ausdrucksvollen dunklen Hundeaugen widerstehen? Eine ganze Welt lag in ihnen.

»Dann komm!«, sagte Nane, nahm ihren Teller und holte sich noch zwei Wasserflaschen aus dem Kühlschrank. »Lass uns denken gehen.«

16

Januar 1946

Eva schaut durch mich hindurch, als sei ich aus Luft, dabei sieht sie mich ganz genau. Toni hat sie im Köberlinhaus einquartiert, wie ich es mir schon dachte. Schlecht für mich, denn Kathi weiß sehr wohl, wie man Männer wegbeißt, und das hat sie auch erfolgreich getan, bevor sie so krumm wurde. Angeblich etwas mit ihren Knochen, denen fehlt irgendeine wichtige Substanz. Für mich allerdings hat sie nun genau den Hexenbuckel, den sie längst verdient hat.

Toni und Eva haben wieder zu brennen begonnen. Über Umwege konnte ich eine Flasche davon ergattern – nur um mich zu ärgern, wie verdammt gut das Zeug schmeckt. Die kann was, dieses schwarze Rabenaas, das mir nicht mehr aus dem Schädel will und mein Herz gestohlen hat! Ihren Vater haben sie inzwischen zu den Amis abgeschoben, damit bin ich außen vor. Aber seitdem kommt sie natürlich auch nicht mehr, um mich nach ihm zu fragen, das fehlt mir.

Ihr Gesicht zu sehen, das dabei einen so weichen, liebevollen Ausdruck annimmt, ist, wie die allerschönste Musik zu hören …

Wahnsinn! Bin das wirklich ich, der Hermann Bentele, der solche Worte niederschreibt?

Ich erkenne mich selbst gar nicht mehr!

Dabei hatte ich mir fest vorgenommen, GAR NICHTS mehr in dieses Buch zu schreiben, nach dem, was damals passiert ist. Aber es geht nicht, ich halte es nicht aus, wie ich auch damals dem gewaltigen Druck Luft verschaffen musste, der sich in mir aufgebaut hatte. Manchmal blättere ich ganz nach vorn, aber lesen, was da geschrieben steht, kann ich nicht.

Vielleicht später einmal, wenn die Zeit noch mehr von ihrer heilenden Wirkung getan hat …

Denn jetzt beherrscht Eva mein ganzes Sein.

Natürlich habe ich schon daran gedacht, mir mit Gewalt zu nehmen, was sie mir ständig so verlockend präsentiert – und das trotz des unförmigen alten Mantels, der das meiste davon versteckt. Doch selbst darunter sind ihre sündigen Formen zu erahnen, und ihr schönes Gesicht schaut so frisch unter der hässlichen blauen Mütze hervor, dass ich sie sofort küssen möchte.

In der Weihnachtsmette stand sie mit ihrer kleinen Tochter so nah bei Toni, als seien sie eine Familie, und etwas Kaltes hat nach mir gegriffen. Auberlin, der alte Zögerer und Bedenkenträger, ist doch kein Mann für dieses heiße Weib! Ich glaube, das hat sie inzwischen auch eingesehen, denn als ich ihr draußen die Hand gegeben und ein schönes Fest gewünscht habe, da war ein Sehnen in ihren schwarzen Augen.

Ich bleibe dran, ich kann gar nicht anders, und eines Tages, da wird sie mir gehören …

Mai 1946

Das Bein macht wieder Scherereien. Manchmal bin ich so weit, dass ich es mir am liebsten abhacken lassen würde, so sehr hasse ich es. Aber mit einem Stumpf wäre ich ja erst recht ein Krüppel, noch mehr als mit diesem lahmen, halb toten Körperteil, in dem noch die Splitter sitzen, die mir solche Schmerzen verursachen. Jedenfalls kommt es mir so vor.

Es seien die Nerven, behaupten dagegen die Weißkittel, die sich neu bilden und dabei so wehtun, aber was wissen denn die schon!

Eine Strafe ist es, die das Schicksal mir verpasst hat, als Buße für meine Sünden, die unzähligen kleinen, die vielen mittleren – und die eine große, die mich bis heute in meine Träume verfolgt.

Ich muss damit leben, muss gehen, sitzen – sogar beim Liebemachen ist es mir im Weg. Das Bordell in Konstanz hat wieder eröffnet, und dank meiner Beziehungen darf ich es sogar besuchen. Kein schlechtes Angebot, besonders die rassige Mulattin, die dort neuerdings anschafft – aber kein Vergleich zu Eva, die mich immer meidet wie der Teufel das Weihwasser. Natürlich bin ich vorsichtig dabei. Vor Geschlechtskrankheiten habe ich den allergrößten Respekt. Hab im Krieg zu oft gesehen, was die Syphilis und der Tripper anrichten können – ohne Pariser geht gar nichts bei mir. Mein Vorrat daran ist groß und wird ständig ergänzt. Da sind die französischen Besatzer, die uns sonst so vieles verwehren, eine große Hilfe. Denn ein halbdunkles Hurenkind wäre so gar nicht nach meinem Geschmack …

Mit Eva dagegen? Jederzeit!

Die soll mir bloß nichts einreden: Ihre Leni hat sie nie und nimmer selbst zur Welt gebracht! Wie und wann sie an dieses Findelkind gekommen ist, das muss ich noch herauskriegen. Jetzt wäre sie langsam reif für etwas Eigenes, das in ihr wächst: ein Kind mit ihren schönen schwarzen Augen und meinem blonden Schopf. Zuerst zwei gesunde, kräftige Buben und danach ein süßes, freches Mädchen, ja, das wünsche ich mir von ihr …

Doch bis es so weit ist, muss ich mich erst einmal um Grund und Boden kümmern. Der Wingart soll größer werden – und das möglichst schnell. Zum Ankauf fehlt mir allerdings derzeit das nötige Geld. Mit dem, was wir erwirtschaften, kommen wir gerade so über die Runden, und ich muss ja Mutter und Vater noch eine ganze Weile durchfüttern. Mein Bruder Manfred, der jetzt eine so große Hilfe sein könnte, ist in Russland gefallen. Das meiste unserer Ersparnisse hat dieser sinnlose Krieg verschlungen, aber den Rest habe ich bereits in kleine Akquisen investiert. Heute sieht es noch aus wie ein Flickenteppich, hier ein Stückchen Land, dort wieder eines, aber ich habe genau im Blick, was einmal daraus werden soll: das größte und schönste Weingut der gesamten Region. Mein Vetter Gerhard hat mir schon geraten, mich an Geli Ottinger zu halten, deren Vater so viel gutes Land gehört.

Doch was soll ich mit dieser mageren Schreckschraube, deren hervorstehende Augen mich immer ein wenig an eine brünstige Kuh erinnern?

Sie dagegen scheint mich nicht übel zu finden, trotz meines Hinkebeins, so verzückt, wie sie während der Predigt immer zu mir herüberstarrt.

Der Ansturm der Bewerber hält sich bei ihr in Grenzen, weil jeder eigentlich eine schönere Frau will. Und schließlich muss man dabei ja auch an die Kinder denken. Obwohl: Mit meinem stattlichen Anteil könnten vielleicht doch ganz ansehnliche Exemplare dabei herauskommen, allerdings keine Schönheiten, wie sie bei Eva und mir entstehen würden …

Ich behalte die Sache im Auge.

Geli wird nicht so schnell weggehen, das sagt mir mein Gefühl. Und Eva? Ach, Eva …

Beim Maitanz hätte ich Toni fast angefallen, so ungelenk hat er sie herumgeschwenkt. Aber er konnte sie immerhin fühlen, riechen, fast schmecken, weil er sie in seinen Armen hielt. Dass Eva eine gute Tänzerin ist, hat mich kein bisschen überrascht. Eine, die so geht wie sie, die kann auch tanzen, das hab ich gleich gewusst.

In meiner Fantasie hab ich sie ausgezogen und überall geküsst, bis sie vor Seligkeit halb vergangen ist. Inzwischen stelle ich mir nichts Wildes mit ihr vor wie anfangs, wo ich sie am liebsten im Stehen an der nächstbesten Scheunenwand genommen hätte, obwohl ich das ja eigentlich gar nicht mehr kann …

Jetzt möchte ich es langsam, zärtlich – und unendlich lang auskosten. Über Stunden ihr weiches Fleisch spüren, ihren Atem trinken, sie kosen und küssen – am liebsten ewig.

Doch nichts von dem ist natürlich passiert.

Geschnitten hat sie mich erst, wie üblich, und dann gerade extra mit Toni eine wilde Polka hingelegt, bei der sie allerdings eher ihn geführt hat als andersherum – alles nur, um mich noch geiler zu machen.

Ich hab mir dann einen Rausch angesoffen, bis mir der Schädel gedröhnt hat, weil ich nicht mehr daran denken wollte, wie ich früher den Tanzboden beherrscht habe: der blonde Hermann, dem keine Frau jemals einen Korb gegeben hat, weil er die Musik im Blut hatte …

Manchmal hasse ich Eva auch.

Welchen Vollidioten, welchen verliebten Trottel hat sie nur aus mir gemacht …

Herbst 1946

Die neue Apfelkönigin von Rickenbach heißt Eva Menzel – als ob mich das auch nur einen Moment gewundert hätte!

Natürlich gab es ein Riesengerede darüber, weil sie ja nichts hat und von irgendwoher kommt, eine Böhmin, wie Gerhard neulich

abfällig sagte, der eigentlich genauso scharf auf sie ist wie ich.
Diese slawischen Weiber haben es im Blut – ich musste ihm eine
verpassen, damit er sich wieder unter Kontrolle hatte.

Seitdem treibt eine neue Angst mich um.

Auberlin zu kontrollieren mag ja vielleicht noch angehen, so
schüchtern und umständlich, wie der ist – aber wie soll ich all die
anderen Männer im Dorf unter der Knute halten?

Denn sie wollen sie alle. Alle.

Warum musste Eva auch dieses rote Kleid anziehen, dem man
ansieht, dass es noch aus der Zeit vor dem Krieg stammt?

Solche Stoffe gibt es doch heute gar nicht mehr!

Wie es ihren Busen betont hat, wie es um ihre Hüften schmei-
chelte und um die Knie tanzte! Die Taille betont ein breiter Gür-
tel, der alle Reize noch mehr in den Vordergrund rückt – der Gei-
fer ist ihnen fast aus dem Maul gelaufen, meinen sonst so braven
Rickenbachern, die ganz verstört auf ihre biederen Frauen in
ihren altbackenen Gewändern geschaut haben: eine Schar trau-
riger brauner Rebhühner, die von einem wunderschönen schwarzen
Schwan beschämt wurde.

Ich möchte ihr Schwanerich sein, mit ihr schnäbeln, küssen,
kosen …

Eva aber hat nur das blonde Kind an sich gedrückt und ge-
herzt, ihre Leni, wie sie überall verkündet, wie um die letzten
Zweifel auszuräumen, dass ihre Lügengeschichte auch stimmt.

Die untröstliche Kriegerwitwe – dass ich nicht lache!

Die hat ebenso wenig jemals einen Ring am Finger gehabt
wie ich. Sonst hieße sie ja schließlich nicht mehr Menzel wie ihr
Vater. Dass die Leute so blöd sein können und nicht genauer
nachdenken!

Aber ich muss schon zugeben, dass schwarze Locken, schwarze
Augen, rote Lippen und ein rotes Kleid dabei äußerst hinderlich
sein können …

Und was das Kind betrifft: Von mir kein Wort! Sonst müsste ich ja sagen, woher ich mein Wissen habe …

Wenigstens wird sie ihrem alten Herrn nicht nach Bayern folgen. Der war nämlich hier, kurz nach ihrer Kür zur Apfelkönigin, und wollte sie eigentlich mitnehmen. Bei den Amis scheint er sich schnell lieb Kind gemacht zu haben, der Herr Apotheker. Hab ich ihm ja gleich nach dem Krieg angesehen, dass er eigentlich etwas Besseres ist, der schlechteste Erntehelfer, den ich jemals hatte. Jetzt wollen sie ihn für einen ihrer Stützpunkte im Alpenvorland, um die Truppe gesund zu halten, dabei ist er selbst nicht mehr ganz auf dem Damm. Ich tippe auf den Magen, denn die scharfen Falten neben dem Mund und den schlechten Atem, das hat mein Patenonkel Hermann auch gehabt, und der ist keine fünfzig geworden.

Für einen Moment ist mir fast das Blut in den Adern gestockt, als er da neben einem Ami im Jeep angefahren kam, ausstieg und Eva sich dann in seine Arme geworfen hat. Geweint und gelacht auf einmal hat sie, und ich dachte, jetzt steigt sie gleich zu ihm ein und ist für immer weg.

Aber sie hat ihn abends wieder zum Wagen begleitet und ist geblieben. Später habe ich gehört, sie habe es wegen Leni getan, die gerade eingeschult worden war und nicht wieder gleich entwurzelt werden sollte.

Und weil ihre Schnapsproduktion mit Toni Auberlin so große Fortschritte mache.

Das kann man wohl sagen!

Ich möchte zu gern wissen, was die beiden da in ihren Kessel tun. Auf jeden Fall etwas, das die anderen Brenner alt aussehen lässt, ganz alt, denn deren Umsätze sind längst im Keller. Alle aus der Region wollen nur noch dieses Auberlinzeug, das meine schwarze Hexe gebrannt hat. Und obwohl Toni so heilig wie immer tut, bin ich doch überzeugt, dass er jede Menge davon auf dem Schwarzmarkt loswird.

Mit Eva scheint er allerdings noch nicht viel weitergekommen zu sein. Die wohnt noch immer bei den Köberlins, obwohl sie Tag für Tag zu ihm rüberdackelt, um dort zu arbeiten. Und Arbeit hat sie mehr als genug, denn Toni hat jetzt auch damit begonnen, seinen konfiszierten Grund zurückzukaufen, Stück für Stück. Er sei dran, aber es werde natürlich dauern, das hat er mir neulich freudestrahlend in der Sonne verkündet, nach ein paar Gläsern Bier, zu denen er sich ausnahmsweise hat hinreißen lassen.

Sogar Heilige haben eben ihre schwachen Seiten …

So viel Geduld kann und will ich nicht aufbringen.

Der Wunsch, reich zu werden, brennt mir auf der Seele. Ich will allen zeigen, dass auch ein Hinkebein König von Rickenbach werden kann, damit sie endlich aufhören, auf meinen verfluchten Stock zu starren …

Zwischendrin habe ich mal erwogen, mit Hanna richtig anzubandeln, deren Vater auch etliches an Grund sein Eigen nennt. Sie sieht ganz lieb aus, ist blond und sanft, mit einem zarten hellen Damenbärtchen auf der Oberlippe, das sie dann freilich auszupfen müsste, sollte wirklich etwas aus uns werden. Ich habe sie nach Überlingen ins Kino eingeladen und schließlich im Dunkeln geküsst – es hat sich angefühlt, als berührte ich einen toten Fisch.

So sehr hat diese schwarze Hexe mich schon verzaubert …

Seitdem denke ich wieder mehr über Geli nach. Es heißt ja oft, hässliche Frauen seien besonders aktiv im Bett.

Wenn das stimmt, dann muss sie eine wahre Bombe sein!

Silvester 1947/48

Sie haben sich verlobt – ich fasse es nicht, tobe, schreie, wüte, bin vollkommen außer mir! Toni Auberlin und meine Eva!

Und sie ist auch gleich mit ihrem Balg zu ihm ins Haus gezogen.

Hochzeit soll im Mai sein. Das habe ich von anderen erfahren, und Toni, der Zauderer, schwebt nun geradezu durch Ricken-bach, so überglücklich ist der.

Da bleibt mir nichts anderes übrig, als Nägel mit Köpfen zu machen, denn zurückstehen, das liegt mir wahrlich nicht.

Ich nehm also die Geli, dann kommen die Weinberge gleich mit dazu. Und wenn ich die Augen fest zumache, während ich im Bett mit ihr bin, kann ich mir ja noch immer vorstellen, es ist Eva.

April 1948

Jetzt heißt Geli Bentele und ist meine Frau – und ich hab ganz umsonst so schnell geheiratet, denn Fritz Menzel ist Ende März überraschend gestorben. Magenkrebs. Genau wie damals bei Pa-tenonkel Hermann. Übelkeit, unerträgliche Schmerzen, tot in-nerhalb weniger Wochen.

Eva und die Kleine sind gleich zu ihm gefahren und so lange geblieben, dass ich schon dachte, sie kämen nicht wieder. Meine Hochzeit haben sie jedenfalls versäumt, und alles, was ich mir ausgedacht hatte, um sie ins Herz zu treffen, ging damit ins Leere – Gelis Brautkleid aus französischen Spitzen, in dem sie für einen Tag fast hübsch aussah, die Kutsche, die uns zur Kirche ge-bracht hat, das Essen in der Sonne, das mich ein kleines Ver-mögen gekostet hat. Leider entging Eva also auch, dass die Braut mittendrin aufspringen und aufs Klo rennen musste, um sich zu übergeben, denn natürlich hatte ich dafür gesorgt, dass sie schon vor der Hochzeit schwanger war.

Man will ja schließlich wissen, was man bekommt …

Wovon Eva auch nichts ahnen kann, ist der eiserne Ehever-trag, mit dem der alte Ottinger mich geknebelt hat, der offenbar sehr genau wusste, weshalb ich um die Hand seiner farblosen

Tochter angehalten hatte. Im Fall einer Scheidung verliere ich alles wieder – so schlaue Advokaten hat der Alte sich ins Boot geholt und mich dadurch ein Leben lang an seine Tochter gebunden.

Ja, meine ersehnten Weinberge habe ich zwar nun und damit eine solide Basis für weitere Neuerwerbungen – doch zu welchem Preis!

Jetzt muss ich mich Nacht für Nacht zu ihr legen und, wenn die Monate der Schwangerschaftsübelkeit wieder vorbei sind, wohl auch wieder Nacht für Nacht meinen Mann stehen, denn Geli hat Geschmack an der körperlichen Liebe gefunden und fordert ihre ehelichen Rechte nachdrücklich ein. Es ist nicht einmal schlecht mit ihr, das kann ich nicht sagen, denn sie ist leidenschaftlich und durchaus einfallsreich – aber sie ist eben nicht Eva.

Und wird es auch niemals sein.

Mai 1948

Eva ist zurück. Blass, schmal und ganz in Schwarz schleicht sie durchs Dorf, die schönste Trauernde, die ich jemals gesehen habe. Toni scheint sie auf Händen zu tragen, um sie wieder zum Lachen zu bringen, doch sie bleibt ganz in sich gekehrt. Von Hochzeit hört man nichts mehr.

Gestrichen?

Ein kleiner Triumph.

Wenn ich sie nicht haben kann, soll er sie auch nicht kriegen.

Aber hat er sie nicht längst schon?

Wer weiß, was die alten Wände des Auberlinhauses mir alles erzählen könnten …

Juli 1948

Seit einer Woche haben wir neues Geld. Alles gibt es auf einmal wieder zu kaufen. Eva und Toni haben die Gelegenheit genutzt und in Konstanz heimlich geheiratet – in Konstanz! Keiner aus dem Dorf war dabei außer Kathi und ihrer Tochter, und auch Leni sollte den Mund halten, aber die hat es ausgeplaudert, wie Kinder eben so sind.

An Kindes statt angenommen hat er sie dann auch gleich noch. Das hat sie in der Schule umhertrompetet, weil sie ab jetzt doch Marlene Auberlin heißt.

Ich meine ihren richtigen Namen zu kennen. Den alten Zettel, auf den ich ihn damals geschrieben habe, trage ich noch immer in meiner Brieftasche. Ihn kann ich lesen, aber noch immer nicht den Anfang dieses Notizbuchs.

Eva Auberlin.

Ich möchte kotzen, wenn ich das lese.

Eva Bentele. In meinen Träumen heißt sie so und nicht anders.

August 1948

Totgeburt. Ein kleiner Junge, die Nabelschnur dreimal um den Hals gewickelt. Wir haben ihn Rudolf genannt, nach meinem Vater, der eine Woche vor ihm gestorben ist. Nun ruhen sie beide im selben Grab.

Januar 1949

Geli ist erneut schwanger. Wieder die endlose Kotzerei. Dieses Mal will sie nicht angerührt werden. Das Bordell in Konstanz ist längst geschlossen, ich hole mir Ablenkung in einem Puff in Lindau, aber Geli tobt, wenn ich zu spät nach Hause komme.

Eva begehre ich mehr denn je.

Bei ihr tut sich noch nichts. Das macht mich froh, obwohl ich es ja nicht zeigen darf.

Juni 1949

Zweite Totgeburt. Ein Mädchen, angeblich plötzlich unterversorgt in der Gebärmutter. Mich stößt dieser ganze medizinische Quatsch ab. Ein gesunder Mann wie ich und eine gesunde Frau wie Geli – warum bekommen die keine Kinder, die am Leben bleiben?

Der Professor schielt zu meinem versehrten Bein, und ich hasse ihn dafür.

Es ist nicht besser geworden im Lauf der Jahre, wie anfangs behauptet wurde – ganz im Gegenteil. Kein Tag vergeht, an dem ich es nicht spüre, dieses Reißen, Ziehen, Beißen, als ob ein Dämon in meinem Fleisch hauste.

Die Schuld, flüstert er hämisch. Deine übergroße Schuld, Hermann Bentele …

Wir sollen uns zurückhalten, rät der Professor. Alles in Ruhe ausheilen lassen, mindestens ein halbes Jahr warten, besser noch länger, bevor wir einen neuen Versuch wagen – oder inzwischen eben Verhütungsmittel benutzen.

Dabei wird der alte Sack doch tatsächlich rot!

Was glaubt der eigentlich, wer ich bin!? Pariser benutze ich nur für meine Huren – aber doch nicht für die eigene Ehefrau!

Nein, ich will endlich Kinder, und ich will sie bald.

Auberlin darf mich nicht noch auch darin überholen …

Dezember 1949

Gelis Tage sind ausgeblieben. Wir bangen und hoffen. Weihnach-
ten verbringen wir in einer seltsamen Stimmung zwischen Eupho-
rie und Mutlosigkeit. Zum ersten Mal in unserer Ehe fragt sie
mich nach meinen Erlebnissen im Krieg, und ich beginne zu
erzählen …

Natürlich zensiert.

Vom eisigen Russland und den Strapazen der Kameraden
kann sie gar nicht genug bekommen. Ihre blassen Wangen röten
sich, während sie mir zuhört. Auch ihre hellen Augen scheinen
auf einmal mehr Farbe zu haben.

»Was du alles schon erlebt hast!«, flüstert sie schließlich und
will unbedingt mit mir schlafen, obwohl mir gar nicht wohl dabei
ist, weil ich an den spitznasigen Professor und seine Warnungen
denken muss.

Wir tun es trotzdem.

Zwei Wochen später beginnt sie heftig zu bluten.

Dieses Mal geht es nicht wie bisher mit Rosa, der Dorfheb-
amme, die sie zweimal entbunden hat. Geli muss ins Kranken-
haus nach Konstanz.

Erstmals in unserer Ehe habe ich wirklich Angst um sie und
gelobe, etwas Gutes zu tun, wenn sie nur überlebt.

Eileiterschwangerschaft. Den einen nehmen sie gleich heraus.
Unsere Chancen auf ein Kind sinken um fünfzig Prozent …

Geli kann ich wieder mit nach Hause nehmen. Ich stifte für
unsere Kirche eine neue Glocke.

Ich schreibe nichts mehr in dieses Buch – nie wieder.

Geschworen!

Herbst 1950

Die vierte Schwangerschaft.

Ich habe meinen Schwur gebrochen, denn dieses Mal scheint es zu klappen. Keine Spur von Übelkeit, keine vorzeitigen Blutungen. Der Bauch wächst und gedeiht. Während Geli immer runder wird, schaffe ich es sogar ein paar Monate lang, Eva aus meinen Gedanken zu drängen.

In meinen Träumen aber liebe ich sie nach wie vor, und zwar so wild und frivol, dass ich ihr manchmal auf der Straße kaum ins Gesicht sehen kann, weil ich Angst habe, alles könnte darin geschrieben stehen.

Auch sie hat sich verändert, ist reifer geworden, fraulicher.

Und leider noch begehrenswerter.

Für mich wird sie immer meine Apfelkönigin bleiben, obwohl letztes Jahr eine ganz Junge den Thron bestiegen hat, eine schlaksige Rothaarige, der gerade erst Brüste wachsen.

Wie soll sie Eva jemals das Wasser reichen?

Keine kann das, keine, keine …

März 1951

Er ist da, er lebt, er ist gesund: Robert Bentele, mein Stammhalter!

Ich bin besoffen vor Freude. Tanzen würde ich, wenn ich könnte, die ganze Welt umarmen …

Geli und ich müssen diesen Schatz hüten und beschützen, denn er muss ohne Geschwister aufwachsen. Die Geburt im Krankenhaus war lang und schwierig, Blutungen konnten nicht gestillt werden, und zum Schluss haben sie ihr die Gebärmutter herausgenommen.

Robert wird also unser einziges gemeinsames Kind bleiben.

Als das Dorf zum Gratulieren kommt, ist auch Eva dabei, und ich sehe den Schmerz in ihren Augen. In ihrem Haus gibt es keine Wiege, auch nach all den Jahren nicht. Von einem Nachbarn habe ich gehört, dass er Toni bei einem Arzt getroffen hat – mehrmals.

Ist das die Chance, auf die ich so lange gewartet habe?

Eva beugt sich über die Wiege und sieht den kleinen Robert lange an. Das Granatkreuz, das sie immer um den Hals trägt, schwingt über seiner kleinen Nase wie ein Pendel. Noch nie habe ich anderen Schmuck an ihr gesehen, dabei müssten ihr Ohrringe besonders gut stehen, ebenso funkelnd und rot wie das Kreuz.

»Ganz die Mutter«, sagt sie schließlich heiser. »Ein schöner Bub. Die Engel mögen ihn behüten.«

Ich starre ihr hinterher, wie sie mit schwingenden Hüften hinausgeht.

Das alte Feuer in mir ist neu erwacht. Ich begehre sie wie am allerersten Tag.

Silvester 1951/52

Die ersten Silvesterraketen nach dem Krieg. Ich hab für immer genug von allem, was schießt. Nur meine Zinnsoldaten dürfen das noch, und sie zu sammeln bereitet mir große Freude. Mit ihnen kann ich meine Schlachten schlagen, sobald ich erst einmal genug davon zusammenhabe.

Robert hat mit seinen dicken Händchen schon danach gegrapscht und dafür einen festen Klaps auf den Hintern bekommen, damit er schnell lernt, was er darf und was nicht. Geweint hat er nicht, was mich gewundert hat, denn sonst heult er bei jeder Gelegenheit los.

Es wird viel Strenge nötig sein, um aus ihm den Sohn zu machen, den ich mir gewünscht habe, denn er schlägt in allem viel zu sehr seiner Mutter nach. Geli ist jetzt wieder oft bei ihren Eltern, und es würde mir nichts ausmachen, wenn sie ganz dorthin zurückzöge. Doch dann wäre ich mein schönes Land leider schnell wieder los.

Ich schlucke. Und träume. Denn das kann keiner mir verbieten. Heißt es nicht, die Träume der Silvesternacht würden sich irgendwann erfüllen?

So stehe ich nun vor dem Haus und schicke meinen Wunsch für das neue Jahr hinaus in die Sternennacht – einen Wunsch mit drei Buchstaben.

EVA.

MEINE APFELKÖNIGIN.

Oktober 1952

Es hätte Mai sein müssen und die Wiese voller Apfelblüten. Ein Frühlingshimmel, blau, mit sanften weißen Wolken. Vogelgezwitscher.

Denn heute ist mein Tag gekommen.

Ich bin so aufgeregt, wie ich es seit meiner Jugend nicht mehr war, damals, als ich noch zwei gesunde Beine hatte und mir, wie ich glaubte, die ganze Welt gehörte.

Heute wird es wieder so sein.

Geli ist daheim bei ihren Eltern, Toni mit dem Kind in Konstanz, wo sie ihr die Mandeln herausnehmen.

Im Heu liegt alles bereit. Die Decken, der Wein, die Öllampe, die lange Leiter, die sich nach oben ziehen lässt, damit niemand uns stört.

Und mein Pariser, der ihr die Angst nehmen soll.

Es wird nicht hell genug sein, dass Eva erkennen kann, dass die Packung bereits geöffnet war. Geschweige denn, dass ich den

Pariser fein säuberlich präpariert habe, mit winzigen, sehr nütz-
lichen Löchlein.

Mein blondes kleines Mädchen mit den frechen schwarzen
Augen – wie unendlich lange musste ich auf dich warten!

Hörst du mich schon?

Ich habe nur diese eine, einzige Möglichkeit, und ich werde sie
nutzen. Was dann geschieht, das soll das Schicksal entscheiden …

*

Nane ließ das Blatt sinken. Der Text hörte unvermittelt auf, so
wie er auch unvermittelt begonnen hatte.

Ein Anfang, der kein Anfang war, und ein Ende …

Sie konnte noch immer kaum glauben, was sie soeben gelesen
hatte, aber da stand es, geschrieben in Sütterlin, blau auf weiß.

Eine ganze Weile blieb sie wie benommen sitzen, erst als
Souki leise zu winseln begann, kam wieder Bewegung in sie.
Nane schaltete das Diktiergerät aus, das sie die ganze Zeit hatte
mitlaufen lassen, weil es ihr leichter gefallen war, die Schrift
beim halblauten Lesen zu entziffern.

»Komm«, sagte sie, denn die Hündin stand schon wartend
an der Tür. »Ich lass dich hinaus, aber es muss ausnahmsweise
schnell gehen. Wir haben noch jede Menge zu erledigen.«

Sie ging die Treppe hinunter, leise, um Marlene nicht zu stören, die ruhig zu schlafen schien, weil sie ja keine Ahnung
hatte, welches Gefühlschaos soeben in ihrer Nichte tobte. Sogar Soukis Pfoten machten heute weniger Geräusche als sonst.

Als Nane die Tür öffnete, schoss die Hündin wie der Blitz
hinaus. Die kalte Herbstluft machte ihren Kopf wieder klarer.

Wieso Nichte eigentlich?, dachte sie plötzlich. Wenn Bentele
nicht gelogen hatte, war Marlene ja gar nicht ihre Tante – dafür
ihre Mutter Viktoria womöglich seine leibliche Tochter …

Fieberhaft begann sie zu rechnen.

Gezeugt im Oktober 1952, zur Welt gekommen am 11. Juli 1953 – das passte!

Marlene hatte vor ein paar Tagen erzählt, Vicky sei als junges Mädchen so sehr in Robert Bentele verliebt gewesen, bis er sie plötzlich sitzen gelassen habe. Weil sein Vater ihm Druck gemacht hatte – weil sie seine Halbschwester war?

Hatte Opa Toni auch davon gewusst, der Vicky mithilfe von Marlene, ihrer älteren Schwester, aus dem Bodensee gezogen hatte?

Welche Schwester?

Wenn alles stimmte, waren sie gar nicht miteinander verwandt …

Und Eva? Was war ihre Rolle in diesem Verwirrspiel gewesen? Hatte sie Toni ein Kuckuckskind untergeschoben, für das er als verantwortungsbewusster Vater sorgte, nachdem er schon ihr erstes Kind, das angeblich gar nicht ihr Kind war, adoptiert hatte?

Selbst jetzt war alles noch ziemlich verworren.

Wer wusste von wem und wie viel?

Und wie war sie, Nane, dann eigentlich mit Simon und Lukas verwandt, mit denen sie unbefangen gespielt hatte, als sie Kinder waren, bis die Großmutter sie plötzlich nicht mehr mit ihnen ins Heu lassen wollte …

Aus Angst, alles könnte sich wiederholen?

Nane spürte, wie ein Anflug des Schwindels zurückkehrte, doch in diesem Moment machte er ihr keine Angst.

Wem bei dieser Geschichte nicht schwindelig wird, der ist entweder schon tot oder vollkommen abgebrüht, dachte sie. *Und ich bin keins von beidem.*

Ganz im Gegenteil – lange schon hatte sie sich nicht mehr so wach und lebendig gefühlt. Sie pfiff nach Souki, die kurz darauf aus der Nacht wieder auftauchte, und ging mit ihr zurück ins Haus.

Wieder in Tonis ehemaligem Zimmer angelangt, zog sie die Karte der Therapeutin heraus, die Fabio ihr gegeben hatte, und wählte die Nummer. Es war noch nicht einmal hell, aber wenn sie es nicht gleich in Angriff nahm, würde sie es vielleicht noch weiterhin auf die lange Bank schieben.

Der Anrufbeantworter sprang nach einer kurzen freundlichen Ansage an.

»Christiane Auberlin. Ihre Nummer habe ich von Dr. Rossi und Brian Reeves. Ich habe einen Hörsturz hinter mir, bin gerade dabei, mein Leben grundlegend zu ändern, und könnte dabei ein wenig Unterstützung gebrauchen. Die beiden meinten, Sie seien genau die Richtige dafür. Über einen kurzfristigen Termin bei Ihnen würde ich mich sehr freuen.« Sie sprach noch ihre mobile Nummer aufs Band und legte auf.

Vor dem nächsten Telefonat musste sie erst einmal tief durchatmen, aber sie rechnete auch hier mit einer Mailbox, deshalb war es letztlich gar nicht so schwer.

Doch zu ihrer Überraschung wurde der Anruf angenommen.

»Auberlin?« Am Telefon klang ihre Mutter immer so jung!

»Ich bin's, Mama. Nane …«

»Ist etwas passiert, dass du so spät anrufst – oder sollte ich lieber sagen, so früh?« Leise Panik schwang in der hellen Stimme.

»Allerdings«, sagte Nane und musste plötzlich lachen, weil ihr die Situation so absurd vorkam. In Frankfurt hatten sie manchmal wochenlang nicht telefoniert – und jetzt taten sie es plötzlich zu nachtschlafender Stunde.

»Bist du krank geworden? Oder geht es Marlene schlecht?«

Sie konnte einen doch immer wieder verblüffen!

»Woher weißt du denn, dass ich noch immer in Rickenbach bin?«

»Von deiner Kollegin Frau Dörsch. Fremde Leute haben ja schon immer mehr über dich gewusst als deine eigene Mutter. Also, was ist los? Erzähl!«

»Das kann ich unmöglich am Telefon. Du musst herkommen. So schnell wie möglich. Am besten sofort.«

»Das stellst du dir so einfach vor, Nanekind! Ich habe schließlich meine Verpflichtungen. Und Marlene …«

»Du musst, auch wenn es kompliziert ist. Bitte! Gerade wegen Marlene. Aber auch wegen dir. Wir brauchen dich hier – alle.«

Eine Weile blieb es ruhig in der Leitung.

»Gut«, sagte Vicky schließlich. »Wenn du es gar so dringend machst, wird es ja wohl einen triftigen Grund dafür geben, auch wenn du mir den noch nicht sagen willst. Ich kann vielleicht mit einer Kollegin den Dienst tauschen. Dann würde ich gleich heute gegen Mittag losfahren. Ist ja eigentlich nicht weit bis nach Rickenbach.« Es hörte sich an, als sei ihr das gerade erst wieder eingefallen. »Jetzt hast du mich aber richtig neugierig gemacht.«

»Das darfst du auch sein! Ich freu mich auf dich. Und – danke.«

Souki sah sie aufmerksam an, als sie das Handy zurück in die Tasche steckte.

»Und nun auf zum See, meine Schöne«, sagte Nane. »Bin schon gespannt, welche weiteren Geheimnisse dort auf uns warten!«

*

Die beiden Hunde ruhten auf den Planken des Bootes, das die schützende Bucht verlassen hatte. Rupp ruderte langsam und kraftvoll, bis sie ein ganzes Stück weit draußen auf dem See waren. Außer der Begrüßung hatten sie noch kein Wort gewechselt, aber Nane war froh um seine männliche, selbstverständliche Nähe.

»Du gehst gerade mit schwierigen Dingen um?«, fragte er plötzlich.

Sie nickte. »Sieht man das?«

»Ich schon. Ich war schon früh anders als die meisten, da lernt man, Feinheiten wahrzunehmen. Und beim Malen musst du das ohnehin.«

»Weil du Männer mochtest?«

Er lachte.

»Auch, aber nicht nur. Hat bei mir schon angefangen, als ich noch ganz jung war. Da habe ich mich in einen Jungen aus der Klasse über mir verliebt, der fantastisch tanzen konnte.« Er lachte wieder. »Und so ist es ja bis heute geblieben.«

»Ich mag Brian auch sehr gern«, sagte Nane. »Nur eben anders.«

»Zum Glück.« Rupp war wieder ernst geworden. »Aber das habe ich eigentlich nicht gemeint. Ich konnte nicht richtig rechnen, jedenfalls nicht so, wie sie es von mir verlangt haben, weil ich alle Zahlen als Farben gesehen habe. Und wenn ich lesen sollte, hat mir jeder Buchstabe eine eigene Geschichte erzählt. Das war sehr verwirrend. Für mich, aber auch für meine Eltern und die Lehrer, die haben nämlich gedacht, ich sei dumm. So lange, bis ich es von mir selbst auch geglaubt habe. Dabei wollte ich doch die ganze Zeit nur eins: malen …«

Er streckte die Hand aus und deutete auf den See.

»So etwas zum Beispiel.«

Unzählige Farbnuancen, die ineinanderflossen, Blau, Grau, winzige Grünsplitter, stumpfes Silber, die sich von Moment zu Moment immer wieder veränderten.

»Hier holst du dir also deine Inspiration«, sagte Nane beeindruckt, weil sie die Natur ringsum nicht nur sah, sondern mit allen Sinnen spürte. »Jetzt verstehe ich es. Und werde ab jetzt mein schönes Bild von dir noch mehr lieben.«

»Auch, aber nicht nur«, sagte er.

Sie schaute ihn fragend an.

»Der See beantwortet dir alle Fragen«, fuhr er fort.

»Aber wie kann er das?« Nane konnte sich kaum sattsehen.

»Ganz einfach. Du trägst alle Antworten ja schon in dir. Er spiegelt sie dir nur, und auf einmal weißt du, was du zu tun hast.« Er rückte ein Stück ab. »Und jetzt hänge ich meine Angel ins Wasser und lass dich in Ruhe.«

Der Himmel im Osten begann sich rosig zu färben, und plötzlich wurde es so still, als habe der See den Atem angehalten. Für ein paar Augenblicke ging das so, dann hob lautstark das Morgenkonzert der Wasservögel im Schilf an.

Morning Has Broken, dachte Nane. Einer von Vickys Lieblingssongs, den sie für ihre tote Mutter am Grab gespielt hat. Ich habe nie ganz kapiert, was sie daran findet, aber wenn ich das hier so sehe, verstehe ich sie auf einmal. Die Vögel haben nur den richtigen Moment abgewartet, denn alles hängt mit allem zusammen: die Pflanzen, die Tiere, das Wasser. Genauso wie es auch Vergangenheit, Gegenwart und Zukunft tun. Isoliert oder abgetrennt kann man nichts richtig begreifen, erst im Zusammenspiel erschließt sich ein Sinn. Das Gleiche gilt für unsere vertriebene, sesshafte, gebrochene und gleichzeitig auch wieder heile Familie. Gemeinsam werden wir die Rätsel lösen.

So und nur so kann es vielleicht funktionieren.

Auf einmal wusste sie, was sie tun musste, auch wenn sie ziemliche Angst davor hatte.

»Du lächelst ja auf einmal«, sagte Rupp, der sich irgendwann zu ihr umgedreht hatte. »Irgendwelche durchschlagenden Erkenntnisse?«

»Allerdings«, antwortete Nane sehr ernst. »Ich habe mir unter anderem gerade vorzustellen versucht, welche Farbe deine Vier hat.«

»Und? Lass es mich bitte wissen.«

»Also, anfangs hatte ich zunächst Gelb im Sinn.«

Er schüttelte den Kopf.

»Danach Blau. Aber das haut ebenfalls nicht hin, oder?«

»Nein«, sagte er. »Leider nicht. Aber du bist schon auf der richtigen Fährte.«

»Grün natürlich«, rief Nane. »Es ist ein leuchtendes, fröhliches Froschgrün!«

In diesem Moment wusste sie: Sie war bereit für das Ende von Evas Geschichte …

17

Konstanz, 1953

Jetzt geht es richtig los, Frau Auberlin! Die Wehen heute Morgen waren erst der Auftakt.«

Die Stimme der jungen Frau war ebenso frisch wie ihre blütenweiße Tracht. Schwester Ingrid, so hatte sie sich lächelnd vorgestellt. Die zartrosa Färbung der rundlichen Wangen verriet eine gewisse Aufregung. Wahrscheinlich war sie noch neu in ihrem Beruf, und jede Niederkunft war für sie ein Ereignis.

Noch immer musste Eva den Bruchteil eines Augenblicks überlegen, bis sie sich angesprochen fühlte. Dabei trug sie den Namen des Mannes gern, der jetzt stundenlang auf die unbequeme Wartebank im Flur verbannt sein würde. Zu ihrer Verwunderung hatte Toni zunächst ein wenig verhalten reagiert, als sie ihm freudestrahlend von der Schwangerschaft erzählt hatte, die nach all den Jahren endlich eingetreten war. Doch schon nach wenigen Tagen hatte sie dann seine Freude gespürt, und inzwischen fieberte er dem kleinen Wesen, das ihre Familie bereichern würde, ebenso entgegen wie sie. Auch Leni, die jetzt lieber Marlene genannt werden wollte, freute sich auf das Geschwisterchen, obwohl sie den Zeitpunkt ein wenig unpassend fand.

»Bisschen mehr hättet ihr euch schon beeilen können«, sagte sie zu ihrer Mutter. »Manche Leute könnten ja denken, es sei mein Kind! Aber selbst wenn: Hauptsache, wir vier wissen Bescheid.«

Wir vier – das zu denken fühlte sich so gut an, dass sie schon wieder feuchte Augen bekam. Seitdem sie schwanger war, konnte Eva ohnehin bei jeder Kleinigkeit losheulen. Und noch etwas hatte sich geändert: Die Tür zu ihren Erinnerungen, die sie die letzten Jahre über so fest verschlossen gehalten hatte, hatte sich wie von selbst wieder geöffnet. Jetzt strömten sie manchmal wie eine Flut über sie hinweg, jene aufwühlenden Bilder aus ihrem früheren Leben …

»Sie kennen sich ja aus!« Die junge Schwester stand immer noch neben dem Bett. »Obwohl es schon ein Weilchen her ist, dass Sie zum letzten Mal entbunden haben. Ihre große Tochter ist ja schon ein richtiger Backfisch. Und was für ein hübscher!« Sie bemerkte Evas fragenden Blick und begann zu lachen. »Ich habe Sie beide gesehen, als Sie neulich zusammen mit Ihrem Mann die Klinik besichtigt haben. Ein schöner Anblick, die eine so dunkel, die andere so hell! Aber wie sie sich bewegt, das hat sie eindeutig von der Mama – und sicherlich so manch anderes auch.«

Ja, Leni war ihr Mädchen, ganz und gar!

Aber da hatte es ja auch noch das andere kleine Wesen gegeben, Jans Kind, das nicht in ihrem Bauch hatte bleiben dürfen, bis es fertig ausgereift war …

Wieder glaubte Eva den vernichtenden Schlag mit der Schaufel zu spüren. Wieder sah sie die erschrockenen Blicke der Frauen vor sich, als sie kurz darauf blutend in der Lagerküche kollabiert war. Später die trostlose Geburt im Krankentrakt, bei der Molly ihr beigestanden hatte, bis sie dann die Schale hinausgetragen hatte …

»Bitte nicht weinen!« Erschrocken berührte Schwester Ingrid ihren Arm. »Ich wollte Sie nicht kränken, das müssen Sie mir glauben! Zum Kinderkriegen haben Sie genau das richtige Alter.«

Neunundzwanzig, dachte Eva, die sich langsam wieder beruhigte. *Aber nach allem, was schon hinter mir liegt, fühle ich mich manchmal wie hundertundfünf.*

»In der ganzen Region hätten Sie sich keine bessere Klinik aussuchen können«, plapperte die Schwester munter weiter. »Frau Walter, unsere Hebamme, ist nicht nur sehr erfahren, sondern nimmt auch ständig an den neuesten Fortbildungen teil. Die weiß alles über Geburten! Und Dr. Hauser, der Oberarzt, ist als Gynäkologe eine Koryphäe. Sie befinden sich also in den kundigsten Händen!«

Plötzlich sehnte sich Eva nach Paula, der Dorfhebamme mit dem langen graublonden Zopf, die schon so vielen kleinen Rickenbachern auf die Welt geholfen hatte. Aber Geli Bentele hatte sie beschworen, ihr Kind unbedingt in einer Klinik zu bekommen.

»Dreimal ist es bei mir schiefgegangen«, hatte sie gesagt. »Dreimal nichts als Kummer und endloses Leid. Gar nicht mehr leben wollte ich, so am Boden habe ich mich gefühlt. Und meinen Mann, den hätte ich dabei beinahe auch verloren, weil Hermann unbedingt Kinder wollte. Aber im Krankenhaus hab ich dann schließlich meinen Robert bekommen. Man muss mit der Zeit gehen, Eva. Und die moderne Medizin kann wahre Wunder wirken …«

Deshalb war sie nun hier, obwohl sie seit dem Tod ihrer Mutter allem misstraute, was nur im Mindesten mit Krankenhäusern zu tun hatte. Und auch Molly war gestorben, da hatte nicht einmal ihr Mann als Arzt etwas daran ändern können. Den kleinen Moritz kannte sie nur von Fotos, die Carl in letzter Zeit immer seltener schickte. Der Osten und der Westen Deutschlands entfernten sich immer weiter voneinander. Carl war in der SED engagiert und mied alle Kontakte in die Bundesrepublik Deutschland. Der Junge hatte eindeutig Mollys Nase, auf der sogar schon eine runde Kinderbrille saß. Bestimmt war er auch so schlau wie sie. Wie gern hätte sie ihn an der Seite seiner Mutter aufwachsen sehen.

Ach, Molly …

Die nächste Wehe war so stark, dass sie ihr den Atem raubte.

»Nicht die Luft anhalten und sich verkrampfen, sonst wird die Muskulatur nicht mehr richtig durchblutet und es tut noch mehr weh. Sie atmen tief durch die Nase ein und dann so langsam wie möglich durch den offenen Mund wieder aus. Wenn Sie mögen, auch gern mit Ton. Ein A eignet sich besonders gut dazu.« Die Stimme klang eher sachlich als freundlich, aber sie verriet zumindest Kenntnis und Erfahrung.

Eva linste nach rechts. Die Hebamme war kräftig und mochte Mitte vierzig sein, und das beruhigte sie irgendwie.

»Haben Sie auch Kinder?«, fragte sie.

»Nur die, denen ich hier ins Leben helfe. Wenn ich dann müde nach Hause komme, reicht es mir mit Säuglingsgeplärre.«

Nun, ehrlich schien sie auf jeden Fall zu sein.

»Ihr zweites?«, fragte Frau Walter.

Eva nickte.

»Dann geht es meistens schneller. Doch jede Regel hat eben auch ihre Ausnahmen. Und wie es wird, weiß man immer erst, wenn es vorbei ist.« Die Hebamme kontrollierte den Wehenschreiber. »Aber nur Mut! Die kommen schon ganz schön regelmäßig.«

»Muss ich dann so angetöpselt bleiben?«, fragte Eva, die sich gern freier bewegt hätte.

»Müssen Sie. Und schön liegen bleiben Sie bitte auch! Wir sind ja schließlich nicht bei den Hottentotten, wo die Frauen ihre Kinder in der Hocke gebären.« Sie gab ein knurrendes Lachen von sich. »Ich sehe jetzt mal nach Ihrer Mitpatientin nebenan, die bekommt nämlich Zwillinge. Da kann immer mal was Unvorhergesehenes passieren. Sie drücken die Glocke, sobald Sie Hilfe brauchen, verstanden?«

»Verstanden.«

Sie war froh, für ein paar Momente allein zu sein, obwohl sie die nächste Wehe schon kommen spürte. Eva schloss die Augen, atmete durch die Nase ein, so wie die Hebamme sie angewiesen hatte, und durch den Mund aus. Ihr »A« fiel ziemlich kläglich aus, und es hatte kaum weniger wehgetan als bei der Wehe zuvor.

Mama müsste jetzt bei mir sein, dachte sie sehnsuchtsvoll, während sie versuchte, in der kurzen Pause zwischen den Wehen wieder in einen halbwegs normalen Atemrhythmus zurückzufinden. *Oder ich hätte damals bei ihrem Legato-Singen besser aufpassen sollen.* Mit einem Mal hatte sie wieder Julikas perfekte Tonleitern im Ohr, mit denen jeder Morgen in Prag begonnen hatte. *Aber dann würde sie ja mitbekommen, dass Papa nicht mehr lebt. Und das hätte sie erst recht umgebracht. Wie sehr mich sein Tod getroffen hat! Und welche Vorwürfe ich mir gemacht habe, ihm mit Leni nicht in sein Bayern gefolgt zu sein! Aber wir waren doch gerade erst in Rickenbach sesshaft geworden, und eine weitere Veränderung wollte ich der Kleinen und mir nicht schon wieder zumuten. Er hat sich nicht anmerken lassen, wie sehr ihn meine Weigerung verletzt hat, aber in seinen Augen habe ich es doch gesehen. Lieber, lieber Papa, ich hoffe, Mama und du, ihr seid jetzt wieder vereint. Auch wenn eure beiden Gräber so weit voneinander entfernt liegen.*

Drei, vier Wehen folgten so rasch aufeinander, dass Eva danach ganz erschöpft war.

Aber du lebst, dachte sie schweißgebadet, *und du willst auf die Welt, das spüre ich ganz genau. Was du auch bist, Junge oder Mädchen, ich werde dich herzlich willkommen heißen – und wenn es noch so wehtut!*

»Haben Sie Durst?«

Eva nickte, und Schwester Ingrid befeuchtete ihr mit einem Tuch die Lippen.

Plötzlich hatte sie Apfelgeruch in der Nase …

Wie es damals geduftet hatte, als sie zum ersten Mal in Tonis Apfelkeller gestanden hatte! All die reifen Früchte in ihren Steigen liegen zu sehen, nachdem sie auf der Flucht so lange nach jedem Stück Obst gegiert hatte.

»Wie im Paradies!« Ihre Stimme war ganz andächtig gewesen.

»Ich mag es, wie Sie das sagen, Fräulein Menzel! Und ja, so kommt es mir auch manchmal vor. Ich kann es nicht leiden, wenn die anderen jammern. Der Krieg ist vorbei, und wir sind noch am Leben. Und solange wir unsere Äpfel haben, sind wir doch reich.« Das kam so aus tiefster Überzeugung, dass es sie berührte.

Sie hatte ihm die Hand entgegengestreckt. »Ich bin die Eva.«

»Toni.« Er hatte eingeschlagen, aber er musste schlucken, so aufgeregt war er.

Es hatte nicht gleich zwischen ihnen gefunkt, jedenfalls nicht bei ihr. Aber seine Güte und die freundliche, besonnene Art, wie er sein Leben meisterte, hatten sie mehr und mehr für ihn eingenommen. Am Brennofen arbeiteten sie innerhalb kurzer Zeit Hand in Hand, so als hätten sie schon seit Jahren nichts anderes getan. Toni verstand eine ganze Menge davon, das fiel ihr schnell auf. Dennoch blieb er offen für Evas Verbesserungsvorschläge, was ihre Obstbrände bald überall in der Region bekannt machte. Was Leni betraf, so hätte sie sich für sie keinen besseren Vater wünschen können, und die Kleine hing schon bald mit zärtlicher Liebe an ihm. Als sie dann auch Marlene Auberlin heißen durfte, schien ihr Glück perfekt, und jeder Makel, jede Erinnerung an früher schien ausgelöscht.

Bis auf die Feuerträume, die das Mädchen auch im Auberlinhaus weiter bedrängten …

Die nächste Wehe, steil wie ein Berg.

Eva hatte Angst abzustürzen …

»Atmen!« Frau Walter befahl wie ein General. »Wenn Sie die Luft anhalten, gehen Sie unter, also atmen Sie gefälligst!«

»Dauert das noch lange?«, flüsterte Eva, als sie wieder sprechen konnte.

»Der Muttermund ist schon gut geöffnet, wenn Sie also weiterhin schön mitarbeiten, dürften Sie es bald hinter sich haben!«

Bald – was hieß schon bald in diesem Meer von Schmerzen? Und was meinte sie mit *mitarbeiten*?

Eva fühlte sich wie gefangen in einem gewaltigen Naturereignis, in dem sie selbst eine eher unwichtige Rolle spielte. Das Kind bestimmte einzig und allein, das Kind, das so unbedingt zur Welt kommen wollte …

Plötzlich war sie wieder in der Scheune, in jener Oktobernacht, die sie eigentlich für immer aus ihrem Gedächtnis hatte streichen wollen und es doch nicht konnte. Er hatte sie in eine Falle gelockt, das war ihr klar, sobald sich das Tor hinter ihnen geschlossen hatte – und sie hatte sich freiwillig hineinbegeben. Als Hermann sie an sich zog, wusste sie bereits, dass sie verloren hatte. Vor diesem Augenblick war sie weggelaufen, seitdem sie ihn das erste Mal gesehen hatte, doch heute war es dafür zu spät.

»Endlich!« Seine Hände in ihrem Haar, so zärtlich, so sanft. Sein heißer Atem an ihrem Hals, und natürlich traf er ihn auf

Anhieb, jenen empfindlichen Punkt, den auch Jan so gern geküsst hatte und an dem sie so erregbar war. »Meine Apfelkönigin! Einen liebeskranken Volltrottel hast du aus mir gemacht, aber heute werde ich dir beweisen, dass ich noch nicht alles verlernt habe, was ein Mann können sollte.«

Wie sie beide die Leiter hinaufgekommen waren, er mit seiner Kriegsverletzung und sie mit zitternden Beinen, wusste sie schon nicht mehr, als sie zusammen im Heu lagen. Eine Ölfunzel brannte, die sein Gesicht viel jünger wirken ließ. So mochte er ausgesehen haben, der pfiffige Hermann, der auf zwei gesunden Beinen die ganze Welt hatte erobern wollen, bevor er zu einem versehrten Zyniker geworden war.

Als er sie küsste, musste sie an die Stelle in Hemingways Roman denken, als ein Kuss die Erde erbeben ließ. Alle Frauen in Rickenbach hatten den Roman gelesen und ihn weiterverliehen, weil alle heimlich davon träumten.

Zwar blieb die Erde ruhig, dafür aber erwachte ihr Körper mit einem Hunger, den sie lange unterdrückt hatte. Das waren nicht die vorsichtigen, lauen Küsse von Toni, der jedes Mal vorher stumm zu fragen schien, ob es ihr denn auch wirklich recht sei – das war das uralte Spiel zwischen Mann und Frau.

Leidenschaft pur.

Einmal, dachte sie, als er ihr Stück für Stück die Kleider auszog und sich schließlich selbst geschickt von allem Überflüssigen befreite, nur ein einziges Mal – und dann nie wieder! Ich mag dich nicht, aber ich begehre dich. So sehr, dass es fast schmerzt.

Hermann lachte plötzlich, als hätte er ihre Gedanken erraten.

»Das ist erst der Anfang, meine Schöne. Ganz ruhig, diese Nacht gehört nur uns beiden!«

Er vergrub seinen Kopf in ihrem Schoß, und sie stöhnte leise auf.

Irgendwann, bevor sie bereit war, ihn ganz in sich aufzunehmen, kehrte ein Anflug von Vernunft zurück.

»Ich darf nicht schwanger werden.« Eva stieß ihn leicht von sich. »Nicht von dir!«

»Wirst du nicht.« Hermann hatte plötzlich einen Pariser in der Hand, dessen Verpackung er mit den Zähnen aufriss. Blitzschnell hatte er sich das Kondom übergezogen. »Ich habe für alles gesorgt …«

»Pressen! Worauf warten Sie noch?«, hörte sie auf einmal wieder die Hebamme. »Jetzt pressen Sie doch, Frau Auberlin …«

Sie hatte Angst zu bersten, so groß war auf einmal der Druck im Unterleib, doch dann glitt schon das Kind heraus.

Ein lauter, empörter Schrei, ein Stupsnäschen, das Eva kaum erfassen konnte, dann war das Baby auch schon wieder verschwunden.

»Ein gesundes Mädchen!« Frau Walter klang trotzdem leicht enttäuscht. »Freuen Sie sich bloß nicht zu früh. Die können ihren Eltern später manchmal mehr Kummer bereiten als Jungs.«

»Ein Mädchen!«, flüsterte Eva überglücklich. »Meine Tochter. Wo ist sie? Ich will sie sehen!«

»Sie kriegen sie wieder, sobald wir sie gewogen, versorgt und gesäubert haben! Oder wollen Sie wie bei den Hottentotten die Nabelschnur selbst durchbeißen? Also, dann bitte noch ein klein wenig Geduld. Wir tun ja schon unser Möglichstes.«

Und dann hatte sie sie endlich im Arm, warm, duftend, perfekt. Sie weinte nicht, sondern sah sie mit großen Augen an.

»Willkommen«, sagte Eva leise und küsste erst die zarte Wange und jedes der zehn winzigen Fingerchen extra. »Ich bin deine Mama, und ich wünsche mir, dass du glücklich wirst.«

Die dunklen Augen musterten sie eindringlich.

»Schwarz wie Papas und meine«, sagte Eva befriedigt. »Eindeutig die Menzel-Linie. Du hast Tonis schöne, eng anliegende Ohren geerbt, da wird er sich freuen.« Zärtlich berührte sie den rötlichen Flaum. »Die Haare hast du von Großmutter Julika. Dichter werden sie sicherlich noch. Und vielleicht singst du ja später auch einmal so schön wie sie. Und das Kinn …«

Sie stutzte plötzlich, weil ihr auf einmal Hermann Benteles Gesicht erschien, dann schüttelte sie lächelnd den Kopf.

»Deine arme Mama ist schon vollkommen durcheinander, so sehr hat deine Geburt ihr zugesetzt«, fuhr sie fort. »Das ist ja gar nicht möglich! Also, dein Kinn gehört dir allein, weil du nämlich ein eigenständiger kleiner Mensch bist – ganz und gar einmalig –, der sich das Leben erobern wird.«

Die Kleine öffnete den Mund und gähnte herzhaft.

»Und deshalb wirst du auch Viktoria heißen«, sagte Eva. »Viktoria, meine kleine, starke Siegerin, die niemals im Leben einen Krieg erleben soll!«

18

Als alle schließlich beisammen waren, wurde es eng in der Küche des Auberlinhauses, aber Nane hatte darauf bestanden, dass sie sich hier trafen. Die Aufregungen des Vortages hatten sich inzwischen ein wenig gelegt, doch noch immer sah Marlene mitgenommen aus. Als Nane gerade von ihrem Ausflug auf dem See zurückkam, waren sechs Beamte der Steuerfahndung schon dabei gewesen, Haus, Büro und Hofladen auseinanderzunehmen. Erschrocken hatte die Tante Martin Raible herbeitelefoniert, der dann zögerlich und schuldbewusst erschienen war.

Zuerst leugnete er noch eine Weile. Schließlich jedoch, als die Beweislast erdrückend wurde und die Steuerfahnder ihm einen Ausdruck vor die Nase hielten, auf dem sein Name stand, knickte er ein und gab sein Vergehen zu. Ja, er habe diese illegale Computersoftware zur Kassenmanipulierung erworben, allerdings nur aus reinem Interesse, habe sie aber niemals verwendet. Marlene hatte von nichts gewusst, das schienen sie ihr zu glauben.

Trotzdem nahmen die Beamten alles mit, PC, Akten, Buchhaltung, Steuerunterlagen, sogar die Firmenautos beschlagnahmten sie, versprachen aber, schnell alles zu sichten und der verstörten Inhaberin so bald wie möglich wieder zurückzugeben.

Marlene wartete genau so lange, bis sie draußen waren, dann kündigte sie Martin Raible fristlos.

Und Beate gleich mit dazu.

»Das wirst du noch bereuen, Leni!« Raible schäumte vor Wut. »Jahrelang hab ich für dich den Karren aus dem Dreck gezogen …«

»Vielleicht hast du mich ja schon jahrelang betrogen, wer weiß? Schnapp dir deine Freundin und hau ab. Und sag nie wieder Leni zu mir, sonst kannst du was erleben!«

»Du hörst von meinem Anwalt …«

»Da freue ich mich schon darauf!« Sie pfefferte die Tür hinter ihm ins Schloss.

All das war gestern geschehen, kurz bevor Nanes Mutter aus Frankfurt angereist kam. Marlene, immer noch geschockt von den Ereignissen, hatte Vicky zuerst fassungslos angestarrt, schließlich jedoch zu Nanes Überraschung fest in die Arme geschlossen.

»Was bin ich froh, dich zu sehen! Du hast ja keine Ahnung, was gerade passiert ist …«

Und so saßen sie nun hier, um den großen Tisch versammelt, die Auberlins und die Benteles, die so vieles trennte, aber noch mehr verband, wie sie bald alle erfahren würden: Marlene, Vicky, Simon, Lukas und Mascha, Robert und seine Frau Regine – und natürlich sie selbst, die am Kopfende saß und Hermanns Aufzeichnungen sowie ihr Diktiergerät vor sich liegen hatte. Nach ihrem Empfinden hätten auch noch Kathi und Ben dazugehört, aber sie wollte Simon, ihren Jugendfreund, nicht zu sehr unter Druck setzen. Was Robert, Simon und Lukas nun zu hören bekamen, musste schließlich erst einmal verdaut werden.

Nane war aufgeregt wie selten zuvor in ihrem Leben, aufgeregter als vor jeder Prüfung und jedem Vorstellungsgespräch, denn heute ging es um alles. Machte sie es schlecht, dann wären die Gräben womöglich noch tiefer als bisher, und es würde anstelle von Versöhnung nur weiterhin Hass und ewige Feindschaft geben.

Vier Verbündete hatte sie sich geholt: Rupps Bodenseebild, das sie auf einen freien Stuhl gestellt hatte, daneben die Fotografie, die Eva als lachende Apfelkönigin zeigte. Die nächste Verbündete lag unter dem Tisch und wärmte mit ihrem Bauch Nanes Füße, die ganz klamm waren – Souki, die immer sofort verstand, worauf es ankam. Und schließlich Fabios warme Stimme in ihrem Ohr, den sie zuvor kurz angerufen hatte.

»Ich geh jetzt runter zu ihnen. Drück mir bitte die Daumen.«

»Das tue ich.« Sie hatte ihn schon gestern in ihr Vorhaben eingeweiht, ohne Einzelheiten zu nennen, und er hatte sie darin bestärkt. »Mir ist alles recht, was dich hier hält. Bei uns. Bei mir. Ich hoffe, das weißt du.«

»Jetzt weiß ich es. Aber du kannst es mir gern noch hundert Mal sagen. Ich komme zu dir, wenn alles überstanden ist.«

»Ich erwarte dich. Pass auf dich auf – Familien können eine gefährliche Angelegenheit sein!«

Ja, das konnten sie tatsächlich, beim Blick in die Gesichter ringsherum wusste sie, dass er recht gehabt hatte. Marlene war wie versteinert, Simon sah enttäuscht aus, Lukas gelangweilt. Ihr Vater Robert dagegen machte eher einen erschrockenen Eindruck, was möglicherweise daran lag, dass er neben der Frau platziert war, die er so herzlos verlassen hatte, als sie noch ein junges Mädchen war. Nur Vicky, Regine und vor allem Mascha wirkten halbwegs entspannt. Nane nahm sich vor, eine von ihnen anzusehen, falls sie nicht mehr weiterwusste.

»Ich danke euch, dass ihr gekommen seid«, sagte sie, als jeder ein volles Glas vor sich stehen hatte. Wasser und zwei geöffnete Weinflaschen standen auf dem Tisch, aber auch einige von Marlenes besten Bränden. »Denn ich weiß, es ist so manchem von euch schwergefallen. Aber jeder hier am Tisch verdient es zu erfahren, wie es damals wirklich war, deshalb seid ihr alle heute hier.«

Sie schaute zu Simon.

»Du schmollst, weil du mir die Aufzeichnungen eures Großvaters überlassen hast und wolltest, dass ich sie für dich allein entziffere. Aber das kann ich nicht, Simon, denn sie gehen uns alle etwas an, also bitte verzeih mir meine Eigenmächtigkeit.«

Er grummelte etwas Unverständliches, und Lukas rief: »Du hast doch schon immer gemacht, was du wolltest.«

»Nicht ganz, lieber Lukas«, erwiderte Nane mit einem feinen Lächeln. »Leider nicht ganz. Aber das wird ab heute anders, versprochen!«

Marlene warf ihr einen seltsamen Blick zu, und Nane nickte kurz. Mehr konnte sie im Moment nicht für sie tun.

»Es geht um den See«, sagte Nane dann, »der einigen von euch schon immer eine Heimat war und für die anderen erst dazu geworden ist. Um Eva, die schöne Apfelkönigin, die so lange hier in Rickenbach gelebt hat, nachdem sie ihre frühere Heimat verloren hatte. Und natürlich um Hermann Bentele, euren Vater und Großvater, der sich in einer Art Geheimschrift von der Seele geschrieben hat, was er sonst vielleicht nicht ertragen hätte. Es hat mich Mühe, Kraft und Zeit gekostet, seine Aufzeichnungen zu entschlüsseln. Um es für mich leichter zu machen, habe ich sie dabei auf mein Diktiergerät gesprochen.«

»Und das willst du jetzt abspielen?« Robert war fassungslos. »In aller Öffentlichkeit?«

»Im Kreis der Familie«, korrigierte sie sanft. »Und nein: nicht abspielen. Ich habe mich entschlossen, den Text lieber vorzulesen. So könnt ihr mich unterbrechen, wann immer ihr wollt.«

Noch einmal ließ sie ihren Blick über die Gesichter der Anwesenden schweifen.

»Also, alle bereit?« Keine Reaktion, außer von Vicky, die ihrer Tochter leicht zunickte. »Dann fange ich jetzt an.«

... steht sie auf einmal vor mir und schaut mich an mit ihren frechen schwarzen Augen, ein blondes kleines Ding an der Hand, für das sie doch eigentlich noch viel zu jung ist. Für mich war es wie ein Stich ins Herz, und ich wusste sofort: die oder keine ...

Menzel hätte mich besser vorbereiten sollen. Stattdessen lässt dieser Idiot sich auf dem Schwarzmarkt schnappen. Den Mund hat er zwar gehalten und mich nicht verpfiffen, so schlau war er wenigstens. Verhaftet und eingebuchtet haben sie ihn trotzdem, da war nichts zu machen, nicht einmal mit einer ganzen Stange Zigaretten, für die man in Frankreich derzeit wahrscheinlich ein mittelgroßes Châlet bekommen würde.

Nane las langsam und sorgfältig. Auf theatralische Betonungen verzichtete sie ganz. Trotzdem spürte sie, wie die Wucht der Worte und Sätze schon binnen Kurzem jeden hier im Raum erreicht hatte. Jetzt gab es kein Scharren und Räuspern mehr, alle saßen mucksmäuschenstill und lauschten. Zwischendurch verspürte sie immer wieder einmal den Drang, schneller zu werden, um endlich alles hinter sich zu haben, aber sie zwang sich, das ursprüngliche Tempo beizubehalten.

Sie müssen hören und *verdauen,* sagte sie sich. *Und das ist schon sehr viel.*

Als sie zu der Stelle kam, wo Hermann um seine künftige Frau zu werben begann, ballte Robert plötzlich die Fäuste.

»Immer schon hab ich es gespürt«, murmelte er. »Keine Liebe. Nicht einen Funken! Deshalb hatte ich mir geschworen, es einmal ganz anders zu machen, bei meiner Frau, meinen

Kindern …« Er warf Vicky einen scheuen Blick zu. »Aber wahrscheinlich steckt es viel zu tief in einem drin.«

»Du *hast* es anders gemacht, Papa«, sagte Simon. »Du warst nicht wie der Großvater, niemals! Auch wenn du, wie er, nicht gerade viel geredet hast. Und die Mama hast du auch anders behandelt als er die Oma.«

Vicky begann mit der langen Kette zu spielen, die zwischen ihren Brüsten hing, und Nane wurde unbehaglich zumute. Ihrer wilden, spontanen Mutter war alles zuzutrauen. Was, wenn sie jetzt mit Bekenntnissen herausrückte, die alle vor den Kopf stoßen würden?

»Dein Vater ist ein prima Kerl, Simon«, sagte sie. »Ich hab ihn sehr gerngehabt, früher einmal, da war ich noch ein halbes Kind. Aber er hat sich für deine Mutter entschieden. Und soll ich dir was sagen? Recht hat er gehabt. Sie passt doch viel besser zu ihm als so ein verrücktes Huhn wie ich, das niemals sesshaft wird. Außerdem gäbe es euch ja sonst nicht, deinen Bruder und dich. Und auch nicht meine Nane.«

Robert schien sich sichtlich zu entspannen, und auch Regine lächelte erleichtert.

Ich würde euch ja den Rest jetzt gern ersparen, aber ich kann es nicht, dachte Nane.

»Wieder bereit?«, sagte sie stattdessen. »Dann lese ich jetzt weiter.«

Die Stimmung im Raum veränderte sich mit dem Fortschreiten der Geschichte. Simon stand der Mund halb offen, als wollte er jedes Wort in sich aufsaugen, während Lukas auf seine Fußspitzen starrte. Bei der Stelle mit Gelis Fehlgeburten begann Mascha zu weinen.

»Sie tut mir so leid«, schluchzte sie. »Und wir haben drei gesunde Kinder bekommen, ganz einfach und ohne Probleme!«

Lukas nahm sie in den Arm, während Nane mit dem Lesen

fortfuhr. Sie spürte selbst, wie sie langsamer und immer langsamer wurde, aber selbst das konnte das Ende nicht ewig hinauszögern. Silvester 1952, da war sie bereits angelangt.

Die ersten Silvesterraketen nach dem Krieg. Ich hab für immer genug von allem, was schießt. Nur meine Zinnsoldaten dürfen das noch, und sie zu sammeln bereitet mir große Freude. Mit ihnen kann ich meine Schlachten schlagen, sobald ich erst einmal genug davon zusammenhabe.

Robert hat mit seinen dicken Händchen schon danach gegrapscht und dafür einen festen Klaps auf den Hintern bekommen, damit er schnell lernt, was er darf und was nicht. Geweint hat er nicht, was mich gewundert hat, denn sonst heult er bei jeder Gelegenheit los.

Es wird viel Strenge nötig sein, um aus ihm den Sohn zu machen, den ich mir gewünscht habe, denn er schlägt in allem viel zu sehr seiner Mutter nach. Geli ist jetzt wieder oft bei ihren Eltern, und es würde mir nichts ausmachen, wenn sie ganz dorthin zurückzöge. Doch dann wäre ich mein schönes Land leider schnell wieder los.

Ich schlucke. Und träume. Denn das kann keiner mir verbieten. Heißt es nicht, die Träume der Silvesternacht würden sich irgendwann erfüllen?

So stehe ich nun vor dem Haus und schicke meinen Wunsch für das neue Jahr hinaus in die Sternennacht – einen Wunsch mit drei Buchstaben.

EVA.

MEINE APFELKÖNIGIN.

»Das reicht.« Marlene schob ihren Stuhl zurück und stand auf. »Ich weiß noch immer nicht genau, was du dir bei all dem gedacht hast, aber ich habe endgültig genug. Meine geliebte

Mutter lasse ich von niemandem in den Dreck ziehen, nicht von diesem geilen Monstrum namens Hermann Bentele – und auch nicht von dir.«

»Es ist gleich zu Ende«, sagte Nane. »Bitte hör dir den Rest noch an. Bitte!«

»Ich denke ja gar nicht daran.« Sie hielt sich die Ohren zu, blieb aber im Raum stehen.

Nane schluckte, dann las sie weiter.

Oktober 1952

Es hätte Mai sein müssen und die Wiese voller Apfelblüten. Ein Frühlingshimmel, blau, mit sanften weißen Wolken. Vogelgezwitscher.

Denn heute ist der Tag gekommen.

Ich bin so aufgeregt, wie ich es seit meiner Jugend nicht mehr war, damals, als ich noch zwei gesunde Beine hatte und mir, wie ich glaubte, die ganze Welt gehörte.

Heute wird es wieder so sein.

Geli ist daheim bei ihren Eltern, Toni mit dem Kind in Konstanz, wo sie ihr die Mandeln herausnehmen.

Im Heu liegt alles bereit. Die Decken, der Wein, die Öllampe, die lange Leiter, die sich nach oben ziehen lässt, damit niemand uns stört.

Und mein Pariser, der ihr die Angst nehmen soll.

Es wird nicht hell genug sein, dass Eva erkennen kann, dass die Packung bereits geöffnet war. Geschweige denn, dass ich den Pariser fein säuberlich präpariert habe, mit winzigen, sehr nützlichen Löchlein.

Mein blondes kleines Mädchen mit den frechen schwarzen Augen – wie unendlich lange musste ich auf dich warten!

Hörst du mich schon?

Ich habe nur diese eine, einzige Möglichkeit, und ich werde sie nutzen. Was dann geschieht, das soll das Schicksal entscheiden …

»Er lügt doch, dieser gewissenlose Bordellheini!«, rief Marlene außer sich. »Mama und er – niemals! Das sind nichts weiter als seine schmutzigen Fantasien. Gehasst hat sie ihn. Nicht einmal mit dem Hintern hätte sie ihn angeschaut …«

»Hat sie aber doch, Schwesterherz«, sagte Vicky ruhig. »Und nicht nur damit. Er hat es mir selbst gesagt, ein paar Tage nachdem Papa und du mich aus dem Wasser gezogen hattet. ›Du kannst ihn nicht lieben, mein Mädchen, geschweige denn heiraten. Schlag ihn dir aus dem Kopf. Für immer! Robert ist dein Bruder – und du bist meine Tochter.‹ Deshalb bin ich weggelaufen, je weiter, desto besser, so dachte ich damals jedenfalls.« Sie zog die Schultern hoch. »Und irgendwann wird dir das Weglaufen zur Gewohnheit. Dann kannst du gar nicht mehr bleiben, selbst wenn du es möchtest.«

Sie begann zu lächeln und zupfte an ihren Haaren.

»Aber auch ihm hab ich es nicht leicht gemacht. Was wollte er immer haben? Eine kleine Germanin mit blonden Haaren … Und was bin ich? Eine Aufsässige mit den roten Locken ihrer ungarischen Großmutter!«

»Ich fasse es nicht!« Simon sprang nun ebenfalls auf. »Dann sind wir ja verwandt, Nane! So etwas Ähnliches wie Cousin und Cousine, oder?«

»So etwas Ähnliches«, sagte sie, erleichtert, die Anspannung hinter sich zu haben.

»Ich glaube es immer noch nicht«, beharrte Marlene.

»Und da hast du ganz recht, Leni!«, sagte Vicky. »Denn diese Tochter hat es nur in seiner Fantasie gegeben.«

Alle starrten sie an, aber sie schien ganz ruhig zu sein.

»Auch ich hab es ihm zunächst abgenommen, er konnte ja sehr überzeugend sein, wie wir alle wissen. Aber als die Wissenschaft endlich so weit war, habe ich bei einem Besuch in Rickenbach heimlich seinen Kamm geklaut – auch den von unserem Papa. Hermann Bentele ist *nicht* mein Vater. Ich bin definitiv die Tochter von Toni Auberlin. Das habe ich schwarz auf weiß.«

Sie senkte die Stimme.

»Genau das wollte ich dir übrigens schon bei Papas Beerdigung sagen, Marlene. Aber du bist ja wie eine Furie auf mich losgegangen, und wenn man mich anbrüllt, dann brülle ich auch zurück. Also hast du es eben erst heute erfahren.«

»Und Mama?« Marlene hatte sich wieder hingesetzt.

»Mama?«, wiederholte Vicky. »Ja, Mama! Vielleicht hat sie schwer gezweifelt, denn unser Papa hatte Angst, zeugungsunfähig zu sein, weil ich so lange auf mich warten ließ. Jedenfalls war er deswegen länger in medizinischer Behandlung. Das habe ich damals ebenfalls von Hermann Bentele erfahren. Nach mir kamen dann keine weiteren Kinder mehr. Obwohl Mama sich noch welche gewünscht hätte.«

Simon schenkte reihum nach.

»Ich finde, wir sollten jetzt alle zusammen anstoßen«, sagte er.

»Warte noch einen Moment!« Lukas legte eine dünne Rolle auf den Tisch. »Das sind die ersten Seiten von Opas Aufzeichnungen. Sie lagen separat in einem anderen Karton, aber sie gehören dazu, ich habe es an den Rückseiten der Blätter erkannt. Wer weiß, was da noch alles drinsteht? Lesen konnte ich sie nicht. Würdest du noch einmal aushelfen, Nane?«

Alle nahmen wieder ihre Plätze ein.

Plötzlich hatte sie Gänsehaut.

»Ich weiß nicht«, meinte sie zögernd. »Für heute reicht es mit den Eröffnungen doch eigentlich, findet ihr nicht auch?«

»Mein kluges Mädchen!«, sagte Vicky anerkennend. »Ich fühle mich wie überrollt. Und dabei hab ich das meiste ja schon gewusst. Mach es doch so: Schau dir die Seiten ganz in Ruhe an, und wenn es sich wirklich lohnt, dann können wir ja morgen noch einmal zusammenkommen, einverstanden?«

*

Ich muss nachsitzen, liebster Fabio, schrieb Nane als SMS. *Hatte keine Ahnung, dass noch mehr Geheimnisse auf mich warten. Hoffentlich keine weitere Büchse der Pandora! Freue mich auf das Frühstück morgen mit dir. Und hattest du nicht gesagt, dass die Praxis am Vormittag zubleibt? Un bacio – Nane.*

Sie starrte auf die noch unentzifferten Blätter. Die Schrift auf den ersten Seiten schien ihr flüchtiger und war noch schlechter zu lesen.

In großer Eile verfasst? Oder unter schwerer seelischer Belastung?

Bentele – ihr Beinahe-Großvater – hatte später erwähnt, dass er nicht mehr zurückblicken konnte oder wollte. Nane war ihrer Mutter unendlich dankbar, dass diese die Familienrunde für heute aufgelöst hatte.

Lidice, Juni 1942

Sie werden sterben. Alle.

Die Männer morgen früh, die Frauen und Kinder wenig später im KZ. Das Dorf wird dem Erdboden gleichgemacht, alles verbrannt, ausgelöscht.

Ende.

Wir lassen das die Tschechen erledigen, aber ich habe kein gutes Gefühl dabei, denn wenn nur ein Einziger überlebt, wird international ein Riesengeschrei anheben. Eigentlich ist ja nicht einmal erwiesen, wer hier schuldig ist und ob überhaupt. Doch Daluege braucht Täter, um das Attentat an Heydrich zu sühnen, und solange er die nicht hat, muss eben ein Fanal stattfinden.

Sobald es dunkel wird, geht alles hier in Flammen auf.

Die Männer werden es von der Schule aus sehen können, wo man sie eingepfercht hat, jeden, der älter als fünfzehn ist. Die Kinder und Frauen, die in der Scheune sitzen, vielleicht auch. Ein paar unserer Leute haben sie inspiziert und sind auf die verrückte Idee gekommen, einige davon auszusondern: hochrassiges Blut sozusagen, alle, die blond und blauäugig sind und somit zur Herrenrasse gehören. Ein Eugeniker, eigens aus Prag herbeigekarrt, wird sie sich morgen noch einmal alle einzeln vornehmen. Diejenigen, die infrage kommen, werden natürlich von ihren Müttern getrennt, welche ins KZ wandern, um dann später an Reichsdeutsche weitergegeben zu werden.

Himmel, was manche Leute anstellen, um an ein Kind zu kommen!

Dabei genügt es doch, ein heißes Weib zu schwängern …

Aber was soll's. Krieg ist eben Krieg, und als Soldat habe ich zu gehorchen.

Auch wenn mein nächster Auftrag mir reichlich seltsam erscheint: Vor Tau und Tag soll ich ebenfalls nach Prag fahren, um dort Stofftiere zu kaufen, und diese schleunigst wieder hierher zurückbringen. Die sollen dann an ebendiese Kinder verteilt werden, um sie in Sicherheit zu wiegen, während ihre Mütter auf die Lastwagen für ihre letzte Reise verladen werden.

»Und was soll ich nehmen?«, habe ich meinen Leutnant gefragt.

»Na, alles, was Kinder eben so lieben, Bentele! Hasen, Hunde, Katzen, Igel …«

Nane ließ das Blatt sinken und ging ins Internet. *Lidice* gab sie als Suchbegriff ein – und ertrank beinahe in der Fülle der Beiträge zu diesem Thema. Zunächst war sie eher verwirrt, dann aber begann sie, sich Notizen zu machen, und hatte schließlich die Fakten vor sich liegen: Als Rache für das Attentat auf Reinhard Heydrich, den stellvertretenden Statthalter des Protektorats Böhmen und Mähren, hatten die Nazis kurz darauf ein ganzes Dorf dem Erdboden gleichgemacht: Lidice.

Die Männer wurden erschossen, Kinder und Frauen kamen ins KZ, wo die meisten starben – bis auf eine kleine Anzahl, deren Namen hier aufgeführt waren.

Nane stutzte. Moment, die kannte sie doch!

Sie nahm das Blatt vom Nachttisch, das Simon ihr als allererstes kopiert hatte. Inzwischen war ihr die Schrift vertraut genug, um sie selbst zu entziffern:

Anna Vesela, Emily Hermanova, Frantiska Hronikowa, Milena Brejcha, Ludmila Ziholva, Helena Kosinova, Igor Plesko, Jadlicka Vaclav.

Tschechische Namen also, wie Alice gleich gemutmaßt hatte. Die Namen der Kinder von Lidice, die nicht ins KZ mussten, sondern wegen ihres »Germanentums« von den Nazis anderswohin verschleppt worden waren.

Sie legte das Smartphone zur Seite und las weiter.

Es ist heiß, Mücken schwirren, Grillen zirpen, viel zu schön ist der Abend für ein Dorf, das eigentlich bereits tot ist. Benzingestank liegt beißend in der Luft, und dann schießen auch schon die ersten Flammen in die Höhe, haushoch, alles vernichtend. In seiner grandiosen Schaurigkeit fast schon ein

schöner Anblick, bis ein paar Kühe in Todesangst zu brüllen
beginnen, die man in den Ställen vergessen hat.

Nicht mehr zu retten, keine von ihnen.

Doch plötzlich Panik.

Ein paar Kinder sind aus der Scheune entkommen und ste-
hen nun fassungslos vor den Feuerwänden. Wir reißen sie zu-
rück, doch ihre Gesichter sind rußverschmiert, sie weinen,
weinen, weinen …

Am späten Vormittag bin ich mit den Stofftieren wieder aus
Prag zurück. Ich hab zu viele gekauft – die eugenische Aus-
wahl war sehr streng und ist daher kleiner als gedacht: acht
Kinder, acht Tiere. Das letzte ist ein kleines Mädchen, so weiß-
blond, dass es fast aussieht, als trüge sie einen hellen Heiligen-
schein. Für sie habe ich das schönste der Tierchen aufbewahrt,
einen kleinen Igel, den sie freudestrahlend an sich drückt.

Sie ist eines der Kinder, die verbotenerweise zum Feuer ge-
laufen sind. Gestern noch hat sie bei diesem Anblick bitterlich
geweint. Heute ist sie ganz ruhig. Ihr Vater ist im Morgen-
grauen mit all den anderen Männern erschossen worden, aber
das weiß sie nicht.

»Wie heißt du?«, frage ich sie, weil sie so niedlich ist.

Sie antwortet nicht. Ist sie dazu noch zu klein?

»Milena«, sagt sie plötzlich und zeigt ihre weißen Zähn-
chen. »Leni.«

In diesem Moment hörte Nane Marlene schreien. Sie griff nach
Evas Tagebuch und flog förmlich aus dem Zimmer, gefolgt von
Souki – und traf auf der Schwelle mit ihrer Mutter zusammen,
die aus dem anderen Gästezimmer herbeigeeilt kam.

»Noch immer diese Albträume?« Vicky schüttelte den Kopf.
»Ich habe mir so sehr für sie gewünscht, sie wäre sie endlich
los!«

Marlene war wach, wirkte aber benommen. Nane setzte sich auf die linke Bettkante, Vicky auf die rechte. Sie streichelte Marlenes Arm.

»Das habe ich mir immer gewünscht«, sagte sie leise. »Schön, dass ihr bei mir seid.«

»Wieder das Feuer?«, fragte Nane.

Marlene nickte.

»Immer das Feuer. Immer! Es greift nach mir, will mich verschlingen – und dann schreie ich …«

»Hermann war im Krieg im heutigen Tschechien stationiert«, sagte Nane sanft. »Im Protektorat Böhmen und Mähren, so nannten es die Nazis, hast du das gewusst?«

»Nein. Woher auch? Mit mir hat er doch ohnehin kein vernünftiges Wort gewechselt. Regelrecht gemieden hat er mich. Als ob ich aussätzig wäre. Mama dagegen …« Sie brach ab. »Ich kann es immer noch nicht wirklich glauben!«

»Sagt dir der Name Lidice etwas?«, fragte Nane weiter, und ihre Mutter musterte sie dabei aufmerksam. »Ein Dorf, ungefähr achtzig Kilometer von Prag entfernt.«

»Lidice, Lidice«, murmelte Marlene. »Kommt mir schon irgendwie bekannt vor, aber ich weiß nicht, woher … Wieso fragst du das? Steht der in seinen neuen Aufzeichnungen?«

»Ja. Und noch viel mehr. Warte!« Sie lief zurück in ihr Zimmer und kam mit dem kopierten Blatt zurück.

»Anna Vesela, Emily Hermanova, Frantiska Hronikowa, Milena Brejcha, Ludmila Ziholva, Helena Kosinova, Igor Plesko, Jadlicka Vaclav«, las sie vor, während Marlenes Gesicht dabei immer mehr verfiel. »Kennst du die?«

»Anna, Emily, Frantiska, Ludmila, Helena, Igor, Jadlicka«, wiederholte Marlene langsam und setzte sich dabei mühsam auf. »Ja, die kenne ich. Und ob ich die kenne, vor allem Emily …«

»Und woher?«, fragte nun Vicky.

»Das sind meine Freunde. Emily wohnt gleich neben uns. Wir spielen zusammen. Sie hat einen kleinen weißen Hasen …« Sie schrie auf. »Jetzt weiß ich es wieder! Wie konnte ich sie nur vergessen?«

»Weil du sonst vielleicht vor Schmerz gestorben wärst. Aber unsere Mama hat dich gerettet. Wahrscheinlich hatten nicht alle so viel Glück wie du.«

»Und wer ist Milena?«, fragte Nane weiter. »Kennst du die auch?«

»Milena? Leni, Leni, Leni! Natürlich … Das bin ich … ich …« Sie umklammerte Vickys Arm. »Opa hatte weiße Haare. Und ein Akkordeon. Aber er spielt nicht mehr. Das Feuer hat ihn gefressen, unser Haus, den Stall, die Tiere. Alles! Und meine Maminka …« Tränen strömten über ihre Wangen. »Der Lastwagen, sie bringen sie weg …«

Sie weinte so bitterlich, dass Nane sie von der einen Seite umarmte und Vicky von der anderen. In inniger Umarmung lagen sie schließlich zusammen im Bett, Marlene in der Mitte, Nane links und Vicky rechts an sie geschmiegt, wie ein Ei mit zwei Flügeln, bis Marlenes Schluchzen allmählich verebbte.

»Aber wenn das wahr ist«, stammelte sie schließlich, »dann habe ich heute euch ja auch noch verloren, meine Schwester, meine Nichte. Und Eva, meine zweite Maminka …«

»Gar nichts hast du verloren!«, rief Vicky. »Eva war deine Mama, *unsere* Mama, und sie wird es immer bleiben! Glaubst du vielleicht, du wirst mich jetzt wieder los, nachdem du mich jahrelang als große Schwester getriezt hast? Das könnte dir so passen!«

»Und deine Nichte klebt dir ebenfalls weiterhin am Bein«, beteuerte Nane und legte ihr das rote Buch auf den Bauch. »Und zwar enger, als du es dir vielleicht vorgestellt hast. Denn erstens ist sie gerade dabei, sich mächtig in einen gewissen Fabio Rossi zu verlieben – und er sich in sie. Zweitens hast du ihr Evas Aufzeichnungen gegeben, in denen du nun selbst nachlesen kannst, wie alles gekommen ist. Und drittens hast du ihr deinen Brennofen und alles, was damit zu tun hat, ganz schön schmackhaft gemacht. Martin Raible ist Vergangenheit – einverstanden! Könnte deine Zukunft dann vielleicht Christiane Julika Auberlin heißen?«

*

Der Himmel färbte sich bereits rosa, als sie wieder zurück in ihrem Zimmer war. Souki drängte nach draußen. Und auch sie hatte eigentlich keine Zeit mehr zu verlieren. Einen Moment zögerte Nane noch, dann wählte sie die Nummer von Fabios Handy.

»Pronto?« Er hob sofort ab. Seine warme Stimme war wie ein Streicheln.

»Wir wären dann so weit«, sagte sie. »In zehn Minuten sind Souki und ich bei dir!«